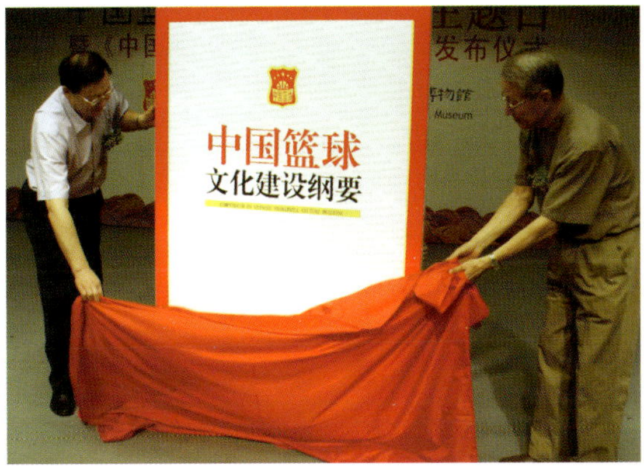

李元伟（左）、张长录（右）
为《中国篮球文化建设纲要》颁发揭幕

2004.11.13
《CBA与我共成长公益计划》揭晓仪式
中国青基会副秘书长汪敏（左）
李元伟（中）
安踏公司董事会主席丁志忠（右）
图片源自:全体育图片社

北京 2005.11.10
李元伟在2005-2006赛季 CBA联赛新闻发布会上讲话
图片源自:全体育图片社

广东宏远队获得04–05赛季总冠军，朱芳雨高举至尊鼎欢呼庆祝
图片源自:全体育图片社

雅典奥运村 2004.8
李元伟与中国男篮全体成员合影,有哈里斯、尤纳斯、阿的江、夏松、杜大夫和运动员们

2006.3.24 李元伟与萨马兰奇为中国业余篮球公开赛用印

2004.8.24
雅典奥运会结束时与部分国家女篮运动员合影
前排左起:
叶莉、潘巍、任蕾、李元伟、张帆、苗立杰
后排左起:
陈楠、胡晓桃、宋晓云

北京 2004.5.19
李元伟向NBA传奇明星迈克尔·乔丹
赠送《篮球杂志》和纪念品

2008.8.10 北京奥运会中美之战前,中国男篮全体合影
图片源自:全体育图片社

2008.8.9 北京奥运会中西之战前,中国女篮全体合影
图片源自:全体育图片社

李元伟

篮坛风云路

李元伟◎著

中国书店

图书在版编目（CIP）数据

李元伟篮坛风云路/李元伟著. —北京：
中国书店，2010.6
ISBN 978－7－80663－852－1

Ⅰ. 李… Ⅱ. 李… Ⅲ. 李元伟－自传 Ⅳ. K825.47

中国版本图书馆 CIP 数据核字（2010）第 097984 号

李元伟篮坛风云路
李元伟　著

责任编辑：辛　迪
出　　版：中国书店
地　　址：北京市宣武区琉璃厂东街 115 号　100050
发　　行：全国新华书店经销
印　　刷：廊坊市兰新雅彩印有限公司
开　　本：787×1092　1/16
版　　次：2010 年 6 月第 1 版　2010 年 6 月第 1 次印刷
字　　数：370 千字
印　　张：19
书　　号：ISBN 978－7－80663－852－1
定　　价：36.00 元

第二篇

从雅典到北京——国家队征战纪实

第七章　哈尔滨：惊魂一战

第八章　教练选任：向世界招手

第九章　男篮雅典：峰回路转

第十章　女篮雅典：刻骨之痛

第十一章　小考：2005 年亚洲锦标赛

第十二章　沉沦：2006 年世界锦标赛

第十三章　救赎：多哈亚运会

第十四章　女篮主教练：马赫的危机

第十五章　北京奥运会：凤凰涅槃

第十六章　是非曲直：外教那些事儿

第三篇 NBA与FIBA—走向世界

第十七章　他山之石：我与 NBA 的渊源

第十八章　良师益友：与 FIBA 的交往

第四篇 篮球人的故事

第十九章　拯救大兵：王郅治归来

第二十章　时代小巨人：魅力姚明

第二十一章　“老江湖”：硬汉尤纳斯

第二十二章　传奇教练：绅士马赫

第二十三章　千姿百态：女篮众生相

第五篇　“篮球即生活”——关于篮球文化

第二十四章　篮球文化：我的主张

公元2009年1月16日，星期五，下午5时许，北京崇文区，两广路，通正国际大厦14层，主任办公室。

那是我退休前的最后一个工作日。送走了《体坛周报》记者杨毅、刘骁，我独自坐在办公桌旁，望着毗邻小区“幸福家园”的灯火，思潮起伏、浮想联翩。

这天上午，听说下周一国家体育总局就要宣布篮管中心主任的任免决定后，杨毅打来电话，坚持要来做“最后的采访”，拗不过他，我就答应了。杨毅是一个才华横溢的记者。记得十年前，他刚在《北京青年报》实习的时候还是个毛头小伙儿，有股冲劲，什么都敢写，没少给我们添麻烦，而他现在已经是《体坛周报》副主编、资深的篮球记者兼评论员了。时光如梭，后生可畏啊！

接受杨毅的采访十分轻松，他提出的一些问题想必都是读者感兴趣的事情。看似不经意地、时而突兀地提出的问题显示出他是有备而来的，体现了一个职业记者的素养和洞察力。三天之后，他发表了一篇长篇报道：《李元伟时代，让历史去做评判！》

对于退休我是早有准备的，心情一直是平静而洒脱的；不知今天为什么有些激动，或许是杨毅的采访勾起我对往事的回忆。

那天，我在办公室里坐了很久，脑海中不由得浮现出过去五年多难忘的岁月。

是的，五年半的时间一晃就过去了。回头望望，这五年似乎做了不少事情，又似乎没来得及做成更多的事情，但我可以说，过去的五年是不平静的五年，是不平凡的五年，起码是不平庸的五年。

回首过往，也留有不少遗憾。许多事情仅是开了一个头，例如CBA联赛的市场化探索正处在紧要关头；提高国家队国际竞争力的尝试有待于总结发扬光大；营造篮球发展的良好外部环境等工作有待于进一步拓展和深化；篮球文化建设、篮球博物馆建设、CBO联赛、资源整合与开发等，还有许多事情要做。五年时间根本来不及做这么多事情，所谓“萝卜快了不洗泥”，有些事情做得粗糙，跟进乏力，制度化建设滞后，专业化建设不足，存在诸多不尽如人意之处，留待后人总结批评。能够开个头也是一件好事，毕竟经过努力，做了起来，可以为后人提供一些有益的借鉴，多一些选择。

退休以后，从繁忙的工作和巨大的责任中解脱出来，使我有机会沉淀下来，对过去进行系统的回顾和总结，思索中国篮球的发展道路，我把这视为自己应尽的义务。对未来中国篮球的前途，我始终抱着乐观的态度。我相信中国篮球会越来越好，即便有曲折、有反复也是暂时的，前途一定是光明的。至于我在“主政”期间所起的作用，正像我在告别会上所讲的：“中国篮球的历史不是从我开始的，也不会由我结束。我只是接过篮球发展接力赛中间的一棒，尽心尽力地跑好这一棒，相信今后的同志们会越跑越好。”

不少朋友都劝我写一本书，讲讲这几年的经历和思考，给后人留下一些东西。五年毕竟只是沧海一粟，时间太短暂了，是不是值得写，有没有人感兴趣，我拿不准。但朋友们说，这不是你个人的事，而是关系到一段历史、一段探索，应该把它尽可能真实地记录下来，何况这段历史凝结了许多人的智慧和心血。正是这句话打动了我。是的，这不单是我个人的事情。我有责任将这段历史记载下来，供后人研判。

中国篮球应该怎么搞？我不能说得很清楚，但我想从大的方面讲，就是应该顺应现代篮球运动发展的趋势，结合中国国情，遵照篮球运动规律和市场规律办事，才能不断有所进步。这几年我们就是按照这个认知在不断探索、实践和创新。所作所为不敢说都是对的，但对未来中国篮球的发展一定是有价值的。

在这本书里，我试图以一种实事求是的态度，客观描述、评论人和事，以平和、开阔、包容的心态来观察、审视现代篮球和中国篮球的发展变化。要谈清楚一些事情，必然涉及到人，所以在这本书里也涉及到几位同志，希望不会给他们带来不便和困扰。凡是自传类的作品，都不能摆脱主观的成分，我只是希望主观的东西尽可能少一些。管中窥豹，偶有心得，不当之处，在所难免，请大家评判指正。

李元伟

2010.3.22

泰戈尔说："天空中没有留下翅膀的痕迹，而我已飞过。"

在历史的天空中，个体是渺小的；在个体的世界里，岁月的车轮却总会留下历史的痕迹。

2003年6月13日，一段难忘的人生旅程由此开始。

这一天，我重新回到国家体育总局篮球运动管理中心。

这一年，我55岁。

我能在55岁这一年成为中国篮球的掌门人，是有历史原因的。世界上没有无缘无故的机缘，篮球总是出现在我人生的某个节点上，影响我以后的道路。

重归

之所以叫做重归，是因为之前我曾经在篮球运动管理中心工作过两年半的时间。事情要从1997年说起，那是8月里的一天，我突然接到国家体委人事司的电话，通知我参加篮管中心的筹备工作，当时参与筹备工作的还有信兰成同志和续川同志。三个月后，篮管中心正式挂牌成立，我即从北京体育大学副校长的岗位上调到篮管中心任副主任，到2000年5月调往国家体育总局体育科研所任职。

早期篮管中心的棘手事儿

1997年之所以有机会从学校调到篮管中心工作，与我的篮球专业有关。1973年北京体育大学招生，凭借在篮球方面的特长，我幸运地被录取，当了三年工农兵学员，毕业后留在了学校，在篮球教研室任教，一直工作到1988年。这期间我还考取了硕士研究生，研究生毕业之后作为访问学者到莫斯科体育大学进修了一年半时间。

可以说我人生最好的年华，都和篮球息息相关。青少年时代打篮球的日子帮我摆脱了精神贫乏、寂寞所带来的种种困扰，给了我健康的身体和乐观的心态，也让我在打篮球的过程中学会了写作和奋斗。这是我最喜爱也是我为之奋斗了一辈子的事业，我对它充满了感情，当然也在多年工作中对中国篮球的发展积累了很多心得、想法。

早期在篮管中心任职的两年多时间，我先后分管过训练、竞赛、青少年培养和办公室综合事务等工作，熟悉了全国篮球运动的情况。这为我后来担任篮管中心主任打下了基础。在前期的工作中，有两个突发事件给我留下很深的印象，也对我后

1972 年山西长治轴承厂篮球队合影；左边第四人为李元伟

面的“执政”理念影响甚大。

一个事件是发生在 1998～1999 赛季的改分、改表事件。这是发生在当时的两起记录台违规事件，前后间隔不长，都发生在四川蓝剑俱乐部队主场，引发了一系列矛盾冲突，对联赛产生了重大影响。事件发生的过程简单地说，就是山东、吉林两支队伍到四川打客场，被当时的四川省体育馆记录台工作人员分别在比赛时间和比赛记分表上做了手脚，从而输掉了比赛。此后尽管经过查证，篮管中心对四川蓝剑俱乐部和相关当事人进行了严厉处罚，但由于《国际篮球竞赛规则》规定，比赛结果一旦生效即不能更改，因此影响了山东、吉林两队的名次。

事情发生后两地球迷群情激愤，投诉抗议，出现了报复的倾向，甚至有球迷协会公开声称要在全国人大和政协开会期间到北京来游行。这使我们十分紧张，显然这已给后续比赛带来了隐患。当时我分管竞赛工作，感觉十分棘手，必须想办法解决，否则后果不堪设想。在吉林、山东省体委和俱乐部的配合下，我采用了与两地球迷代表直接对话的方式，在长春和济南分别与数十位球迷代表座谈，倾听他们的意见，并从尊重球迷的角度出发，解释了相关规则精神并呼吁球迷顾全联赛大局，得到了球迷代表的谅解。至今我还清楚地记得，山东永安俱乐部有一位球迷代表邢大妈，五十多岁，是一位“双栖”球迷，先迷足球，后爱篮球。她的文化程度不高，但对篮球足球运动一片赤诚，讲起话来朴实无华、态度真诚，说到激动处声泪俱下。那份真挚的感情深深地打动了我。球迷们对篮管中心高层领导能够直接与球迷见面，倾听他们的想法，十分感动，因而从内心愿意配合篮管中心的工作。在与山东球迷对话后，在比赛当天的济南体育馆里甚至打出了欢迎李主任的横幅。这个结果应该得益于我长期在院校工作，习惯了与群众面对面做工作。通过对这件事的处理，也大大加重了球迷在我心目中的分量。

另一个事件是发生在 1999～2000 赛季的奥神、前卫合并风波，10 家俱乐部集体抗争的事件。这在当时引起了轩然大波，差一点就造成当年甲 A 联赛“停摆”的后果。事情的经过是这样的：1999 年 9 月 26 日，奥神和前卫两个俱乐部突然向篮管中心提交了一个合并的方案，要求在占有两个甲A名额的同时，完成强强联合。这个方案递交的时间，已经超过了篮管中心规定的注册时间，没想到中心内部有人私下里已经和奥神有了某种默契。篮管中心在10月5日同意了这个方案，理由也很勉强，就是规则上对这种合并没有限定。这当然引起了其余10家俱乐部的强烈不满，认为这种做法违反了公平原则，坚决反对这样的合并。双方互不相让，形成了泾渭分明的两个对立阵营，而篮管中心夹在中间，处境十分尴尬。10家俱乐部在武汉开会，之后联名上书国家体育总局，表示如果前卫、奥神合并，那么其他俱乐部将联合退出甲A联赛。

事态发展到后期，10家俱乐部总经理拒绝出席联赛的新闻发布会，将矛盾公开暴露在总局领导、媒体和赞助商面前，开创了联赛历史上绝无仅有的先例。奥神俱乐部的表现也很强势，他们的一位负责人居然蛮横地说："篮球是什么，不就是玩吗？合并又怎么了，不过是名称问题，爱叫什么叫什么，叫王八蛋也行，管得着吗？"一语激起众怒。此时联赛已经到了非常危急的时刻，按计划新联赛将于11月21日开打，如果不尽快解决这个问题，联赛真的"停摆"，损失将极为惨重，这个后果谁也承担不起。当时负责联赛推广的国际管理集团（IMG）和赞助商忧心如焚，媒体也极为关注。

那个期间我正率团在韩国、日本访问。11月4日在我由韩国到达日本的当天接到篮管中心办公室秘书徐岚打来的电话，通知我总局领导要求我立即赶回北京，协助处理此事。我只好改签机票，于11月6日匆匆回到北京。那是一个星期六的晚上。回到家里，我打开电视机，在BTV6频道上看到10家俱乐部总经理在武汉开会的情景。10个俱乐部老总把手放在一起高喊"加油"。我意识到问题的严重性。第二天到篮管中心，大家统一了思想，鉴于当时形势危急，最终决定接受大多数俱乐部的意见，奥神、前卫合并成一支队伍参加甲A联赛，余下一个名额由甲B联赛第一名的湖北队替补。然后中心领导分头做有关各方的工作，我被分配去做"造反"俱乐部的工作。我于当天赶到烟台，与五个俱乐部总经理见面，有理有据地规劝，软硬兼施，最终达成了谅解。事情的结局是大家聚集到北京，由体育总局张发强副局长、竞技体育司吴寿章司长出面召集会议，有关各方都做了自我批评。其实，在这个事件中牺牲最大的是前卫队，好不容易打上甲A了，但队伍却分化了，原先队伍中很多年轻人的前程也受到了影响。

我在这两件事情中经受了洗礼，深切领会到作为一个运动项目管理部门的负责人，站在公正立场上处理问题是多么重要。

力主体科所三年改革

2000年5月，我离开篮管中心副主任的职位，前往体育总局体育科研所当所长。

当时离开篮管中心的细节如今已经没有印象了，肯定谈不上伤感，不过惋惜之情还是有的。当时我对篮球运动发展状况不是很满意，从内心里觉得本来可以搞得更好一些，发展得更快一些，对当时中心的工作思路和方法也有一些看法。

不过，那已不是我应该操心的事情了，服从组织分配，去干好自己分内的工作是第一位的。抱着这样的态度，我前往体育科研所就职。

这是我第一次到一个司局级单位担任一把手职务，能够有机会施展一下自己的身手，总是一件值得庆幸的事情。基于我做副手六年的经历，我深知，一个单位一把手的精神状态十分重要，它对这个单位的前途具有重大影响。如果一把手安于现状、不思进取、小富即安、做太平官，就不可能使单位的面貌发生根本性的转变。我把一把手看作一个单位的发动机，应该是单位运转的原动力，要具备推动事业发展的热情和能力。为此，我时常问自己：当前应该做些什么？我还能够做些什么？督促自己发挥主观能动性，来改变局面，争取好的前途。

这是充实的三年，也是我倾注了很多心血的三年。

体育科研所是一个老所，成立于1958年，是体育系统科研机构的龙头老大；拥有过许多闻名遐迩的研究员和教授；曾经为国家体育事业作出过重大贡献。目前隶属于国家体育总局的运动医学研究所、体育信息中心、兴奋剂检测中心都是从这个所分出去的。

长期以来，科研所就在体育系统内运行，在国家科技界知名度很低。我去科技部咨询科技体制改革相关工作时，有关负责人竟然很吃惊：居然还有个体育科研所！

在国家改革开放和经济体制改革过程中，这个曾经辉煌的老所显得越来越不适应，并逐渐落伍。到2000年前后，科研所已经面临着生存危机：负担沉重，经费短缺，设备陈旧，学科带头人年龄老化，中青年学术骨干流失；有点创收能力的研究室都分出去自立门户，剩下的部门无心进取。当时的科研所正处在一个不知该何去何从的历史关头。

我去了之后提出了一个想法，要让科研人员有尊严地工作、生活。按照国家科技体制改革精神，进行了机构调整、人员分流、转变机制、加大投入。

当时我从单位门脸开始改建，把体科所（体育科研所简称）破旧的门脸改造一新，明亮气派的灯箱宣传广告一字儿排开；还从总局申请到了专项改建经费，要把20世纪50年代建成的办公大楼装饰一新；组织国民体质监测万里行活动，借助全民健身热潮打响国民体质监测的牌子；花重金设计了全套视觉形象识别系统，把体科所作为一个品牌进行推广，为它专设标志……

三年时间，我们确实见到了效益，也凝聚了人气，原本默默无闻的体科所成为国家重点科研单位，经费由原来的700万元增加到2 100万元。而在后来的雅典奥运会和北京奥运会上，中国代表团的金牌总数取得突破，体科所在幕后作出很大贡献。

在2008年出版的体科所所史《体科奋进五十年》中写道："1999年至2003年，是科研所改革发展的关键阶段。国家公益性研究机构性质的确定从根本上解决了科研所的生存之忧、发展之虞，为今后的发展奠定了坚实基础。一个人和业兴的新局面开始出现。"

要说再见的时候，心里是感伤的，三年时间里，我和体科所的同志们从困境做起，并肩战斗，一起走上了充满希望的光明大道。想起那些我曾经承诺却还没有做到的事情，想起那些信任我、跟随我做了大量工作的同事，我真是不愿割舍。离开以后，我曾不止一次想到，如果我不回篮管中心，继续留在科研所会是怎样？可能会更潇洒自如，也可能不会经历那么多矛盾和冲突，当然也就不会有这么多感慨和体验了。

重归风云

从1997年篮管中心成立至2002年期间，中国篮球运动的发展可以用"四平八稳、波澜不惊”八个字来形容。尽管事业在向前推进，也不乏亮点，但在平稳中已经显现出危机：男篮甲A联赛的发展停滞，品牌和影响力逐年下降；女篮联赛的市场反应平淡，国家队成绩徘徊不前；群众性篮球活动缺乏引导，经营开发工作迟迟打不开局面。尤其是在国家队的大赛成绩方面，成为招致各方批评的焦点。国家男篮在2002年世界男篮锦标赛上，1胜7负，获得第十二名，而输给安哥拉队那场比赛，更是被人们广泛诟病。而随后的釜山亚运会决赛中，在最后一分钟还领先7分的有利形势下，中国队突然变得不会打球了，在东道主韩国队的全场紧逼下连连失误，被对手拖进了加时赛，并最终以100:102失利。

当时舆论一片哗然，批评之声不绝于耳。据说，比赛结束后各地球迷快把国家体育总局和篮管中心的电话打爆了。

在后来的亚运会总结大会上，袁伟民局长当着国家体育总局全体领导干部的面严厉地批评了篮管中心。他说中国代表团在第十四届亚运会上夺得了150枚金牌，不差这一块金牌，而中国男篮却在最后时刻给了整个代表团一个“尴尬”！随后他又加重语气强调说：“我说得没错，就是一个尴尬!”据说，朱镕基总理也观看了这场比赛的直播，批评男篮：要什么没什么！作风到哪里去了?!

袁伟民局长讲话的时候我也在场，尽管我已离开篮管中心两年多了，但毕竟有过一段经历，内心也感受到强烈的震动。显然，作为一个深受老百姓喜爱的运动项目，这样的发展状况是不能令人满意的。试想，如果在2008年北京奥运会上出现这样一幕，那将是一场不折不扣的“灾难”！有这么一个背景存在，篮管中心领导人的最终更迭，也在情理之中。

2003年3月的一天，我到总局人事司去办事，遇到王钧同志（时任人事司司长），他在不经意间冒出一句：“如果要调你回篮球管理中心工作，你有什么想法?”这突如其来的问题使我一时语塞，不知如何作答。

其实早在春节前，这件事在科研所里就传得有鼻子有眼，说总局已经决定调我回篮管中心，某某人将来接替我的工作。这在所里引起一番骚动，不少人来问我“有没有这么回事”，我了解了一下，这完全是“业余组织部长们”在推测、议论中的事，正式的组织部门根本没有说法。

之所以有这种传言，其实跟体育总局的工作惯例有关系。由于体育工作的特点，每年的赛事及重要活动安排得很满，总局的各级领导外出频繁，很难凑齐研究一些大事，特别是重要的人事变动方面的事情。只有过了春节，在“两会”召开之前，大家才能静下心来，研究决定一些重要事项。所以每年一到这个时期，就是总局人事变动的重要时期，前后一般要用两个月时间。这期间总有一些消息传来传去，有的消息还有好几个版本，叫人莫衷一是。

说实话，对于是否愿意回篮管中心工作，我不是没有想过，感觉很复杂也很矛盾。从理性角度出发，我的第一选择当然是篮球，因为篮球毕竟是我的专业；此外说心里话，我对三年前被调离篮管中心的事情还心有不甘，能卷土重来当然很好。

但是在科研所待了三年，我又怎么能够一下子把刚建立起来的摊子割舍掉呢？况且我也年届55周岁了，还有必要回去从头再来，挑这么重的一副担子吗？考虑到这些，当时我给王钧同志的答复不是十分明确。我想我决不主动去争取，听从组织的安排吧。

组织上的考虑在5月底有了结果。5月30日上午，国家体育总局党组开会讨论决定人事调整事项，下午3点人事司正式通知我回篮球管理中心工作，信兰成同志调往北京奥运会组委会体育部。至此历时半年、闹得沸沸扬扬的关于篮管中心高层人事变动一事水落石出，终于告一段落。

2003年6月13日下午两点，国家体育总局副局长张发强、人事司司长王钧，代表总局党组在篮管中心全体干部大会上宣布，由李元伟担任中心主任兼任党委书记。依据惯例，我同时担任中国篮球协会常务副主席兼秘书长，具有双重身份。记得当时张发强副局长讲了这么一句话："党和国家把篮球事业托付给你们了！"此话一出，我陡然感受到一种前所未有的压力，以及强烈的责任感和使命感。以前无论在篮管中心工作时，还是在北京体育大学和科研所工作时，从来都不曾有这样的感觉。

一夜之间

6月14日，关于我上任的消息成了很多媒体报道的重点，尤其是《体坛周报》、《东方体育日报》、《南方体育》等专业媒体的报道，敏感而快捷。当时令我印象深刻的，是《南方体育》徐梅的文章，在大多数记者对我所知甚少的情况下，她写了一篇《李元伟重回篮管中心，温和改革派欲开创篮球事业新局面》的报道。

文中有这样一段话："在40岁之前，他没有任何职位，只是北京体育学院的一个普通教师。在校任教时，他曾作为访问学者前往俄罗斯进修，回来时带了一大箱子专业书籍。

由于他家人都在香港，他一个人在北京过着准单身生活。在体科所搬到中国棋院办公、装修整饬旧楼之前，记者曾经好几次在体科所下属的餐厅里碰到他一个人吃饭，吃得非常简单，时常只是一菜一饭……"

这篇文章因为了解"内情"较多，被各路媒体转载，很是火了一把。

6月14日中午，中央电视台新闻频道也报道了我上任的消息，并播出了我原来在篮管中心工作时的镜头，然后在下午6时、晚上9时30分中央五套的体育新闻中都重播了。

我的一个同学陈永斌在新闻频道看到报道后，马上打电话告诉了我。我在体育频道晚间新闻播出时看了一下。这个报道有几分钟时间，这让我既感到意外又觉得惊奇。

电视的传播威力是巨大的，这则新闻在中央电视台播出后，就有很多老同学、朋友、亲戚、同事纷纷打电话、发短信来祝贺，一时之间让我忙得不可开交。

一个普通的人事更迭何以引起如此高的关注？

这天晚上，在夜深人静的时候，我想了很多。

随着2008年北京奥运会筹办工作的进行，体育逐渐从边缘位置迈向舞台的中央，成为社会公众关注的焦点。由于我们实行的是项目中心管理制，一个运动项目的领导人很大程度上将决定这项运动的走向，对项目的发展起着举足轻重的作用，因此引人关注是自然的。

我想，在一个奥运周期中间更换项目中心主要负责人，本身就不寻常，而且又是在体科所改革刚刚走上轨道的关键时刻，总局领导下决心调我回篮管中心，显然是从完成2008年北京奥运会任务的角度考虑的。这是对我的莫大信任！我意识到，北京奥运会的历史机遇和篮球运动在中国具有的影响力，使我一夜之间成为一个在特定历史时期扮演特殊角色的公众人物。惊奇之余，我感受更多的是沉甸甸的责任和压力。

平静的生活就这样一去不复返了。

从陋室开始

我要面对的，是接下来的五年。

这五年时间里，包含着雅典奥运会、世锦赛、多哈亚运会、北京奥运会，当然，还有三届亚锦赛和一年一度的CBA联赛，这五年的分量，可想而知。

开弓已无回头箭，我真正意义上的篮球岁月开始了。既然历史的机缘把我推到这样一个位置，如果我不能在任期内把中国的篮球事业搞出点名堂，将何以面对总局领导的信任和广大球迷的期待？知识分子本来就有一种与生俱来的使命感，因此，不辱使命、有所作为成为我上任以后的最大动力。第一次接受《人民日报》、新华社记者采访时，我表达了这样的心声："我明白我肩上的担子和责任。我不会推卸责任，遇到问题我一定会第一个冲上去！"

这一年我55岁，上任的那一刻我已想得很清楚，要做事情也就是头三年，因为后两年临近北京奥运会和我的退休离任，出台大举措的操作空间就很小了。时间有限，我给自己定的目标是一年迅速打开局面，三年取得整体突破，五年看到明显成效。后来的实践证明，这个判断是对的。篮球的重大改革举措都是在头三年里推出并取得明显成效的。

回篮管中心上班的前半年我一直在篮管中心会议室旁边的一个小储藏室里办公。一是篮管中心办公用房紧张，没有多余的房间；二是前任主任很长时间都没有把办公室腾出来，说太多东西也没法搬到家里去。我确实着急开展工作，就看中了这间小屋。

小屋大约十一二平方米左右，内外开间，里间是电话中继线集中地，放置了一些电器柜，外间还放了个台球桌，把房子的空间挤占得所剩无几。我就叫办公室的同志搬了个简陋的桌子和几把椅子，这样一来连个回旋的余地都没有了。我看了看，行，就这么先凑合着吧。

6月17日，体科所的同志帮我把以前办公室里的东西用四个纸箱子运到了"新居"。我把东西暂时堆在办公室里，开始和工作人员谈话，也和一些不期而至的商业伙伴接触。我记得一位相识的企业老总谈完之后和我握手，临走的时候他说了一句话："李主任你还真行，在这样一间屋子里面也能谈笑风生的。这还真是我见过的最特别的会谈地点。"

面对这样的调侃，我一笑了之。关于中国篮球改革的很多早期决策都是在这间陋室里出台的。南阳诸葛庐，西蜀子云亭。孔子云："何陋之有？"

我做的第一项工作，是从倾听开始。

这两个字看上去简单，却是很多人不重视或者不屑于去做的事情。我记得古训中有"大智兴邦，不过集众思；大愚误国，只为好自用"的教诲；还记得左宗棠在送给曾国藩的对联上写道："集众思，广忠益；宽小过，总大纲"。这寥寥数字，勾画出身居高位者的"为官之道"，对我启发很大，我把它作为我的工作信条。

我一直都记得张发强同志到篮管中心宣布任命的那天，全中心同志们脸上那种兴奋的表情，让我感受到他们的信任、厚望以及对改变篮球面貌的期盼。我就是要听听大家的心声，让大家把劲儿都能往一块儿使。

拉媒体朋友的手

除了倾听同事、同行的意见，我也选择了另外一个倾听对象，那就是媒体人。

对于现代媒体的传播作用，尤其是对于走向市场的运动项目发展的重要性，怎么估计都不会过分，对此我是有充分认识的。这个认识不仅在于理性的判断，也有足球运动的前车之鉴。总的来说，我是把媒体当作自家人看待的。

回到中心之后，不管大会小会，我都反复给同事们灌输一个概念，那就是要把媒体看作我们的合作伙伴，是我们发展事业不可或缺的组成部分。

我说这些话，也是想扭转前任对待媒体的态度。

有一件事情我记得很清楚，1999 年在上海召开篮球工作会议。一天中午大家吃自助餐，也邀请了媒体记者参加。当时有个年轻的男记者过来跟一位篮管中心领导人搭讪，可能他想用一种与众不同的方式切入话题。他态度很有礼貌但问题非常直接，开口就说 X 主任我听说您对记者非常反感……

这位领导人看了他一眼，脱口就是一句你说得对，然后就自顾自低头吃饭，留下那个年轻记者尴尬地站在那里。

我对这件事印象深刻。我自己本身是从学校里出来的，对年轻人和知识分子那种有理想、有追求、有热情、有责任感的劲头，有着天然的亲近感。所以我没有把他们看作是“找麻烦的人”，而是采取不回避、不拒绝、坦诚合作的态度。

回到中心没几天，我就召开了一个座谈会，邀请一些媒体人士，和大家沟通了一次。我当时的态度很坦诚，就是讲清我的工作态度，希望大家能像一家人一样合作。来的人也都反应热烈，给了不少掌声。

另外，我也请一些常年跑篮球的老记者们吃了一顿饭，采纳了他们的众多建议，比如建立中国篮协新闻发言人制度；在每月第一周的星期一晚上举行媒体沙龙活动；定期举行篮协工作媒体通气会和国家队公开训练日等。这些都从 2004 年开始实施，也取得了不错的效果，最起码在大家眼里，中国篮协的态度是积极的开放的。我们也有义务通过媒体，让更多人了解中国篮球的状况。

从那时开始，凡遇到重大的悬而未决的事件，我们都要事先听取资深媒体记者的意见，这成为一个惯例。有一件事令我很感动，那是在 2003 ~ 2004 赛季的后期，联赛出了一系列赛场问题，观众扔瓶子，球员与球员、球员与观众发生冲突的事件此起彼伏，搞得竞赛组织管理人员焦头烂额。我们召集在京媒体听取意见，商量对策。当时就有记者提议，发一个媒体倡议，呼吁规范赛场行为，维护良好的联赛氛围，获得大家的一致赞同。与会记者公推《人民日报》记者薛原起草倡议书初稿。薛原十分爽快地答应了，写出一份高质量的草稿，经几位资深记者修改后发表了。这对稳定当时的联赛局面起到了积极作用。从这件事情上，我看到媒体的态度和力量，更加坚定了我加强与媒体合作的决心。

遗憾的是，很多好的想法和措施没有坚持和深入下去，停留在最初阶段，尤其是没有抓紧把中国篮协新闻委员会成立起来，形成良好的工作机制。

在2006年世界男篮锦标赛和多哈亚运会期间，我真正看到了篮球记者对篮球事业的忠诚、激情和有力支持。在札幌的体育馆内，每逢中国男篮比赛时，许多中国记者往往忘记了记者的手头工作，把自己当作普通球迷，在记者区为中国队摇旗呐喊，引得其他国家记者侧目而视。为此日本组委会找我们交涉，希望中国篮协出面制止。当王仕鹏投中决定性的一球时，于嘉忘我的激情解说，已经完全超越了一名普通记者的职责情感！我想，要说篮球和足球的不同之处，篮球媒体发自内心的喜爱和支持是重要表现之一。对此，我一直心怀感激。

在和记者打交道的过程中，也发生了不少有趣的故事。

2005年多哈亚锦赛期间，我去参加亚篮联的执委会，当时并没有和球队住一个酒店。

有一天中午我去看望球队，在他们下榻的酒店碰到了《体坛周报》的记者陈艳艳。这是一个刚从乌鲁木齐调来不久的女孩，后来成为一个相当不错的专业记者。一眼看去，陈艳艳表情不对。我关切地问她："艳艳，你怎么啦?"因为之前她采访遇到了不少坎坷，所以一见到我们就跟见了亲人一样，眼泪一下子就掉下来了。

陈艳艳一边哭一边说，多哈的酒店贵，采访要打车，碰到一个当地司机蓄意刁难，受了不少委屈；到球队采访也不顺利，被拒之门外毫无进展。那天她本来是想采访唐正东的，可是等了半天也没见到人，这样下去她完不成报社给的任务，实在太难受了。

看到陈艳艳的样子，我很同情，毕竟大家都是为了同一个目标到这个陌生地方来的，一定要帮她解决困难。

我让人马上把唐正东叫下来，问她还要采访谁，她说还想采访朱芳雨。队员下来之后，我嘱咐他们今天记者问什么就要答什么，一定要好好配合人家的工作；然后又派人到餐厅拿点东西过来，让陈艳艳吃完东西再好好采访。

后来每次陈艳艳看到我，总是会提起这件事情。其实这真的是件小事，记者千里迢迢跟着采访，却让人家吃闭门羹，本来就是不应该的。我当时也跟队里特地强调了一下，希望他们能够体谅媒体的难处，要改变封闭的状态，配合好记者的工作。

《东方体育日报》的张华在一些人眼中是个刺头儿，这个人也挺能闯。记得我回中心没多长时间，有一天中午他找到我的办公室，先自报家门说了一番自己的经历，然后说不是采访，就是希望能和主任聊聊。

我当时有点困，不过一想一个年轻记者也挺不容易的，就跟他聊家常似的聊了挺长时间。我不知道他对那次聊天有什么印象，但看他确实经常写些很有个性的文章，遇到一些重大事件反应也都很快，像后来的东莞会议和财富论坛上出来的篮球和足球第一运动之争，他就抢先写了不少有分量的文章。

不过因为有个性，张华也得罪了一些球队，比如有一次在采访八一队时，一个运动员把他给打了。我知道后，马上要求八一队作出妥善处理。由于张华平时写了不少关于联赛的负面报道，因此，大家说起张华都很反感。我的意见是咱们不能要求记者替我们歌功颂德，只要不搞假新闻，实事求是地反映联赛问题的报道，哪怕是负面的报道也是对我们有帮助的，我们应该允许，对这些记者应该予以保护。

和媒体打交道的过程中，我实际上也有很大收获。因为很多业内的资深记者，像徐济成、孟伟、梁希仪、孙保生、苏群、谭杰、薛原、杨毅、单磊、于嘉、孙秋峰等对国内篮球运动的发展状况、对 NBA 的情况都很了解，也有自己的看法；每到关键时刻，他们都会给我反映情况，提出十分中肯的建议。通过交流，我发现这些老记们都是见多识广、有见识有思想的，每每和他们交谈一次，对我都有不少启发。

我和篮球记者的关系很好，这是圈内外公认的。后来我发现有一些人曲解了这层意思，有人说："李元伟更会亲近记者、利用记者，因此说他坏话的记者相对较少。"还有人说："李元伟就是在处理媒体的关系上比较圆滑，因此获得了不错的口碑。"甚至有人说"李就是热衷于炒作，其实他'执政'的那几年什么也没变，换汤没换药"等。我想说这些话的人不仅曲解了我的为人，也低估了篮球记者的智商和道德操守。关于和媒体交往的问题，有人以为对媒体客客气气就会使记者跟着走，这真是天大的误解。我认为，对待媒体，第一，要真诚，真正要把记者当成自己人，尊重他们，支持他们。现在谁也不傻，想利用人的结果一定会适得其反；第二，你不仅要有料，还得有道。所谓"料"，就是为记者采访提供内容和素材，能够满足他们报道的需要；而所谓"道"，就是要有项目发展的新理念和新思路，并且有能力付诸实施，能够得到媒体的认同，心悦诚服地和你配合，才能达到共赢的效果。这不是仅靠放下身段、客客气气就可以做到的。

进入篮管中心的两个多月时间里，除了正常开会，我都在不停地找人谈话，听取意见。当时大家都有不少想法，以前是没地儿说，现在都滔滔不绝地讲了出来。我一边倾听，一边思考，各种改革的想法也就是在这个过程中产生的。

所有思考会聚到一点：中国篮球必须打破封闭保守、因循守旧的状态，进行改革，大刀阔斧地改革。

李元伟

篮坛风云录

第一篇

从甲A到CBA

CBA 联赛是中国篮球走入市场的龙头，是篮球生存发展的重要基础。五年的 CBA 联赛改革实质上是市场化改革的实践和探索。这种探索，对中国篮球的未来不仅是有益的，而且是十分必要的。

第一章

一个时代的开始：篮坛升起“北极星”

寻找突破口

初回篮管中心，事情千头万绪，训练、竞赛、国家队、青少年培养、经营开发都是摆在我面前的重点工作。从哪里着手呢？

从2003年初开始，中国篮球的局面显得有点沉闷：前一年中国男篮兵败釜山的阴影还没有消除，领导人更换的传闻，更是在一定程度上动摇了军心，篮管中心的工作难免受到影响。相比之下，当时中国足球尽管遇到了一些问题，但依旧显得有声有色，和篮球形成鲜明对比。面对这样的局面，我想得最多的是怎样才能尽快扭转这种不利的局面。

2001年北京奥运会申办成功，构成了中国体育发展的“大势”，成为各运动项目千载难逢的发展机遇。自古以来，凡有志做大事者无不注重“势”的作用，所谓“趁势而上”、“顺势而为”、“形势比人强”，讲的就是这个道理。因此，如何抓住2008年北京奥运会这个历史机遇，快速发展壮大自己，是摆在我们面前的紧迫课题。

从竞争的角度讲，运动项目之间各有各的优势，大家都处在同一条起跑线上。面对机遇，看谁抓得准、抓得狠、抓得及时，谁就可能处于领先地位。对于篮球而言，最大的竞争对手就是足球，这两个项目的类型、特点、环境、历史都相差不大。而足球作为项目管理体制改革的先行者已经取得了先机，打开了一片天地，无论在组织、机制、市场方面，还是在经济实力方面都领先于篮球。在取得2002年世界杯的入场券后，中国足球的地位和影响力达到了顶峰。我意识到，在抓机遇、促发展的过程中，必须有一个赶超的目标，才能最大限度地调动自身潜力，求得超常规发展。于是在回到篮管中心三周后，我在中心内部会议上提出“虚心学习足球、全面赶超足球”的目标。篮球在中国拥有深厚的群众基础和快速发展的条件，中国足球可以在短短的八九年间取得如此骄人的成果，篮球为什么不能？如果我们不能取得成功，那是自身的无能。

那么，怎样才能实现这一目标呢？我想，中国篮球的根本出路在于改革。

篮球为什么要改革？是因为落后，因为不适应，因为要加速发展，所以要改革。目前中国篮球与世界篮球存在着全方位的差距，存在着对市场经济体制的诸多不适应，存在着不利于发展的思想观念和体制机制障碍，所以要改革，而绝不是“为改革而改革。”改革固然有风险，但不改革同样有风险，而在有些情况下，不改革的风险更大，是所谓“世界潮流浩浩荡荡，顺之则昌，逆之则亡。”今天我们面临的情况就是这样。

接手篮管中心主任一职后，我一直在思索一个问题：中国篮球改革的本质是什么。我最终的结论是，在中国进入市场经济的时代，中国篮球融进市场是最终的方向，要在市场中求得生存，赢得发展。而且随着工作的深入，我这种想法越来越坚定。长期在基层工作的经历告诉我，中国有几亿篮球爱好者，他们或是直接参与者，或是球迷。在我的记忆中，他们给过我温暖，给过我喜悦，他们必定是未来篮球市场的热情消费者。我在北京体育大学篮球专业就读的本科和研究生 7 年时间里，对中国篮球的感性认识逐渐形成理性认识，就是由于它从 20 世纪 50 年代开始就有惊人的表现，有过辉煌的战绩，还有一批如钱澄海、杨伯镛式的篮球英雄。因此中国篮球完全有可能经营成一个不错的市场产品，不仅可以自己养活自己，而且可以创造出一个不俗的产业。今天，国家给了我这样一个机会，赋予我这样一种权力，我终于可以去尝试实现这一理想了。

显然，篮球的改革要比体科所的改革更为艰巨。体科所的改革是一个单位的改革，相对比较单纯，而且国家科技体制改革有明确的要求和模式，你只要坚决照办就行了；而篮球改革则涉及到一个行业，成分复杂多样，关系盘根错节，牵扯到多方面利益，而且没有现成模式可以参照，其难度可想而知。

那么如何起步呢？摆在我面前的首要问题是要找到一个突破口，迅速打开局面。从这一点来讲，联赛的赛期长、流动性大、涉及面广、社会影响大，抓住联赛这个环节能有效地带动其他工作的开展，起到“牵一发而动全身”的作用。1995 年开始的篮球改革就是从竞赛体制改革入手，从而带动了整体改革的成功，深化联赛改革也必须走这条路子。

盘点历史

就一般经验而言，改革不应该是孤立的事件，它应该是历史的延续，前人的经验与教训必须重视。

我进驻篮管中心后，翻阅了全国男子篮球甲 A 联赛以往几个赛季的大量资料，对从 1995 年开始的联赛发展状况做了一个整体评估，并对存在的问题进行了盘点和梳理。我的目光最后停留在中国篮协于1999 年 5 月在上海召开的全国篮球工作会议上，这是我曾经参与筹备的一次重要会议，我的前任曾代表中国篮协在大会上作了一个报告。

报告明确指出了中国男篮甲 A 联赛存在的问题：“资金来源单一，市场开发广度、深度不够，利益分配关系不明晰，合作不稳定，市场运作不规范；在残酷的升降级赛制下，一些俱乐部追求短期效益，球队建设、球市开发、俱乐部长远发展无力顾及；宣传推广工作滞后，球队与球迷缺乏必要的沟通和联系，各主场球市冷热不均；年轻球员上场机会少，优秀球员难以流动，参赛队实力有较大差距，比赛往往是紧张有余，精彩不足，影响联赛水平；球员收入、外援工资盲目攀高，俱乐部负担越来越重，为了保级、升级，一些俱乐部不惜采用不正当手段。另外，在这种开放性赛制下，难免出现盲目办队、铺摊子，低水平重复，造成资源分散，投资效益低下。这些都直接影响和制约 CBA 联赛的生存和发展。”

随后提出了一个发展职业联赛的目标和思路，目标是："继续推进篮球职业化改革，逐步建立职业篮球相对独立的经营管理体制，形成职业篮球与非职业篮球互相衔接、互相促进、各走一径、共同发展的格局。今后几年里，我们要逐步推进这次改革，力争在2010年前初步形成，具有中国特色的职业篮球体制。"

据我所知，这个思路最早出自原篮管中心副主任续川之手。他是与我们共同筹备篮管中心的主要负责人之一，是一个很有头脑和战略眼光的同志。我认为这个重要思想是前期中国篮球职业化改革实践的一个重要成果，是一个发展职业篮球的极有价值的战略构想，符合国际篮球运动发展趋势和中国篮球联赛的实际，因此得到了全体与会者的高度赞同。但令人不解的是，这样一个重要的、具有前瞻性的发展思路，不知为什么在此后的四年中被束之高阁，既没有看到大张旗鼓的宣传落实，也没有看见任何实质性的进展。

我认为造成这种局面的重要原因在于，当时的篮协领导层缺乏危机意识，缺乏从整体上改革联赛的决心和勇气，不能有计划、有步骤地把业已确立的改革思路付诸行动，只满足于在局部问题上的修修补补，从而延误了联赛发展的宝贵时机。这是联赛改革不彻底、发展步履蹒跚的根本问题所在。

这时，我深深地意识到，深化联赛改革必须从落实这个工作思路入手，不失时机地加快联赛改革进程，把耽误了的时间补回来。现在回过头来看，可以说自2003年开始的五年联赛改革的实质，就是落实1999年全国篮球工作会议所确立的联赛改革目标和思路的实践过程。

2003年9月20日，2003～2004赛季中国男篮甲A联赛竞赛工作会议在北京京瑞大厦召开。这是我上任三个月后，第一次面对俱乐部、主教练、赛区负责人和媒体发表公开讲话，而这个讲话的主题就是要进一步推进联赛的职业化进程，引起媒体的高度关注。我在讲话中明确指出："近年来，尽管我们的联赛在不断取得进展，但在赛制改革上没有明显的突破，还基本处于对局部问题进行调整修补的状态，联赛存在的一些深层次问题没有从根本上得到解决。因此，必须认真总结甲A联赛举办八年来的经验，明确下一步发展的方向、目标和措施，从总体着眼，全面审视，提出进一步改革的方案，推动联赛的整体进步。"我接着提出了推出新联赛的设想，并通报了成立调研工作组，从对俱乐部现状调研切入，瞄准新联赛的构建，最终规划整个篮球产业的发展。我的讲话得到与会者的热烈响应，会场气氛相当活跃。

明确了主攻方向和工作思路以后，下一步就是如何改的问题了，但具体怎样做，我还不十分清楚。一切应该始于调查研究。

没有调查就没有发言权

2003年9月底，篮管中心成立了一个"篮球职业化运作调研组"，开始认真研究联赛的定位、目标和行动计划。

调研小组由我来负总责，刘玉民担任组长，挑选的几个核心成员都各有专长。

刘玉民，时任中国篮协副主席，是国际篮联中央局委员，实际上是中国职业篮球联赛的创始人之一。自1995年开创季以来的头两届联赛都是由她一手操办的，应该说她最有资格和威望担任这一重任。刘玉民是前国家女篮著名运动员，后担任中国篮协领导工作，为人爽朗热情，工作认真负责、细致周到，敢作敢为，很有亲和力，是一个难得的业务型干部。刘玉民的父亲刘建章是“老革命”，曾任铁道部部长，“文革”期间曾担任进驻国家体委的工作组组长，也算是中国体育界的元老之一，离休后任中国老年人体协主席。

鲍明晓，来自安徽，他是体育经济学、体育产业方面的著名专家，是我在体科所工作时的老部下。鲍明晓思想解放，熟悉情况，思维严谨，条理清晰，宏观研究能力强，文字水平高，曾主持过多项体育总局经济产业方面的重大课题，著述颇丰。他为人谦和内敛，平和慎言，是很有才华的一个人；平时话虽不多，但一说就能说到点子上；想问题、看问题都比旁人深刻，是我的顾问团队的主要成员之一。

徐济成，人称“大徐”，新华社体育部资深记者，采访过多届奥运会。他对 NBA 非常熟悉，对国内篮球更是知根知底，对改变联赛面貌有着强烈的冲动，所以他也抱着满腔热情加入了这个团队。大徐的一大特点是，多年从事新闻工作的功底和敏感度，使他能把一件复杂的事情运用比喻说得形象、生动、恰到好处。他还有一个本事，就是能在半睡眠状态下做笔记。2004 年他在国家男篮做兼职翻译，一次随队访美，在达拉斯小牛队开全队会。由于旅途奔波，加上时差，他睡着了，但奇怪的是他竟然能一边打盹一边记笔记，被蒋兴权、阿的江发现，引得大家哄堂大笑。我听说这个插曲后，觉得不可思议，但确实是真的。

严晓明，清华大学硕士毕业，冷静平和，敏于行动，富有韧性。他平时喜怒不形于色，外表随和，但骨子里很硬，既善于妥协，又很坚定，是个各方都容易接受的角色，也是个处理棘手问题的好手。他之前在辽宁盼盼俱乐部做了 8 年的总经理，可以说一直战斗在联赛的第一线，对篮球俱乐部的情况一清二楚，对联赛也有自己的想法。

四个人经历不同，各有所长，同时也都有热情、有理想。他们组成了这个团队的核心。从那时起，他们成为我的左膀右臂，加上后期加入的关键之道体育咨询有限公司的老总张庆、律师迟玉彬等人，共同面对过不少严峻的局面，他们在任何情况下都不离不弃，鼎力相助，伴随我度过了这段不平常的岁月。

这几个人都没有什么框框，热情洋溢，敢想敢做。大家在一起相处和谐，也不图什么待遇，就是想齐心协力改变中国篮球的面貌。他们一起做了很多调研工作，也出了很多新点子，对后来联赛的改革起到了非常关键的作用。

从调研组成员的构成看，是以篮管中心以外的人士为主，原因有两点，一是中心职能部门的在编人员少，担负的任务重，客观上不可能抽出大量时间参与调查和讨论，否则会耽误工作；二是在中心业务部门待久了，也容易模糊对联赛全貌的认知，失去改革的敏感度和锐气，除此之外，篮管中心内部能够进行战略思考和制定长远规划的合适人选不多。这个做法体现了我动用社会资源发展篮球的思路，应该说收到了很好的效果。

调研组提出的第一个重要建议，就是邀请专业咨询公司加盟，借助他们的经验和资源，共同制定联赛的长期发展规划。

花钱请专业公司，这在篮管中心历史上是第一次。这个想法马上在中心内部引起不少异议。有人认为外人不了解中国篮球的情况，应该在内部组织人做这件事，还可以借这个机会培养自己人，所谓“肥水不流外人田”，花这样的钱有点冤枉云云。这是当时中心内部比较有代表性的言论，这也是我上台后引发的第一场争论。

我认为，调研组的建议顺理成章。道理很简单：如果我们试图打造的是一个具有国际影响力的联赛，那么，聘请专业人士介入是必然的选择。现代社会的分工越来越细，专业化程度越来越高，自己不擅长的、做不了的、做不好的，为什么不能交给专业的、内行的人去做呢？篮球是全国性事业，不仅仅是篮管中心自己的事情，如果不能有效利用各种社会资源，就不可能做大做强。关键是要有一个开放合作的心态。于是我力排众议，这事就这么定下来了。随后采用公开招标的形式，来确定咨询公司。

当时有四家公司来竞标，最后经过比照权衡，我们选择了上海的前锐体育商务咨询有限公司。

前锐公司的主要人员原来都是在耐克公司工作的。总经理钟平滔是个美国人，他娶了一位中国太太，中文说得很好，但语速较慢。我记得他作报告时，PPT 的首页就是一颗北极星。他经常运用北极星来比喻目标和方向，这也成为后来为计划命名时大家能很快达成共识的原因。钟平滔的团队对各国的体育联赛都有很深入的研究，对中国的情况也很熟悉，且非常专业。

2004 年 3 月 15 日，北京玉蜓桥东北角的国家体育总局训练局西院，在距离运动员宿舍楼 100 米外的一个小会议室内，我主持了一个关于中国篮球职业化改革的会议。出席会议的是篮管中心职业化运作调研组和前锐商务咨询公司的代表，讨论的内容是未来中国职业篮球的发展。

从这次会议开始，前锐公司、调研小组和篮管中心的有关部门一起，赴 CBA 俱乐部进行调查和数据收集；从分析中国篮球的现状入手；对照全球成功的 13 个顶级赛事；从中选出了最具借鉴意义的五个职业联赛，如美国职业橄榄球 NFL、美国职业篮球 NBA、英超等的经验和教训；充分结合中国体育市场的实际，为中国篮球职业联赛进行重新定位和商务计划设计。

目标很简单，就是要让 CBA 寻找到发展方向，为未来的 CBA 联赛作出规划，使之成为亚洲最好的职业联赛。

与聘请前锐公司同时决定的，还有聘请常年法律顾问的事情。从那时起我们开始了与北京恒德律师事务所长达五年的合作，由此开启了与专业公司合作的大门。五年来，我们先后与十余家公司合作，一些公司成为我们的长期合作伙伴。这以后，与专业公司合作，借用“外脑”的开放式思维成为中国篮协惯用的、行之有效的方法。

在那一时期，各路精英会聚篮协共谋发展大计，呈现一片兴旺景象。著名体育记者毕熙东曾就这一现象写了一篇文章，标题是《篮协更值得我们关注》，文中称“中国篮协门庭若市，群贤毕至”，确实反映了当时热闹的开放景象。

推出《北极星计划》

聘请前锐公司的合同期是 6 个月，聘请费用为 6 万美金（约 50 万元人民币）。他们到各地调研的花费是 12 万元，共计折合 60 多万元人民币，这可能是篮协第一次花钱请专业公司做规划。现在回想起来这笔学费交得非常值得。

为了避免联赛改革“换汤不换药”，这次市场调研的对象包括赞助商、球迷、职业俱乐部、球员、场馆以及媒体等；只有汇集了“真正的市场知识”，才能更好地改革 CBA 联赛，才能给球迷以及赞助商更多价值回报。

调研报告出来了，有厚厚的两大本，不过其中难免有一些美国式思维的东西。拿到这个计划之后，我把徐济成、鲍明晓关在九华山庄待了几天，加工修改，加上他们的一些综合分析，终于作出了联赛的规划方案。

这个方案，当时定的名称现在想起来也很“壮观”，叫做《中国职业篮球联赛十年改革与发展计划》。这个名字意思表达很完整，但是叫起来实在太长了。为此调研组不止一次研究名称问题，几番争执不下，关键时刻大徐一拍脑门儿说：“咱们就叫《北极星计划》吧。北极星不就是在暗夜中为人们指明方向的嘛！”

“北极星”是一种很好的比喻，积极、明确、生动，便于市场和媒体推广。2004 年 4 月 5 日，在东莞举行的联赛总结会上，我首次对外披露了《北极星计划》的构想。

这个计划描绘了一个未来 CBA 联赛发展的愿景，从广义角度来说，是中国篮球运动实现全面发展的远景规划；从狭义角度来说，它特指中国职业篮球联赛改革与发展的行动计划。

《北极星计划》提出的目标任务是十分诱人的：

●用 10 年左右时间使 CBA 成为亚洲最好的联赛，并向世界级的职业篮球联赛迈进。

其任务是：

●培育和发展强有力的 CBA 品牌；

●使联赛成为培养高水平篮球运动员的摇篮；

●打造亚洲最好的职业体育联赛；

●赢得更多的国际赛事奖牌；

●使 CBA 成为盈利的、可持续发展的精品赛事。

整个《北极星计划》分三个阶段实施——第一阶段（2005 ~ 2008 年）能力建设阶段；第二阶段（2009 ~ 2011 年）股份制运作阶段；第三阶段（2012 ~ 2015 年）巩固提高阶段。

《北极星计划》的提出，使中国篮球第一次有了一个清晰的中远期发展规划和近期行动计划，明确了改革方向和目标，改变了过去“头痛医头、脚痛医脚”、修修补补的改革方式，应该说是一大进步；而它提出的目标任务，兼顾了多方面的要求，绝不单是发展职业联赛的要求，而是推进篮球事业整体进步的目标；这也表明了联赛改革如此重要的原因。

实际上，《北极星计划》的目标绝不仅仅着眼于篮球联赛的改革，而是为实施以职业篮球联赛改革为先导的全面振兴战略；它也是为推动中国篮球运动走与社会经济良性互动、可持续发展之路而制订的。它具有战略性和前瞻性，因此有着更为深远的意义。

《北极星计划》经过几轮的征求意见及修改正式成文了。要不要上报总局以正式文件形式颁发？我考虑再三，决定还是不上报也不作为正式文件下发，只作为内部改革参照。为什么要这么做呢？我考虑到这个文件中的很多提法在当时是“超前的”，其中涉及几个比较敏感的问题，就是现在来讲也是有争议的。例如，在中国现行体育管理体制下是否允许成立赛事管理公司，并实行股份制改造？这涉及到未来职业联赛的管理运行模式问题，对于这一点我吃不准，将取决于今后的探索，因为这事关体育管理体制的重大问题，如果上报的话，总局不会轻易表态。这样的话，可能会出现两种不利的后果，一种是文件在总局被搁置，拖着不办，那会造成思想混乱，影响改革进度；另一种情况是总局否定了这个计划，我们无法善后。思来想去，我决定还是不报了，先按计划推行，以后随着形势的发展变化再见机行事。

于是，《北极星计划》就拿在我的手中，只做不说或少说成为那个时期的一大特色，后期随着我的工作处境的变化，对外也只好三缄其口了。真像坊间流传的："有些事只能说不能做，有些事只能做不能说"。

篮球界老前辈钱澄海先生生前对此事的评价是："中国篮球是只干不说。"

改革从"革自己的命"开始

改革不是平坦之路，它是一个痛苦的过程，其原因之一就是人们必须放弃固有的思想观念、熟悉的工作方法、既得的部门利益，进入一个令人欣喜但又陌生的状态。

如果说，《北极星计划》设计了一个职业篮球联赛发展的愿景和近、中期实施方案的话，那么操作实施过程必须从转变观念开始。改革的实践告诉我们，任何一次重大的变革都是以转变观念为前提的，一项改革如果得不到大多数人的认同是不可能获得成功的。尤其我们将推行的改革着眼点在整体改造上，更要做好前期的思想发动、观念转变和舆论准备工作，这将是决定改革能否顺利起步的关键。为此我们动了不少脑筋，花费很多精力，事实证明这么做是完全必要的。

2003 年 10 月起，我力主用中国篮协的名义，召开了一系列重要会议，进行思想发动、力量组织和舆论准备。这项工作由调研组负责组织，针对联赛相关参与者的各个层面展开工作。

在我的记忆中，有若干次会议对于改革的启动起到了十分重要的作用，应该在篮球改革史上留有重要的一笔。

最早的会议是在 2003 年 10 月 13 日、2004 年 1 月 5 日分别召开的两次"篮球职业化运作俱乐部经理研讨班"，邀请北京大学光华管理学院教授，以及体育产业、体育营销、体育媒体方面的专家，系统介绍市场经济、体育产业、市场运作及美国 NBA 的经验。北京大学的李其、江明华、俞达教授，分别就《市场经济与产权关系》、《市场定位与策划》、《市场机制下的职业经理人》三个专题做了演讲。他们从市场经济的产生、引入及发展，结合国内外体育和非体育企业成功失败的经验教训，详细阐述了市场经济的概念和规律，以及中国篮球走市场化道路应遵循的基本规则。参加这两次会议的有 12 家俱乐部总经理、部分甲 B 俱乐部总经理和企业老总，以及篮管中心中层以上干部。专家的讲课使与会的同志们开阔了视野、增长了知识，并取得了共识。这对于下一步工作的展开具有重要的意义。这两个研讨班后来被记者称为"起到了启蒙和思想奠基的作用"。

说到北大教授的介入还有一个小插曲。在第一次与他们接触的时候，光华学院教务长李其教授敏锐地觉察到其中的玄机，惊奇地问："你们这不是要革自己的命吗？"是的，要按照市场规律和篮球规律规划职业联赛的未来，必然要改变许多固有的模式，甚至在管理体制上作出重大改变。其难度和引发的震动可想而知，但我们对此已做好了充分的思想准备。

东莞会议吹响了改革的号角

2004 年 4 月 5 日上午，位于广东省东莞市中心的宏远酒店二层会议室内坐满了人。来自 24 个男、女篮俱乐部的总经理、主教练，各赛区负责人和裁判员代表，赞助商及新闻媒体近

200 人，把一个中等会议室挤得满满当当。这些与会者基本代表了男、女篮联赛的所有方面。这是例行的“2003～2004 赛季中国篮球联赛总结会”的最后半天。前一天对赛事的总结和经验交流都已经搞完了，最后一个议程是我的讲话。这是我精心挑选的一个机会，关于联赛的调研工作已经持续了半年，《北极星计划》也已草拟出初稿，是对外宣布的时候了，这次会议提供了一个宣传交流的平台。我打算通过这次会议就未来中国篮球的改革发展做一个比较完整的介绍，使其成为改革的动员大会，也为即将实施的第二次改革定个基调。

为了准备这个讲话，我度过了几个不眠之夜，共写出 28 页近 15 000 字的讲稿，直到讲话的前一天我还和同事们斟酌修改其中的用词和提法。这个讲话的题目起得比较大，叫做《关于中国篮球界的思想解放问题》。为什么要用这样一个标题？是因为在近一年的工作中，我深切地体会到，篮球界有太多问题的根源是出在思想观念上面。

这次讲话共用了一个半小时，着重讲了三个要点。

第一，针对以往篮管中心工作的不足和欠缺，我开宗明义提出了“大开放、大目标、大整合、大协作”的发展理念；目的在于打开封闭的大门，吸收国内外的先进经验，借助社会力量和资源发展篮球事业。我曾把变革前的篮球形容成停泊在平静港湾中的一艘船，要使它尽快动起来，必须在内力和外力的相互作用下克服阻力，同时强调了未来的新联赛一定要秉承“国际化、专业化、规范化”的工作方针，构建真正意义上的职业联赛。我认为，非此不能加快中国篮球事业的发展。

第二，通过对聘请外教、如何认识 NBA 等事例的剖析，指出当前存在的思想观念问题，然后直接点出了问题的要害：“敢不敢承认自己落后？能不能放下架子，虚心学习？我们存在许多制约、阻碍我们发展的东西。本来我们可以走得更快一些，走得更好一些，但由于我们的思想不够解放、观念陈旧，因此延误了篮球运动的进步，改革的阻力来自我们自身。现在摆在我们面前的问题是敢不敢冲破因循守旧、故步自封、抱残守缺、不思进取、无所作为，以及狭隘、封闭、保守、疑虑等旧思维、旧习惯的束缚，闯出一条新路来。中国篮球已经到了不进一步解放思想就难以前行、难有作为的境地。这绝不是危言耸听。”这些话讲得很坦率，也很尖锐，会触动不少人，也会得罪一些人，但为了改革的推进，我必须冒这个风险。

第三，公开了《北极星计划》的内容，目标是用 10 年时间将 CBA 办成世界级的职业篮球联赛，并比较翔实地介绍了构建新联赛的基本构想，以及准入标准、经营开发模式、过渡赛季与新联赛开创季的结合等重要问题；明确了改革步骤和策略，即“总体策划一步到位，操作实施分步进行，准入标准调控规模，商务开发招商先行”。

这是我第一次在公开的范围内介绍《北极星计划》，引起媒体极大的关注，从此《北极星计划》不胫而走，传遍全国。

这次讲话得到了全体与会者和媒体的热烈响应。讲话的第二天全国各大报纸就以不小的版面刊登了报道和评论。新华社报道的标题是《中国篮球酝酿革命》。有记者称“李元伟东莞施政演说，令人振奋、气势恢弘”；还有记者说：“讲话超前、思想解放，大家都没有想到，使我回忆起大学校园时充满理想的时代，很受鼓舞。我们一定支持您。”一位不知名人士给我发了一条短信说：“李主任的报告讲得太好了，让大家第一次真正看到了中国篮球的希望，但我们担心俱乐部的那些官员能否听得进去。而且您有点势单力薄，这是艰巨而宏大的事业。”总之，这篇讲话被媒体称为革命性宣言，也被看作是中国篮球职业化改革的真正开始。

2005年1月5日，中国篮协在北京小汤山召开"CBA职业俱乐部峰会"。这是专门针对俱乐部的投资人召开的会议。这次会议的主题是研究进一步推进篮球职业化、产业化发展，会议主题确定为：确立投资目标、明确发展战略、探索经营模式。《人民日报》记者薛原在报道这次会议时，这样写道："对于李元伟来说，他苦心主持筹划职业联赛《北极星计划》和'准入标准'，就是为了将投资人的目光聚拢到一起，完成CBA'从赞助到投资，从事业到产业'的过渡。要使CBA成为'可持续发展，有盈利的职业联赛'，确立投资目标是第一步。在峰会上，这一步得到了众多俱乐部的支持。李元伟说：'大家在共同打造篮球产业，构建一个合作多赢的投资平台，在创造联赛品牌价值及总体收益方面，达成了共识。'"

"上午由各路专家讲课，主要是务虚。包括'把比赛包装好卖给球迷，把球迷包装好卖给赞助商'这样的理念。下午则是大家关注已久的下赛季商务推广模式和准入标准，内容实实在在。两部分的安排其实也颇用心：先拓展思路，开阔眼界；再集思广益，博采众长。高举改革大旗的李元伟在具体的操作步骤上其实非常谨慎，他说："准入标准，实际上是个政策导向。中国篮协对于今后推出涉及到各俱乐部切身利益的具体举措将会慎之又慎，在尊重投资人意见的基础上，稳步深化改革进程。"

这次会议在投资人层面取得了积极的反响，新疆俱乐部董事长侯伟在评价这次会议时认为：这是一次实质性的会议，感觉篮球运动的春天到来了。

通过这次会议，我们在业内充分地统一了思想，在篮管中心内部、俱乐部和新闻媒体层面赞成改革的力量迅速壮大并组织起来；同时，在《北极星计划》和我们的一系列讲话中集中披露的许多新理念，形成了鲜明的话题和争论，给媒体提供了足够的素材，吸引他们的目光，成功地把媒体的注意力聚焦在篮球的改革上面，形成了一种声势。那个时期，对篮球的报道迅速增加，令人振奋。

这期间，我们夜以继日地准备，开了无数次会议，如果没有这些会议的铺垫，形成思想认识的高度统一，联赛改革的开局不可能取得令人满意的效果。

第二章 招商体制：破茧才能成蝶

捧着金饭碗讨饭吃

进入市场的半职业联赛，财务状况无疑具有决定性意义。然而，当时的 CBA 联赛是一个什么状态呢？

CBA 联赛已经走过了八年。在它创建之初，由美国国际管理集团负责赞助和推广，当时有烟草冠名，同时有许多国际品牌成为联赛的赞助商，如耐克、佳得乐、福特汽车等，联赛资金似无后顾之忧。然而，两年前，国际管理集团突然退出联赛，篮协的全资子公司——中篮体育开发中心接手负责联赛的推广。好在过去的两个赛季有摩托罗拉做冠名赞助商，经费仍有基本保障，不愁温饱，但是一些国际品牌却因种种原因陆续退出了联赛。

在我到任之际，摩托罗拉也已退出了。2003～2004 赛季的联赛赞助商几乎为空白。男子篮球甲 A 联赛的商业价值跌到了最低点。商业价值的下跌，迫使我从办赛理念和管理体制上寻找深层次的原因。

从 1995 年开始进行竞赛体制改革之后，中国男子篮球甲 A 联赛一度具有很强的活力和良好的社会影响力。联赛曾吸引台湾地区新浪狮队和香港地区飞龙队的加入。随着甲 A 联赛规模的不断扩大、结构的日益复杂和影响力的日渐提升，联赛也遇到了一系列深层次的矛盾和问题，台湾球队和香港球队过了不久又都黯然退出。

这些问题主要表现在以下几个方面：联赛的产权结构不清，投资主体地位不明确，缺乏对投资方市场收益的激励机制；联赛有关各方没有形成利益共同体，联赛缺乏品牌管理与运作的战略；商务运作方式陈旧，缺少专业化的运作机构和高素质的专业人才；俱乐部盈利困难，赞助商缺乏忠诚度并不断流失；球队和球员忽视对社区和球迷的服务，青少年球迷有流失的倾向等。这些问题归结为一点，就是不按市场经济的方式运作，联赛中发生的各种问题和摩擦不过是以上问题的具体表现。目前 CBA 联赛的办赛理念和管理体制不能给参与联赛的各方带来必要的投资回报，因而也就失去了持续、健康、有序发展所必需的动力和活力。

2003～2004 赛季的 CBA 联赛开始前发生的一件事，让我下定决心，必须加快步伐，改变联赛面貌。

这个赛季，原本一家台资企业要出资2000万元冠名联赛，各项条件均已谈妥，双方商定在2003年11月13日召开新闻发布会。可是就在新闻发布会的前一天，赞助商那边不晓得听什么人说了一些甲A联赛的坏话，他们就退缩了。我们一直等到下午5点，那边也没给个明确答复，而时间已经不能再拖了。

好在后来中国联通决定冠名联赛，新赛季的联赛称为“联通新时空”。这个举动几乎可以说是拯救篮球联赛于水火，让我看到了国有企业的社会良知。

不久，一个篮球俱乐部的总经理在接受中央电视台采访时，曾把联赛在商务问题上的窘境形容为：端着金饭碗讨饭。在感谢中国联通对篮球的支持之余，我也痛下决心：不能再捧着金饭碗过穷日子了。

招商会前的大争论

2003~2004赛季，尽管有中国联通的冠名赞助，但是这年的CBA联赛还是严重亏损。因此在2003~2004赛季总决赛开始之前，我当机立断，解除了原中篮公司总经理的职务。

我希望能彻底摆脱为钱所困的日子，能凭借联赛这个平台，为国家队、为青少年培养、为中国篮球事业的未来，多积攒点家底儿。为此，调研组和咨询公司拿出了新的招商计划，并提议，2003~2004赛季结束之后，开一个大型的招商会，随即着手进行下一个赛季的招商工作。鉴于当年联赛的亏损，这个赛季的招商工作尤为重要，尤为关键，因为这是生死存亡之役。

以往CBA从没有开过大型的招商会。这次我们放下身段，为了招商会能够开得成功，调研组下了很大工夫，设计了精美的商务推荐书，围绕招商会开始大造声势。

拿什么来吸引商家呢？用以前的方法显然是不行的，调研组和前锐公司绞尽了脑汁。以篮协的名义和能力举办一个大型招商会是没有问题的，但难就难在招商会前必须拿出一个完整的新赛季竞赛方案，给商家一个清晰、可信而又有诱惑力的信号。当时，尽管调研组和咨询公司已经工作了一段时间，但还没有涉及到新联赛的赛制问题，而新赛季的招商又迫在眉睫。项目中心的工作经常是这样，往往是事情推着人往前走。有些事情开始得很仓促，没有充裕的时间论证，也容易引起矛盾，但做了效果通常还不错。这次也只能这样做了。

一般而言，企业和商家都在年底前安排第二年度的财政预算，决定赞助金额，所以应该在年底前提出下一赛季的方案。而我们以往根本没有这样的概念，也缺乏计划性，所以当我们想到招商的时候已经错过了推介的最佳时机。尽管晚了我们也得抓紧做，而做又不是简单的事情，尤其是改变赛制涉及到方方面面，包括联赛开赛时间、轮次、场次、预算、电视转播等，还需要错开当年的国际比赛，十分复杂，需要协调及多方面配合，作出一系列决定。然而，时间已经十分紧迫，招商工作箭在弦上了。

当时调研组和前锐公司提出了一套崭新的理念和竞赛办法，包括“一个中心、三个服务”，即以CBA品牌建设为中心，服务球迷、服务媒体、服务赞助商的办赛理念；采取取消升降级、实行南北分区、增加比赛场次、一周三赛等新的竞赛办法；在商务体系上提出了取消冠名，采用滚动广告板等方式，让赞助商可以得到更好的回报等等。其中，比赛总场次达317场，比上赛季增加155场，增幅达到95%。这可真是一个“疯狂”的想法，要知道，联赛总场次的增加是职业联赛的重要标志。这可是一个重要突破，这在CBA联赛历史上是从未有过的事情，令人吃惊！但这套想法极具新意，也符合我们关于新联赛的构想。

赛制改革是联赛改革的核心。它的改变将决定赛事推广、商业开发、品牌建设等工作的开展，具有“牵一发而动全身”的作用。以往我们之所以说甲A联赛面貌变化不大，其主要原因就是自1995年推出主客场制的联赛以来，历经8年在竞赛制度方面没有推出有力度的措施，只是小修小补，因此联赛了无新意。而调研组这次推出的方案中最大的亮点是取消了升降级、实行南北分区、增加了比赛场次，这些都体现职业联赛最基本的要求。

显然，这是一个大胆的创意，但变动如此之大，按照以往的做法，提出如此大的改动至少要经过半年以上的时间论证和准备，而他们拿出方案时距招商会开幕不足一个月时间！中心的许多同志显然都没有思想准备，尤其是竞赛部的同志，大家心存疑虑，我心里也没底。做不做？做就要开足马力，义无反顾，承担风险；不做，不仅招商会了无新意，而且会使新联赛从一开始就失去声势，延误改革进程。由此引发了中心内部的又一次分歧和争论。

当时的争论集中在两个问题上，一个是关于南北分区、增加比赛场次、一周三赛问题；另一个是什么时候开始实施的问题。

关于第一个问题，当时就有人说亚洲人体质跟不上，运动员会受不了，说中国地域太大，天气、交通都是问题，又说裁判员数量也不够云云；关于第二个问题，有人说这个方案是好的，我们也曾有过这样的设想，但这个赛季推出太仓促，下个赛季做会比较好。在探讨这件事的过程中，有一次大徐代表调研组阐述观点，中心就有人不断提出质疑，结果双方发生了激烈争论。大家都是火爆性子，还差点动起手来，气氛十分紧张。

在整个事态进展过程中，我始终态度鲜明，坚持用事实给他们做工作。尽管我心里也没把握，但我知道，在这种时刻，我稍一犹豫退缩，事情就会搁置，甚至不可挽回。我说亚洲人一周三赛不行，姚明在NBA一个月能打十多场比赛，最多时一周能打5场，他怎么受得了？反对的人说那是因为NBA球队有专机，我说并不是所有的NBA球队都有专机，即便有专机这个强度也太大了。姚明一周五赛能顶得下来，那我们一周三赛怎么就不可以？况且现在交通越来越便捷，那些所谓的困难根本不是问题。韩国的职业联赛只有10支球队，每支队伍一年也能打60场比赛，我们一年才打二三十场，太少了。至于什么时候开始的问题，我的态度是只争朝夕，只要基本条件具备，早做比晚做好。

实事求是地讲，那时改革方案的出台确实有些仓促，也有瑕疵，大家有异议也是可以理解的，争论有助于方案的完善。但从争论的过程中可以看出，个别同志提出的问题往往集中在局部的细节上，看不到全局。其实，这些问题的背后涉及到的是对发展的根本看法和态度，问题的焦点在于是四平八稳、按部就班，还是勇于创新、加快发展，如何看待改革的成本和风险，这是一个重大的原则分歧，也是新旧观念的一次剧烈冲撞。事后，我在年终总结时谈到了我的看法：“首先要把加快发展放到第一位，只要条件许可，就要坚决上，哪怕付出一定的代价，也要赢得时间上的主动。今年这个赛季之所以出台这么多改革措施，为的就是抢时间、争取主动。当然这样做有一定风险，但在特定时期四平八稳、按部就班，是会贻误时机的。”

我心里明白，有些反对的理由都是借口。除了一些能摆上台面的理由外，更深一层的原因是，有那么一两个人从骨子里不愿意接受新生事物，更接受不了“外来人”对他们“指手画脚”，觉得改革是动了他们权力的“一亩三分地”。他们本身思想观念就比较封闭，又多年在机关里养尊处优，养成一种小富即安、求稳怕乱、不思进取的习气，办事全凭经验。这种现象发生在体育界并不令人意外。

有个下属曾经跟我抱怨："李主任，你这是怎么回事？你带着外面的人把什么事情都定了，我们都成了执行部门了。"我回答说："篮球事业是大家的事业，不应该有内外之分。俗话说，尺有所短，寸有所长，我就是要用合适的人做合适的事，中心的职能部门难道不是执行部门吗？"事实上，的确不是所有的人都能胜任制定规划工作的。当然，我同时也做了大量思想工作，让他们理解改革的意义。不仅在中心分层次做工作，还专门做俱乐部老总的工作，寻求支持，有时也要在非原则问题上做一点妥协，以维护大局。最后在中层以上干部的表决中得到了绝大多数人的赞同。

那几年我一直感觉很累，有些人的观念跟不上，你只能推着他们往前走，否则什么事情都别想办成。好在那个时候我没有顾虑，因为总局的袁伟民局长和李志坚书记都很信任我，我没有任何后顾之忧。

面对来自中心内部的反对之声，大徐一度心灰意冷、情绪低落，说自己来做这个工作完全是出于对中国篮球的热爱，没想到阻力这么大，干脆走人算了。他想不通，这么好的构想为什么就行不通，他认为我是一把手，想做什么就能做什么，有时对我的妥协也不理解。我一再给他讲，凡事都要审时度势，讲究策略。一件事情来了，一般情况下我都要问三个问题：这件事值不值得做？怎么做？由谁来做？这三个条件，缺少任何一个，即便初衷再好也不能轻易动手去做，否则将会留下后遗症，影响后续发展。这是我和大徐之间明显的不同，但我对他的敏锐热情、追求完美的执著还是充满了好感，从他身上仿佛看到我十几年前的影子。尽管他当时不理解，但他到奥组委工作之后就理解我的苦衷了。

怎么说服大徐呢？之前我正好看过一本小说。我用小说里的话问他："你是想创造历史还是仅仅想描述历史？"显而易见，如果他留在这里，他的许多想法就可能变为现实，如果他离开了，他就只能报道评论了。正是这句话打动了大徐，他留了下来，和大家一起经历了中国篮球改革中非常重要的一段时期。他的很多好创意，如 CBO 等也都变成了现实。

为了取得大多数人的支持，避免矛盾和阻力，我们采取了一个中间路线，把 2004～2005 赛季界定为"过渡赛季"——意味着试验。鲍明晓还别出心裁地冠以一个新的概念，叫做"试错"，即错了就改过来。这样的提法更容易得到大家的理解，最后在中层以上干部的表决中得到绝大多数人的赞同。

筑巢引凤

2004 年 4 月 28 日，中国篮协在北京亮马河饭店召开了 CBA 联赛招商推荐会。会场布置得富丽堂皇，会议的流程也颇具新意；来自体育用品业、体育营销领域、大的品牌公司的头面人物纷纷出席；中国篮协主要负责人率 14 个篮球俱乐部总经理悉数到场，气氛热烈，效果出乎我的意料。

招商会给所有与会者以耳目一新的感觉，引起了很多体育营销公司的兴趣。按照当时媒体的说法，借鉴奥运会商务推介模式进行的这次推介会，将成为 CBA 启动"中国篮球北极星计划"的前奏，标志着 CBA 第十个赛季的商务和市场推广计划正式开始实施。

但是，尽管招商会的声势很大，商家也很感兴趣，但真正达成合作意向的并不多，因为大家当时对招商书上所做的承诺能否兑现还心存疑虑。毕竟一个新生事物要赢得人们的信任还是需要一个过程的，关键在于我们的理念和行动。

在我的整体思路里，这次招商会是一个“筑巢引凤”的举动。我们把联赛当作一个产品向社会、向企业、向球迷推出。眼下大家可能还心存疑虑，但随着我们以后工作的开展，各方面都会看到我们的诚意，对 CBA 的关注一定会越来越多。那时，CBA 联赛的价值就会体现出来。

李元伟在
CBA 联赛
商务推介会上讲话

招商会后，我一直在考虑新的中篮公司总经理的人选。经过反复权衡，6 月初，我选定了严晓明。根据当时财务提供的数据，CBA 联赛连续两个赛季的亏损已达 1 500 多万元，对严晓明来说，也算是“临危受命”吧。我意识到这个“老板”不好当，但我对他的能力非常有信心。

不为一城一池所动

招商工作进行得不顺利，直到 10 月，落实的赞助经费还不足 2 400 万元。这些经费显然远远不够一个赛季的开销。在中心已经有质疑的声音传了出来：李主任想得太简单了，标新立异，招商哪儿那么容易？

10 月底，我接到了中篮公司上报的赛事推广预算。预算中有 500 多万元的费用是赛事宣传推广方面的费用，其中包括做开闭幕式、全明星赛等大型活动。这样一来联赛的整体预算接近 3 400 万元。批准这个预算就意味着这个赛季将继续严重亏损，这让我感到压力很大。于是，我叫来了严晓明。

我问他：“这些钱我们必须要花吗？”

严晓明说：“不花也能过得去，但是花了这些钱以后，才可能有更多的钱进来。”

我又问：“那么能保证明年钱就会进来吗？”

严晓明说得很实在：“不敢保证是明年。但是，只有在推广方面多投入，大钱才会进来。如果不投，大钱就不会进来。”

我当然想少花钱，这样资金缺口可以小一点。但要想彻底改变联赛的面貌，我也认为必须要有投入。最后，我权衡再三还是批准了这个推广预算。

恰在此刻，理查德·埃弗瑞（Richard Avory）找我来了。

埃弗瑞可以说是中国职业体育的引路人。足球、篮球、排球、网球联赛刚起步时都由他负责做招商推广。当年他是国际管理集团（IMG）高层管理人员，后来自己担任了拓亚体育公司的董事长。我回篮管中心后，他就一直积极参与联赛招商工作，是个办事执著、精明耐心的谈判高手。

埃弗瑞满面春风找上门来，他说我给你找了一个赞助商，一家韩国的手机厂商。不过对方要求成为 CBA 联赛的冠名赞助商。冠名赞助费 1 000 万元，其中还包括中介费。

这下把我推到一个两难的境地。由调研小组设计的商务体系是取消赛事的冠名，将赞助商分为主要合作伙伴、市场合作伙伴、鞋类和服装类合作伙伴以及指定供应商四类。我们在招商手册上早已明确提出不要赛事冠名。估计是埃弗瑞没有办法说服企业接受我们的招商条件，转过来想说服我们接受赞助商开出的条件。

接受了埃弗瑞的意见，联赛就可以做到不亏损。因此，这 1 000 万元对我来说是个不小的诱惑。虽然对方的要求跟我们的商务体系有很大差距，但还是舍不得一口回绝。于是，我把调研小组的人找来，征求他们的意见。他们也很矛盾，因为眼下明摆着新的赛季会有大亏损，他们也有很大的精神压力。如果再拒绝这 1 000 万元的赞助，反对改革方案的人会因此而更加不满。

我思来想去，还是觉得如果恢复联赛冠名，对建立 CBA 赛事品牌将是一个巨大的障碍，对中国篮协的诚信也是一个灾难。而且既然建立了新的商务体系，就不能出尔反尔。于是，我对埃弗瑞说这个钱我不能要。而他一直在劝我改变主意，说尽管没达到你们的预期，但这也不是一笔小钱呢，还能给联赛办很多事情。

我的回答是，如果这钱我拿了，明年还怎么招商？赞助商往往就是这样拖到最后压价让你就范，如果这次我就范，以后永远也摆脱不了这种困境，永远都得这样受制于人。

拒绝这样的“诱惑”，其实我的思想斗争也很激烈，压力也非常大，因为上个赛季已经赔了 1 000 多万元，新的赛季眼看着又要赔 1 000 多万元；当时外教也聘了，这钱都要从这里出。但要了这个钱，就等于突破了自己的底线，以后就没法按计划做了。所以最后我只能横下一条心，说“不”！

2002～2003 赛季的赛场上曾出现过脚气水广告，成为一大笑柄。以至于后来跟赞助商谈合作时，人家都要问会不会还有脚气水这样的广告为伍。这件事使我意识到大多数赞助商对自己品牌形象的要求是很高的，说明中国的市场经济正在走向成熟。我们要打造精品的 CBA 联赛，就必须大家一起坚守原则，否则你的品牌价值就永远不会被公众和商家认可。

那是艰难的一年，一边是大量需要用钱的改革，一边是各种一不小心就会陷进去的诱惑。比如有个做营养品的，说他们的产品有增高的功效，合作的条件是每年给我们 20 万元。我觉得这个产品本身就不靠谱，于是决定给停掉了。

忙活了将近半年，面对这个结果，虽然使老朋友埃弗瑞感到非常沮丧，但他最终还是对我们的决定表示尊重。他也认为只有这样，CBA 联赛才能有希望。

不为一城一池所动，信守承诺，遵守规则，才能在市场中游刃有余，最终取得全局的胜利。这是我在改革初期的最大思想收获。

携手安踏 共同成长

2004~2005赛季的招商计划中，有一个鞋类和服装类合作伙伴的赞助类别。和以往的商务计划相比，这是当时调研小组的一个创新，也是一件颇具风险的事情。

以前，鞋类和服装类的赞助商是属于供应商级别的。除了CBA联赛开创的头两年由耐克统一向各个俱乐部球队提供装备，后来一直是各俱乐部自行寻找装备赞助商。这就带来一个问题：对有实力的球队，如八一、广东、江苏、辽宁等队，供应商纷纷开出优惠条件，抢着签约，而后几名的球队则无人问津，使他们十分难堪，有时拖到最后需要篮协出面帮忙解决运动装备问题。这不仅给这些球队低人一等的感觉，而且也不利于形成联赛大家庭的氛围。

1999年，曾经有10家俱乐部想联合在一起共同寻求装备赞助，但这一举动损害了耐克公司的利益。于是，耐克给八一、北京两家俱乐部开出了更加诱人的条件，导致这两家俱乐部单方面退出联合行动，使俱乐部联合寻求装备赞助的计划流产。这件事也许在CBA的历程中只是一个小插曲，但各方的表现却是耐人寻味的。

在与各体育用品厂商打交道的过程中，我们必须做到审时度势，知己知彼。调研组正是在分析了当时国内的体育用品市场情况后，提出了设置一个鞋类和服装类合作伙伴赞助类别的方案，由一家赞助商统一向14个联赛参赛队伍提供所有装备。当时我们是希望耐克、阿迪达斯或者李宁公司能够进入。

我记得，招商会之后，耐克公司的一位高级主管曾经告诉我，他认为不可能有装备企业愿意做这样的赞助。他还坦白地表示，尽管耐克、阿迪达斯和李宁公司是竞争对手，但他们私下还是有信息沟通的。他认为没人会做这件事，篮协的想法肯定会泡汤。

为了争取这些大的品牌公司加入，刘玉民曾带着调研组的人拜访李宁公司位于北京新世界的总部，还专程赶赴上海找到阿迪达斯总部，宣讲我们新赛季的计划和构想，希望得到他们的支持。但结果正如李彤所言，他们均无意参与，认为投入很大，效果也未必好。

那年的招商工作难度很大，新赛季的构想处于“叫好不叫座”的状态。商家对于我们的计划普遍抱着观望和将信将疑的态度，不轻易进入，装备赞助方面的事情始终没有落实。当时我们都觉得没啥希望了，整体形势十分严峻。

9月底的一天，有个朋友给我打来电话，说晋江有个企业叫安踏，想赞助CBA联赛，问我们有没有兴趣。我答应见面谈谈。

具体我已经记不得是哪天了，但那一天对CBA来说肯定是个良好的开端。安踏的老总丁志忠带着品牌管理总监胡众辉到篮管中心来见我。丁志忠给我的印象是很年轻、很精明也很果断，富有魄力，最关键的是很有诚意。

对我来说，安踏是个陌生的名字。他们以前也赞助过一些体育赛事，收效很好，企业也发展得很快，但影响并不大。因此，丁总雄心勃勃地想赞助一个更大的赛事，企业可以更快地上新台阶。他们有想法，我们有需要，于是双方一拍即合，仅一个星期时间就谈妥了细节，确定了合作意向。

2004年10月，安踏与CBA签署了赞助协议，从2004年到2007年安踏连续三年成为

"CBA 唯一指定运动装备"赞助商。这个合同后来受到很高的评价，认为安踏打破了国际运动品牌垄断国内顶级赛事的格局。民族体育品牌在与国际品牌的竞争中第一次赢得了先机。

合同是签了，但是合同的执行过程却是困难重重。

安踏当时的知名度并不是很高，产品质量与耐克、阿迪达斯相比也有一定差距。各运动队甚至媒体对安踏的实力均表示怀疑。这时其他运动装备品牌也加大了对球队、球员的渗透力度，不排除他们存在使我们这个计划流产的动机。这种做法大大增加了我们履行合同的难度。

运动员不愿意穿安踏的产品，俱乐部出于自身利益的考虑，也明里暗里鼓励运动员抵制安踏产品。崴脚本来是篮球训练、比赛中常见的伤病，这本身就不是一个靠鞋能解决的问题，但运动员一旦出现了崴脚的情况，球队就把责任归咎于安踏的鞋不合适，把矛头指向了安踏并捎带着篮协。可以说，刚开始的时候，我们和安踏的日子都不好过。

面对这种情况，我的态度十分鲜明：必须不折不扣地执行合同，绝不能含糊，甚至不惜动用严厉的手段。一方面，我在俱乐部会议上给老总们讲清楚事情的来龙去脉，要求他们服从大局，配合工作；另一方面我在内部一再讲，安踏是在别人不看好我们，也是我们最困难的时候进入的。我们一定要善待安踏，努力为他们排忧解难，这事关中国篮协的信誉问题。

当年是我们第一次提出"服务赞助商"并付诸实施的时候，我就是要通过与安踏的合作，给其他企业一个信心。合同开始时我经常亲自过问安踏的事情，下达指令，解决问题，中篮公司为此也投入了相当大的精力。

为实现平稳过渡，我们也同时出台了一些政策，如在 2004～2005 赛季，球队还可以有自己的装备赞助商；以后一段时间，其他装备赞助商在向联赛缴纳一定的费用后，还可以让一些球员穿着他们品牌的比赛鞋等。

面对这样的困难，安踏表现出了非凡的勇气。在产品设计上，他们请来了世界上最好的设计师；在科技含量上，他们建造了世界一流的实验室，并与总局科研所合作；在生产制造上，他们采用了先进的材质和工艺；在产品服务上，他们为每一位 CBA 联赛的球员测量脚形，定制产品。仅仅一两年时间，安踏迅速接近并赶上了世界先进水平。安踏的产品也从 CBA 走向了 NBA。不少 NBA 球员都开始穿着安踏战靴在赛场上征战了。赞助 CBA 联赛大大增强了安踏的研发实力，促进其产品更新换代，充分反映了竞争对民营企业的推动作用。这段经历体现了安踏人永不止步的精神追求。

我想特别表扬安踏一位名叫杨春的小伙子，是他带领安踏的服务团队克服了重重困难，终于取得了俱乐部和球队对安踏产品的认可。这个过程超乎寻常地艰难，需要极度的耐心细致，不厌其烦，而且还要时常经受委屈、责难和不公；这需要非凡的勇气和韧劲儿，作出不懈努力。我相信他们这个团队虽然历经磨难，但一定能挺过来。现在想起来，当时签那个合同时大家都是需要勇气的，但勇气得到了丰厚的回报，正如丁志忠后来在接受媒体采访时所说："当时的 CBA 不是今天的 CBA，当时的安踏也不是今天的安踏；但是这些年我们一起走过来，CBA 在增值，安踏也在增值。我们在合作的过程中实现了共同成长。"

是的，这些年来，安踏与 CBA 的合作堪称运动项目与企业合作共赢的样本。从安踏方面看，与 CBA 的合作，不仅促进了公司管理水平的提升，科技实力的增强，而且积累了丰富的体育营销经验，最终成功上市，从民营企业发展成为国际化的公司，最终奠定了他们在中国体育装备市场上的领军地位。这几年我们见证了一个民族企业的快速成长。在 2004 年与 CBA 合作时，安踏一年的营业额仅 3.1 亿元，而一年后就达到 6.7 亿元，到 2006 年达 12.5 亿元，2007 年达 29.8 亿元；2008 年达 46.3 亿元，2009 年达到 58.7 亿元，每年以近 100% 的速度增长。可以说，丁志忠先生以其独到的眼光和魄力，在企业成长的关键时期，选择与 CBA 合作，抓住了发展的契机，成为民族企业腾飞的范例。

从 CBA 的角度看，想当初，我们是心急火燎地四处寻找赞助企业，而现在寻求合作机会的企业纷至沓来，这是多么大的变化。一个典型的例子就是，当初与 CBA 签订运动装备合作伙伴协议时，每年仅需 1 000 万元（不包括运动装备投入），一些大品牌尚且犹豫不决，而到现在仅签一个 CBA 联赛指定用球，据说耐克就支付了约 2 000 万元；就连 NBL 联赛的运动装备，李宁公司现在也要付出每年 1 000 万元的代价，两相比较差别巨大。

看到安踏与 CBA 联赛共同成长的良好局面，李宁公司和耐克都很后悔当初把机会拱手让给了安踏。李宁公司的高层曾跟我说：他们所有的运动装备里就数篮球鞋卖得最好，失去了 CBA 联赛这块阵地实在太可惜了！

对此，中国篮协的另一个重要合作伙伴骏业珠宝有限公司董事长何文先生曾经说过一句话："如果一个企业想参与到篮球联赛中来，那他就应该时刻想着如何让 CBA 联赛的品牌变得更有价值，联赛值钱了，企业的投资才有意义。"应该说，这反映了企业经营理念的差异。

这个赛季有点味道了

尽管前期的准备工作一波三折，历经艰辛，充满挑战，但通过大家的不懈努力，还是克服了障碍，新赛季如期拉开了大幕。

2004～2005 赛季 CBA 联赛的开幕式在福建晋江举行，晋江市政府对开幕式给予了很大的支持。浔兴俱乐部更是责无旁贷地付出了必需的人力和财力，做了大量工作。与以往不同，这次的开幕式由公关公司提供整体策划，整个演员队伍都是从北京带过去的，还从上海请来了 NANA TEAM 拉拉队。

开幕式定在 11 月 14 日，当时我坐在主席台上观看整个表演流程，的确感到耳目一新，觉得这笔钱花得值。媒体也用激扬的文字报道了那天的盛况。

搜狐记者是这样写的："霓虹灯为背景的映衬下，一个宏伟的八爪形灯架徐徐升起，随着烟花由地面喷出，场地中央一个巨型 CBA 篮球在劲爆的音乐声中从中间裂开。一个穿着传统太极服装的年轻人，以中国太极招式表演花式篮球。开幕式的现场气氛迅速被推向了高潮。"

接下来还有花式篮球表演、"狮戏篮球"表演、踢踏舞表演。在我这个 50 多岁的"老人"看来，节目安排很紧凑，充满了青春气息，把一个容纳 4 000 多人的体育馆搞得热火朝天。

最后是国家体育总局副局长、中国篮球协会主席张发强宣布新赛季 CBA 联赛开幕，并同当地领导一起按动了一个精致的水晶球。场地两侧两支火箭飞向天空，点燃了"CBA"及"晋江"的字样。令人耳目一新的新赛季开幕式在观众的热烈掌声中结束了。

中国联通的品牌总监、留美归国的博士李先生是一个篮球爱好者，在现场观看了精彩的演出。他坐在我旁边，一边鼓掌一边对我说出了他的评价："这个开幕式有点 NBA 的味道了。"

在新华社记者徐济成的一篇文章中，做过这样的表述：

“2004 年应该成为中国篮球的‘新政年’，有很多‘第一次’值得回忆：中国男篮第一次聘用外籍教练；9 岁的 CBA 男篮甲 A 联赛第一次取消了升降级制度；第一次实行南北分区；第一次采用一周三赛赛程；第一次改革商务模式，将一个冠名赞助商升级为三个战略合作伙伴；第一次引入新闻发言人制度；第一次聘请专业体育咨询公司为联赛设计未来发展规划；第一次请北大光华管理学院的教授为联赛进行咨询，并为各俱乐部总经理举行市场经济知识讲座；第一次提出‘服务赞助商、服务媒体、服务球迷’的‘三服务’口号；第一次自己出资聘请专业公关和执行公司为联赛服务；第一次为 CBA 联赛总冠军球队队员和教练打造价值连城的总冠军至尊钻石金戒……”

在我看来，这是一套组合拳，重拳出击，才能造出声势、打开局面，犹如在平静的港湾里推动小船，起步时很难，一旦动起来，水势风势形成了，随之就会迎风破浪，扬帆远航了。

总决赛惊天大逆转

2005 年 4 月 23 日，星期六，2004～2005 赛季 CBA 联赛总决赛的第五场比赛在南京打响。此前广东、江苏打成 2:2 平，按这个赛季的规程，总决赛采取五战三胜制，就看这决定性的最后一场球了。

为最后的颁奖，我们请到了国家体育总局局长助理肖天同志出席，主要赞助商和篮管中心各相关部门负责人悉数到场。至尊鼎也摆放在现场，尊贵典雅，具有极强的诱惑力。一切工作准备就绪。

这是一个开创了如此众多“第一次”的赛季，联赛的面貌发生了重大变化。我在南京时，看到一张当地的报纸报道，在总决赛第五场比赛前夕，南京一个理发师在工作时聊起总决赛，结果一剪子把客人的耳朵剪破了；在南京赛区出现了总决赛一票难求的局面，黑市票价最高炒到 3 500 元一张，创造了 CBA 联赛最高票价的纪录。而正是从这个赛季开始，NBA 电视台转播了 CBA 联赛总决赛的全部 5 场比赛，NSPN 电视台则从季后赛开始就向亚洲地区进行了直播。这在 CBA 联赛历史上也是第一次，说明联赛的影响力在不断扩大。

从 4 月 13 日开始的总决赛，紧张激烈，精彩纷呈而又充满悬念，吊足了人们的胃口。比赛对抗程度加剧，观众情绪日益高涨，赛场秩序问题又一次被提上日程，尤其是针对裁判员判罚的质疑，往往伴随着矿泉水瓶子和其他杂物的“袭击”。因此早在总决赛前，我就想到聘请外籍裁判员执裁的问题。没有想到的是，在把任务布置给竞赛和外事部门后，没有得到反馈。我有点奇怪了，为什么以往在执行力方面表现突出的部门，这次却这么拖拉？我一问才知道，原来中心竞赛和综合部门负责人都认为没有必要请老外，我们自己的裁判完全可以搞定，因此态度不积极。此外聘请外籍裁判要通过国际篮联，还要寻找他们的空当期，不像想象的那么容易，于是就拖下来了。我一听这还了得，总决赛迫在眉睫，最后阶段出了问题怎么办？于是把他们找来批了一通，要求他们立刻落实。他们不清楚，我请外籍裁判的想法绝不仅在于保证总决赛的顺利进行，而是想借此打开与国际裁判界交流的大门，在理解规则和执法尺度方面与国际接轨，促进我国裁判员整体水平的提高，争取进入国际裁判员的圈子。

最后请来的两个外籍裁判都大名鼎鼎，一位叫拉扎罗夫，希腊人，曾是执裁 2004 年雅典奥运会男篮决赛的主裁判；另一位叫伊万·扎卡拉，斯洛伐克人，是国际篮联技术部主任考特莱巴的老乡及好朋友，被中国球迷称为“戆豆裁判”。他们在总决赛中一亮相，就获得了一片赞誉，不仅判罚准确，不徇私情，而且管理严格，落落大方，把场面控制得很好，分寸拿捏得恰到好处，得到我国运动员、教练员和裁判员由衷的钦佩。总决赛进行得十分顺利，避免了裁判方面的质疑和纠缠。事后，中心相关方面负责人私下里都表示：“还是老同志想得周到！”

总决赛第五场的比赛打得扣人心弦，也颇有戏剧性。江苏南钢队几乎领先了一个整场，在第四节还有9分钟时最多还领先16分。就在几乎所有在场的人都认为江苏队必胜无疑时，广东队开始发力了。反击首先由李群的三分球开始，而后朱芳雨担当了主角，他连续投中三分球，掀起了追分的狂潮，给江苏队以致命的心理打击；还有积臣的强行上篮投中并造成对手犯规，加罚命中的三分；其间又有易建联拼抢篮板球的保障，广东队有如神助，全面开花。而反观江苏队则心态失衡，士气涣散，投篮不进，失误频频，就此被广东队打垮。广东宏远在客场实现了一次大逆转，开创了CBA联赛的一个纪录。这是广东宏远第二次捧起总冠军奖杯，对他们的崛起意义重大，由此开创了经久不衰的“宏远王朝”。

江苏南钢的球迷早已准备好庆祝游行、彻夜狂欢，没想到被迎面浇了一盆冷水。尤其在领先的情况下被翻盘的结果，让球迷们不能接受，心理反差巨大，表现冲动。颁奖仪式由于客队获胜而开得了无趣味，甚至有些战战兢兢。在我们为宏远球员颁奖时，就有矿泉水瓶子扔下来，还有人骂“黑手”。颁奖本应是一个喜庆的场面，结果搞得草草收场。这也是主客场赛制的遗憾吧。肖天很不满意，对江苏方面提出了批评。

比赛的结果就是这样，有人欢喜有人愁。然而，我没有想到也不愿意看到的后果是，这场比赛造成了江苏男篮的持续低迷。江苏队是CBA最好的球队之一，他们人才济济，阵容整齐，打球很有灵气，是公认的总冠军的有力竞争者。但自从输了这场球后，他们似乎失去了断臂求生的意志和追求，经常在关键时刻顶不住。尽管他们连续五年保持了CBA联赛的前三名，但再没有看到他们在2005年总决赛时所表现出来的信心和气势，令人叹息。戴梦得的何总认为，如果那次是江苏队获得了最后的胜利，那么江苏队和江苏的年轻运动员绝不会是目前这样的状态。这是心智和自信的差异，当没当过“王者”，其心态和心理是大不相同的。我很同意他的看法。

在CBA联赛9年历史上总共有3支队伍杀进总决赛，其中八一队7次获得总冠军，这自不必说，另外两支队伍就是上海大鲨鱼队和广东宏远队。上海大鲨鱼队3次冲击总冠军，获得过一次总冠军；广东宏远队则是在第二次冲击中始获冠军。实际上，冲击总冠军的过程既是实力的较量，更是心理的磨砺锤炼过程，更多的往往不是实力问题，而是心态问题。其实当时的上海和广东已经具备夺冠的实力了，但还没有一颗冠军的“心”，因此前几次的冲击往往功亏一篑，无功而返。这就是俗话说的能否捅破这一层“窗户纸”的问题。你捅破后就不一样了，这就是竞技体育的规律。江苏队没能捅破这层“窗户纸”，从而影响了它以后数年的成绩。这是不言而喻的，也是十分可惜的。

由此我想到了《亮剑》，面对强敌你敢不敢亮剑？明知对手强大，也要敢于亮剑，我们的球队必须有这种胆略和气势，才能把自己的技战术水平发挥出来，没有这个前提就不能成为王者。而有些球队，从教练员到运动员都没有一个强有力的领袖人物出现，用自己的性格和气质来影响这支队伍。它就差了这么一点。

事后，我问宏远俱乐部董事长陈海涛当时他坐在球队席上的感受怎样，他回答说“翻江倒海”，生动地描述出当时的心境。这和我在国家队坐席上的感觉一模一样。

2004～2005 赛季是成功的，有网友评论说：“民族的 CBA 的第二个巅峰已经拉开了大幕。”《中国体育报》在年终专稿中指出：“全国男子篮球联赛（CBA）的改革最为引人注目，经过重组和重新包装后推出的 CBA 联赛面貌焕然一新。新赛季的 CBA 节奏快了，新人多了，比赛更激烈，更富悬念，展现了良好的发展态势。”

也正是在那个时候中国足球的问题集中爆发了。这一上一下，中国篮球职业联赛终于开始得到更多关注了。到我离任时 CBA 联赛已拥有中国移动、安踏、戴梦得、UPS、天梭表、柒牌男装等多家著名企业赞助商，CBA 的品牌价值正在凸显出来。

但是，在 2004～2005 赛季，我们的商务开发情况并不令人满意，CBA 联赛还得勒紧腰带过日子。

广东宏远队获得 04－05 赛季总冠军，朱芳雨高举至尊鼎欢呼庆祝

第三章 品牌打造：形象内涵一个都不能少

CBA 品牌建设

2004 年 7 月，经过中篮公司的精心准备，篮协开始进行联赛公关公司和执行公司的招标工作。当时有很多企业前来应标。其中包括八方环球、实力媒体、梅陇公司、拓亚公司、前锐公司等。这些公司是国内在媒体运营、公关、咨询服务等方面都表现非常出色的公司，具有一定的国际背景。在招标会上，他们从联赛的品牌塑造、运营理念、媒体服务、球迷服务、赞助商服务、危机公关、公益计划、内部关系、外部环境、执行力等多个角度阐述了自己的观点，表达了他们为 CBA 联赛提供服务的愿望。

说实话，那时我对品牌几乎没有多少概念，因为长期在学校和科研单位工作，涉及到的多是教学、科研方面的工作。早期在篮管中心时我主要也是分管训练竞赛工作，对市场经济的知识了解有限，听到这些公司在阐述品牌战略构想时我很受启发，产生了浓厚的兴趣，由此开始了对品牌的关注和学习。

随着 CBA 品牌建设工作的进程，我逐渐明白了品牌对于 CBA 的重要性。这也解答了长久以来我心存的一个疑惑：为什么 CBA 与 NBA 在赞助商资源方面存在如此大的差异？长期以来，我们都把中国移动、联想、国航、蒙牛等大公司作为我们的目标客户，但它们都对美国的 NBA 趋之若鹜，而对本国的 CBA 相当漠然，其重要原因之一就是品牌的价值和实力上的差距。

经过与这些公司近一个月的沟通、研究，我们最后确定聘用实力媒体为联赛的公关公司，聘用拓亚公司为联赛的执行公司。

实力媒体体育赛事部门的负责人叫张庆。这是一个来自宁夏的小个子，毕业于中国青年政治学院。在到实力媒体前，曾在团中央、李宁公司工作过。我对他的感觉是口齿伶俐、思维敏捷、思路清晰、知识面广，由于长期从事媒体与推广工作，信息来源广，反应敏锐，经常有一些独到的见解。从这次的合作开始，张庆和他带领的团队与篮球结下了不解之缘。可以说，从此开始直到我退休离开篮协，几乎每一个关键决策的酝酿、每一个重要活动的策划、每一个重大事件的解决都有他的参与和贡献。在这期间张庆也换过几家公司，从实力媒体到一动体育，最终成立了自己的公司——关键之道。每次他“改换门庭”都保持了与篮协的合作项目，其主要原因是我们认可他个人的能力和水平。张庆在体育创意和策划方面显示出的才能，自始至终对篮球事业的热情专注以及相对稳定的服务团队是我们认可他的主要原因。

实力媒体进入后，开始在联赛推广和包装上显示出他们的实力，CBA 联赛也逐渐形成自己的风格和特色。这一时期的特点是有计划地进行品牌形象塑造，提出了“年轻化、公益化”的品牌策略，以“我的球队、我的比赛、我的 CBA”为品牌主张，着手建立和形成 CBA 赛事品牌的差异化及其发展系统，并开始形成系列，通过每个赛季的阶段性推广主题，以及重大活动如开幕式、全明星赛体现出来。例如，2005 ~ 2006 赛季提出“该你上场了”、2006 ~ 2007 赛季的“烽火诸侯”、2007 ~ 2008 赛季的“三剑归一”等，各个生动鲜活，富有内涵和特色，起到了很好的宣传作用。

北京
2005. 3. 30
李元伟为 CBA 新标志“篮球面孔”添色
图片来源：全体育图片社

在他们的策划中十分注意引入中国传统文化元素，例如新联赛标志“篮球的面孔”，就是把京剧脸谱的形式与篮球结合，在 2004 ~ 2005 赛季南京全明星赛上第一次运用了“武侠”概念，加上几个赛季的年度主题，使包括武术在内的中国传统文化与 CBA 联赛有机结合，不仅展示了中国传统文化的魅力，而且也形成了一个时期内 CBA 联赛文化的特色，获得很多人的赞许。

CBA 的公益形象

2005 ~ 2006 赛季，有一件事给我留下了深刻印象。在东莞举行的开幕式上，一位新疆维吾尔族少年出现在现场领唱国歌，把开幕式推向了高潮。这个孩子是 10 岁的迪力穆拉提 · 图尔逊，来自新疆阿克苏阿恰乡，是 CBA 援建的第一所希望小学的学生。

这个创意获得了成功，很多人被深深地打动了。这是我们推行的公益计划带来的成果。

张庆投入工作后，提出的第一个重要建议是与中国青少年发展基金会合作，成立“CBA

与我共成长公益计划”。青基会在建设“希望小学”的行动中产生了巨大的社会影响，形象和口碑非常好。与青基会的合作，肯定能够赋予 CBA 年轻、健康、向上的品牌内涵。

2006.7 西藏林芝，李元伟在援建西藏希望小学的奠基仪式上

但设立专项基金对于我们来讲是一个新鲜事物。尽管以往的联赛也搞过一些公益活动，但都是零碎的、随意性的，没有明确目标和周密计划，也没有与联赛文化及品牌建设联系起来。要建立基金，就要投入，当时篮管中心的经费紧张，聘请公关公司和执行公司已经投入了经费，要不要做也需思量。张庆在阐述他的方案时很有说服力，也符合我的思路，就是要对外展示中国篮球人的社会责任感和爱心，树立良好的社会形象。经中心班子研究，决定接受他的建议，并拿出姚明上缴给篮协的头一笔资金 16 万美元作为公益计划的启动资金，然后号召各俱乐部和合作企业支持这一计划。安踏第一个响应，慷慨解囊，斯伯丁、雷速、各家俱乐部纷纷表态，给予大力支持，很快就筹到了近 500 万元，最终使这个基金超过 1 000 万元。

在 2004 ~ 2005 赛季新闻发布会上，我第一次见到了青基会副秘书长汪敏。这是一位非常优秀的女同志，开朗、活跃、阳光、活动能力很强。汪敏原在商务部工作，有一个不错的职位和前途，后来她自愿献身于公益事业。我听说后对她肃然起敬。用安踏老总丁志忠的话来讲，汪敏是一个能给他人带来快乐的人。

在四五年时间内，“CBA 与我共成长公益计划”共在新疆、西藏、广西、云南、湖南等地建立了 6 所希望小学，建立了 50 个希望图书室、280 个希望体育室，得到良好的社会反响。当我在新疆、西藏少数民族偏远地区，亲眼看到那里学校贫困、简陋的情况后，更坚定了倾全力帮助他们的决心。从此以后 CBA 联赛的重大活动，我们都要为贫困小学生做一些事情，把公益活动坚持下来，形成了传统。

此后，每一次面对自然灾害，如东南亚海啸、国内洪水泛滥、汶川大地震等，捐款已成为 CBA 赛区、俱乐部和运动员自觉的行动。刘玉栋、焦健、张云松去看望身患癌症的小球迷；在总决赛时，全场观众为去世的小球迷默哀；充分显示了 CBA 联赛的健康向上，展示了良好的社会形象。

在实行公益计划过程中，东莞新世纪俱乐部表现最为突出，每次捐款都走在前头。这与其老总梁志斌的为人有直接关系。他曾投资一亿多元人民币在东莞建了一所中学，无偿交给市政府。鉴于新世纪俱乐部历年在社会公益活动方面的突出表现，在 2008 ~ 2009 赛季开幕式时，我们以中国篮协和中国青基会的名义授予该俱乐部“公益标兵”称号。

至尊鼎和牟作云杯

说起联赛的品牌建设，就不能不提到骏业珠宝有限公司和它的总裁何文先生。何文先生是一个很低调的人，这和他经营的“戴梦得”品牌的产品——钻石、翡翠形成了强烈的反差。何总曾经在大学里担任学生会体育部的部长，同时又是中国最成功的珠宝品牌之一——戴梦得的经营者。在商场上长期的磨砺，使得他对市场、品牌以及文化之间的关系有着深刻的认识，因而他对提升 CBA 联赛的品牌价值和社会知名度有自己独特的观点和视角。

在洽谈合作时，何总就反复强调：我希望通过“戴梦得”与 CBA 联赛的合作，能给 CBA 联赛赋予一些精神层面的内容。“我们所做的事情就是要提升 CBA 联赛的价值。联赛的价值提高了，所有合作企业也就值钱了。”这是他经常强调的一句话，给我留下了深刻印象。戴梦得的产品是要体现一种精神文化上的追求，希望 CBA 联赛也有自己的文化。那么这种文化的内涵，就是他领导的品牌所一贯追求的——实现人们的梦想，无论是珠宝文化及其产品，还是体育赛事，其核心内涵都是要通过不懈的努力实现自己的梦想。戴梦得之所以热心参与 CBA 联赛，除了企业的社会责任感以及对于篮球文化的热爱，也是看中了珠宝文化和体育文化在这一点上有着完美的契合，希望通过与 CBA 联赛的合作，共同提升品牌价值，营造一种梦想获得成功、梦想获得荣誉的文化氛围。正因为如此，何总在联赛提供给他的广告板上没有布置任何有关戴梦得产品的宣传内容。32 米 ×1 米的画幅上，只有一句凝练的口号：“打造至尊辉煌，镶嵌冠军梦想。”它完美地诠释了 CBA 联赛的核心价值观，十分引人注目。

在 2004 ~ 2005 赛季联赛开始之前，调研小组酝酿设置一个永久性的流动的冠军奖杯，并开始征询设计方案。这时何总提出，戴梦得愿意无偿提供支持，并随后提交了既有中国特色又有王者风范的中国篮球“至尊鼎”的设计方案。这个鼎的创意十分新颖而又高明，它是从重达 3.8 吨的优质缅甸翡翠中切割出一块完整的玉，手工雕琢而成，由制作北京奥运会标志“中国印”的中国国宝级工艺美术大师蔚长海亲手操刀完成。这个在世界各国篮球职业联赛中堪称独树一帜的创意，无疑是中国传统珠宝文化与体育文化的完美结合，为 CBA 联赛增添了厚重的文化内涵。

在至尊鼎的制作过程中，我曾邀请 NBA 业务总裁海蒂 · 尤伯罗斯观看奖杯的制作。在一间简陋的工房内，她看到了晶莹的玉鼎半成品，十分惊叹，赞不绝口。鼎完工后，中国篮协把这个奖杯命名为“牟作云杯”，以纪念为中国篮球事业奋斗一生的篮坛泰斗牟作云老先生。

至尊钻戒

2005 年 1 月 19 日，在宁波雅戈尔体育馆，穿着八一队出场服的刘玉栋在欢声雷动中走上

2005.4.13 李元伟与何文先生在中国篮球至尊鼎暨CBA总冠军牟作云杯揭幕仪式上合影

舞台。在戴梦得总裁何文先生向刘玉栋颁发了戴梦得“CBA10年战神钻戒”的证书之后，我登上舞台为刘玉栋戴上了象征CBA10年最有价值球员的钻戒。

当刘玉栋绕场一周向观众致谢的时候，一个由30多个军人组成的方阵突然全体起立，向刘玉栋敬了一个神圣的军礼。在那一刻，刘玉栋，这个在球场上骁勇善战的人，闭上眼睛深情地亲吻了钻戒。他随后的发言也十分动情：“感谢10年的CBA给了我这个机会，每一颗钻石都是我跟队友拼搏的象征。感谢全国球迷的支持，感谢八一队的全体队友，如果没有他们的支持，没有八一队的培养，这枚钻戒的分量也不会有这么重！”

那个夜晚，我的心情也是久久难以平静。当初，中心内部对选出一个球员作为10年联赛的代表有很多不同意见。有人质疑联赛推进是各方共同努力的结果，选一个人来做代表是否有说服力，也有人建议10年选10个人是不是更为合适，我认为由一个绰号“战神”的球员来享受这个荣誉，他是配得上的。与其选10个人来作为一种平衡，不如把焦点集中在一个立下赫赫战功的球员身上。相信许多球迷也和我的心情一样激动，为他们喜爱的“战神”感到骄傲。这里体现的是一种“以球员为本”的理念。

钻戒设计用心良苦，精心打造而成。浑厚庄重的造型寓意深远，精心镶嵌的颗颗钻石熠熠生辉，展现出它精美绝伦的气韵。它们不仅仅是物质奖品，更强调了精神文化层面的东西，蕴含着“顶级”、“至尊”、“梦想”等含义。戴梦得提供的至尊鼎和总冠军钻戒极大地提升了CBA联赛的品牌价值和吸引力，对运动员奋力拼搏、争取崇高荣誉所产生的激励作用是空前的。这些都不是能用金钱衡量的。

2009年年底，戴梦得在与中国篮协五年合同到期之后，选择了退出。这是一件令人遗憾的事情。这个合作的中止，不仅是戴梦得的损失，更是中国篮球的巨大损失。对于戴梦得来讲，前期的合作刚刚奠定了一个基础，未来正是大展身手的时候；而对于CBA联赛来讲，通过五年的合作，戴梦得至尊钻戒已经成为运动员职业生涯的梦想和最高荣誉的象征，但突然之间这个象征没有了，他们将是多么失望啊！苗立杰和宋晓云都说过，她们2009年选择转会的一个很重要的原因就是想圆带上总冠军戒指的梦想。据说，戴梦得退出的原因在于联赛理念和价值观上的分歧，作为合作的双方，拥有共同的理念、价值观及追求是最重要的，这正是运动项目与社会各界携手共进的基础。我所了解的何总，在追求品牌、价值理念方面是一个十分执著的人，以球员为本和追求完美是他不能妥协的原则，如果在这方面不能达成共识的话，分手也许就成为不可避免的事情了。从这一点来说，我为戴梦得和CBA联赛的合作不能延续而感到深深的惋惜！当然，这是后话了。

在专业公司的帮助下，经过全体篮球人的共同努力，2005年的CBA联赛开始给人耳目一新的感觉，品牌形象逐渐变得清晰。

牵手盈方　成就大局

栽下梧桐树，引来金凤凰。由于2004～2005赛季的成功，大家看到了联赛改革后的新面貌，看到了联赛的价值，赞助商热情也高了。

一个关键的客户在这个时候出现，那就是瑞士盈方公司。

瑞士盈方（Infront）号称世界最大的体育运动管理公司，其前身是欧洲最大的传媒集团之一、德国的柯尔西传媒公司的体育分部，被瑞士收购独立发展后实力更加强大。在中国，盈方公司为人所知主要是因为它与中国足协福特宝公司合作，参与推广中超联赛。

当时盈方中国公司的总经理是王应权。王应权曾任国际管理集团中国部总经理，对中国体育非常熟悉。他在成为盈方中国公司总经理后，希望能在中国找到更多的合作项目，CBA联赛在这时成为他的目标。

当时的中篮公司总经理严晓明以前曾在国际管理集团工作过8年，是王应权的老部下。谈判桌上彼此之间可以说是知己知彼。最后，盈方中国及其瑞士总部接受了我们提出的基本条件，达成了合作意向。

按双方的合作计划，盈方中国和中篮公司合作成立中篮盈方公司，由合作公司负责联赛的运营。盈方瑞士总部保证合作公司给联赛提供必需的资金。在实现盈利后，双方按事先商定的比例分成。

由于双方的合作期限较长，超出了我的任期，因此中心把合作方案报给总局审批。就在等待总局批准期间发生了一件事，令我难堪：当时《中国体育报》竟全文刊登了我们报给总局的合作内容。由于涉及到商业秘密，盈方为此还提出了交涉，我对此也感到很无奈。好在总局批准之后，合同还是非常顺利地签下来了。从这时起，CBA联赛的财务问题算是从根本上得到解决，一块石头终于落地。

虽然联赛的收益有了稳定的保障，但其收入的主要部分是要用于发展联赛的，篮协和篮管中心的收益还是没有保证。篮协的收益应该来自国家队的经营。后面发生的事情表明，和盈方合作经营联赛所产生的收益是会被进一步放大的。

在我上任之前，国家男子篮球队的商务推广经营权曾签给了中体产业所属的竞赛公司。这家公司每年只给中国篮协300多万元人民币。合同期到2006年1月结束。在我到任的前一天，这家公司还差点拿到了延长合作期限的合同。所幸他们的签约行动被总局及时阻止。国家女子篮球队的商务推广经营权也已经签给了北京亚特拉斯体育文化发展有限公司，合同期到2008年3月结束。

在解决了联赛的招商问题之后，中篮公司立即又投入到国家队经营权的招商工作中去。我们还是采取公开竞标的办法。由于事关2008年北京奥运会，我们在赞助金额、品牌建立等条件之外，着重强调了合作方要有能力为国家队的备战提供有效的技术支持和保障。

在所有参与竞标的企业中，实力最为突出的是NBA中国公司和盈方中国公司。对盈方中国来说，他们刚刚拿到CBA联赛的推广权，如果国家队的推广权旁落，在赞助商资源及球员资源上必将面临残酷的竞争。而当时NBA总部已经把开拓中国市场作为其国际化战略的重点，指示NBA中国公司寻找合适的切入点。如能借助中国国家男篮参加2008年北京奥运会这个历史契机，一定可以成为全方位展现NBA实力的大舞台。所以，双方均势在必得，展开了一场激烈的竞争。

对于NBA的进入，我感到十分意外。因为早在2003年年底，我曾经约请NBA亚洲区总经理邓文光和马富生吃饭，探讨与NBA合作的可能性，意向中包括联赛和国家队的内容，但事后并没有得到他们的响应。何况，让NBA拿钱出来合作是一件十分困难的事情。而这次NBA愿意投入取得中国男篮推广权的举动，使我隐约感到他们的发展战略有了重大改变。

双方的商战一开始，盈方就处于弱势。NBA利用他们在技术层面上的优势，向我们提出了国家队可以每年到NBA参加夏季联赛，NBA派有经验的教练训练国家队，提供训练计划、训练设施等，这对国家队很有吸引力。NBA总部也非常重视这次竞标，其国际副总裁麦世安因为这件事专程来中国多次。

在篮协的内部会议上，包括我在内的几乎所有的意见都倾向于和NBA合作，毕竟他们在技术方面能给中国队提供更多切实的帮助。因此和NBA的谈判很快就进入了商定合同文本的阶段。这时，即便已经处在完全不利的状态下，盈方的王应权总经理也没有放弃希望，还在努力地争取。

和NBA的合同文本谈判进行得不是很顺利。双方在合同细节上常常各执己见。屡屡需要高层直接对话才能达成妥协方案。最后在有关续约条件等一些问题的法律表述上，双方的律师发生了严重的分歧，这些分歧最后导致了合同谈判的破裂。其实导致谈判破裂的更主要原因是，我们希望能够考虑到盈方在推广联赛上的利益，毕竟国家队和联赛是不可能截然区分的，未来一定会产生惨烈的竞争，而盈方一定不是NBA的对手。

我们试图在NBA和盈方之间划分一条界线，以确保双方的利益。显然，这是不能被NBA认可的。最后，我还想让NBA作出一些姿态，以安抚盈方，包括为CBA联赛带来一两个赞助商等，但也被NBA拒绝。如果就事论事地讲，我们的提议在商业上的理由是不充分的，但我们也有担心以及更长远的考虑，我们的担心来自对NBA强势做法的担忧和不信任。如果NBA将国家队和联赛的权利都拿走，中国篮协会不会沦为NBA的附庸？这是我们无论如何不能接受的，而这样的可能性是存在的。从另一个角度看，改革开放以来，中国本土品牌与国际品牌的合作有不少教训值得汲取。比如有的品牌试图通过市场换技术，结果是技术没到手市场却丢了；有的品牌甚至在与国际品牌合作一段时间后便销声匿迹；急功近利的“贱卖”行为更比比皆是。因此，找到合适的合作伙伴并非看上去那么简单，需要谨慎处置。

这个时候，发现转机的盈方，不会再给 NBA 留下任何机会，他们提出将国家女篮包括在内的一揽子合作方案，增加了投入，并接受了我们提出的要求，最终他们也增加了不少成本。盈方接手国家队的推广，承诺 3 年支付 1 500 万美金，其中包括 500 万美金的技术支持费，正好解决了我们聘请外籍教练的工资。这可是一笔不小的支出，这个包袱甩出去后，我大大地松了一口气。

当我们履行法律手续，将与盈方达成的合作条件提供给中体产业的那家公司时，他们完全没有任何行使优先权的可能。同时篮协又向亚特拉斯支付了违约金，以终止双方的合作。至此，盈方继入主 CBA 联赛之后，历尽艰辛入主国家队。

客观地说，NBA 的进入促进了 CBA 联赛现有格局的变化，对中国篮球的国际化是一个巨大的推动。在国家男篮推广权的竞争中，NBA、盈方、中国篮协之间的博弈，使我们受益良多。

这场战役之后，篮协的日子也终于好过了。盈方的加入使我们不再捉襟见肘，不再有后顾之忧，因此我对他们的支持始终心怀感激之情。

改组中篮公司

在市场局面打开之后，我开始考虑如何整合目前篮协所拥有的商业资源。在 2005 年各项工作都在顺利推进的时候，我在商务开发上有过一次深刻的教训。

我上任的时候，耐克是国家队签约的装备赞助商。女篮的合同期到 2005 年结束，男篮的合同期到 2006 年结束。

李宁公司那时候特别想成为国家篮球队的赞助商，为此曾作出很大努力。不过李宁公司那时的服务和产品，与耐克的相比还有一定差距。女篮曾经用过一段时间李宁的装备，但是队员都不太满意。可能李宁公司也意识到这些问题，一段时间后，就退出了国家队赞助商的竞争。

李宁公司退出后，耐克没有竞争对手，随之他们改变了谈判策略，本来女篮合同已经到期，但他们迟迟不谈，非要把女篮跟男篮的合同绑在一起谈。这期间女篮的服装他们也给，但就是迟迟不签协议。

本来我是希望有其他一些装备厂商能参与竞争，采用招标的方式来选择。但当时的局面是耐克公司外无竞争对手，内有良好人脉。而且耐克还答应 2006 年以后每年可以给中心 1 000 多万元。于是这个合同就签了。

雅典奥运会之后，排球中心和阿迪达斯签了每年 200 多万美元的装备赞助合同。听说后，我十分懊恼。我们在商务开发方面缺少经验，也没有请专业公司来帮助调查，以至于在谈判中没有更好地掌握主动权。因为这个合同，耐克负责谈判的高级主管升职了，他后来成为耐克公司中国体育市场总监。

有了此前与耐克国家队签约的教训，我觉得，一方面应该把商业资源开发的工作集中到公司按市场化的方式来运作；另一方面，虽然我们在一些项目上已经有了好的商业合作伙伴和稳定的商业收益，篮协仍然要有不断提高资源市场价值的服务意识，这项工作同样需要在市场机制下进行。篮协拥有很多资源，但长期拿在自己的手里没有开发，产生不了效益。资源闲置就是浪费，低价贱卖就是砸自己的饭碗，而这种情况已经存在多年了。坦率地说，篮协的工作人员从意识观念到市场知识都不具备有效开发的能力。

事实上，篮协所属的中篮公司当时的状态并不尽如人意。中篮公司自1998年成立，虽然想利用篮协的资源做一些商务开发，但由于缺乏好的经营理念，收入只能勉强维持开支。在国际管理集团退出CBA联赛的经营后，中篮公司仓促接手联赛的推广，几年下来联赛变得难以为继。新更换的总经理严晓明在很多时候要依靠外部力量来做事，内部人员只能完成一些辅助性的工作。此时是下决心改变这种被动状态的时候了。

2005年12月，我的两项提议在中心主任办公会上获得了通过。一是改组中篮公司，改组后的公司要适应新形势下篮球产业发展的需要。二是将分散在中心各职能部门的商业资源集中交给重组后的中篮公司统一经营。

以资源整合为契机，中篮公司成功地收购了巴斯伯格公司。之所以要收购巴斯伯格公司，是因为这家公司的手里掌握着中国篮协的两项重要资源——篮协官方网站以及赛事实时技术统计系统。巴斯伯格公司的总经理尹光环很早就意识到网络将会在联赛中发挥重要作用，并在这方面进行投入，为联赛和篮协提供服务。在收购这件事情上，尹总非常顾全大局，不但将与此相关的权益、设备毫无保留地交给篮协，连他多年建立起来的团队也一并交到了中篮公司，体现出中国篮球人的胸襟和情怀，令人敬佩。

2006年上半年，中篮公司完成了结构及人员的重组工作。经过重组，公司在赛事服务方面的功能得到完善，有利于通过专业化的运作不断提升各级赛事的品牌价值；赛事相关的衍生资源将得到有效控制和利用；公司建立了内部管理系统，将有助于建立一支稳定、高效、实干的专业的体育营销团队。

“为中国篮球创造价值”成为中篮公司的核心理念。

公司重组后，人员的素质和知识结构都得到了很大的提高；随即开始了资本运作、资产重组方面的研究，和摩根斯坦利、德意志银行等风险投资机构进行了深入的研究和探讨。由于国家政策方面的限制，这项工作在半年后被迫终止。

在资源整合方面，中篮公司做的另一件重要的事情，就是和晋江国辉公司签订了一份授权其生产、经营中国篮协专业运动装备的长期合作协议。

2001年，中篮公司与厦门雷速体育用品有限公司（后更名为泉州雷速体育用品有限公司，系晋江国辉公司的子公司）开始合作，授权雷速公司使用篮协商务标志。以前中篮给雷速的授权期限一般不超过三年，因此雷速公司在能否持续获得授权的问题上一直有危机感，所以不敢轻易放弃自己的品牌。而且只拥有短期授权的雷速公司，在标志推广的问题上自然踌躇不前，不愿增加投入。

在得到长期授权后，雷速公司放弃了自身品牌。全心全意地投入到中国篮球协会专业运动装备的生产和经营上来。同时雷速公司同意将上缴篮协授权费的方式由从前的固定价格逐渐过渡到按产品销售额提取。这将使双方的利益更紧密地捆绑在一起。鉴于协议的合作期限较长，为保证篮协的利益，中篮公司在协议中设置了几个时间节点，篮协在一定的时间段后可以重新审视合作是否达到预期的效果。按协议，到2012年，篮协授权产品提成的基数应达到5亿元，届时篮协每年在标志产品方面的收入至少应达到2 500万元。

这同样是一份备受争议的合同，但在将方案上报总局后，总局领导同意了我们的方案。

与此同时，女篮和NBL联赛的招商工作也取得了突破，基本改变了亏损的局面。

经过几年的努力，中篮公司已经摆脱了初期的资金困境，2006年的总资产比2004年增加了387.98%，国家队的商务开发年收入达到了2002年的10多倍；中国篮协2006年商务开发所得总收入也比2003年、2004年的总收入有了约10倍的增长。同时，建立了较为规范稳定的商业运营模式和合作伙伴基础。此外，中国篮协还成立了中国篮球协会器材装备委员会，参展体博会，举办“国际篮球产业论坛”，更好地承担了作为全国篮球管理机构的社会责任，塑造了良好的品牌形象，提升了篮球相关资源价值，为篮球产业的可持续开发打下了良好的基础。

这时再回想一下，2003年篮协全部商务开发收入的总和不到3 000万元，到2007年，我们的收入几乎翻了两番。有人以为，篮协因此发了大财，其实不然。实际上，篮协除购置了2 000平方米的新办公楼这笔不动产外，没有多少结余。我们把收入的绝大部分又投入到CBA联赛和国家队的建设中，以促进中国篮球事业更好地发展。这本来就是我们搞好商务开发工作的初衷。

即便当时的资源整合取得了一定的成效，我还是以为，现阶段中国篮球产业的开发还是比较低层次的。在标志产品经营、媒体运营、草根培训等方面还有很大的潜力，有待进一步挖掘。

很有象征意味的是，我们把篮管中心办公楼的新址选定在北京崇文区的幸福大街上，我衷心希望中国篮球永远能走在幸福的康庄大道上。

第四章
旧去新来：CBA职业联赛诞生

10年甲A退出舞台

有了2004~2005过渡赛季试验的成功经验，我们按计划在2005~2006赛季推出了新的职业联赛。

从2003年调研开始，构建一个新联赛就一直是我们思考的重点，因为直觉告诉我们，联赛多年积累的问题不是靠小修小补能解决的。按照把职业篮球与非职业篮球分开，构成相对独立、相互衔接、各走一径的改革思路，就是要打破现有的格局，建立新的竞赛体系，为CBA搭建一个新平台，按照新的条件和标准吸纳新成员，以此来促进俱乐部的专业化建设，推动职业篮球的发展。形象点说，就是一个“扩建效应”，即孩子长大了，原有的房子不够住了，加之老房子的维修不胜其烦，干脆在原址上翻修改建新房，添置新家具，把过去的破破烂烂做一个彻底清理，以提高每一个家庭成员的生活质量。因此把建立新联赛作为改革的目标，符合事物发展的规律，男子篮球甲A联赛已经10年了，是到该清理一下的时候了。

但要推出一个新联赛可不是一件容易的事情，尤其是要赶在2005~2006赛季开赛前完成这项工作，满打满算就只有半年时间。而在这半年内，既要隆重地告别10年甲A联赛，又要在新的架构和模式上运行新联赛，要做的工作很多，时间是远远不够的。

这就要求我们打破常规做事情，好在从一年前的招商会开始，篮管中心的同志们都有了“超常规”发展的意识。任务来了，先干起来再说。当时整个篮管中心和中篮公司的人员都动员起来，投入到紧张忙碌的工作中去，大家都满怀信心、义无反顾地向前走，呈现出一派时不我待、大干快上的景象。现在回想起当时的情景，我还感到十分激动。

有些事情做起来后，你才知道它的困难。例如，要隆重地告别甲A联赛，拟议中要评选表彰10年甲A的先进单位和个人，那么仅拟定评选标准和程序就不是一件简单的事情，想到这一点，我委托篮管中心综合部主任李金生带几个人去做；要出版画册，就要筹集经费，成立班子，拟定提纲，收集图片，而出版则需要一个周期，这也不是说做就能做到的，我指定训练科研部主任张雄负责（他以前在篮球杂志干过，比较熟悉这方面的业务），由他白手起家干起来；要成立新的联赛委员会，需要拟定章程，谁也不知道这个章程应该怎么写，于是我交代中篮公司总经理严晓明按照公司章程去草拟。那个时期这样的事情不知做了多少。但事情往往就是这样，看似紧张无序却能出活，而四平八稳就可能耽误事儿；边想边干边补台，事情就是这么干起来的。说实话，当时大家就是凭着对篮球事业的热爱和一股热情工作，并没有过多考虑万一搞砸了怎么办。如果现在让我再这么干一遍，我可能就要打退堂鼓了。

说起新联赛的名称还有一个插曲。开始我曾设想按照中超的模式构建一个篮球新联赛，就叫“中国男子篮球超级联赛”，顺理成章。但随着2004年中国足球形势的恶化，负面新闻层出不穷，大家都反对使用与“中超”有关的字眼。那么叫什么好呢？我们绞尽脑汁思考，起了几个名字都觉得不满意，我还曾在东莞会议上向全体与会者公开征询，希望能够有一个响亮而又贴切的名称，但都未能如愿。随着新赛季越来越近，最后已经到了无法再拖的地步。有同志讲，既然没有合适的名称，干脆就叫CBA联赛得了，因为这几年CBA几个字母大家已在频繁使用，约定俗成，与NBA也是一种对应关系，外界容易接受，也简单鲜明。我想想也只能这样了，于是就这样定下来，新联赛的正式名称叫“中国男子篮球职业联赛”，简称“CBA职业联赛”。在这个名称中我们突出了“职业”两个字，目的就是要向真正意义上的职业联赛过渡。

2005年4月26日，在2004~2005赛季总决赛结束三天之后，中国篮协在北京宽沟召开了“CBA俱乐部高层峰会”，这是联赛史上具有划时代意义的一次会议。如果说东莞会议起到了改革的思想发动作用的话，那么一年之后的宽沟会议则确立了新联赛的基本架构，宣告了新联赛的诞生。

在这次会议上，我正式宣布：“从2005~2006赛季推出新的职业联赛，也就是说已经进行了10个赛季的中国男篮甲A联赛完成了其历史使命。从下个赛季起，中国男子篮球最高水平的联赛就称为‘CBA职业联赛’。”

为了肯定和纪念10年甲A联赛在中国篮球事业发展中作出的巨大贡献，我们对10年甲A联赛进行了系统总结，充分肯定了它的历史地位和功绩，评选表彰了10年甲A各方面的代表人物，出版了10年甲A联赛画册、纪念邮票和首日封，制作了10年甲A联赛系列电视访谈节目等，使它的退出隆重而又风光。

我在会议上强调指出：我们将分阶段实施职业化改革计划。从现在起，用三年左右时间，采用准入的方式来规划新的联赛，逐步达到未来职业联赛的要求；也就是采取“设立标准，分步建设，合同约束，合格进入，不合格退出”的做法。为适应这种变革，从篮协到俱乐部的所有人员都应做好观念更新和办事方式的转变，统一步调，协同前进。一方面，对于中国篮协来说，需要本着科学办赛、民主办赛、依法办赛的要求，充分考虑联赛方方面面的意见和要求，重大问题采用民主集中制的方式讨论决定，集中大家的智慧和力量，为推动CBA联赛的健康发展作出贡献；另一方面，篮协与俱乐部共同构建利益共同体，在整体利益最大化的框架内均衡参与各方的利益，形成一种共存共荣的关系。因此，中国篮协除致力于事业的发展、追求联赛的整体利益外，不谋求自身的私利；而俱乐部也必须在服从整体利益的前提下，按照讨论确定的目标和步骤统一行动，从而获取自身的权益。只有蛋糕做大了，参与各方才能得到更大的份额。

会议通过了几项重要决定：

第一，成立联赛委员会，并通过了《联赛委员会章程》，明确联赛委员会由中国篮协授权成立，是管理 CBA 联赛的最高权力机构。

联赛委员会由 27 人构成，其中来自中国篮协的委员共 6 人，来自 CBA 14 家俱乐部、东莞新世纪和北京奥神两家特邀俱乐部的委员共 16 人，以及来自新闻、法律、产业研究、篮球专业等领域的专家委员 4 人，合作企业委员 1 人；组成了常委会，讨论选举了 4 个俱乐部委员和篮协 3 人成为首任常务委员，明确常委会在联赛委员会全体会议闭幕期间行使联赛委员会全体会议的权力；明确联赛办公室为联赛委员会的常设办事机构，在常务委员会的领导下处理联赛的各项日常工作。职业联赛委员会的成立，标志着民主办赛模式的确立，这在联赛民主管理上迈出了一大步。

第二，会议讨论并通过了 CBA 联赛准入制度，并初步确定下个赛季联赛扩军为 16 支球队，在南北分区的基础上对赛制进行改革和完善。

第三，会议决定从下个赛季开始，新的 CBA 联赛将正式命名为"中国男子篮球职业联赛"，不再称为"男篮甲 A 联赛"，彻底取消升降级，将正式启用赛事新标志——"篮球的面孔"。

会议开得圆满顺利，达到了预期目的。《北京娱乐信报》以《篮协十年独断局面结束，CBA 终于实现管办分离》为题报道了这次会议。报道称，"李元伟在会上说，中国男子篮球职业联赛委员会的成立，结束了过去 10 年 CBA 联赛大事都由篮协一家说了算的局面。今后所有关于联赛的重要事情，都将由 CBA 联赛委员会集体讨论决定。会后将尽快成立委员会的执行机构——CBA 联赛办公室。真正实行简政放权，政事分开，管办分离，主动适应职业体育的要求。"

新瓶还需装新酒

新联赛诞生以后，有不少人问：新旧联赛有什么不同之处呢？甚至有人认为，CBA 联赛只是换了个名字而已，与甲 A 联赛并无实质不同。我不认同这样的说法，因为这不符合实际。我认为，新旧联赛的不同之处主要表现在以下几个方面：

第一，最根本的不同体现在"职业"两个字上，它充分反映了新联赛的追求，强调了职业篮球的发展方向。秉承国际视野、本土实践、中国道路的宗旨，因而有了三个服务和四大方针新的发展理念。

第二，联赛的进入方式不同，门槛不同。新联赛取消了升降级，采取准入制的方法扩大联盟成员，摆脱了竞技篮球成绩至上的束缚，提出并强化了"三个服务"的办赛理念。一个准入制就把职业篮球与竞技篮球做了明确的"区割"。

第三，联赛的管理运作模式不同。以前是篮协一家又管又办，现在则明确联赛委员会是联赛的最高管理机构，成立了联赛办公室，体现了民主管理、专业化运作的理念。这是篮协实现"管办分离"的重大举措。

第四，以前 CBA 俱乐部的属性五花八门，有在工商注册的企业法人，有在民政注册的社团法人，还有保持原有的体工队形式。通过构建新联赛，要求俱乐部必须是在工商注册的独立企业法人，实行股份制运作，按《公司法》管理。推动了职业俱乐部建设，也为未来股份制的 CBA 联赛公司的产生创造了条件。

第五，赛制不同。2004 年前的联赛都是实行主客场双循环的赛制，常规赛仅有 22 轮，季后赛三战两胜；而新联赛则实行南北分区，同区四循环、对区双循环，季后赛五战三胜，总决赛七战四胜的赛制，大大增加了比赛场次。

第六，新联赛明确构建利益共同体，实行以“集约化、专业化”为运营特点的新型商务开发模式，统一经营，追求整体利益的最大化。

第七，强调文化建设，实施以和谐篮球为目标的“篮球文化建设模式”，打造体现自身特色的篮球文化。

从这些方面看，我认为新旧联赛有着本质的不同。新联赛在探索具有中国特色的职业体育制度方面迈出了实质性一步，为未来中国职业体育的发展提供了借鉴。至于在实施过程中存在着不尽如人意之处，其原因在于新联赛是脱胎于旧的甲 A 联赛，许多问题在现有体制框架内还不能彻底解决，但它毕竟在前进，至少在我的任内，CBA 联赛每年还是在不断进步的。

准入制是分水岭

要说新旧联赛有什么不同，其实最大的不同就在于准入制的实施。取消升降级，实行准入制是构建职业篮球联赛的核心，是职业篮球区别于竞技篮球的分水岭。

在东莞会议上，我曾经这样描述竞技篮球的表现：“我们对篮球比赛的认识就局限在一场篮球赛上，胜负是最重要的。比赛可万万不能输，尤其是在主场。我们的赛制是以升降级为核心展开的，认为非此不能保证比赛的精彩激烈。于是我们的运动队、俱乐部将主要精力都用在确保球队不掉级上，无暇顾及其他，否则企业退出，俱乐部无法生存。于是不惜花大价钱请外援、从其他球队挖人、做裁判的工作、收买对方球员等消极、腐败的行为都出现了；赛场秩序、观众情绪无法控制等情况层出不穷、不一而足、花样翻新，搞得竞赛的组织者、参与者疲于奔命、防不胜防。”这确实是以前联赛存在的弊病。

以前我们对俱乐部建设有要求但没措施，而俱乐部由于多方面原因也不重视自身建设，存在运作不规范、经营项目单一、重成绩轻品牌、缺乏发展潜力等问题。我们推出的准入制，对俱乐部建设提出了具体、量化的要求，通过评估和规范要求，逐步建立健全有关职业俱乐部管理的各项法规制度，使俱乐部成为产权明晰、制度健全、管理规范、能自我经营、符合市场经济体制要求的实体。各俱乐部在近几年的运作中，逐渐认识到市场开发与经营工作的重要性，逐步改变无所作为、单纯等靠要的思想，开始走上自主经营的轨道。越来越多民营企业参与俱乐部的投资，给篮球俱乐部带来了公司制的经营理念，一批实体化的民营俱乐部正在崛起。从另一个方面讲，对俱乐部要求的同时，也对篮协官员提出了更高要求，也促进了联赛办公室的专业化建设。

准入制不仅是一个进入职业联赛的标准和门槛，也是推动俱乐部建设的手段。在每年一次准入评估的压力下，俱乐部的职业化建设取得了明显的进步。尽管在这个过程中，我们不止一次地遭受来自俱乐部方面的敷衍和抵制，但最终的结果是都在往前走，几年下来，俱乐部的面貌发生了深刻变化。

当然，CBA 准入制的实施过程，与理想的目标有一定距离，这是与我们的国情和体育管理体制密切相关的。这正应了一句老话，中国的事情急不得，不能太理想化，但方向是正确的，俱乐部是在压力下进步的。至于有人只从球队进入的数量看，认为"俱乐部准入制想得很美，做起来大走样。开始时似乎没几个俱乐部能通过，最后却一个不落全部达标"，我们也只能笑笑。评论总是很容易的，因为不用负责任，不用探究一项措施的目的，也不用考虑应对复杂的形势和矛盾，只要脱口而出就行了。而我们却不能这样，我们就是要按照职业联赛的设计，逐步解决问题，锲而不舍地往前走。我坚信，付出总会有回报。

经过准入评估，确定新赛季参赛的15支球队均由转制为职业化的俱乐部建制，拥有企业法人的注册资格、独立的注册资金和商标，比赛以市场化模式运作。一个新的时代开始了。

八一转制

2006年12月22日，宁波雅戈尔体育馆，八一富邦俱乐部正式成立。这一消息在外界看来可能算不上什么大新闻，但在篮球业内人士看来却可以作为一个标志性事件载入史册，因为它标志着中国篮球职业化进程迈上了一个新台阶。这是准入制实施的第三年后取得的重大成果。日后，总政文体局局长宋晶大校在他的书里如此表述："八一富邦男子篮球职业俱乐部的成立，标志着军队专业体育队伍积极适应国家体育改革的需要，在朝着市场化、职业化的道路上迈出了实质性的一步，这是军队体育改革的一次大胆而有益的尝试。八一队与富邦公司合作成立符合准入制要求的俱乐部，也意味着中国CBA职业联赛中将不再有徒有虚名的挂名俱乐部。一个全俱乐部形式的CBA职业联赛从此走向规范和有序。"我认为他讲得准确到位。

八一男篮在中国篮球的历史上占有特殊重要的地位。八一队驰骋篮坛数十年，创造了无数辉煌，曾8次获得CBA联赛总冠军，为国家队输送了大批优秀运动员，并且在探索中国篮球技战术风格方面也作出过重要贡献。更为重要的是在八一男篮身上所表现出来的不畏强手、奋力拼搏、永不放弃的战斗精神和作风，为广大业内人士所赞扬和认同。坦率地说，在CBA联赛改制的前几个赛季，如果不是八一男篮进入总决赛的话，那几个赛季的总决赛就不会那么扣人心弦。2000年6月八一男篮获得中央军委授予的"团结拼搏的体坛劲旅"光荣称号。2006年6月，中国篮协向全国发文，要求各俱乐部、运动队认真学习八一男篮的拼搏精神，这是新时期中国篮球界的宝贵财富。

八一男篮的辉煌有其历史根源，受益于部队的传统、作风、体制、基础和几代领导人的厚爱。然而历史的辉煌也造成了现实的困境。这个困境主要集中在两个问题上，一是体制，二是外援。

在俱乐部转制问题上，中国篮协和八一队都面临着很大的困惑。对于部队来说，军委有规定，部队不能经商，因而不可能到工商部门注册成为独立的法人俱乐部；而对于中国篮协来说，参加职业联赛的俱乐部必须具备独立的企业法人资格，按照《公司法》管理，不能有所例外。考虑到部队的特殊情况，我们从一开始设计准入办法时就没有打算一步到位，而是设置了一个逐年递进、三年实现目标的过程，现在已经临近这个期限了。如果超出这个期限，按照规定就要将八一男篮挡在门外了，这是谁也无法轻易做到的事情。

八一男篮不参加顶级篮球联赛，恐怕在当时没人会接受这样的事实。我们不能将八一队拒之门外，因为有那么多球迷喜爱八一队，而且八一队的精神作风也是CBA的一笔宝贵财富。怎么办？总要有个解决的办法。

就在这个时候，宁波富邦集团董事长宋汉平挺身而出，起到了至关重要的作用。八一男篮落户宁波已经8个年头了，宁波人民已经把八一队看成自己的球队了。宁波富邦集团下属的双鹿电池十余年来一直赞助支持八一男篮，为这支球队提供了很大帮助。面对这样的困境，宋汉平和他的团队开始与部队进行长期艰苦的谈判、磋商和斡旋，最终达成了合作协议，解决了这个老大难问题。这是一个了不起的成果，是一个创新。它的意义不仅在于篮球，而对整个中国体育和部队体育都有着重要的意义。依我看，如果不是宋汉平的历史（具有现代意识的儒商，干部下海的典型），宁波富邦集团的性质（脱胎于国企，办事符合主流意识和观念），双方多年合作建立起来的信任，换任何一个其他人都不可能取得这样的成果。这里面宁波人温和、大气、明智、灵活的处世方式，起了很大作用；而八一体工大队的积极配合、总政文体局和部队高层的眼光、魄力和开放的意识起到决定性作用。

转制给八一男篮带来了前所未有的保障和动力，使他们焕发出更强的斗志和获胜的欲望。然而职业联赛的发展是有其内在规律的，随着联赛职业化改革的推进，八一男篮在CBA赛场上尽管拼搏依旧，但已显得力不从心，2008～2009赛季止步于八强之外。而2009～2010赛季也是困难重重，最后凭借着永不放弃的精神，在常规赛的最后时刻力克群雄，拿到了最后一张季后赛门票，过程可谓惊心动魄。这是又一次铁军精神的爆发，创造了又一个令人尊重的战例。在人们赞叹的同时，也展现出球队的无奈：相对于八冠王而言，仅进入八强，显然是难以令人满意的。可以说，目前八一男篮面临的困境是前所未有的，也是时代造成的。大家都清楚，外援是八一富邦俱乐部的瓶颈，能否突破这一瓶颈，将决定俱乐部的前途。八一男篮在专业体育时代已经达到了其他篮球队所不能企及的巅峰，但在职业篮球时代，最终也是要拿成绩说话的；因此突破瓶颈，保持竞争力还需要新的眼光和勇气，需要观念转变和进一步创新。

在外援使用的规定上，球迷们都在质疑中国篮协对八一队的特殊政策。我要说，这是完全必要的。这既是对历史的尊重，也是给八一队时间，使他们能够跟上时代前进的步伐。八一队的问题从来不是一个单纯的技术问题，这里夹杂着诸多历史和现实的考量因素，作为管理部门要“讲政治”，这是必须顾及的一环。

职业元年

在这个赛季，照样有很多日子值得记录：

——2005年12月8日，中国篮球庆祝自己110岁生日，从1896年天津基督教青年会举行了我国的第一次篮球表演，此后逐步由天津向全国传播、推广。100多年来，篮球运动逐渐成为广大人民群众喜闻乐见的体育运动项目。CBA赛场则成为很多球员、无数篮球迷寄托梦想宣泄情感的地方。

——2006年4月19日晚，广东宏远主场88:81再次战胜八一双鹿队。这样，本年度CBA联赛全部结束，广东宏远以4:1的总比分获得2005～2006赛季CBA联赛总冠军。这也是广东队连续第三次捧起至尊宝鼎。自八一队后，广东宏远成为第二支获得三连冠的球队，一个新的王朝就此诞生。

易建联不仅刚刚获得了本赛季CBA总决赛MVP的称号，2005年他还以180万元的收入进入福布斯中国财富榜，成为耐克、可口可乐、安利纽崔莱、伊利牛奶四大品牌的形象代言人，让易建联不仅红遍 CBA 赛场，而且在大街小巷、电视电台也到处都有易建联的身影。

——2006 年 3 月 18 日晚，2006 年 CBA 全明星赛在上海体育馆打响，南方明星队最后一节实现大翻盘，以 93:90 战胜北方明星队。赛后，来自云南队的乔恩·史密斯获得全明星赛 MVP 的称号。而“超女”张靓颖也作为本次特约嘉宾出演，使得赛场更多了一份轻松和愉悦。

在这年联赛的总结中，我们认为第一个职业化的 CBA 联赛是一个健康正面、积极进取的联赛。

不仅如此，在这个赛季，经济状况也开始回暖，有 8 家俱乐部门票收入高于上一赛季，6 家俱乐部的总收入大于总支出，比上一赛季增加了 3 家；电视转播由上赛季的 13 家增加到 19 家，国内转播观看人次累计为 2.1467 亿；ESPN 和 NBA－TV 在上赛季有选择地转播联赛的基础上，本赛季从季后赛开始全面转播，收视人次累计达到 1.4593 亿，两项收视率相加达到 3 亿多人次。本赛季在保持赛制不变的基础上，合理编排，在历时 5 个月的赛期内，15 支参赛球队经过 44 轮 308 场常规赛、19 场季后赛和 5 场总决赛，共进行了 332 场比赛，是继上赛季 307 场比赛后，CBA 联赛 11 年来场次最多、历时最长的一届联赛。

严肃赛风

在联赛一帆风顺的时候，一些问题的苗头也显现出来，特别是在赛风问题上，给我们敲响了警钟。

裁判问题是一大困扰，执法 CBA 第 26 轮福建队主场对上海队比赛的两名裁判，由于在场上出现多次不正当判罚，中国篮协对他们开出“禁赛”重罚，做到了防微杜渐。

联赛的职业意识和职业标准问题也凸显出来，比如有些球队和球员缺乏一拼到底的精神。联赛季后赛“八进四”、“四进二”的比赛之所以不够精彩，主要是因为球员的职业意识过于淡薄。篮协在当年的总结中这样警示各家俱乐部以及球队：“季后赛如果缺少精彩、经典的比赛，就像一颗定时炸弹，会对联赛产生很大的消极影响。大家一定要杜绝这种现象，不能让我们苦心吸引来的球迷群体对联赛失去信心和兴趣。”

既然是职业化，一切环节都必须按照职业联赛的标准一板一眼地进行。在联赛总结会上，篮管中心负责联赛工作的副主任王渡强调了两个微小细节，以证明联赛职业标准不达标的现状。一是出现记者席被占用的问题，尤其是季后赛，很多客队记者在客场根本找不到记者席，更得不到主队应该提供的一些通讯器材和网络传输系统。二是很多球队的教练使用非联赛制定战术用板问题。这虽然只是一个微小的细节，但却体现出了教练员职业化意识模糊不清的现状。

有进步，但是不自夸；有成绩，还要找不足，抱着这样一种警醒的态度，我们希望改革能在下个赛季继续推进。

上命难违

2006 年 8 月 7 日，广州。打完中美篮球赛后，我从广州飞往南京参加斯坦科维奇杯赛，就在到达广州白云机场的时候突然接到了一位总局领导的电话。他明确地对我讲：为了备战 2008

年奥运会，你们要压缩联赛，给国家队备战留出更多时间。在他的印象里，CBA 联赛不是高水平的比赛，与其多打这样的比赛，还不如增加国家队的集训时间。

接到这个电话，我的心情很复杂，也很忧虑。领导同志亲自打电话的时候不多，我知道他下决心了。到了南京以后，我就跟中心的同志们谈这件事，大家都感到意外。当时盈方中国公司总经理王应权正在南京，听说了这件事后，反应很强烈。当时他正在和一些大企业、大客户谈下个赛季的广告和赞助事宜，这个消息放出来，盈方的谈判会受到很大影响。

王应权是从商业开发的角度看这个问题的，我却要从全局角度多想一些。经过两个赛季的试验，CBA 联赛已经呈现出向上的势头，联赛的面貌有所改观。运动员、教练员、俱乐部投资人和媒体对联赛的发展充满期待，赞助商方面也表现出积极参与的意愿。就在这个关口，放出压缩联赛的讯息，势必会带来连锁反应。首先，压缩赛程意味着在赛制上要退回到过去的双循环赛制，常规赛将减少 112 场比赛，这对球队、俱乐部和联赛整体的影响是全面的。第二，新联赛刚推出就削减，联赛改革举措的连续性和稳定性将受到社会各界的质疑。第三，赛事减少还将导致联赛价值缩水，给联赛带来直接的经济损失。

当然，作为篮管中心的负责人，我理解总局领导的意图和出发点。篮球尽管不是 2008 年奥运会的夺金项目，但群众基础好，社会关注度高、影响大；姚明在 NBA 的成功，王治郅的回归，以及易建联登陆 NBA 初期的不俗表现，都使社会各界对国家男篮抱有很高的期望。总局领导一再强调指出：如果中国体育代表团在 2008 奥运会上夺取了许多金牌，但老百姓喜闻乐见的集体球类项目不见起色，就不能说举办了一届成功的奥运会。

显然，总局领导是从完成 2008 年北京奥运会任务的大局出发，参照了国内一些优势项目的成功经验作出了压缩联赛的决定。我之所以感到忧虑，是基于我对篮球项目奥运备战的不同认识和整体思考。

从国外优秀篮球运动员成才的规律看，一个运动员每年必须打够 80 场以上的高水平比赛，积累比赛经验，提高技战术运用能力，才能快速成长。这是欧美篮球强国多年经验的总结。我们的奥运备战应该借鉴他们的经验，为运动员多打高水平比赛创造条件。而当今的现实是，世界各国篮球职业联赛的时间一般都是在 10 月底至第二年的 6 月左右。也就是说，在这段时间里，我们即使将国家队提前集中起来，也没有参加高水平国际比赛的机会。缺少正式比赛的长期集训不仅对提高运动员水平的作用有限，而且有削弱球员的激情、增加伤病的风险。

正是基于这样的考虑，我们提出了“联赛为本”的概念。既然我们没有机会和条件参加更多的国际比赛，只能通过提高 CBA 联赛的水平、增加联赛的场次来满足运动员锻炼提高的要求，达到增强国家队实力的目的。这些年来 CBA 职业联赛改革的实质就是推动联赛的国际化程度。我们不仅要通过增加外籍球员上场次数、提高对抗水平，而且在裁判执法尺度上也尽量接近国际大赛的要求，让年轻运动员在这样的环境中锻炼成长。因此，高水平的 CBA 联赛对于国家队水平的提高有促进和保障意义。目前 CBA 联赛的竞争性、对抗性越来越强，有力地促进了运动技术水平的提高和年轻球员的成长。正是基于这样的认识，我认为职业联赛是国家队的基础，要提高国家队的水平必须把联赛水平搞上去。而且联赛发展对于篮球运动的可持续发展也会产生重要的推动作用。

记得有一次给总局领导汇报工作时，我提出“联赛为本”的观点，立即受到领导同志的批驳。他说：“这个提法是错误的，起码是可以商榷的。历来只有国家队为俱乐部培养人，哪有俱乐部为国家队培养人的?”他还举了体操、乒乓球的例子来证明这一点。在我看来，这不是一回事。运动项目不同，所遵循的规律也应该不同，尤其是针对篮球、足球这样的在国际上高度职业化的集体项目，更不能简单照搬个人项目的经验。

缩短联赛的结果既解决不了国家队的问题，又给新生的联赛带来负面影响，显然是得不偿失的。当时为了争取领导的理解和支持，我们想了不少办法，做了很多努力，可惜都未能如愿。最终只能按照组织原则办事，努力落实领导的意图，尽可能协调和做好各方面的工作。我们要在联赛委员会上通过这个决定，要做通各个俱乐部的工作，还得和盈方达成一致。鉴于这个决定给联赛商务开发带来的不利影响，我们同意了盈方本赛季削减70万美元保证金的要求，按当时的汇率计算达560万元人民币。最后的结果，2006~2007赛季CBA联赛共缩短了28天。

南北赛区实行了两个赛季就被取消了，媒体质疑得很厉害，包括当时姚明在接受新华社记者采访时，也表达了强烈的反对。他说：“联赛缩短之后，国家队也许会在短期内得到一些帮助，但这是以牺牲中国篮球发展的基础为代价的。联赛缩短必然削弱联赛水平，而联赛的水平决定国家队的水平。球员的技战术经验损失还只是一部分，球迷对联赛的信心、赞助商对联赛的信心都会降低，球员、教练的收入会减少，教练员执教的经验会减少。此外，还有很重要的一点，就是联赛信誉的损失，因为朝令不可夕改。”

当时中国男篮主帅尤纳斯对此也很不理解。他说：“如果你想提高中国篮球的水平，就必须提高中国联赛的水平，必须对CBA做很大的改革。俱乐部强大了，联赛就强大了；联赛强大了，中国国家队也就强大了。”他认为整天关起门来集训，只能把队员的激情练没了，与欧美强队比赛只是我们的一厢情愿，人家都在打联赛，哪有时间陪我们练?

不按照运动项目自身的规律和特点办事，其结果或许只能是削足适履、于事无补。

尽管新生的CBA职业联赛遇到了这样或那样的问题，但这只是前进路途中短暂的波折。此时的CBA联赛像一艘刚刚起航的战船，扬起风帆，劈波斩浪，驶向更为广阔的海洋。等待它的还有数不尽的惊涛骇浪，也考验着驾船远航的人们。

第五章

球事儿：风波迭起的那几年

世界上没有一帆风顺的事情，在重塑整个联赛形象的过程中，一道又一道的关口也接踵而至。所谓牵一发而动全身，在这期间，哪一件事情处理不好都足以引起意想不到的连锁反应。

处理危机事件是中心主任的一项重要工作，处置结果如何，将会对一个运动项目的发展产生重大影响。为此，我直接参与了几乎所有大大小小事件的处理，也一直处于矛盾漩涡的中心，从中也汲取了许多有益的经验和教训。

孙悦与奥神事件

奥神俱乐部给人的印象一直很另类，所谓“另类”就是和大多数 CBA 俱乐部的做事方式有很大不同，与篮球圈内文化也大相径庭。这自然与那个神秘、低调的老板李苏有关。就像《现代快报》记者沈忱曾描述的：“没人知道奥神老板李苏是做什么生意的，也没人知道奥神队这些年给李苏带来了什么。生意成功的李苏把他桀骜不驯的性格深深烙在了这支球队上。”

之前奥神做的不少事情都给我留下了深刻印象，比如奥神俱乐部在刚刚进入男篮甲 A 联赛时聘请李昕做主教练，曾引起很大关注，成为业内的一段佳话。李昕是原国家女篮著名运动员，在中国女篮辉煌时期立下赫赫战功，在国内有很高的人气。之前从来没有一支甲 A 男篮的主教练由女同志担任，从这一点说，奥神的确是开了风气之先。这件事在当时引起了轰动，对球队的宣传产生了爆发性效应，后来还依照这个题材拍了一部电影，叫做《女帅男兵》。

奥神队的人员变动非常频繁，从总经理、主教练到主力球员说走就走了，说回来就回来了，全凭老板一句话。据我所知，李苏对球员是十分爱惜和关照的，舍得投入，对他们的成长也很在意，但有时也很霸道，有大家长作风。

例如，1999 年在一场比赛中，奥神队吃了裁判的亏，来中心反映问题时就带着律师，并且私下把我们的讲话录了音。而在 2001 年后的联赛中，对裁判工作提出申诉最多的就是奥神队。有一段时间他们曾连续提起申诉，不论比赛赢了还是输了，赛后总要递交一份申诉书。他们不在乎每次申诉要交 2 000 元的申诉费，但这却给竞赛管理部门增添了不少负担，因为每次申诉后，中心竞赛部都要组织专家观看录像，进行甄别并给予正式回复，要耗费很大精力，搞得竞赛部的同志们十分头痛。

由于这样独特的办事风格，奥神俱乐部成为联赛的管理者不得不面对的一个“另类”。我在前面所讲的关于1999年奥神、前卫合并事件，就是一个很好的例子，以至于发展到后来，篮管中心的干部都不知道该如何与他们打交道了。

在我重回篮管中心后不久，发生了奥神俱乐部拒绝孙悦参加国家青年队集训的事件。从这件事上也不难看出奥神的特立独行。

2004年3月2日，中国篮协下发通知调孙悦到U20国家男篮集训，准备同年7月在希腊举行的世界青年男篮锦标赛。队伍是在3月10日集中的，但直到5月17日孙悦都没有前来报到。在此期间，中国篮协于3月18日、3月25日、4月30日先后四次给奥神俱乐部发函，催促孙悦尽快报到，但始终没有得到他们的答复。耐人寻味的是，奥神接到篮协的通知后给国家体育总局写了一个信函并将此函传真给篮管中心，文中称：“中国篮球水平近10年徘徊不前，应考虑用新方式培养运动员。奥神队从无到有，到拥有一批优秀篮球人才，证明了奥神俱乐部完全有能力造就新一代篮球人才。既然奥神的育人方式初见成效，再强征奥神球员加入有编制的集训队，就会前功尽弃。”

这次集训为的是参加世界青年锦标赛。之前还要到德国曼海姆去参加一个国际青年邀请赛，具有很高的锻炼价值。这对年轻球员来讲，是极好的锻炼机会，不少俱乐部千方百计地推荐年轻球员以期入选国家青年队。明明这是一件对运动员、俱乐部和国家都十分有利的事情，怎么扯到“强征”和人才培养方式上去了？

奥神拒绝孙悦入选国家青年队的理由是站不住脚的。首先，当时的孙悦还算不上是一个顶尖球员，只是一个具有良好身体条件和潜力的年轻新秀，调集年轻队员集训参加世界比赛，本来就是国家赋予篮管中心的职责，谈不上“强征”一说；其次，说到人才培养方式，10多年出了一两个优秀运动员不能说明奥神的培养模式有多么成功；第三，现在民营的俱乐部越来越多，如果奥神的做法被默许，俱乐部把球员当作私有财产，中国篮协无权调用，那么谁来承担国家任务？至于他们提出的“无偿使用”的问题，更没有道理。篮球事业从大的属性讲还是国家公益事业，各级国家队主要依靠国家投入来完成各级国际比赛任务，篮管中心没有额外经费支付俱乐部的培养费用。据我所知，国外也没有这种先例，因为这是俱乐部责无旁贷的义务，能身披国家队战袍也是球员的一种荣誉。更令人不快的是，在这件事情上奥神完全无视中国篮协的存在，不正面回复篮协的函件，而是用呈报总局的函抄送篮协的做法，让人无法接受。

后来有媒体披露：“时隔一年之后，奥神给出了真正的原因，当初之所以不放孙悦，是因为中国篮协在关于球员的涉外转会方面存在霸王条款。”奥神俱乐部真正担心的是一旦他的队员被NBA选中，要上缴培养费用给中国篮协。既然如此，为什么不开诚布公地把问题摆上桌面共同讨论呢？

而他们的做法也不高明，先是找借口，说孙悦受伤了，后来又说得肝炎了，几次说法前后不一，拿来的医生证明也不符合规定。为了躲避通知，奥神俱乐部还使出了招数，电话打到他们那里去，如果他们不想和你对话，就说你打错了，这里是锅炉房。发传真他们说收不到，发快递过去也没有人接。其间奥神俱乐部的总经理臧长虹也来过中心，但是来一次吵一次，根本没有解决问题的诚意，致使事情一直拖了两个月。

关于征调运动员的有关条款，是由篮管中心在2001年起草，并经国家体育总局竞技体育司颁布的，其中一条就是国家队有需要时俱乐部一定要放行，如违反规定要照章处罚。这是针对以前有运动员在大赛前临阵脱逃事件制定的，为的是保障运动项目协会有能力调集队员完成国家任务。别说孙悦还是一个有潜力的年轻运动员，篮协也是着眼于锻炼培养他，即便是成年优秀运动员也有为国效力的义务。当时民营俱乐部的比例已经越来越大，如果篮协因国家任务的需要征调运动员，想来就来，不想来就不来，那怎样体现“全国一盘棋”的宗旨？如果我们开了这个先例，那完成奥运会任务岂不成了一句空话？所以随着事态越来越僵，处罚奥神的呼声在篮管中心内部也越来越高。

说心里话，我是不愿意采取这种极端措施的，但规定在那里摆着，众多俱乐部也都在看着，看我们敢不敢动真格儿的，这已触及到中心管理权的底线，到了无法回避的地步了。

为了避免情况进一步恶化，2004 年 4 月 30 日，篮管中心向他们发出了“最后通牒”，先后两次发函请北京奥神篮球俱乐部让孙悦于 2004 年 5 月 7 日 20 时前到中国 U20 国家男篮集训队报到。如届时不来，中国篮协将停止北京奥神篮球俱乐部成年队 2005 年一年注册资格。然而，奥神依然选择了沉默。

2004 年 5 月 17 日，中国篮协宣布了对北京奥神篮球俱乐部的处罚决定：停止奥神俱乐部一年的注册资格。这意味着奥神俱乐部将无法参加新赛季的 CBA 联赛。这是 CBA 联赛历史上最重的罚单。对此，媒体给予了大面积报道，也引发了不少争论。

处罚决定出来后，我们就派篮协的一名干部带着律师、三名记者，一起到奥神俱乐部所在地，用这种“上门拜访”的形式把处罚结果通知他们。奥神对此的态度是满不在乎，你们爱怎么处理就怎么处理吧。

事情其实并没有那么简单，表面上奥神是悉听尊便，但是私下里他们动用了不少关系，通过许多渠道把事情捅给一些中央国家部委，要求总局撤销处罚。先后也有一些领导过问此事，每次我们都要解释说明一番。如此下来，耗费了不少精力，这让我很是头痛。但压力再大我也得顶住，大家在一个屋檐下生活，彼此尊重是最重要的，对待这种不遵守规则太特立独行的，除了动用杀威棒，也没有什么别的办法了。

2005 年 6 月 30 日，奥神队以准备参加海峡杯篮球赛的名义告知中国篮协，奥神队将退出 CBA 联赛。中国篮协随即发表声明：奥神要想回归 CBA，还必须参加 NBL 的前身 CBL 比赛。就此，奥神开始了漂泊生涯。

其实我不满意的只是奥神的态度，对这支队伍、对队中那些能打球的孩子，我还是非常珍惜的。

大概是 2005 年 11 月中下旬的一天，李苏带着臧长虹，我带着运动队管理部主任匡鲁彬见了面。真的面对面坐下来，李苏还真不是不讲理的人，和平时通电话时判若两人，与派来办事的手下更是截然不同。

既然见面了就开诚布公好了。我说：“李苏啊，这件事确实是我处理的，事出有因，在我这个位置上不这么做是不行的。事情既然发生了，今天我们就把有关事情敞开谈一谈，然后看看下一步事情怎么办。”我的态度是以前的事就过去了，咱们向前看。

李苏也挺诚恳，先肯定了我一番，大概的意思是说你是干事业的，你这几年办的事情我也看到了，我觉得你做得挺好。我跟你绝对没有什么过节，我是企业老板，如果下面人不按公司规定办，我也会处理。说起来你还是我的救命恩人呢，你要不处理我，我可能就在东南亚海啸中没命了。我听后哈哈大笑，心想他可真能开玩笑，谁知李苏一本正经地讲起了事情的原委。

原来在处罚奥神之后，他们四处联系为球队找出路，原本想和台湾地区球队在中国搞个小联赛，邀请了新浪狮过来，在北京也打过几场。后来又想到美国 ABA 联盟（ABA 是美国除 NBA 外的又一职业篮球联盟，麾下有近 60 支球队，不少从 NBA 下来的球员都在 ABA 中征战，因而 ABA 联赛又有小 NBA 之称）去打球，因为计划一再更改，原定到东南亚度假的计划被临时取消。李苏有个习惯，几乎每年的圣诞节至元旦期间都要到泰国一座岛上的海边酒店去度假，而且一去就十几二十口子，发生海啸的当天那个酒店被夷为平地，要是他们去了，可能就命归黄泉了。我不知道还有这么一段插曲，尽管不知真假，但对谈话气氛的改善还是很有帮助的。

李苏也解释了一下为什么当时坚决不放孙悦，主要是不认可国青队主教练的执教水平，怕把孙悦练伤了。他说自己对球队下了很大工夫，对球员成长也很在意，并谈了他对运动员培养的一些观点。这些我都是第一次听说。看来高层之间的沟通不畅，也是引发纠纷的原因之一。

有了这样一次谈话，双方的矛盾开始化解。总局领导也打电话，希望我能解决这个问题。后来，奥神给中国篮协打了个报告，说要去 ABA 打球，还想请央视转播他们在美国的比赛。在这些事情上我们都给予认可和配合。再后来不仅孙悦，还有黄海贝、张松涛和霍楠都在不同时期被调入过国家队集训，大家为了共同的目标还是走到一起来了。我也是每年至少和李苏见一次面，进行一些沟通。

2005~2006 赛季、2006~2007 赛季奥神都在 ABA 打球，但这种漂泊的日子并不好过。ABA 联赛规模很小，比赛都是在社区的体育馆里打的，根本谈不上门票收入，除了国内个别企业赞助了一点钱之外，奥神队这几年基本就没有收入。这么多人长时间在国外比赛生活，每年都需要一笔巨大的开销。

另外从赛事的关注度来说，奥神在美国的比赛生活国内媒体关注很少，长此以往，就连赔钱赚吆喝的希望都没有了。所谓倦鸟思归，后来奥神还是想回来了。

2007~2008 赛季，奥神正式表达了这种愿望。我也希望他们能够回到大家庭里面来，双方态度都挺积极。但是，奥神想把主场放在澳门，这我们是不能同意的。澳门的博彩业很发达，也风传已经有开盘赌球的，而且这么多球队进出澳门打比赛也有很大不便，不少俱乐部也不愿改让球队去澳门比赛，回归一事又在这个问题上卡了壳。后来他们还是选择继续留在 ABA 了。

2008~2009 赛季，还是因为主场的选择问题，奥神俱乐部未能在规定期限内提交相关准入材料，又失去重返 CBA 职业联赛的机会。就这样，他们脱离 CBA 已经达到了三年之久。

我不知道这支队伍什么时候能够回来，也不知道在这可谓漫长的过程中他们得到了什么，又失去了什么，就像联赛口号所说的那样，“我的球队，我的 CBA”，游戏规则是需要大家共同维护的。地球离了谁都照样运转，至于有人非要选择特立独行的道路，也不是我这个决策者所能左右的。

我所不理解的是，既然李苏有热情、有财力搞一支球队，为什么不能用最好的办法来维护这支球队的成长呢？这个问题我一直没有问过他，也许他觉得自己的方式是对的，但是这期间大家耗费的精力也是毋庸置疑的。当时为解决他们的问题，篮协起草的文件有厚厚一大摞。事件过去这么久了，最起码我还没有看到这支球队的希望和方向。出一个孙悦不是目的，那么多年轻人的未来怎么办呢？

事情发生后，媒体普遍认为，中国篮协对奥神的处罚有理有据。但也有不同意见，一位网友这样写道："对照国外的做法，我认为在具体的操作上，中国篮协还有一些值得商榷的地方。职业化最基本的内涵就是通过职业联赛为国家队输送人才，而不是无视俱乐部利益搞长期集训。奥神的理由恰恰是俱乐部已经有一套培养运动员的机制，让孙悦参加国家队集训会打乱俱乐部整个培养计划。可以看出奥神的矛头直指中国队这种长期集训的国家队选拔机制。对比中国足球最近发生的长期集训这种'圈养'制度让'超白金一代'练成了'废铜烂铁'的事例，奥神的辩解不无道理！"对于这样的批评，我也能够理解，但在没有真正实现职业化之前，面对2008年奥运会的任务，如果我没有起码的人员保障，那可是束手待毙啊！这恐怕也是职业化进程中不得不面对的矛盾。

对博彩业的进入说"不"

对于发展中的CBA来讲，有资本进入绝对是一件好事情，但可惜有些资本却不是我们所欢迎的，于是就有了进入与反进入的博弈，这就是"威尼斯人"收购陕西东盛篮球俱乐部事件的实质。通过这件事，我增加了不少见识，同时对日益开放的体育界出现的复杂情况有了切身体验。

2006~2007赛季结束后，陕西东盛篮球俱乐部迎来了一个神秘的收购者，他就是深圳足球俱乐部的老板杨××。这位杨老板在以前的中超联赛也是红极一时的人物。当初作为深圳足球俱乐部的老总，他在长年拖欠球员、教练薪水的情况下，硬是让深圳队夺下了中超冠军。不过，当时深圳队队员通过赌球、卖球来挣回自己工资的报道也不时见诸报端。

杨××是"威尼斯人"中国区的代表，威尼斯人度假村酒店是拉斯维加斯著名的金沙集团旗下最大的集会展、酒店、博彩于一体的娱乐场所。澳门的威尼斯人度假村酒店照搬拉斯维加斯风格，是亚洲最著名的博彩地。这家公司是澳门赌博业的新锐，尤其对体育赛事非常感兴趣，希望借助体育的影响力开拓中国市场。

当时他们看到CBA联赛的日益火爆情况就开始设法介入篮球，曾借赞助中国男篮热身赛的机会，与篮管中心负责人有过接触，并四处打探有出售意愿的篮球俱乐部，最后找到了陕西东盛俱乐部。那时陕西东盛集团的经营状况已经出现了很大问题，继续负担篮球俱乐部已力不从心了。在这种情况下双方一拍即合。"威尼斯人"出资5 000万元收购东盛俱乐部男篮整个队伍，包括二三线的后备队员。媒体随即进行了报道，大概的意思是杨塞新开始涉足篮球，已经成功进入CBA等。

我们最初得知"威尼斯人"购买东盛俱乐部的消息是从媒体上看到的，看到这样的信息，我感到很意外也很警惕，马上打电话找东盛俱乐部了解情况。他们的回答语焉不详，态度暧昧。

一个有博彩业背景的企业进入CBA联赛，肯定是不行的。CBA联赛刚刚起步，许多制度都不健全，而联赛中的赌球现象也时隐时现，境外开盘，境内地下赌球已事实存在。在这种情况下一旦有人操控比赛，那将对发展中的CBA联赛产生颠覆性后果。这是我们极为关注并严加防范的事情。如果允许具有博彩业背景的企业进入，那对风传的赌球嫌疑可就有嘴都说不清了。

2007年4月中旬的一天，我把陕西东盛集团董事长郭家学、篮球俱乐部总经理李少华请到篮管中心来面谈，时任联赛办公室主任的郝国华也一起参加了。开始，我们把事情想得比较简单，认为当时是陕西篮球俱乐部出现了资金困难，我们有责任帮助他们解决，如果“威尼斯人”不是一个合适的收购人，那中国篮协也可以帮助他们物色合适的投资人。总之，我们是把他们当作自家人，想通过内部协商的办法帮助他们化解危机，所以说话就比较坦率。我们说媒体的报道都已经有了，具体情况是怎么回事你们要说实情。他们也坦白说是有这回事，目前还在意向阶段。但对方已经付了500万元定金（其实他们收了3 500万元），如果最终转让不成他们是要被罚款的。

我当时很明确地表明了三点态度：1. 俱乐部股权转让属于俱乐部的权利，但若同时转让CBA联赛的参赛权则应经联赛委员会审议，并报中国篮协批准。2. 中国篮协不接受带有博彩背景的企业进入CBA联赛。3. 如果他们目前的困难无法克服，决定转让可以上报，我们将正式受理并开始进入程序。

我也对他们反复强调，我们绝对不会允许联赛受到侵扰，绝对不允许可能给联赛发展带来消极影响的事情发生。

没想到的是，这两个人竟然把我们的谈话录了音，然后交到“威尼斯人”代表手里，意思是篮协不允许转让。按照正常做法，俱乐部要转让股权，应该事先与中国篮协沟通，提出申请。东盛俱乐部知道这样的转让是不可能得到批准的，于是就先斩后奏，私下与对方签订了协议并收取了对方的转让金，然后立刻把这笔钱用于维持企业日常运转，根本没有能力也没打算退款，还把转让不成的责任归咎于中国篮协。而杨××等人面对数额如此巨大的交易，事先也不征询篮球主管单位的意见，也不了解相关程序就仓促签订协议，并将3 500万元打入对方账户，以致面临血本无归的危险。于是，就出现了这种三方僵持的局面，形成了一个“死结”，矛盾也空前尖锐起来。

与东盛负责人谈话不久，事态继续扩大，先是有不少熟人来游说，希望我们批准这桩交易；而后一些同事、老领导、合作单位负责人先后来约吃饭，一问都有“威尼斯人”代表参加。再后来就有风声传出来，说“威尼斯人”拿到了我们谈话的录音，要告我们诽谤，大有拼个鱼死网破之势。那时我开始意识到事情没有那么简单，显然东盛俱乐部已经和对方站在一起，矛头对准了中国篮协，要迫使我们接受他们签约的既成事实。针对这件事，4月下旬联赛委员会开会，认为无论是当事的陕西东盛俱乐部还是“威尼斯人”，都没有就收购事项向中国篮协提供报告，这不符合篮球联赛规程，也就得不到联赛委员会的承认。6月21日篮协出台了《中国男子篮球职业俱乐部退出暂行管理办法》和《中国篮球协会俱乐部股权转让暂行管理办法》，就是针对这件事出台的相应文件。

这期间还发生了一件事情，大概在6月10日，由央视体育中心的一位副主任牵线，以私人聚会的形式邀请了郝国华。当时参加聚会的有“威尼斯人”北京公司的一位老总，还有一位姓严的画家。在这个聚会中他们咨询了关于收购俱乐部的事情。饭后，那位画家向郝国华赠送了一幅画。郝国华没有在意，就从友人赠画的角度把画收下了，随后他把画交到篮管中心并对这事做了说明。但就是这幅画后来被“威尼斯人”当作把柄大大宣扬了一番，说这幅画价值三四十万元如何如何。

眼看屡次做工作都没效果，之前“威尼斯人”收购的钱都已经付了，东盛也无力退款，

"威尼斯人"就认为最大的阻力在我这里，随即把矛头直接对准了我。他们于8月4日向国家体育总局递交了告状信，同时还抄送给中国贸易促进会、外交部美洲司、澳门特首办公室，用的是拉斯维加斯金沙集团股份有限公司的信笺，签名的是这个集团亚洲区的副总裁，一个澳门人。告状的来头如此之大，很让我吃惊。

告状信的内容涉及的是另一件事。那是关于中国男篮在澳门举办热身赛的承办权之事。

事情要从2007年的斯坦科维奇杯赛说起。这一年的斯杯赛在广州和澳门举办，澳门体育局作出不少努力，但很遗憾的是姚明因伤未能参加澳门站的比赛，使他们经济上受到损失。后来澳门体育局的人听说姚明将参加9月初在澳门举办的中澳男篮热身赛，于是他们在一次聚会中向我提出，希望能够承办这个比赛。我从负责筹备这个赛事的盈方公司那里了解到，赛事正在筹备中，正在和"威尼斯人"谈，还没有签协议。我让盈方公司同时也给澳门体育局的商业伙伴一个参与竞标的平等机会，没想到这竟成了"威尼斯人"告状的把柄。

"威尼斯人"去拜访了体育总局的分管领导，利用之前的那个录音大做文章，告我们诽谤，还讲了很多不实之词，造谣说我爱人在澳门一家公司担任高级职员等。领导当即追问下来，我澄清那都是无稽之谈，并迅速向总局做了一个书面汇报。总局领导让我和杨塞新他们见面，做进一步沟通，我奉命照办了。

8月22日下午，在篮协会议室我第一次见到了这位杨老板。他一上来就说，我们投资了这么多钱，你让我们血本无归了；接下来的话就带有威胁性质了，说什么你要不同意，我们就开新闻发布会，公布真相；你还有把柄在我们手里。我回答说，篮协有规定，我早就明确说过不支持这样的转让。你们收购前为什么不搞论证？你有把柄最好现在就说，我不怕。这样的谈话自然是无法进行下去的，他们夹起皮包就走，临走时还撂下一句"你等着"。

由于他们所讲的事情完全是捕风捉影、信口开河，没有任何依据，后面也没见他们采取什么进一步的行动，结果只能是不了了之。

由于篮协不同意这样的转让，使得"威尼斯人"收购球队的目的没能得逞。但据说，东盛俱乐部的会计、领队、助理教练都换成了深圳来的人，就此我们询问过东盛的总经理李少华，他死活不承认东盛俱乐部已经转让。我们也确实没有证据，只能不允许他们离开陕西主场，控制他们不与博彩业沾边。我后来跟"威尼斯人"的另一位代表说，篮球发展需要资金，我跟钱没仇，但你们这种背景，进联赛是肯定不行的。你可以投资别的，你们要搞篮球学院我们可以谈谈，只要我们认为有助于事业发展，肯定会给予支持。

这件事情同时敲响了一个警钟。蔡振华同志也提醒过我们：联赛发展起来以后，会有各种外部势力进入，会带来很多不可预见的问题，你们要有这方面的准备。联赛发展了，受到企业的青睐固然是好事情，但由此带来的副作用也不可低估，也要有所准备，不能太天真了。在"威尼斯人"这件事情上，我们的警惕性是足够的，迅速出台了两个《管理办法》，至少在制度上堵住了漏洞。

不管怎样，这场来势汹汹的风波最终被平息了。我希望联赛能尽可能地保持纯洁，只有这样，它才能干干净净、健健康康地生存下去。

广汇三大案

2007～2008赛季是CBA联赛的多事之季，接连发生了多起重大的俱乐部违规和纠纷事件，其中蒋兴权合同纠纷、巴特尔转会事件、官秀昌身份事件是影响最大的三件事。而这三起事件的起因都与新疆广汇俱乐部有关，因此，有其偶然性，也有其必然性。

作为西北少数民族地区唯一一支征战顶级联赛的球队，新疆广汇实业股份有限公司（以下简称新疆广汇）作出了很大贡献。他们从1999年开始投资俱乐部征战甲B联赛，经过短短的两三年就成功地冲入甲A。这要归功于集团的几位从部队下来创业成功的老总，喜爱篮球并愿意回报新疆社会。由于出色的表现，新疆男篮在当地拥有众多拥趸，全自治区上下对这支队伍十分重视。现任的自治区主席努尔·白克力就非常热爱篮球，没事就经常去看比赛，也很支持广汇俱乐部的工作。他当自治区副书记的时候，曾经带人来过国家体育总局，当时曾专程到篮管中心来了一趟，和我们聊得很开心。新疆体育局党组书记李光明在全国体育局长会议上介绍经验时，不止一次说过，每逢新疆广汇队比赛时，当地完全称得上万人空巷；且不说篮球馆里几乎爆棚，饭馆里、商店里，街头巷尾都是看直播的，甚至乌鲁木齐市的犯罪率都会在比赛日那天下降。可以说，这支篮球队对丰富边疆少数民族地区的文化生活，以及维护社会稳定都作出了贡献。

不过由于之前的底子太薄，俱乐部硬件虽然没问题，但教练、队员都需要从外面引进；再加上地处边疆，这支队伍的建设就存在很多困难，比如要引进一名内地球员，其他球队可能20万元就够了，新疆队却要花费40万元。基于这种实际困难，也迫于有关各方要成绩的压力，使得他们在一些事情的处理上显得过于急切，甚至有点不择手段。

广汇三大案之一：蒋兴权合同纠纷案

先从蒋兴权说起。

2005～2006赛季的后期，因为不满老板的干预指挥，双方矛盾一时无法化解，蒋兴权一怒之下拂袖而去，离开了辽宁盼盼俱乐部。资深名帅突然成了江湖闲人，自然也引来很多关注的目光。

作为战功赫赫的前国家队主帅，老蒋在圈子里的口碑一直很好。他带队有自己的一套方法，以身作则，要求严格，非常敬业，尤其对年轻队员的培养很有办法，多家俱乐部都对他青睐有加。在离开辽宁俱乐部两个月的时间里，云南、河南、浙江等俱乐部都和老蒋联系过，其中以浙江万马的攻势最为强烈。在十分“势利”的篮球江湖上，一个教练员能够做到这个份上，一定有他的独到之处。

那时浙江队的主教练是郑武。郑武是老蒋的弟子，年纪轻，经验少，感觉自己带队比较吃力，恳请恩师到浙江帮助自己，一同带领球队走出困境，打造浙江篮球的未来。郑武后来也和万马老板几顾蒋家，这份诚意终于打动了老蒋，于是他就再度出山去了杭州。

当时双方签了两年的合同，在老蒋带队之后，万马的成绩确实很有起色，从老板到球迷都很满意。不过因为腰上有伤，老蒋不得不经常住院治疗，耽误了一些事情。因为这个缘故，到2006～2007赛季结束后，他想自己已经67岁了，干脆退居二线，想把主教练的位置交还给郑武。在2007年3月底从辽宁结束休假回到杭州后，就跟俱乐部提出了辞职，希望提前一年终止和万马的合同，不过当时万马方面没有同意。随后蒋兴权腰病突然发作，万马方面为其安排了住院治疗，并提供了最好的条件，其他教练、队员也经常去看望他，对老帅关怀备至。

不过随后新疆队作为“第三者”开始插足了，他们想和老蒋重续前缘。

2001 年到 2004 年间，蒋兴权曾执教过新疆广汇，把球队调教得很好。2002 年老蒋带领他们提前一轮以甲 B 第一名进入甲 A，尽管是一支联赛新军，但龚大明、龚松林等核心球员作风顽强，再加上老蒋用兵有道，使新疆广汇成为常规赛中成色最纯的一匹黑马；虽然在季后赛中以 1:3 失利，最终名列联赛第五，但由龚大明、龚松林、徐国翀组成的“天山三剑客”开始为球迷熟知。

2003～2004 赛季，新疆队加大投入，先后引进王胜和吕晓明加强球队实力；同时从河南队引进潜力球员薛玉洋，赛季中途球队再次引入联赛的重磅外援科尔曼，使新疆队的特点更加鲜明，进攻节奏快，内线攻击力强，防守凶悍；但遗憾的是，在季后赛征程中依然止步于第一轮。

当时集团和球迷胃口逐渐增大，觉得是不是换个主教练成绩能更好，俱乐部因此就有了别的想法。这个赛季结束后老蒋离开了新疆，接替他的是来自台湾的邱大宗。邱大宗当时在海峡两岸篮坛声名正盛。他从台湾到内地后，先是率领几乎没有内线的新浪狮取得 CBA 联赛第六名，接着把江苏带进三甲，他的美派篮球理念和丰富多变的战术安排逐渐被认可。

但是邱大宗到了新疆之后却遭遇了严重的水土不服，客场不胜，连遭重创。他的战术意图在球场上得不到体现，他的能力也遭到新疆球迷的质疑，到 2005 年 1 月，这场短暂的“婚姻”宣告结束。

新疆队接下来选择的是从美国镀金回来的王非，不过成绩同样没能超越老蒋；2005～2006 赛季季后赛，被江苏 3:0 挡在第一轮，2006～2007 赛季出现将帅不和，进入 CBA 联赛以来首次无缘季后赛。

经过这几任教练的比较，广汇俱乐部和体育局想起老蒋的种种好处，想让老蒋重新回来。这也从一个侧面暴露出了国内俱乐部的一个问题，成绩稍有波动就想更换将帅，却忘记了一个教练从头开始建立的理念、打下的基础是多么重要。这种急功近利的做法，对球队的持续发展非常不利。

不过老蒋当年从新疆离开时，双方是和平分手，感情还是很好，队员们也都非常想念老蒋。“在我们那儿，蒋爷就是神！”买吾兰曾经在接受媒体采访时这样说过。他和木拉提是队中仅有的两名维吾尔族球员，也是蒋兴权一手带出来的新疆本土球员。在老蒋的带领下，买吾兰入选了 2005 年南京全明星北区明星队，木拉提则入选了国青队，征战过 2005 年的世青赛。和他们比起来，“野球王”龚大明成名甚早，但是他能够打上 CBA 这样的职业联赛，也是靠老蒋慧眼识才一手提拔出来的。所以无论后来新疆的主教练怎么换，龚大明有句出名的话：“我只服蒋指导。”

新疆广汇俱乐部董事长侯伟是个很有能力、很有个性的人，同时也很实际，向来是主意打定就毫不犹豫地出手，经常不按规矩出牌，是个叱咤风云的商场好手。当时就是他千方百计要帮老蒋治腰伤，事实却是名为疗伤，实为“暗渡陈仓”。他曾经对外透露过一些细节：“过去几年虽然蒋指导不带广汇了，但是他很关心球队的情况，有的时候我几乎天天会打电话问候他。4 月我从媒体报道得知蒋指导病了，我就赶紧打电话问他的情况，动用所有关系为他找最好的医生。我还曾经把医生请到酒店，给蒋指导打通电话，在电话里问诊。”本来就有感情基础，再加上这样的嘘寒问暖，谁的心也不是铁打的，就这样一来二去，新疆把蒋兴权的心打动了。

2007年6月，蒋兴权以在杭州治疗影响球队训练、生活起居不便和家庭压力为由，向万马俱乐部提出希望能够回辽宁老家养病。负责照顾蒋兴权的万马男篮领队杨毅也反映蒋兴权“吃不好、睡不好”。考虑到蒋兴权年事已高，出于对他的尊重和爱护，万马俱乐部就同意他回辽宁老家养病。不过老蒋离开的时候，确实压根没提新疆这码事儿，这是后来把万马惹火的主因。

7月17日，广汇俱乐部宣布蒋兴权正式加盟新疆，万马一听就不干了，开始对老蒋公开发难，矛盾就此公开化。万马俱乐部老总王志刚为此来过篮管中心多次，认为此事对浙江很不公平，影响很坏，要篮管中心为他们做主，并提出了几个条件：第一，老蒋走可以，但最好哪家俱乐部都别去；第二，实在要去新疆也不能当主教练、不能坐球队席；第三，新疆俱乐部要是肯给万马100万元作为赔偿，这事也好商量。

听了这几个条件，我觉得不太现实，不让老蒋工作这没道理，不坐球队席更不可能，即便是不当主教练当球队副总，人家照样可以在那里坐。我就跟王志刚商量，老蒋提前终止合同或许不对，但强扭的瓜不甜，现在老蒋也没法和你们继续合作了，双方僵在那里，对下赛季联赛很不利，能不能找个妥善的办法私下把这事儿解决了？我们做做新疆的工作，让俱乐部给你们20万元“赔偿”，这事就算了，大家好聚好散。以后在这个圈子里还会碰到，大家还要交手，如果工作做不好，两地球迷会采取一些过激行为，对整个联赛发展不利。

王志刚不干，非要100万元不可，我想他的用意并不在钱，主要是要给老板和浙江球迷一个交代。新疆那边，侯伟态度也很强硬，两家俱乐部虽然沟通过但互不相让，后来矛盾公开，脸面都撕破了，根本没办法私下解决。

问题的关键，就在于老蒋和万马的合同到底该不该继续履行，在这种情况下，我们只能依靠法律来解决了。我向中国篮协的法律顾问咨询，律师的说法是：老蒋确实跟万马签订了两年的合同，也确实没有履行完，但在老蒋于2007年6月离开万马回辽宁养伤之后，浙江停发了蒋兴权的工资。按照《劳动法》，只要停发工资，就等于事实上接受了老蒋口头要求解除合同的要求，老蒋就有走的自由。

按照万马的说法，停发工资是老蒋离开时主动提出的。他说自己在养病期间并不带队训练，没有进行工作，因此不能继续领取俱乐部支付的工资和奖金，拗不过老蒋，所以俱乐部方面当时也就照办了。他们想把薪资问题留待他回来之后再说。但不管怎样，停发工资的事实存在，只能说俱乐部在运作的过程中考虑并不周全并留下漏洞，结果让新疆钻了空子。

事情的裁决也只能以法律为依据，9月10日，联赛办公室宣布，同意蒋兴权下赛季为新疆广汇队效力。11日，万马俱乐部在杭州召开新闻发布会，指责篮协对此事处理不公允，并公布了一些事情的细节。19日，篮协综合部主任徐岚宣布了《中国篮协关于蒋兴权劳动合同纠纷处理情况的相关说明》。《说明》中援引了《劳动法》第三十二条的规定，即“用人单位未按照劳动合同约定支付劳动报酬或者提供劳动条件的，劳动者可以随时通知用人单位解除劳动合同”。

但王志刚一直对此很生气，他认为篮协的处理不到位，认为“这么个判法为什么不把我们叫来，好好沟通一下。你们这样直接通报出去，生硬地一公布就算完了，我们心里当然接受不了"。我认为他讲的有道理，当时如果我们把王志刚再叫来好好沟通一下，可能会避免消极的后果。不过，当时出了江苏南钢俱乐部运动员孟达在台湾比赛时打人的事件，几乎把预定的姚明访台计划搁浅，使我无暇顾及此事，考虑不周全，产生了纰漏，不能不说是一个遗憾。

这件事处理过程中始终存在一个情与法的问题，万马最初是用情打动老蒋的，但最后输在了法律上；新疆最后看上去是赢了，但他们这种挖墙脚的行为也引起圈中人的不满，从道义上来说的确过不去。至于老蒋那边，当年7月底在广州斯坦科维奇杯比赛期间，他作为中国男篮的顾问应邀去观看比赛时，我当面问过他这件事，老蒋说他要离开万马是知道的，因为他走的时候万马教练班子还列队欢送他，说一无所知是不对的。他也一直认为万马俱乐部对他非常好，决定离开是觉得郑武可以独当一面了，想给弟子留更多空间。最后闹成这样子也非他所愿，毕竟好聚好散才是最理想的结果。

网上传新疆给了老蒋多少钱，我没核实过，但我觉得老蒋离开万马肯定不会是因为钱。他之前在新疆三年，旧情确实还在，另外侯伟这人确实会打感情牌，也非常有韧性。他要办成的事情，总会千方百计去达到目标，接下来发生的巴特尔转会纠纷，也跟他的这种行事方式有关系。

广汇三大案之二：巴特尔转会风波

巴特尔是北京队一手培养起来的球员，与北京有很深的渊源。巴特尔13岁那年（1988年）就被北京男子篮球队从内蒙古草原招到了北京。当时，巴特尔作为一个年龄较小且有发展潜质的篮球苗子，一直备受北京市体委、首钢公司首钢俱乐部的偏爱，包括在户口引进、训练、生活、赴国外打球等方面都受到了特殊照顾；另外，巴特尔也已经为北京队效力了十几年，且年届32周岁，到了运动生涯的后期，要为自己退役后的生活和出路考虑一下了，按理说也情有可原。从篮管中心的角度讲，既要考虑历史和体制因素，保护培养单位的积极性，又希望促成运动员的自由转会，在中央大力提倡"以人为本"理念的今天，对已过32岁的一个少数民族运动员，是不是应该为运动员考虑一下呢？这就形成了一个公说公有理婆说婆有理的局面，拧成了一团乱麻。

巴特尔事件的起因说起来也很简单。2005年9月，首钢篮球俱乐部和巴特尔签订了2005年9月1日至2006年8月31日的聘用合同。巴特尔代表首钢参加了2005～2006赛季的CBA联赛。联赛结束后，由首钢俱乐部出资（人民币116 230元）让巴特尔去美国治疗膝伤。2006年7月，巴特尔向俱乐部提出先去美国治疗膝伤，然后到欧洲打球的请求，得到俱乐部的批准。但首钢俱乐部和巴特尔没有续签合同，这也就造成了巴特尔2006～2007赛季未在首钢俱乐部注册和打球的既成事实。这实际上是巴特尔一方为达到自由转会目的所采取的一个策略，"熬完"北京首钢这一年的"优先权"，俗称坐一年"球监"，然后就可以自由流动了。这种做法在CBA球员与俱乐部发生的纠纷中早有先例，只不过大巴更"大牌"，到国外去蹲一年"球监"。他们早就研究清楚规则，蓄谋已久。这件事不仅巴特尔，还有几家俱乐部早已洞悉了其中的奥秘，先期已与巴特尔有过接触，甚至听说有的俱乐部还预支了200万元给巴特尔，为的是一年优先权结束后就转到他们家，只有首钢俱乐部还被蒙在鼓里。

巴特尔在国外晃了一年，NBA根本没有任何机会，去欧洲打球也是嘴上说说，到后来算是啥也没干，一个赛季没挣到什么钱，听说还欠了200万元的外债，经济上的压力可想而知，所以抛弃老东家、找地方签一个高薪合同，成了他必然的选择。

当时联赛的形势也给了巴特尔机会。在姚明、易建联陆续离开后，CBA联赛缺乏强力中锋，各俱乐部都求贤若渴。市场决定价码，传说中的"500万元"身价也由此应运而生。

首钢俱乐部开始着急起来，虽然巴特尔去美国的路费是他们出的，一年中还为巴特尔花了12万元的治疗费，但俱乐部只做到了仁义，却忘记了怎么去约束这匹"野马"，走的时候连协议都没有签。等到他们发现巴特尔在市场上炙手可热，且他本人去意已决的时候，有关人士拿着北京市体育局的函找到篮协，大概意思是放走了巴特尔，他们没办法向北京人民交代。

我们同样是找来律师商量处理办法，根据CBA现行的运动员转会流动办法，发现首钢的优先权确实要过期了，从法律上讲没法挡住巴特尔的去路。如果我们要硬性留住巴特尔，他本身已经债台高筑了，再闲置一年可能吃饭都有问题，这样做也不合情理。

好几家俱乐部都加入了"争巴战"，各有各的招数。山东想让他打全运会，愿意先付给他200万元，后面的价钱再谈；浙江广厦志在必得，他们把"王非牌"（王非和巴特尔私人关系很好，巴特尔向来都称呼王非为"非哥"）和金元战术一齐打向巴特尔，但最后又是新疆杀出来占了先机。

和之前"借疗伤感动老蒋"一样，这次新疆广汇又是找到了关键点，他们把目标对准了巴特尔的维吾尔族太太德明。巴特尔与德明是中国体坛非常著名的一对"姐弟恋"，德明比巴特尔大10岁，曾有过一段婚姻还有一个女儿，两人从相识到结婚走过一段漫长的岁月，婚后两人又生育了一儿一女。德明婚后相夫教子任劳任怨为家庭付出了不少，巴特尔也深知妻子的不易，别看他在球场上威风八面，到了家里非常听太太德明的话。作为新疆的女婿，大巴在新疆朋友众多。即便是大巴在美国打球期间，国内与他关系好的记者到新疆采访，大巴总会打电话叫朋友招呼记者。

据说新疆那边开给巴特尔的条件是帮他太太注册一家公司，给她一些业务，这自然能赢得太太的欢心。对巴特尔来说，到新疆打球，再拿上一份不菲的薪水，何况还能让太太高兴，何乐而不为呢？就这样，新疆又一次靠他们的独家招数领先了，外界把大巴的这次选择称为"倒插门"，意思是他跟着老婆"入赘"新疆了。

为了这件事，我和侯伟当时专门谈过一次。我当时就告诉他我对巴特尔这样开价非常反感，问他到底是不是传说中的400万元。侯伟跟我说肯定是没有，但他们确实帮助德明成立公司给些业务，他强调这并没有违反联赛的规定。我当时就批评他，办事不要老是这样投机，坏了规矩以后怎么在这个圈子里混，包括蒋兴权的事情也是如此，不要制造些矛盾最后都捅到篮协这里。

另外我也专门在东莞召开过联赛常委会，把事情摆到桌面上谈。大家对巴特尔哄抬身价的做法十分反感，认为是扰乱了市场，但怎么约束却没有好的办法，因为真正的行业自律还没有形成。

距离新赛季注册的时间越来越近，2007年9月10日，篮协就巴特尔归属问题作出裁定：一名球员在一支球队效力1至3年以上，球队将享有一年的优先注册权。巴特尔和北京队的上一个合同是从 2005 年 9 月至 2006 年 8 月底，但北京首钢 2006～2007 赛季也没有为巴特尔注册。到今年 8 月 31 日，北京队对巴特尔的优先注册权已过，球员可以自由转会，因此，巴特尔转会新疆符合现行规则。

对这样的结果首钢当然不会满意。在这个问题上，首钢确实蒙受了很大的损失。巴特尔用这种方式离开俱乐部，于情于理都不妥。北京市体育局和首钢俱乐部有意见，是很正常的。不过从媒体的反应来看，大家对这个结果还是认同的，尽管巴特尔喊价太高，但也从另外一个角度提醒俱乐部：自己培养的球员不再是俱乐部的“私有财产”，市场行为才是那只看不见的幕后推手。一方面，要让球员们在利益的驱动下，努力提升自身实力，争取良好表现，这是职业化无可避讳的现象。另一方面，也可促使各俱乐部经营者乃至联赛管理层，作出一些实质性的观念转变，既要懂得对人才培养的自我保护，同时也更多地学会从“计划”到“市场”体制的转变。

就感情上来说我很同情首钢，他们是很规矩很实在的俱乐部，办什么事情都很讲道义，但就是因为太讲感情了，在巴特尔当初出走美国的时候，没有把丑话说在前面，结果留下了后患。这和之前浙江万马俱乐部与蒋兴权的纠纷一样，因为停发了工资没能在法理上站住脚。

这两件事的判罚看上去都是对新疆俱乐部有利的，这也引起不少传言，说我是不是拿了他们什么好处，要不然为什么都偏向新疆；也有人说，你可以拖着不办，等他们和俱乐部“掰扯”清楚了再说，这也不失为一个明哲保身的办法。但我认为这都不可行，因为拖着不办，事实上就是剥夺了两个人的工作机会。这两个人，一个是功勋教练，一个是少数民族著名运动员，这样做的结果，篮管中心不仅会在道义权威上受损，而且还可能面临对簿公堂的尴尬，而打起官司来，我们未必能站得住脚。在我看来，这是管理机构不能回避的问题，必须有一个态度，手心手背都是肉就是不能和稀泥；而作决定的前提其实很简单，就是依靠法律。我们的决定都能在法律上站住脚，人情世故只能靠后站了。因此，在我作决定的时候，心里都是很坦然的。

后来我也经常拿这两件事来提醒俱乐部。俱乐部一定要聘请一个常年的法律顾问，遇到问题的时候，先从法律角度考量一下得失，然后再作出决定，否则很容易造成麻烦。许多俱乐部也确实就此加强了法律意识，这也是走向职业联赛的必备条件之一。

广汇三大案之三：官秀昌假身份证案

如果说蒋兴权、巴特尔的纠纷新疆都是赢在了法理上，那么官秀昌风波他们则是输在了法理上。官秀昌英文名字为“Sou Song Cun”，另有一说是“Larry Tieu”，父母为越南华侨，生在中国澳门，长在美国，几乎不会说一句汉语。他曾经是美国 NCAA 大学篮球队第三级洛杉矶西洋学院的首发控球后卫。

2004～2005 赛季，官秀昌曾加盟云南队，当时叫“马秀昌”，办理的是云南蒙自的身份证，仅代表云南队打了一场比赛，得到两分。之后由于引起其他俱乐部和媒体的注意，云南队为了规避风险，与“马秀昌”解约。

2007～2008 赛季官秀昌加盟新疆队。他此番手持的是黑龙江的身份证，又更改了姓名，因此在球员公示期间也没引起大家的注意。赛季开打之后他上场征战，这个 1.70 米的小个子后卫算不上什么核心人物，在球队中的作用也称不上举足轻重，按照广汇俱乐部后来提供的数据，官秀昌在新疆队只打了18场，平均每场得6.2分、2.3个篮板球、1.5次助攻。在他上场的比赛中，除了有一场是因为一名主力后卫金力鹏在辽宁拉肚子，让他打满了全场，其余比赛也只是在垃圾时间出场。

但这个看上去很不起眼的人，还是没有逃过媒体的眼睛。2007年12月，联赛第20轮江苏客场不敌新疆。这场比赛中官秀昌得到9分，江苏媒体赛后对其身份率先发出了质疑，认为新疆队涉嫌使用第三外援，违反了CBA“每队只能拥有两名外援”的规定，形成连续对中国篮协以及新疆队方面的考问和滚动式报道，在网络上激起轩然大波。

那时我正在美国，参加完国际篮联中央局会议后，去看望姚明和易建联。在休斯敦上网时看到了国内的报道，说是美籍华人代表新疆队参加联赛。看到消息我很警觉，因为涉及到参赛资格问题，万一媒体说的是真的可能就有大麻烦。

我于12月18日回国时网络上已经炒得一塌糊涂，在百度搜索引擎上键入官秀昌的名字，不到1秒钟就出来4万条，而中心负责联赛的人似乎根本没重视，表现麻木。事发后分管联赛的中心领导仅仅到联赛办讲过一声你们要重视之类的话，就撒手不管了。之前联赛办公室也向相关公安部门咨询寻求帮助，但没有得到明确答复，而他们也确实不认为这是件什么了不起的大事，没有及时跟进。12月14日办公室主任郝国华给新疆那边打了一个电话，新疆当然说身份没问题。但他在接受记者采访时表现得很不耐烦，先是肯定地说“官秀昌的身份没有问题，注册时新疆广汇俱乐部提供了他的身份证，我们确定没有问题，他就是中国人”，然后又跟记者说“这事轮不到媒体管”，这种态度只能引发媒体的反感和加倍热炒。

我对郝国华他们这样的做法很不满，进行了严肃批评，说你们为什么就不能去新疆看一看？为什么就不能去好好查一下？参赛资格是天大的事情，出了问题怎么办？

接下来篮管中心立刻向公安部、黑龙江省公安厅和哈尔滨市公安局等各级公安部门请求调查，很快就证实官秀昌所使用的黑龙江居民身份证系伪造。12月25日，广汇俱乐部提交了关于官秀昌的新材料，里面有他的澳门身份证明，以及他在澳门的出生证明。但上述材料都是复印件，篮管中心要求广汇俱乐部提供原件，但广汇并没有提交。篮管中心将这些材料提交有关部门查证，发现也是假的。

12月29日，我派郝国华带着律师，随同总局监察局的官员樊战备前往新疆进行调查。当时正是元旦前夕，球队都放了假，过了新年就要公布季后赛名单了，其他球队都在虎视眈眈盯着篮协的说法呢。这件事不尽快搞清楚，后面的比赛没法打，也没法跟球迷交代。

结果郝国华他们在那里待了两天，官秀昌已经不见踪影，董事长侯伟也不出面。副总经理何长江和主教练蒋兴权出面接待，他们均表示不知道官秀昌的中国身份是伪造的，俱乐部也是上当受骗。

我们只能另想办法。我们想到外国人出入境都要登记的，就到相关部门去查。反馈的结果很清楚，官秀昌持美国护照，已经于12月26日乘坐CA983回美国去了。2008年1月2日，我们获得官秀昌出入境的部分记录，其美国护照号码是223058815，这本护照曾由官秀昌多次使用。调查显示，从2004年到2007年，官秀昌曾多次出入中国，其唯一有效的证件是美国护照。

官秀昌身份就此查清，接下来要做的是怎么处理这个棘手的问题了。新疆方面也意识到了问题的严重性。新年过后正好在北京召开全国体育局长会议，新疆体育局的书记、局长都来了。广汇俱乐部那边也来了好几个人。1月6日晚上大家在天坛饭店的咖啡厅坐下，我说的第一句话就是："很抱歉，今天我们的谈话注定将是不愉快的。"

然后我原原本本地把查处的情况告诉他们，把目前的局面告诉他们，把对联赛造成的影响也告诉他们，在这种情况下不进行处罚是不可能的。我也跟他们把话挑明了，按照规定，官秀昌参加的比赛都算0:20负；如果这样算的话，新疆就从常规赛的第二名掉到第十一名。

听我讲到这个，新疆体育局的领导感到十分意外，显然他们对这件事的来龙去脉不甚清楚，但知道此事后果严重。俱乐部的几个人都很紧张，说官秀昌确实没起到啥关键作用，如果我们知道他身份有假怎么还会用他，我们冤呀，这可怎么跟新疆球迷交代呀？然后又突出强调了联赛办公室应负的责任。最后他们提出来，希望能给他们一个说话的机会。

第二天我就安排召开了一个意见征询会，实际上就是听证会。参加会议的代表来源广泛，并有相当的权威性，有联赛委员会代表，有总局竞技体育司司长郭建军、政法司司长张剑、监察局综合室主任樊战备，还有三个北京的律师，篮管中心方面与会的有我、副主任刘晓农、联赛办主任郝国华，此外还有新闻委员会筹备组的媒体代表。

介绍了事情的来龙去脉之后，由新疆俱乐部集团一位尚姓副总经理陈述理由。他们主要以不知情辩白，表示俱乐部没有手段去查实官秀昌的身份，何况郝主任（郝国华）也说篮管中心的取证权限有限制。官秀昌持有云南和黑龙江的身份证，俱乐部压根也没想到他的籍贯有问题。广汇作为边疆少数民族地区唯一的球队，地处经济落后地区，发展到今天的确不易；现在出了问题心里非常内疚，一定会向篮管中心作出深刻检查，但希望能够对俱乐部从宽或者暂缓处罚。其中还强调了民族地域的特殊政治问题。

讲完后当事人离开，剩下的人接着讨论。大家畅所欲言，总体基调是对新疆不利的，因为他们弄虚作假的事实存在（其实官秀昌平时不会讲中文，出入要用护照，他们对身份问题不可能一点没有察觉）。为了慎重起见，当天下午篮协通知所有联赛委员会委员到北京报到，通过委员会解决这个问题。

1月8日上午开会，新疆广汇的董事长侯伟先当着其他委员的面作说明。虽然这个人的做事方式不被大家认同，但确实是条硬汉子，从来不服输；但这次也顾不上什么面子了，说着说着就开始掉泪；说如果真是因此进不了季后赛，没法回去见新疆父老。广汇集团尚副总也做了十分雄辩的发言。

究竟是从重，还是从轻处罚，成为会议的焦点。会上争论得非常激烈，各俱乐部的意见分成两派：八一、宏远等站在新疆一边，觉得他们也是受害者，可以得到谅解；浙江万马、广厦则坚决要求从重处罚，广厦前面也搜集了一堆官秀昌的材料，已经向篮协提出了申诉，首钢因为之前有巴特尔的过节，态度自然也很鲜明。在当时媒体的报道中有这样的看法："这是新疆队这个赛季第三次违规了，巴特尔转会的事情就是违规操作，老蒋的事情还是违规操作。前两件事最后都不了了之，这次如果再不罚，实在不足以平民愤，而且应该重罚，数罪并罚。"

从宽派和从严派争论得不可开交，谁都没法说服谁。当时我就搞了一个不记名投票，让俱乐部表明态度，了解各俱乐部到底持什么立场。投票的结果是8票从宽、6票从严，不过这个票数在会上并没有公布，而是作为确定处罚的一种参考。

这件事也惊动了总局，刘鹏、肖天、蔡振华等领导都先后打来电话询问，嘱咐我一定要慎重。需要考虑的问题的确很多，新疆那边涉及到少数民族问题、涉及到稳定问题，俱乐部一边喊委屈，一边发狠话，说要真不让他们进季后赛就退出之类的话；但是要是不处罚，对其他俱乐部明显不公，况且新疆队去客场，当地媒体和球迷会有什么反应？这么明显的违规如果篮协不能秉公处置的话，以后再遇到类似情况怎么办？这期间我几天几夜都没怎么好好吃饭睡觉，想得头都大了，人几乎被逼到了极限。

1月9日继续开会，整整折腾了一天，中心中层干部、律师及危机公关小组的人反复讨论，中午大家在会议室吃了盒饭，一群人都被搞得疲惫不堪，要想出个既照顾到新疆的情况，又维护联赛规则的两全办法是行不通的，最后只能痛下决心：按照规定来！

下午5点半我约见了侯伟，直截了当地告诉他，结果就是无缘季后赛。侯伟说就没有一点办法挽救了吗？我说很抱歉没有，要能挽救就不用折腾这么久了。侯伟说那么我们要退出联赛。我说你这是一时之气，建议你们不要冲动行事。这段时间你也饱受煎熬，累得够呛，回去好好休息一下，冷静下来再作决定不迟。以后的路还长着呢，怎么走你们好好考虑。

9日晚七时，中国篮协通过新闻发布会，正式对外通报了官秀昌事件的调查结果：

一、官秀昌不是中国公民。

二、新疆广汇俱乐部在为官秀昌注册时提供的材料系伪造和编造。

三、广汇俱乐部后来提供的澳门身份材料是假的。

四、官秀昌唯一有效的证件是美国护照，他是美国公民。

五、新疆广汇队在本赛季常规赛有18场比赛实际使用了3名外援。

对新疆广汇俱乐部的处罚依据是：

一、根据国家体育总局的有关文件，对在联赛的球员交流中弄虚作假的球队，取消其一定期限内的比赛资格。

二、对弄虚作假的球员予以通报批评，罚款500元至2 000元（该文件系2002年制定）。

三、对弄虚作假的球队处以6至12个月的停赛，单位罚款1 000元至5 000元，所涉比赛判0:20或负。

四、中国男篮联赛历史上有类似的处罚先例：在1998～1999赛季，四川蓝剑俱乐部曾因不符合规定，从甲A降到乙级。

对新疆广汇俱乐部的处罚结果是：

在新疆广汇队球员官秀昌参加的18场常规赛中，胜15场，负3场。在胜的15场比赛中，均按新疆0:20输给对手计分，因此新疆队积分减去15分，变为41分，列常规赛第十一名，原3～11名依次往前提1名，11名以后的排名保持不变。原排名第九位的浙江广厦升至第八位后，获得季后赛资格。

这件事情就此画上了句号。

官秀昌事件是媒体“揭发”出来的，其间他们一直紧追不放，对篮管中心也颇有微词。等这个罚单真的作出来，媒体赞扬的居多，也对篮管中心表示了很大的理解，比如《沈阳日报》发的一篇评论，我觉得确实是体会到了我们的用心。

“重罚新疆队肯定是个困难的决定，否则一向做事干净利落的中国篮协，也不会如此小心谨慎，让公众等得心里发慌。在这个过程当中，人们难免担心，篮协会以诸如‘保持稳定’这样的借口对新疆队网开一面。幸好，这张迟来的罚单保持了应有的力度，中国篮协也捍卫了自身的铁腕形象。对于CBA本身，这更是个公平的结果。

可以想象，过去48小时，在中国篮协办公室内外发生了多少争执，来自新疆方面的危机公关会让每个人感到压力。如果屈从于这种压力，在CBA内部也不会掀起轩然大波，因为对于大多数俱乐部来说，‘事不关己，高高挂起’，谁也不愿跳出来得罪人。而来自舆论的口诛笔伐，也会随着季后赛的开打而很快销声匿迹。

但是，污点不可能被抹去。如果不给胆敢造假者以重罚，CBA联赛的公信力何在？中国篮协过去几年苦心经营换来的刚正形象将毁于一旦。这一切不会被时间所冲淡，这个口子一开，以后篮球联赛的种种弊端都将难以管理。公道自在人心，孰轻孰重，中国篮协看得明白。于是，广汇被逐出季后赛，这是他们应得的惩罚。篮协这记重拳，堪比国际汽联将迈凯轮车队积分清零，堪比意大利足协判尤文图斯降级，令人击节叫好。

每到关键时刻，总能作出正确、有力的决定，这就是中国篮协最牛之处，可以成为中国体坛的一个典范。”

我很感谢媒体的理解，也不敢称是典范。说实话，对新疆队课以重罚也不是我的本意。我一直想寻求一种两全的办法，可是一直都没有找到。我不能睁一只眼闭一只眼，必须从联赛的长远发展去考虑。

媒体的理解和表扬是一回事，但总局有关领导还是打来电话，说你们篮管中心难道就没有人要承担责任吗？上面的意见摆在那里，我们必须有所交代。研究来研究去，最后我们给总局写了报告，集体承担官秀昌事件的责任，我本人负有领导责任，中心副主任王渡负有直接责任，郝国华不再担任联赛办公室主任，申请总局给我们几个当事人予以通报批评。事情至此才算告一段落。

后来，使我感到欣慰的是新疆广汇俱乐部的态度。尽管得知无缘季后赛的时候他们反应很激烈，但事情过去三个月之后，我接到了侯伟发来的短信：“集团经过研究，决心吸取这个血的教训，我们在哪儿跌倒就从哪儿爬起来。我们不仅不退出，我们还要加大投入，让大家看看我们新疆汉子的力量。”读后，我深受感动。

新疆汉子确实说到做到，在接下来的这个赛季也就是2008～2009赛季，新疆男篮史无前例地进入了总决赛。我为他们感到骄傲，“人非圣贤，孰能无过？”重要的是吸取教训，从头再来，而不是一遇挫折，轻言放弃。

正是因为有这样一种执著的精神，CBA联赛才能度过一个又一个危机不断前行，才能拥有公正的氛围、拥有不懈的激情、拥有长久的生命力。

凤铝准入事件

凤铝事件是我担任篮管中心主任期间一个重大危机事件，也是我在这个岗位上经受的最后考验。这件事曾引起全国球迷、媒体的极大关注，成为轰动一时的社会焦点。

这件事的发生从表面上看是中国篮协与凤铝俱乐部的冲突，而从深层次看是双方关于职业联赛的理念、模式和运行规则上存在着重大分歧；焦点是在对准入标准办法的理解和执行上，当然也有操作层面出现的失误和瑕疵；更准确地说，是由于前期工作缺乏经验造成的失误，把一个原本是 NBL 俱乐部进入 CBA 联赛的个案，演变成为一个影响联赛全局的危机事件，教训十分深刻。我曾不止一次讲过，每次危机事件出现，问题的发生是在外部，而其根源一定在篮管中心内部，这次也不例外。

奥运会后，CBA 联赛是否扩军一直是大家关注的焦点。自 2006～2007 赛季浙江广厦进入 CBA 联赛之后，参赛队伍一直没有扩大过。按照我的想法，联赛暂时不扩大为好，因为随着规模的扩张，比赛的质量不能保证，相应的成本也会增加。但也有两个现实问题需要考虑，一个是如何保护投资人积极性的问题，近年来注册 NBL 篮球俱乐部的投资人逐渐增多，他们的目标就是要进入 CBA 联赛，因此得让他们看到希望；另一个是奥神问题一直留着一个尾巴，我从心底里希望他们能够重新回到 CBA 中来。原计划北京奥运会后恢复南北分区的赛制，如果奥神回归的话，17 支队伍分区就会不均衡。基于这种情况大家倾向于再增加一支队伍，也正是这个决定成为这次冲突的导火索。

2008 年是奥运年，总局领导要求一把手深入到球队中去抓备战。所以从 3 月开始，我就把联赛的相关工作都交给刘晓农（篮管中心党委书记、副主任）和张雄（新任联赛办公室主任），而我则一头扎进国家队里，心无旁骛地抓训练了。

刘晓农和张雄两个人都是第一次管联赛，尽管他们全力以赴投入工作，但由于对历史情况不是很了解，因此他们作出的一些不经意的决定，后来成了意味深长的伏笔。

起因之一是 2008 年 7 月 4 日，CBA 俱乐部建设研讨会暨联赛委员会会议在昆明召开，媒体敏锐地捕捉到了这样一个细节：“值得注意的是，曾经的 CBA 一员、北京奥神俱乐部和 NBL 广东凤铝俱乐部也作为列席代表出席了本次会议。虽然 CBA 现在还没有扩军的具体计划，但是这两家俱乐部的出现，可能成为未来 CBA 扩军的信号。”

这也马上引起了其他俱乐部的关注，反应最大的是 NBL2008 年的亚军、2007 年的冠军天津荣钢队，还有 2008 年的第三名青岛双星队。他们的疑问是：篮管中心为什么不让我们列席这次会议？难道我们就没有晋级 CBA 的机会了吗？因为他们知道，准入标准中明确规定获得 NBL 联赛前三名的球队都具备接受评估晋级的资格。

当时张雄也对外作出了解释，澄清广东凤铝只是列席了 CBA 俱乐部建设研讨会，而这是他们自己申请的。再说列席研讨会也不能说明他们就能晋级 CBA 了，一切都要看评估结果。

起因之二是在昆明会议上作出了一个决定，凡是在联赛委员会委员没有出席的情况下，其授权代表没有表决权。这个决定的原意是为了提高联赛委员的出席率，但没有想到这个决定与《联赛委员会章程》相抵触。这也是引发 9 月 4 日投票不够法定人数的主要原因。

起因之三是 2008 年 7 月 3 日，我正随国家女篮在广东江门进行奥运会前的热身赛。第一天比赛结束后，前国家女篮主教练马跃南带着一个人到我房间来看我，那个人是凤铝俱乐部的副总。当时已经是晚上 10 点多钟了，我很意外地问，你们怎么会一起到这里来的？他们说刚从篮协的教练员岗位培训班那边过来，培训班就在中山市举办，是凤铝赞助的。

教练员岗位培训班每年举办一次，是由篮协的训练科研部负责的。总局会给予一些补贴，中心没有资金支持，他们也会自己去拉点赞助，解决一下食宿等问题。但这次我一听就觉得很不合时宜，在这样敏感的时期怎么能要凤铝出钱呢？这个时候去找他们拉赞助，对方自然会生出很多想法。

由于中心各部门各自为政，互不通气，在工作中做的一些看似无关轻重的决定，传到外界就成了一些含糊不清的“信号”。媒体一度的看法也是凤铝进CBA只差临门一脚了。这也是凤铝后来为什么反应那么激烈的原因，因为与他们的心理预期反差太大了。

除了这些以外，也有中心干部在对外解释《准入办法》的相关条款时，因理解不一致，前后说法有矛盾，对俱乐部产生了误导作用。而凤铝俱乐部的工作人员不是篮球圈内人，他们不了解历史，也没有很好地研究规则，一直很乐观。这些都是导致日后矛盾冲突升级的重要因素。

那段时间好几个俱乐部来找我，希望我去俱乐部看看，也有的说要来看我，都被我婉拒了。我知道这个时候见谁都不合适。

接下来就是如火如荼的8月，奥运会开始了，我全力以赴地投入到奥运工作中。直到8月31日我才重新回到办公室，联赛工作马上扑面而来。

奥神还是老问题，拖来拖去就是一个主场定不下来。一度传说他们要回五棵松篮球馆，但五棵松在经营上的思路十分高端。双方显然很难达成共识，事情就一直没个结果。

而全国男子篮球联赛（NBL）比赛是在7月5日结束的，广东凤铝获得冠军，天津荣钢获亚军，青岛双星获季军。到底谁能进入CBA联赛？显然，这个问题的答案并不容易得出，因为这不是道简单的数学题，里面有很多程序要走。

不过按照之前的评估办法，凤铝、天津还有青岛三家都通过了考察。联赛办公室下发候选资格通知时，忙中出错，漏了天津和青岛，后来发现了才给这两家补发了通知。这个也被凤铝当成把柄，认为我们一开始就有阴谋。

9月4日，CBA联赛委员会召开会议，主要议程是审议接纳新加盟的俱乐部。首先由联赛办通报3家俱乐部的准入评估情况及结果，然后研究决定了投票的规则。联赛办的通报中还介绍了奥神俱乐部的准备情况。他们没能在规定时间内确定主场，一拖再拖，大家判断奥神俱乐部根本没有打算回来，因此决定给奥神的一个最后的期限，要求他们必须在9月20日前完成所有准备工作，否则作为自动放弃论处。在会上，有俱乐部代表提出，既然看起来奥神回归的可能性不大，能不能把备选俱乐部也投票选出来；如果奥神弃权了，就由备选俱乐部顶替，这样就没必要再次召开联赛委员会了。这个提议大家都觉得有道理，就通过了。从经验上讲，临时动议往往会造成纰漏，因为没时间深思熟虑，事实证明也确实如此。所以，通过这个动议是我一直后悔的事情。

当天参加会议的代表一共有25名，其中正式委员16人。规则要求票数过半，如果第一轮没有过半，那就把最后一名淘汰掉，然后再投出一个来。需要说明的是，当时正值筹备北京残奥会轮椅篮球赛工作冲刺阶段，中国篮协的一位委员因临时有紧急事务未能出席，致使有表决权的委员只有16人，人数未达到2/3（17人）。而当时竟然没有被发现，致使这次投票过程出现问题，留下了隐患。

结果第一轮投票，天津8票，青岛7票，凤铝1票。看到这个结果我感到意外。凤铝作为今年NBL冠军，仅得到1票，而青岛的支持率居然会这么高。但意外归意外，投票规则既然是这样规定的，那么出来的结果就得遵守。按事先定好的规则，就把凤铝去掉了，在天津和青岛之间投出一个，结果是天津10票，青岛6票。最后确认的结果是，天津荣钢获得2008~2009赛季CBA联赛的参赛资格，青岛双星获得替补资格。

虽然有这样一个结果，但当时我对奥神回归还抱有一线希望，总觉得他们在外面漂着不是办法。另外，如果CBA联赛接纳的只是天津荣钢一个队，没有青岛替补进来的话，那么事情也不至于闹到后来的不可开交。

事实上，麻烦来得比我想象的还要早。就在这个会议表决的第二天上午，我们给篮协的老同志汇报中国男女篮征战北京奥运会的情况，中午请他们吃饭。我回办公室放下东西，没想到一出走廊的玻璃大门就被三个人堵住了。他们是凤铝的总经理李远辉、副总肖钦龙，还有办公室主任谭杰（女）。我跟他们并不熟悉，只是见过面而已。当时三个人的情绪显得很激动，一看到我就质问，“你给我们解释一下，为什么第一名进不了CBA，而第二名进了?”我回答说：“这是联赛委员会投票的结果，大家是经过综合考虑的。我今天要请老同志吃饭，咱们回头坐下来慢慢谈。”结果，他们不依不饶，情急之下我就说了一句：“我就要退休了，现在不管联赛的具体事情了，你们去找刘晓农、张雄说这事吧。”

他们三个人显然是有备而来的，把我们这次简短的交谈录了音，然后开始拿着我说的这句话大做文章，一系列的声讨行动也随之展开。

9月5日，凤铝与广东媒体沟通，说李元伟说的我要退休了，我就要让天津上。说篮管中心黑了他们，说李元伟黑了他们。谈话集中攻击所谓的地域平衡原则，还直截了当地影射中国篮协官员收取了好处费，利用准入办法进行“权力寻租”，声称将要诉诸法律，要求中国篮协更改联赛委员会的表决结果。

9月6日，凤铝俱乐部召开新闻发布会，质疑投票决定俱乐部参赛资格的合法性，认为投票过程存在“暗箱操作”。

9月13日，凤铝俱乐部又派人来中国篮协，要求更改投票结果……

事态的发展出乎我们的意料，也超出了一般篮球俱乐部的正常反应。他们从一开始就选择了十分情绪化的做法，不按要求提出书面申诉，私下录音，将事情捅给媒体，散布许多不实之词，并直接要求更改联赛委员会的投票结果，否则就要诉诸法律等。一时间广东的媒体迅速跟进报道，形成一股声势，调门很高。按一般情理，俱乐部遇到这种挫折，产生强烈反应，到中心来申诉，有些过火的言辞和行为，我们都能够理解。从我的处事风格来讲，也是希望通过内部沟通化解矛盾，解决问题，哪怕是天大的问题都可以谈，但他们的这种做法本身就堵死了深入沟通、协商解决问题的渠道。

这期间奥神的事情也水落石出了。在篮协规定的最后期限内，他们未能递交相关材料，这就意味着这支球队的回归再次成了泡影，这也意味着青岛将作为替补真的成为一支CBA的新军，事情变得更复杂了。

9月20日那天是个星期六，之前我在广西平果县看CBA季前赛，听到这个消息后赶紧飞回北京，当即和刘晓农一起召集联赛委员会常委扩大会研究这件事。常委委员袁超和张爱军他们都来了，大家坐在一起，讨论事情到底应该怎么办。

我的感觉是相当棘手，根源就在于9月4日会议的临时动议，作出了替补的决定，现在已经没有回旋余地了。

讨论中，大家最不认同的就是凤铝的态度和反应，认为打了冠军就可以进入 CBA，那是他们自己的误解。会上也有人举出天津的例子，天津男篮在 2007 年 NBL 的比赛中也夺得了冠军，但是最后并没有升入 CBA。当时联赛委员会也是通过表决否决了天津男篮的晋级资格，而主要原因就是因为天津男篮俱乐部不规范，产权不明晰。升级失败的天津男篮没有气馁，2008 年俱乐部按照联赛委员会的要求，在市场化方面加大了力度，最终达到了准入标准，获得 NBL 亚军后的天津队顺利通过准入制评估。而青岛双星也是一个组建多年的俱乐部，一直保持在 NBL 前三名，多次获得评估资格，尽管未能如愿，但一直没有放弃努力。

对比之下，凤铝就显得太自以为是了。于是，扩大会议的结果还是维持原判。因为第一次投票他们仅得一票，根本不存在翻盘的可能性，投票的结果基本代表了委员们的意见，所以没有更改的必要。

9 月 21 日，篮协对外发布公告，鉴于北京奥神俱乐部未通过准入评估，青岛双星替补获得下赛季 CBA 联赛的参赛资格。

9 月 23 日，凤铝俱乐部在广州召开新闻发布会，宣布起诉中国篮协，由三名律师组成的律师团也出席了发布会。这就意味着启动了法律程序。

凤铝的律师团阵容强大，但它的第一次亮相就犯了错误。他们提出的起诉方向和四个重大问题为：第一，谁在这次事件中起主导作用；第二，CBA 准入规则是否合法，其他俱乐部准入是否有效；第三，通过投票决定球队升级是否有效；第四，凤铝俱乐部是死在规则外还是规则内。他们的律师团强调："目前已不是凤铝一家俱乐部的问题，而是整个 CBA 职业联赛是否合法的问题"。这样，他们不仅针对中国篮协，而且还高调地把矛头指向了现有的 CBA 俱乐部。用他们的话来讲，"16 家俱乐部是否合法进入？是从大门进来的，还是从烟筒进来的?"这不仅改变了问题的性质，使争执升级了，而且态度蛮横，言辞不恭，触犯了众怒。

事情闹到这个地步，我看事情的性质已经变了。这个事件先是由哪一家 NBL 俱乐部进入 CBA 联赛更有利的一个局部问题，随着凤铝公开宣布起诉中国篮协而演变成为一个质疑 CBA 职业联赛合法性的全局性问题了。也就是说，事情发展到今天，已不是一个谁该进入 CBA 的问题了，而是一个事关 CBA 联赛改革方向、基本架构、运行规则和近年来改革成果的评价问题了。他们的做法，不仅是在损害中国篮协的权威，破坏 CBA 联赛的形象和品牌价值，也在损害各参赛俱乐部的利益。

事情一旦到了这一步，双方就没有任何回旋妥协的余地了，只能正面应对，先将法律问题搞清楚，然后才能谈到妥善处理、留有余地的问题了。如果现在示弱，不说他们不会领情，就是对广大群众也无法交代。此风不可长，如果听任其为所欲为，以后谁稍有不满就可以参照凤铝这种做法，把事情搞大，这样联赛将永无宁日。那将是一个什么样的局面？这是大家都不愿意看到的。

实际上我们也清楚，在前期的工作中确实有失误，表现在三个方面：第一，9 月 4 日出席会议的联赛委员会委员人数缺一人而未达到法定人数；第二，决定替补俱乐部的程序和表决方法上存在瑕疵，通过临时动议时不够审慎；第三，准入办法中确有不明确和不完善的地方，容易造成歧义和误解。

尽管存在这些失误，但都属于工作细节上的问题，而他们所指责的关于 CBA 联赛的合法性、准入制度的合法性以及投票的合法性等都不存在重大原则问题。

我们从来都不否认自己的工作中存在这样或那样的问题，也欢迎大家的批评帮助，以便改进工作。但正当的诉求和善意的批评与恶意攻击，从根本上否定联赛的正当性、合法性有着本质的区别。前者是在大方向正确的前提下，不断完善规则，提高执行力，注重细节，促使联赛更好更快地发展，是前进中的问题。后者就是全面否定联赛，不遗余力地抹黑，打击球迷、媒体和赞助商的信心，以达到个人的目的。因此现在已经不是需要改进和完善的局部问题、小是小非问题，而是涉及联赛生存发展的大前提、大原则问题。

当天，中国篮协发表《关于广东凤铝俱乐部准入问题的五点声明》，再次强调竞赛成绩只是 NBL 俱乐部获得 CBA 准入评估资格的必备条件，但能否获得 CBA 联赛的参赛资格，最终要由联赛委员会，包括 CBA 俱乐部代表在内的表决决定；也希望广东凤铝俱乐部的相关人员尊重客观事实，不要继续散布无中生有、歪曲事实、混淆视听的言论。中国篮协保留使用法律武器维护自己合法权益的权利。同时，我们决定，采取必要的补救措施，准备打官司。

我们之所以态度强硬，也是有底气的，虽然在工作细节上处置有误，但在大方向上没有错误，只要干干净净做事，有什么好怕的呢？

关于新加盟联赛的俱乐部的表决，完全是根据 CBA《联赛委员会章程》及规则作出的。与会委员都是根据自己的判断投票，篮协没有给任何人施加压力，或指明授意投给哪个俱乐部。篮协的人都是以联赛委员会委员的身份参加的投票。这是所有参加 9 月 4 日会议的人都了解的事实。

至于准入的标准、程序、办法是早有先例的。取消升降级，采用准入的办法确定参赛队伍是职业联赛和竞技篮球的分水岭。是从 2004 年执行《北极星计划》开始的，是通过若干次会议研讨决定的，都是有据可查的，绝不是像他们所指责的：是临时加出来的程序，竞技体育不按成绩、按投票等。

在国庆长假之前，联赛办公室已给各俱乐部下发了通知，要求联赛委员会委员在节后赴京开会。因为上次投票时，俱乐部的代表中只有 8 家有表决权，还有 8 家没能表明态度，不仅在法律上存在"硬伤"，而且也没有充分表达俱乐部的声音，为了进一步征求大家的意见，决定开会对 9 月 4 日会议的结果进行复议并再次投票确认。

10 月 7 日会议举行并进行不记名投票，投票程序非常严密。我们这次一定要看到最全面最真实的记录。当天有投票资格的是 24 人，结果天津得 24 票，青岛得 23 票，凤铝得票是 0。看到这个票数，我心里的一块石头落了地，民意如此，没什么可说的了。

之后 16 家俱乐部发表了《联合声明》，就佛山凤铝状告中国篮协一案公开表态，希望凤铝俱乐部能够从维护 CBA 大局利益出发，遵守和尊重联赛的规章制度，并针对凤铝的质疑作出了回应——

第一，CBA 联赛 13 年来的改革成果不容否定；

第二，CBA 联赛的合法性、正当性不容置疑；

第三，CBA 联赛的规则必须得到尊重和遵守；

第四，CBA 联赛的整体利益必须维护；

第五，CBA 联赛的职业化改革方向必须坚持。

声明中，16 家俱乐部一致承认联赛委员会投票表决程序的合法性，并表示 CBA 联赛的良好发展有赖于各俱乐部不断加强自身建设、提高管理水平，不应当因自身的不理智、不客观影响整个联赛的形象。

这个《联合声明》出来后，凤铝那边终于感到了巨大的压力，也感到了自己的孤立。随后他们的口风有所转变，说我们不是对其他俱乐部有意见，而是对篮协有意见。

10月22日，凤铝俱乐部向北京市第二中级人民法院递交了对中国篮协的诉讼状。10月28日，北京市第二中级人民法院裁定，凤铝俱乐部的行政诉讼不符合诉讼条件，不予受理。

11月2日，凤铝俱乐部宣布退出中国篮协组织，并发表了长达5 000字的“退出声明”。在发布会上，他们的办公室主任谭杰表现得很激动，当时泪洒会场，成为很多媒体报道的焦点。

11月4日，中国篮协在北京召开新闻发布会，详细说明有关情况。为此我们准备了长达20多页的回应材料，材料回顾了整个事件的经过，详细列举了凤铝言行不一、前后矛盾的说法，并附有出处。而且就几个有关职业联赛理念的根本分歧作出说明。

比如，关于职业篮球和竞技篮球的区别。“竞技篮球和职业篮球是两个不同的概念。在2005～2006赛季之前，历时10年的中国男子篮球甲A联赛实行的升降级制，集中体现竞技篮球的价值取向，而CBA职业联赛实行的是准入制，它的价值取向是市场。就竞技篮球而言，成绩是硬道理，谁打了前两名谁升级，是毫无疑问的。但不可否认的是升降级制给甲A联赛带来诸多负面的影响。而职业篮球不是不要成绩，但它追求的主要目标是适应市场的需要，直接讲是要满足球迷、媒体和投资人多方面的需求。这就不是单靠成绩可以做到的。这要求俱乐部的职业化建设具备多方面的素质和能力，搞好‘三个服务’。所以我们推出的准入标准多达40～50条，而成绩仅是其中的一项。NBL联赛的竞赛成绩只是俱乐部获得CBA准入评估资格的前提条件，而不是准入参赛的决定性条件。”

比如，关于准入制度和准入标准问题。

“实行准入制度是CBA联赛市场化发展的需要。从2005年6月开始，CBA联赛委员会制定准入标准，开始实行准入制度。准入标准从俱乐部管理制度、球队建设、训练及比赛的硬件设施、市场运作机制等几个方面对俱乐部建设提出了整体要求。其核心是把CBA联赛打造成为拥有统一理念的利益共同体。

按照准入标准，已加入CBA联赛的俱乐部每年都要参加准入评估，在通过评估后即可继续参加CBA联赛。联赛扩大队伍数量时，申请加入的俱乐部首先必须通过准入评估，并且评估标准中的部分指标对新俱乐部有更高的要求（如场馆容纳观众人数等）。申请加入的俱乐部在通过准入评估后，经联赛委员会投票表决通过，并向联赛交纳加盟费后，方可获得参加CBA联赛的资格。”

比如关于投票的过程及有效性问题。

“关于新加盟联赛的俱乐部的表决，完全是根据CBA《联赛委员会章程》及规则作出的。投票结果，仅代表了CBA俱乐部投资人及其他相关委员从CBA联赛整体利益出发作出的选择，并未否定凤铝俱乐部NBL联赛冠军的身份及其两年来所做工作。换句话说，委员会投票决定的不是也不可能是竞赛名次的归属，只是决定是否接纳一个新的俱乐部加入到现有的CBA职业联赛大家庭中来，成为志同道合的伙伴。

投票时，各俱乐部投资人和相关委员本着俱乐部可持续发展原则”和“联赛可持续发展原则”，综合考虑了以下各方面因素：俱乐部产权明晰、资金状况、财务状况、赢利能力、制度完善、运作规范、训练基地设施完善、竞赛管理、赛事和市场推广专职人员的数量经验和能力，俱乐部运动成绩、梯队建设、人才输送，以及俱乐部地域分布均衡，符合联赛发展战略布局，有利于联赛市场开发，符合联赛和赞助商的利益等。

这种不无记名投票的表决方式，意味着所有投票代表都有充分的空间去表达自己的意愿。中国篮协没有任何操控投票结果的主观意愿和程序上的可能。那种认为中国篮协可以凭其持有的5票'优势'左右其他委员20票的想法，不仅是对现有各俱乐部投资人智力和能力的亵渎，也反证了其对合法民主程序的蔑视和无知。"

作为职业联赛的管理者，对于CBA俱乐部的地域分布问题，理所当然成为我们关注和考虑的重点问题。广东已经有两支球队，凤铝在佛山，如果在一个方圆不足100公里的范围内出现3支CBA球队，必然会涉及商业、电视、球迷资源的争夺，从职业联赛角度看，不见得是件好事。而当时的情况是在广东一共有6家篮球俱乐部，除宏远、新世纪外，其余4家分布在东莞、佛山、深圳和惠州，都是以进入CBA联赛为最终目标的。怎么处理这类问题，当时我们确实还没有想好。

这些都是反映CBA联赛理念的要点，争论到这个层面，已经不是谁该进或谁不该进CBA的问题了，而是职业联赛的理念、规则和公正性的认同问题了。正因如此，我们的态度不能有丝毫含糊和退让。

随后我在会上做了《关于凤铝事件的五点补充说明》。次日的《中国青年报》在报道中称："李元伟入主篮管中心以来，这恐怕是他最义正词严的一次发言了。"

《补充说明》中当时有这样一些话：

"凤铝事件的实质是对近几年CBA联赛职业化改革的理念认识和认同问题。凤铝的种种言行，恰恰说明他们和现有CBA俱乐部在职业体育的理念上有很大差距。

凤铝的声明从公正性、公信力、工作态度和工作作风等方面对中国篮协进行了全面否定、抹黑、诋毁，甚至将中国篮协和帮派江湖相提并论，这符合客观事实吗？如果真是这样，试问，这几年中国篮球所取得的成绩和进步是从何得来的？对于凤铝有人暗示或公开指责中国篮协领导人故意模糊规则以便收取好处费，我们郑重提请他们尽快公布有关的证据。"

之所以一定要站出来做这样一个回应，是要维护中国篮协的权威性。我们在管理着一个庞大的事业，肩负着重要的职责，面对给联赛抹黑、对中国篮协的无端攻击的种种手法，除了坚持之外，没有其他退路，于是我选择了坚持。所以我必须在最后时刻站出来，澄清球迷的误解，阐述我们的理念，继续树立大家对CBA联赛的信心。我也是希望能够在卸任之前，站好最后一班岗，承担应该由我承担的责任。

在将近三个月的你来我往、言语交锋、告状揭黑之后，事情到此总算告一段落。开完那天的新闻发布会，我的心情是沉重的，正如媒体评价所言，这件事对凤铝和对篮协而言，其实是一个两败俱伤的结果。篮协在风波面前没有退却，但失去这样一个俱乐部也并非我们愿意看到的结果。

2008年11月15日联赛开幕式在东莞举行，我打算让刘晓农、李金生趁机到佛山去一趟，和凤铝的老板坐下来好好聊聊，消除一下误会，也探讨一下凤铝今后的发展问题。不过，抛出去的这根橄榄枝被凤铝的董事长拒绝了。

其实我是非常尊重投资人的，很希望双方能够坦诚交换意见。后来我们也分析了事情之所以闹成这样，从风铝方面讲，恐怕也有这么个原因，即俱乐部工作人员事先不透彻了解规则，脱离实际，盲目乐观，忽悠了老板、球迷和政府，事后为推卸责任，将矛头对准中国篮协以转移视线，曲解事实，把事态扩大，将水搞浑。所以风铝董事长一直都认为是李元伟黑了他们、是篮协黑了他们。他在接受媒体采访时候这样说过："可以肯定地说，如果早知有'投票公决'一事，广东风铝三年前就不可能成立俱乐部。"

可是这个投票表决是2005年就有的规定，怎么可能不知道呢？

在整个风铝事件过程中，我有矛盾斗争，也有反思和坚持。这件事也被认为是我在任期内的一个瑕疵。不管怎样，在整个危机事件中我秉承了一个原则，就是一切要出于公心，不能影响联赛的大局。这是我在任期间的最后一件大事，如果要做总结的话我想就是四个字：我顶住了！

事后，公共关系专家评论，作为危机事件处理，中国篮协处置妥当。这是对当时的三个轰动事件比较而言的：一个是武汉光谷足球队退赛事件；一个是广东风铝准入事件；一个是于芬状告中国游泳协会事件。即便如此，作为职业联赛的管理者也要吸取这个沉痛的教训，避免此类事件的发生。

要说教训，顺风旗扯得太满可能是原因之一，如同白岩松所说："此次风铝事件，透露出顺境中的中国篮协让人不安的固执和自负。"所谓固执，事出有因，而他提到的自负，确是我们应该反思的地方。这么一件大事之所以草率行事，没有设身处地替投资人着想，说是"自负"也不为过。如果当时大家都怀有更多和谐篮球的理念，也许不至于使矛盾最终激化。

危机后的几点思考和启示

亲身经历了CBA联赛改革这么多棘手的事情后，可以留给我们哪些思考和启示呢？我想起码有这么几点：

第一，突发事件是伴随着中国篮球职业化进程出现的，有一定的必然性。对危机事件的处理是联赛改革的一个重要方面，是与赛制改革、赛事推广、商务开发、品牌建设等相衔接的重要环节。正确处理这类事件可以从另一个方面促进联赛的健康发展。体育管理者面对成分多样化、利益多元化的格局，必须敢于面对矛盾，谨慎妥善处置，才能推进改革，否则将延误事业的发展，甚至走向负面。

第二，面对尖锐的利益冲突，说教和调解是苍白无力的，必须真正依照法规办事。法规制度不完善是产生利益纠葛的根源。但法规制度的滞后往往是经常性的。面对社会的发展和联赛的变化，要常怀畏惧之心，把法规制度建设作为一项日常的、严谨细致的、不容松懈的工作切实抓好。

第三，必须加强管理机构的专业化建设，提高人员的专业素质和能力。完善程序，照章办事，切忌草率自负、前后不一、上下不一的情况发生。一定要依靠和扩大职业经理人队伍，吸收法律专业人士加入，提高法律意识和依法办事的能力。

第四，出于公心，坚持公平公正透明原则，维护整体利益；敢于出手，当断则断，否则反受其乱。

第五，建议国家建立体育仲裁协调机构，加强对执法过程进行监管，减轻单项运动协会的负担，改变投诉无门的状况。单项运动协会在依法办赛的基础上，要进一步加强行业自律。

在经历了这么多事件后，我曾在2007年联赛工作会议上，就法治、道义和自律问题做过一个讲话。我认为这是对违规事件处理的三个要素。

我在那次讲话中说："近期出现的问题，给了我们什么样的启示呢？首先提醒我们要增强法律意识，依法办赛。关于巴特尔转会和蒋兴权合同纠纷事件处理起来十分棘手，这里涉及到法理和道义两个层面的问题，这也是我们在处理过程中反复思考掂量的问题。在道义层面上，大家都会有自己的看法，可以评论、同情，甚至谴责一些人和事，但这种同情不能作为处理纠纷的依据。问题的最后处理，还是要按照法律办事。也就是说，尽管你在道义上占有优势，但如果在操作层面上存在漏洞，经不起推敲，那结果可能事与愿违。"

"那么，合法是不是就代表合理呢？合法是不是就达到职业联赛的标准了呢？我看不尽然。如果说法立的是规矩，那么理服的就是人心；如果说法是筋骨，理就是脉络。换句话说，法是硬件，理是软件，两者相辅相成，缺一不可。只讲理不讲法，或者只讲法不讲理，久而久之，就会失了人心，散了人气。我们大家十几年来共同努力打造的联赛成果就会一点点被腐蚀，积累下来的最宝贵的凝聚力，就会一点点瓦解，我们的市场竞争力也就无从谈起，几年前中超发生的情况就很值得我们警醒。坦率地讲，这次新疆队在对巴特尔和老蒋事件上的做法，虽然在法的界限之内，但于情于理不合，破坏了业内的秩序和规矩，对联赛的不良影响是深远的。"

"联赛要讲'法理'，就得讲'自律'。一个成熟的、可持续发展的联赛必然是法治和自律紧密结合的联赛。法律和行业管理制度不可能涵盖联赛中出现的全部情况，因而许多问题不能从现行的法规上找到答案。因为联赛是活生生的不断发展变化的事物，是由多种因素、多方面利益参与构成的一个复杂事物，问题的发生有其根源。但为了事业的发展，为了大家共同的利益，有些事情可以为，有些事情就不可以为，这不仅仅是个觉悟问题，也是个道义问题。每一个俱乐部都必须成为联盟中一个负责任的成员。"

"联赛的大家庭有必要共同制定一个符合整体利益的行为规范，一个自律公约。违背了这个公约，损害了联赛整体利益的单位和个人，联赛委员会就有权利根据情节进行判定，给予其一定的制裁，以维护大家的共同权益。这才是对绝大多数行为规范的俱乐部负责任的做法，对联赛负责任的做法。"

为什么我们对危机事件的处置存在一定问题，还能闯过这一个个的急流险滩？原因就是两条：第一，我们在处置问题时能够出于公心，不带私心杂念，得到大多数人的认同和信任；第二，我们前期的改革取得了明显的成果，得到了广大球迷、俱乐部、媒体的支持，所以我们有这个底气，敢于碰硬，但这不代表我们做的都是妥当的、合理的、恰如其分的。如果没有前期改革的基础，我们可能早就倒在某一道关口前了。

第六章

展望：CBA 任重而道远

一个告别的赛季

2009 年 11 月 15 日，2008 ~ 2009 赛季在东莞塘厦镇揭开战幕。那天，我在宣布开幕时确实有些激动，因为这将是我的告别赛季。

回顾这五年来 CBA 联赛的变化，我觉得有两个赛季值得一提。一个是 2004 ~ 2005 赛季，另一个就是 2008 ~ 2009 赛季，可以称之为两个标志性赛季，联赛的竞争水平和整体发展上了两个台阶。这第二个赛季的出现不是偶然的，而是抓住了奥运会刚刚结束的有利时机，推出了力度较大的改革措施，取得了明显成效。体育界的一般规律是一届奥运会刚刚结束，各个运动项目会有一个相对宽松的环境，这就成为我们出台大的改革举措，推动联赛发展的宝贵时机。

2008 ~ 2009 赛季的成功来自于三大改革措施：第一，适度扩大联赛规模、恢复南北分区、增加比赛场次；第二，放开外援选用政策，增加对抗强度，提高赛事质量；第三，加大对违规行为的处罚力度。而起核心作用的措施是改变了外援使用政策。

2008 年 8 月 31 日，我在完成男女篮的奥运会总结，送走外教以后回到中心上班。第一件事情就是与刘晓农、张雄讨论新赛季联赛的准备情况。我的一贯想法是，每一个赛季都要有一些比较大的措施出台，有一些亮点出现，体现加快发展的总体要求。前两个赛季由于备战奥运会的影响，被迫取消了南北分区，压缩了赛程，放缓了改革步伐，已经引起了一部分赞助商和投资人的不满。现在奥运会结束了，国家男女篮的表现受到外界的一致肯定，为什么不利用当前这个有利时机推动联赛发展，给社会各界一些信心呢？听到我的想法，刘晓农、张雄他们都表示同意。

从哪里着手呢？我认为，首要的是要抓住提高赛事质量这个核心，带动竞赛管理、经营开发、品牌推广和俱乐部建设等环节的开展。

在此之前，关于适度扩大联赛规模、恢复南北分区、增加比赛场次的决议已经原则上通过了，联赛增加两支队伍，常规赛达 50 轮，总场次为 450 场，这是一个重大改变，但我觉得仅此是不够的。如果增加的比赛都是低水平的没有任何悬念的比赛，其结果只能是劳而无功，没有任何积极意义。那么怎样才能有效地提高竞赛质量呢？考虑到目前我们的后备人才培养机制不能在短时间内培养出更多优秀的年轻球员，而完全放开国内运动员转会市场的时机还不成熟，那么平衡各队实力，增加竞争能力和比赛悬念的办法只有从外援角度入手了。

长期以来我们的外援政策都是实行每队两名外援，四节4～5人次的上场规定。而随着外援水平提高和聘请外援成本的增加，限制外援上场次数在客观上造成了浪费，要求放宽外援使用政策的呼声逐渐高涨。而放宽外援政策又会对八一队带来更大冲击，这也是一个问题。当时我提出能否给各队增加一个亚洲外援的名额，并且不受外援上场人次限制的想法。这实际上是把亚洲最好的球员等同于国内优秀球员看待。这样做的好处是：首先，新加盟的天津、青岛队以及上赛季后几名的球队可以有效增强队伍实力；其次，根据目前中国在亚洲的优势地位，亚洲顶级外援的水平也就相当于中国国家队队员的水平，不会使各球队的实力发生根本性改变；最后，可以增加小个儿队员的引进数量，对改善组织后卫这一薄弱环节起到积极作用。此外，亚洲外援费用相对低廉，对亚洲开放外援市场，不仅可以增加与亚洲各国交流的机会，而且也有助于提高CBA联赛的国际地位和影响力，起到“一石数鸟”的功效。这项政策可以增加俱乐部的选择空间，人员整齐、有实力的球队也可以不请。

鉴于当时距联赛开幕时间紧迫，许多工作来不及做了，最后在联赛委员会上讨论并通过决议，给上赛季联赛后四名的球队和新加盟的两支队伍引进一名亚洲外援的政策。尽管最终只有山西中宇俱乐部引进了一名哈萨克斯坦球员，但也算开了一个先例，对今后联赛会有积极影响。

而这个影响在2009－2010赛季上海玛吉斯男篮身上就充分地体现出来，他们成功地引进一名约旦运动员阿巴斯，从而大大地增强了队伍的实力，在外教的率领下，最终杀进四强。一项政策能不能起到积极的作用，关键还要看俱乐部经理人的眼光和操作水平，上海俱乐部就是一个很好的例子。

至于放开外援使用政策的提议是由俱乐部首先提出的。这些年，俱乐部聘请外援的费用实际上是在不断增加的，因此有俱乐部提议，应该放开外援使用次数的限制，做到“物有所值”，而各队对八一队比赛时仍然沿用上赛季四节5人次的做法。这个提议得到了大多数俱乐部的赞同。我们认为，这样既满足了各俱乐部的要求，有利于提高竞赛质量，又兼顾了八一队的利益，可以试一试，于是就通过了。什么事情都要经过实践，不试你永远不会知道什么是对的，什么是错的。

至于加大对违规行为的处罚力度则是由联赛办公室提出来的，当时我是有所保留的。考虑到球迷的整体素质偏低和俱乐部在实际运作中的困难，我不主张动辄罚款数万元至十几万元，这会增加俱乐部的负担。中心的大部分同志也持相似意见，因此在处罚办法出台前对联赛办公室拟定的违规罚则进行了比较大的修改，减少了罚款数额，即便如此，我还是认为罚得比较重。没想到实行以后，效果居然不错，各俱乐部为了避免损失，真正用心去做球迷、媒体服务和安保等项工作，从而减少了违规事件的发生。所谓“治乱世，用重典”，符合现阶段联赛的实际，从中也可以看出俱乐部的工作充满弹性，大有潜力可挖。

这个赛季无论在联赛规模、比赛场次、比赛质量和观赏性方面，还是在球迷、媒体及社会反映方面，都达到了一个前所未有的高度，向真正意义上的职业联赛又迈进了一大步。

我留下了一个怎样的CBA

2008～2009 赛季在许多方面，树立起一个新的标杆：

参赛球队史上最多——18 支；

常规赛场次史上最多——450 场；

赛程跨度最长——6 个月。

特别是外援新政的推出，使得 CBA 联赛外援整体水平陡升，威尔斯、斯奈德、大卫·哈里森、斯马什·帕克、哈维等前 NBA 球员纷至沓来。他们的涌入在一定程度上改变了联赛格局，同时比赛观赏性也因为他们的到来而大幅提升。

2009 年 6 月 25 日，《中国体育报》发表了一篇题为"数字 CBA"的文章，用一系列数字反映了 2008～2009 赛季 CBA 联赛的进步：

★本赛季 CBA 现场观众总人数 168.56 万人，平均每场观众人数为 3 556 人。

★央视索福瑞公司提供的数据显示，共计 383 份平面媒体报道 CBA 联赛 1.4113 万篇，正面和中性的报道占总报道量的 89%，负面的占 11%。平面媒体价值 1.36 亿元（上赛季为 3 200 万元），增长 319%。

★中央电视台、青海卫视等 20 家地方电视台参与了联赛直播和录播，电视总播放量达到 4 190 小时 30 分钟（其中，直播场次达 1 040 场，2 792 小时 22 分钟）。与上赛季的 2 028 小时相比，电视总播放量增加了 2 162 小时，增加了 106.7%；电视媒体价值达到了 72.3 亿元。

★本赛季累计收视人数为 5.96 亿，比上赛季的 3.46 亿人增加了 72.2%；1/4 决赛和半决赛收视人群达到 2 787.3 万人；收看总决赛的共有 314.88 万人。全国通过中央台 CCTV5 覆盖的电视观众达 4.45 亿人。

★2009 年 4 月，华通明略公司发布"中国体育赛事现状及发展"的调查结果，CBA 联赛在认知度、关注度和喜爱度的排序中均居中国体育赛事首位，认知度达到 70%。

这些数字充分说明了这个赛季取得的进展，无疑这是一个成功的赛季，也是自 2003 年联赛改革以来，最具代表性的一个赛季。

在我五年半任期结束的时候，CBA 联赛的面貌已经发生了很大变化。如果要盘点一下的话，在联赛管理、竞赛制度、商业模式、品牌形象、联赛文化以及联赛价值等方面，和 2003 年以前的甲 A 联赛相比，不可同日而语。

经过四个赛季的磨砺，CBA 职业联赛的基本框架已经基本确立；中国篮协领导下的俱乐部民主管理的模式已经成形并发挥了重要作用，联赛办公室的专业化建设也在不断进步；CBA 的品牌形象得到了极大提升，被普遍认可为国内最健康的、积极向上的联赛；联赛培养出一批身体条件好、富有潜力的优秀年轻球员；联赛的发展吸引了大批企业的青睐和球迷的喜爱。在商业价值方面，据我所知，2007～2008 赛季盈方的商业开发已经达到 7 000 多万元，基本做到收支平衡，并略有盈余。而 CBA 联赛的整体价值，经由国际专业评估机构测算，已经达到 2.4

亿~3.7亿美元。改革的成果得到了全社会的广泛认可。

这些成绩充分反映了历经五年改革，CBA联赛取得的进步。这个成果来之不易，它凝聚了全体篮球人的心血，体现了集体的智慧和力量。准确地说，这是中国篮协团结带领俱乐部及各方面专业人士，在社会各界的鼎力支持下取得的丰硕成果。我们有理由为此而感到自豪，但这仅仅是个开始，只是万里长征迈出的第一步，距离我们的奋斗目标还有很长的路要走。

按照《北极星计划》的设计，CBA联赛的改革分三个阶段实施：第一阶段（2005~2008年）能力建设阶段；第二阶段（2009~2011年）股份制运作阶段；第三阶段（2012~2015年）巩固提高阶段。

到2008年我们基本完成了第一阶段的任务，可以说，我们尽了最大的努力，完成了在现行体制条件下可以实现的最大目标。下一步是探讨实施股份制公司的阶段，即成立联赛公司，引入战略投资人，进行股份制改造，这也符合市场经济条件下职业体育发展的客观需求。2008年我们和盈方中国公司也进行了初步的探讨，得到NBA中国、摩根大通公司的积极响应。这是联赛进一步开放市场、增强实力、提高国际竞争力的有效途径。

计划是10年的，不过我只能做到2009年1月卸任的时候为止，《北极星计划》实施的只是一个开头。这期间还有奥运会等因素的存在，尽管与预期的效果还有不小距离，但毕竟起步了，前进了，这是最重要的。

关于CBA联赛公司

2008年4月28日，我参加了美国芝加哥商学院在北京举办的“中国篮球的未来”论坛。这个论坛是芝加哥商学院利用它校友的影响力召开的，邀请的嘉宾有国际篮联秘书长鲍曼、NBA中国总裁陈永正，他们两位都是芝加哥商学院的校友，还有徐济成和我。而在后台运作的是姚之队负责人章明基，他也是芝加哥商学院的毕业生。我在会上做了“关于CBA联赛的未来发展”的报告，重点谈到了股份制的CBA公司问题，引起不少人的注意。这实际上讲的是《北极星计划》第二阶段的目标，只不过许多人不甚清楚而已。

我在报告中讲：“从明年开始至2013年，是《北极星计划》的第二阶段。CBA职业联赛将进入一个新的发展阶段。这一阶段的目标是建立股份制形式的CBA联赛公司。按照设想，今后中国篮协将不再具体负责CBA联赛的日常运营管理和商务运作，篮球管理体制实现从计划经济体制向市场经济体制的转变，从以办篮球联赛为主向以管篮球联赛为主转变，从以微观管理为主向以宏观管理为主转变，管理方式从依靠行政手段为主向依靠法律手段为主转变，主动适应职业体育的要求，为未来体育社会化、产业化的进一步发展奠定制度化的基础。

CBA联赛公司将会全面负责职业联赛的竞赛、经营和推广，可以通过资本运营的方式引入实力雄厚、具备丰富体育产业运营经验的机构，全力打造亚洲顶级职业联赛，培养和开发亚洲、世界最好的篮球运动员，建立健全的联赛赢利模式，为CBA联赛公司和各加盟俱乐部赢得利润，不断提高CBA品牌的影响力和价值。”

这一番讲话令全体与会者振奋，也引起不少人的诧异，有人认为我是在退休前放一炮，殊不知这是我一贯的思想和努力为之奋斗的目标，只不过是利用这个机会讲出来而已。我认为，这是职业联赛发展的内在要求，也是市场规律和现代篮球发展规律的具体体现，非此不能推动职业篮球的大踏步前进。这种表述可能像北大教授指出的，所谓“革自己的命”的一种表现吧。

股份制在中国经济社会早已是一个司空见惯的经济现象，也是中央推进国企改造的一个主要途径，成为中国经济所有制的一种形式，足球的中超公司也已经进行了尝试，在篮球职业化进程中实行有什么不可以？

这是一个可行的方法。是解决政企不分、事企不分、管办不分的有效办法。是走向职业化的必然要求，符合市场经济要求，也为当前中国经济社会所认同。当然它有前提条件，但不存在不可逾越的障碍。这不是姓“资”姓“社”的问题，更谈不上脱离党的领导。

而在这方面，许多有识之士早已提出了很多好的意见。魏纪中认为：“凡是老百姓自己能办的，政府就要退出、放权，转为给政策、支持、引导和监管。”“这实际上就是政府职能转变问题，体育界在这方面落后于其他行业的改革。”鲍明晓教授坦言，中国体育的改革会很难，因为不是民生中很重要的行业。“体育本质上是社会事业，社会事业就要由社会来办。我认为这个大方向是不以人的意志为转移的。与其被动适应还不如主动调整。”

我之所以利用这么一个时机讲这个问题，一则由于论坛的主题就是《中国篮球的未来》，主持人希望我能讲讲联赛的未来发展问题；二是我预感到我退休后《北极星计划》的实施可能会更加困难，而许多人对中国篮球的未来还没有清晰的概念。因此，我想公开讲出来可以会使更多关心篮球的人开阔视野和思路，多一种思考和选择。我相信广大篮球爱好者的分析判断能力。如果说，在未来中国篮球发展道路的探索中，这个思路能够起到一点积极作用的话，也可以告慰我们前期的付出了。

关于对 CBA 联赛的争议

在 2008~2009 赛季结束以后，有个别业内人士和记者对这个赛季的评价不高，给人留下的印象是 CBA 联赛仿佛已经到了危急的时刻，是一个“风一吹就垮掉的联赛，有着极大的风险”。管理者有危机意识不是件坏事，但这种看法是不是符合 CBA 联赛的实际，则是另一回事。判断一个事物要看主流，依我看，联赛发展过程中出现这样或那样的问题十分正常，这几年都是这么走过来的。我不认为这些问题代表了 CBA 联赛发展的主流，更不会产生灾难性的后果，完全可以掌控和调节，没有必要大惊小怪。小平同志讲，发展是硬道理。发展速度快了，自然会出现问题，我想即便是美国的 NBA，仔细挖挖它内部的问题也不会少，更别说处于发展探索中的仅有 10 多年历史的 CBA 联赛了。

当前争议最多的问题主要是三个，即比赛场数、一周三赛的强度；外援政策；联赛的财务状况等。这三个问题是联赛改革以来引起争论比较集中的问题，具有一定的代表性，也是关系到职业联赛发展的重大问题，因此我想谈谈自己的看法。

第一，如何看待比赛场次增多的问题呢？有不少人质疑比赛场数太多，一周三赛的强度太大，造成了运动员疲劳和伤病的问题。

我认为，职业联赛的比赛场数不是一个简单的数量问题，而是涉及到职业联赛的宗旨和目的，是职业与非职业联赛的“试金石”。一个职业联赛如果没有一定的比赛数量保证，就无法生存。

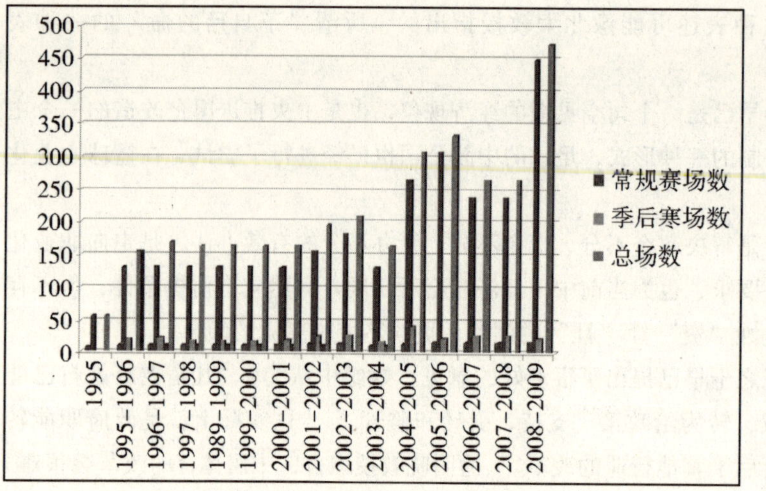

图　历年 CBA 联赛总场数图

首先，增加比赛场次是市场的客观需求，是联赛盈利的必要条件。一个健康的、成熟的联赛一定是以必要的比赛场数为基本保证的。NBA 有过精确的测算，常规赛只有达到 80 轮以上，联盟才有可能盈利。因此 NBA 的常规赛每年 82 轮，稳定不变；欧洲国家的职业俱乐部要同时参加本国联赛和欧洲联赛，每个年度的总比赛场次要达到 50 ~ 60 场；即便是我们的近邻韩国的职业联赛（KBL），尽管他们总共只有 10 支球队，但每个赛季也有 60 轮常规赛。反观我们的联赛，在 2004 ~ 2005 赛季之前，常规赛只有 22 轮，季后赛和总决赛三战两胜制，大多数球队全年正式比赛的总场数仅 20 多场，最好的球队不过 30 多场，这个数字让许多外国专家十分惊诧和不解。从 2004 ~ 2005 赛季开始逐年增加，到 2008 ~ 2009 赛季达到了最高的 50 轮，即便如此与国外联赛相比还存在着差距。我认为每个赛季至少应该保证 50 轮常规赛，如果一个职业俱乐部一年只打 22 场比赛，显然是无法生存的。

概括起来讲，比赛总场数少，联赛就不可能盈利，也不能使运动员和其他相关人员增加收入，因而不可能产生强大的吸引力。比赛总场次少，不能使年轻球员得到足够的锻炼，因而影响他们的成长；也不能给球迷和爱好者提供足够数量的表演，而导致群众基础薄弱；对于商家来说，场次少的联赛缺乏商业运作空间，不可能实现盈利的目标，因而打击他们投资的信心。所有这一切都不利于巩固扩大篮球的市场份额，因而无法在激烈的竞争中处于主动地位。这不是一个无关大局的问题，而是发展职业篮球的重大原则问题。

关于对一周三赛的质疑，我认为是站不住脚的。国外联赛的周期长达半年，NBA 的比赛强度远远超过我们。加大比赛密度是增加联赛总场次的需要，我们毕竟还要给国家队备战留出一定的时间，不加大比赛密度就不可能增加联赛总场次。这是从我国篮球运动实际情况出发而采取的措施。如果我国优秀运动员的基础训练水平更高一些，CBA 联赛水平能更接近世界大赛一些，我们也许不需要那么长的集训时间，那么改成一周两赛，比赛的质量会更高一点。这是一对矛盾，需要兼顾，而最终的解决办法还是要落到提高联赛水平上。

目前增加比赛总场次和密度的办法有助于年轻球员的成长，使他们获得更多的上场机会，也促使教练员更合理地调配力量。至于运动员的疲劳伤病问题全看教练员的掌握，不是政策的必然后果，把疲劳伤病完全归咎于一周三赛的政策是站不住脚的，起码是不全面的。

第二，如何看待放开外援使用政策问题呢？

2008 ~ 2009 赛季的新变化之一是高水平外援登陆 CBA。在俱乐部和经纪人的努力下，一批有过 NBA 经历的队员和出色的外援纷纷加盟各俱乐部，改变了俱乐部的实力对比。如加盟山西队的邦奇·威尔斯、浙江万马的斯奈德、东莞新世纪的哈里斯、广东宏远的帕克、新疆广汇的艾伦使广大球迷真正见识到高水平的表演。这些外援的到来说明了CBA联赛的影响力在扩大。关于强力外援对俱乐部的影响和作用，我赞成“鲇鱼效应”之说，一条活跃的鲇鱼可以使一船银鱼不得安宁，从而保持活力。

正当我们在为外援使用政策争论不休的时候，哈里斯这位睿智的老人早在五年前就向我们建议：“应该努力让更多更好的外籍球员来打CBA联赛，这样中国球员可以有机会和更高水平的外国球员比赛。”

尤纳斯对CBA联赛的诟病是最多的，在临离开北京时也对我建议，既然我们不能在短时间内培养出更多的年轻球员，那么就应该聘请更多更高水平的外援来增加比赛的对抗性，促进国家队水平的提升。老尤说：“现在每支球队可以有两名外援，一场比赛总共打5人次，这算什么？毫无意义。”要注意他们谈论这个问题的出发点是提高国家队水平，而不是从发展联赛的角度讲的。

关于外籍球员问题，如同外教问题一样，我感觉我们有太多的自我限制，束缚了自己的手脚，影响了发展。道理很简单，好的联赛必须有好的球员，能把世界上最好的球员吸引到自己的联赛中，是增强联赛的水平、观赏性、吸引力非常关键的环节，是求之不得的好事。目前有80多位国际球员在NBA效力，美国有人在意这些国际球员是什么国籍、什么肤色吗？对于他们只有一个通称，那就是“职业球员”！据我观察，这个问题对于中国球迷不是问题，那些表现好的外籍球员早已和球队融为一体，与球迷建立了深厚的感情，像广东宏远队的积臣、吉林东北虎的罗德·格里格尔等，相反倒是我们有些专业人士和记者在喋喋不休，杞人忧天。我认为，只要有良好的竞争环境，有足够的规模和足够数量的比赛，有接近世界大赛的对抗，我们的优秀年轻球员一定会源源不断地涌现出来，这个效果要比长期集训培养人才的做法更有效，也更可靠。我们什么时候能够做到不以国籍和肤色来看待和评价职业球员，那就是大大的进步了，也就距离一个开放的顶级联赛不远了。

第三，如何看待联赛成本增加的问题呢？

联赛规模扩大了，支出的费用自然会增加。这个赛季超出了，可以用新俱乐部的加盟费补足，本赛季两支队伍加盟费共收取1 600万元，补贴本赛季的超出部分，完全可以承受。联赛规模扩大了，比赛精彩了，商业开发收入就会增加，联赛运营经费就不会有问题。

至于俱乐部运营经费的增加，是企业行为。粗略分析一下，俱乐部的支出在差旅费、场地费用等方面的增长是有限的，主要是在聘请外援方面的盲目投资，花了大把冤枉钱。尽管在2008年10月7日的联赛委员会上，我们一再强调面对金融危机，要控制好运营成本，不要在外援引进问题上盲目攀比，“只请最合适的，不请最贵的”，但有些俱乐部仍然在大把花钱，这是俱乐部执行层面出现的偏差，是投资人行为，不能简单地归咎于外援政策。这里有一个政策制定与实际掌握的问题，还有限薪意图与执行难度的问题。当然，也有不少俱乐部管理层保持清醒，量入为出，节省了大笔经费，例如吉林东北虎俱乐部全年的支出仅800~1 200万元，可见是有个执行问题。把俱乐部的错误做法都归结于政策，俱乐部的失误，由篮协买单是十分可笑的事情。对于这些问题的解决，除了在政策上完善外，主要要依靠俱乐部投资人的觉醒，要靠市场这只看不见的手来调节。我们要认识到，任何一个专家或专家团队都没有市场聪明，要相信市场比我们高明多了，对于盲目投资的行为，市场自然会进行调节和规范，不能以此为借口而否定改革。像白岩松所讲的，要信任市场，尊重市场。不能设想市场中出现的问题光依靠政策、管理就可以包打天下，我们的管理者要有这个意识。

对于经费支出过大的问题，是从市场的角度看，还是从行政的角度看，其结论是完全不同的。

我也深知，CBA 联赛包括篮球事业的形势还是十分脆弱的，把它搞好不容易，但让它滑坡却易如反掌，中国足球的前车之鉴摆在我们面前。我离开中心时曾经讲过，有三个颠覆性隐患可能造成中国篮球出现整体滑坡：一是国家队成绩连续下滑；二是 CBA 联赛负面事件不断；三是资金链断裂。这三点任何一点出现问题都可能导致我们前期的努力毁之一旦，必须严加防范，不要出现这样的局面。

在撰写这本书的时候，回忆起当时义无反顾地推动联赛改革时的情景，我一直在想，为什么当初要全力推动这场改革？现在应该怎样看待和评价这五年改革之路呢？

在我看来，五年的 CBA 联赛改革就是顺应国家改革开放要求，推动篮球运动走向与社会经济良性互动的可持续发展之路，目的就是迅速增强中国篮球的整体实力，以应对国际国内的各种挑战。

记得我刚回篮管中心的时候，体育总局党组书记李志坚同志曾对我说过两句话：放眼世界、放眼中国、放眼 10 年，让中国篮球成为第二个 NBA；篮球要坚持产业化方向，进行市场化运作。他讲得十分明确，针对性很强，我听后深受启发，一直把它作为奋斗的方向和目标。

中国篮球的发展不能背离国际篮球的发展趋势，也不能脱离中国改革开放和经济社会发展的大形势和大环境，否则我们将一事无成。

篮球在中国具有深厚的群众基础和广阔的市场前景，是中国体育中最具活力和潜力的运动项目之一。参照 NBA，我们有太多的潜力可以挖掘，有太大的空间可以拓展。我看到一份材料上说："在今天的美国，娱乐业已取代国防和汽车行业，成为经济的推动力量。而作为娱乐业重要组成部分的体育在 20 世纪后半段随着媒体的商业化，已经取代工作、宗教信仰及社区成为美国文化的核心部分。""NBA 联盟经过 60 年的不断磨合，目前已经成长为一个年收入超过 40 亿美元的职业体育组织"。"仅达拉斯小牛队一个球队的开发收入是整个 CBA 联赛收入的 20 倍，差距之大令人咋舌。"（鲍明晓《中国体育产业发展报告》）读着这样的报告，我不禁悲从中来。中国人是充满智慧、勤劳勇敢的民族，美国人可以做到的事情，我们为什么做不到？

如果我们能够打造出"第二个 NBA"的话，那不仅对于中国体育，而且对于整个国家而言，都是一件利国利民的大好事。一个健康向上的职业联赛不仅能够满足人民群众日益增长的精神文化需求，促进项目普及和竞技水平的提高，而且能够创造可观的经济价值，促进体育产业的发展，发挥体育的综合功能，更好地服务于国家经济建设和社会发展总目标，我们何乐而不为呢？

五年的 CBA 联赛改革也是在中国国情下发展职业篮球的一次探索。值得高兴的是我们的努力见到了成效，遗憾的是本来我们可以做得更好。当前我们需要做的就是要进一步打破阻碍发展的思想观念和体制性阻碍，进一步推动职业篮球的发展，为实现体育强国的目标作出贡献，千万不要被思想的"桎梏"禁锢住了。现在的中国政治昌明、经济发展、国力增强，是体育大发展的有利时机，我们为什么不争取发展得更好更快一些呢？

在我离开篮管中心大楼时，回首望去，心潮澎湃，留恋之情油然而生，这种留恋不仅来自五年多的风雨中，与同志、同业、同行、球迷之间建立起来的深情厚谊，也包含着对中国篮球未来前途的种种忧虑。我深知在我的身后还有一系列问题需要解决，例如稳定赛制的问题、球员转会的问题、联赛办公室、俱乐部的专业化建设问题、职业裁判队伍建设问题、平衡举国体制与职业化的矛盾问题，以及最终要解决的体制环境改善和社会体育价值评判标准转变问题。

五年的时间一晃而过，媒体、球迷和社会各界对 CBA 联赛所作的评价是公允的、宽容的，让我心安，现摘录几段作为第一篇的结束。

一位不知名的网友如是说："我们可不可以再把上赛季的政策推行一两年看看？因为去年的政策放开的力度过大，令很多俱乐部、教练员、球员都没有适应的时间，所以才会出现那么多问题，对于这些问题都需要一个适应的过程，为啥要急着推倒重建呢？我可以肯定如果再继续执行去年的政策，不会再有上赛季的情况出现。对于一些开支过大问题，其实我们还有很大的节省空间，比如可以出台限薪政策，把一周三赛改为两周五赛都可以解决。对于常听说的外援占据年轻球员上场时间的说法是站不住脚的，很简单的道理，我们花钱请外援来干什么来了？"

记者张健强在博客上如是说："这取决于你相信谁！李元伟选择相信俱乐部的智慧，把外援的成本和水平交给俱乐部自己去作判断。把外援上场时间和国内球员之间的平衡，交给教练员去决定。"

中央电视台著名主持人白岩松如是说："中国篮协无论是在 CBA 的建设推广上，还是在国家队的建设上，尤其是背后的理念上，都朝着正确的方向行走。这种正确的集中体现，就是尊重规律、尊重市场，而且有长远考虑，不急功近利。中国篮球将继续尊重规律尊重市场向前走。"

李元伟篮坛风云录

第二篇

从雅典到北京
——国家队征战记实

国家队建设是事关中国篮球核心竞争力强弱的重大问题。

在国家体育总局奥运备战管理系统中有一条不成文的规定，即在一个为期四年的奥运周期内，亚洲级的比赛是小考，世锦赛是中考，奥运会则是决定命运的大考。这个考核的对象不仅是各运动项目国家队的主教练，还包括各项目中心主任。因此，每当洲际以上正式比赛结束后，就是总局、篮球界、媒体和球迷开始审查评估这一班人马是否称职、可否信赖的时候。

自我从2003年6月担任篮管中心主任算起，要经历多达11项洲际以上的正式比赛，也就意味着我要接受来自总局、篮球界、媒体和球迷的11次考评，其中包括2次大考、2次中考和7次小考。

国家篮球队的故事就发生在这大大小小的考核中。

第七章

哈尔滨：惊魂一战

釜山滑铁卢

在每个人的一生中都会有很多刻骨铭心的时刻，对我而言，2003 年 10 月 1 日就是这样一个时刻。在这一天我经受了上任以来首次竞技运动的心灵“洗礼”，也就在这一天之后，在我五年半的任期中，国家男女篮球队没有一次使亚洲冠军的奖杯旁落。

和足球一样，韩国队也是中国男女篮在亚洲篮坛的主要对手。但和足球不同的是，中国男篮对韩国队还是胜多负少、优势明显的。我看过一个统计资料，截至 2003 年，中韩共交战 22 次，中国男篮以 17 胜 5 负的战绩领先，所以说“恐韩”二字并不适合中国篮球。如果真要说起“恐韩”的话，那是媒体记者比较喜欢的话题，可能是受了足球的影响，也可能是我们男篮和女篮输给韩国人的那几次比赛令人印象深刻，因此每次面对韩国队，都会有人提起这个话题。而对于中国队来讲，韩国球员的意志、永不服输的精神和意想不到的招数的确让人有些发憷，不知道啥时候给你爆个冷门，突然之间就能逆转战局，几分钟之内就把你给生吞活剥了。这样的情况，在亚洲级比赛中曾出现过几次。对于韩国男女篮的斗志和拼搏精神，我历来十分敬重，赞赏有加。

我上任的第一次小考就是 2003 年的哈尔滨男篮亚锦赛，那次的决赛是在 10 月 1 日——我们的国庆节举行的。之所以大家对“国庆节决赛”如此关注，就是因为一年前的韩国釜山亚运会上，韩国男篮曾上演过一部逆转“大片”。当时，中国男篮在第四节开始时仍领先 13 分，就在比赛结束前 30 秒，还领先韩国队 7 分。一般情况下，这场比赛就应该拿下来了。可事实告诉我们，千万不要小看了韩国人的意志力和创造奇迹的能力。他们愣是在最后时刻把中国男篮拖入了加时赛，并最终翻盘！中国男篮就要到手的亚运会金牌，被韩国人留在了本土。

这场比赛绝对可以列入中国男篮历史上耻辱榜之首。要知道中国代表团当时在亚运会夺得金牌总数第一，已经如囊中取物，老百姓也习以为常了。但三大球不一样，不仅社会关注度高，而且在亚洲除女排外，其他两项并不占有绝对优势，比赛是有悬念的，老百姓也更渴望三大球能够有所斩获，至少在亚洲可以坐稳第一的位置。

所以，中国男篮被韩国队逆转的这场比赛所带来的影响可想而知。一场亚运会的决赛成了无数人心头挥之不去的痛，一场中国男篮的滑铁卢之战，改变了与之相关的很多人的命运。

因为这场比赛的关系，时任男篮主教练黯然下课，而8个月后前篮管中心主任的离任，相信多少也与这场败局有关。

蒋兴权出山

哈尔滨亚锦赛距离我出任篮管中心主任只有不到四个月时间。在经历了釜山之痛以后，谁能带领中国男篮从失败的阴影中走出来？谁能让中国男篮在亚洲重拾霸主地位？这时候大家首先想起的就是花甲老帅蒋兴权。

说起蒋兴权，我觉得用“功勋教练”这四个字来形容他毫不为过，当然，他还有另一个称谓，那就是“救火队长”。

老蒋“救火”已经有过几次，只要中国男篮帅位出现空缺，业内人士第一个想到的准会是他。就拿1999年5月那次来说吧，当时任主教练的王非因突发哮喘病住院，无法继续带队，而那时距离当年的亚锦赛只有两个多月的时间。要说这届亚锦赛可不是一般比赛，那是关系到次年悉尼奥运会入场券的大比赛，弄不好是要出大事的。

那时，中国篮协恰好在上海召开全国篮球工作会议。听到这个意外的消息后，我们连夜召集各位副主席和技术顾问组开会磋商解决办法。会议开着开着大家意见就一致了，那就是请老蒋出山。蒋兴权那会儿是辽宁省体委副主任，也是中国篮协的副主席。所以，大家一致推举他的时候，他也在场，但面有难色。过往的种种经历告诉老蒋，这种“救火队长”的活不好干，打好了那是应该的，打不好各种批评、指责、非议的声音就会铺天盖地而来。而且人家老蒋以前带国家队的时候，曾经在1994年世锦赛历史性地率队闯进过八强，对韩国队更是一打一个准儿，未有败绩，是韩国队的“克星”，也就是说，老蒋根本不需要再用国家队的成绩来为自己证明什么。

不过，在大家的反复劝说和要求之下，责任感极强的老蒋还是以中国篮球大局为重，最后答应下来。老蒋把个人得失放在一边，用他一贯认真的态度，带队出征日本福冈，以不败战绩第四次获得男篮亚锦赛冠军，顺利拿到悉尼奥运会入场券。只不过，由于中途接手，当年老蒋一手打造的1994年“黄金一代”中国男篮正在进行新老交替，王治郅、姚明正在取代胡卫东、孙军和郑武成为球队新生力量，转型中的中国男篮发挥起伏不定，奥运会的结局也似乎在意料之中。虽然中国男篮在悉尼奥运会上和美国、新西兰等队比赛时有不错的表现，但是在与法国争夺八强席位时，在第四节还有7分钟的时候领先15分，但是随即被对手用6个三分球逆转出局，这样的意外失利招致媒体和球迷的一片批评之声，老蒋也在那届奥运会后交出了帅印。

尽管如此，我依然认为老蒋是中国本土教练中最出色的一位，这也是为什么我们每每到了关键时刻总会找他出面“救火”的原因。老蒋为人正直、作风严谨、经验丰富、非常敬业，他除篮球外几乎没有别的嗜好，是教练员中对业务钻研投入精力和时间最多的一个。而且他以身作则，对球员要求严格，能够大胆培养提携年轻球员，训练精练实用，老五样：防守、投篮、快攻、力量和折返跑，抓得非常到位。

所以，在2003年亚锦赛前，大家能够想到的，也只能是蒋兴权了。又一次临危受命，又一次出山“救火”。这次的说服工作比上次还难，老蒋当时63岁了，已经从辽宁省体育局副局长的位置上退了下来，在新疆广汇俱乐部任职，根本无意重新出山，也没有责任必须“救火”。据胡加时、李金生两位亲自负责说服工作的同事回忆，最终打动老蒋的还是篮管中心领导的诚意。不过，老蒋也把丑话说在了前面，他说，这是最后一次了，以后无论如何都要把机会留给年轻人了。从这一点不难看出，老蒋是个重情重义之人，这也是我后来在处理老蒋 CBA 联赛合同纠纷时会倾向于他的原因之一。人非草木，孰能无情啊！

焦健出奇兵

有了“救火队长”兼“克韩斗士”，再打这仗心里多少会有点底，但这还不够。我一直都觉得世界上有这样一种人，只要你能给他个机会，他就能还你个奇迹，至少在那届亚锦赛上，焦健就是这样一个人。

大家都知道，任何时候，国家队确定最终名单都不是件容易的事情。中国男篮集训两个月后，有一天中午，胡加时带着蒋兴权和白喜林来找我敲定参加亚锦赛的 12 名运动员的正式名单。一般情况下，前 10 个人是不大会有争议的，通过一段时间的集训和热身赛，球队的中坚力量是哪些人，大家心目中都有共识。关键就是最后那一两位边缘球员该如何选定。所谓边缘球员并不是没有实力，而是因为位置重叠或者人选多等原因，可能用不上，或者说出场机会不多的球员。

通常在选择边缘球员时，除了自身实力、球队需要，还会有些其他方面的考虑。譬如这个球员是不是有发展潜力，是在哪个省市、哪个俱乐部效力的，一般会避免入选球员过于集中于某一支球队的情况，这样会影响这些球队的日常训练，也不利于调动省市运动队的积极性。总之，恰恰是确定这样的边缘球员时最容易产生分歧。

这届也是这样，最后矛盾的焦点集中到莫科和焦健二选一的问题上。这两人位置相同，在俱乐部都是独当一面的高手，谁上谁下呢？教练组的意见是倾向于报莫科，因为从长远角度来看，莫科的潜力看上去更大一些。于是，问题摆在了我的面前。我看到八一队当时已经有李楠、张劲松、李可、陈可、范斌五人入选，如果莫科再入选，几乎就是半支国家队了。而北京作为一个重要的篮球城市竟无一人入选似乎有所不妥，考虑到莫科此前已有过几次入选国家队的经历，我决定把这个机会留给焦健。

在这个名单公布后就有记者写道：“那时，没有人，包括他自己都没有想到，他会最终留下来。几乎所有人都认为，那个人会是莫科而不是他。名单公布的时候，焦健成为名单上唯一让媒体意外的名字。”

这个看似边缘的角色球员，却在那场关键战役中上演了奇兵出奇迹的一幕。他用行动告诉所有人：我的入选是当之无愧的。我把这种倔强理解为真正的男儿血性。

国庆浴血献厚礼

2003 年亚锦赛决赛的日子定在 10 月 1 日——新中国成立 54 周年国庆日，又是长假的头一天，一个颇有意义的巧合。

记得那天，哈尔滨早早就张灯结彩，一派过节的喜庆样子。而当天晚上在哈尔滨天润体育馆举行的中韩决赛更是一票难求，就连找到我头上要票的电话都接了不知多少个。据说当晚等着看电视直播的观众也特别多，许多网友更是早早就在网上发帖，都在翘首期待着中国男篮“痛击”太极虎，一雪2002年釜山亚运会的“耻辱”，并取得雅典奥运会的入场券。

这样的结果当然是我所期待的，但事情绝不会如此简单，作为篮管中心主任，首次面对如此重要的比赛，我也不禁有些忐忑不安。胜负全在一瞬间，后果却是“冰火两重天”，我深知此役不能掉以轻心。

决赛当天中午，中国篮协宴请前来观战的国际篮联官员。席间，时任国际篮联主席的程万琦先生对我讲：“中国队的球员都是很优秀的，只要你给他们信心，他们都能发挥很好的作用，包括像焦健这样的球员。”这番话引起我的重视。

谁知程老一句无心的话竟然在晚上的比赛中应验了。下午我到队里做例行的战前动员，先去了趟老蒋的房间，对他的用人我没多说什么，只是把程万琦先生的话原封不动地转告给老蒋，并鼓励他大胆用人，别过多考虑结果。

激动人心的时刻即将到来，而这也是中国男篮的小伙子们建功立业的时候。

历史往往惊人地相似，又往往会有着迥异的结局。

憋着一肚子火的男篮小伙子们，早就想跟韩国队大战一场了。当机会来临的时候，他们自然不会错过。果不其然，开场后，姚明一个漂亮的后转身运球扣篮，动作一气呵成，打得盯防他的韩国中锋河升镇毫无反应。此后，中国男篮内外开花，频频得手，第一节结束时24:15，上半场结束时50:36领先。眼看着胜利在望，大家都觉得拿下比赛应该问题不大了，但比赛的逻辑就是这样，往往在你认为问题不大的时候，危险就会悄然侵袭过来，尤其当你的对手是韩国队这种意志力极其顽强的球队时。

第三节，韩国队果断运用三分远投和全场紧逼战术，令中国男篮队员极不适应，趁势打出一波18:8的高潮，将分差缩小到4分，场面立刻紧张起来。我还记得观众的反应明显像是被卡住了喉咙似的，感觉空气中都能嗅到急促的呼吸声。就在此时，刘炜5次犯规下场，我们的球员又开始习惯性地紧张拘谨、失误，进攻不畅，投篮命中率下降。赛后有人告诉我，当时已经有网友开始联想釜山亚运会上的那次大逆转了。我当时因为注意力全在场上，并没有考虑那么远。但事后想起此刻，还是有些后怕。

就在这个时候，老蒋派上了焦健，这是焦健在本届亚锦赛上的第一次亮相，而且是在如此关键的时刻。说白了，这个时候派上场的，就是要去“救火”的。虽然我下午鼓励过老蒋大胆用人，但面临此情此景时我还是有点犯嘀咕，万一失常怎么办？

焦健上场后，防守立刻见效，他2.02米的身高，身强体壮，脚步灵活，一出场就坚决防出去，有效地冻结了韩国队此前屡屡见功的三分投手李圭燮的发挥。尽管在进攻上由于紧张，焦健第一次出手就投了个“三不粘”，但他很快调整过来，利用中投和罚球，拿下4分，立刻稳住了原本有点失衡的场上局势。焦健共上场12分钟，得到9分和3个篮板球，这可是关键时刻的得分啊，我相信当时的现场观众和我是同样的感觉——久旱逢甘霖。

不过，每当你以为喘过气来的时候，也千万不能放松对韩国人的警惕，他们那种不到最后绝不罢休的精神，有时真有化腐朽为神奇的力量。第四节，由于姚明体力透支，韩国队开始疯抢篮板球，再加上三分球屡建神功，在终场前5分22秒时，竟将比分追至82:83！就在这危急关头，老将范斌挺身而出，连得5分。在最后时刻，又是他在韩国队运用犯规战术时，毫不手软，利用精准的罚球，彻底打消了韩国队翻盘的希望。

比分定格在106:96。坐在主席台上的我长出了一口气，就在几分钟前韩国队差点追平比分时，观众席上已经出现明显的异动。赛后，担任赛事组织委员会主任的黑龙江省副省长对我说，当时他感到大事不妙，已经在考虑调配警力、维持秩序、确保安全等善后措施了。

想想真是后怕，如果国庆节那天在本土再被韩国人来个逆转，后果只能用不堪设想来形容了。那场比赛一共有四个功臣，姚明得30分，李楠26分，还有两位就是范斌和焦健，关键时刻的奇兵，力挽狂澜的男子汉。

“感谢韩国队”

赛后，一位名叫“炎黄春秋”的网友这样评价了这场比赛：“感谢韩国队。他们让中国队铭记了釜山的滑铁卢。从釜山亚运会到哈尔滨亚锦赛，在短短的一年时间内，这群疯狂的太极虎再次让中国龙尝到了心悸胆寒的滋味。如果没有姚明的一柱擎天，没有李楠的弹无虚发，没有范斌的临危受命，没有焦健的奇兵救驾，那么，笑到最后的依旧会是骨子里充斥着不服输精神的韩国人。三分球40投17中，超水准发挥的韩国人用一把把犀利的外线飞刀射入中国队的篮筐。在中韩之战中挺身而出的姚李范焦四人，哪一个不是心理素质过硬、斗志顽强、不轻言放弃的勇将？你可以诟病李楠略显缓慢的出手、范斌的廉颇老矣、焦健不规则的投篮手法，但正是这几位在此前的热身赛中不显山露水的球员在关键时刻挑起了重担，挽救了命悬一线的中国战车。”

这位网友的感慨也代表了我当时的心声。所以，后来我看到焦健离开首钢篮球俱乐部的消息也非常惋惜。焦健是个懂事、仗义、纯朴的年轻人，有股子不服输的倔劲儿。直到现在，每逢节日，他还都会给我发来祝福短信，也是很念旧的一个小伙子。

当晚的颁奖仪式气氛热烈隆重，中国队的小伙子们拥抱在一起，十分激动，姚明专门把冠军奖杯交到范斌、焦健手里，代表了大家的褒奖。从体育馆里出来之后，看到满大街张灯结彩，一派红火景象，我如释重负。也就在那天晚上，一个问号在我心里开始形成，那就是谁来带领中国男篮打雅典奥运会呢？

老蒋之前已经有话在先，带完这届亚锦赛就卸任，绝不拖泥带水。而摆在我们面前可用的本土教练寥寥无几，50岁左右的教练有明显的断层现象。其实就在决赛前一天晚上，我还和胡加时、匡鲁彬，以及前来观战的中国篮协副主席杨伯镛、李鹏志、姚颂平，顾问张长禄等人一起讨论、酝酿过中国男篮主教练人选问题，但没有结论，基本上没有一个能够让大家都觉得放心的。

也就在那个时候，一个念头冒了出来：既然没有合适人选，为什么不能请外教呢？请外教在当时算是个突发奇想，因为不成熟，所以我没有提出来。这个念头在哈尔滨的狂欢之夜第一次进入了我的脑海，直到反复斟酌之后，最终迈出实质性的第一步。

第八章

教练选任：向世界招手

关于为中国男篮聘请外教的决定，在当时既属无奈之举，又有其必然的因素，现在看来是早就应该迈出的一步。国内高水平教练的断层，以及与世界强队存在的巨大差距，逼迫我们走出一条新路来。没想到这个举动在当时居然引起了如此大的轰动。

当初下决心的时候，我们实际上就问了自己这样几个简单的问题：中国是不是篮球强国？我们与欧美强队相比处在什么水平？面对 2008 年奥运会任务，你是立足于打亚洲，还是打世界？答案是显而易见的，于是我们很快就统一了思想，作出了聘请外教的决定。

当时在一些运动项目中聘请外教早已不是什么新鲜事，但篮球却迟迟迈不出这一步，也有其独特的原因。

决定出台后，就是一个落实的问题了。记得毛主席曾经说过：要过河，就要解决桥和船的问题，否则过河只是一句空话。那时的中国篮球界还是相当封闭的，我们不仅没有国际高水平教练员的信息资料，而且也缺乏人脉和渠道，急需有人充当桥梁和纽带的角色。

就在这个时候，有这样两个人物出现了，他们的出现不仅促成了中国篮球史上的一段佳话，更给中国篮球带来了革命性的变化。这两个人，一个是美国达拉斯小牛队的总经理小尼尔森，另外一个就是我国篮球界的著名经纪人夏松。

唐·小尼尔森

小尼尔森何许人也？熟悉 NBA 的朋友肯定知道达拉斯小牛队的主教练老尼尔森，当年王治郅赴 NBA 时就曾在这支球队效力过。这个小尼尔森就是老尼尔森的小儿子。虽然没他爹名气大，但小尼尔森在 NBA 的重要性丝毫不输给他的父亲，之所以这样说，是因为小尼尔森不仅长期担任小牛队的总经理职务，而且在世界范围内不遗余力地推广篮球运动，并常年在全世界寻找篮球人才，是 NBA 俱乐部中“睁眼看世界”的最早的总经理之一，被誉为“国际篮球使者”。

不过，小尼尔森之所以跟中国篮球结下不解之缘并非因为把王治郅领到小牛队打球，也不是因为他是老尼尔森的儿子，而是因为这位颇具德州牛仔豪爽风格的“尼总”为中国篮球所做的贡献。将小尼尔森称为“国际篮球使者”，这个头衔绝对可以称得上实至名归。

夏松曾经跟我说过：别看老尼尔森在 NBA 闻名遐迩，但这人是一个地道的德州农民，身

2004.2 李元伟访美期间，在达拉斯与（左起）刘玉民、布莱特曼、李元伟、小尼尔森、鲍明晓、徐岚的合影

上有很多农民的特性，没有架子、性格耿直、家庭观念极强，而且特别热心肠，尤其对篮球在世界范围内的推广十分热衷。早在1988年，NBA和国际篮球界交往甚少的时候，老尼尔森就派儿子小尼尔森远赴苏联帮助苏联队提高篮球水平。苏联解体后，小尼尔森又转赴东欧各国，最终落脚在立陶宛，继续推广篮球。在苏联和立陶宛，他们都碰上过动乱，甚至有过生命危险，但他们从来没有想到过放弃。

不知道是受父亲的影响，还是把推广篮球作为自己的使命，小尼尔森在欧洲的推广工作上倾注了大量心血。所以，只要有空闲时间，小尼尔森就会在世界各地充当篮球使者的角色。自从1992年巴塞罗那奥运会时起，他就一直担任立陶宛国家队的助理教练，每逢奥运会、世锦赛这样的大赛，就利用自己的假期参与到立陶宛国家队的集训和比赛中。立陶宛国家队的奥运会成绩也相当出色和稳定，在他们所参加过的4次奥运会中，全部打进了4强，其中前3次是季军，2004年雅典奥运会是第四。正因为有这样的渊源，小尼尔森和曾任立陶宛国家队主教练的尤纳斯·卡斯兹劳斯卡斯私交很好，这也为尤纳斯日后来中国执教埋下了伏笔。

正是因为对国际篮球有如此多的贡献，所以，有媒体报道称，小尼尔森在过去的10多年里，不是在欧洲帮助立陶宛国家队参加世界大赛，就是在中国、日本、阿根廷甚至非洲举办篮球培训班。这是一个真正的国际篮球使者。由于他对立陶宛国家队作出的杰出贡献，2004年，小尼尔森被立陶宛总统授予立陶宛“荣誉公民”称号。

特别值得一提的是，小尼尔森的团队所做的这些推广工作全是免费的。即便后来在给中国男篮做顾问时，也是一分钱不收，中国篮协只是负担他往返美国的机票和在中国工作时的食宿费用。他后来帮忙请来的中国男篮主教练哈里斯，也是不拿工资的，我们只不过给了哈里斯两万美元的零用钱。如果真要按行价付薪水，以我们当时的经济实力，根本负担不起。2008年奥运会，中国篮协聘请小尼尔森担任中国男篮助理教练，也只给了他一万美元的补贴，而他基本上用来奖励运动员了。需要特别指出的是，北京奥运会期间正值他的女儿病重，急需他关心的时刻，他谁也没有告诉，怕影响队伍，直到中国男篮的比赛全部结束后，他立刻动身返回美国前，我们才知道这件事。这充分说明了他的人品和境界，令我们十分感动。

后来有人讲什么“外教来就是来赚钱的，打好打不好，一拍屁股就走人，根本不用负责任”，这样的话并不符合事实，而且我宁愿相信这样的话是对事实不了解而随便说的，否则说这样话的人才是不负责任。用如此狭隘偏激的态度对待帮助过中国篮球的朋友，不觉得很可悲吗？

后来，当尤纳斯担任中国男篮主教练后，他对小尼尔森十分信赖，北京奥运会前，他提出希望小尼尔森能够出任助理教练，临场指挥时可以给他提醒和建议，那时小尼尔森已经和立陶宛国家队分手了，于是我们就同意了尤纳斯的请求。实践证明，这确实是一对绝佳的搭档，相互熟悉、配合默契、没有语言障碍。小尼尔森到来后的第一个建议就是改变男篮的首发阵容，由孙悦代替王仕鹏出场。他给出的理由是，面对欧美强队，中国男篮首先要考虑的不是得分，而是防守，而孙悦2.05米的身高，臂长和灵活的脚步移动显然更有优势。他的建议被采纳了，取得了明显的效果。

对于中国篮球来说，这是一个睿智的、负责任的、可以信赖的老朋友！

夏松出马

聘请外教的事情真正提上议事日程是在2003年10月打完亚锦赛之后。

那时请外教完全是处于摸着石头过河的境地。篮管中心的外事部门给塞黑、俄罗斯、西班牙、阿根廷和美国的篮球协会正式发函请求协助，同时，我也在第一时间给几个与国外篮球组织有联系的人士打了电话，请他们协助推荐人选，其中就包括“姚之队”的章明基、新华社跑篮球的资深记者徐济成，还有我以前在北体大时就认识的夏松。

夏松显然是这几个人中反应最快的一位。

说起夏松就不能不说说他的经历，这个家伙看上去有些匪气，这主要和他的发型有关系，其实在我眼里，他是个对篮球情有独钟的“圈内人”。夏松是北京体育大学体育系篮球专业八八级毕业生。他在撰写本科毕业论文时就曾写了一篇关于NBA的文章，具体标题我不记得了，但内容丰富，很有见地，显然是下过一番工夫的，这在本科生的毕业论文中是不多见的。当时我在体育大学任教务处长，作为评委参加了他的论文报告会，那篇论文给我留下比较深刻的印象。后来他在耐克公司工作期间，我调到篮管中心，开始与他有了更多的交往。

夏松给我的总体感觉是精明不失热情、反应敏捷、行动迅速、办事效率高、社交能力很强。在耐克公司工作期间，他不仅在国内建立起广泛的人脉关系，而且与美国NBA俱乐部和篮球经纪人建立了良好的关系，尤其和达拉斯小牛俱乐部的渊源颇深。当然，这些关系网的编织都要归功于他娴熟的英语会话和社交能力，要知道在学体育的人中间能达到他这种英语水平的可谓凤毛麟角，这可能与他的母亲是英语教师有直接关系。2003年底在面对即将到来的升职机会时，夏松却毅然跳出耐克，组建了自己的公司。

夏松绝对是个敏于行动的人，在和我通完电话后，他马上联系到自己的老相识小尼尔森，听取了他的意见。在此之前，夏松在小尼尔森的帮助下已经与立陶宛篮球界建立了联系，还曾几次赴立陶宛做生意，所以，在小尼尔森推荐了尤纳斯·卡斯兹劳斯卡斯后，夏松也很振奋。

尤纳斯不仅在立陶宛篮球界，即便是在国际篮球界也是大名鼎鼎的人物。他是苏联国家队的主力队员，曾连续多年担任立陶宛国家队主教练，率领立陶宛国家队获得过欧锦赛冠军、奥运会铜牌，获得过“欧洲最佳教练”的称号。

当夏松把尤纳斯的履历拿来给我看时，我的眼前一亮，本能地觉得这正是我们所需要的人。他的经历、他的显赫战绩、他的欧洲篮球背景，甚至他曾经担任过立陶宛青年队教练和篮球学校教练的过往，都是我们需要的。特别是他又有东欧国家的背景，对于曾处于类似体育体制下的中国国情可能更容易理解一些。

显然，这是一个合适的人选。当时尤纳斯正在立陶宛国内的考那斯篮球俱乐部担任主教练。听到我们满意的答复后，夏松立刻联系了立陶宛篮协主席，向他咨询了尤纳斯来中国执教的可能性，并得到了积极的回应。于是我们立即邀请他们到北京来见面洽谈。

初会尤纳斯

在发出见面邀请后，尤纳斯很愉快地就答应了，之所以爽快是有前提的。

当时尤纳斯在立陶宛的处境并不好，球队成绩不佳使他饱受质疑，加上又处于俱乐部内部人事纠葛的漩涡中，工作很不顺利。树挪死，人挪活，相信尤纳斯也明白这个道理，所以，面对中国篮协的盛情邀请，他立即答应了。

尤纳斯第一次来中国是在立陶宛篮协主席的陪同下过来的，当时正逢立陶宛联赛的休战期。为了不惊动媒体，我们的行动相当谨慎，毕竟八字还没一撇的事情，闹得沸沸扬扬的，说不定会让人给搅黄了。

那是 2004 年 2 月 3 日上午，尤纳斯一行两人到达北京，下午我们就相约见了面。地点是在崇文门新世界酒店，我是自个儿去的，为了保密连翻译都没带，就让夏松陪同。

一见到尤纳斯，我就感觉这是个很有个性的人，身材魁梧，方脸宽额，有棱有角，浓眉大眼，炯炯有神。他话不多，稍显拘谨，一开口就是一口带着浓厚东欧口音的英语，时不时出现斯拉夫语系中常有的卷舌音。陪他来的立陶宛篮协主席本身也是篮球运动员出身，人很活跃，话也多，所以，双方对话基本上是我和主席在谈，夏松翻译。只是在谈到任职条件有拿不准的地方时，主席才会转过身来用立陶宛话征求尤纳斯的意见。

尤纳斯在临场比赛中

谈完后，我带他们去看了男篮在总局训练局的场地和宿舍，包括他未来居住的公寓，看得出来，训练局的条件给尤纳斯留下了很好的印象，显然我们的训练条件要比立陶宛强得多。通过和他几天的接触，我虽然还不能定论，但感觉此人很诚实，给人一种可靠的感觉，有种前苏联人特有的厚重深沉感。

说实话，短短的两天接触，我对他的性格和执教能力也不可能有多深的了解，心里也没底。但既然决定了，就要敢于尝试，凡事都有第一次。我之所以敢把国家男篮的重任交给他，不仅是根据他无可挑剔的履历，更重要的是因为后面有小尼尔森团队的强大支持。

经过两天多的交流，双方基本达成了合作意向，包括他所希望的待遇，中国篮协期望他带队达成的目标等。但我当时就有感觉，真正打动尤纳斯的肯定不是薪水待遇，也不纯粹是因为他在本国干得不顺，而是来自北京奥运会的诱惑。立陶宛全国人口只有200多万人，而中国是一个大国，其地位和影响与立陶宛不可同日而语，四年后的奥运会又是在中国本土举行，中国男篮阵容中还有姚明这样的NBA巨星，这些对于尤纳斯来说都是难得的机会。

俗话说，好事多磨。正当双方协议就要敲定时，突然半路杀出个程咬金来。

话说尤纳斯来中国和我见面是秘密进行的，洽谈来中国执教的合同也是秘密进行的。但他毕竟还是立陶宛考纳斯俱乐部的签约教练，要想和中国篮协正式签约，他就先得和考纳斯俱乐部解约。但考纳斯俱乐部老板出于种种原因，不愿放行。

听到这个消息后，我的心里也是咯噔一下，好不容易相中的教练，眼看着又来不了。不过，夏松的一席话还是给我吃了定心丸。他说，尤纳斯是铁了心想来中国的，立陶宛篮协主席也非常支持，既然当事人愿意，估计这事儿就好办了。

话虽如此，没到板上钉钉的份儿上，心里还是七上八下的。带着这样的心情，我领着中国女篮赴日本打亚锦赛。比赛期间，赛事分散了我不少精力，但心里依然牵挂着这件事。直到我接到了夏松的电话。

那是在打完亚锦赛从日本返回北京的飞机经停大连的时候，我习惯性地打开手机，恰巧电话铃声响了，我一看是夏松的号码，心里顿时一紧。电话那头传来夏松轻松愉快的声音，他告诉我，为了来中国执教的事，尤纳斯和考纳斯俱乐部老板彻底闹翻了，也就是说尤纳斯能来了。放下电话，我心里的一块石头终于落了地，感觉从大连回北京的飞行时间似乎也比往常缩短了不少。

当事人点头了，剩下的就是谈合同的一些细节问题了。不过，当时在小尼尔森为国家男篮设置的教练班子构想里，尤纳斯是重要的棋子，但却不是唯一的一枚。下一枚，也是很关键的一枚则是戴尔·哈里斯，时任达拉斯小牛队助理教练的哈里斯。为什么关键？因为在小尼尔森的布局里，尤纳斯是重要的，但主教练一职却是留给哈里斯的。而我们在听完小尼尔森阐述的理由后，也赞成他的建议。

走访哈里斯

去美国观摩NBA全明星活动，并与美国NBA、NCAA等相关组织建立联系，是我重回篮管中心后第一次率团出访，行程安排早就确定好的，随行人员事先也知道，但他们不知道的是此行还有个重要目的，那就是专程去会见哈里斯。

2004年2月10日，首都机场候机厅。中国篮协代表团一行人办完登机手续后，在候机厅喝茶休息。我看着随行的联赛改革调研小组主要成员刘玉民、徐济成、鲍明晓和翻译徐岚，忍不住想卖个关子。我知道关于聘请外教的事情是瞒不住这几个人的，因为这次访美的第一站就是由旧金山转机前往达拉斯，到时候不说也得说，还不如现在就把话挑明，免得节外生枝。

于是，我一脸郑重地说道："现在我要宣布一个重大机密，听到的人必须严格保密，能不能做到?"说完这话，我环视众人，并挨个儿得到了他们的保证后，我揭开了新一届国家男篮教练组构成的谜底，主教练是美国人戴尔·哈里斯，助理教练是立陶宛人尤纳斯·卡斯兹劳斯卡斯。听到这样的搭配，四人的反应几乎一致，先是一惊，随后都高举双手赞成。大徐，作为一个采访NBA和国内篮球多年的记者，他对哈里斯、尤纳斯的履历非常熟悉，此时说起来如数家珍：66岁的哈里斯有43年的执教经验，特别善于调教年轻球员，一本《赢得防守》的专著和各种国际比赛的丰富经验，为他赢得了很高的国际篮球声誉。满头飞雪，银发飘然，中国球迷喜欢叫他"银狐"。而尤纳斯曾率队获两届奥运会铜牌以及欧洲冠军，号称"欧洲恺撒"等。作为新华社的资深记者，他很清楚这条新闻的价值，拿到了爆炸性新闻却又无法发表，这种近乎残忍的折磨在整个美国之行期间一直伴随着他。

但我也只能对不起新华社的朋友了。在当时的情况下，保密是操作成功的必要条件。按照国家体育总局的规定，对各运动项目的国家队领队和主教练的任命必须经过总局人事部门审核，由总局主要领导批准后才能生效。换句话说，聘任国家运动队主教练的权限不在项目管理中心，而在体育总局。就在我们出发前五天，关于为中国男篮聘请外教的报告已经上报国家体育总局，而且上报之前我们也当面向分管副局长李富荣详细汇报了情况，得到他的首肯，但不知总局职能部门尤其是袁伟民局长的态度，因此不能走漏风声，否则不仅违反程序，也可能引起反对声音，带来变数。

要知道那个时候在篮球界，大家对外教还没有什么概念，不少篮球名宿在当时的条件下对聘请外教持反对态度。尽管足球、曲棍球、射箭、皮划艇等项目早就聘请了外教，而且成绩不俗，但篮球却迟迟迈不出这一步。一方面是中国篮球本身有很长的历史，在20世纪五六十年代一直在亚洲有较大的优势，因此忽视了中国篮球在近40年已经在理念、训练、大赛实战经验方面落后于欧美强国的事实。还有个别人不愿意承认落后，甚至有故步自封的心态，再加上把爱国主义狭隘化，认为聘请外教会伤害到中国人的民族自尊心，因此对外教有着本能的排斥和抵触。

当时我和中心班子成员考虑的是，如果我们只满足于亚洲老大的位置，请不请外教都无所谓。而问题是，中国篮球还有更上一层楼的需求，至少在我的心里，是希望中国篮球真正融入世界篮坛，跻身世界强队之列的。

正是基于对当时中国篮球界内外部环境的种种考虑，才有了保密这一说。要么不做，要做就把事情做好，这是我一贯的行事风格，而思维、操作缜密无疑是保证成功的先决条件。

达拉斯之行十分顺利。我们如期见到了小尼尔森和哈里斯，受到了小牛队老板库班、主教练老尼尔森的热情接待，还专门应哈里斯夫妇之邀到他们家里做客。这是我第一次与哈里斯接触，他满头银发，风度翩翩，具有学者的儒雅、睿智，行事干练细致且富有条理，这是我对他的第一印象，充满好感的第一印象。

由于哈里斯当时仍是小牛队的助理教练，按照NBA的规定，他受邀外国球队时必须经过NBA批准，这就还有个向NBA申请的问题，而且需要在中国方面完成审批程序后进行。这两个程序是交织在一起的，也更增添了事情的复杂程度。当时的大徐，包括现在的媒体记者都对这件事的处理十分不解，认为有必要搞得这么神秘、这么复杂吗？

我想这就是媒体、学者和管理者不同的地方。我曾经是一名学者，也是具有一定理想化色彩的人，我理解他们的感受，就事情本身而言，确实不应该有那么多麻烦，这件事放在西方国家，那是很单纯、很好操作，也很吸引眼球的事情，但同一件事情放在中国，就不可能那么简单了。明明简单的事情被高度复杂化，这就是我们常常不得不面对的国情。

但在信息无处不在的今天，想完全保守秘密几乎是不可能的，果然，在到达印第安纳州时，我们从网络上获悉，国内已有报纸率先披露了这个消息。而此时体育总局还在走程序，未获最终批准，这就意味着从正式渠道我们还不能公布。这种焦虑一直持续到2月18日，我们在美国终于等来体育总局的批复。我立刻与国内的其他中心领导紧急联系，决定召开新闻发布会。2月19日的北京，由中心副主任胡加时出面，正式对外公布了这一爆炸性新闻。作为补偿和安抚，我在印第安纳接受了大徐的采访，他写了一篇“从银狐到黑狐”的文章。大徐用饱蘸激情的笔调略带夸张地描述和评价了这件事情，“没有人能想到这个令中国体育迷震惊和兴奋的完美组合背后曾经发生了什么……”“这是改变中国男篮命运的15天，这也是欧洲人和美国人都没有做过的尝试。新一届中国男篮名单上还没有一个球员的名字，仅凭这一欧美大牌教练的强强组合，已足以在全世界篮坛引起轰动和重视。”“一个对于中国篮球来说最完美的组合：先进的篮球理念、丰富的比赛经验、高效的训练手段，在欧洲、北美得到验证的10年成功范例、以姚明为代表的中国篮球新生代身上的巨大潜力，这一切都给人们带来了无限的遐想和期待。”

确实，没人想到在这个新闻成为现实之前，我们都做了什么，但有一点可以肯定的是，之前的一系列保密工作和严格按程序办事，为这件事情的成功创造了良好的条件。

组建多国部队

中国的举国体制可以说是中国体育代表团总能在各项综合性赛事中名列前茅的重要法宝。而中国男篮这次能够搭建起一个由多国成员组成的教练班子，我认为这是“举球体制”带来的好处，也是篮球界必须经历的思想解放过程。

举球体制，是带些玩笑成分的提法，但不得不承认的是，开放的环境和良好的人脉，为这个班子的诞生打下了基础。尤其是小尼尔森的帮忙。

尤纳斯是世界知名教练，让他甘心给哈里斯当助手，这本身就不简单，但小尼尔森就能够办到。

67岁的哈里斯能够让尤纳斯心甘情愿地当助手，也是有他的本钱的。别看他当时只是小牛队的助理教练，但他曾执教过美国NCAA大学队和波多黎各国家队，也曾担任过不止一支NBA俱乐部队主教练。而且他的人品、资历和水平，在圈内都是无可挑剔的。这一点尤纳斯很清楚，再加上他之前曾与哈里斯有过短期合作，耳濡目染，对他的执教能力也非常认可。在小尼尔森的斡旋和撮合下，尤纳斯很爽快地就答应了下来。后来因为与中国男篮过从甚密，此前与立陶宛国家队关系极铁的小尼尔森，还在雅典奥运会期间引来了立陶宛教练组成员的不满。人心都是肉长的，都是有亲疏远近的，这个倒也不难理解。

不过，包括小尼尔森在内的达拉斯小牛俱乐部对中国男篮的扶持可谓空前。除了搞定主教练和助理教练，在征得老板库班的支持后，小尼尔森还毫不惜力地动用了小牛队的资源。在和哈里斯商量之后，还给中国男篮推荐了体能教练埃尔，以及大名鼎鼎的 NBA 著名球星布莱克曼。

哈里斯（左）和尤纳斯

于是，由哈里斯为主教练、尤纳斯为执行教练，小尼尔森任顾问，埃尔、布莱克曼作为左膀右臂，阿的江、闵鹿蕾为助理教练，夏松和徐济成任翻译的中国男篮史上最强大、最显赫的教练班子搭成了。而且来自小牛俱乐部的资源基本上是在免费援助的基础上进行的，这也是我后来在东莞会议上说出“举球体制”提法的原因。

但由于哈里斯仍在小牛队任职，3 月中国男篮集结时，老先生还不能到位。好在尤纳斯可以提前就位，最终我们就同意了由哈里斯制订训练计划，尤纳斯带队执行，哈里斯 6 月开始指挥球队比赛的方案。不过，后来布莱克曼因故没能前来，有些遗憾。

这是一个折中的方案，事实证明，哈里斯的遥控指挥还是有缺陷的，而这点也成为日后一些媒体诟病的焦点。

不过，历时五个多月的中国男篮选帅行动最终尘埃落定。它的意义不仅是为中国男篮请到了世界级名帅，更重要的还让我意识到处于相对封闭状态的中国篮协必须借助于国际篮球界的帮助，而且我们也学会了如何利用国际国内资源为中国篮球服务。后来坚持数年的“动用一切资源，不惜一切代价，把中国篮球水平搞上去”的指导方针就是由此引申出来的。

第九章

男篮雅典：峰回路转

中国男篮不是世界级强队，尽管队中有姚明这样的 NBA 球星，但是仅凭自身实力，中国男篮本不会在雅典奥运会上引人注目。当时之所以成为媒体关注的焦点，是因为穿着中国队队服的两位世界级教练——美国人哈里斯和立陶宛人尤纳斯。

在那届奥运会上，只要哈里斯、尤纳斯的身影出现在赛场上，就会有国际主流媒体的记者紧随在一旁，这和以往中国男篮主要是由中国记者采访，外国记者关注不多大不相同，由欧美这对强强教练组合领衔的中国男篮，在雅典享受到了世界强队才拥有的媒体高关注度。

外教的蜜月期

像所有外教来华执教时一样，最开始因为新鲜、好奇，以及暂时的克制，中外双方都会有一个甜美的蜜月期。哈里斯、尤纳斯在中国男篮的初期也是这样。

由于哈里斯在 NBA 的工作档期问题，最先与中国男篮开始蜜月期的是尤纳斯。2004 年 3 月 16 日，当尤纳斯以中国男篮历史上第一位外籍教练的身份抵达北京首都机场时，立陶宛人看到了他有生以来最多的迎接人群、媒体记者还有无数的摄影师拿着他们的“长枪短炮”，簇拥过来，将尤纳斯团团围住，只为抢到他的只言片语。

尤纳斯对这一切显然毫无心理准备，看到闪光灯闪成一片，他先是吃了一惊，然后才恢复镇定，当记者问道：“作为欧洲著名教练，您如何看待美国篮球和欧洲篮球的区别?”他说：“其实没有什么中国篮球、立陶宛篮球、俄罗斯篮球和美国篮球之分，全世界只有一种篮球，篮球只有一种语言。”这实际上回答了国内篮球界经常争论的一个问题，即中国篮球应该向谁学习的问题。尤纳斯后来告诉我，他当时完全没有想到篮球在中国这么受欢迎，也完全没有想到他一个外籍教练的到来会引起如此大的轰动。

尽管尤纳斯受关注度极高，他的履历也无可挑剔，但我们当时还是心里没底，毕竟没有真正见识过他的执教能力，因此在国家队集中前，我们曾要求他先到北京首钢俱乐部青年队带几次课，考察一下。身为老江湖的尤纳斯当时一下就明白了我们的用意，十分不满：“你们不信任我，居然还要试训我!”我们无奈，但这是必需的程序。之后在很长一段时间内他都对此耿耿于怀，时不时还提起这个话题。尤纳斯说归说，但工作起来还是非常专业、敬业的。他的训练手段相当新颖，也很实用、科学，很快就得到了大家的认同。

2004 年 3 月 15 日，国家集训队报到，17 日开始了备战雅典奥运会的训练。首批集训队员 18 人，平均身高 2.02 米，平均年龄 24.9 岁，这是中国男篮历史上平均身高最高的一支队伍。运动员报到的第一天每人都接到了一本厚达 76 页的《中国男篮技战术手册》，这是由哈里斯撰写、中方翻译事先译好并编印成册的。外教的套路和国内教练不一样，先看书、再打球，果然不同凡响，开场就把大家镇住了。

尤纳斯的第一次训练就把队伍拉到田径场进行专项身体素质训练。一堂训练课下来，要练 12 趟变速跑，从 100 米开始，每次递增 100 米，直到 600 米，然后再从 600 米开始，每次递减 100 米，到 100 米时为止，每次都有时间、次数、组数、间歇要求，跑下来强度非常大，有时还要带上遥测心率仪，谁也偷不了懒。要知道，男篮已经很长时间没到田径场去了，这一下练得这帮队员心里发憷、叫苦连天。相反却得到我们管理层的高度赞赏，因为这与总局一贯倡导的“三从一大”训练原则的要求相吻合。（注：“三从一大”训练原则：即从难、从严、从实战出发，大运动量训练。）

除了一般身体素质训练外，力量训练是每天都要进行的。尤纳斯对力量训练很重视，每天上午训练课结束前都要留出 40 分钟时间让运动员去练力量。他认为力量是今后中国男篮抗衡欧美对手的主要资本，他说：“以前中国球员在这方面没有很系统地去做，而欧洲和美国的球员过去一直在不停地练力量，我们要赶上他们，就要比他们练得更多！因为我们的目标是打奥运会，我们的对手都很强壮，如果我们比他们弱，篮下就没有我们的位置。而光凭远投，是赢不了强大的对手的。”他对唐正东和易建联说：“中锋和大前锋的卧推至少应该推 150 公斤，否则在 NBA 和奥运会这样的比赛中会被人欺负！”

尤纳斯对篮球理念的描述通常都是形象而充满比喻的，让队员理解深刻。作为翻译，徐济成是这样记录和描述尤纳斯的执教理念的：一次训练中，当 2.13 米的唐正东持球冲向禁区，1.82 米的张云松必须迎上前去，在三秒区外卡住大唐的脚步，减缓他的速度，双手干扰他的运球，用自己的身体死死挡住对手的去路。尤纳斯的解释是：“因为禁区是你的家，里面住着你的老婆孩子，还有你的父母双亲，你不能让别人随随便便冲进你的家门行凶，你必须拿出勇气和生命，拼死抵抗！”于是，张云松、胡雪峰、刘炜、范斌四个小个儿后卫很快就掌握了造成高大对手带球撞人的防守技巧，同时也表现出保卫家园的誓死气概！

尤纳斯把现在的工作比喻成为未来的中国战车制造零件。“每个零件出色，坦克才能出色。将来在 10 次防守中，队员们本能地正确防守要达到 8 次，最多只能允许两次失误。”

“假如比赛时的时速是 100 公里，我们就要用 100 公里的时速训练，甚至 120 公里，这样在比赛中才能感到轻松。如果训练只用 50 公里的时速，这对比赛一点用处都没有。”

在第一次高强度体能训练后，由于队员们身体反应强烈，训练结束的时候，尤纳斯主动提出给队员们讲话：“你们代表的是 13 亿中国人民，这是世界上最大的国家。奥运会上的比赛很艰苦，所以在训练中你们要逼着自己完成任务。因为这是打奥运会所需要的。你们永远不要有我们赢不了美国队的想法，你们要敢于击败美国队。现在我们帮助你们做的，就是如何去击败美国这样的强队。”

经过两天的训练，已经使尤纳斯和球员们消除了陌生感，刘炜问尤纳斯当年打后卫的时候是喜欢传球还是投篮。50 岁的尤纳斯开玩笑说：“我只投篮，从来不传球。但是你们要小心一点儿。我们当年有个大个子中锋，抢到篮板球长传给快下的后卫，然后自己也冲上去进攻。但是后卫只顾自己上篮，不把球传给跟进的大个子。结果大个子一怒之下，跳起来把自己后卫的上篮给按在了篮板上，然后自己拿球灌篮。你们也有大个子，比如姚明和巴特尔，所以一定要小心。”

这就是尤纳斯的风格，不愿意用抽象枯燥的语言阐述篮球理念。和他说话时的风趣幽默不同，他每天的教案都写得工工整整，一丝不苟。这位当年立陶宛国立大学数学系的学生，把每一个训练步骤写得都像数学算式一样严谨。

此外，老尤对队员的伤病问题特别重视，这和中方教练的习惯做法也不一样。一旦队员有伤有病，老尤马上会去问队医，队医说伤了就是伤了，队医说不能练那就不能练，这跟中国的队医总是习惯于听从主教练的意见不同。在外教眼里，队员都是财富，是要好好保护的，不能因为伤病而断送球员的整个职业生涯，这和中方教练常常鼓励队员带伤上阵的思维方式有天壤之别。

头几个月双方配合得很好，队员感觉新鲜，也很适应，我们经过观察，也感觉满意，一块石头也算是落了地。

就在尤纳斯到来的新鲜劲儿快过去的时候，主教练哈里斯来了，并再次掀起一波媒体的报道热潮。其实，在哈里斯正式来华执教之前，中国男篮曾经在尤纳斯的带领下赴美集训过一段时间，主要是在达拉斯，参加了达拉斯的 NBA 夏季联赛。当时，哈里斯也曾经亲自指导过队伍的训练和热身赛。

哈里斯来华后，我陪他到晋江看男篮的热身赛，当时的感觉就是不管走到哪里，都有媒体记者跟着，恨不得 24 小时全程采访。媒体当时的报道量非常大，再加上小尼尔森作为顾问，有空的时候也会来客串中国男篮顾问的角色，协助训练，整个队伍给人的感觉是热血沸腾，很有向心力，一片朝气蓬勃的样子。

雅典奥运会前男篮的训练课质量很高，眼见队伍在不断进步，那时队内的士气、心气儿很高，加上媒体的渲染，连我们也觉得这届奥运会有戏可唱，上上下下一片乐观情绪，使我们对奥运会比赛的残酷性，和欧美强队存在的差距都没有清醒的认识，结果为雅典奥运会小组赛出线埋下了隐患。

临战缺帅的尴尬

雅典奥运会前的训练总体顺利，效果明显，但从 5 月起，我们就开始面临头痛的问题：尤纳斯伤了。

从表面看，尤纳斯身强力壮，一副好身板，但像许多老运动员一样，他有着严重的椎间盘突出症，一年前刚刚动过手术。据他自己讲，那是在年轻时做深蹲力量练习时保护不当造成的，扛着 160 公斤的杠铃做深蹲，每次起来，上身都被压得左右摇晃，埋下了日后脊椎病的祸根。2005 年 5 月的一天，他在休息日打网球时，突然感觉不适，老伤又复发了。椎间盘伤就是这样，一旦复发症状就会很明显，行动困难。当时采取了封闭治疗法，症状有所缓解。但到 7 月 13 日，尤纳斯随队飞往乌鲁木齐参加“四国赛”，在从机场赶往宾馆的途中，由于司机赶时间，急起急停的汽车经过一个半小时的颠簸，终于使尤纳斯脆弱的椎间盘再次移位。

由于腰椎间盘突出压迫坐骨神经，致使坐骨神经根粘连，因此他的腿要比腰更加疼痛。他只能躺着，站和坐都会直接压迫脊椎神经，疼痛难当，这种情况下肯定是不能正常训练了。

而正在这个节骨眼儿上，哈里斯又提出要回美国一周处理个人事务，这突如其来的请求，让我们目瞪口呆。

雅典奥运会8月13日开幕，按计划，中国男篮要在7月29日动身赴贝尔格莱德参加国际篮联主办的钻石杯赛。而在此前的一周正是解决队伍临战配合问题最为宝贵的时间。但此时的中国男篮将面临着没有主教练的境地，这可是一件不得了的大事情！按照中国人的想法，队伍马上要进行大战，都这会儿了，就算有天大的事，你主教练也得跟着队伍一起去呀。群龙无首，不是说没有主教练一定不行，但主教练临战请假，这种情况至少在中国国字号的队伍里是闻所未闻的。

我了解哈里斯确实有一些事情需要处理，但也听说了，美国的那些大牌职业教练，一般不习惯在异国他乡待太长时间，他们还是习惯待在美国。当初，中国篮协和哈里斯谈判的时候，就曾经提出来让他把老婆孩子都带过来。但因为哈里斯的孩子年纪比较小，大概才十三四岁，考虑到教育环境和语言等方面的问题，他的孩子都留在了美国，而他的太太因为要照顾孩子，也在美国没有过来。如果在平常训练期间，或者没什么重大比赛的时候，哈里斯提出来回趟美国，我们都会理解，会特殊情况特殊对待，肯定不会为难他。但这次不一样呀，他本来和队伍磨合的时间就短，眼下奥运会在即，主教练怎么能说走就走呢？

尤纳斯已经无法正常工作了，哈里斯再走，那队伍不就散了吗？我没法向总局领导交代。

于是，我把哈里斯约来，就在训练局的咖啡厅里谈，徐岚当翻译。因为当时很生气，说话也不怎么客气，我上来就直接告诉他："你现在不能回去，你这种行为对中国人而言根本是无法理解的。更何况奥运会如此重要，你作为主教练现在离开，简直就是开玩笑！而且队伍和你在一起的时间本来就不多，还需要和主教练在一起磨合沟通呀。所以，请你再考虑一下。"

但哈里斯显然去意已决，语气也很坚决，措辞也不修饰了，有些话听着很不入耳。他不仅坚称自己必须回去，还直言和中国篮协之间的关系不是正式聘用关系（因为我们不付他工资，在经济合同上这不是正式聘用的关系）。言下之意就是，我来你们这儿执教是有帮助和援助的成分在里面，既然不是正式聘用，你们也没权利干涉我的行动自由。

话都说到这份儿上，而且老先生一看就是去意已决，我的劝说根本不管用。眼见无计可施，我也只能勉强同意，为此，还专门给总局打了报告，说明情况，并保证会做好队里的训练工作，事情才算告一段落。

7月18日，哈里斯离开北京，大家数着日子盼尤纳斯早日康复。三天过后，尤纳斯依然不能下地！五天之后，还是不能走路！阿的江和闵鹿蕾成为那一周真正的执行教练。于是媒体猜测：老哈和老尤之间是不是有矛盾了！老哈走了，老尤也撂了，装病吧？

不过，哈里斯的我行我素，后来也成了有些媒体批评他的理由。而这个理由也不能说不充分，毕竟大战前主教练无特别情况就把队伍丢下了，这在中国人的心里可能是永远无法理解的事情。但对于美国人来讲，可能是正常的事情，这也是中外文化差异的一种表现吧。

带着这样一种复杂的心情，中国男篮在7月下旬如期开赴贝尔格莱德，尤纳斯则回到立陶宛治疗他的腰伤。男篮钻石杯赛从7月31日开始至8月3日结束，共有塞黑、阿根廷、立陶宛、澳大利亚、安哥拉和中国队参加。中国队与塞黑、澳大利亚分在一组。第一场对塞黑，78

:92，我们输了14分，我觉得可以接受，因为塞黑队的前身是南斯拉夫队，传统的世界强队，是奥运会冠军的有力争夺者，以往我们一打就得输40分。第二场对澳大利亚，92:90，我们胜2分，这是历史性的突破，以往澳大利亚队也是世界前四名的队伍，这场胜利让我很高兴。据胡加时讲："这两场比赛是中国男篮今年来打得最好的两场比赛。"哈里斯在临场指挥、力量组织和调配方面确实有高明之处。外教给队伍带来了进步和变化，这是我一直想看到的一种质的改变，我真希望在奥运会上能够看到真正的改变。这两场比赛会给我们即将入住奥运村的年轻队伍增添信心。

但无数次经验证明，热身赛就是热身赛，强队多少会有所保留，这和正式比赛时的真刀真枪是完全不同的。等待中国男篮的将是什么？我们到雅典去解开这个谜。

窘迫的雅典驻地

雅典奥运会是我率中国男女篮亲历的第一届奥运会。在我看来，雅典奥运村的住宿条件相当一般。与历届世界综合性运动会类似，雅典奥运村是一个新开发的大型住宅小区，小区内多是独栋的三层小楼。中国男女篮和中国男女排住在同一栋楼内，男女篮占了一层半的地方。运动员餐厅距离中国体育代表团的驻地相当远，吃饭要坐十多分钟的班车。

组委会提供的房间基本上是标准三室一厅的套间，但这种套间并不是一室住一人、两人这个概念，而是几套房子就要装下一整支队伍。这样的住宿条件对于体操、举重运动员来讲可能容易些，他们一进村很快就能安定下来，而对于篮球、排球这些大个儿运动员就很困难了，不仅房子拥挤，而且床远远不够长，需要四处找椅子凳子垫脚，或者把两张床并成一张用，不仅全队都得忙活，连团部的官员也得跑上跑下帮着联络张罗。不仅如此，有些特殊情况也得考虑，像两位外教——哈里斯、尤纳斯，不可能让人家和队员这样挤着，肯定得一人住一间屋；姚明因为个头比较大，又是队中绝对核心，所以，安排他和以前在上海打球时的队友刘炜住一间屋；其他人就只好委屈委屈挤挤住了。当时厅里也住着人，陈可、张云松和翻译夏松就住在客厅里，夏松甚至连床都没有，只能找个床垫睡在地上。更难受的是，三室一厅的房子只有一个洗手间，七八个人住一个套间，上厕所都要排队，可想而知男篮这么多"高人"当时住得有多窘迫了。

不过，运动员多半啥条件都经历过，五星级酒店也能住，像这样艰苦的条件也受得了，关键是要打好比赛。

首战遇挫，姚明开炮

8月14日，奥运会男篮决赛开打，中国男篮第一场对阵西班牙队。

当时队伍里的情绪是乐观的，经过之前数月的准备，以及两位外教引来的高关注度，显然让大家滋生出一些小小的优越感。姚明在来雅典之前，甚至说出"如果男篮打不进八强，就半年不刮胡子"的豪言壮语，足见其对中国男篮的期望值之高。拿他自己的话来说，要想个办法来刺激自己，也激励队友，这说明他那时已经有了"球队领袖"的意识，这是很可贵的。但事实上，当时的我们并不知道世界强队是怎么回事儿，这点小优越感很快在首场比赛中，被西班牙队打得踪迹全无了。

打不过西班牙队是在预料之中的，毕竟人家是世界级强队，队中有好几位球员在 NBA 打球。但被人家打得丢盔卸甲，一下子就输了 25 分之多，还是让人有点堵得慌，特别是场面上对手完全占据上风。姚明因为得不到队友的有力支持，在和加索尔的对抗中也尽处下风，这多少让姚明有些窝火。

当他 5 次犯规下场的时候，我看到他气呼呼地把毛巾摔到地上，低着头一言不发，赛后到了媒体采访区就开始慷慨激昂地说着什么。后来我才知道姚明发火了，而且是把怒火直接烧向了队友。因为没在发布会现场，我在媒体新闻中心上网后才得知姚明当时的言论。据报道，姚明在赛后新闻发布会上，言辞激烈地批评了队友，他说："我们只是换了一层皮，心并没有换。我感觉不到希望，我对国家队失去了信心。不玩儿命拼，我们靠什么赢人家！我真羡慕那种打不死的球队！"有些媒体还报道说，姚明声称要退出国家队。姚明的这番话立马在网上引起轩然大波，有很多人批评他，也有很多网友力挺他，媒体对他则是一片支持声。在报刊上被引用最多的一句话就是：不在沉默中爆发，就在沉默中死亡。代表了大家的心声。

据我了解，姚明当时说这番话主要是针对巴特尔的。在敲定国家队名单之前，巴特尔和唐正东一直是同一个位置上的两位竞争者，那时候，大家都觉得巴特尔练得挺好，可没想到等名单定下来之后，唐正东下，巴特尔上，巴特尔的训练劲头马上就不如之前了，动不动说腰疼就不练了，这种消极情绪也在队中造成不良影响。姚明是个责任心极强的人，篮球比赛不是靠他一个人就能搞定的，他当然是看在眼里急在心里，首战打得如此糟糕，他的怒火自然就起来了。

但球队是一个整体，大家的积极性也不是说你骂一骂、对媒体公开炮轰一下就能提起来的，相反，这么一公开矛盾，反倒会不利于团结。而事实上，巴特尔当时已经有话放出来了，他的意思就是集体项目是大家一起打的，又不是靠你一人，你一会儿说这个，一会儿骂那个，你打得也不怎么样嘛。不仅巴特尔，当时队里其他几个队员对此也有看法。如果任由他们这么你一句我一句地杠下去，那队伍还不散了。第二场打新西兰队如果再输了，那队伍还进什么八强，姚明这胡子就留定了。

回到奥运村，我马上找来男篮的中方教练，包括翻译夏松了解情况，商量处理办法。次日一早，我就来到姚明的房间。经过一晚上的思考，姚明冷静了不少，夏松和刘炜之前也劝了劝他，所以，一看见我，姚明马上表态，说昨天说的那些话都是气头上说的，自己并没有退出国家队的意思。当时就是急了，没想到会输给西班牙这么多分。他承认是自己太急躁，不够冷静，说话欠妥当，特别是对外界公开讲这些话肯定会给队伍带来不好的影响。同时，他也表示自己本意不坏，也不是偏激狭隘的人，并保证接下来的比赛自己的情绪绝对不会受影响。不仅如此，他还主动要求在全体队员面前作检讨。别看之前姚明也好、巴特尔也好，大家这话那话像是矛盾不可调和似的，但男篮这些队员总体来说都是挺可爱、挺懂事的。所以，队会一开，姚明表了态，不少队员也发了言，阿的江、哈里斯和我也都说了话，感觉队伍气氛当时就融洽了。因为大家也都明白，姚明不是和谁有个人矛盾，实际上还是希望中国男篮有好的表现，而这也是大家当时的心愿。

当然，媒体是不可能就此罢手的，国内舆论当时对队伍也非常不利。总局局长助理、团部新闻发言人何慧娴找到我，跟我说，现在媒体报道很多，姚明说退出国家队这种话很不利于团结，让我通过华奥星空给广大球迷解释解释。在处理完男篮队内会议后，我就通过《篮球报》记者谭杰的采访，专门跟全国球迷澄清了一些情况，其中就包括“姚明不会退出国家队”的明确说法。我说，姚明是个年轻的运动员，在失利的阴影和压力下，失去冷静，在气头上讲一些话，希望媒体和球迷不要过分看重。姚明有着很强的责任心，当时只是看到球队输这么多分有点急，所以才会在赛后说一些比较情绪化的话。我想姚明正是基于这种对球队、对国家的强烈责任心，希望对队友作出一种激励。另外，我也恳请大家不要对姚明要求太高，特别是不要要求一个年轻运动员说话像外交家一样滴水不漏。我自认为这番话讲的还可以，而且在当时奥运大赛期间也只能这样平息事态，谁知发表之后还是挨了不少网友的“板砖”。

在这件事的处理上，让我有两点感触。一是男篮队员的成熟。队内会开过之后，和谐的气氛马上体现在训练中。大家的做法都很男人，有话摆到桌面上说，哪儿说哪儿了，没人把情绪带到比赛中去。二是哈里斯的老到。此事发生后，在次日对阵新西兰队的战前准备会上，哈里斯专门把这事儿拿出来讲，他说，这只说明了年轻人的血气方刚，根本不代表什么，希望大家能够理解，同仇敌忾打出一场精彩的比赛来。

有时候，好事会变成坏事，而有时候，坏事也会变成好事，只要方法得当。姚明炮轰队友一事，就是在短短 24 小时之内，从坏事变成了好事。

关于此事，我当时写了一些话，是我自己对姚明炮轰的一些看法，当时没有公开，现在看来我当时的分析还是有一定道理的。以下摘自我的笔记：8 月 15 日。男篮首场对西班牙队，以 58:83 输了 25 分，这给事先对男篮抱以很大期望的广大球迷、领导都带来很大冲击。主要原因是男篮小伙子们斗志不旺，没有做大的抵抗就败下阵来，国内舆论一片哗然。在比赛现场，姚明发了火，在赛场和更衣室里讲了一些不冷静的话，并对媒体发表了激烈的言辞，被广泛报道，引起了一场风波。领导不满，球迷不满，队友不满。队内团结出现了裂痕，在十分困难的时刻，如果工作做不到家，后果十分可怕。袁伟民、李富荣亲自给我打来电话，询问情况，要求做好工作。我们召开了三次会议，李富荣专门来讲话。我也分析了原因，批评了全队缺乏斗志、没有男子汉的“血性”。专门与姚明谈了话。按照团部的要求，对新华社、华奥星空网站记者发表了讲话。

对于姚明的发火，我的看法是赛前过于乐观的情绪和高期望值与比赛结果形成巨大心理落差；经过 NBA 的锻炼，内敛的姚明开始张扬，敢于当众说出自己的看法，一种责任心，难能可贵。正面的激励作用大于负面的影响。从姚明的“蓄胡明志”，看到姚明身上发生的可喜的变化，一种符合竞技运动精神的变化，是应该大力提倡的。

坏事终于变成了好事

打新西兰队之前，队伍显然已经从前两天大比分输球的阴影中走出来了，也知道这是一场只能赢不能输的比赛。比赛时间是上午 9 点，队员们早上 5 点多就起床、吃饭，然后看哈里斯精心剪辑的比赛录像。

说起比赛录像，我得专门说说哈里斯和尤纳斯两位外教的敬业精神。在雅典的时候，从国内专门带来的录像机因为制式不同，不能使用。那时的录像编辑技术还处于初级阶段，必须使用两台录像机同时进行，一台播放挑选，另一台录制，要花费很多工夫。为了这两台录像机，我们四处托人，最后通过耐克公司买到了两台符合哈里斯要求的录像机。

剪辑录像、收集对手资料，这些事情是除比赛训练吃饭睡觉外，两位外教一直在做的工作。队里的会议有时要开到夜里一两点，开完后，外教还在那儿收集资料。他们这点和大部分中方教练不一样，中方教练不太重视视频资料的使用，大赛期间大家都很疲劳，我们的教练有点空儿就找块空地儿抽烟说话，而外教则是全部心思都用在比赛上。而且不管对手是谁，是美国、是意大利还是新西兰，他们都是一样地准备资料，不遗余力、全力以赴，在外教的字典里找不到什么战略性放弃的字眼儿，不会碰到实力高出很多的对手就未战先屈、主动放弃，哈里斯在用自己的一言一行诠释着何为永不放弃。别看哈里斯压力很大，但只要面对队员时，他总是情绪饱满、对比赛充满信心的样子。而且他的战前动员很有煽动性，经常说得人热血沸腾，连我都常被感染得血脉贲张，恨不得立刻冲到赛场上去，更不要说那些年轻的队员了。

8 月 17 日，男篮对新西兰一场赛，全队面貌焕然一新，表现了十足的斗志、拼劲和血性，粉碎了新西兰人的顽强抵抗，以 69:62 战而胜之。姚明发了狠，全场得了 39 分，摘得 13 个篮板球，摔了至少 5 个跟头，得分占全队得分一半还多。这场比赛胜之不易，姚明风波就此平息。

在这场比赛中还发生了一件意外的事情。陈可在一次被换下的时候爆发了。陈可是一个很有特点也很守纪律的运动员，他的投篮很准，但行进间技术比较差，临场应变能力也不是很强。此前在国家队集训和热身赛上，他的发挥还是不错的，但到了奥运会，由于对手很强，他的特点受到抑制，没有好的发挥，就开始急躁起来。那场比赛，关键时刻哈里斯派他上场，希望用他准确的投篮打开局面。但陈可上去后可能因为紧张，对投篮和突破的时机没有把握好，造成了两次失误。下场后，他很沮丧，把火气发向哈里斯，用英语骂了一句脏话。我和阿的江当即制止了他的冲动，对他进行了批评。虽然我理解运动员在发挥失常时往往会伴随着情绪失控现象，冲动过后又会后悔，这是重大比赛中经常会遇到的情况。但这件事是当众发生的，对主教练的权威是一个损害，是不能允许的。比赛结束后，我正在考虑如何处置此事，但从新闻发布会上传来了哈里斯的态度，让我大大地松了一口气。哈里斯在回答记者提问时说：“因为你们在座的人中大多数都没有打过篮球，那是一个‘你想怎么干就怎么干’的地方，必须充满激情。如果在场上遇到沮丧的事情，就可以爆发出来，然后继续往前走。”他还告诉提问的记者，如果你看篮球看得多了，就知道这种事情什么都不代表。同时他也认为陈可不需要向他道歉，因为这只是比赛的一部分。当然，就在比赛刚结束时，陈可已经主动向他道过歉了。这件事表现出哈里斯的修养、风度和对运动员的理解，这种做法得到了全队上下的好评和尊重。

尤纳斯归队

打完新西兰队的第二天，尤纳斯拖着他尚未痊愈的腰伤来到雅典与队伍会合了。哈里斯一见到尤纳斯立即给他来了个深情拥抱，像是久别重逢的老兄弟一样，一种战友间的深情厚谊表露无遗。看到这一幕，对我很有触动，外教在中国队工作不容易，因为语言的障碍，我们实际上与他们交流很少，不了解他们内心深处的想法，像是隔了一层皮，因此对他们的喜怒哀乐无法全然知晓，也无法分享他们的喜悦和分担他们的压力，不能形成一种唇齿相依、荣辱与共的亲密关系。

两个大牌教练都有自己的经历和看法，他们又都对技战术问题十分内行而且认真严谨，因而在具体打法的设计上也时常出现争执，有时也会出现争论激烈、互不相让的情况。一旦两人争执不下时，哈里斯就讲，就我执教50多年的经验告诉我，应该这样做的时候，尤纳斯立刻就作出举手投降状，最终按哈里斯的意见办。的确，在资历和经验这一点上，很少有人能与哈里斯相比肩。这种情况在雅典我亲眼看到过两次。尽管有争执，但他们两个是惺惺相惜、在内心里相互尊重赏识的，他们的配合实际上是国际教练成功合作的范例。在尤纳斯回立陶宛治伤时，哈里斯对他讲："尤纳斯，在雅典我们需要你，你一定要在奥运会前把腰治好。"而老尤讲："戴尔是一个伟大的教练，他给中国队制定的战术非常出色，我一开始曾经认为他讲战术用的时间太多了，现在看来，这些战术真的很管用。"雅典奥运会结束后，尤纳斯亲口对我说，如果中国篮协还继续聘请哈里斯的话，他愿意继续担任哈里斯的助手。

体能教练埃尔曾经这样评价他们两人之间的关系："他们都非常有经验，都非常成功，哈里斯有丰富的NBA执教经验，尤纳斯拥有欧洲篮球和奥运会的经验，我相信这会是个很好的团队，中国篮球会从中受益匪浅。他们两个的篮球理念很相似，而且是很好的朋友，我非常肯定他们会很好地在一起合作。尤纳斯来华执教之前，曾在美国和哈里斯共同研讨了三周，他现在教的东西，就是哈里斯要的东西。"

不过，之后的两场比赛同样是毫无悬念地输掉了。对阿根廷队实力悬殊自不在话下，和意大利那场输掉30多分确实是事先没有想到的。意大利队并没有什么太有名的球星和出众的身高条件，之前我们曾认为跟他们可能有一打，而且把进入八强的希望寄托在这一场比赛上。但没想到意大利队的整体篮球打得非常出色，特别是快攻和犀利的外线攻击，打得我们毫无还手之力，双方比分很快就拉开了，结果是52:89，中国男篮创下了小组赛最大的分差。

说实话，那会儿心情是很低落的。女篮在小组赛中意外地输给了新西兰队，彻底失去了进入前八的可能性，男篮也是连着输，这样打下去，怎么面对江东父老呀？前所未有的压力扑面而来，这样的成绩使我在奥运村里如坐针毡，度日如年。

小组赛力克塞黑队

在与塞黑决战之前，女篮已经失去进入雅典奥运会前八名的可能，如果男篮再输了，篮球在本次雅典奥运上可以称之为全军覆没，后果非常严重。我从内心期望男篮能够创造一个奇迹，但我也清楚两队之间的差距，实际上对男篮的出线不抱很大希望，只希望男篮的小伙子们能够振作起来，打出自己的水平，让中国球迷满意。那会儿我在做最坏的打算，冷静地评估思考输给塞黑后的形势、影响及对策，想了很多很多，唯独没有想到中国男篮会以那样的方式力克塞黑。

塞黑是2002年世锦赛冠军，当时我们没有奢望能够战胜他们。但当时是小组赛的最后一仗，两个交战对手的形势一样，都是一胜三负，谁胜谁进入八强，没有任何退路，没有任何侥幸。中国男篮站在必须击败对手才能出线的悬崖边上时，我们的队员表现出了极强的斗志。

哈里斯在赛前做了充分的准备，按照外教的习惯，在做完赛前热身后，他会把队员都叫到更衣室里，再说一番激励队员的话。

那天哈里斯像往常那样做了他所有该做的事，然后和我一起，站到场边，静静地等待比赛的开始。比分一直胶着，比赛非常激烈，当终场哨响时，比分定格在67:66。中国男篮一分险胜塞黑挺进八强。

当时现场乱作一团，队员们全都冲进场内，和姚明拥抱，和哈里斯拥抱。我站在场边，内心早已心潮澎湃，在和身边的尤纳斯拥抱后，我的心里竟然开始想到了联赛，想到了改革，想到了请外教的种种压力终于化解。一瞬间，觉得心情极其舒畅。在回驻地的班车上，我一上车就对大家说，我发自内心感谢大家的努力拼搏，回去后一定重奖。当晚，我收到了很多来自国内的祝贺短信，著名篮球记者苏群还把他文章中的一句话发到我的手机上："姚明和他的兄弟们完成了不可能完成的任务，救了李元伟，救了中国篮球的改革前景。"当晚，也是我去雅典后睡的第一个安稳觉。后来，在一次前往赛场的路上郭士强对我说，作为老队员能进入奥运会前八，他的运动员生涯也算画上了一个圆满的句号，觉得之前的一切付出都是值得的。

我8月23日的笔记是这样落笔的："男篮在沉默中爆发，以67:66战胜塞黑队，将前世界冠军打入小组垫底儿，爆出了一大冷门，就此昂首进入八强，媒体一改前几天口诛笔伐的调子，竭尽赞扬之能事。团部也有了初步反应，李富荣专门打来电话，给予肯定。我大大地松了一口气。"

男篮战胜塞黑队以后，亚篮联会长萨乌德、秘书长杨自福、副秘书长哈镐从看台上冲下来与我拥抱祝贺，十分动情，我突然意识到中国男篮是亚洲男篮的唯一代表，想必他们在前几天由于中国男篮的糟糕表现，也郁闷了很久，这一情景更增添了我对女篮失利的自责。

这场比赛引起国内球迷的高度关注，中央电视台把它列为2004年十大体育赛事的第三位，收视观众达7000万人。要知道2004年是奥运年，有太多吸引眼球的事情，在这种情况下能够位列第三，充分说明篮球在人们心目中的地位。

有意思的是，在男篮击败塞黑后，八进四将面对立陶宛队，也是尤纳斯以前执教过的球队。可能是看到中国男篮的进步和斗志，立陶宛队居然有点犯嘀咕了。立陶宛篮协的人私下里说，如果输给中国队，他们将无法向国人交代。

由于实力上的差距，中国男篮最终还是名列第八，平了之前奥运会上的历史最好成绩。这届奥运会让我们看到了和世界强队的差距，也意识到自身的不足，当然，更重要的是，我们知道了2008年奥运会该走哪条路。正如法新社评价的那样："在第一位来自NBA的教练的带领下，中国男子篮球队获得了其奥运会史上最佳的表现，但是如果想要获得真正的成功，中国球员们还必须更多地同外国的优秀球队进行交流。"

确实，两位外教的水平得到了媒体和队员的一致认可。队长李楠赛后的表态其实最具代表性，他说哈里斯改变了中国男篮的态度："他鼓励我们发展配合技术，协同作战。他再三强调我们永远不应该放弃。他告诉我们应该用心去打球。我们发现，这种态度正是我们应该学习的。他是我们的榜样。"

赛后，《篮球报》记者谭杰报道说："中国男篮进入奥运会八强不仅证明了队员们的血性，对他们个人今后的成长也具有积极的意义，更重要的是，这场胜利对于中国篮球运动的发展意义重大。"他高度评价了今天中国队教练组表现出的智慧，认为他们的用人和临场指挥无懈可击。

哈里斯的忠告

2004年8月29日，我们在雅典奥运村与哈里斯友好分手，他搭乘NBA的包机直接返回美国，行前我们已经商定下一个周期他将不会在中国执教了。离别的时候总是有些伤感的，李楠、朱芳雨等一批队员一直把他送到奥运村外。

10天以后，哈里斯给中国篮协发来一份长达3 000字的总结报告，对中国篮球提出了13条建议，我认为有必要摘录一些，供关心、热爱篮球的人们分享和思考。

“未来四年将是艰难的四年，因为对球队的希望值太高，但是，如果没有真正的付出和改革，提高是不会自己到来的，光靠球员自身长大四岁是不够的。”

“中国运动员需要有机会参加世界级的比赛，而不只是仅靠每两年交替来临的奥运会和世锦赛。他们需要每年夏季都有1个月至6周的比赛时间来和世界顶尖球队比赛。本次奥运会男篮比赛的参赛队中，所有其他球队都比中国、澳大利亚、新西兰或是其他亚洲国家球队拥有更强悍的竞赛环境。但是，甚至澳大利亚和新西兰也比亚洲球队有更多的世界级比赛，而且一些NBA或前NBA球员，以及在澳大利亚联赛的球员都比CBA球员更好地培养了篮球素养。”

“美国、立陶宛、意大利、阿根廷、西班牙、克罗地亚、德国、法国、俄罗斯、希腊、波多黎各、巴西甚至安哥拉队的大多数球员都全年在NBA或欧洲的顶级联赛打球，他们全年要打至少80场相当于奥运会和世锦赛水平的比赛。他们有与奥运会同样的裁判执场，相互变得非常熟悉并且处在同样的国际比赛氛围中。”

“中国队尚未能够完全适应其他国家球员的比赛风格，这些国家的球员在比赛中有更加强壮的身体以及更加强悍的对抗。我们队员的投篮技术比我原来执教过的任何球队都好，但是面对国际比赛的防守强度就无法做到。在中国，队员可以被允许用手拉对方球员，而不是学会移动脚步并使用身体对抗；他们在掩护时被允许移动；但是在世界比赛中，他们必须要移动脚步，使用身体对抗并控制住掩护动作。比赛中，我们的球员在切入时往往被对手推得失去位置，而掩护人又不能用移动调整身体位置来弥补，所以比赛中我们的球员不能像其他队比赛时那样轻松获得好的投篮机会。”

“每支球队都必须学会用录像设备来教学并提高攻防的能力。球员通过看自己比赛以及比自己更高水平球员比赛的录像会让他们学到更多的东西。国家队更需要配备录像设备用于编辑比赛录像，以便向球员展示他们的优点和缺点，以及对手在攻防中所做的一切。奥运会期间耗费了我很多晚上的时间来做录像编辑，而这些时间我本可以用来思考我们队和对手的情况。其他队都有一名工作人员负责这一工作。”

“球员应该更多地学习讲英文，即使不聘用外教，他们也会受益，不管你喜欢不喜欢，英文就是篮球的国际语言。中国队是奥运会唯一一支没有多数球员能讲英文的球队……而裁判几乎都能讲英文。如果使用讲英文的外教，很多的指令和执教要点往往在翻译的时候会被错过，球员会因为失去位置听不见教练的要求。训练和赛前准备会也会因此延长。”

“CBA联赛需要增加场次，今年增加到40场将会有所帮助。再者，球员需要更多地出去打国际比赛，这样他们会更成熟。关起门来，自己人对自己人训练，会阻碍我们了解球员还有多大的提升空间。他们必须和更好的球员多比赛。”

“我们必须有一套更好的体系来开发并执教青少年球员。这会花时间，欧洲国家花了近40年才走到今天这一步，中国应该有资源和智慧在更短的时间做到，但对此必须作出投入和承诺。重点就是球员，以及如何通过更好的训练和教练水平来提高球员的水平。”

“最后，应该让更多更好的外籍球员来打CBA联赛，这样中国球员可以有机会和更高水平的外国球员比赛。我了解到这会花费很高，而且球队业主都赔钱，但是要让联赛升级，提高国内球员水平，他们应该寻求任何可行之路来提高竞赛水平。引进高水平外援就是一条捷径，特别是由于地理原因，中国队员每年参加世界级比赛的机会很有限。”

“结尾时，我想重申，如果还是按原来的做法一样继续去做，我们的球队不会进步到有能力去争夺奖牌。要在世界赛场上征战奥运会，我们的备战仅靠在亚洲比赛是远远不够的。另外，要努力做到集训的人选必须是能够组建一支最好球队的所有最好球员，而不要顾虑他们是哪个队的，或是考虑某个团体或个人的人情。”

——戴尔·哈里斯2004年9月8日于达拉斯

我读毕这份报告，深深地为哈里斯对中国篮球高度负责的态度所感动。在和中国男篮一起备战雅典奥运会的时候，对于中国男篮与世界强队的差距，他没有一味抱怨和指责，而是带领队伍迎接挑战。赛后他也没有得过且过，而是很中肯地指出这些需要改进的问题。他的报告充满热情、洞察力和智慧，提出的建议一针见血，对我们有很大启发，直到今天仍有很高的参考价值。

第十章

女篮雅典：刻骨之痛

中国女篮的东山再起

中国女篮在亚洲的战绩虽然不如中国男篮，但是在世界比赛中的成绩却优于男篮。特别是在1992年的巴塞罗那奥运会上历史性地打入了决赛并获得银牌，接着又在1994年世界女篮锦标赛上获得银牌，这是中国篮球界有史以来取得的最好成绩。但是过了仅仅不到半年时间，同样一支中国女篮，在广岛亚运会上却大比分负于韩国队，韩国队随后又负于东道主日本，结果世界亚军中国女篮被挤出亚运会的决赛。

1996年亚特兰大奥运会结束之后，中国女篮大换血，郑海霞、丛学娣、王芳、李昕、柳青、何军等曾经取得巴塞罗那奥运会银牌的运动员先后退役，以苗立杰、隋菲菲为代表的新一届女篮组成。大幅度的新老交替使中国女篮的成绩产生大幅度的滑坡，1999年第十八届亚锦赛时跌到历史的最低点，国家女篮先在半决赛中输给了韩国队，随后在争夺铜牌的比赛中又意外地负于中国台北队，只获得第四名，创女篮历史最差战绩。这个结果导致中国女篮失去了2000年奥运会的参赛资格，结果，这批女篮姑娘们只能在电视机前观看悉尼奥运会的篮球比赛。

就在中国女篮处于最低谷的时候，一位中生代教练接过了女篮主教练的教鞭。这是一个在20世纪80年代钱澄海执掌的中国男篮中善打硬仗的球员，心理素质过硬，头脑冷静，技术扎实，生死关头往往都是由这位身高1.72米的组织后卫担任场上核心。他退役后曾任蒋兴权的助手，率中国男篮历史性地获得世界男篮锦标赛第八名。在老蒋出任辽宁省体委副主任后，又是他接过中国男篮主教练的担子，并对中国男篮进行了调整，引入年轻的王治郅和巴特尔以及后卫李晓勇，在一年后的亚特兰大奥运会上带队历史性地闯入奥运会八强。至此，中国男篮在世锦赛和奥运会双双跻身八强。在当时的中国篮球圈内，他成为业内公认的国家队教练中的后起之秀。

这位教练接手中国女篮的首要任务是收复亚洲失地，然后是重返世界强队行列。他带着一群年轻的队员从基本功起步，在训练和比赛中严格要求，毫不留情。在平时的生活中，他和教练组非常关心女篮的姑娘们，给她们讲事业的目标，讲人生的道理，中国女篮很快形成了凝聚力和战斗力。组队22个月后，平均年龄21岁出头的中国女篮在曼谷第十九届亚洲女篮锦标赛上大胜韩国女篮，以平均30分以上的优势战胜日、韩和中国台北3个老对手，夺回冠军。在第二年的釜山亚运会上，她们在决赛中逆转再胜韩国女篮，夺回了8年前失去的亚运会金牌！在同年于江苏省举行的世界女篮锦标赛上，年轻的中国女篮最终取得第六名的好成绩。这也成为两年后出征雅典奥运会，总局为女篮设定"保六争三"目标的依据。

当时我还在总局体育科研所工作，作为中国篮协副主席，因中国女篮由低谷迅速崛起而感到高兴和振奋，同时也不断听到篮球圈内人士和媒体对女篮主帅的赞誉，觉得他是一个有抱负、有能力，年富力强的教练人才。所以后来在为中国男篮寻找外教的时候，我从来没有考虑中国女篮也需要外教，觉得把女篮交给这个教练组应该是放心的，也曾一度把那时的中国女篮作为篮球训练的先进典型加以表彰。

正是经过重组，四年的艰苦训练以及大赛的磨炼，2004年的中国女篮已经具备了相当的实力，阵容整齐，人才济济。总局给女篮制定的雅典奥运会目标是"保六争三"。对于依然年轻的中国女篮来说，这个指标定得偏高，但有个第六名的底线放在那里，我们也就接受了。当时，谁也没想到，中国女篮的雅典之行竟是如此暗淡。

出征2004年雅典奥运会比赛的女篮姑娘们年轻、单纯，充满对大赛的渴望，但是对于奥运会竞争的残酷性缺乏切身体验。在初抵希腊时，美丽的爱琴海风光吸引着姑娘们的目光，她们憧憬着自己的首次奥运会之旅，却连做梦都没有想到会是那样一个结局。而我作为她们的领队，对这样的结果负有不可推卸的责任，每每念及此事仍觉得心头隐隐作痛。

钻石杯显现希望

8月5日至8日，国际女篮钻石杯赛在希腊的伊拉克利翁岛举行。这是个有着四千多年历史的岛屿城市，这里的文物古迹具有悠久的传奇故事，四周湛蓝色的海水波光粼粼、一望无际，使其成为欧洲著名的旅游胜地。

这是国际篮联第一次为女篮举办这样等级的赛事，作为奥运会前的热身赛，参赛队基本是各大洲冠军队。参加此次钻石杯的队伍有澳大利亚、巴西、希腊、尼日利亚、韩国与中国队。6个队分成两组，共打3场球。我们与巴西、尼日利亚分在一组，既可以热身，又可以摸摸这两个队的情况，因为毕竟我们有可能在奥运会小组赛后的复赛中碰到她们。

中国女篮第一场胜尼日利亚10分，第二场以86:85险胜巴西队，进入决赛。这一分赢得颇有戏剧性：距终场还剩3.6秒时，我队以84:85输1分，女篮主帅叫了一个暂停布置了一个特殊打法，由隋菲菲为潘巍做一个假掩护，然后反跑快下，接球后直接冲击对方球篮，造成对手犯规的同时比赛时间到，隋菲菲获得两次罚球都罚中了，最终赢了对方1分，由此进入决赛。据主教练自己说，这是他在做梦时想到的战术配合，收到了意想不到的实战效果。

决赛是由中国女篮与澳大利亚队交手，我们的姑娘们打得十分精彩，对阵有世界著名中锋劳伦·杰克逊和另一名WNBA选手的澳大利亚队毫不手软，最后虽然以70:74输了，但也足以引起国际篮联官员的刮目相看。比赛中场休息时，国际篮联技术部主任考特莱巴专程走到我面前，称赞中国女篮是一支优秀的队伍。这场球本来有机会拿下来的，但主教练在奥运会前不愿意在这个热身赛中引人注目，使姑娘们滋生高估自己的错觉，所以在第三节，我队在以65:60

领先的情况下换上了替补队员，让对方打了一个10:0的高潮，从而失去了钻石杯。当时我看到这个情况，也猜到了他的心思。事后他向我做了说明，这是他的谋略，对于年轻的中国女篮来说也有一定道理。

在钻石杯赛上，女篮姑娘们表现出良好的竞技状态，使人对即将开始的奥运会征程充满期待。

8月10日，队伍进驻雅典奥运村，真正的奥运征程开始了。

只打了一场好球

2004年8月13日雅典奥运会正式开幕。为了准备第二天的比赛，女篮全体人员都没有参加开幕式。8月14日，首场对阵韩国队，中国女篮以71:54的大比分获胜。这场球姑娘们的防守十分出色，只是进攻有些拘谨，总的来说是一个好的开局。

面对韩国队这个老对手，尤其在年初的亚锦赛上中国女篮曾在小组赛中输给她们一场，女篮主帅憋足了劲儿要在雅典奥运会首场比赛中大比分击败韩国队，所以那场对韩国队的比赛准备得非常充分。

第二场对阵西班牙队。西班牙队有个小个子前锋9号巴尔德莫罗是享誉欧洲的著名球星，具有极为出色的进攻能力。那时国家女篮的情报收集工作几乎是空白，对西班牙队知之甚少，仅在钻石杯赛前，派体能教练法国人盖当到西班牙去看了她们的两场热身赛。从盖当那里得到的信息是，这个9号队员有伤在身，基本不在状态，所以教练组也没有对她多加注意。尽管在首战打完韩国队的当晚，中国女篮还集体去看了西班牙队的比赛，但是大家都没有发现这个9号有什么超强的能力。

比赛刚一开始，西班牙队就展现了强大的攻击能力，命中率奇高，尤其是9号巴尔德莫罗表现出良好的竞技状态，仅第一节，她一个人10投9中，得到了22分，而西班牙全队在10分钟内16投13中，三分球9投7中，这是多么恐怖的数据！中国女篮开场守了个一三一联防，无法控制住对方的外围投篮，此后顾此失彼，防不胜防，10分钟内，就以10:34大比分落后，这基本上就决定了全场比赛的胜负。女篮主帅当时没有及时叫暂停，未能制止球队的连续失分。后来他在接受《北京晚报》记者孙保生采访时，对这场比赛的第一节有过这样的总结："赛前情况分析不细，准备工作不足。过去，外界对中国女篮有个说法叫'热得慢'，加上我对赛前情报的分析有误，比如西班牙的巴尔德莫罗，得到的资料说她是个伤员，结果上当了，头一节她一人就拿下20多分。而正是这第一节的溃败，导致了整场的失利。我在临场指挥上反应迟钝，采取措施不及时、不果断。还说对西班牙那场球，如果在巴尔德莫罗投中第二个三分球后，我就"盯"死她，就不至于落后那么多分。"

《体坛周报》记者杨毅这样写道："第一节西班牙像暴风骤雨一样打了中国队一个34:10,在17:10之后，一波17:0的高潮让现场的数百名中国球迷鸦雀无声。"从第二节开始，女篮展开了反攻，交替使用全场紧逼、区域紧逼等防守战术，队员们竭尽全力追赶比分，曾在第四节追回了18分，但因为开始时输得太多了，最后还是输了9分球。

这场球一输，完成前六名的指标悬了，因为西班牙拿不下来，捷克队比西班牙队还难打，捷克队人高马大，又是新科欧洲冠军，想战胜她们就更困难了。如果小组赛进不了前三，就失去争夺前六的机会了。对西班牙一仗，输在准备不足和比赛策略不当，而不是实力上的差距。此战失利，让我在雅典有一脚踩空的感觉！

对欧洲冠军捷克队一场，果然如我们事先分析的那样，尽管进行了细致的准备，队员们也全力以赴，但由于整体实力上的差距，最终还是以83:98落败。这预示着中国女篮进入前六目标的基本破灭，但没有想到这还不是女篮在雅典最糟糕的事情。

大意失荆州

小组赛第四场，与新西兰队比赛，谁赢谁进八强，这是一场谁也输不起的比赛。比赛开始了，一边是集训了好几个月的准职业球员，一边是以业余球员为主组成的半专业队，但结果大大出乎意料。业余的比职业的职业，职业的比业余的业余。业余的做法，就是还没有拿下这个对手，已经开始想着下一个对手了，我们管这叫轻敌。赛前没有人认为作为传统亚洲强队的中国女篮会输给岛国新西兰队，就像2009年没有人会相信中国女排会输给泰国女排一样。虽然赛前大家也都强调了比赛的重要性，但是在场上，这个重要性丝毫没有体现出来。

从第一分钟开始，新西兰队就压着中国队打，我们的姑娘尽管有身高优势，但是从场面上看极其被动。即使叫过几次暂停，也未能有所改观。整场比赛，大家显得都比较急躁，急于拿下比赛，心态不稳，情绪始终受到压抑，身体也尽显疲态。更始料不及的是，伤情突然集中袭来，陈楠伤了，陈鹭芸伤了，潘巍也伤了，叶莉5次犯规被罚下，中国女篮甚至没有了中锋。

当时在场边，我想女篮主帅可能也会后悔当初没有把张晓妮或张玲带一个过来。奥运会前讨论出征雅典的名单时，曾有技术顾问建议最好从张晓妮和张玲中选一个带来，否则真正的5号位队员只有陈楠一个。打奥运会这样的大赛，对手又是欧美大块头，中锋位置至少要有一个替补，万一陈楠出现状况，还能有个身高体壮的可以顶一顶。但教练组反复考虑，还是坚持把胡晓桃和任蕾带上，胡晓桃和任蕾都是新一届女篮在1999年底组队时的第一批队员，被媒体称为“黄埔一期”，她们也都是优秀运动员，但是她们两人都有严重的膝伤，而且都是锋线位置的球员，不是中国女篮征战奥运会最需要的中锋球员。我理解作为主教练的考虑和对球员的感情，但是比赛是现实而残酷的，缺少高大中锋的中国女篮，在陈楠下场之后，就无法在篮板球争夺中占据主动了。

与新西兰队一役，从技术统计看，新西兰队比中国队多抢了9个篮板球，在内线得分和快攻得分方面各超过中国队14分和6分。也就在那场比赛中，我注意到了担任新西兰队主教练的澳大利亚人汤姆·马赫，他的临场指挥很有办法，中国队反扑时，他能一分钟内连续叫两次暂停，马上把我们的进攻势头压下去。在最后6秒钟被我队三分球追平时，马赫叫了一个暂停，大家都以为新西兰队的最后一攻将由此前表现出色的9号队员完成，没想到他布置发动最后一击的是6号运动员卡姆帕恩。而正是这个球员，在离比赛结束还有0.4秒的时候跳投命中，将中国队推进死亡的深渊。就这样，我们被新西兰队挤出了八强。

那天，我在雅典奥运笔记中这样写道：“8月20日，女篮意外地以77:79负于新西兰队，就此告别奥运会女篮八强，这是事先没有估计到的，对运动员的打击可想而知。有媒体称，这一失利使女篮‘保六争三’的目标成为笑谈，‘李元伟注定要灰头土脸地回到北京，但愿篮球改革不要因此而停顿’，有些记者打来电话表示担忧。”

“国际篮联的官员对女篮的评价是比赛中没有活力。外国教练员称中国女篮太累了、太疲惫了。确实，我们练得比谁都苦，为什么在场上表现不出来？平时跑得比谁都多，但看不出来比对手跑得快、持久力强？练了那么多力量，却在对抗中一点也不比别人强？为什么日本队即便输球也能打得充满朝气、生龙活虎，而我们却打得如此沉闷呢？”

赛后，我和女篮队员们谈心，有的队员讲：“神经一直绷得很紧，进奥运村以后就绷不起来了，两眼发直，脑子发木。”有的讲：“队员想打好，但心里没底，一遇到困难就慌了神。没有好的解决办法。队伍管得那么紧，一点松弛的机会都没有，就是感到累，脑子是蒙的，也不愿意多想，骂也骂疲了。”

雅典奥运会女篮最终排名：第九中国、第十日本、第十二韩国。这不但是中国女篮的最低排名，也是亚洲女篮在奥运会上成绩最差的一次，就连亚篮联也觉得没有面子。

在雅典奥运会的最后一战中，虽然战胜了日本队，但“老九”的位置不是队员想要的。赛后，刚刚赢了球的姑娘们都流下了辛酸的眼泪，其中隋菲菲、宋晓云哭得最为伤心。来时信心满满，士气高昂；走时两手空空，泪洒雅典。是啊，付出了那么多，最终得到的却是伤心的泪水，姑娘们眨着泪眼仿佛都在问：这究竟是为什么？我无言以对。

伤病猛于虎

事情的规律都是这样，偶然之中有必然，而必然是偶然的积累。像其他很多项目一样，中国女篮姑娘们的吃苦耐劳在国际篮球圈内是有目共睹的。女篮主帅有句名言，那就是“对运动员就是要折腾”，这也是很多中国优秀教练常常在交流经验时说的。但事实证明，吃苦耐劳和“折腾”是两码事，从科学训练的角度来看，训练过度与训练不足同样有害，其危害程度甚至高于训练不足。

只有刻苦训练，缺少科学恢复，这就是当时中国女篮的状况。女篮主帅将这支年轻的队伍提高到一定水平以后，就无法使她们继续提高了。当时从总局领导到篮管中心，直到他本人都比较困惑。他有事业心、有能力、有经验，他也希望带领球队不断攀登世界高峰。他成功的基础是依靠大运动量训练，但是大运动量一定要以科学依据和足够的康复手段作为保障，否则就会造成很多不必要的伤病，而这个代价对于主教练和中国女篮来说，都实在是太大了。

后来有媒体报道，在那一届中国女篮中，一共有 6 名队员膝关节十字韧带断裂，胡晓桃动过两次手术，任蕾、王玲、叶莉、袁静、陈鹭芸、隋菲菲等队员也都动过手术。

伤病猛于虎。在伤病方面，这支女篮可谓命运多舛。2001 年亚锦赛，胡晓桃刚刚出道，发挥出色，当选为“最有价值球员”，紧接着就在石家庄亚青赛中遭受膝关节十字韧带断裂，接受手术，中断了训练，从此陷入低迷；2002 年世锦赛，任蕾刚刚显示出潜力，被誉为最佳第六人，然后在联赛中受伤，同样是膝关节十字韧带断裂，无奈接受手术，中断训练达 1 年之久；叶莉，2002 年接受膝关节外侧副韧带手术；陈鹭芸，在雅典奥运会对新西兰队时，膝关节十字韧带断裂，回国后接受手术；袁静，膝关节十字韧带断裂，接受手术；王玲，接受膝关节十字韧带缝合手术；陈楠，腰伤严重，2003 年世界大学生运动会女篮决赛的关键时刻，她因腰伤复发下场；2004 年雅典奥运会对新西兰一场，她同样因腰伤下场，造成队内无中锋的局面。如此大面积的伤病发生在同一支球队中很不正常，在和一些医学专家讨论这个问题时，他们认为这些伤病的发生，很有可能与身体训练的方法、手段不当，运动负荷安排不科学，以及不重视疲劳恢复有直接关系。

如果说一个队员十字韧带断裂那是偶然，但一支队伍里有6名队员折在这上面，我想应该从训练方面找找原因。在女篮主帅极其严厉的训练指导思想下，这支中国女篮练得足够刻苦，虽然练成了一支纪律严明、主教练极有威信的队伍，但队员们体力透支、伤病缠身的状态，也为雅典奥运会的惨败埋下了伏笔。正如著名体育评论员毕熙东在雅典奥运会女篮出局后所评论的那样“中国女篮是被‘练’出了八强”。

即便中国女篮输成这样，即便发现了中国女篮从备战到比赛存在的种种问题，我那时并没有想过让主教练“下课”，对于这个结果我们都负有不可推卸的责任。我和中心班子成员都希望他和女篮教练组能好好总结雅典失利的教训，因为失败也是一笔财富，是一个人攀登更高峰的台阶。我想这也是他在执教生涯中必须面对的一个坎儿：带出一支亚洲强队只是第一步，带出一支能跟欧美强队抗衡的世界强队，才是总局和篮管中心对女篮和教练组的期望。

但世事多变，始料不及。回到北京之后发生的一些事情，进一步加剧了女篮教练组和中心之间的隔阂，不仅仅在训练问题上无法沟通，在队伍建设上也出现了问题。这些意想不到的变化改变了我对女篮主教练一贯的信任和对中国女篮乐观的看法，也让我逐渐坚定了一个信念：不破不立、时不我待。只有4年了，北京奥运会已经不允许我们再有任何闪失和失误了。

成王败寇

我的首次奥运之旅就这样结束了，作为中国体育代表团的正式成员参加雅典奥运会，实现了我多年的夙愿。奥运会毕竟是竞技体育的最高殿堂，搞了一辈子体育工作，能够有机会亲身经历一届奥运大赛的全过程是非常幸运的事情。然而伴随着机遇的，一定是严峻的挑战和风险。

我在雅典时写过这样一段话：“人类在其漫长的发展历程中创造了竞技运动这样一个独特的社会活动，给和平时期人们的精神文化生活带来了很大的震撼和刺激，这是很有意思的一个社会现象。”

竞技比赛的魅力在于它能影响你的喜怒哀乐，当你具有强烈的倾向性，全身心地沉浸在比赛中，为运动员的一举一动而赞叹、抱怨、苦恼、喜悦，为比赛结果而欢欣鼓舞，或沮丧失落的时候，它给你带来难以名状的刺激和震撼。而竞技体育的成绩一旦和民族尊严、国家荣誉联系起来，它所产生的压力是你在其他方面所无法体验到的。

雅典奥运会对于中国篮球来说，是有喜有忧，忧大于喜，收获良多，教训深刻。通过雅典奥运会，我对奥运会比赛的残酷性有了切身的体会，对于中国篮球的差距和赶超世界水平的难度有了更清醒的认识。

那段时间，女篮眼见着进不了八强，男篮的日子也不好过，我整个人就像被上紧了发条似的，觉睡不着、饭吃不下，脑袋整天昏昏沉沉的，两个眼睛熬得通红，跟得了红眼病似的。

如果有细心人到奥运村转转，肯定会发现像我一样熬成“红眼病”的人不在少数。说白了，还是因为奥运会的压力太大了，是其他比赛根本没法比拟的。

奥运会任务对于一个运动项目中心主任意味着什么？一般人是无法想象的。形象地说，承担了奥运会任务，就像有一把“达摩克利斯剑”高悬于头顶，稍有不慎，就落得个身败名裂的下场。在竞技体育“金牌至上”的年代里这是非常普遍的现象。无论你是省市体育局长还是中心主任，失败了就得承担后果。所以每一届奥运会、亚运会和全运会结束后，一批领导干部“下课”已成为十分平常的事情。因此我们都清楚，在其他方面的工作有所疏漏还好交代，而打不好奥运会，那就是一票否决，没有商量余地。因此各奥运项目中心领导都得把争取优异成绩放到重中之重的位置，不能有任何一点疏忽和大意。这确实也是奥运项目中心主任应尽的重大职责。

我这次是肩负着责任和使命来的，压力也伴随而来。在奥运会上，中心主任就像部队里的连长，是在第一线带兵打仗的人，要担负起攻城拔寨的重任，对队伍的一切负责，包括胜负、状态、伤病、安全、衣食住行、头疼脑热等，事无巨细你都得管起来，是一件十分辛苦的差事。其他的事情还可以有人分担，唯独比赛胜负这件事只能由自己扛着。这与其他大赛不同，在单项世界锦标赛上，中心主任是司令，底下有一干人等分兵把口，主任可以适当超脱一些，兼顾一下外交公关等事宜。而综合性运动会尤其是奥运会，则有多个运动项目参加，一个项目的胜负对整个代表团的成绩、士气都会产生重大影响。而且由于代表团名额限制，男、女队领队只设一个，都是项目管理中心一把手担任。一个领队负责两支队伍，一天一场正式比赛，每天跑好几个地方，比赛时间也不固定，真有分身乏术的感觉。由于运动项目不同，比赛的周期和时间也不一样，大部分项目都在一周到十天内结束，而集体球类项目则是从头打到尾，所以我们在奥运村住的时间也最长。在这之前，我曾经听排管中心主任徐利说过，要在那地方（奥运村）输了球，那可真往心里去呀！徐利来自黑龙江，在我印象里是个敢作敢为、拿得起放得下的汉子，如果他都说“往心里去”，那就是留下了无法排遣的心结了。果然，到了雅典不久，我就体会到了这种无时不在、无处可躲的压迫感。

奥运会期间，国家体育总局负责竞技体育的领导全部住在奥运村里，住在与运动员同样简陋的宿舍里指挥作战。部长级官员住在奥运村中，这在所有参赛国家奥委会中是唯一的一个。总局领导都是身经百战、熟悉业务的领导。他们身先士卒、靠前指挥，对于中国体育代表团夺取佳绩起到了至关重要的作用。团部指挥作战的一个主要形式是领队会，召开的次数密度比较大，一般两三天召开一次。会议内容是分析代表团夺金的形势，总结项目比赛的经验教训，提出下一段比赛的注意事项，具体、明确、细致，对于引导各运动项目打好比赛起到了画龙点睛的作用。由于每天奥运会比赛结束的时间不同，像篮球最后一场比赛结束一般要到晚上 12 点左右，赶回奥运村往往就得凌晨一二点钟。所以领队会经常在凌晨召开。

时任国家体育总局局长、代表团团长的袁伟民是个内行且非常严厉的领导，在代表团里享有很高的威信，他在团部会议上批评起人来是根本不留情面的。雅典奥运会比赛初期，由于女足、体操没有比好，两个中心的主任就经常被他说得抬不起头来。如果成绩好了，那就另当别论，你啥时候去都可以昂首挺胸、神采奕奕，有事没事都愿意过去晃一下。比如射击项目喜获丰收，短短几天就拿下多块金牌，我看到射运中心主任高志丹满面春风，受到大家的祝贺。如果成绩不好，这些中心主任们也基本上心照不宣，就不到团部那儿露脸，干脆躲得远远的，省得尴尬。即便是吃饭也要等人少的时候去，免得不自在。

之前，时任田径中心主任的罗超毅，就一直不大愿意往团部跑，因为没成绩，后来在奥运会最后一天的半小时内连拿两块金牌，代表团里传说老罗乐得凌晨两点钟去敲团部的大门，我相信这是被演绎夸张了的故事。我则属于那种没事尽量不去团部的中心主任，领队会那是没办法，不去也得去。在女篮输给新西兰队之后，我想这次肯定要被袁伟民狠狠地剋上一顿了，也硬着头皮做好了挨骂的准备。还好，那天袁伟民还算给面子，只说了些鼓励的话，并没有过多责备，但我也能感受到无形的压力和影响。

雅典奥运会结束后，我问男篮力克塞黑挺进八强的功臣之一杜锋，竞技体育带给你们运动员的最大感受是什么？他说“成王败寇”！我对他的话感同身受。我说我的感觉是“大喜大悲、冰火两重天”！而且面对重大失利，我的情感还不能流露出来，内心备受煎熬，表面还得镇静自若，有种很强的无力感。毕竟成绩才是硬道理。

对于这一点，时任体育总局纪检组组长的王宝良同志有一段精辟的话，令我至今印象深刻。那是我刚从总局体科所回到篮管中心工作不久，他对我讲：“竞技体育不同于科技教育工作，后者的目标是软性的，有的过程就是结果，只要你抓好了过程，结果自然应该是好的。而竞技体育的目标是刚性的，过程与结果不同，结果不行就否定了过程。结果的实现不全取决于自己，还取决于别人，裁判因素、时差、环境、饮食、组织者、场地氛围等，基础是自己，搞不好过程就会产生相反的结果，这就是竞技体育的特殊性。”这就是说。过程好不等于结果好，结果决定过程。你打输了，过程再好也没有用，你什么都不必说了，没有人在乎你在过程中付出多少努力和艰辛。

竞技体育的结果只能有最后一个胜利者，这样的工作环境让我有一个深刻的心得：凡事就怕事先没想到或者想到了没做到位，那样的失败让你后悔莫及；只要你想到了也做到了，过程中尽力了，那么临场时候就只能听其自然，尽可能平静地面对结果，在残酷的比赛中“临时抱佛脚”是不灵的。这也成为我在以后的大赛中理智对待胜负的心态，伴随我在跌宕起伏的大赛漩涡中挣扎与解脱。

第十一章

小考：2005 年亚洲锦标赛

女篮易帅之谜

说到 2005 年的中国女篮，我得先从前中国女篮主帅“下课”说起，这是我不能回避的一个问题，否则就说不清楚为什么要请外教了。2005 年 3 月 16 日，中国篮协召开新闻发布会，正式宣布原女篮主教练离职，澳大利亚籍主教练汤姆·马赫担任中国女篮主教练。这一爆炸性新闻，使得许多记者茫然不知所措。随后被媒体冠以《×××下课迷雾重重》、《弟子下课老师愤慨：某些领导毁了×××》、《×××下课三问》等文章见诸报端，引起了很大反响，但谁也不知道当时真正的原因是什么。现在时过境迁，我想可以披露一些内幕了。

应该说，前女篮主帅是个有个人魅力的人，为人聪明正派，富有个性，在专业上有一定造诣，很会处理与队员、教练组的关系，与媒体的关系也很融洽，有不少优点。

雅典奥运会女篮失利以后，我除了对总局和媒体承担责任外，也下决心认真总结经验教训，同时对看准了的问题进行必要的干预，这是中心的职责所在。为此，篮管中心用了三个整天的时间专门总结女篮的问题。参加会议的不仅有国家女篮教练组全体成员、篮管中心中层以上干部，还有篮协顾问组成员和教练员代表，还专门听取了采访雅典奥运会记者的意见。总之，凡是与女篮有关的方方面面人士都出席了，目的就是帮助教练组查找问题，为搞好下一阶段的备战出谋划策。

总结会上一些老前辈指出了很多尖锐的问题，直指女篮的训练、恢复、用人、临场指挥方面的失误。有的同志说到动情之处，还流下了眼泪。中心归纳了大家的意见，要求教练组在今后的训练工作中改正。女篮主帅代表教练组也做了总结，谈到一些问题，但不是很深刻，与大家的期待还是有距离的。

会后，我、胡加时还和他开诚布公地谈了一次，主要意思就是希望他吸引教训，改变思路，更好地备战 2008 年奥运会。

经过短暂的休整，女篮又集训了两个月。在这两个月的训练中，我们没有看到教练组在训练方面有任何改变，却感觉到他们对中心的决定产生了抵触情绪，沟通变得困难了。

到确定 2005 年秦皇岛亚锦赛人员名单时，主教练的情绪爆发出来。当时隋菲菲和苗立杰已经确定要远赴美国WNBA打球，WNBA新赛季2005年5月开打，距6月的秦皇岛亚锦赛只有一个月的时间，为使她们能够在萨克拉门托郡主队站稳脚跟，我们决定不召她们归队参加亚锦赛。这个决定也是从备战2008年奥运会着眼，从培养锻炼年轻队员角度出发的，事先也与教练组有过沟通，他们没有表示异议。但到后来，主教练的态度变了，他说亚锦赛关系到国家荣誉，我们女篮不仅要赢韩国队，还要大比分赢，隋菲菲和苗立杰必须回来。这本来是内部的意见分歧，可以通过讨论统一思想，但在随后的一次记者通气会上，主教练公开表示，隋菲菲和苗立杰必须回来参加亚锦赛，“我们要用大比分的胜利来证明中国队的实力。”他把教练组与中心的矛盾公开化，对中心的意见置若罔闻，坚持我行我素。此外，当时在国家女篮的商业开发上也发生了一些问题，队伍实际上已经脱离了中心的领导和控制。

2005年1月一个星期天下午，我、王渡、胡加时三个中心主任，以及中心办公室主任李金生，在我办公室开了个主任办公会。会上把女篮存在的问题一一摆上了桌面，讨论了这么一个问题：照这么下去，2008年奥运会中国女篮还有没有希望？大家的意见非常一致：根本没有希望。长痛不如短痛，由此决定更换教练班子！

马赫走马上任

我一直相信冥冥之中存在着缘分，只不过，有些人错过了，有些人恰好抓住了。应该说，澳大利亚人汤姆·马赫就是个和中国篮球很有缘分的人。尽管之前他一直是以中国女篮对手的身份出现，但不管是马赫本人，还是作为篮管中心主任的我，其实都在互相打量对方，渴望有机会走到一起。

马赫的英文名字叫Tom Maher，翻译成中文有两种叫法，一种是“汤姆·梅尔”是通常的译法，有些媒体至今还在使用，我们感觉不是很准确，又不响亮；另一种是按直译叫“马儿”，这显然不合适。怎么办呢？马赫快到了，我们怎么着也要给他一个官方的称谓，统一一个叫法是很重要的。篮管中心的首席翻译是徐岚，她毕业于北京大学英语系，无论口译和笔译都是一流的，得到过很多外国朋友的赞誉。对于马赫的中文译法，她的意见是叫马赫，既接近英文原音，又比较上口，为慎重起见，她查阅了很多资料，也征询过专家意见，多数人支持她的译法，所以我们在马赫第一次与媒体见面时就正式使用了这个称谓。马赫到北京之后，我们也专门就此与他沟通过，得到他的赞同，所以，马赫的叫法就沿用至今，大家都接受了。之所以要解释一下，是因为有些细心的球迷朋友已经注意到这两者的不同。

在和马赫真正打交道之前，对他印象最深的还是雅典奥运会女篮小组赛上那次。他率领着一支以业余球员为主、集训时间不长的队伍，愣是把集训了四个多月的纯专业球员组成的中国女篮淘汰出局。而且马赫临场应变能力之强、控制局面水平之高，给我留下了深刻印象。第二次留下印象是在2004年10月24日，国际篮联社会发展部主任拉多维奇与国际篮联世界教练员委员会主席、南斯拉夫国家队主教练伊夫贾科维奇专程来京，与中国篮协会谈，探讨如何帮助中国队提高水平的问题。当时，拉多维奇推荐了两位澳大利亚教练，一位就是汤姆·马赫，另一位是女教练，在WNBA的一家俱乐部执教，2008年奥运会后她正式出任了澳大利亚国家女篮主教练。

事实上，在拉多维奇说出马赫的名字时，我有种不谋而合的认同感。

联系马赫再次被提上日程并被当成大事来办，是在2005年年初，中心领导班子下决心撤换前女篮主帅之后。

负责联系的还是徐岚。在费了几番周折后，徐岚打通了澳大利亚篮协一位专职干事的电话，那个胖胖的老太太听完徐岚的意图后，马上把马赫的电话给了我们。

就这样，中国篮协终于可以和汤姆·马赫直接对话了。

通电话的那天晚上，是一个重要的时间节点，如果再迟几天，担任中国女篮主教练职务的可能就是另外一个人了。当时马赫正好和朋友在酒吧里喝酒，而他已经与新西兰篮协谈妥了续约的条件，他将继续执教新西兰女篮直到2008年北京奥运会结束，正式签约的时间是在一周以后。情况很紧急，客套也就免了。负责通电话的徐岚开门见山直截了当地问马赫愿不愿意来中国执教，带领中国女篮打北京奥运会。马赫先是一惊，十分意外，随后便表现出浓厚的兴趣。他告诉徐岚给他几天时间考虑一下。

也就过了一两天时间，徐岚很快接到了马赫的电话。电话里，马赫明确表示对来华执教很感兴趣，并表示愿意来北京一趟，与中国篮协正式磋商。又过了一两天时间，我们把马赫请到了北京，当然，这件事是在十分秘密的情况下进行的。

最开始与马赫接触的是胡加时和匡鲁彬，他们当时就是中心具体负责国家队工作的同志。我的想法是先让他们出面，万一双方谈得不顺，或者中间有什么问题，我再出面还有回旋余地。

马赫在比赛中。图片来源：全体育图片社

没想到的是，谈判非常顺利。对于一个月一万美金的薪水，马赫非常痛快地答应了。要知道一万美金的月薪，对外教来说并不算高。马赫答应得如此痛快，有些出乎我们的意料。薪水定了，随即带他去看了训练局南公寓三室一厅的住房，还有包括总局篮球训练馆在内的种种硬件条件，马赫看了都很满意。

一切推进得快速且有序，在所有重要事项达成一致以后，我在幸福大街的“便宜坊烤鸭店”宴请了马赫。会面是从叙旧开始的。我告诉他，其实早在1998年世锦赛的时候，我就曾对他留下印象。那时候，他还是澳大利亚女篮的主教练。然后，澳大利亚队在他的手上从最开始输中国队几十分，到赢中国队三四十分，再到拿世界亚军。如此神奇的蜕变，不能不让人印象深刻。

而马赫在言谈中透露了他其实对执教中国女篮一事也心仪已久。他告诉我，雅典奥运会男篮决赛时，中国男女篮刚好坐在比赛馆篮下方的位置观看比赛，“我和我太太正好坐在你们上方的位置。当时我就指着中国女篮对我太太说，这就是将来我要执教的球队。”未成想这句戏言居然这么快就变成了现实。更让我没想到的是，马赫对中国女篮的了解程度远远超过我的想象，他居然带了一份数据给我，真实反映了中国女篮所有队员在雅典奥运会上的综合表现。而他得出的结论是，叶莉是中国女篮中攻防效率最高的一个，这也是后来叶莉因病被迫退役，马赫一直耿耿于怀、心有不甘的原因。

谈完中国女篮，马赫又跟我聊起了世界篮坛的发展趋势，目前篮坛的现状、各支球队的情况，马赫如数家珍，说得头头是道。我听着心里暗想，当初中国女篮在雅典奥运会上输给新西兰队绝非偶然。

最让我感动的是，在下决心来中国执教后，马赫主动告诉我，要把家人都带过来，太太，还有两个孩子。如果说他太太跟过来是可以理解的，两个孩子要重新适应新的生活环境，而且是完全不同以往的环境，这样的改变确实不容易。但马赫却认为这是理所当然的，是应该的。

那次交谈是我们第一次正式交谈，也是让我对他的人品、学识认可的开始。马赫与新西兰篮协正式了断的信息反馈回来后，中心申请更换中国女篮主教练的报告也递交到了总局。同时，和马赫的合同也开始起草，包括住房、工资、医疗、电话补贴等细节，也包括中心对他的要求和期望。不过，正好赶上总局新任局长刘鹏到任不久，这个报告上去之后迟迟未能得到批复。

刘鹏局长当时也有他的考虑，篮球在中国影响这么大，奥运会又在北京举行，中国男女篮的主教练如果都用老外，球迷们会怎么想？为这事，刘鹏专门把篮管中心领导班子成员都找了过去，要我们说明情况，并问我有没有其他的人选。当时，杨伯镛曾经推荐过李亚光，但我考虑到李亚光已经离开训练一线多年，现在再仓促上阵效果未必好。我就老实告诉刘鹏没有考虑到李亚光，并和中心班子一起详细汇报了我们请马赫来执教的初衷、经过，以及对这个人的评价。在我们的坚持下，刘鹏终于在报告上画了圈。

这个圈也标志着中国女篮正式进入外教时代，正式进入由马赫领衔的北京奥运会周期中国女篮教练组时代。

马赫的一封信

马赫是2005年3月中旬正式举家迁往北京的。因为东西太多，又是一家四口一个不落，马赫这次搬家，东西是用集装箱托运过来的，摆出了要安营扎寨大干一场的架势。

果然，到北京后，还没怎么收拾家，马赫就琢磨着想去联赛中看看队员的表现，还专门给中国女篮全体队员写了一封信，请翻译译成中文，说要等女篮集训时发给她们人手一份。看了信之后，我们能够清楚地了解到马赫带中国女篮的指导思想是什么，他的建队七条原则是什么，最重要的是，在随后的三年多时间里，这七条原则一直坚持着，也是用来要求队员的标准，且从未改变过。

以下就是这封信的内容。

亲爱的队员们：

我想对大家说的，也许不是新鲜的话题，但它是真理——从前是，现在是，以后也将会是。

我想对大家说的，是中国女篮的定位和成就卓越的准则。

我之所以说“准则”，而不是“规定”，是因为“规定”一词经常用来暗示来自外界的约束。与“规定”相反，我相信大家都会主动选择用正确适当的“准则”来自我要求和相互要求。因为我们渴望成功，并且也都已准备好为之付出努力。

事实上大家能成为女篮的一员就是最好的证明。我知道队中的每一位成员都希望自己是一个职业化的一流团队中的一分子。那么如下内容就是将其实现的必要发展方向和准则，就是大家获得个人成功和中国女篮成为优秀团队所必须具备的条件。

毋庸置疑，成功只能来自拼搏。而集体项目的成功，只能通过集体的努力，它包括努力工作和作出奉献，全身心投入和加倍付出。这样我们才能成功，这样我们才能以一个正确的精神面貌去代表队友们，代表家人和祖国去参加比赛。

球队定位

中国女篮队伍有自己的定位。它是取得成功不可分割的一部分，当然还要包括身体、运动、精神、情感四个方面的内容。

我们的定位不仅是我们通向成功的蓝图，也是我们自我评估的基础。因此，我们的队员要牢记它们并身体力行：

1. 中国女篮要成为有强健体魄的团队

作为一个基本准则，我要求队员的皮下脂肪测试值在大约80mm左右。队员必须要有强壮的身体去参与对抗，我们要测试力量等级。队员必须能在场上“奔跑起来”，我们要求折返跑体能测试的成绩不低于11分。

2. 中国女篮要成为具有顽强意志力的团队

毛泽东有句名言：万里长征从第一步开始。这就是对顽强意志力的要求。我希望大家永不放弃，不要给自己留退路。成功属于那些能把自己全身心地集中在关键时刻的人和做一件事就要把它做好的人，而不是那些纸上谈兵靠侥幸赚取成功的人。

3. 中国女篮要成为一支能面对逆境的团队

在不利的或不如我们所愿的情况下，我希望大家仍能沉住气，集中精力。当面对逆境时，沉着自信，并积极地进行自我调节和自我鼓励，把压力看成是挑战而不是威胁，把压力变成前进的动力。有一句格言：逆境能让人认清自己。因此逆境也是一个大发展的机遇。

4. 中国女篮要成为一支坚定自信的团队

成功的运动员勇于为自己的事业承担责任。她们应具备自我管理的能力，要成为自己的最重要的领队、教练、队医、心理医生和生理医生。她们接受挑战甚至主动出击。中国女篮需要这样的队员：她们对软弱说“不”，她们拥有真正的防守技巧。换言之，那些过于柔弱、娇气以至于无法和队友有效沟通或者无法在关键时刻作出决定的人是不合格的运动员。为了练就情感方面的自我控制技巧，我们必须学会通过自我暗示的方式进行积极的自我诱导，比如告诉自己这样的格言：冠军偏爱敢打硬仗的人。

最后，我要求大家意识到并且坚信我们一定能做到“与众不同”。

5. 中国女篮要成为一支技术全面的队伍

中国女篮需要能里能外的队员，能够低位单打自己对手的小个儿队员和能够从外线投篮或传球的大个队员。我希望我们所有的队员能够防住三分线附近或内线队员，我希望队员能够进行有效的、顽强的紧逼。毫无疑问，最重要的要求就是能够做到在场上“不停地跑动”。

6. 中国女篮要成为一支防守出众的队伍

中国著名的军事家孙子在两千多年前写道：“不可胜者，守也；可胜者，攻也。”我希望大家从体能和精神上要准备好去打真正的防守战。我要求大家具备对必备技能训练的自觉性和在比赛中始终保持规范的动作定型的习惯。好的防守队员会利用她们的想象力来预测换位或协防，来及时调整从而适应半场防守或全场防守中的不同情况。

我们防守的基本规则是：做一切你的对手不想让你做的事。

我们防守的目标就是：迫使对手只能在外线，并且在干扰下投篮。

7. 中国女篮要成为一支“团队主义者”的队伍

态度也可以像技术一样得到训练。我们的队伍必须由“团队主义者”而不是个人主义者组成。这样一支队伍的重要标志是：球员们互敬互爱、崇尚奉献，而没有求全责备、分帮结派的现象。嫉妒，目空一切，或者严于律人宽于律己的态度是中国女篮所不需要的。

领队、教练、队医、翻译、队友都是自己知心的朋友，信任和尊重他们，就是信任和尊重自己。

总体准则

做正确的事，竭尽全力为祖国争光。

一般准则

1. 实现球队的定位。
2. 做任何事情都准时。
3. 在比赛和训练的各个方面都要全力以赴。
4. 发展队友之间的良好关系。
5. 及时向队医报告伤病情况。

训练准则

1. 爱护我们的训练器材和装备。

2. 完美的训练才能有完美的比赛，没有捷径。

3. 当进行有记分的分组训练时，尽可能做到精准，不要开玩笑。

4. 锻炼自己的情绪控制能力。例如：控制你对裁判判罚的反应、对身体接触的反应等。

5. 运用自己的头脑，学会积极主动地聆听。

6. 鼓励队友，让她们知道你信任、支持她们。

7. 积极投入地训练和比赛。你越努力地训练，你的队友提高得越快。

8. 记住“训练”是一天里最重要的部分。时刻准备着以最饱满的热情，积极主动全力以赴地参加训练。

比赛准则

永远永远永远永远永远永远永远永远永远永远永远永远不要放弃！

团结就是力量！

汤姆·马赫（Tom Maher）

在信的最后，马赫一口气用了12个永远来表达他对永不放弃的理解和重视，这也是他执教三年多里，让中国女篮获益最多的准则之一。

这封信颇出乎我的意料，这是一份马赫的执教纲领，反映了他的专业知识和境界，更难能可贵的是他这封信中所确定的原则，一直贯穿了将近四年的全过程，并最终实现了中国女篮的蜕变。在我们的印象里，老外是不进行思想教育的，而马赫这封信的内容几乎和我们对运动员的要求如出一辙，这让我们感觉到，这个澳大利亚老头真是不同凡响！

执教从冲突开始

和尤纳斯刚来执教时不同，马赫与中国女篮几乎没有“蜜月期”，他在华执教的经历几乎就是从冲突开始的。

这里一是有对他的执教方式不太适应的缘故，更多的恐怕还是一种抵触情绪。中国女篮队里的那些老队员，全是前女篮主教练一手调教出来的，她们和前主帅有着很深的感情。在得知他要“下课”的消息后，陈楠就曾哭着说，是她们害了X指导。有这样的情结在先，对洋帅心生抵触也就难免了。

而且中国女篮队员也养成了一种习惯，那就是知道训练结束前教练肯定还要加练点强度大的练习，所以，她们习惯于在训练的前半段不倾尽全力，能偷懒的就偷偷懒，能对付的就对付过去。但在马赫的眼里是容不得这些的，在他看来，运动员到了训练场上就要百分之百投入，要让自己喜欢训练，而不是被迫训练，或者说不是练给教练看的。

马赫还有个习惯，如果这个队员是他特别看重的，认为特别有潜力的，他就会对你的训练有特别的要求，也会对这个队员要求更严格些，这让习惯了表扬声音的主力队员很有些受不了。一向大大咧咧的卞兰，因为总是被马赫批评防守不够积极，训练时常偷懒，曾在治疗室里跟队医抱怨道，再这么下去就干脆离开国家队回地方队算了。吉林队的后卫蒋旭也曾发过这样的牢骚：我练了20年的东西，你一句话难道我就全不对了吗？

中方教练要做些改变时会顾及到队员的情绪，会慢慢来，但老外不管这个，而且素来是有话直说，绝不拐弯抹角。一来二去的，就和几个老队员戗上了。

最明显的是陈楠。当时苗立杰和隋菲菲去 WNBA 打球了，陈楠是队长，又是球队的绝对核心，以前也是被教练宠惯着的。客观地讲，陈楠是个非常有天赋的队员，有身高、技术好，但她的腰一直有伤，几次大赛都是打到最后腰不行了。

在马赫眼里，陈楠是那种天赋异禀的球员。因为对她的期望值高，就特别希望能够改造她，把她的潜力挖掘出来，对她的要求也就特别高。那段时间，马赫对陈楠的训练很不满意，动不动就会出言批评，有时语气相当严厉。陈楠啥时候受过这种气，时间一长，不满自然就流露出来。他们的直接冲突是发生在一次队内教学比赛上。

那是一个周六的上午，在队内分组教学比赛中，马赫要求队员要讲究攻守平衡，退守要快，结果陈楠因为退守速度慢了，防守没到位，把人给漏了。马赫一看马上就把陈楠换下来了。这一换人不要紧，陈楠急了，下来后理都没理马赫就直接从场地边上走了。马赫冲她喊道："你过来!"但陈楠就是不过去，还有些摔摔打打的动作，弄得场面相当尴尬。这时，马赫就转头对领队白喜林说，这件事你要处理一下，以正视听。

按说队员这么不给教练面子，肯定会处理得比较狠，否则，会让教练很没有面子。教练组马上让陈楠去给马赫道歉，马赫则给陈楠讲了很多道理，告诉她："你要记住自己是队长，你要记住你对年轻队员的影响。你不用跟我道歉，你只要记住这些就够了。"白喜林也在私下和马赫交换了意见，意思就是你看你要采取什么样的方式来教育陈楠，在全队面前做检讨行不行？如果需要，停发训练费什么的都可以。毕竟此事影响太坏，我们都支持这些做法。结果，马赫一听马上就表示反对。他说："我的面子无所谓，你们处理此事不用考虑我的威信问题。"坚决拒绝了在全队面前做检讨和停训练费的做法，说陈楠只是个孩子，只要以后改进就行了，当时还用了父亲这样的字眼。最后的处理是，陈楠只是在教练组内部单独做了检讨。

这件事之后，马赫的大度也引起了队员们的好感，特别是一些老队员也开始渐渐试着接受马赫。

召不召回隋菲菲、苗立杰?

第二十一届亚洲女篮锦标赛定于 2005 年 6 月 19 日在秦皇岛进行，距马赫上任仅 50 多天。这届锦标赛是第二年世界女篮锦标赛的资格赛，获得本届锦标赛前三名的队伍都有资格参加世锦赛。

早在马赫来华执教前，我们就决定，不召回隋菲菲和苗立杰参加这届亚锦赛。当时苗立杰、隋菲菲刚刚登陆 WNBA，在美国面临的困难很大，前景并不乐观，应该给她们机会经受锻炼，争取在那里站稳脚跟。马赫知道此事后也表示同意，在他看来，从长远角度考虑，让两名优秀球员到高水平联赛中去锻炼是好事，应该支持，专门跑回来一趟打亚锦赛确实没必要，还不如把机会留给年轻队员。

我们综合考虑了备战 2008 年奥运会的任务，马赫刚刚上任、女篮队伍的新老交替以及本土作战等多种因素，准备在亚锦赛上"赌一把"，能拿到冠军更好，既培养锻炼了年轻球员，又是在两名绝对主力缺席的情况下取得冠军，可以大大增强队伍的信心；即便拿不下冠军，就当是为队伍成长付学费了，只要确保前三名，能取得2006年世锦赛的参赛资格就算完成任务，这应该没有大的问题。我对马赫说，你压力不要太大，就算亚锦赛成绩不好也没关系，只要能保证世锦赛的入场券就行了，马赫听了也很高兴。

但随着事态的发展，情况和想象的不是一回事了。首先，马赫上任后和队员的磨合并不顺利，关系一直没理顺，舆论方面的议论和反对之声也时而有之；其次，这届亚锦赛在自家门口举行，如果拿不了冠军，对外教的后续工作会有影响；最后，老对手韩国队对这次亚锦赛特别重视，专门召回了几名老队员，其中包括郑先珉和钱周媛，这两人一直被公认为是亚洲的顶级选手，就是希望报一箭之仇，夺回亚洲冠军。这支队伍的实力要高于雅典奥运会的那支韩国队。

可我们这边呢？陈楠、卞兰和马赫关系有点拧，还顶着呢。年轻队员虽然有冲动，但毕竟经验不足让我开始动摇。考虑是否把菲菲和苗苗召回来的原因，还有亚锦赛之前的那几场热身赛。

尽管我想着要给马赫时间，不能急功近利，但真到了比赛场上，还是希望队伍能够赢球，能够打得漂亮。当时，我们把中国台北队请过来打了四场热身赛，结果一场不如一场，特别是在深圳打的第三场比赛，紧紧巴巴也就赢了一两分，场面很紧张。卞兰状态不好，老是挨马赫的批评，陈楠和马赫又不对付，加上中国台北队也是雄心勃勃的样子，我的心里就开始嘀咕了。那天队伍要出发去秦皇岛打最后一场热身赛，我就问马赫，咱们要不要把隋菲菲和苗立杰叫回来，马赫没有给明确的答复，看来也有一点含糊了。

当天晚上，我辗转反侧，又分别给胡加时、匡鲁彬、徐岚打了电话，思想斗争了一夜，第二天一早，我就下决心，不叫了！我告诉马赫我的决定，马赫说，我也是这个意思。我就乐了，我说你昨天怎么不说呀，害我琢磨了一宿。

现在想来，还是很庆幸那天作出那样的决定，否则，不仅对菲菲和苗苗食言，也会让马赫失去一次按自己的方式改造队伍、证明自己的机会。

马赫通过小考

热身赛成绩不理想，菲菲和苗苗两员大将不在阵中，按常理，一般教练都会全力依靠队里的老队员，像陈楠、叶莉、任蕾等。但马赫恰恰相反，他要改造陈楠，要改变卞兰，要把机会留给一直在努力争取的年轻队员。他已经把眼光瞄准了三年后的北京奥运会。所以在这届亚锦赛小组赛上他一直用张晓妮担任首发中锋，而把陈楠放在替补席上，这对一直心高气傲的陈楠是一种“折磨”。

马赫有暴脾气的一面，但他不是刚愎自用、独断专行的教练，他会给队员发表自己看法的机会，在大家意见不同时，那就让事实说话。在他看来，表达事实的最好办法就是用数据、用录像、用铁一般客观存在的东西说话，这样，队员才能心服口服。

尽管没有显赫的运动生涯，但马赫对篮球的痴迷和钻研程度，恐非一般中国教练员能比。每次谈论起世界篮坛技战术的最新潮流，马赫总能说得头头是道，而且非常具体细致。像他说最新的技战术往往最早出现在NCAA而不是NBA。一旦出现新打法之后，各国教练很快就会应用到自己的实战中。他当时就提到了NCAA的两大变化，一个是高位挡拆，大个儿与小个儿队员的配合，形成掩护，小个儿空切，大个儿外围投三分；另一个就是低位配合，现在已经在各强队中使用。

对于这些变化，马赫不仅关注、研究，他还会运用到实战中，这就对队员的应变能力提出很高要求，矛盾也会随之而来。譬如，马赫会认为队员执行教练战术不到位，队员会认为教练战术有问题，那怎么办呢？马赫的方法就是拿事实说话。

当时，美国出了种软件，可以把比赛录像输入电脑中，然后分解编辑成片断，并作出很多数据统计，队员在场上的表现也就一目了然了。这种软件只能用在苹果电脑上，而这样一台机器需要五六万元。马赫提出来后，中心二话没说就想法子给他配上了。这机器在马赫手里也是物尽其用，他太太主动承担了编辑工作，帮马赫节省了不少时间。值得提一句的是，马赫的太太罗宾是澳大利亚女篮的标志性人物，曾经的女篮队长，是位在澳大利亚篮球界极受敬重的人物。

有了这台机器后，关于战术上的争论几乎就没有了。像在亚锦赛的前几场比赛中，队员对马赫设计的战术提出质疑，认为这么打打不出进攻机会，马赫就把录像剪辑的片段拿出来给大家看，原来是队员在执行战术时落位不对，移动时机过早造成的。一个典型的例子是张帆和张晓妮在配合中出现失误丢了球，但她们没有意识到是怎么回事，而慢放的录像中清晰地显示出是张帆起动早了，结果撞到张晓妮身上，导致后者丢了球，被对手打了反击。队员一看服了，哪儿出了纰漏自己也一清二楚。

就这样，马赫和他率领的年轻的中国女篮，第一次出现在重大的国际比赛中，而且还是在家门口。

小组赛首场比赛对阵中国台北队，赢得很艰苦，让我出了一身冷汗。几天前最后一场热身赛女篮刚刚赢了对方38分，姑娘们又开始大意了，结果被对手压着打，上半时45:54落后，下半时奋力追赶，到终场才追成90:90平，最后通过加时赛才以102:96险胜。运动队就是这样，往往认为没有问题时，问题就来了，正像马赫后来一再讲的一个道理：“低估一支球队，你就不能在场上把自己的体能和心理调动到最好水平，那你就麻烦了。”这场比赛张晓妮拿到全队最高的20分，叶莉拿下8分8个篮板。中国队三分球命中率只有29%，而对手的命中率超过60%。马赫分析说：“我们在比赛中暴露了防守差、外线进攻能力不强的弱点，这给我们敲响了警钟。”他同时又意味深长地说：“通过这样一场比赛，至少可以让运动员知道什么是错的，她们应该明白要按教练要求的去做。”（《京华时报》周磊）

次战打韩国队，中国队因为经验不足、防守不力、战术执行不到位等原因，被来势汹汹的韩国队以63:56赢了。由于只是小组赛，尚不影响最后的结果，所以，最终站在决赛场上的仍然是中国队和韩国队。

决战开始了。让我意想不到的是，马赫就像往常一样依旧用宋晓云、叶莉、张帆、张晓妮和任蕾担任首发，而陈楠依然坐在替补席上，而在比赛刚刚开场五六分钟后，他又开始使用车轮战术，换上不少新人，要知道这可是决赛啊！胡加时看到这种情况就在我耳边说，这要换成中方教练根本不敢这么用人。但这确实给年轻运动员以极大的激励，她们发挥得非常出色，让我们喜出望外。

这场冠军争夺战打得异常激烈。双方在前三节打得难解难分，韩国队依旧是依靠三分球这个法宝与中国队强大的内线抗衡。第三节比赛结束时两队战成54:54平，胜负只能在最后10分钟内见分晓。韩国队的边年河连续远投命中，中国队的任蕾和卞兰也同样在三分线外还以颜色，关键时刻还是亚洲第一中锋陈楠显示了巨大威力，她连续进攻得手使中国队取得了领先。最后几分钟双方的得分几乎均来自罚球，中国队没有再犯错误，笑到了最后。（《北京青年报》刘艾林）

《光明日报》特派记者孙海光这样报道："决赛前的5场比赛，马赫在内线一直起用张晓妮，而原先的绝对主力陈楠一直被留在板凳上。很多人对此不解，马赫在回答这个问题时也总是闪烁其词。直到决赛开始，大家才发现，马赫一直把陈楠留到了决赛。"

全场比赛陈楠在29分钟的上场时间内17投10中，罚球5罚5中，拿下了全场最高的25分和8个篮板，并在比赛的最后关头盖了姜志淑一个大帽。

其实，马赫对陈楠的使用是有深意的。他始终认为陈楠具有世界级中锋的潜质，但她的精神意志力不足。良好的运动天赋使她的成长过程很顺，以至于对自己要求不高，经常懈怠，导致她的发挥好一场坏一场，很不稳定。马赫就是要改造她，因此对她很苛刻，由此造成两人之间比较激烈的对立和矛盾。这次马赫是有意识地把她放到替补席上，让她明白自己的弱点，尝到了不被重视的滋味，终于激发了她的好胜欲望和斗志，打出了高水平的比赛。但这只是陈楠与马赫斗争的开始。韩国队主帅朴明洙赛后也主动谈起了陈楠："陈楠在半决赛前都没有太好的表现，这让我们有点疏忽大意了。我知道她是一名非常出色的球员，但我们今天没能防住她。"

最后的结果是，中国队如愿在没有菲菲和苗苗的情况下于本土捧得冠军。年轻队员得到了锻炼，陈楠、叶莉、任蕾、宋晓云则更坚定了信心。而马赫也通过了小考，获得了篮球界内外的认可。

那次，队员们把马赫举了起来，亚锦赛冠军也暂时封住了外界的批评。那是一段令马赫和我都很难忘的美好时光，殊不知，在那段短暂的美好背后，正在酝酿着一场强风暴。

斯杯男篮打架事件

2005年4月中国男篮开始集训，备战9月在卡塔尔多哈举行的第二十三届亚洲男篮锦标赛。这是尤纳斯作为中国男篮主教练迎来的第一场考试。就2008年北京奥运会周期来讲，亚锦赛算不上什么重要比赛，但它的意义在于是整个备战周期的起点，一切围绕着完成2008年奥运会任务出发，因此这届亚锦赛也被赋予了有别于以往亚锦赛的特殊意义。在男篮备战和参赛过程中也发生了一些值得记录的故事。2005年7月26日，首届斯坦科维奇杯洲际冠军赛在北京拉开帷幕。这个比赛是时任国际篮联主席程万琦先生一手策划组织的，中国篮协作为承办方主要负责赛事的支持与保障工作。由于中国男篮与世界强队交手的机会并不多，程万琦先生有能力请到高水平的球队，并得到国际篮联的批准，因此我们支持他每年搞一次这样的比赛。2005年他请来了阿根廷、立陶宛、安哥拉、澳大利亚和波多黎各5支球队。对我们来说，这当然是求之不得的练兵机会，尽管当时的立陶宛、阿根廷队是二队，但也实力不俗。姚明因伤缺席了这次比赛，这正好为其他人提供了锻炼机会。

中国男篮在首届斯杯上确实是一战成名，但成名的内容不是精彩的比赛，而是一次长达七八分钟的"恶战"。这是我亲身经历的唯一一次球场"群殴"事件，令人印象深刻。这也是中国男篮历史上第三次著名的打架事件。这件事情搞得很大，以至于第二年我到日本观看世界男篮锦标赛时，还在球场的大屏幕上看到这次打架的片断，这已被国际体育组织列为球场暴力的典型事件。

波多黎各队喜欢打架是出了名的。当天和波队交手时，男篮小伙子们发挥得很好，一直压着波多黎各队打。随着比赛临近结束，波队队员眼看翻盘无望，动作开始大起来。防守易建联的 4 号队员曼纽尔不断地挑衅易建联，不住地把手盖在阿联的脸上，影响他的视线，而裁判也没有干预。阿联是个脾气比较温和的小伙子，一直忍着没有发作。直到比赛结束前 1 分 28 秒，比分为 91∶80，中国队领先，易建联抢到一个后场篮板球，落地后受到对手的恶意侵犯，阿联已忍无可忍，推了对方一把，双方对峙起来，对方 4 号随即用比较规范的拳击动作打了阿联一拳。结果，双方队员一拥而上，场内立刻乱成一团。李楠本是去拉架的，但不明就里地挨了几拳，他立刻“英勇”地加入到打架队伍中。唐正东、莫科、杜锋、朱芳雨、王仕鹏各个都奋勇争先，双方互相追打，在首都体育馆宽阔的内场，沿着广告板展开了攻防，场面颇为壮观。观众早已被激怒了，纷纷往下扔矿泉水瓶子。现场的武警、保安没有思想准备，也缺乏经验，束手无措，场面完全失控了。只见波多黎各队员顶着椅子，防备不时飞来的矿泉水瓶子，在保安的护送下，狼狈地退入更衣室内，再不敢出来了。

在发生冲突的第一时间，尤纳斯立刻冲入场内，不顾自己的腰伤，抱住激动的中方队员，拼命地制止冲突的进一步扩大，对球员高喊：“回去，都回休息室!”他也受到对方教练员的挑衅，而他只是用语言交锋，没有出格的行动，显示出他的克制。姚明本来坐在球队席上观战，冲突发生后他显得很冷静，自始至终没有加入到冲突中去。

我和程万琦先生在主席台上亲眼见证了这一幕。程先生马上从座位上弹起来冲了下去，我赶紧招呼人去找保安。场面一时变得混乱不堪，这也是我第一次经历这样的场面。

2006. 8. 8 斯坦科维奇杯招待会，李元伟、程万琦看望中国男篮运动员

尽管斯坦科维奇杯赛不是国际篮联的正式比赛，但国际篮联的态度非常强硬，要按照规

则规定严肃处理参与打架的队员，还要追加处罚。如果这样的话，后果可就严重了。于是程万琦先生出面斡旋，做了大量工作，好在他当时还是国际篮联主席，他的意见也就被认可了。处理的结果是，判本场比赛结束，比赛结果有效，取消两个队的出场费和奖金，各自对队伍进行严格的约束和教育。

这是国际篮联的处理方式，中国篮协也得对公众有个交代吧。虽然是波多黎各队挑衅在先，且有打架传统，但毕竟咱们的队员也加入群殴了，10多个人打成一片，影响太恶劣。我找来篮协新闻发言人李金生，几个人统一了口径，当晚就召开了新闻发布会。李金生讲话说明了事实的经过和双方应负的责任，承诺对中国男篮进行严厉处罚和教育，保证今后不再出现类似事件。媒体都在现场见证了这一幕，看到中国篮协对事件的快速反应和诚意，因此给予了谅解和支持，大多做了客观的报道。

我没有想到的是，波多黎各队的队员在坐大巴返回香格里拉酒店的路上就开始又唱又笑，根本就没把打架当成一回事儿。一到酒店，他们的领队就找我方人员表态，说这是一个意外事件，不会影响我们的友谊，我们爱中国云云。本来我还担心他们吃了亏，会不会报复，球迷愤怒了会不会找他们算账，原打算给他们换一个酒店，未曾想他们居然如此简单地平息下来，仿佛对此早已司空见惯了。我真有点相信尤纳斯过去讲的，有些球队把打架当作比赛的一个手段，看来波多黎各队就是这样一支队伍。在第二年的世锦赛小组赛上，中国对波多黎各一战，姚明就因此吃了亏，证明尤纳斯的说法是对的。

处理完善后事情回到酒店已经是夜里12点多了，为了平息事态，安定队员情绪，不影响第二天的比赛，我当即召集男篮教练组会议。商量对策和处理办法。尤纳斯在会上讲的他对这次打架的看法明显与我们不同。他是从另外的一个角度谈的，让我觉得很新奇。他说，打架不是件好事，但如果在中国进行的比赛中发生了打架事件，中国队还吃了亏的话，那外人肯定认为你软弱，以后就会把你当软柿子捏了；到了国外的比赛场上更得寻衅滋事，那时中国队可就是人见人欺了，所以，既然打了，就得打赢。这是一个"老江湖"的经验之谈，我也受到一定的启发。

说实话，我不能纵容队员。这不是中国男篮第一次打架了，但也觉得老尤的话有他的道理。男篮运动员在这件事情上如此抱团，至少表明队内的团结和凝聚力。以前总说中国球员缺乏血性，这不就表现出来了？但问题在于中国球员有时分不清什么是真正的血性，什么时候该强硬。对方有意挑衅你该如何处理，要把血性用在什么地方，结论是要在规则允许的范围内，不能超出这个界限。当然国际篮球规则中明文规定，发生冲突时，替补队员是绝对不能冲进场内的，甚至站都不能站起来，而我们的运动员却冲进场地中去了，如果这是正式比赛，不仅这场比赛要被判负，而且还要取消卷入冲突的所有队员的比赛资格，后果是极其严重的。这都是因为对规则不了解，对运动员教育不够。设想一下，如果这事发生在下一年的世锦赛或三年后的奥运会上，后果就更不堪设想了。从这个角度讲，发生在斯杯赛中是一件好事，它提醒我们要高度重视，严加防范此类事件的再次发生。下一步要做的就是使运动员能够从思想上认识到打架斗殴的危害性，了解国际篮球规则的规定，分清强硬作风和打架的界限，真正吸取教训，从而杜绝类似事件的发生。

尽管没有来得及研究对队员的处罚，尽管通过国际篮联和当事双方的工作，男篮与波多黎各队的恩怨成功化解，在第二天赛场上见面时，双方队员相互握手击掌，赢得了观众的一片掌声，但这件事情还是影响了男篮对阿根廷队的比赛。第二天的比赛男篮输给阿根廷队20分，对此尤纳斯在赛后接受记者采访时说："我个人觉得我们表现不好的主要原因还是在于昨天的比赛。如果昨天没有发生最后的那些情况的话，也许今天的情况会有所不同。当然我们今天确实有很多问题。我并不是想把所有问题都归咎在打架这一个原因上，但是我想说这场比赛我们精力确实没有前两场集中。"他还说："打架当然是一件非常糟糕的事情。昨天晚上我们回去反复看了比赛的录像，很显然，我的队员在这方面很缺乏经验。当时比赛肯定是胜券在握了，还有1分29秒，他们对易建联犯规，并且我们还有11分的优势，所以我们还手是一件非常糟糕的事情。"这说明我们的队伍还很稚嫩，缺乏面对这类事件的经验，没经过大世面。而要做到这一点，不与各种类型的强队交手是学不到类似经验的。因此必须走出去，与强队多打比赛，经风雨、见世面，这也是我们后来大量增加国际比赛的原因之一。

斯坦科维奇杯赛结束之后，篮管中心专门召开了男篮斗殴专题总结会。会上，李楠、易建联带头做了深刻检讨。每一个队员都发了言，除了谈问题的根源之外，还就如何对待和处理对方的挑衅，如何看待血性和打架等问题谈了自己的看法。尤纳斯、阿的江和我都在会上发了言。会议是成功的，看得出这件事确实引起了运动员的重视和反思。会后我们立即向媒体公开了纪律处分和经济处罚结果，全队共罚款17.6万元，包括运动员、教练员和领队，创了历史最高纪录。

我们把处罚结果通报给媒体，媒体也很配合，向着中国队说话的还是占了大多数。为此，中国足协副主席薛立还曾跟李金生说，这要是换了男足发生这种事情，那媒体还不把我们给吃了？肯定第二天各报头条都得大肆批评。可发生在男篮身上，媒体怎么还向着你们说话呀？李金生开玩笑说，我们和媒体是朋友，这个时候不帮朋友帮谁呀。

当然，这事儿并没有这样就了了。国家体育总局局长刘鹏当时正在中国台湾访问，在当地电视台看到了这条滚动播出的新闻和打架的场面后，非常恼火，立即打电话回来过问此事。等刘鹏从台湾回京后，对我们的报告不满意，专门批示要追究篮管中心的责任。幸亏事发当晚我们就给总局办公厅报告了此事，肖天副局长还参与了善后处理工作，否则后果可能更严重。我们只好重新起草报告，作出检讨，保证今后严密防范、杜绝类似事件的发生，并承诺如果以后再出此类事情，中心也要受到严厉处罚，这才算平息了此事。

在那之后，中国男女篮再没发生过类似事件。通过这件事，我们也意识到遇事一定要在第一时间告诉媒体，大家坦诚相待肯定有助于相互理解和支持。尤纳斯对此意识很强，他也非常清楚地告诫队员，如果此事发生在国际大赛上，肯定不会如此轻易逃过处罚。

就这样，我们等于把坏事变成了好事。

王仕鹏、孙悦入选

从2005年起已经进入2008奥运会周期，尤纳斯的选人已经从未来需要的角度考虑了。国家队集训开始前，篮管中心就列出了30多人的候选名单，正式集训就有18个人。在最终确定了12名亚锦赛正选名单中有两个入选者值得一提。一个是王仕鹏，另一个是孙悦。

那是王仕鹏第一次入选国家集训队，之前他在CBA联赛中才打了一个赛季，已崭露头角，技术全面，攻击能力比较强。来到集训队后，尽管他训练刻苦，但缺乏经验，防守很差，对老尤技战术打法及要求适应得慢，进步不明显，表现平平，基本算是集训队的一个边缘球员。在斯坦科维奇杯前，上场机会不是很多，教练组已经有送他回俱乐部的打算。但在打斯坦科维奇杯赛时，他开始表现出自己的特点和能力，技术全面、灵活性好、比较自信、有攻击能力、善于突破，偶尔可以看到他把投篮和突破技术结合运用得十分顺畅的片段，引起尤纳斯的注意，并争取到一定的上场机会。斯杯结束后男篮即赴澳大利亚参加了两站四国赛，第一站在佩斯，第二站在悉尼，参赛的队伍有澳大利亚、新西兰、立陶宛二队和中国队。这两站比赛，中国男篮都输得很惨。我去看了第二站的比赛，当时看到队伍连续输球，心情很不舒畅。四国赛结束以后，就要确定亚锦赛名单了。在离开悉尼前的一个晚上，教练组在唐人街的一家中餐馆吃饭，中间就议论了一下亚锦赛名单的问题。每每到这个时候就是在两难中间的选择。当时讨论的焦点就是王仕鹏和王博二选一的问题。说起王博，篮球爱好者都比较熟悉，他身高 2. 02 米，来自吉林东北虎俱乐部，被称为“虎王”孙军的接班人，身体素质好、技术全面、特点突出，尤其是篮球意识，他的跑位和空切都是目前联赛中最出色的，而且防守也很好，这些都是队伍所需要的。但王博有一个明显的弱点，就是投篮手法不好，命中率不高。此前，王博已有两次入选国家集训队的经历，但每次都没能进入正式名单。那天，听取了其他人的意见后，尤纳斯问我怎么看，我想了一下说，就目前场上的作用来讲，王博应该全面一些，但从发展潜力和特点鲜明的角度讲，王仕鹏更合适，从 2008 年的需要讲，我赞成带王仕鹏去。尤纳斯一听就说，你的看法与我不谋而合。最终是王仕鹏搭上了亚锦赛的末班车，从此也为中国男篮队伍中增添了一把锋线上的“尖刀”。这次机会也大大增强了王仕鹏的信心，从此他进步飞快，两个月后他就出现在中国男篮的首发阵容中了。尤纳斯曾这样评价王仕鹏：“王仕鹏在本次亚锦赛上对球队的贡献很大，他的表现合乎我的预计，他没经验但速度很快，具备投篮能力，他还可以进一步提高，能胜任二号位。”王博确实非常可惜，他十分优秀，但有明显弱点，作为国家队队员来讲，是不能有明显“短板”的。

至于孙悦，前期的奥神风波已经把他炒得名气很大，但我和尤纳斯只是听说，没有看过他的比赛。2005 年 6 月 4 日至 8 日，第十届全运会篮球预赛在烟台市举行，参加这个赛区的有北京、辽宁、吉林、河北、四川、中国香港 6 支队伍，争夺两个晋级决赛的名额，第三名还有一次参加附加赛的机会。当时的河北队是以奥神队的班底组建的，我和尤纳斯专程去烟台看了比赛，那是我们第一次看到孙悦在场上打球。他 2. 05 米的身高，臂长，身体瘦削，脚步灵活，尤其是弹跳出众，常常能够表演出高难度的精彩扣篮，使人印象深刻。尤纳斯非常专注地考察孙悦的表现，很欣赏他的运动天赋，显然 2. 05 米的控球后卫是十分难得的，作为富有经验的教练，自然对他身上的毛病也一清二楚。显然老尤是看上孙悦了，鉴于国家队缺失控球后卫的现状，他非常希望召孙悦入队，加以改造与培养。老尤的要求使我们有些为难，因为刚刚处罚了奥神俱乐部，这时再找他们要人是有难度的。我们一再给他说明情况，但他就是不理解，一再强调孙悦对于 2008 年的重要性。于是我们就尝试与奥神俱乐部接触，尽力促成此事。好在在奥神俱乐部参加美国 ABA 联赛的电视转播问题上我们采取了合作的态度，更重要的是能进国家队是奥神运动员的追求，也是李苏的希望，因此他们最终答应放人了。这件事为最终解决篮协与奥神的分歧奠定了基础，也为孙悦在北京奥运会上的良好表现创造了机会。

开局遭受质疑

早在备战雅典奥运会期间，尤纳斯就给我们讲过一个关于运动队状态的观点。他说，运动队去参加一个大赛，最佳状态该出现在什么时候是有讲究的。如果中国男篮是参加亚洲比赛的话，那么最好的状态一定要留到最后的半决赛、决赛。因为中国队是一支强队，即便在小组赛上有所闪失，后面还会有机会；如果是参加世锦赛、奥运会，那一开始就得表现出最好状态，因为小组赛的成绩将决定你们可以走多远。这个问题之所以重要，是因为这与赛前训练的强度、密度有关。听到他的这种说法，解开了之前困扰我的一个疑团：在足球世界杯和篮球世锦赛中，往往可以看到一个球队在小组赛上表现平平，甚至可以说是跌跌撞撞地出线，而后则越打越好，最后进入决赛，而在小组赛中表现神勇的球队却意外地早早出局，这里除了实力、运气因素之外，赛前安排恐怕也是一个原因。当然道理好说，能否掌握得恰到好处，其中学问可就大了。

所以，尤纳斯的意思就是这次打亚锦赛，头两场你别指望打得特别好，他这是给我打预防针呢。临出发前两天，尤纳斯的力量训练强度依然很大，看到我有疑惑，他就跟我说，一开始状态不会太好，有可能会失手，但我们肯定能打进决赛，你放心。

因为要处理中心事务，我没有随队伍出发，是胡加时带队走的。头两场比赛我在北京看的电视转播。小组赛第一场对伊朗，果然如尤纳斯所言，中国队打得拘谨，失误频频，明显不在状态，首节 14:15 输 1 分，上半时结束 32:35 输 3 分，尽管最终以 76:61 战胜伊朗队，但媒体中已经开始出现质疑的声音。第二场对哈萨克斯坦以 85:52 大胜，却被媒体形容为赢得“踉踉跄跄”，冠以“亚锦赛连胜场面难看”的标题。第三场对日本队之前，我已经赶到多哈，我到比赛场地找到尤纳斯对他说：“对日本队一场球，在中国球迷心中可不是一场简单的比赛，所以一定要打好，要赢得漂亮。”尤纳斯连说了两次“我知道”。结果，打日本队的时候，队伍的状态开始显现出来了，赢得很轻松。

打韩国创新纪录

接下来半决赛轮到打韩国队了。中韩之间的比赛历来是人们关注的焦点，尽管中国男篮的胜率占压倒性优势，但一旦有所闪失，那可是不得了的大事。鉴于 2002 年亚运会失利，2003 年亚锦赛赢得惊心动魄，因此我们对中韩之战高度重视，媒体也不失时机地加以渲染。我还是在集训时就不断提醒尤纳斯要准备与韩国队的比赛，临行之前一再嘱咐他千万不要掉以轻心，作为领队的胡加时更是不停地跟老尤强调，把老尤给弄烦了，他不解地说：“我就不明白，你们为什么这么担心韩国队？”他哪里知道对韩国队比赛在球迷心目中的分量。烦归烦，但职业教练就是这点好，尽管韩国这帮运动员在他眼里根本不值一提，但该准备的还是会认真准备，而且他把韩国队的比赛录像研究得非常细，半决赛的前一天教练组准备这场比赛共用了五个小时，一直到夜里两点，从攻防两端都进行了充分的准备，尤其对防守提出了独到的要求。

比赛开始后，中国男篮完全压制住对手，那场比赛创下了 3 个纪录——93:49 赢了韩国队 44 分；全场比赛只让韩国队投中 5 个三分球；第三节只让韩国队得了 2 分，算是彻底把韩国队打垮了。从那之后，中国男篮不仅确立了在亚洲的霸主地位，也与韩国队拉开了档次。也就在这战之后，不管是韩国队还是中国队都确认了一件事，那就是韩国队不会再对中国队构成威胁。用姚明的话说："这是中国队历史上打韩国队最漂亮的一场比赛，还有谁能让韩国队一节比赛只得到2分？我想美国队来了也不一定。"

这场比赛也让韩国男篮主教练遭遇一个尴尬。徐济成写的报道说："在小组赛期间，中国队正处于调整期，表现不怎么好。韩国队主教练田昌镇评价说，中国有许多好教练，并没有看出尤纳斯有多好。今天的比赛，可以说尤纳斯用事实给田昌镇上了一课，让他见识了'亚洲级'教练和'世界级'教练的区别。"

中黎之战尽显姚明霸气

接下来对黎巴嫩队的比赛发生了一件事，反映了姚明的霸气。应该说，对黎巴嫩一场，男篮打得并不顺利，可能对黎巴嫩队估计不足，他们给中国队造成了一定的麻烦。比分交替上升，比赛呈胶着状态。客观地讲，黎巴嫩队还是很有战斗力的，较以前有不小的进步，比我的估计要强不少。在第二节比赛还剩5分59秒时，对方15号球员哈蒂布上篮时动作很大，用肘击中姚明的下巴，姚明顿时出了不少鲜血，而裁判员却没有反应。姚明发怒了，只见他大步走向记录台，将捂着下巴沾满鲜血的大手在记录台上一抹，就下场了，显然姚明的动作给了对手和临场裁判员以极大的震慑。从这以后，黎巴嫩队的比赛就一泻千里，失去了抵抗意志，中国男篮以87:73拿下了对手。姚明在缝了4针后回到比赛中，由于缝合得不完整，中国队队医第二天又给姚明补缝了两针。我在主席台上见证了这一幕，看到姚明的变化，很感慨。姚明经过几年NBA的锻炼，已经显示出很大的变化，他在某种程度上已经摆脱了传统中国文化的影响，越来越外向，敢于直接表达自己的愤怒和不满，表现出一定的统治力和霸气，更像一个斗士。这是NBA文化的反映，符合现代篮球竞争的需要，也正是这一代中国运动员所欠缺的东西。外教在对中国男篮的改造上也首先着眼于这一点，也见到了一些成效。

鉴于中、外方教练组已经产生了一些分歧和矛盾，因此在与黎巴嫩队决赛后，我专门把姚明从更衣室里叫出来，听听他对尤纳斯的看法。姚明听完我的意思后，很坚决地告诉我，中国男篮就需要这样的教练。姚明毕竟是跟着NBA高水平教练打了几年球的，他的意见对坚定我的信心很重要。也就在那天之后，我坚定了使用尤纳斯的决心。

姚明在总结本次亚锦赛的时候并没有说自己的表现如何，反而说中国队更应该放眼未来，放眼世界，他对一个记者说，如果中国队仅仅盯着韩国队和其他亚洲球队的话，那么中国队的下场就会是今天的韩国队。到那个时候真是非常恐怖。

这话讲得很有道理，现在是中国男篮放眼世界的时候了。

第十二章

沉沦：2006 年世界锦标赛

2006 年有两个重要比赛，一个是世界锦标赛，一个是亚运会，这一年自然成为衡量外教水平的时间节点。这两个比赛不在一个等级，但对外教而言，却是两次迥然不同的经历和结果，前者是沉沦，而后者则为救赎。

世锦赛是我重点考察外教能否带领中国队在 2008 年奥运会取得佳绩的机会。面对外界和国家体育总局的质疑，我也一度表现出疑虑：外教能否在中国这样的环境中生存并取得成功?对于尤纳斯和马赫而言，世锦赛是一次重要的检验，对于我同样是这样，不同之处在于我事先清楚地知道这一点，而他们却不十分清楚，因此我比他们有着更大的压力。

尤纳斯“九问风波”

尤纳斯在中国执教四年有过不少新闻，他的“九问”无疑是其中最著名的一条。

2006 年 6 月 26 日，中国男篮在安科纳打响了赴欧洲拉练的第一场比赛。对手是意大利队，中国队输了 5 分。这场比赛算是此次历时一个多月的拉练中打得还算不错的一场，接下来只要碰上西班牙、法国、立陶宛这样的欧洲强队，中国队都会输得很惨，更要命的是这些队伍往往人员不整，有的仅是二队，这更让好面子的老尤觉得很丢脸。

绰号“尤大炮”的尤纳斯，有不高兴的事情当然不会隐忍不发。果不其然，7 月 26 日，也就是中国男篮在欧洲打完第九场热身赛之后，他爆发了。那时我正在西藏林芝参加中国篮协和青基会援建希望小学的活动，看到那么多孩子高高兴兴地等着上学心里还是蛮兴奋的。下午 3 点多，我的电话开始响起，在那之后就几乎没停过，内容全都一样，就是问我对《尤纳斯九问中国篮球》有什么看法。

我一听很诧异，一头雾水，赶紧找了个网吧，上网一看才知道，原来是随中国男篮赴欧洲采访的《体坛周报》记者易晓荷发的稿子，借尤纳斯的口向中国篮球抛出九问，而且言辞激烈，连一丁点儿的回旋余地都没有。

本来主教练发发牢骚也没什么不正常的，但看着老尤给出的这 9 个问号我就知道尤纳斯闯祸了。

第一问，你说他们为什么会疲惫得这么快?!

赛前两个月中国男篮加强了体能训练，又经过一段时间的调整，但出征法国的中国男篮体能再度出现问题，这让尤纳斯百思不得其解。

第二问，为什么他们总是不够快，总是在犹豫？总是在不断地失误、犯错？

第三问，为什么他们总是那么软，总是扛不住？

第四问，为什么他们的坏习惯总是改不了？

许多东西，我希望主教练说一遍就行了。可是几乎每个问题我都说上100遍，他们还听不进去，为什么？

第五问，为什么CBA联赛的水平至今无法提高？

中国国家队和俱乐部水平一个在天上，一个在地下。不像欧洲球队，他们俱乐部和国家队的水平几近相等。

这是一个被尤纳斯提出过上百遍的问题。当CBA联赛水平远远低于国家队的训练与比赛水平时，尤纳斯惊讶地发现，他的那些爱将每次返回俱乐部水平都要下降一大截，当球员回到国家队后尤纳斯不得不花很长时间来让他们恢复原来的状态。

第六问，为什么我要的球员，我要考察的球员不能来？

现在我们的1号位和2号位都有问题，我需要四个组织后卫，可我喜欢的年轻球员（解立彬、陈江华）却来不了。不要给我找那么多借口，如果在别的国家，主教练一声令下，一天就能把签证办下来。

第七问，如果一位球员表现不好，你们会如实地反映在报纸上吗？

在欧洲如果一个球员打得不好，我们都会直截了当地对他说，嘿，你防守太差了，你进攻不够好！让我很奇怪的是，中国的媒体也好，篮协也好，对球员都过于溺爱。这样下去，这位球员就得不到进步。

第八问，为什么姚明不在，我们就打得没有自信？

中国球员可不可以在姚明不在的时候也告诉自己，我是最好的，我可以做到？

第九问，为什么球员们对每一种打法都要不断地问我？

是的，我是主教练，但我每次说话，还得经过翻译，如果每次都得我去让你们应变，那场上局势早就发生了变化。作为队员，自己也应该有一定的判断能力和应变能力啊！

“九问”一出，大家都睁大眼睛看着篮协官方的态度：继续下达“封口令”？向老尤提出反击？与老尤进行沟通？很多人认为篮协颜面无存，会有大动作出现，更有好戏登场。

我想了想，给中心打了一个电话做了布置，嘱咐他们和前方的胡加时联系，详细了解情况后，尽快由匡鲁彬、徐岚出面召开一个新闻通气会，正面答复。然后我接受了随行的《中国体育报》记者杜婕的采访，做了一个简单的回应。

第一，确定“九问”性质，作为主教练提出一些问题很正常；第二，承认中国篮球及队员的能力和水平与欧洲队伍的差距，要通过比赛提高、逐渐解决问题；第三，任何比赛和训练中出现的问题，都要以积极的态度来解决，不讳疾忌医；第四，与尤纳斯合同不会改变，不能因为他提出了问题，就把问题延伸到其他方面去。

这样，算是稳定了队伍和舆论导向。

其实，后来据我了解的情况，这“九问”也并非尤纳斯原话，而是他在极度郁闷的情绪下与随队采访的《体坛周报》记者易晓荷聊天时发了些牢骚，被记者将原话东拼西凑，总结成了“九问”。

但不管怎么样，这“九问”确实是尤纳斯当时的心里话，但记者把它公开以后，实际上就把尤纳斯摆到整个中国篮球界的对立面上去了，使得舆论对他相当不利。再加上男篮欧洲拉练10负3胜的糟糕成绩，媒体上也形成了一股“倒尤”风，国内一些篮球名宿，像钱澄海、张卫平、胡卫东等人也纷纷发表评论，对尤纳斯进行批评。当时正值联赛“被”压缩时期，8月在南京召开的联赛委员会会议上，CBA俱乐部的老总们旗帜鲜明地一起向老尤发难，认为他水平不行，不适合带中国男篮，希望换人。

这个时候我没认为老尤的“九问”是个多么大的问题，但舆论环境如此恶劣，也让我心里有点犯愁。即便是这样，我还是认为老尤是中国男篮主教练的合适人选。

世锦赛的艰难开局

2006年8月19日，第十五届世界男篮锦标赛D组赛在日本札幌打响。本届世锦赛，中国男篮背负着巨大的压力，这种压力来自三个方面：第一是国家体育总局对运动成绩的要求，尤其对2008年北京奥运会成绩的期待。成者王侯败者寇，历来是体育界公认的业绩标准。第二是来自篮球界，这是尤纳斯率队打的第一个大赛，大家都拭目以待，如果成绩不理想，势必会对他的执教能力产生疑问，更进一步则是对聘请外教方略是否正确的质疑，这已有征兆，关于尤纳斯和我“下课”的呼声已时有耳闻。第三来自球迷和媒体，王治郅回归后，加上姚明的成长，球迷心中对本届世锦赛中国男篮的成绩产生了不切实际的期望值。一位著名足球记者曾写道：2.16米的王治郅+2.26米的姚明=世界前四。因此，尽管我们强调要哀兵出征，保持低调，但架不住媒体、球迷的压倒性心理定势。

当时实际情况确实也无法乐观，姚明在世锦赛前做了脚部手术，一直没能和队伍磨合，而王治郅在访欧比赛中伤了膝关节，训练中断了一个多月。他们直到斯坦科维奇杯赛的第二场才开始上场，而那时距离队伍出发仅剩四天。因此临去日本前伤病满营，真有点哀兵的味道，而媒体、球迷可不管那么多。

8月19日，中国队世锦赛小组赛第一场对阵意大利队，赛前人们普遍沉浸在一派乐观的气氛中，但结果事与愿违，中国男篮输了15分。比赛的过程是双方僵持了两节半，到第三节剩3分30秒时比分是50:50，之后由于体能下降，中国队防守出现了问题，意大利队的三分球开始发威，在短短的几分钟内7投5中，比分被改为56:67，比分被迅速拉开了。整场比赛对方三分球25投13中，而我方的外线全体哑火，主要靠姚明一人得分，朱芳雨、王仕鹏是队内的主要得分手，但表现得缩手缩脚。王仕鹏是第一次参加这样的大赛，显得紧张，情有可原。可朱芳雨已经参加过若干次大赛了，按道理不应该有这样的问题，但刚开场时他就投了一个“三不粘”，之后又有两次掷界外球时，掷到对方队员手上，幸亏出界，没有造成失误，特别是第三节比分咬得很紧的时候，对手的5号球员一跑起来，朱芳雨的防守总差半步，让这个5号连续投了四五个三分球，最后，中国男篮以69:84败北。

第二场打美国队，输球是意料之中的。第三场对波多黎各队一仗是公认的生死战，然而又输了，这是一个糟糕的结果，不仅出线的机会渺茫，连再战的士气都受到影响，而这一点是我们最为担心的。波多黎各球员打球“脏”是出了名的，他们知道姚明是中国男篮的核心球员，所以，比赛一开始，就有个球员专门向姚明寻衅，动不动就拿脑袋顶姚明。姚明也不示弱，双方你来我往，结果临场裁判员判了个双方犯规，不到比赛结束姚明就5次犯规被罚下去了。波多黎各队一看机会来了，发起了反攻，在比赛还剩下一分钟时，在我方领先2分的有利情况下，我们出现了3次失误，朱芳雨无球跑动时推人犯规，杜锋弄了个运球走步，还剩20秒时，易建联抢到后场篮板球却被对方捅掉，让对方抢走将比分扳平。比赛进入到加时赛，没有姚明的中国男篮最终以3分惜败波多黎各队。客观地讲，这场球我们有赢的机会，但最终还是输在比赛经验和关键球的处理上。

在输了两场球之后，面对媒体的质疑和中国同行的不满，我与尤纳斯有过一次谈话。谈话的目的是综合大家意见，听听他的解释并给他一些建议。结果我发觉对于许多问题，他早有答案。比如：在与意大利比赛时大家质疑最多的是防守阵型变化和人员使用问题。为什么对方是以外线进攻为主的球队，我队还要使用联防？对此尤纳斯说，在对方频繁采用挡拆配合给投手创造机会时，由于我方队员跟不上去，只能用换人的办法来解决，多次换人实际上就是联防的内容了。对于外线进攻强的球队，不能采用联防战术是天大的笑话。我们的联防之所以给对手以可乘之机，是由于我们不止一个队员犯了错误，该补的不补，不该补的乱补。事后重放的比赛录像证实了这一点。关于人员使用方面，他详细地分析了杜锋、孙悦、张庆鹏、陈江华的特点、弱点和作用，讲出对他们使用的利弊。我认为他的分析很有道理。

小组赛连输三场，要想出线，剩下的两场比赛必须得全部拿下，否则就得打包回家。当时媒体一片声讨，球迷发帖子指责，更为严重的是中、外教练之间的矛盾爆发了。

这个时期教练组的人员配备存在问题，在平时的磨合中也发生过矛盾，关系不是很融洽，平常的交流很少。现在球输了之后，沟通起来就更困难了，中外双方各干各的，吃饭、看球都不在一起，俨然成了两个集团。在一个教练班子里，有意见分歧是正常的，但如果发展到连正常的意见交流都无法做到的时候，问题就严重了。再加上国内的批评声音越来越大，我真有些“山雨欲来风满楼”的感觉。

就在这个时候，《篮球先锋报》的杨毅采访我，问我对男篮的输球怎么看。因为在此之前的热身赛中，男篮在对阵欧美队时输掉了太多比赛，我回答说，我认为输得还不够，可能还会输掉更多比赛！说得杨毅一愣，他没想到我会这样讲。是的，这确实是我的真实想法。我清楚地知道，在中国篮球向世界水平冲击时，输球是不可避免的，这是队伍成长必须付出的代价，因为我们不是世界强队，我们不能指望国家队不经挫折，一夜之间就能位居世界前列，需要有一个进步、提升、积累的过程。在这个过程中，可以说失败是不可避免的，为此我做好了充分的思想准备。杨毅接着问我如果球队小组不能出线会不会换教练。我当时斩钉截铁地告诉他：“只要我还在这个位置上，老尤就不能走！”说完这句话我就没退路了，把我的前途和尤纳斯的命运紧紧地连在了一起。我的想法很明确，到了这个关口，我不挺他，谁挺他？如果我的态度再含含糊糊，模棱两可，“倒尤”的声音会更大。大战当前，内部先打起仗来，作为中心主任再没个明确态度，不仅外教无法工作，而且队伍也有失控的危险！正因为如此，我才说出了这句狠话。当然说这个话不光凭意气，我在输球的过程中确实看到了男篮的进步，三场比赛一场比一场打得好，与对手的差距在缩小，看到了未来的希望。

当时我们的形势已经相当危急。第四场对阵塞内加尔队是一场我们输不起的比赛。塞内加尔是非洲亚军，具有相当的实力，黑人运动员所具有的运动天赋在他们身上表现得十分突出，他们能跑善跳，个人实战能力和拼抢篮板球的能力很强。这场球如果输了，不仅小组出线无望，而且将极大地打击球员的信心，对斯洛文尼亚的球将更不好打，那么最终的结果可能是中国男篮五战皆输，背个零蛋回去，创造一个最差战绩纪录。这种可能性不是没有，我可谓如临深渊，如履薄冰。好在这一场比赛在全体队员的奋力拼搏下，有惊无险地拿下来了，尽管比赛很紧张，前三节对方一直压着我们打，到第四节我们才将比分拉开，最终100:83，我才松了一口气。这场比赛王治郅打得不错，得了19分，抢了9个篮板球，特别是比赛结束前连续命中两个三分球，彻底打垮了对手的信心，这是他出征世锦赛以来表现最突出的一场球。这场胜利缓解了我们的压力，也为次日与斯洛文尼亚队一搏创造了条件。

王仕鹏惊艳一投

在中国队的比赛中，关键时刻的绝杀不多见，在世界大赛的关键场次中更不多见，而这次世锦赛王仕鹏的那一投全赶上了，那是可以载入中国篮球史册的一次绝妙的投篮。

2006年8月24日的札幌，天气和往常一样，路上的行人也像往常那样行色匆匆，但这一天却是关系到中国男篮命运的一天。有些人在这一天成为英雄，有些人在这一天重获新生，还有些人在这一天毫不掩饰地流露出自己的失望。

事实上，在这一天到来之前，谁也没想到王仕鹏会成为中国男篮的英雄，更没想到中国男篮会上演惊天逆转，不过巧合的是，就在比赛的前一天，我还曾开玩笑地说能赢斯洛文尼亚一分就行。

23日晚上，国际篮联主席程万琦先生请我和徐岚吃饭，到场的还有斯洛文尼亚的篮协主席。这个身体匀称、梳着背头的家伙文质彬彬，说话很友善，席间他说自己很喜欢中国，希望斯洛文尼亚能够和中国队携手出线。我一听立刻说，那你们可得输给我们一分！此前我已经算过了，中国、斯洛文尼亚积分相等，谁胜谁出线。当时我只是一句戏言，并没当真。斯洛文尼亚是2005年欧锦赛第六，队内有5个NBA球员，实力公认在我们之上，要赢他们可没那么容易。然后，我告诉程万琦先生，我这个人运气挺不错的，“你看亚洲比赛我一个没丢过，雅典男篮绝处逢生进了八强，大运会女篮也拿了冠军，但现在感觉运气似乎正在离我而去。”程先生说了一句：“吉人自有天相，顺其自然吧。”

比赛开始了，和之前想象的一样，实力略胜一筹的斯洛文尼亚队一直压着我们打，比分胶着。第四节中间我们一度落后7分左右，就在这时，尤纳斯换大郅上场，他一上来就连跑带投，得了5分。朱芳雨也有如神助，关键时刻投了个三分。这个三分球也很有意思，那时正好轮到我们掷前场界外球，本来这一回合的剩余时间还应该有十一二秒钟，但记录台搞错了说只剩3秒，结果朱芳雨接到球二话不说就投了出去，居然进了，而在那之前，朱芳雨只得了可怜的两分。如此一来，两队比分差距缩小到一分。我想，如果正常打，朱芳雨的这个三分球不知能不能投进？

最后，轮到斯洛文尼亚队进攻，中国队防守犯规，对方两次罚球，此时离终场只剩下5.8秒。我坐在主席台上内心没有放弃希望，用坚定的口吻对身边的徐岚说，两罚中一！果然被我言中，可能因为紧张的缘故，对方第一个球没罚进，第二个进了，75:77对方领先。

就剩下不到6秒钟，在没有暂停的情况下，要想组织一次有效的进攻几乎是不可能的。只见此时，刘炜发底线球，王仕鹏接到球后随即箭一般地运球向前场冲去，在距球篮 8 米左右的地方高高跃起出手投篮，球在空中划了一条漂亮的弧线飞向篮筐，随即只见白色的球网一翻。中了？我不敢相信自己的眼睛，转眼一看徐岚已经冲到主席台前的栏杆处大声欢呼，看到场上全体队员拥抱在一起，看到眼前一片混乱的景象。这时我才确信：这个球进了！78:77，中国男篮战胜了斯洛文尼亚队！

日本札幌

2006. 8. 24

姚明与王仕鹏相拥庆祝胜利

图片来源：全体育图片社

姚明一个箭步冲上去，把身高 1.96 米的王仕鹏一把抱了起来。程万琦先生冲到我的面前抱住我连声说道，你还真是有运气呀！薛云飞冲到场内，和队员抱在一起。闵鹿蕾兴奋地跳了起来。胡加时站起身来与尤纳斯做了一个有力的拥抱，看得出他是发自内心的激动。事后，尤纳斯对我说，从那次之后，他感觉到胡加时对球队的感情，产生了信任，两人的合作也开始愉快起来。

赛后，媒体像疯了一样，追逐着中国运动员、教练员采访，胡加时在采访中几度哽咽，留下了热泪。更衣室里，球员兴奋之情溢于言表，相互嬉笑。而尤纳斯在竭力控制自己的情绪，低头沉默了一段时间之后，抬头喊了一声："I love you!" 随即喜笑颜开，把此前队内的郁闷空气一扫而空。此时我第一次发现，尤纳斯的笑脸原来如此率真，像个孩子一样，很有感染力。

不过，应该承认，王仕鹏这一投确实带有很大的运气成分，竞技体育的胜负本身就有运气成分存在，否则也不会有那么多悬念了。我看，幸运的降临也不能完全归结于运气，运气之中一定还包含着其他内容。美国前总统杰斐逊说过："我是绝对相信运气这回事的。并且我发现，我工作越努力，我的运气就越好。"而我更愿意相信"天道酬勤"。有谁知道王仕鹏这一投背后所付出的是什么呢？绝不仅仅是运气，偶然之中有必然。

那天，我在日记本上写道："8 月 24 日注定成为中国男篮历史上值得纪念的日子，一个极具戏剧性的结果！中国男篮绝地反击，利用王仕鹏在终场前 5.8 秒的一记精准三分球，以 78:77击败斯洛文尼亚队获得小组出线权，把出线的命运牢牢掌握在自己手里，这是继雅典奥运会后又一次创造的奇迹，只不过这次更为惊心动魄，也给人以更大的刺激。整个球馆沸腾了，球员们激动地拥抱在一起，大家热泪盈眶；整个中国沸腾了，网友们在留言帖里毫不掩饰地抒发着激动的心情。这种最后时刻的绝杀是很难在现场看到的，也很难在面临生死战中出现，但今天出现在中国队身上。我觉得冥冥之中真是有老天在眷顾，运气又一次降临在我们身上！”

总之，这一投确实挽救了处于舆论漩涡中心的中国男篮和尤纳斯，让那些反对派闭上了嘴，也让我暂时缓了一口气。

尤纳斯终于妥协

16 进 8 的比赛，我们遇到的对手是希腊队。那场球中国男篮开局打得很漂亮，第一节 18:11 赢了 7 分，半场结束时 36:41 仅落后 5 分。但从第三节开始就被希腊队的全场紧逼打垮了，谁上去谁失误，到最后完全被打傻了，基本无还手之力了。这固然跟尤纳斯对对方的防守紧逼准备不足有一定关系，但实力差距是失利的根本原因。话说回来，希腊队是欧洲冠军，本届世锦赛淘汰了美国梦 7 队，最终获得亚军，咱们要是真把这样的球队赢了，那可真是放卫星了。

国际篮联在这届世锦赛上还做了一点改变，就是从 16 进 8 的淘汰赛开始，输了的球队不再比赛，最后按得失分率排定球队名次，结果中国男篮被排到第十五名，这也成为外界攻击尤纳斯的一个口实。其实要我看，如果有机会打排位赛，中国男篮的名次绝不至于仅排在第十五名。

输掉本来就赢不下来的比赛，这没什么大不了。但球队未来的建设却不能不考虑，特别是矛盾一定要解决，否则，备战北京奥运会将会困难重重。

于是，在日本琦玉比赛馆附近的一家餐馆，我与尤纳斯有过一次深谈。在听取了他对本届世锦赛中国队表现的看法后，我提出三点：他带来的外教伊格尔斯这次回去后就不要再来了，这个教练的能力水平和工作表现不怎么样，中方教练组成员意见很大；下一步对教练组人员要进行调整，要确保教练组形成合力；然后，我告诉老尤，你必须当全职教练，不能再兼职了。听了前两点，老尤没有说什么，算是默认了，但听到不让他兼职的要求，他很不理解，他争辩说：“我带欧洲俱乐部队对你们是有好处的，我能够掌握国际最新打法，了解奥运会对手的详细情况。如果我四年只带一支国家队，我会落伍的。在欧洲既带国家队，又带俱乐部队是很正常的，世界上没有哪一个教练能做国家队的全职教练。”我对他讲，中国队还达不到欧洲球员的水平，我们缺的东西太多，不可能像欧洲球员那样经过短时间集训就能参加大赛，世锦赛没有打好，年底还有个亚运会，中国男篮不能没有主教练。最后我很坚决地表示，你必须当全职教练，否则中国篮协将另行考虑国家男篮的主教练人选。

清楚我的态度后，尤纳斯经过一番激烈的思想斗争。他已经带中国队三年了，对奥运会这样的机会也很珍惜，如果现在放手心有不甘。但希腊俱乐部给他的待遇实在太好，不仅工资高，还配了奔驰车，而他也在希腊买了很豪华的房子。这些待遇也是中国篮协不可能给予的。但我们也有优势，那就是在本土举行的奥运会以及我们的诚意。

尤纳斯的太太奥蒂其实是老尤最终下定决心的重要砝码。奥蒂特别喜欢中国，她经常来中国陪老尤，并力劝老尤放弃希腊来中国执教。加上之前我国运动员、教练员、队医、翻译跟他相处得很好，经常请他吃饭陪他扯家常，关系处得挺好，老尤也有点舍不得离开这儿。

就这样大概僵持了两个月，也就是2006年10月，尤纳斯终于妥协了，同意担任中国男篮的全职主教练，这对于他来讲也是一个艰难的决定。但他同时也提出了要求，既然中国篮协的目标是北京奥运会，那之前的很多比赛就是为锻炼队伍做准备的，篮协就不能再什么比赛都要成绩。我同意了他的观点，但随后的很多事情还是事与愿违。总局领导的意见要重视，球迷的想法要照顾，弄来弄去，就是什么比赛都要重视，都要伸手要成绩，为了这事，老尤专门跟我发过火，说你们不是说不看重吗？怎么大小比赛你们全要成绩，国际比赛如此，亚洲比赛也一样，你这叫我怎么练兵呀！

对于我来讲，搞定尤纳斯只是一个方面，如何说服总局领导才是我必须面对的更难的事情。

女篮的暗淡时光

2006年9月12日，第十五届世界女篮锦标赛在巴西圣保罗举行。这是继男篮世锦赛结束仅9天后展开的另一个篮球大赛。女篮世锦赛共有16支队伍参赛，一共分成四个组，中国女篮经抽签被分在C组，同组的有美国、俄罗斯、尼日利亚。历年奥运会、世锦赛前三名的队伍分到C组的竟然有两支，难怪马赫觉得不可思议。

这个比赛也是澳大利亚人马赫上任后的第一次重大考验。可能很清楚男篮在世锦赛的表现，马赫在出征前颇有自信地说，这次就看我们女篮的了！没想到女篮的成绩和男篮一样糟糕。

第一场对美国队，结果就不用说了。美国队是属于那种实力雄厚、打球认真、很爱表现的队伍，首场比赛十分兴奋，状态也好，场上队员各个生龙活虎，没费吹灰之力就赢了中国女篮47分。

尽管知道自己没有赢美国女篮的本事，但输掉这么多分，队员还是有些沮丧。鉴于张晓妮在训练和热身赛的表现不错，马赫第一场就安排她打首发，遇上美国女篮这么个强大的对手，张晓妮有些发蒙，犯了一些低级错误，情绪上受到很大影响，至此就一直没缓过劲儿来。菲菲有伤基本没法打，卞兰还是肠胃不适的老毛病，肚子一直胀气，状态也很一般。

第二场打俄罗斯队的时候，女篮姑娘们拼得很凶，发挥得也不错，上半时40:40打了个平手。下半时一上来，比分又胶着了一段时间，后来俄罗斯教练换上一个小个儿阵容，加强了突破和冲抢前场篮板球，一下子就打乱了我们的防守体系，姑娘们顾此失彼，无法适应这种打法，比分被迅速拉开了。马赫一看大势不可逆转，干脆就派些年轻队员上场练练兵，压根儿没想到后来还有算小分的事儿，最后那场球输掉了20分。不过，单说俄罗斯队派上的小个儿阵容，她们的平均身高也比咱们高不少，输给这样的球队，也没啥话说。

接下来就是打尼日利亚队了。这支队伍整体实力不如我们，但人家是非洲冠军，队伍里也有在WNBA效力的球员。马赫对这场比赛还是很重视的，最后中国队以71:59赢下小组赛中必须赢下的这场球。

这就算是进了前12名了。接下来这12支球队还要再分组打，我们是和古巴、法国、捷克分在一组，要想进八强的话，就必须赢下其中的两场比赛。

捷克队人高马大不好打，以前中国女篮与她们对阵输多赢少，处于下风。但这场比赛中国队却看到了胜机。比赛一开始，双方比分就胶着上升，一直紧咬着，直到最后因为出现了不应有的失误，才功亏一篑，输了6分。之后打古巴，我们赢了3分。

对法国队那场球是9月20日下午5点开赛的。在之前进行的一场比赛中，俄罗斯队输给了捷克队，由于俄罗斯队还曾意外地输给法国队一场，这使得这个小组的出线形势变得不明朗了，尤其对中国女篮的出线前景十分不利。教练组的人一算，我们要想出线，就得把法国队赢了，赢了之后再算失分率，这也就意味着我们至少要赢15分以上才能以小组第四的身份晋级八强。

本来打法国队就没什么把握，还要赢15分才能晋级，无形中给队员增加了不少压力。尽管比赛中一度领先过对手10多分，但毕竟没那个实力，最后66:64只赢了两分。赢球的垂头丧气，输球的兴高采烈，这样的场景也只有在如此残酷的竞争中才能看到。

打完排位赛后，队伍的情绪相当低落。按计划，我们在复赛中赢两场就进入前八，队伍也完成了目标，但由于受到俄罗斯队的拖累，最终无缘八强，这个打击对球员来讲是很难接受的。我本来想给大家开个会鼓励鼓励队员，同时也提醒她们不要松懈，要打好下面的比赛。但看到她们都很难过，就不想再增加她们的心理负担，所以，只找了苗立杰和陈楠两位队长谈了谈。两人都表示绝对不会放弃，会全力以赴打好下面的比赛。

那时，我隐隐有些担心，如果打不好下面的比赛，结果将是灾难性的，因为最终的名次关系到对女篮和马赫的评价。而在这种情况下，对运动员的心理要求是很高的。尽管有这样的隐忧，我还是乐观的。显然我高估了女篮运动员的心理承受力，没有及时做好队员情绪转化工作，为后面的失败种下了“种子”。这是我十分后悔的一件事。

和加拿大队争夺9至12名的比赛，实际上是决定中国女篮本届世锦赛最终名次的一场关键比赛。从实力来讲，拿下加拿大队应该是有把握的，世锦赛之前，在欧洲和巴西的热身赛中，我们赢加拿大队都比较轻松，尤其在访欧的比赛中，以替补队员为主的阵容出场就把加拿大队轻松拿下了。这无形中给了队伍一种错觉，认为加拿大队不堪一击。但造物主就是这么捉弄人，往往你认为没有问题的时候，问题就出现了。队员们嘴上说重视，但实际上却没一个真正上心的。比赛一开始，我们就被人家压着打，防守防不住，篮板球抢不下来，运动员注意力不集中，反应迟钝，那场景让人看着十分恼火。中场休息时，我十分严厉地批评了全队，我讲你们这是怎么回事？要技术没技术，要作风没作风，这么打下去你们回去怎么面对父老乡亲！我清楚地知道输掉这场球的后果，因此想用这种方式激发起队员的斗志。

我是轻易不发火的，那天是第一次严厉地批评队员，她们都知道我是真急了。下半场，队员倒是开始拼命了，但已经把对手的情绪培养起来了，要想抑制可不那么容易，而自己急于翻盘又容易造成心态失衡，失去平常心，其结果是越急于求成，打得越差，该进的球投不进，该抢下来的篮板球抢不下来，整个一个适得其反，最终我们以61:65输掉了这场比赛。这正如马赫事后讲的：“低估一支球队，你就不能在场上把自己的体能和心理调动到最好水平，那你就麻烦了。”比赛还剩一两分钟结束时，我知道大势已去，比分很难追回了，当时我完全看不下去了，就起身离开了比赛场馆，到外面透透气，也让大脑清醒一下。

输掉了这场比赛，中国女篮只能和阿根廷与古巴的负队争夺第十一名，谁知古巴队也同样意外地输给了阿根廷队，从实力上讲，古巴队要比阿根廷队高出一筹。中国队与古巴队实力相当，没有必胜的把握，小组赛第一场球我们仅赢了她们3分。不管怎样，还是要争取把后面的比赛打好，打成第十一名也比打成第十二名强点吧。所以，队伍回到驻地后，我还是挨个儿做大家的工作，跟马赫谈，跟中方教练谈，跟队员谈，希望他们能够打起精神，打好最后一场对古巴队的比赛。最后打古巴，整个队伍都重视起来，队员们很拼命，但古巴队也采取了针对性措施，加强了对陈楠、苗立杰的防守，陈楠一接球，就有两个人包夹，防得陈楠十分别扭，最后体力也透支了，比赛结果又是以3分之差败北。我事先预计的最差结果出现了。

尽管我已经意识到形势的严峻，但当时我没有意识到的是，这居然是中国女篮的历史最差成绩。

这一夜我辗转难眠

结束和古巴队的最后一场比赛后，随队采访记者让我评价一下马赫的执教工作。我苦笑着想，这让我怎么说呢？竞技体育是硬碰硬的，要拿成绩说话，打成这样，我还能说什么呢？尽管我认为队伍打成这样是有很多客观原因的，像女篮队员的伤病、分组问题、俄罗斯队意外的拖累等，但不可否认的是，队伍的最终名次是第十二名，平了中国女篮世锦赛历史上的最差战绩。在名次面前，任何客观原因都是苍白的，任何解释都像是在开脱，就像人们常说的，竞技体育只有结果，没有如果。

但从另一个方面讲，我也在比赛的过程中看到了队伍的变化和进步，例如在与俄罗斯、捷克的比赛中看到了胜机，战胜了本届世锦赛的第五名法国队；苗立杰、陈楠的总得分排在所有参赛运动员的第三位和第五位，这在以前是不能想象的。但这些话只能放在自己心里。

那天是2006年9月22日，一个心情极度灰暗的日子。

我知道回去后必然要面对暴风骤雨，考虑到马赫的处境，我想我应该有个态度。一听说我要表态，就有人来劝我说，你是中心主任就别说了，你说出来影响忒大，让领队说说就可以了。我说正因为我是中心主任，所以才应该出来承担责任呀。

当天晚上，夜半时分，考虑了很久，我给随行的《中国体育报》记者孙秋峰打去电话，我说我给球迷道歉，球队成绩不理想，那就说明中心主任的工作没做好，我应该负主要责任。

其实，在我心里一直在慎重考虑是否借这个机会提出辞职的问题。我当时想到辞职并非一时冲动，两个月前，我就有过这个念头。而现在，外教已成为我的最后一道底线。那段时间总局领导对外教有看法，要么马赫，要么老尤，总希望能够换掉一个。加上我一直苦心经营的CBA联赛又被迫缩减赛程，可谓祸不单行，在这样的工作环境下，说心里话，我也无心恋战了。我并没有把篮管中心主任的位置看得多么了不起，无非就是一个工作平台，承担发展篮球事业的责任本身就很重，2008年奥运会的压力也不轻，在这种情况下如果得不到信任和全力支持，怎么能挑得起如此沉重的担子呢？

我从男篮世锦赛过程中已经开始考虑撤退的问题，女篮世锦赛结束后真正开始严肃考虑这一问题。有时撤退是明智的、必要的、不可避免的，也不都是消极的。遇到困难就退缩不是我的性格，但如果你到了“欲干不能，欲罢不忍”或者不是不能做好，而是客观条件不允许你做好的话，撤退就成为不可避免的事情了。

主意已定，我就给国内几个挚友发了短信征询意见。短信内容大致如下：“现在女篮已经是历史最差成绩，面临这种形势，我想主动提出辞职来承担女篮失利的责任，你意如何?”短信一发出，很快就收到了答复，总的来说大家都反对我这么做。有的说：“你不要轻率作决定，往往这个时候仓促行事的效果并不好，等你回来冷静判断形势后再作决定不迟。”也有的说：“你的辞职不能解决任何问题，相反是对篮球事业的不负责任，对改革全局也是一种伤害。”他们都是以一种负责任的态度讲出内心的看法。

那一晚又是一个不眠之夜，不过，看到朋友们的好言相劝，想到这么多人的辛苦付出不能毁于一旦，最终，我还是按捺住没有采取行动。

比赛结束的第二天，队里问我要不要开会，我说别开了，队员也都不容易，打成这样谁都高兴不了，先让她们出去转转，放松一下，反正明天就回国了，回去再总结也不迟。而我则哪里都没有去，一个人坐在酒店的房间里看女篮世锦赛的决赛直播，但心里却还在琢磨着世锦赛失利后女篮会面临何种局面的问题。

那天我想得最多的是通过世锦赛的检验，尤纳斯、马赫到底行不行，经过痛苦而又深入的思考，我认为，聘请外教这个决策没有错，因为我实实在在看到了队伍的进步和未来的希望，之所以受挫是因为时间还不够，我们要给他们时间和机会。我下决心留住他们，并采取措施，解决教练班子存在的问题，为他们的工作创造更好的环境。当然，在做这些事之前，我还得先想法子在中心统一思想，然后去过总局领导这一关。

“男篮世锦赛结束后，我的处境明显恶化了，而女篮的失利更加剧了这个态势。总局领导对男篮的成绩很不满意，对尤纳斯已形成不利的看法和评价；尤纳斯一再批评 CBA 联赛的愚蠢行为已将他明显地搁到整个篮球界的对立面上去了，联赛委员会的老总们一致声讨，并形成决议要他下课；媒体对尤纳斯和联赛的批评也对‘倒尤’起到了推波助澜的作用；总局领导重申缩短联赛的意见，耐人寻味；篮球界内部包括中心的‘倒尤’风潮尤为激烈，形成上下呼应、内外配合，这股浪潮来势凶猛，出乎我的意料，使我不得不进一步评估形势，寻找对应之策。遗憾的是我经过判断，感到没有什么好的办法，只能静观其变并做好撤退的准备。”

现在看这段话有些情绪化，也许是我对当时的形势过于悲观，反应过于敏感。情况还没有那么糟，但确实反映了我当时的心境。

“失利从某种意义上讲更有价值，因为它能使人更清醒，更虚心地听取各方面意见，这也就更容易接近客观事物的本质。”

“领导者的责任就是要做决策。做决策时一定要慎重，因为一项重大决定作出后，很多时候你只能静观事态的发展，等待最终的结果，而丝毫没有别的办法。这其中那种疑虑、彷徨和无助的感觉，是不在决策者位置上的人们无法体会的。我也看到许多领导者在处于两难境地时，不敢按照自己的判断作出决定，选择回避的做法，其结果更糟。有许多事情回避是回避不了的，例如更换国家队主教练的决定。这无疑是最引人注目的大事，上至国家体育总局，甚至是更高层的领导，下至普通的篮球爱好者，无不热切关注。通过新闻媒体的热炒，可以说达到万众瞩目的程度。一次决策的错误，可能被千夫所指，但这并不意味着你必须瞻前顾后，不敢贸然作出大胆的决定。聘请外教是我在篮管中心工作期间作出的最重大的决定，我必须对此负责，尤其是在经受失败煎熬的过程中，更要保持清醒，毕竟我们不能像记者和球迷一样，比赛打输了，置身事外，有感而发，评论一下就完事了。我们是要负责任的，是要解决问题的，那么看问题是否全面、客观就显得非常重要了。”

外教命运的转机

和之前的预料一样，回来后果然受到了来自各方的问责和质疑，尤其是中心内部的几个人开始借机发难，振振有词，通过否定外教来发泄心中的不满，内外上下联手，形成了一股质疑否定的风潮。

队伍开始总结，中心开始总结。杨伯镛、钱澄海、蒋兴权等老前辈的中肯意见要听，一些风言风语，甚至不着边际的批评也得听。总之，提意见的人增多了不少。

当时，总局的有关领导对外教基本上持否定态度。他们明确向我表达了这个意思，要求我们拿出两套方案来，一个是以中方教练为主的，一个是以外教为主的。我判断领导的意思就是两个外教起码要换掉一个，形势十分严峻。

领导的意见已经明确，但最终承担2008年北京奥运会任务的还是我们。因此我们自己一定要搞清楚，不能人云亦云。尽管事先我曾有过一个基本考虑，但我对自己的看法还不是特别有底，需要集思广益，避免贸然作出决定。

于是我们集中了几天时间，在中层以上干部中对聘请外教的决策进行全面的回顾与反思。问题集中在3点：

当初我们为什么要聘请外教？

这两个外教适合不适合中国队？

这样搞下去，2008年奥运会有没有希望？

会上大家都充分发表了意见，把聘请外教的利弊得失摆出来进行深入分析和争论。当时什么意见都有，有主张继续沿用外教的，有主张中方教练接手的，有建议中方为主、外方协助的，但具体到谁来接手的问题时，分歧就更大了。这实际上就回到了当初我们考虑聘请外教时的起点。如果当时有合适的中方教练人选，我们何必要请外教呢？理越辩越明。随着讨论的深入，能够理性客观地看问题的人还是占了大多数。最后大家判断，继续沿用外教完成2008年奥运会的任务比推倒重来把握更大一些。

在会议的最后，我发表了一段讲话，对这个问题做了总结。我说："从男女篮世锦赛的过程和表现来看，实事求是地讲，除女篮在排位赛对加拿大一场球失常外，没有出现因为教练员的重大失误而影响比赛成绩的情况，即便是女篮也没有因为排位赛失利而影响了所处的档次(9~12名)，因此世锦赛的成绩是当前国家男女篮水平的真实反映。当然如果我们的工作做得更好一点，情况可能会好一些，但也不足以改变我们在当前世界篮坛格局中的位置。综合当前世界篮球运动的发展水平、我们队伍的现状和分组、伤病等客观因素分析，我们不具备在本届世锦赛取得突破的条件，不可能满足人们的预期。对此，我们不必自我矮化、妄自菲薄。

首先，集体项目整体下滑有其历史和现实原因。作为集体球类项目冲击世界水平本身就具有很大的难度。尤其是在集体同场对抗的项目中，在世界职业化程度高的项目中，其难度更大。具体体现在足球、篮球等项目上，这是基本事实；其次，中国篮球的落后不单表现在国家队层面，更重要的是在联赛层面和基础训练层面与欧美强队相比存在全方位的差距。有鉴于此，我们不能指望国家队不经挫折，一夜之间就能位居世界前列，这需要有一个进步、提升、积累的过程。在这个过程中，可以说失败是不可避免的。作为项目的管理者要有清醒的认识，要有承受失败的心理准备，要有耐心。如果我们最重要的目标是2008年，那么在冲击过程中应该允许失败，为的是2008年有好的表现。如果我们没有承受能力，急躁、冒进、急功近利，将给长远目标的实现带来非常不利的影响。

因外教引发的争论，除了上述的判断和成绩因素外，还有一个中外教练关于篮球的理念、认识和理解的不同而引发的矛盾。对此我们要有勇于接受新事物、新观念的气度和胸怀，要敢于承认自己的无知和不足，真正用‘国际视野、中国实践’的观念来看待和处理这个问题。

我知道这个问题在中心内部同样有不同意见和看法，这是正常的。但我希望中心的同志们能够从项目的实际出发，保持清醒的头脑，一不争论，二不人云亦云，三做到内外有别，根据事态的发展变化得出自己的结论。基于前期与外教的合作已经经过了2004年奥运会、2005年亚锦赛、2006年世锦赛和亚运会的磨合和试验，考虑到时间紧迫，更换教练的风险更大，所以决定继续使用外教完成2008年的任务。”

在中心达成一致意见后，我专门向蔡振华同志做了汇报。我开门见山，把我对外教的想法和盘托出。然后我表了态，请领导考虑，从完成2008年任务的角度出发，如果认为我不能胜任中心主任的职责，我愿意换岗，由更合适的同志来干，千万不要因我而贻误篮球事业。蔡振华同志当即表示，总局领导还是信任我的。

回去后，我组织篮管中心的干部写了一份长达8 000多字的报告，把中外方教练的优缺点逐个分析，同时附上我们的两个方案报给总局。报告的核心意见是希望通过年底的亚运会，来最终判断这两个外教到底行不行。

看到我们的报告比较翔实，态度坚决，总局领导虽未明确表态，但基本上接受了我们的意见，这也就给了外教一个证明自己的机会，也就意味着，2006年多哈亚运会队伍的表现和成绩将成为外教命运的转折点。

第十三章

救赎：多哈亚运会

只能赢，不能输，这就是我们2006年11月底动身去多哈前所面临的形势。其实，竞技体育就是成王败寇，道理讲多了也是白讲，只有成绩最有说服力。想想也是，如果男女篮连亚洲霸主的地位都保不住，还指望拿什么在北京奥运会上有所斩获呢？

在那种情况下我反倒理解了总局领导为什么对换教练一事如此上心。如果换成我，队伍老是拿不出像样的成绩，还口口声声说有水平，这能有说服力吗？

按道理讲，亚运会与世锦赛完全不在一个层次上，即便是亚运会打好了也不能说明多少问题。但亚运会毕竟是一个综合性运动会，它给各运动项目提供了一个展示实力和水平的机会，况且男女篮已经有20年没有在亚运会上双双夺得冠军了。就是在这样一种状态下，中国男女篮开始了亚运会的备战，只是让人焦心的是，外教好像并不懂得亚运会成绩对他们的前途意味着什么。

给马赫下最后通牒

外教毕竟语言不通，对中国国情了解不深，主要表现在他们对球队和自己所面临的严峻形势并不清楚。

多哈亚运会前，11月20日开始，盈方公司连续组织了三场热身赛，由中国女篮对阵澳大利亚的一家叫丹登农的俱乐部队。这三场比赛分别在江苏的常熟、南通和江阴举行。尽管这家丹登农队说是澳大利亚的冠军队，但队伍实力并不强，因为她们的几个主力队员都在国外打球。即便如此，中国女篮也打得并不顺利。面对对方的凶狠逼抢，女篮队员失误频频，进攻组织不力，防守不到位，篮板球也不理想，更主要的是精神面貌不好，完全不像一支卧薪尝胆、重新上路的队伍。虽然紧紧巴巴地赢了对手，但照这样打下去，亚运会夺冠可不是件容易事儿。

我一看不行，必须得说一说了，亚运会可不是小事，打不好谁的日子都不好过。从江阴回来后，一下飞机，我就说，队员们回去，教练组跟我到中心开会。会上，教练组成员逐个谈了对这次比赛的看法。马赫居然对队伍的糟糕表现还表示一定程度的理解。我发火了，我直截了当地告诉马赫，如果亚运会打不好，结果就是我下台、你“下课”！

这是我当着教练组全体成员的面儿对马赫讲的最重的一句话，其实我这话不是吓唬谁，那时候的情势就是这样，亚运会要是打不好，外教肯定保不住，我自己也准备辞职。事后我觉得这句话讲过了。马赫不是不着急，而是已经开始着手解决队伍的问题了。

听完我的话，马赫显然受到了触动。女篮领队白喜林也把当时的形势一五一十地讲给他听，更何况本来和他的合同里也有亚运会夺冠这一条，这个澳大利亚人终于意识到亚运会对他和对女篮的重要性。

男篮热身赛的情况倒是比女篮好些，几场比赛都打得不错，对手也有一定实力。但毕竟当时已经明确姚明不回来参加这次比赛，而且王治郅回归不久，队伍能否适应亚运会这样的大赛，还真是不好预料。加上这次是在西亚比赛，西亚球队进步很快，东道主卡塔尔队几乎全是雇佣军，黎巴嫩队实力也不弱，还有伊朗队和韩国队虎视眈眈。

当时，鉴于世锦赛后我的处境困难，就有几个俱乐部老总建议我把姚明召回来，哪怕是就打半决赛和决赛两场球，确保亚运会冠军对全局的意义重大。但我思来想去，不能这样做。我之前已经答应过姚明不打亚运会，再把人家叫回来是对姚明前途和健康的不负责任。记得8月初在广州举办中美对抗赛时，大卫·斯特恩问过我，你们还准备要姚明回来打亚运会吗？包括尤纳斯也问过我，姚明能不能回来？我都明确地告诉他们姚明不回来。我不能为了自己的政绩，为了一个亚运会而不替姚明着想，姚明的国家荣誉感和责任心很强，他已经竭尽所能为国家服务了，将心比心，我们也得设身处地替他想想了。其实，当时我还有个想法就是想看看球队没有姚明到底能打成什么样子，毕竟总不能永远依赖姚明吧。为了篮球的未来，我必须冒这个风险，反正最坏的结果就是输。要是在没有姚明的情况下赢了呢？那不是能更进一步增强队伍完成奥运会任务的信心吗？好在没有姚明，还有大郅、易建联，更重要的是男篮还有李楠作为球队的领袖，不至于差到哪里去。

退一步海阔天空，凡事想开了反倒无所畏惧了。带着男女篮必胜的信念，11月28日，我和胡加时分别率男女篮踏上了多哈亚运会的征程。

男篮教练组终于和谐了

相比之下，中国女篮的任务不算重，毕竟女篮实力在那儿摆着，只要能够发挥出真实水平，拿冠军并不难，有点难度的还是男篮。

所以，我明显感觉到尤纳斯也有些焦虑和紧张。每场比赛前，他都会分析讨论对手的情况，特别是打卡塔尔队那场球之前，老尤几乎整天在编辑研究录像，还专门找球探帮忙打听对手的情况，拿些雇佣军的资料回来琢磨。有时候，我能听到老尤半夜在房内踱步的声音，足以说明他当时的心境。

不过，不管夜里几点睡觉，老尤次日清晨都会起来吃早饭。所谓的早饭其实就是喝杯咖啡，而郭士强也一定会陪着老尤吃早饭。世锦赛之后，阿的江、宫鲁鸣、闵鹿蕾等人都没被召进国家队，老尤希望郭士强能够入队协助他。

郭士强之所以得老尤信任，一来是雅典奥运会时郭士强是男篮进八强的功臣之一，二来郭士强为人温和，谦虚好学，对老尤特别尊重，这也让老尤对这个助手非常放心。郭士强英文并不好，两人坐在那儿吃早饭往往一句话没有，但看得出来，他们相处很融洽。教练组没了矛盾，队内的气氛和人际关系都单纯了，尤纳斯也能够把心思都放在工作中了。

以中国代表团在亚洲的实力，拿一堆金牌肯定不在话下，但多哈亚运会上，单项成绩都不错，唯独13个集体球类项目不大争气，尤其是足球在前一天输掉一场关键比赛，已经失去了决赛权。

这一天，总局领导专门给集体项目负责人开会，说单项比赛已接近尾声，现在就得看集体球类项目了。刘鹏局长说："你们不能打到哪儿算哪儿，你们一定要确保优异成绩。如果集体球类项目拿不到金牌，整个代表团都会受影响的。"然后依次要各项目领队表态。当轮到南勇代表足球管理中心表态时，他说，我们尽力打好吧。我就举手指着他开玩笑地说："他们怎么能打哪儿算哪儿呀。"引得坐在台上的总局领导直乐。结果，大家都立了"军令状"，男女篮的任务就是双获冠军。其实在这之前，也就是1986年亚运会的时候男女篮曾双双获得冠军，之后的20年都没有过双获的经历，包括1990年在北京举行的亚运会上，男篮拿下了，女篮却丢了。

就像之前预料的一样，正常发挥水平的女篮基本没有遇到太大阻力。决赛是对阵中国台北队。在那之前，刘鹏刚好看了输掉的男排决赛。他面色凝重，一到篮球比赛馆，看到女篮领先这么多，心情大好，比赛结束后，还专门去看望了运动员。

但那会儿，大家都明白最关键的是男篮决赛。那是多哈亚运会产生的倒数第二块金牌，也是中国体育代表团可能得到的最后一块金牌，能否拿到手，最后就看男篮了。鉴于四年前正是这块金牌的旁落，引起了严重后果，因此无论在多哈，还是在国内都引起了高度关注。

多哈决战成就大郅

比赛的前一夜，肖天、蔡振华专门把我和胡加时找去了解队伍的准备情况，研究如何做好队伍的工作。代表团上下对这场比赛的重视程度增加了我们的压力。我对胡加时讲，压力我们担着，这个时刻不能再给教练员、运动员增添额外的负担了，所以我们只找了李楠、刘炜两个队长简单地聊了聊。尤纳斯明白这场比赛的分量，他整天除了看录像带，就是一个人在房间里踱步，思考着比赛策略。可以看得出来，他也感受到很大的压力。

和东道主决赛，门票的抢手程度可想而知。真可谓一票难求。当时，不管是代表团成员，还是随行记者，人人都想弄张男篮决赛门票亲眼目睹这场决战。比赛当天，刘鹏坐在贵宾席里，卡塔尔的王储也坐在那里，现场座无虚席。我和胡加时坐在队员席里。

开赛前5分钟，尤纳斯给队员做最后动员，战术要点讲得很清晰，也很到位。队员在比赛中一直坚决贯彻着老尤的战术思想。

中国队有实力，老尤赛前准备又充分，这场球当然志在必得。比赛开始后，比分一直紧咬着，但由于我们的防守针对性强，把对手主要得分点抑制得很到位，让他们一直很别扭。比赛将要结束时，中国男篮胜局已定。胡加时对我说，这场球没问题了。然后，我和胡加时紧紧握手，那一次的握手真可以用百感交集来形容。

应该说，这场决赛卡塔尔队准备得也很充分，对中国队的防守挺到位，这使得中国队全场比赛只拿到了59分。而王治郅上场36分37秒，20投13中，命中率65%，拿到6个篮板，为中国队贡献28分，成为全场得分最多的队员。他无疑是获胜的最大功臣。有媒体甚至用"只手遮天”来形容大郅的作用。那场比赛之后，老尤对大郅也不惜溢美之辞，他说：“王治郅多有才华你们可能想不到，在我的执教生涯中，在才华上可以和他相媲美的球员没有几个。如果他想要，他完全可以实现自己的目标！”

这个评价无疑相当高。重新身披国字号战袍出战如此大型赛事的大郅，那天也非常激动。比赛结束后，他冲过来和我拥抱祝贺。老尤也跑过来和我拥抱。尽管拥抱的含义不同，但那天中国篮球算是真正告别了糟糕的2006年，有了喘口气的机会，至少对我是这样。

多哈亚运会对于大郅而言，也是一个重要的契机。这一天他在国家荣誉层面上展现了他的价值，为他的回归画上了圆满的句号。在男篮战胜卡塔尔队后我对记者说：“王治郅在这几场比赛中都扮演了‘关键先生’的角色。没人得分，进攻受挫，他都挺身而出，确实反映出一个老运动员的责任心、经验，包括他的技术。通过这次亚运会，我们又再次看到他过去的身影。王治郅是一名非常有价值的球员！”

那天晚上，尤纳斯非要请我们去喝酒。卡塔尔是伊斯兰国家，不允许卖酒，只有五星级宾馆才被允许。坐在出租车上，街上正好全是卡塔尔球迷，在庆祝卡塔尔队夺得男足金牌，而我的感觉就像是在给我们男篮夺冠开庆典一样。

教练班子的所有成员到了那家五星级酒店后一看，好家伙全是人，我们费了半天劲儿才在餐厅找了张桌子坐下。

一人一大扎啤酒，一会儿就喝完了。老尤说还要不要，我们就一起说那就宰你。结果，老尤喝高兴了，喝完啤酒，又开始喝威士忌、鸡尾酒。席间，老尤说对教练班子的工作非常满意，对助理教练也非常感谢，还谈到下阶段的工作如何继续的话题。

那天老尤非常开心，拒绝我们的埋单要求，坚持自己请客，说一定要表达一下自己的心情和感激。

离开酒店时已经很晚了，走在街上，海边的夜风吹在身上充满惬意的感觉。我紧绷的弦也算是暂时放松了下来。因为我很清楚，男女篮的胜利意味着什么，意味着至少到2008年北京奥运会前，我们的路会好走些。

果然，从多哈回去之后，总局领导不再提换外教的事情了。

12月17日，中国体育代表团回到北京。中央、国务院领导在首都机场举行了简短的欢迎仪式。陈至立国务委员在代表团专机的舷梯旁，与代表团领导、运动员、教练员、领队的代表一一握手，表示热烈的欢迎和亲切的慰问。由于中国男女篮是集体球类项目中唯一包揽两块金牌的队伍，因此我被团部指定作为代表接受领导同志的接见。我还是第一次享受这样的礼遇，这全有赖于男女篮运动员、教练员的努力呀！那天北京刮着大风，十分寒冷，但我全身却是热气腾腾的。

第十四章
女篮主教练：马赫的危机

记得有位哲人说过，凡是有人群的地方就有矛盾，把这句话用到中外方教练的合作上，更是正确无比，活泼鲜明。

在国家篮球队里，中外教练的矛盾和冲突，主要发生在尤纳斯和马赫身上。由于国家男篮的知名度高，加之尤纳斯个性鲜明、性格直爽、脾气火爆，因此始终处在风口浪尖上，这在某种程度上掩盖了马赫遇到的问题。其实马赫的遭遇并不比老尤轻松，只不过由于女篮的关注度低而鲜为人知罢了。

马赫面临的信任危机

马赫在国家女篮执教的前几年，在教练组里没有遇到过真正的挑战，但在2007年由于一位中心副主任的介入而遇到了很大的麻烦，斗争变得异常尖锐，甚至影响到马赫的主教练位置，其严重程度超过了尤纳斯。

2007年国家队集训前，我们又一次调整了男女篮教练组，女篮调整了一位助理教练，召回范斌。调整了领队，把白喜林调到男篮担任领队，由匡鲁彬接替他担任女篮领队。白喜林在女篮待了两年，工作很有成效，与马赫也相处融洽，被马赫称为“具有专业水准”的领队，这应该是相当高的评价了。调匡鲁彬到女篮工作主要是考虑到女篮的奥运会任务比男篮重，而且这些队员都是他看着成长起来的，彼此之间有感情，队员也愿意听他的，我们希望他过来后能够发挥专业水平，更好地协助马赫工作。除此之外，我还把两位中心副主任派到队里去做大领队，一个管女篮，一个管男篮，要求他们把70%以上的精力投入到运动队里去，协调督促保障备战工作，这符合总局提出的要求。

2008年奥运会是体育战线的主战场，抓运动队就是唱主角，我希望给他们这个机会施展才能，证明自己。奥运会结束后我就要退休了，而他们还都有上升的空间，我愿意给他们创造平等竞争的机会。我明确地跟女篮大领队说，如果这次下队能搞好，那就延续到2008年奥运会一直由他出任女篮领队。这完全是从工作的角度出发，为他们着想，是一片好意。遗憾的是，自从他进驻队伍，女篮教练组的矛盾就开始激化了。

中方教练组之前对马赫的训练有过一些不同的看法，尤其在前一年女篮世锦赛中队伍的成绩不理想，暴露出来一些问题，加深了这种看法。他们普遍认为马赫的训练课强度不够，在训练过程中经常中断练习给队员讲解要领，连贯性被打破，强度无法保证。此外他们关于球队的打法问题、技战术风格问题，以及用人的问题等，都有不同的意见。主教练和助理教练的看法不一致是正常的，何况，马赫带来的训练理念与方法，同我们以往的训练有很大差异。有分歧，通过一定的方式沟通，求同存异，相互借鉴是有帮助的，以往我们也是这样做的。

这个大领队显然片面地理解了总局领导“要坚持业务领域领导权”的指示精神，俨然以一种专家和领导的身份介入到队伍的具体训练中去，对技术领域内的事情横加干涉。这显然是不合适的，也是职业教练员所反感的。他听到中方教练或者专家的一些议论和看法就去和马赫谈，这样的做法不可避免地引发争论，两人的关系很快就恶化了。以至于到后来，马赫知道讲了也没用，就干脆不和他谈了。你说你的，他干脆来个不表态、不争论，我行我素。两人的关系彻底搞僵了。事情发生后，由于他们没有采取缓和事态的措施，致使矛盾日益加深，双方猜忌越来越大。女篮教练组的团结原本是男篮非常羡慕的，谁知男篮的问题消停了，女篮的问题又冒了出来。

鉴于大领队的领导身份，他的态度具有很大的影响力，其后果就是教练组开始形成两个团体，运动员也开始分裂。在这种情况下，作为大领队，本应调解矛盾，并帮助马赫树立威信，但他却帮着队员指责主教练，这显然只会让事态越来越恶化。

在得不到中方教练的支持、协助后，马赫对他的几位外籍助手也愈发依赖，而这又加深了教练组成员之间的猜疑和隔阂，事情愈发不可收拾。

2007 年 10 月底，队伍到美国去打热身赛，一位了解情况的美国朋友告诉我，队伍吃饭的时候，基本上是外教在一起，中方教练在一起。队员要么躲得远远的，要么就凑到中方教练那儿，队内氛围不要说团结了，连最起码的表面和气都做不到了。

队伍从美国回来后，听到方方面面反馈回来的信息，我意识到问题严重了。这时，这位大领队给出的结论就是，照这样练下去，完成北京奥运会任务肯定没戏，然后正式向我提出更换马赫，让一位中方教练员接任。这就是他下队一年后得出的结论！

我前期也陆陆续续听到过一些情况，但没有想到现在已经闹到了要撤换主教练的地步了。要知道这时距北京奥运会开幕仅剩最后一次集训的机会了。

外教也犯任人唯亲的毛病

要说到了今天这个地步，马赫当然也有他的问题。这个问题早在 2006 年世锦赛前后就已经存在了。问题出在马赫的两个外籍助手身上，一个名叫盖当的法国人和一个叫安的澳大利亚籍台湾人。

盖当早在马赫之前就在中国工作了。盖当曾在法国篮协工作多年，负责青少年培训的工作。他娶了一位中国太太，希望有机会到中国来发展，于是经人介绍来到北京。盖当在青少年训练方面很有经验，尤其在身体训练方面有一定的理论造诣和实践经验。他的训练系统性、计划性强，手段丰富、新颖，注重小肌肉群的练习，给我国篮球体能训练带来了不少新鲜的东西。他曾帮助我们举办过多期青少年体能训练培训班，也在宫鲁鸣时期担任过女篮体能教练和球探的工作。盖当在与马赫接触后被请来做女篮的专职体能教练，后成为马赫非常信任的助手。盖当为人朴实，工作认真，也为女篮作出过不少贡献。他不仅在体能训练方面尽心尽力，而且在收集情报、编辑录像、利用在欧洲的关系刺探对手情报等方面，给了马赫很大的帮助。

但问题是，这位体能教练并不安心只管体能训练方面的事情，他经常掺和到战术训练当中。由于他和马赫没有语言障碍，沟通顺畅，逐渐成为马赫所倚重的助手，俨然以第一助理教练的身份自居，这就引起了中方教练的不满。不仅如此，他在队员中的威信实在不高。他对队员要求不严格，要求到了队员也不听，结果训练课的效果比较差，特别是和后来的美国体能教练埃尔比起来，他确实存在很大的差距。

另一位马赫非常信任的是名叫安的外籍康复师。她是马赫为应对女篮运动员严重的伤病状况专程从澳大利亚请来的。这位安女士因为小时候在台湾长大，中文说得很好。安在澳大利亚学的是康复专业，曾经在澳大利亚著名橄榄球俱乐部做过专职康复师，而马赫恰恰是个狂热的英式橄榄球球迷，这可能是他看上安的能力的一个原因吧。安的到来，确实带来不少康复方面的手段和经验，前期与运动员的相处也不错，在专业和语言方面给了马赫很大的帮助。

但问题在于，安有一些毛病也影响到她与运动员、中方教练的关系。她利用中文好的优势打听运动员、教练员的私下谈话，然后把这些谈话转给马赫。她把一些有益的信息传达给主教练，是可以理解的，但在队伍出现比较尖锐的矛盾时再这样做，无异于打小报告，招致大家的反感。这对于解决问题，促进团结没有任何帮助。何况她所反映的情况未必准确。

安女士还有些势利眼。按说康复工作甭管主力还是替补，谁有需要，她都该履行自己的职责，但安却只重点照顾几位主力队员，其他队员需要做康复，她都不是很积极情愿，在宋晓云身上就发生过这种情况。久而久之，引起队员和教练的不满。

此外，她还曾出现过在训练场上没事时，独自坐在场边看小说的情况。这不符合中国运动队的基本要求，我曾专门叫领队制止，并找她谈话，告诉她一个团队必须齐心协力，不能有丝毫懈怠。

鉴于上述情况，早在2006年多哈亚运会结束后，我就曾提出过要换掉这两个人。当时马赫坚决不同意，认为他俩对自己的帮助很大，他离不开这两个人。后来经过一番争执后，我妥协了，同意再次集训时对他们留用再观察，以三个月为限。如果还是不行，那就坚决换掉。我还明确表示，马赫要对他们的表现负责。马赫说这样很公平。

2007年底，队伍从美国拉练回来，我觉得不能再犹豫了，必须对女篮教练组进行调整，外教方面就要换掉这两个人。我就跟马赫谈，马赫刚开始态度依然强硬。我就跟他列举此二人的种种表现。我说盖当在教练员名单中排在范斌和王芳后面，但他们在技战术训练安排上还没有盖当有发言权。况且盖当在这方面的水平并不高，这会伤害中方教练的感情。更重要的是，这两个人已经失去了队伍的信任，他们怎么还能继续工作下去呢？

我很坚决地告诉马赫这两人必须换掉，没有回旋余地。我当时也做好了马赫因反对而辞职的准备。而且我此前已经托美国朋友帮忙请NBA的体能教练了，就是后来的埃尔。马赫看到我的态度不可动摇后就退让了，表态说尽管我们的意见有分歧，但他理解并愿意接受这个结果，然后提出能不能再请个外籍的助理教练。因为语言问题，没有一个外籍教练辅助，他自己有种孤掌难鸣的感觉，临场指挥会出现问题。然后，他推荐了澳大利亚一家男篮俱乐部的助理教练，此人是马赫的学生，曾在WNBA当过助理教练，名叫米歇尔。我让马赫把资料简历拿来。我们一看简历还不错，马上就答应了，并顺利地谈完了工资待遇。这才算把马赫的外籍助手问题彻底解决了。

事实证明，埃尔和米歇尔确实在日后中国女篮的备战过程中发挥了积极作用。这次换人非常明智，至少对中方教练也是一种触动。

危急时刻球员的力挺

2006年世锦赛后，篮管中心就外籍教练是否胜任的问题，在较大范围内进行了深入的研究论证，最终决定继续使用两位外教，此结论也上报总局领导并获得批准。事情刚刚过去一年，大领队又一次提出撤换马赫的问题，也就又一次把相同的问题摆在我的面前。但问题的实质仍然是：马赫究竟行不行？为慎重起见，我需要听取运动员、教练员对这位澳大利亚教练的真实看法，因为他们最有发言权。

2007年10月31日，女篮队员回国后当天就要解散回各自俱乐部准备打联赛。她们回来的当晚我来到位于玉蜓桥附近的运动员公寓找人。当时已有部分队员走了，还有五六个没来得及走。卞兰有事出去了，另外四个总算被我“逮”着了。我开门见山直接问她们，马赫到底行不行？刘丹持否定态度，告诉我说马赫不行；宋晓云说自己比较疑惑，信心有些不足；但苗立杰和陈楠则是坚决力挺马赫。

苗立杰说，队里虽然有这样那样的问题，但马赫是个好教练，他给队伍带来了新东西。以前中国队打欧洲强队时心发虚，但现在觉得能赢她们，她感觉队伍在进步。之前曾和马赫发生过直接冲突的陈楠，直言自己现在非常信任马赫，“以前有段时间我确实不接受他，但这段时间我感觉自己确实提高了，我认可马赫是位优秀的教练员。”苗立杰和陈楠是两个队长，我相信她们的意见具有相当的代表性。

听完几位队员的想法，次日一早，我召开了中方教练组会议，叫上中心职能部门和领导班子成员一起参加。会上，范斌、王芳、匡鲁彬都发了言。大领队的态度非常坚决，那就是换掉马赫。我就问他，马赫不行谁行？他说让XXX（一位中方教练员）干吧。我说他带队能完成2008年奥运会任务吗，他有些含糊，但还是坚持使用这位中方教练。匡鲁彬也含糊其辞，在我的追问下也表态认为此人行，显然他不能同大领队唱反调，我理解他的苦衷。倒是两个教练员的态度比较微妙，虽然也指出了马赫存在的问题，但并未对马赫持否定态度。

后来，我从旁了解到，从美国回来后，有人出面把中方教练组成员召集到一起吃饭，私下里已经统一了口径，要换掉马赫。

上午会开完后，我把一位教练组成员叫到办公室里。我说我就私下问你一句话，请你一定要坦诚地告诉我，马赫到底行不行；如果马赫不行，谁行。这位教练员不假思索地说出了自己的答案：“还是马赫好，队里虽然有矛盾，但马赫还是高水平教练，这点不用怀疑。”

开完这个会后，我和刘晓农把马赫找来，听听他对中方教练组成员的评价。马赫说，匡鲁彬是一个好人，在队员中很有威信。关于大领队，他说自己不方便评价，然后重点跟我谈了翻译的问题。我这时才知道翻译方面也出了问题。

女篮的翻译叫吴迪，是个在中篮公司工作的小伙子。他曾在美国生活过四年，会打篮球，英文很好，尤其在专业术语方面更在行一些，这也是他第一次到女篮工作。

翻译的工作量很大。他除了课上的翻译外，平日里还要照顾外教及其家人的日常生活，甚至充当陪同、采购和司机的职务。他一个人根本顾不过来，因此忙中出错也不能全怪翻译。何况队内还不止一个外国人。马赫曾提出想增加一名翻译，这是完全正当的、必要的，但没有人理他。男篮一直就是两个翻译，女篮此前的领队白喜林懂英语，能起到半个翻译的作用，而现在仅靠一个新手来应对如此繁重的工作，显然是管理层的失误。中方领队根本没有意识到，翻译问题解决不好会加剧队内的矛盾。从管理的角度讲，这是不该被疏忽的一个问题。

了解到这一问题后，我就想到必须充实翻译力量。脑海中的第一个人选，就是女篮之前的翻译谢海田。一来他语言能力强，是首都体育学院的英语老师，二来为人处世比较成熟，曾经和马赫合作得很好。应该说，谢海田到队里后，他的工作方法和马赫良好的私人关系，对于稳定马赫的情绪起到了很好的作用，同时对于队伍的团结和谐作出了重要贡献。

一次出乎意料的发言

2007 年 12 月 25 日，折腾了两个月后，中国女篮教练组的事情终于消停了。那天是总局领导听取篮管中心备战奥运会汇报的日子。局长刘鹏带着副局长肖天、崔大林、蔡振华及各司局的领导大概十几号人，来到通正大厦 14 层中心会议室。

在此之前，中心已经召开若干次会议对女篮问题统一了思想。国家队管理部也据此准备了汇报材料，由中心班子成员传阅。我又进行了细致的修改，主导思想是要客观反映全年的备战情况，对女篮和马赫的问题要实事求是地说，该肯定的肯定，该改进的要改进。

可能是上午在足球管理中心那儿听到的汇报难以满意，对于我代表篮管中心的汇报，领导评价比较高，认为清晰、翔实。就在我以为汇报将圆满结束时，女篮大领队要求补充发言。他拿出精心准备好的材料，对女篮的训练提出了 6 大问题，全面否定了马赫，也就全面地否定了女篮 2007 年全年的训练，并且一再强调他的结论："中国女篮完成 2008 年任务的最大风险，在于中方教练与马赫的认识、理念不同。如果马赫不能改变，2008 年奥运会中国女篮肯定没有希望!"

对于这样一个发言，我没有思想准备。

他的发言带有许多主观片面的东西，提到的专业技术方面的事例也没有多大说服力，对马赫的全盘否定也不符合事实。听完此人的补充发言后，有位领导立刻批评道，既然存在这么多问题，你们早干嘛去了？

实事求是地讲，我们有一些同志，往往出于良好的愿望，抱着对事业高度负责的态度，满怀热情地进入到专业领域，发表意见或采取行动，但由于缺乏专业的知识和能力，又不能采取正确的方法，其结果不仅白白耗费心思，而且还会导致南辕北辙的结果。

事情发展到这一步，看来想息事宁人是做不到了。

事实上，在女篮问题爆发后，我们一直围绕着四个问题展开调查。第一，对 2007 年国家女篮全年的备战工作如何评价？第二，对主教练马赫的工作如何看，包括他的优缺点，重点判断他到底行不行？第三，对女篮教练组出现的问题怎么看，是管理方面出了问题，还是技术层面出了问题？第四，下一步怎么办？这几个问题不搞清楚，认识不统一，没法给领导汇报。

通过近两个月的工作，我们已经有了几点明确的意见，即 2007 年国家女篮的备战工作是有成效的，成绩是主要的。对马赫的工作总体上应该肯定，存在问题，但不是主流。女篮教练班子存在的问题，是由于认识不统一、缺乏团结的愿望和沟通的方法、不能有效解决矛盾和分歧造成的。我得出的结论是：国家女篮完成 2008 年任务的最大风险在于中外教练两张皮，形不成合力，这个问题不解决，是不可能完成奥运会任务的。

重组教练组

在对整个形势作出判断后，我坚定了不更换主教练的决心，并着手重组女篮教练组。这次调整就是要一劳永逸地解决队伍的团结问题，毕竟距离北京奥运会越来越近了。

中国女篮征战北京奥运会的教练班子就此组成。领队匡鲁彬，助理教练为范斌、王芳和米歇尔，体能教练为埃尔，翻译谢海田、吴迪，我统筹负责，主教练仍然是澳大利亚人马赫。

其实这次矛盾在内部闹得很大，但外界知情的并不多。也就是说顶着只能成功不能失败的压力，我重新回到了中国女篮的队伍里。

从那以后，中国女篮终于进入一个内部和谐、发展顺畅的轨道上，这也为中国女篮打进北京奥运会四强奠定了基础。最终的结果证明，我们的选择是正确的。中国女篮用她们在北京五棵松篮球馆的精彩表现，给出了最好的答案。

第十五章
北京奥运会：凤凰涅槃

北京奥运会是中国人的荣耀时刻，对于中国男女篮也是一样。为了这一天，我们准备了四年。人们都渴望在北京奥运会上证明自己，外教希望通过北京奥运会证明自己的价值；姚明、阿联、大郅、孙悦这些现役的、曾经的及渴望在NBA一展身手的球员，期待着代表国家作战而获得世界篮坛的承认；中国女篮要一扫四年前雅典惨败的屈辱；而我则希望我对篮球事业这五年倾注的心血能有个完美的结局。

但就像所有的决战时刻一样，荣耀到来之前，一定会经历坎坷和曲折，这次同样不会例外。

姚明罹伤开年不利

姚明对中国男篮意味着什么，答案是不言而喻的。如果中国男篮没了姚明，2008年北京奥运会怎么打，这简直就是想都不敢想的事情。

但这件事差点就发生了。

2008年2月26日深夜11点40分，我的电话突然响了起来，一看号码，是陆浩的，姚之队的成员之一，姚明的中方经纪人，一般姚明的事情我们都会最先从他那里得知。

不知道为什么，看到陆浩的电话我就有种不祥的预感。深更半夜打电话给我，除了姚明的事情，不可能是别的，而这件事很可能是不好的消息。

接通电话，我听到陆浩的声音有点低沉。他说："今天美国方面传来消息，姚明确诊为左脚舟状骨压力性骨裂，属于三度骨裂，是比较严重的一种。乐观估计，治疗恢复需要四个月，悲观的话可能葬送他的职业生涯。休斯敦火箭俱乐部已召开新闻发布会，正式宣布了这一消息，明天媒体就会有报道。"我一听感到十分震惊，真是怕什么来什么。

此时距离北京奥运会开幕不过五个多月时间了，如果姚明不能参加，无异于釜底抽薪，中国男篮的奥运前景将瞬间暗淡。即便乐观估计，四个月的时间能够恢复，那姚明也很难参加之前国家队的一系列热身赛，而尤纳斯的排兵布阵、队伍和姚明之间的磨合也都会受到影响。特别是如果打不了7月底国际篮联举办的钻石杯赛的话，等于姚明与队伍基本上就没有磨合的机会了。

姚明又受伤了，这个消息立即在全国产生了很大反响。电视、报纸的报道铺天盖地，俨然成为一大新闻。但当我们把这个消息告诉尤纳斯的时候，原本以为他会大吃一惊、沮丧不已。不料，他却非常冷静，可能他遇到这样的事多了。他平静地说，这不一定是件坏事，现在伤了，总比临近奥运会时受伤要好吧，我们还是用一种积极的态度来面对吧。他的看法与我不谋而合。

29日，中国篮协和体育医院特地组织国内顶级医疗专家开了个姚明伤情会诊会，商讨姚明的脚伤如何诊治，提供方案给美国医生参考。与此同时，尤纳斯确实以积极心态面对，拿出两套备战奥运会的方案，一套是有姚明的，一套是无姚明的。

接下来姚明手术顺利，恢复顺利，参战愿望日益高涨，这些都应了老尤"未必是坏事"的说法，也算是奥运会前的一个插曲吧。

抽签分组形势严峻

2008年奥运会，国际篮联改变了往届奥运会的选拔参赛方法，使强队数量增多，国际篮联说："本届奥运会是参赛队伍水平最高，竞争最激烈、最残酷的一届。"客观地说这给中国男女篮的北京奥运之战增加了许多困难。

赛制改变之一就是增加了落选赛。除了东道主和上届世锦赛冠军队可直接获得参赛资格外，其他参赛名额则需要通过以下两种方式产生：2007年各大洲锦标赛选拔出男篮9支队伍、女篮7支队伍（具体名额分配：男篮是美洲、欧洲各两个，亚洲、非洲、大洋洲各一个；女篮是五大洲各一个）；剩下的名额通过资格赛确定，这就意味着男篮有3个、女篮有5个参赛名额可能被欧美球队获得。奥运会资格赛的最终结果证实了我们的判断：男篮资格赛出线的队伍：希腊、德国、克罗地亚三支欧洲劲旅；女篮则是捷克、西班牙、白俄罗斯、拉脱维亚和巴西，四支欧洲、一支美洲强队。

竞赛方法的改变参考了足球世界杯的赛制，即12支参赛队通过抽签分成两个小组并采用单循环的方式决出小组名次，获小组前四名的队伍进入八强。之后，两个小组的前四名交叉淘汰，胜者进入四强，负者之间不再比赛，以之前比赛的总得失分率排定5～8名的座次。这种排名方式在奥运会篮球比赛中是首次采用。我认为，用得失分率排球队的座次，既不客观，也不能准确反映队伍实力。这种方法对于中国男女篮来说，要不就前四，要不就前八，没有其他办法表现队伍的进步，这也是我们不愿意看到的。

而抽签分组的结果也与我们事先估计的差距很大。我们原以为对东道主队会有一定照顾，谁知分到中国男篮一组的有美国、西班牙、希腊、德国、安哥拉，这中间仅安哥拉实力稍弱，其余都是大名鼎鼎的世界篮坛劲旅，是名副其实的"死亡之组"。北京奥运会的最终结果也证明了这一点：美国、西班牙分获冠亚军，希腊以2分之差输阿根廷失去进入四强的机会。对于这个结果，我曾当着国际篮联主席鲍博的面，向考特莱巴先生提了一个问题：就男篮分组的结果，你是否同意B组的实力强于A组？他回答道：就中国男篮的目标来说，如果你在小组中连安哥拉、德国这样的队都赢不了的话，你们的奥运目标就无从谈起，如果你能在小组出线，那么A组的任何队你们都能抗衡。一般来讲，小组赛还能允许闪失，但交叉淘汰赛是不容有失的，如果你们能在小组出线，进入淘汰赛时就会避开美国、西班牙、希腊这样的强手，就有可能走得更远。这代表了国际篮联官员的看法，他们的说法也不无道理。女篮的情况好一点，第一次抽签，人们普遍认为中国女篮抽了一个上上签，谁知第二次则把捷克、西班牙抽进了我们这一组，而在最近的若干年里，中国女篮还没有在任何一次大赛中赢过她们。这个结果又给我增添了新的压力。我在6月1日的笔记中这样写道：2008年奥运会女篮的最终分组几乎是2004年的翻版，如此更具有可比性。

严峻的形势摆在面前，尤其是男篮。当时许多媒体、球迷认为男篮出线希望渺茫，新浪网调查结果表明：62%的人认为男篮不能出线，28%的人认为可以出线，10%的人不置可否。

奥运会从来就是一个残酷的竞技舞台。俗话说，奥运会上无弱旅，比赛都是实打实，硬碰硬的，不能存在幻想和侥幸。只能把出线的希望放在自己身上，全力去拼吧！

三亚军训

2008年3月8日是国家男女篮集中的日子，这是备战2008年奥运会的最后冲刺阶段，能不能在北京奥运会上有好的表现，就得看这五个月的训练效果。为了在艰苦训练前给运动员一个放松的机会，我们把军训放到三亚，军训前休整三天，让队员们好好休息一下。

女篮组建了新教练班子，增加了一个澳大利亚助理教练、一个来自美国职业队的体能教练和一名翻译，从这个时候起，我也一心扑到队伍中间。

2008.3.9 海南三亚，左起张帆、陈晓丽、苗立杰、张晓妮、邵婷婷、宋晓芸、刘丹

之前有个朋友给我出主意说，老外喜欢直来直去，对他们你不要太委婉，有什么直截了当地说就是了。我想确实是这个道理，你顾及对方感受，讲话拐弯抹角，他根本听不到心里去，结果是该干什么还干什么，没什么效果。

我到达三亚的当晚就召集女篮教练组开了一个会，把女篮教练组成员马赫、埃尔、米歇尔、范斌、匡鲁彬都叫到了我房间里。我和胡加时分别讲了讲关于集训的安排及要求后，我把话锋一转，表情严肃起来，将之前精心准备的一番话说了出来。我说：“我们女篮教练组要创造一个和谐共事的环境和氛围。坦率地讲，我对去年教练组的工作是不满意的，因为大家相互之间的信任和合作不够，存在沟通问题，缺乏有力的领导，没有充分发挥团队的作用，在这方面中方和外方都有责任，这也就是我们为什么要进行人员调整的原因。去年那样的工作状态是不利于完成奥运会任务的，必须加以改变。希望今年的教练组从一开始就建立一种和谐的工作关系，有事多商量，没事多来往，相互尊重，发挥每个成员的积极作用。

从工作关系上讲，你们是我选择和聘用的，你们要对我负责，我对国家负责。从今天起，队里的所有重大事项都由我作出最终决定，大家都要服从。当然，在我作出决定之前，会充分听取主教练和各位的意见，我也不会事事插手，使你们无所适从。我相信你们都有高尚的人格、职业道德和对篮球事业的忠诚，能够理解这一点。这是建设一个强大团队的需要。这个团队有两个核心，一个是我，对队伍负总责，匡是我的助手，具体负责队伍的管理教育和后勤保障等；另一个是汤姆·马赫，他是教练组的首脑，负责训练比赛方面的事务。我到队里，不仅是一个领导者，而且也是一个服务者，愿意做大家的朋友，大家无论遇到什么问题，不管是工作上的，还是生活上的、家庭方面的问题都可以找我，我会尽全力帮助你们解决，为你们免除后顾之忧。

运动员是队伍的主体，是完成奥运会任务的主要力量，我们所做的一切都是围绕运动员进行的，我们要给予她们足够的关心和帮助。不要试图讨好她们，运动成绩是她们信赖我们的最重要理由，严格要求是对她们最大的爱护，尤其是主力队员。要激发她们的斗志，改变她们的态度和惰性，使她们做好打大仗、恶仗的准备。”

听我说完这番话，埃尔冲我竖起了大拇指，匡鲁彬、范斌若有所思，马赫的目光里透着信服，我知道这番话起作用了。

3 月 9 日是队伍开始三亚休闲和军训的日子，驻地之所以选在三亚警备区司令部，是希望队员们能够有个缓冲期放松一下，毕竟接下来的备战将会是异常艰苦的。当然，我的另一个期望是利用这段时间让大家消除隔阂，体会一番大家庭的感觉。

我们的良苦用心终于收到了成效。那几天大家相处得非常愉快，男女篮队员打成一片，教练队员也玩得开心。米歇尔带着队员在海边玩沙滩排球，谁输了就把谁扔到海里去，有的输了拼命逃，有的被扔到海里，大家笑着闹着，不知不觉中关系融洽了许多。

尽管都是些二三十岁的大姑娘、小伙子，但玩疯的时候跟孩子一样，对他们来说整天就是训练比赛，真正的休闲时光实在太少了。这次的三亚之旅算是给队员这么多年付出的一种小小的补偿吧。

快乐轻松的时光稍纵即逝。3 月 16 日，结束了一周的休闲军训后，队伍返回北京，就此拉开北京奥运会前最后冲刺阶段的大幕。

“好运北京”测出惊喜

2008 年 4 月 19 日，“好运北京”国际女篮邀请赛在五棵松篮球馆拉开了战幕。这个比赛是北京奥组委与国际奥委会为检查测试奥运会比赛运转情况而专门设置的一个赛事，涉及了几乎所有奥运会正式比赛项目，一切都以奥运会正式比赛标准运行。国际篮联选择了女篮比赛，参加邀请赛的队伍都不是等闲之辈，有美国、澳大利亚、古巴、新西兰、韩国、中国 6 支队伍。这对中国女篮而言，不仅是一次重要的热身赛，而且也提前适应了奥运会正式比赛场馆。

这次比赛是在国家女篮集训一个月后举行的。在调整了教练班子以后，教练组以崭新的面貌迅速发挥了作用。米歇尔作为马赫的助手展示了良好的专业素质，不仅在技战术方面有力地辅佐了马赫，而且与球员建立了良好的关系。体能教练埃尔进队以后，给队伍的体能训练带来了新理念和个性化的训练方法，很快就看到了效果。由于临近奥运会，运动员的训练热情空前高涨，队里面貌焕然一新，表现出良好的团队精神，和谐的队内环境，训练质量得到充分保证。所有这一切都让马赫感到十分高兴，因此他的情绪轻松了不少。

埃尔是一个有着17年NBA经历的专职体能教练，他曾在萨克拉门托国王队工作了9年，在君主队工作了8年，是一个有着丰富训练与康复经验的教练，他的到来让我们见识了美国高水平体能教练的能力和水平。他要求严格，但又和队员嘻嘻哈哈，搞得女队员对他又气又恨又无奈，只能乖乖地完成他的作业。

结果一个月练下来，队伍就发生了很大变化，卞兰就跟队友说："你看我这肌肉都起来了，看我以后跟美国人怎么对抗！"一看就是自信心起来了。

国际女篮邀请赛的赛制是6个队单循环赛，最后的前两名进入决赛。国家女篮在预赛中分别以80:67战胜韩国队，以67:64胜澳大利亚队，以99:73胜新西兰队，以66:58胜古巴队，之前由于澳大利亚队分别输给了中国队和古巴队，因此中国女篮战胜古巴队后，提前锁定了决赛的资格。单循环的最后一场对阵美国队，以61:86失利。这一路打下来顺风顺水，显示了队伍的进步，对美国女篮一场尽管我们尽了最大努力，毕竟对手实力高出一截，因此失败也在情理之中。

决赛的对手是在两天前赢了我们25分的美国队，这是中国女篮在本次比赛中第二次与美国队相遇。在4月26日的决赛中女篮姑娘们没有受到前一场大比分落败的影响，轻装上阵，全力去拼，发挥了较高水平，结果以84:81战胜美国队，勇夺冠军。这场比赛一波三折，多次出现拉锯式争夺，打得十分精彩，最后时刻由于卞兰的出色发挥，终于逆转了比赛。当时国际篮联中央局会议在北京举行，有20多位国际篮联中央局委员到场见证了这一时刻。

这是国家女篮历史上第一次在国际比赛中击败美国队，这对于成长中的中国女篮是极大的鼓舞和激励。面对强大的美国队，女篮姑娘们经历了由惧怕到无所畏惧，反映了精神意志的进步。尽管这个比赛结果有美国女篮的阵容不整和大意轻敌的成分在内，但也不能低估这场胜利对于队伍的正面影响。

获得冠军固然可喜，但真正使我欣喜的是看到队伍有了新的变化，表现出一些鼓舞人心的东西，比如表现出强烈的获胜欲望和拼搏精神，高度的团结，勇于挑战强手；凶悍的防守，不惧怕身体对抗；打法逐渐流畅起来；一改过去人们对女篮重攻轻守和打法柔弱的看法。这场比赛堪称马赫执教中国女篮以来的一场经典战役，他对女篮长达三年多的改造终于显示出效果。赛后，美国、澳大利亚队员在接受新闻媒体采访时讲："主场作战的中国女篮是一个可怕的对手。"

在总结会上，女篮队员畅谈了自己的收获。苗立杰说："很久没有像今天这样打出中国女篮的士气和作风了！"宋晓云说："最大的收获是信心上的，不惧怕对手，敢字当头。"陈晓莉认为："最大的收获是防守，其次是心态。"马赫对队伍的整体表现感到满意，他说："重要的是比赛质量高，无论赢也好，输也好，对队伍都有很大的锻炼价值；有激情，状态好，心态不错。"

在这个比赛中，我也发现个别媒体出现一些不正常的现象。女篮奥运邀请赛前，中国女篮和新西兰队打了一场热身赛，由于这是集训以来打的第一场比赛，队员兴奋过度，再加上四周大力量训练，没有调整，不少人的感觉不对，结果只以4分的微弱优势获胜，于是有记者说了：这马赫已经来了三年了，练什么了？李元伟跟队干吗了？指责之声溢于言表。五天后，在五棵松篮球馆内，国家女篮以99:73的大比分战胜新西兰队，这位老记者又说，新西兰队人不齐，人家就是来随便打打，而中国女篮却把自己的实力、打法和首发阵容都暴露了，对奥运比赛不利云云，反正马赫怎么做都不对。有一个资深记者看不下去了，专门给我打电话，表达了自己的看法。这次邀请赛，女篮发挥很出色，连续赢了韩国、澳大利亚、新西兰队，于是媒体又讲了参赛队有水分，许多主力都没有来，就是来应应景什么的。殊不知，这次参赛的6支队伍，有4支是完整的国家队，其中3支是奥运参赛队伍：中国队、韩国队、新西兰队，古巴队即将参加奥运资格赛，是支准奥运队伍。美国是上届奥运会冠军，澳大利亚是2006年世锦赛冠军，她们的实力本身就超群，即便有几个主力没来，实力也不容小觑。国际篮联主席埃尔芬斯顿在看了中国女篮的两场比赛后说，中国女篮比2006年世锦赛时有了明显的进步。

当然个别媒体的声音反映了极少数人的观点，有些人不愿意看到中国女篮的进步，巴不得打输了才好，这其中包括篮管中心的个别人。显然，女篮的良好表现让他们大大失望了。

“特殊待遇”

随着奥运会的临近，国内外的体育热在不断升温，篮球所受到的关注也在持续走强，有不少国外通讯社和著名报刊记者都来预约采访，希望我能多介绍一些中国篮球的发展情况，他们似乎都知道篮球在中国的地位和影响。

在北京奥运会开幕前，总书记和总理对国家男篮的亲切看望，给我们带来了意外的惊喜，显示了国家领导人对篮球事业的重视和关心，这对国家男女篮运动员、教练员产生了巨大的激励作用。

2008年7月20日前后，我突然接到国家体育总局备战办的紧急电话，说胡锦涛总书记过两天要来看望运动队，总局和相关项目中心要做一些必要的准备。

这次总书记一共看望6支运动队，国家男篮是其中一支。这6支队伍分别是体操队、乒乓球队、举重队、国家女排、花样游泳队和国家男篮。这些队伍中除了男篮和花样游泳队外，其余队伍都是战绩显赫的金牌运动队，而国家男篮的历史最好成绩也仅是第八名。我总在想，按成绩，我们男篮远远达不到中央主要领导视察看望的资格，男篮能够享受到奥运金牌运动队的待遇，无非是因为全国老百姓的喜爱和国家篮球运动员具有的良好形象，是对我们的激励和鞭策。据说，美国总统小布什要观看第一场中美男篮比赛，赛前还要接见双方运动员，这样一来，还没比赛，男篮已经出尽了风头，当然这不仅仅是男篮的荣誉，也是中国篮球界的光荣。我们应该扪心自问：如何回报各界的关爱？面对众多父老乡亲的殷切期盼和中央领导的谆谆教诲，我们能不加倍努力吗？

7月23日，总书记如期而至，在篮球训练场地边上与尤纳斯见了面，观看了一会儿训练，然后和大家聊起了家常，询问了姚明的脚伤、大郅的状态、易建联转会的情况，鼓励大家一定要打出良好的精神风貌。总书记对男篮的情况非常了解，连小组赛对手都很清楚。我汇报情况谈到和美国男篮的比赛时，总书记笑着说，我去访美时，小布什总统还跟我要中美男篮比赛的门票呢。

最后，总书记和每个队员挨个儿握手，有些队员都激动得说不出话来。那天我明显感到大家既兴奋又拘谨的情绪，包括姚明在内。总书记还专门肯定了尤纳斯的工作，弄得老尤也很感动。

不过，略显遗憾的是，男篮队员确实比较守规矩，因为之前总局备战办有位主任专门打电话过来叮嘱队员不能照相，结果，不少队员带了相机过去也没敢用，后来听说其他运动队都和总书记合了影，这些队员就更加遗憾不已。

但相比女篮，男篮已经很幸福了。马赫听说总书记看望男篮时就非常羡慕，怎奈女篮影响远不如男篮大，一心想见国家领导人的马赫只能徒留遗憾了。

让马赫遗憾的事情一件接一件。

8 月 2 日，我随女篮在浙江海宁打“钻石杯”比赛的时候，又接到总局的电话通知，说温家宝总理要视察奥运会场馆建设情况，其中包括五棵松篮球馆，希望男篮届时过去训练。

8 月 3 日，男篮整队被拉到五棵松篮球馆训练。温家宝总理果然是个篮球爱好者，不仅对男篮提出了很多具体要求，还亲自上阵，几次漂亮的上篮，博得姚明等国手的阵阵喝彩。后来才知道，总理其实上学的时候就是篮球高手，难怪那天看到装修一新的五棵松篮球馆忍不住小试身手了。

不过，那天总理给大家印象最深的还是那句话：“你们要用精彩的比赛为祖国赢得荣誉、赢得尊严、赢得友谊，表现出中国人民的精神风貌！”我相信这句话男篮队员都听进去了。

总书记和总理赛前给予男篮的“特殊待遇”，也成了后来激励队伍的强心剂，男篮能够每分必争、每球必抢、奋勇拼搏，我觉得跟中央领导的关怀和重视有很大关系。

人需要鼓励，我们也不例外。

中美对决荡气回肠

8 月 10 日，中美男篮之战打响。赛前美国总统小布什要来观看比赛的消息不胫而走，引起广泛的关注，据说这场球的门票被炒到上万元一张。看台上挤满了满脸兴奋的球迷，就连贵宾席都坐满了人，那天许多国家的政要都到现场观看，俨然成为奥运会开幕后的一大热点。据美国媒体报道，“尽管这只是一场小组赛，却吸引了 1.8 万名现场观众和全球约 10 亿名电视观众，包括在现场观战的美国总统布什和他的父亲——前总统老布什。”路透社报道称：“这可能是世界篮球史上最受关注的一场比赛。”

对于男篮小组赛的前两场比赛，我们都很紧张，这本来是没有悬念的比赛，双方实力相差很大，取胜希望渺茫，按说没必要紧张。但由于这场球引起的高关注度，使它脱离了单纯竞赛的层面，有了其他的含义，我们担心男篮小伙子们的表现，担心大比分失利对后续比赛的影响，更担心因为拼得太凶出现意外的伤病。

赛前如何制定比赛策略成了重要的事情。当时，有一种选择性放弃的说法，认为：既然我们的对手都很强，我们就要有选择地打比赛，遇到美国、西班牙这样的强队，明知打不过就要保存实力，然后去拼可能战胜的对手，就如同以前中国队打世界大赛时的习惯做法，美其名曰“田忌赛马”。我极不赞成这种说法，这是典型的弱者心态，未战先怯，先输了志气和士气。这是态度问题，也是一个精神状态问题。我愿意相信提出这个建议的人是出自良好的动机，但极不可取。强队怎么了，他们不是人？他们有三头六臂？还没打怎么知道打不过？都这么想，哪能有以弱胜强的奇迹出现？这有悖奥林匹克精神！成绩是重要的，但不是唯一的，在自己家门口作战，我们必须表现出敢打必胜的血性，打出精彩的比赛内容，让中国人热血沸腾，赢得老百姓的赞誉，不能有一丝一毫怯懦的表现，否则我们就将为千夫所指！绝不能有所“选择”！我下定决心，并和男女篮教练组达成共识。我在奥运会赛前的动员会上，对全体运动员、教练员讲：“选择性放弃是不可取的。我们可以允许技不如人，但不能容忍志不如人！技不如人，输掉了比赛，人们可以谅解。但志不如人，未战先怯，输得窝窝囊囊，人们是不会原谅我们的。我们就是要以‘奋力拼搏、全力争胜、永不言败、永不放弃’的精神，展示中国篮球队的精神和血性！”

随着中美男篮比赛的迫近，大家思想统一了，这些问题都不再是问题，因为放在中国男篮面前的只有一条准则：打好每一场球！

8 月 10 日 22 点 15 分，中美男篮之战正式打响了。比赛开场，姚明在三分线外一接到球就扬手投篮，球应声入网，这充分显示了他的决心和气概，要知道姚明从来没有在大赛中投过三分。不仅如此，还能看到这个大个子倒地抢球撞到广告板的场景。而其他队员也各个奋勇争先，朱芳雨的三分球尽情发挥，易建联、大郅也中规中矩，孙悦第一次担任首发在攻守两端都有不俗的发挥，还盖了绰号“魔兽”的霍华德一个大帽。后来尽管因为实力差距太大，中国队最终以 70:101 不敌科比、詹姆斯这些 NBA 巨星领衔的美国梦八队，但这支球队的开场秀还是赢得了球迷的赞赏。

下来后，我跟姚明说：“打得好！姚明，你带动了全队呀。”姚明的心气儿还没下去，略带孩子气地跟我说：“总书记在上面看球，我们总不能给总书记丢人吧。”他当时还不知道总书记没来，但能拼到这份儿上，说实话，就算输给美国队再多分，我想大家也都能接受。

赛后国内外媒体纷纷撰文高度评价了北京奥运会中美男篮之战，《人民日报》评价：中、美比赛是“一场超越体育的竞赛”；美国媒体认为这是一场具有历史意义和全球影响的重要比赛，是一场“双赢”的竞争。英国《星期日电讯报》10 日报：“如今，是篮球将中美两个地球上的超级大国一起拉到球场上。”

对于比赛结果，有 82.19% 的人表示满意。《体坛周报》的记者冉雄飞称：男篮输得荡气回肠！

壮志未酬的尤纳斯

男篮打西班牙队那场我没在现场，因为第二天女篮要打新西兰队，马赫怕队员轻敌不重视，重蹈覆辙，专门安排了队会，要做队员思想工作，所以，那场球我是在训练局宿舍看的转播。

本来心想输给西班牙这样的强队二三十分纯属正常，没想到小伙子们的发挥简直神了，内外线齐开花，防守也够劲儿，如果不是最后时刻被对手反扑，说不定就爆了开赛后最大的冷门。我自己一边看着比赛一边在那儿激动，还不时地喊两嗓子，感觉好久没这么兴奋过了。最后的比分当然让我遗憾，但整个过程让我看到了男篮杀出“死亡之组”的希望，看到了我们的备战出了成效。

其实，后来尤纳斯也承认，最后时刻应该让大郅打，姚明当时已经打不动了。但任何教练在关键时刻都愿意用自己最信得过的人，这种心情我能够体谅。

那天是 8 月 12 日，我的心情依然紧张，但已经看到了光明的未来。

如果说前两场碰强队算是练兵的话，接下来和安哥拉、德国队的比赛就是必须赢的比赛了。打安哥拉我们有信心，那场也赢了对手 17 分之多。但打德国队就不同了，德国队有诺维茨基这样的 NBA 明星，又加了一个 NBA 快船队的主力中锋卡曼。2007 年的热身赛上，我们曾经输给他们 35 分。姚明不在是原因之一，但人家的实力确实在那儿摆着。

8 月 16 日，被媒体称为生死之战的中德比赛开始了。像前几场比赛一样，五棵松篮球馆里人山人海，黑市门票依然昂贵，而中国男篮的小伙子们已经喊出了必胜的口号。那场球中国队赢了 4 分，在终场哨声吹响的那刻，全场观众起立鼓掌，男篮小伙子们的脸上也露出了孩子般的笑容——我们进八强了。姚明赛后说："男篮已走上正确的道路，现在已成为一支队伍；我们也可以打出整体篮球和坚强篮球。"

那天晚上，我和胡加时把男篮教练组的成员叫到我房间里，郭士强、孙军、巩晓彬、杜大夫，还有女篮的范斌，我拿出一瓶茅台酒来，大家小小地庆祝了一下。我至今仍能清楚地记得那时的感觉，一个多么融洽的团队，一个时刻都在互相鼓励的团队。以前男女篮参加大赛的时候，基本像两支不相干的队伍一样，大家各打各的，很少有交流，甚至连话都不多说。但这次不一样，男女篮会在对方比赛的时候到场助威，在餐厅里碰到都会主动打招呼甚至还开两句玩笑，关系处得非常好。

但幸福的时光总是短暂的，紧接着就要面临打希腊队了。这时候分歧也出现了。

中国队当时已经铁定出线了，尤纳斯希望在八进四的时候碰立陶宛队，他在考虑跟希腊打是赢好还是输好。但中方教练认为能赢当然要赢，这样就有可能以小组第三的身份出线了，小尼尔森也同意中方教练的观点。后来胡加时把情况向我汇报后，我们俩意见一致，就是一定要争胜。

但我们的意见统一了，老尤在临场指挥时还是有考虑的，姚明换下场后就没再上过场。其实姚明很想上去打，但主教练说让谁上就谁上，这是人家主教练的权力。结果，那场球没啥悬念地输了。

老尤想打立陶宛队可能是因为，一来他非常熟悉这个对手，二来立陶宛的配合熟练程度不如希腊队，后者战术素养更高，配合更好，他认为我们赢希腊队的概率并不高。

但这只是他的如意算盘，以中国男篮的实力想战胜立陶宛队还是有难度的。

8 月 20 日，中国男篮结束了自己的奥运之旅。那天在更衣室里，队员们因为输了球多少有些压抑，但老尤非常动情地感谢每一位队员，并对队员的表现给予充分肯定。他说他很珍惜和大家相处的这段时光，说的人动情，听的人也很伤感。就这样在一种极度温馨略带忧伤的小结后，中国男篮完成了使命，老尤也结束了和中国男篮四年多的相处。

尤纳斯内心肯定有一种失落感，因为我知道他是多么期望在北京奥运会上率领中国队取得突破呀，这是萦绕在他心头四年的一个梦想，为此他付出了巨大的努力，经历了痛苦的过程，也克服了很多困难，但没有如愿，我想他一定心有不甘。中国男篮确实还没到质变的时候，但我坚信，他的心血和付出不会白费。和老尤一样，我们都充满信心和期待，等待男篮小伙子们攀上世界篮坛高峰的那一天。

马赫法宝"一大四小"

8 月 2 日女篮钻石杯赛在浙江海宁打响，这是奥运会前的最后一次热身赛，参赛的队伍有美国、澳大利亚、俄罗斯、拉脱维亚、马里和中国，强手云集，都是参加奥运会的原班人马。这对于中国女篮来说是检验备战效果、调整定位的最后机会。尽管是热身赛，但也是赛前摸底的良机。这次比赛中国女篮拿了第三名。拿个第三本不稀奇，稀奇的是马赫突然祭出的一大四小阵容，这个变阵对女篮完成奥运会任务起到了意想不到的作用。

从2007年起，马赫所使用的首发阵容一直是陈楠、陈晓莉、卞兰、苗立杰和宋晓云。作为一支成熟的队伍来讲，首发阵容往往是固定的，承担的任务和职责也十分明确，经过上百场比赛的磨合，她们相互间达成了默契，配合娴熟，得心应手，一般不会轻易改变。这次钻石杯的前两场比赛，中国女篮首发阵容还是这五个人。

8月5日，中国女篮要和拉脱维亚队进行第三名的争夺战。早餐后的教练组例会上，马赫突然提出想让隋菲菲代替陈晓莉打首发，也就是说他想变换一个一大四小的阵容。对马赫的这个提议，大家都没有思想准备，也有些担心。苗立杰1.78米，宋晓云1.75米，卞兰1.80米，隋菲菲1.84米，陈楠1.97米，这个阵容的平均身高太低了。我就问马赫，这个阵容是不是平均高度太低了？而且菲菲习惯打3号位，临时改打4号位能行吗？这样做不会影响陈晓莉的积极性吗？马赫一一解答，看来他不是心血来潮，而是已经考虑一段时间了。

不过，热身赛本来就是磨合队伍的，菲菲和晓莉各有所长，很难说效果会怎样，但从发挥队伍的最大潜力出发，试一下没有坏处，大家都同意试试看。没想到，这一试效果极佳，菲菲之前因为有伤一直打替补，她是那种很好强的运动员，这次打首发一下子把她的能量给激发出来了。菲菲开场后就是抢断快攻，再从里面拉出来突破，不仅发挥了她的特点，而且盘活了全队的进攻，把中国女篮快速灵活的特点表现得淋漓尽致。

看上去这像是个不经意的新组合，其实，针对北京奥运会小组赛的对手西班牙、捷克，马赫已经琢磨很久了。这次试验的成功确立了北京奥运会的新首发阵容，这个决定的意义和价值在奥运会比赛中充分体现出来。

2008年8月9日下午两点半，中国女篮打响了自己奥运会上的首战，对手是此前从未在国际大赛中取胜过的西班牙队。

其实当初看到赛程，我心里就犯嘀咕。一开始就碰西班牙这样的强队，我们的队员又慢热，我很担心开局若不理想会影响到后面的比赛。

但马赫早已心中有数。这家伙对对手的研究完全可以用细致入微来形容，早在2005年他来中国执教时，他就收集了几乎所有对手的情报资料，他琢磨出的“一大四小”就是为了对付西班牙和捷克队这样的欧洲球队。不仅如此，马赫还精心编制了对手的录像拿来和队员一起分析，甚至连她们手势的含义都了如指掌。

因为准备得实在太充分，比赛开始后，西班牙队很快发现眼前的这支队伍和她们6月热身赛交手时的队伍太不一样了——气势如虹，战术针对性强，跑动积极灵活，打得她们非常难受。67:64，中国女篮赢了3分。

当日，在女篮首场战胜西班牙后，一位网友在于嘉的博客里留言：

“我想告诉你的是，这是我们看到的最完美的比赛，中国男篮如果这样打，就是‘梦八’也会胆寒。现代篮球必须高速地攻防转换和高强度地对抗，这是运动的真谛。技术细节你可以做得更好，但不可能完美，失误你可以减少，但不可能避免。关键你必须站在这种运动的趋势中，你才有立身之地。我们今天看到的女篮就是在这种趋势中奔跑的狼群！”

输美国就像赢新西兰和马里一样，是在我们计划之内的。接下来比较难打，也是必须要打赢的就是捷克队了。

西班牙和捷克已经提前交过手了，西班牙赢了对手不少，这也就意味着如果我们赢不了捷克落到算小分的地步的话，我们可能就拿不到小组第二，拿不到小组第二，就要提前碰俄罗斯。俄罗斯队的实力明显强于我们，一旦到这个份儿上，进前四的目标就悬了。

那个时期运动员的心态是极不稳定的，一场落败或者一场小胜，都可能会影响到情绪。要安抚队员的情绪，又不能过多召开队会，我当时采取的办法就是适时找主力队员谈话或开个小会，主要是5个首发加陈晓莉6个人，加上中方教练组成员，抓住了这些人就掌控了全队。每逢队伍出现了问题，或者打重要比赛之前，就先在这几个人中统一思想，我给她们提出的要求就是，从全局出发，开诚布公，有意见就直接说出来，别藏着掖着，不明不白。等比赛结束之后，说什么也不管用了。

把话说在明处，我觉得是那段时间队伍相处融洽最好的办法。有了劲儿往一处使的劲头，队伍的力量往往会呈几何式增长。

8月17日晚8点，中国女篮能否晋级四强的战役即将打响。对手捷克队派出的是四大一小的阵容，平均身高高出我们不少，就连打后卫的4号队员都有1.95米，快赶上我们的中锋陈楠了。

但奇兵就是奇兵。我们的一大四小打起四大一小来出奇地顺手，捷克队对我们的打法整个儿一个不适应，别看对手高大，我们的队员对抗起来却并不吃亏。那场球我们大胜对手16分，这又是一个我没有想到的结果。

战胜捷克后，队员都很清楚我们晋级四强之路已经一片光明，姑娘们抱在一起哭成了泪人儿。这种痛哭和四年前打完日本队后的痛哭完全不同，这是胜利后的尽情宣泄，是一种喜悦的眼泪，是辛苦付出终于赢得回报的感觉。这是一场酣畅淋漓的胜利！我此时也按捺不住内心的激动，走进场内和每个队员拥抱、握手，我的眼睛湿润了，在浑然不觉中肩膀上的那个大包袱卸下去了，一种久违的舒心轻松的感觉，真是美妙极了。

而我在接受记者采访时虽然提出了新的目标，但心情与之前已大不相同。随后，中方教练组成员还小聚了一下，我本来叫马赫一起来的，但他告诉我，自己要收集下一个比赛对手的录像，以后再聚。让我不得不对这位儒雅敬业的外教肃然起敬。

那天，我还把之前欠的很多领导的电话、短信一并回复了，也就在那天，奥运村第一次在我心里留下了具体的模样。

8月23日，中国女篮在铜牌争夺战中不敌实力强劲的俄罗斯队，与奖牌擦肩而过，但晋级四强的成绩已经让女篮姑娘们赢得了媒体和球迷的尊重，当然还有对手的赞许。美国女篮强力中锋莱斯利称陈楠绝对有实力加盟WNBA，而就在北京奥运会结束后不到9个月时间，陈楠终于成功登陆WNBA芝加哥彗星队；苗立杰又回到她的老东家萨克拉门托君主队，我想这和她们在奥运会上的出色表现是分不开的。

那天比赛结束后，马赫像往常一样在更衣室里向队员表示祝贺，不同的是，他很激动，并说了很多动情的话。具体的我已经记不太清了，能够记得的是，三年多和外教相处的喜怒哀乐全都在那一刻涌上心头，百感交集之余还有深深的不舍，早已泪流满面的队员禁不住哭出声来。

那是一次很感性的离别，我知道马赫的中国之旅结束了，而我也到了退休年限，篮球生涯也即将画上句号。

天时地利不如人和

参加奥运会在主场作战真是一个难忘的经历。尽管在雅典奥运会、多哈亚运会时，凡是中国队比赛时也不乏当地华侨和远道专程前来加油打气的拉拉队，但在气势和力度上无法与五棵松篮球馆相提并论。

五棵松篮球馆，是国内最好的篮球比赛馆，也是近几届奥运会最好的篮球比赛馆，完全可以与 NBA 的新比赛馆媲美。宽敞明亮，舒适大气，可以容纳 18 000 名观众。每逢中国队的比赛，来自观众的呐喊助威声排山倒海，给中国运动员以巨大的支持，站在场地边儿可以感受到热情的气浪，使人热血沸腾，尤其赛前奏国歌时，全场一片红色，观众整齐划一地高唱《义勇军进行曲》，给人一种血脉贲张的力量。在馆内区域，每当中国队出场时，沿途都是奥运会工作人员和志愿者的掌声和加油声，使人深受感动。没有身临其境，感受不到这种情景给人的影响和激励，这就是主场的威力。在这种时刻，根本不用动员，还有什么比来自群众自发的关心和支持带来的能量更巨大呢？这就是最好的动员。

奥运会后，姚明说："我感到是奥运会的气氛起了作用，这个气氛可以包括奥运会这个比赛的含义，我们身上的背心代表什么，现场观众对我们的支持，那种山呼海啸般的呼喊，都影响着我们，使我们那种状态在突然之间迸发出来了。我们从来没有在奥运会赛场上得到过像现在这样的支持，毕竟我们是主队。"

有一场球，排球运动管理中心主任徐利来看了，他对馆内工作人员和志愿者给男篮的鼓励和加油非常羡慕，说在排球比赛时可看不到这样的景象，当然这也反映出篮球在群众中的影响和分量。比赛结束后，不论输赢，都有球迷在馆外的通道口，等待中国球员出来，那里距运动员上车点有几十米远，而且一般都在比赛结束后一两个小时以后，还有人等在那里，为的就是对球队喊一两句话。他们往往呼叫着队员的名字，高喊加油，令人感动。

记得在打完德国队后，我随男篮小伙子们走出场地，在过道处，迎来掌声一片，突然听到一个响亮的声音说："李主任，你不能走！"我顿时愣了一下，感到意外和不解，随即明白了，这是指我退休的事情，于是在惊奇之外，内心涌动着一种久已生疏的、复杂的情感，究竟是什么，我说不清楚，可能有些许意外、感动、欣慰和满足吧。我看到一个瘦小的年轻人在那里向我挥手，我向他摆摆手，转身离去了。这个插曲我随后就忘记了，后来在网上看到一篇博客才回忆起来。有什么能比来自普通球迷的肯定更宝贵呢！看来，我这几年所做的事情还是得到了群众的肯定，一股力量油然而生，一切劳累、愤懑、委屈都随之烟消云散。这就是中国的球迷！为什么运动员在北京奥运会上能够如此拼命？他们的力量来自人民。这是亲历北京奥运会的每一个人永生不能忘怀的情景！我们是幸运的！

硝烟散尽喜出望外

国家男女篮经过一个周期的艰苦努力，在外教的率领下，终于完成了北京奥运会的历史使命，这整个过程就是一个尝试、探索、体验和创新，经历了在失败中磨砺，在责难中积蓄，在质疑中前行，直至达到理想的目标。就像传说中的凤凰涅槃，浴火重生，这是一笔宝贵的精神财富，必将成为每个参与者终生难忘的经历。

希腊 BRT 电视台著电视评论员伊万格罗斯评价说：“无论从何种角度来看，中国男篮在这次篮球项目的比赛中表现的都非常出色，而且中国女篮也同样毫不逊色。”

2008. 8. 25 北京国际饭店，左起刘晓农、马赫、米歇尔、埃尔、埃尔、尤纳斯、李元伟

北京奥运会结束后，中国男篮获得中共中央、国务院颁发的“北京奥运会先进集体”荣誉称号。这是获得中央表彰的 8 支运动队中唯一一支没有获得奖牌的运动队，而更耐人寻味的是这一荣誉是在篮管中心事先并没有申报的情况下，由国家体育总局推荐而意外获得的。中国女篮获得中国奥委会、国家体育总局授予的体育系统“北京奥运会先进集体”光荣称号；尤纳斯、马赫获得“先进个人”称号，而我本人也获得了中国奥委会铜质奖章。

北京奥运会结束后，国际篮联的最新排名：中国男篮第十、女篮第六，这是历史上中国篮球最靠前的排名。

今天，还有什么比自己的付出获得祖国和人民的肯定更令人欣慰呢？

硝烟散尽以后，回想起整个备战和参赛过程，我想对教练组中方成员的付出表达深深的敬意！这里不仅包括中方的教练员、领队，还有翻译、大夫、摄像等服务人员，四年多来，他们全力以赴、任劳任怨、以队为家、忍辱负重，为国家男女篮的进步付出了大量的心血，也作出了很大的牺牲。面对祖国人民的嘱托，大家义无反顾、无怨无悔、风雨同舟，共同担负起北京奥运会这个巨大的责任，作出了重要的贡献，也结下了深厚的友谊。可以说，没有大家团结一心的努力，就不会有队伍的今天！像胡加时、匡鲁彬、白喜林；范斌、王芳、郭士强、巩晓彬、孙军；谢海田、郑诚、吴迪；杜文亮、张猛、崔树青等，还包括许多无名英雄，我会把他们的功绩永远铭记在心！

一切争议都已过去，因为事实胜于雄辩。

第十六章

是非曲直：外教那些事儿

北京奥运会圆满结束了，国家男女篮聘请外教的尝试也告一段落。在 2004 ~ 2008 的五年间，中国篮协先后聘请过 12 位外籍教练在国家队工作（其中男篮：哈里斯、尤纳斯、小尼尔森、伊格尔斯、蒂杰、埃尔、法尔松 7 人；女篮：马赫、米歇尔、埃尔、盖当、安共 5 人），涵盖了技战术、体能、康复、情报等领域，全方位地与国际篮球接轨，翻开了中国篮球史上独特的一页。

可以这样说，这五年的国家篮球队征战史就是一部由外教执教所引发的中外篮球文化交流和融合的历史。从专业的角度来总结回顾这段历史，应该会给我们带来许多有益的东西。

为什么要聘请外教？

聘请外教的主要目的是借助高水平外教的经验和能力，完成 2008 年奥运会任务，并着眼于改造我们传统的备战模式，提高中国篮球的整体水平。这是我们在全面分析评估国际篮球发展趋势、国内教练员现状和 2008 年奥运会任务基础上作出的重大决策。我认为，这是一个有效提升国家篮球队竞争力以及中国篮球水平的有效途径。

这既是特定形势下的特殊需要，是一个阶段性任务，同时又是赶超世界篮球先进水平的必由之路。我们应该用历史的、国际的、发展的眼光看待这件事情。

2000 年悉尼奥运会以后，中国篮协曾经就更换国家男篮主教练人选问题，广泛听取了意见。此后经推荐和竞聘，当时的八一男篮主教练王非成为国家男篮主教练。在王非带队期间，中国男篮参加了 2002 年世锦赛，仅获第十二名；同年 10 月，在釜山亚运会决赛中，负于老对手韩国队，屈居亚军。为此，受到了来自各个方面的批评。随后，篮管中心再次酝酿更换主教练，有四人进入候选名单。但在参加竞聘时，闵鹿蕾、李秋平二人提出因个人原因而退出竞聘，只有阿的江和张勇军两人参加了竞聘演讲和答辩。经专家评议，普遍认为他们俩都不是当时男篮主教练的最佳人选。在万般无奈的情况下，2003 年又只好请当时已经 63 岁的老教练蒋兴权再度出山，带队参加了在哈尔滨举行的亚洲锦标赛。回顾篮管中心成立 7 年来，国家男篮主教练的位置就在蒋兴权和王非两人之间来回轮换，始终没有一个稳定的人选。这反映了中国教练员队伍青黄不接的局面。可以说，到目前为止，这种状况没有发生根本的改变。

篮球作为高度职业化的运动项目，各大洲优秀运动员、教练员之间的交流是促进篮球运动技术水平提高的重要原因。近年来，在世界篮球界占有领先位置的欧洲和美洲篮球在大量引进外籍球员的同时，也不惜花“重金”聘请更高水平的外教来帮助提高本国水平；在篮球水平相对较低的亚洲，为取得好成绩，很多国家也都聘请了外教。在2005年亚洲男篮锦标赛前八名的队伍中，共有7支队伍聘请了外教，唯一没有聘请外教的亚洲老牌强队韩国则被挤出了前三名。

有媒体评论说：从外教的到来开始，中国篮球真正把目标瞄准了世界。

外教的篮球理念

所谓篮球理念，说到底就是对篮球发展趋势和规律的认知。外教的理念，集中反映出他们对世界篮球运动的认识和看法，体现在他们主导训练比赛的过程中。分析外教的理念，对于我们拓宽视野、加深对篮球运动发展趋势和规律的认识会有很大帮助。需要说明的是，外教的理念不是“金科玉律”，也未必都是我们所“闻所未闻”的东西，但由于他们长期以来都处在国际篮球发展的前沿，因此他们的所思所想，应该引起我们的重视和思考。

国际篮联秘书长鲍曼曾经说过：中国篮球训练的理念、文化与国际篮球有很大的距离。对此，我们有些同志并不认同，他们认为外教也就那么回事，他们知道的我们都知道，有些东西还是我们教他们的。在一些人的眼中，没有运动成绩，任何先进的理念都一钱不值。这显然是不对的。

我认为，聘请外教，不仅要全力争取比赛成绩的提高，也要注重归纳和总结他们的训练理念。因为比赛成绩的突破只有一时的功效，而理念的更新将会产生深远的影响。

中外篮球理念的差异是什么？我想这要从中外教练执教的不同点中去寻找。不同就是差异。只有在差异中思考，回答为什么他们这么做、道理在哪里、是否值得借鉴等问题，才能有所收获。而要做到这一点，首先要放下架子，虚心学习，静下心来对比分析，才能得出正确的结论。

下面我就列举一些我平时记下来的，觉得有启发、有新意的话，供大家参考。

对待篮球运动的态度

“篮球是一项需要激情的运动，没有激情就没有创造力。”马赫提出，要保持激情，不要因过度训练而使运动员对篮球产生厌恶情绪。

激情和健康是完成北京奥运会任务的两大关键要素。

要引导队员享受比赛的过程，而不是去在意赢20分，还是输20分，澳大利亚就是这样的队伍，这点比中国队强，所以她们更强大。

对篮球风格的看法

马赫讲：“一个球队的风格取决于一个民族的文化、历史、身体条件以及成功球队的影响。”

“在1984年的奥运会上，你可以看到各大洲球队的风格明显不同，甚至东欧和西欧都不同。但后来情况发生了变化。当前世界上球队的技术风格都逐渐趋于统一，原因是电视转播以及录像编辑技术的进步，使大家可以及时看到并借鉴、仿效世界强队的各种新的、成功的打法。”

“世界上的防守是进步很快的，防守的变化会引起篮球整体的变化。世界篮球有统一化的趋势。”

“只有高强度、高对抗的篮球才是可以取胜的篮球。我们要培养队员不懈的拼搏精神，这就要求运动员在精神和身体上都能发挥到最大限度。同时要加强替补队员的数量和质量。防守出色，进攻保持合理的空间以及攻防两端不懈的拼搏，这就是中国篮球应有的特点。”

关于篮球运动发展趋势

马赫认为：“世界篮球发展的趋势往往不是来自职业篮球，而是来自美国大学生篮球最高水平的比赛，体现在 NCAA 前几名的比赛中，因为他们有足够的时间训练，有足够的曝光率。

目前的变化表现在：第一，当今，低位接球的技术引起了越来越多的注意。NBA 球队会统计每一次低位接球和它造成的结果。因为很多人坚信，低位接球是赢得比赛胜利的重要因素。由此把低位接球和低位要位、传球、防守的技战术结合起来，从而形成新的趋势。第二，在过去 10 年，篮球比赛攻守转换中的防守，可能是提高最大的一个领域。如果一支队伍想跻身顶级球队行列，必须提高攻守转换中防守的质量。第三，高位挡拆问题。在雅典奥运会男篮比赛中，许多队伍在防守高位挡拆上遇到了很大的困难。而这一战术的威力随着拥有三分能力的内线队员的出现而上升到一个非常可观的程度。在女篮的比赛中应用高位双掩护战术的趋势也越来越明显。随着 24 秒规则的出现，连续进攻战术渐渐消失，而战术被破坏或进攻时间不足的情况越来越多，在这种情况下使用这一战术是很合理的。因此我可以预见到这一战术的普及。后卫与高大队员具有投三分的能力，可以给防守造成很大的困难。”

现在的联防已不是过去单纯的区域防守，而是综合了人盯人和区域防守的特点，形成对位联防，更多地遵循了盯人防守的要求。以往那种忽视防守而采用进攻战术的时代已经过去了，24 秒规则也不允许，进而采用一种全能型的进攻战术。

关于进攻的策略思想

“进攻战术可以实现两个目的：一个是拉开空间，一个是创造突破机会。如果你眼前就有这样的机会，就可以不打战术而去攻击，但这样的机会不是经常有的。另外，你不去积极打战术，抢篮板球也会处于不利位置。”

“进攻时，头 5 秒钟要凶狠，接下来的 8 秒要给对手施加压力，如果对手没有犯错误，就不要匆忙出手，我们越坚持打战术，对手犯错的几率就越大。剩下 11 秒，用其中的 8 秒打战术，时间是很充裕的，要更凶狠、更坚决。最后 3 秒如果没有很好的机会，要往内线打或传球给善于突破的队员。坚决突破！这是秘诀。一次进攻，至少要有四次传球和一次突破，球至少控制一轮，做到这三点，就会有机会。这是一条‘金标准’，有神奇的效果。重要的是打得自然、流畅。”

如何定义世界强队

“最好的球队是中国女篮 1992 年至 1994 年的那支队伍，她们的搭配非常理想。在 1992 年巴塞罗那奥运会，澳大利亚甚至都没有取得比赛资格。但两年以后澳大利亚就获得世界第四名，现在是世界第二名。从进入四强以后，基本所有的世界大赛都没有离开过四强，都在世界前三的位置上。巴西也一样，从 1992 年到 2004 年一直待在四强内，持续了十几年。但是看中国 1992 年多辉煌，1994 年世锦赛也不错，但 1996 年亚特兰大奥运会后一下子就不行了。这才几年？比起澳大利亚和巴西，生命力太短。捷克也一样，一个很小的国家，在高水平上至少稳定了 10 年。好的球队应该有很长的生命力，这也是好球队的定义。”

如何面对压力和逆境

如何面对失败？“评价失败要看情况，如果你尽了最大努力输了球，那不叫失败，只能说明自己还不够好，还得努力；如果你根本没尽到最大努力就输了，那就叫失败；如果你能赢却输了，那也叫失败。所以我尽力把这支队伍带得更好，如果我们不够好，就是不够好，但不是失败。”

“如果是对手更加出色，我们可以输球。如果是因为我们自身犯了许多错误，这就是不可接受的。”

尊重对手，重视对手，不管她们是谁。首先我尊重你，然后我打败你。关键是自己要发挥到极致，要百分之百努力，要养成一种集中注意力的习惯，这是一种能力。

你们不可能成为迈克尔·乔丹，但你们可以做最好的自己！尽全力为球队做贡献；要想自己能够为球队带来什么帮助，简单、明确，不需要什么豪言壮语。

对待奥运会的压力，有两种方法，一种是想得很多、很复杂，给自己设定一些疯狂的指标，给自己带来不必要的焦虑；一种很简单、很有效，就是尽力做最好的自己。从现在起就要朝这方面努力，每场比赛，每次训练都要做到，竭尽全力、持之以恒，这样就不会失败，而且可能获得胜利。衡量成功和失败的标准不是比分和比赛结果，而是自己是否尽力了。如果做到了，奥运会后我们回顾整个备战过程，就会感到满意，感到收获颇丰。

外教的优势和特点

外教到底具有哪些优势和特点？他们给队伍带来哪些变化？经过四年多的合作和观察，我认为主要表现在以下方面：

1. 展示了高度的职业素养

2008 年奥运会中国男女篮的两位主教练都是国际知名教练，都曾率队夺取过奥运会前三名的优异成绩，对中国的情况也有一定的了解，有来中国工作的热情和愿望。这里既有 2008 年奥运会的因素，也是他们的职业追求使然。他们有极强的责任感，忠诚、敬业、激情、投入、严格、富有个性是他们的共同特点。作为职业教练，一旦受聘即将自己的才学毫无保留地贡献给聘请国，并且能为他们的长远发展考虑，这就是我们所看到的外籍教练。哈里斯曾经评价说，聘请尤纳斯可以使中国篮球受益 10 年，他指的是尤纳斯在挑选和培养年轻球员所做的工作。而马赫在签订了合同后即刻举家搬迁，义无反顾地投入工作、履行协议，极少提额外的要求。比赛期间，为了编辑一盘录像带，他们常常要花 4 ~ 5 个小时，连夜工作，为的是及时放给运动员看。尤纳斯喜欢喝点酒，但只要有训练或比赛，他就滴酒不沾。马赫对中国文化非常感兴趣，一直想去看看“兵马俑”和丝绸之路，但直到他离开中国时也没有去成。在时间和精力投入方面，全心全意，心无旁骛，仅就这一点而言，也是难能可贵的。外教用自身的言行诠释了“职业教练”的内涵。

2. 带来了“永不放弃”的拼搏精神和斗志

雅典奥运会，哈里斯反复强调的“永不放弃”的精神和斗志，给中国男篮以强烈的震撼和触动。哈里斯说：“我需要告诉队员们的是，即使你输球，输了 25 分，又连续输了这么多场，你们也不能放弃。对我来说，输 25 分和输 1 分都是一种失利，最重要的是你对失利作出什么样的反应。”为此，姚明评论说：“我们的教练在执教的第一天就告诉我们不要轻易放弃，我们永远不应该放弃。我们都知道今天是我们最后的机会。永不放弃正是我们今天应该铭记的一句话。”

而马赫在给女篮队员的一封信的结尾，在“不要放弃”四个字之前，用了12个“永远”作为定语，令人印象深刻。从此在长达四年的征战历程中，男女篮在精神面貌上都很好地体现了这一点。这是针对以往中国队习惯性放弃的痼疾而开出的药方，值得铭记。

需要指出的是，要使球队永不放弃是每位教练员的希望，但要在运动员身上体现出来，不仅要有要求，还要有办法，也就是要在队伍的作风、意志、心理、技战术等诸方面进行塑造，才能实现，仅靠动员和说教是做不到的，也不可能持久。

3. 改变了中国队重攻轻守的倾向

尤纳斯认为，中国运动员进攻的表现比防守好。如果要着眼于在世界大赛中取得好成绩，必须提高防守水平。防守提高了，进攻能力也会提高。尤纳斯说：“球队提高的方向在攻守平衡。世界上进攻好的球队很多，但防守好的队就几支。中国队属于前者，重攻轻守，短时间改变很困难。”马赫说，防守和球权争夺是篮球文化的基石。要成为出色的防守队伍，首先要提高一对一的防守能力。中国人体形偏瘦，不够强壮，缺乏一对一的对抗能力，不能成为一支防守好的队伍。“我们防守的基本信条就是：做一切你的对手不想让你做的事。”“我们防守的目标就是：压迫、控制我们的对手，尽量让对手在三分线外，并且在我们的干扰下投篮。”

外教在训练中练习和强调最多的就是防守，在每场比赛的总结中花费时间讲得最多的还是防守问题。他们真正使队员理解了“只有防守好才有上场机会”，从内心真正重视了防守。对此，前国家女篮教练王芳认为，马赫给中国女篮带来的最大改变就是：“改变了对身体对抗和球权争夺的认识，改变了重攻轻守的倾向，建立了完备的防守体系。”

4. 改变了中国传统的训练理念和模式

尤纳斯曾经说过：中外教练对于训练过程的理解认识不同。中国篮球是在补窟窿，缺什么就补什么。同样的事情要一遍一遍地讲，这就是我们要面临的情况。与欧洲队伍比，中国队在完成技战术质量方面存在很大的差距。

关于训练态度

要求运动员训练时必须有激情和全力投入。外教的训练课一般在两个小时左右，从不拖堂，但要求训练必须全力以赴，集中精力，不允许有丝毫松懈，全力做好每一个动作和配合。他们常说的一句话是：训练就是比赛！

尤纳斯说，在训练最累的时候一定要坚持到底，不能放松。如果你在训练中以为可以放松一点，比赛中就会坚持不住。立陶宛队曾在欧锦赛上和意大利队打了一场艰苦的比赛，最后的比分是50:49，非常低，但我们赢了一分。那是一场战争！球场的每一英寸地板上都是战争。如果有一方坚持不住，那么他们很容易就会输掉20分。

强调训练质量

外教在训练中特别强调完成练习的质量和细节，如掩护的角度、时机、姿势，甚至在训练中的自我保护、准备活动的质量等，都要求到位。他们要求的不只是“做了就行”，而是“做好了、做对了才行”。

外教强调每一次训练都要有目标。要尽可能接近实战情况，要多次重复，训练的强度要和比赛一样。

外教要求严格，注重细节，“吹毛求疵”、“鸡蛋里挑骨头”。他们敢于要求和管理明星队员，强调发挥团队精神和作用。

马赫经常说：“有些老板和领导愿意看到球员天天在训练，认为这样才值付出的工资，实际上这种心态是对篮球训练规律的错误理解，你是要看到好的效果还是要看到队员成天磨洋工？”

强调攻守情况下的对抗训练

马赫说，训练要有激情，要有强度，要有对抗。训练中没有对抗、不记比分的投篮练习，对我来说实在是没法接受的。教练必须要求训练中充满对抗，加了对抗元素，训练就生动而有意义。

强调基本的东西

“有人说，篮球是个科学的东西，我看没那么复杂，其实就是要把最基本的东西做到就行了，但这其实并不容易。在昨天的美国对俄罗斯比赛中，有一个地板球，俄罗斯队员在弯腰捡球，美国队的凯恩斯则直接扑了出去，抢到球传出去打了一个快攻，这与科学没什么关系，但这就是最基本、最实用的东西。”

“我要教给中国女篮一些最基础的篮球理念，以及一些基本的篮球技法。我宁愿让她们回到细节上去，当基本的东西完美了，剩下的也就水到渠成了。”

球队必须充满竞争气氛

尤纳斯讲，需要管理好队员，队员需要找到动力，要有个目标，有竞争、有威胁，要争第一。

马赫讲：“在我心目中，每个队员都是出色的。她们需要培养一种竞争意识，只有通过竞争才能激发球员的潜力，而在过去的两场比赛中我频繁地换人正是要队员适应这种国际比赛的节奏。中国队想要真正成为一支强队就必须学会适应比赛，慢热绝对不是一件好事情，她们上场就应该为球队得分。”

高度重视恢复和调整

“如果队员很疲劳，我们就要休息一天或者半天。因为每一次训练我们都要用最好的身体状态去达到最好的训练效果。如果队员很累了，不能全力冲刺、全力对抗，那就彻底休息。要么全力，要么休息。这样才能达到提高的效果。不用全力的训练是没有用的。”尤纳斯这样说。

每次外出比赛后，外教要让队伍休息和调整两天，目的是让队员远离球场，防止神经疲劳和兴奋度下降而带来的厌倦训练现象。

5. 对体能训练与状态调整有了新的认识

身体训练的重要性，大家都很清楚，也很重视。但怎样搞好篮球运动员的体能训练，一直是困扰我们的重大问题。究竟应该怎么练？我们一直没有真正搞懂。我们有些教练员片面强调“三从一大”，自己在摸索训练的方法手段，想当然地“折腾”队员，所以我们的运动员总与伤病为伴，低效训练和无效训练的比例很大，走过的弯路很多，付出的代价十分惨痛。体能训练理论方法的落后，是造成中国女篮对抗能力弱的主要原因，这不是人种问题，而是认识和实践问题，运动员没有身体对抗的本钱，吃亏太多了。在国外，体能训练早已有了成熟的体系和经验，而我们还在苦苦摸索，这就是封闭的代价！对比 2004 年与 2008 年两支国家女篮的体能训练，让我感触颇深！

女篮的体能教练埃尔到队以后，让我们真正见识到，国外专职体能教练是怎样工作的。埃尔今年 67 岁，来自美国，曾经任萨克拉门托国王队 8 年、君主队 7 年专职体能教练。他不仅擅长体能训练，同时还具有康复和外伤治疗经验，为人风趣、开朗、敬业。他有一种本事，就是他总有办法让运动员跟着他练，运动员对他是又爱又恨。埃尔的身体训练特点鲜明，我看他有六个特点：一是以力量为主，一周至少做 5 次以上的力量练习。二是力量练习后，辅以速度、灵活性和耐力练习，练习内容全面，形式丰富多样，每个身体主要部分的大小肌肉群都要练到。三是合理用好健身房的器械，他自己带来许多简易器材，即便外出时都可以方便使用。四是对训练负荷量和强度心中有数。在比赛期，运动员上场不足 12 分钟的，必须加练身体，即便是 11 分 59 秒也不行。五是每人一个计划，因人制宜，循序渐进，要求严格。六是把体能训练与伤病康复有机结合，养伤不影响体能状态，把住复出关。凡是因伤、因公假休息的运动员必须完成他的个别训练。由于他个别训练的强度、密度很大，因此运动员都巴不得参加全队训练而不参加他开的“小灶”。

在马赫即将离开中国时，对我讲了这么一段话：“我现在越来越深刻地体会到中国人对身体素质训练方面的认识。通过对中国历史和对长征的了解，我慢慢理解了中国人信仰的东西是通过坚忍不拔的持续努力、通过一种超长的忍耐来达到自己的目标。这是中国文化的精神，我开始慢慢地理解这种精神。但在体能训练中，训练跑一英里的马与训练跑三英里的马是不一样的。”我听后深有感触，这可能是以往我们走弯路的一个重要原因吧。

6. 高度重视伤病预防和恢复

外教高度重视伤病的预防、治疗和康复工作。他们的具体做法有：

每次训练课要求运动员必须“绑脚”、打固定，不能有丝毫含糊；

非常重视训练比赛前的准备活动和运动后的拉伸练习，必须将所有的关节、肌肉、韧带拉开，防止受伤；

感到不适的运动员能否训练，完全由队医决定。医生和理疗师的意见得到前所未有的尊重。他们不主张小伤小病坚持训练。

外教到队以后男女篮的伤病都得到控制，情况较以前有明显好转。

马赫讲：“中国队队员很优秀，但很多不能打，像任蕾、叶莉、王玲，因为有了残疾，所以我认为素质训练的前提是要训练健康的肢体，如果肢体练坏了，这不是我们愿意看到的结果，如大宝、刘丹她们的膝关节这样，不光是对运动生涯的影响，而是一生的问题。一些大个儿运动员刚到国家队开始专业训练会有些不适应，如拉伤、积水等这都很正常，但不是像刘丹那样，她的软组织都磨损得没有了，这不是伤病，这是过度训练导致的。我真的认为中国有实力夺金，但要使更多的队员拥有激情和健康。”

7. 录像编辑技术的运用

录像编辑技术系统的进步，是现代篮球快速发展的原因之一。这个手段不仅用于情报收集和分析，而且也是重要的教学手段，是提高运动员的战术意识和技术运用能力的有效手段。

外教在准备会上将事先编辑好的比赛片断一个一个地放出来讲解，当时是什么情况，有什么错误，应该怎样去做，情况一目了然，而且节省了大量时间，这是国际强队通用的手段。记得在雅典奥运会时，哈里斯还借助两至三台录像机进行编辑，而时隔半年，到了马赫执教女篮时就有了电脑软件，可以直接将比赛录像存入电脑进行编辑，既方便又省了不少设备，可见这项技术发展的速度，也证明它是多么为运动队所需要。

然而，对于这么一个有效的技术手段，在我们的俱乐部队推广得很缓慢，这不是因为语言问题，而是认识问题。

8. 高度重视情报收集与分析

马赫早在来中国之前，就将中国女篮的数据资料整理得十分详尽。他可以随便列举中国女篮运动员在雅典奥运会上的表现数据，令我们吃惊，没有一个中方教练能做到这种程度。他在2006年世锦赛前，已经把中国女篮北京奥运会可能遇到的对手情报收集汇编成册，而后不断补充完善。2008年奥运会，中国女篮之所以能够顺利战胜西班牙、捷克女篮，与女篮的情报工作是分不开的。临战前，女篮几乎天天看西班牙、捷克队的录像片断，队员们说，比赛还没开打，就早已把对手的特点、习惯看得清清楚楚，打她们心里可有数了。应该指出的是，所有女篮的情报资料都是马赫一手整理的，为此，他花费了大量时间和精力。

男篮专门聘请了球探，用以侦察对手的情况。球探报告详尽、准确，视频录像分析精细、直观，对比赛的帮助极大。

这就叫"不打无准备之仗"，而我们以往没有真正做到做好。

9. 教练团队的分工与合作

外教的到来，带来了一整套国际一流教练团队的工作模式。随着篮球的进步，教练组的分工越来越细，主教练不可能把所有责任都担负起来。中国队在这方面还有很大的提升空间。

从备战2004年奥运会开始，我们按照外教的要求逐渐增加了人员配备，到2008年国家男篮教练组有了13名成员，主教练尤纳斯；助理教练小尼尔森、郭士强、巩晓彬、孙军；体能教练埃尔；球探蒂杰；队医两人；翻译两人；领队两人。教练组每个人都有具体分工和职责。女篮教练组在比赛时，一名外籍助理教练负责与马赫的沟通，随时向他提供所需要的数据资料；一名中方助理教练负责与场上队员的沟通，传递马赫的指令；另一个助理教练随时根据马赫的评价记下队员和全队在每次行动中的表现，好的、差的及需要在今后训练中解决的问题，赛后立即与队员个别交流和总结时用。整个教练组形成一种合力，有条不紊地开展工作。这是世界强队的通常做法，对于提高训练质量具有重要作用，是十分必要的。

而我们之前是什么状况？传统的国家队教练组构成：一名主教练、一至两名助理教练、一个队医、一个领队，这就是一支国家队的配置。备战2004年奥运会时，女篮教练组曾经增加到12人，但因为没有明确分工，我们看到的是人浮于事的情况，以往我们确实不了解，高水平队伍的教练组应该怎样构成和开展工作。

10. 对运动队的塑造和领袖能力的培养

外教是技术型专家，但他们不像一些人认为的那样，只管技战术组合，不管队伍的管理和教育。只不过，中外方管理和教育的方式方法不同。他们在执教过程中非常注意队伍建设和团队精神的培养，在关键时刻对运动员的激励鼓动能力很强。

哈里斯说："一个伟大的球员总是使周围的队员变得更好。"

尤纳斯说："一支球队如果能有2～3个斗士，就能把队伍带动起来。年轻队员需要领袖把他们带动起来，现在我们只有一个姚明是不行的。李楠因伤缺阵是个大损失，他是个在球队困难时刻，能用自己精准的三分球给球队帮助的人。这样的人目前我们太缺少了。"

"比赛中的计划和纪律是最重要的，而且队员要理解，不能机械地执行，比赛变化很快，队员要有在场上独立作出决定的能力。"

马赫说："一个球队如果没有世界级的运动员，就不能打败世界强队，陈楠、苗立杰有这个潜力，宋晓云进步巨大。能力是一点一滴地积累起来的。”

马赫说：“天才是与生俱来的，不是教出来的。你可以让一个差的球员变好，让一个好球员变得更好，但你永远不能让她变成伟大的球员。①”

“我觉得中国队现在最缺的是领导。中国姑娘们太温柔、太安静了，她们在场上不是主动去控制。我需要她们内心有一种冲动，一种主动要球、主动跑位、主动进攻的表现欲望，要时时在场上进行交流，要敢讲敢做，该出手时就出手。中国队现在也还没有球场上的领袖，没有人站出来说你得把谁防住之类的话。我希望球场上的领袖能够在场上叫喊，提醒自己的队友注意什么，到手的机会不要放过，而不是在等待中错过机会。没有球场上的领袖，就会有很多问题。最大的麻烦就是防守问题。在防守上我们不太主动，总是在等待，以致失去了机会。这些都需要球场上的交流与沟通。”

为培养队员独立作决定的能力，女篮在训练时的分组、换人，最后时刻的打法都由队员自己决定，教练组不干预。在教学比赛时，很多情况也是由队员叫暂停，统一打法。

11. 不拘一格选拔培养人才

在聘请外教的四年内，参加过国家队男女篮集训的运动员分别有50多名，其中相当多是优秀的年轻球员。他们经过国家集训队的锻炼后增长了信心，成长很快，都成为俱乐部队的骨干队员。这固然有完成2008年任务的需要，但也有提拔年轻才俊，为中国篮球的持续发展作准备的眼光和胸怀。外教有独特的眼光，有自己的标准，更重要的是不受中国传统的人情世故的影响，没有论资排辈的观念，这为我们培养和储备了大量优秀人才，也给了年轻队员们信心和希望。这反映出外教是负责任的、很有远见的。囿于中国的环境和文化，中方教练很难真正做到这一点。

12. 外教的方法

马赫有这样一个特点。在一场关键比赛前，如果大家心里都没底的话，开完准备会听他讲过之后就会充满信心。因为他讲得很明确，清楚、细致、重点突出，又风趣，言语中充满积极情绪。他不是笼统地动员鼓劲，而是通过具体的方法来解决你的疑惑，增强队员的信心。

看录像时他尽力讲对手的缺点，比如：这个防守很烂，那个动作很差等；而讲自己队员的时候，他则充满赞叹，尽管实际情况可能不是这样，但这能使自己的队员充满信心，跃跃欲试。我观察到，在他讲话的时候，队员都很专注地听讲，这也说明他言之有物。一般来讲，女孩子容易接受引导和暗示，因此用合适的表述方式，深入浅出地讲解，活泼幽默的话语都能起到意想不到的作用，这是女队教练必须具备的能力。

马赫动员时，有时不是直奔主题，而是从一些看似不相干的话题说起，然后慢慢切入主题，将前后联结起来，使大家恍然大悟，明白他讲的前后都是有联系的。记得在“好运北京”国际女篮邀请赛对美国队比赛前夕，在石景山体育馆训练时，马赫讲了一个故事。澳大利亚有一个播音员在节目中与人打赌，赌这个人能否轻松地跨过一米半的距离，结果那个人很容易地在观众面前跨过去了。然后，他们来到一座高山的悬崖边，也是同样的距离，那个人就哆嗦了，腿软得跳不过去，认输了。这就是心理作用，自己吓唬自己，自己打败了自己。他借这个例子说明，面对强大的对手，应该持怎样的态度，非常生动。

---

① “后奥运时代”《篮球先锋报》2008. 8. 28

每个教练都会对运动员提要求，但提出要求的方法不同，最后的效果也大不相同。女篮教练组对队员的评估，就是要求具体化、直观化的好方法。

国家女篮在每个集训期都要搞两次评估，一次在期中，一次在期末，马赫率教练组对每个队员进行评价。评估的过程，首先由运动员自己根据“马七条”进行自我评价、打分，然后教练组每位成员发表意见。每次评估要花三个晚上的时间，总共需四五个小时。我有时间就参加旁听，近距离观察、倾听，看看教练组是如何工作的。在 2008 年 4 月 9 日，奥运邀请赛前，我参加了这样的评估。

在我的印象中，教练组的评价中肯、直接、细致、实在，不仅指出每个人的优缺点，还结合她在训练、比赛中的表现，举出实例，衡量在七条上的表现，体现出教练员的眼光。评论中有激励、批评和鞭策，和风细雨，循循善诱，情绪活跃，能够带给队员愿景和信心，是另一种形式的思想教育。马赫经常模仿队员的表情，肢体语言，很生动。例如，马赫对一个年轻队员讲：“我理解你希望大家都喜欢你，但这还不够，你还要希望大家都尊重你。”埃尔插话：“赢得大家尊重的最好办法，就是击败你的对手或老队员！”对一个对自己要求不高、总找借口的老队员，马赫说：“你用 70% 的力气训练，比赛中充其量只能发挥 70% 的实力。”“团队合作上没给你 6 分，而给了 5 分，是因为你还有一个缺点，你开始说别人了。球队需要你，要你为球队作出更大贡献，因此要有更高的标准。”马赫对一个队员说：“我给你打 1 分，不是说你有多差，而是指出你的努力方向。”

关于外教争议引发的思考

在我的任期里，引起争议的事情很多，聘请外教恐怕是所有争议中持续时间最长，非议最多的一件事情。正像新华社记者梁希仪在他的书中写道：“李主任是一个名副其实的‘洋务派’。他不但力主国家男女篮聘请外教，连 CBA 总决赛的裁判也要请洋人。因此，在他‘执政’的年代，他的‘洋务运动’也最有争议。”尽管如此，我始终认为这是一个明智的决定，这是打开中国篮球的大门，与国际接轨，迅速融入世界篮球发展潮流的一个必要过程，迟早得走，迟走不如早走。

聘请外教不是我的发明，早在篮球之前已经有足球、手球、曲棍球、击剑、水上等运动项目聘请了外教，而且都看到了一定的成效。为什么篮球却迟迟迈不出这一步？究其原因，我看无非有以下几点：其一，篮球界人才济济，闻名遐迩的老前辈健在、隐藏在民间的高人也很多，他们大多具有高度的民族自尊心和爱国情怀，不习惯“外来人”指手画脚；其二，国家男女篮的成绩还说得过去，在亚洲基本确立了优势地位，因此要求变革的压力和呼声不高；其三，中国篮球界总体上对国际篮球发展趋势缺乏深入了解，对我国篮球运动水平与世界的巨大差距认识不足，以至于盲目乐观、故步自封的风气比较浓厚。

2004 年中国经济社会的改革开放已经非常深入，但在篮球界还很封闭。因此，在我之前，可能甚至不会有人想到聘请外教的事情，即便想到了，也不会认为有实现的可能。因此我曾把这个问题提到整个篮球界思想解放的高度来认识。

外教到中国来工作，肯定有许多需要适应和改变的地方，会遇到一些共性的问题，一般来讲有五个方面。第一，中外文化有差异，这主要体现在认识、理念、做事方式、性格、习惯等方面。一般来讲，外国人比较直率，中国人比较含蓄；外国人办事直来直去，中国人办事讲迂回；外国人工作讲效率，中国人工作讲程序等。第二，中外双方教练对技战术的理解存在差异，应该承认目前国内教练员在篮球理论、训练理念、方法手段及大赛前的准备方面与外教有较大差距，这是要向外教学习的。第三，教育管理方式不同。中方习惯于半军事化管理，对运动员的衣、食、住、行样样都要管，从头管到脚；而外教要求队员具有基本的职业意识，提倡队员自我管理、自我要求、自觉行动。第四，语言的障碍，使双方交流和沟通不够顺畅。事事通过翻译，就不可能完整准确深入地传达信息。第五，外教的个性强，比较主观，有时会非常固执，当然也有骄傲自大的一面。教练员本身就是一个特殊的职业，他们的潜意识中有较强的优越感，有时会自我感觉良好，说话也不太客气，这也容易造成彼此之间的隔阂。

上述的这些差异会造成沟通、合作上的困难，但都不是不可逾越的障碍，只要双方有良好的合作意愿，通过磨合和适应都是能够克服的。

我总的感觉是外教在中国工作处于弱势地位，相比在其他国家的际遇可能更困难一些。因为他们在中国没有根基，没有人脉资源，不懂中国的人情世故，因此非常容易陷入孤立境地。原本在运动队中，主教练应该处于强势地位，说一不二，但在中国这样的环境中如果没有中心主任的强力支持，他们就做不到这一点，尤纳斯在奥运会后就讲过：在欧洲执教主教练有绝对权威，绝对说了算，但在中国却很难做到这一点。

体育界对外教的一些典型的说法，我记忆犹新。

“老外是来打工的，我们是老板，不能什么事情都听他们的。”“对外教不能太软，不能请来个‘爷’。中心主任要么不说，说了就得这么办，要有权威性。”“中心‘一把手’要深入运动队，掌握业务技术领域的领导权。”这是总局领导经常讲的话。这些话是针对一些运动项目对外教管理上出现的问题讲的，有它的道理。

我认为项目中心领导与外教的关系，不是简单的打工者与老板之间的雇佣关系，而应该是平等的合作者之间的关系，这对中外教练都一样。在集体球类项目中，主教练是一个特殊的角色。他是球队的灵魂，是球队风格特点的设计者和塑造者，是球队的实际掌控者。主教练必须具有很高的权威，否则就不能掌控这个团队，这是任何领导者都替代不了的角色。在业务技术领域，主教练应该是主导者，而不是从属者。当然，平等的合作关系并不意味着我们对他们百依百顺、放任自流、听之任之。因此，总局领导强调的项目中心关于业务领域的领导权是重要的，保持干预的权力也是必要的，否则队伍面临失控的危险，中心不能有效干预那就是重大失职。中心不是不能干预，而是干预什么、怎样干预，这完全取决于专业的判断。同样是干预，情况不同，性质是不一样的。关键在于对问题是不是看准了，判断清楚了，这需要专业的眼光和知识。中心领导要从实践中看，要听取各方面的意见，最后作出专业判断。既不能“一聘了之”、听之任之，又不能事事插手，使主教练无所适从、无法工作。这里有一个度的问题，如何掌握全在于领导者的判断。

总局领导的话是从全局的角度讲的，是正确而必要的，但如果片面理解，强势执行就会产生偏差，助长内外部对外教的质疑和指责，形成一个不利于外教工作的环境和氛围。这也是需要注意防范的倾向。

“长期使用外教，对中国教练员培养是一个灾难，会打击中国教练的信心，奥运会这么一个大舞台让外国人占领了，会对中国教练员培养带来长期不利的影响。”这是一位篮坛元老说的话。

应该说有一定道理，但也不尽然。我们必须面对中国教练员断层的事实，来讨论引进外教对中国教练员的影响。我无意贬低中方教练的能力和水平。中国确实有许多优秀的教练员，在老一辈人当中，不乏佼佼者，他们对中国篮球的发展作出了巨大贡献。但随着世界篮球运动技术水平的快速发展，我国教练员的认识和能力已经不能适应当前的形势，也是一个客观的事实。但这并不是中国教练员本身的问题，而是我们在相对封闭的环境中待得太久了。我们要尽快扭转这一局面，从2008年开始的与美国NCAA著名大学开展的教练员培训交流是一项很好的措施。

“马赫几年来复制了一支澳洲风格的球队，中国队的战术与欧美队、澳大利亚队一样，把亚洲小快灵、细腻的风格特点丢掉了，把中国队传统的技战术风格丢掉了。”这是篮球专业人士对马赫典型的质疑。对于这一点，中国女篮核心后卫宋晓云是这样理解的，她说：“马赫在开始教我们打欧洲和澳大利亚队的战术时，大家都不理解为什么要这样做，高举高打的战术适合中国队吗？到后来慢慢就理解了，原来他是为了对付这些强队而让我们学习她们的战术，通过打她们的战术才能透彻地了解这些战术，然后再结合中国队的特点。你看奥运会时我们的打法不是体现了中国队快速、灵活的特点了吗？马赫是个特别聪明的教练！”我的看法是，世界篮球运动技战术风格有趋同的现象，这是由于职业篮球的发展和信息传播技术手段进步带来的结果。在这个前提下，一支队伍技战术风格的建立，首先要符合世界篮球发展的潮流，再根据本队的实际来构建，现在我们许多人往往强调后一点，而完全忘记了前一点。背离世界篮球技战术发展的趋势，关起门来搞自己的一套是行不通的，这方面韩国就是一个典型的例子。

此外，在电视直播的评论时，外教的待遇甚至比不上中方教练员，经常可以看到在CCTV5解说比赛时，对外教就是直呼其名，直截了当地批评，而对中方主教练则会客气含蓄得多。可能这是解说员和嘉宾都要给自己留下余地，而对老外则没这么多讲究，反正一来他听不懂中文，二来他横竖要走，因此没那么多顾忌，正好利用批评你来扩大自己的知名度。这实在不公平，但还没地方去说，因为话语权在电视主持人和嘉宾手里。

分析这些言论和做法，归纳起来，无非就是以下几点：一曰爱国论；二谓文化差异；三是中国国情特殊论；四是“小快灵”万能论。这里面既有认识的误区，又有一些情绪化的东西。正像凤凰卫视评论员邱镇海所言：“中国人的性格，深沉、博大、淳朴之余，缺乏西方的理性，很难摆脱情绪化的影响。”这在一定程度上反映了我们民族意识深处的东西。

一位网友指出，在有些人的观念里存在着两个“凡是”：“凡是中国篮球的必然比欧美篮球的好；凡是以前中国篮球的必然比现在中国篮球的要好。”还有的网友调侃道：“需要中国特色的时候，就是中国特色，需要国际惯例的时候，就是国际惯例。为啥咱们想国际惯例的时候，拿出来的就是中国特色，咱想来点中国特色的时候，偏偏就要遵循国际惯例，和国际接轨。原来不是这世界上真有中国特色和国际惯例，原来需要什么就有什么。”这些说法，尽管可能有些尖刻，但对于针砭时弊而言，真可以起到振聋发聩的作用！

我们是不是需要审视和反思一下自己，看看阻碍自身进步的主要原因在哪里？然后鼓足勇气冲破这些障碍，大踏步前进。

我的外教使用原则

用人不疑，疑人不用，这是我的一贯用人原则，但这并不代表要以偏概全，过分神化。人无完人，这点我很清楚，像尤纳斯的强势和固执多疑，马赫的主观、爱钻牛角尖，还有他们偶尔流露出来的优越感，这都不是什么大不了的问题。重要的是我们请人家来干什么，他们是否拥有将中国男女篮带上新台阶的执教能力。如果确定他们拥有这些，其他的就都是次要的。

我一向不太赞同外教非得去适合中国国情的说法。外教只是中国的过客，他不可能长期待在中国，他要做的就是把自己的能力和中国队的实力结合起来，然后产生化学反应，取得预期的结果。非得让人家按照我们的思维习惯行事，这多少有点强人所难。不是每位洋帅都能像米卢那样圆滑，也不是每位洋帅都能像金昶伯那样合中国人的胃口，重要的还是此人能否胜任自己的工作。

在竞技体育中，管理者的主要任务是选好主教练，组成协调的教练班子，给予他们充分的信任、支持和保障，为他们创造一个有利于发挥聪明才智的良好环境，而不是对在主教练的职责范围内的工作横加指责干预。领导不是全才，不可能包办一切，但也需要一些必要的专业知识，能够把握大方向，在大的问题上作出清醒的判断和评估。

我从不认为，更换主教练是一个好办法，尤其是在临近大赛时更不可取。比赛输了，成绩不好，队伍内部矛盾重重，都会出现更换教练的声音，因为寻找“替罪羊”是最简单的办法。换与不换，这取决于领导者的判断力和定力，因为最终还是由你来负这个责任，自己要对自己作出的决定负责，不要奢望有人来替你承担本该由你承担的责任。

我在接受《篮球先锋报》采访时说：“跟队当然是有好处的，可以最直接地了解球队的情况。不过，我也总是提醒自己，永远不要去做干涉主教练分内的事情，如果总是希望实现自己的想法，那还何苦费那么大力气请外教来，我自己去带队不就得了。说到底，我们请来的外教都是国际高水平的教练，我不具备这个水平。”

我曾经在国家队里说过：“担任国家队领队，就是要承担三项职责。第一个是领导，就是把握球队的大方向。第二个是保障，球队需要获得什么后勤保障条件，我们就要尽一切可能去满足。第三个，就是承担责任，尤其是输了球以后的责任，那种压力让外教来承担并不合适，我作为一名体育总局的项目中心主任，在必要的时候站出来承担责任，对外教是一种保护，给他们一种风雨同舟的感觉。”

对于如何与外教相处，并且处理一些棘手的事项，有时我必须采取一种看似矛盾，实则中庸的做法，既不能全盘否定，又不能事事迁就，要努力把事情往好的方向引导，有时也得做一些“明知不可为而为之”的事情。对于这一点，《篮球报》主编谭杰用一种独特的视角看得比较清楚，他称我是在“戴着镣铐跳舞”。他在《李元伟的舞步》一文中这样写道：“李元伟本人最后几年的篮球管理者生涯，就如同CBA每年的开赛日期一样，也是在这种摇摆中度过的，他需要妥协、以进为退、以退为进。

他需要压缩联赛以保证国家队的训练时间，但又不能把俱乐部的空间留得太小，因为他还有一个襁褓中的《北极星计划》；

他需要表明姿态呼吁姚明按时回来，甚至提前回来，他需要‘警告’火箭队，不能把姚明当牛做马，但他又知道，这种呼吁和警告都是不符合生意原则的，他甚至完全知道，让姚明留在休斯敦‘受苦受累’，比让他回来跟着国家队每天以练带赛有效果。

有人批评外教、否定外教的时候，他拼死保护他们，而外教狂妄的时候，他对他们的态度也可以强硬起来。”

可见谭杰对我的处境和有些不得已的做法理解颇深，我不知道他是怎么做到这一点的，这可能就是记者的观察力和职业素质。能被人理解也是一种幸运。

我信奉的原则，可以用一个公式来表述：

选好人+给他时间+有效沟通+承担责任=回报

幸运的是，我所聘请的这几位教练都符合这些标准，因而我们也得到了回报。

李元伟篮坛风云录

第三篇

NBA与FIBA——走向世界

要成为篮球强国，必须在国际篮球事务上取得更大的影响力和更多的话语权。有志于篮球事业的年轻教练员、裁判员和篮协官员一定要学好英语，进入国际篮球专业人员的圈子。只有真正融入这个圈子，才能造福于中国篮球。

第十七章 他山之石：我与 NBA 的渊源

毫无疑问，NBA 是世界上最成功的，也是影响最大的职业联赛。现在世界各国的篮球联赛都有 NBA 的影子，这是我们必须承认的现实。因此，研究和推行中国篮球职业联赛必须搞清楚 NBA 的运作模式，学习借鉴 NBA 的经验。这样做并不会像有些人所言伤害了国人的民族自尊心，影响了爱国情怀。

近 20 年来，世界篮球的发展迅猛异常，这与 NBA 的国际化路线有着密切的关系。从 1992 年奥运会标志性地取消了职业运动员参加奥运会的限制以后，世界篮球的面貌发生了翻天覆地的变化。这是 NBA 的商业化推广和 NBA 球星的高超技巧导致的必然结果。之后，美国 NBA 与世界各大洲的篮球交往全方位展开，篮球的国际化潮流开始形成并迅速发展，势不可挡。

由于担负中国篮协的领导职务，我结识了大卫·斯特恩和他的助手亚当·席尔瓦、海蒂·尤伯罗斯、陈永正等 NBA 高层管理人员，从他们身上进一步了解和熟悉了 NBA。在此期间，还会见了大家十分喜爱的迈克尔·乔丹、皮蓬、德雷克斯勒等 NBA 各个时代的代表人物。可以说，这些交往，对 CBA 联赛改革思路的形成有着非常重要的促进作用。

第一次在美国本土观看 NBA 比赛

尽管我至今依然认为中国还没有真正意义上的职业联赛，但中国篮球可以成为中国职业体育的标杆，很大程度上是源于对 NBA 的学习和借鉴。可以说，中国篮球对 NBA 的“拿来主义”，为 CBA 联赛能够在短时间内超越中超联赛，成为中国第一大职业联赛奠定了坚实的基础。

但拿来只是部分拿来，把适合的拿来，并根据中国的实际情况加以改造，为我所用。要拿来就得先学习，所以，一直以来，我都非常关注 NBA，不放弃任何一次与它近距离接触、了解的机会。

还是在北京体育学院当学生的时候，我就看过 NBA 的历史资料片，了解过 NBA 的发展状况。当时看到的还是黑白老电影片，断断续续的，质量很差，不过我已经很满足了。后来有 NBA 电视转播的时候，我也曾在电视里看到过。但那时的了解都是抽象的、书本式的，真正让我对 NBA 形成直观印象是在 1979 年华盛顿子弹队造访北京的时候。

那时我正在牡丹江举行的全国青年联赛第二阶段的比赛中任副裁判长，那是我第一次担任这样的工作。比赛结束后，主办方原本想组织我们去著名的镜泊湖游览，但一听说华盛顿子弹队和国家队、八一队要在北京打比赛，我二话没说马上收拾行李赶回北京。

那时的八一队有穆铁柱、郭永林、匡鲁彬、吴忻水等一批才华横溢的球员。那场比赛八一队打得非常精彩，并取得了最后的胜利。但比赛结果不是我最关注的，让我眼前一亮的是子弹队那些黑人小个儿球员的灵活快捷，技术精湛且富有创造性，看起来让人赏心悦目。我怀着兴奋的心情，目不转睛地欣赏完那场比赛。我突然发现，篮球原来还可以这样打！他们的打法极富观赏性，现场气氛热烈，充满赞叹的声音。

那一年我还是北京体育学院的青年教师，第一次如此近距离地接触 NBA，使我终身难忘。让我没想到的是，再一次接触 NBA 竟时隔了 20 年。

2000 年 5 月 12 日，那时我已经被调离篮管中心到体科所去任职了。由于之前篮管中心确定的一个赴美访问团由我领队，临时换人已不可能，所以，我还是得到了这个带团出访的机会，也有了到 NBA 的发源地亲自见识它的机会。因为位置换了，赴美的心情亦不相同，我更多的是一种放松的见世面的心态。

5 月 12 日，我和另外九个随行人员一同踏上赴美之路。随行的有四五位俱乐部总经理，还有几位教练。我们的任务是去美国为当时的中国男子篮球甲 A 联赛挑选外援。

5 月 20 日那天，是我第一次在美国本土观看 NBA 季后赛。那是在迈阿密热队的主场，前来挑战的是纽约尼克斯队。我们的票是通过 NBA 总部解决的，位置很高，不算好座位。但我一看票价顿时吓了一跳，票价是五六百美金，也就是 4 000 多元人民币，一个中国工薪族的月工资还不够看一场球。

下午 1 点左右，骄阳似火，气候炎热。我们一行人揣着昂贵的门票走出了酒店，与之相伴的是好奇的心情。迈阿密的初夏，蓝天、白云、阳光都很清澈透明，身边的一切也因此变得清晰醒目。马路上，都是兴高采烈、高唱歌曲，甚至敲锣打鼓前往球馆的球迷。越接近球馆节日的气氛就越浓烈，等到达那座白色的球馆时，我们仿佛一下子置身于一个巨大的 party 之中。

这个时候，我明显感觉到 10 个来自中国的篮球人也都不约而同地兴奋起来，语调升高、步幅加快，眼睛开始四处“旅行”，一切的一切都是那样新奇。

迈阿密热队主场的球馆很新很大，能容纳两万多人，里面光照明亮、色彩鲜艳、音响效果绝佳，听着就让人兴奋。场馆上方悬挂的大屏幕不时播着让人血脉贲张的精彩比赛画面。那场是季后赛打成 3 比 3 后的一场生死战，场内坐满了兴奋激动的球迷，他们和醒目的灯光、亮丽的座椅一起，将现场的气氛掀至沸点。

对我们来说，一切都是新鲜的。我们抓紧时间把能逛的地方全都扫寻了一遍，卖纪念品的地方排着长队，卖热狗饮料的地方也是长龙。这简直不像是比赛，而是一大群球迷过周末来了。比赛开始后，我们看到了精彩的拉拉队表演，看到了赞助商安排的互动助兴节目，还看到在主队失利后，主场球迷居然没有以往在中国联赛赛场上常见的沮丧和激愤，气氛依然热烈，最后球迷们个个开心地离去。

太多的不同，太多的想不到。我当时的感觉就是，我们的联赛跟 NBA 相比，充其量只能算是中学生的联赛，差距不是大，而是太大。我有种强烈的冲动，那就是希望将来有一天能把这样的比赛、这样的气氛、这样的热闹搬到中国去，让中国的篮球迷也可以尽情享受这样开心的节日。

但那种想法转瞬即逝，只能是期望而已。因我已离开篮协到体科所走马上任了，中国篮球联赛从此或许与我只能是隔山相望了。

第一次走近 NBA

一晃又是四年过去了，等我再次在美国本土接触 NBA 已经是 2004 年的事情了。

那时我已经回到篮管中心任“一把手”。我下定决心，希望能够借助 NBA 的经验和力量，着手改造中国男子篮球甲 A 联赛。在我内心始终有这样一个认识：足球为什么在中国这么火，很大程度上是因为世界杯在中国的转播。之前只播半决赛、决赛，后来是场场必播，观者如潮。在见识了世界最顶级的足球比赛、最赏心悦目的足球艺术之后，中国的足球联赛被带动起来。而篮球联赛要想在短时间内发展起来，非借助 NBA 的影响力不可。

当时篮管中心的相关调研组已经成立，《北极星计划》正在紧锣密鼓地制订中。调研组正在研究世界上 13 个成功的职业联赛，当时大家都想踏实地坐下来向 NBA 学习。而时任国家体育总局党组书记的李志坚曾对我说过这样一句意味深长的话：“要培育竞争机制，与巨人同行。”

2004 年 2 月 10 日，带着这样的渴望，我们一行人再次踏上了赴美之路。和上次不同，这次我是带着学习的目的去的，期望和 NBA 有实质性的接触。当然，还有个目的是去和小牛队教练哈里斯接洽来华执教一事。

那次旅行我们收获很大，看了小牛队、尼克斯队的比赛，见识了华丽耀眼的 NBA 全明星周末，还到 NBA 和 NCAA 总部参观。而这次让我惊讶的已不只是 NBA 强大的造血机能、娱乐功能，还有 NCAA 这个大学篮球联赛的推广。NCAA 的竞赛形式、组织形式和 NBA 不同，看上去篮球的感觉更纯粹些，商业色彩少了很多，却同样热烈。一个大学生联赛能搞成这样的阵势，说实话，我除了震撼还有惊诧。

我意识到美国作为篮球王国，其深厚的文化底蕴和雄厚的群众基础，绝非中国篮球三五年就能拿来速成的。那是需要历史积淀的，是需要花时间培育的。但我同时也意识到，NBA 的很多理念、形式对中国篮球联赛同样适用。

去美国不可能只去 NBA，在顺道去了好莱坞、拉斯维加斯之后，我看到了这三者之间的共性——尽管它们风马牛不相及，但娱乐是三者为观众提供的共同产品。不管是去看 NBA 比赛，还是去好莱坞影城浏览，抑或是到拉斯维加斯博彩，都不可能只干一件事，还会有其他的享受等着你，有艺术表演、嘉年华会、场上场下互动。把一场比赛、一个 party、一场表演搞得热热闹闹，这就是 NBA 办赛的标准。他们把比赛当娱乐、当生意，因此有创意、有策划，而不是纯粹地让两支球队拼胜负。要让球迷得到全方位的娱乐享受，这便是 NBA 式的思路。

从那之后，不少篮球人开始有意识地转变思路。“服务球迷，服务媒体，服务赞助商”的理念，就在那之后深深地嵌入到我的意识里。

那次的美国之行给我留下了深刻印象。在同年东莞举行的篮球会议上，我专门做了个“关于中国篮球界的思想解放问题”的报告，就是希望把我的感受告诉我的同行们。

NBA 为什么会搞成纯商业运作，为什么是纯市场行为？NBA 是一个篮球组织，它的正式名称叫做“美国国家篮球联盟”，但它不是像我们所理解的那样的篮球组织，而实质上是一个非营利性的商业组织。它是把篮球、娱乐和商业紧密结合并做到极致的一个机构。因为NBA把篮球比赛当成产品，既然是产品就面临竞争，就要争取客户。那么，经营者要做的不仅是单纯地吸引体育迷，还要跟娱乐业竞争，要想法子把观众从卡拉OK、电影院吸引到球场上来。要做到这一点，就需要比赛能够满足观众全方位的需求。我们去小牛队主场看比赛时，包厢里同时挂着好几台电视机，就在看现场篮球比赛的同时，你还可以看冰球、棒球比赛转播，做到一心三用。现场的大屏幕也很会抓观众的眼球，不时地扫扫观赛的名人。好莱坞巨星、社会名流，一个不落地出现，让观众得到新颖的视觉享受。如果渴了饿了，看台上随时可以抓到卖东西的小贩，热狗、爆米花、可乐，让球迷尽享舒适。如果家长带着不愿意看比赛的孩子也不要紧，很多NBA比赛场馆里还有小型电影院，那些带着孩子去现场的家长，可以让孩子自己去看电影。可以说，一切设计都是在为球迷着想，很人性化。

对于赞助商，NBA更是奉若上宾，时时处处为他们着想，使他们在异国他乡有着宾至如归的感受。中国企业的代表受到NBA的招待后，有了做“上帝”的感觉，无不坚定与NBA合作的决心。

在全明星赛后，NBA要举行一个酒会。届时NBA的明星、WNBA的明星都会出席。受邀的人都是经过精心挑选的。在那个场合，人人都可以近距离与自己喜爱的明星交谈合影，享受被人尊重的感觉。

NBA是非常现实的。我们作为中国篮协的访问团，尽管是应NBA之邀去的，但那时NBA的重点并不在中国篮协官方，因此给我们的待遇远不如NBA认为更为重要的商业合作伙伴。NBA总部帮我们预订了酒店，提供比赛门票，其余一切都要靠我们自己。在美国打车很难，比赛结束后打车就更难。结果，那天比赛结束后，天气本来就冷，我们一行六七个人在刺骨的寒风中走了好几站路才拦到出租车回到酒店。而同样是受邀前来的北京和上海体育局的官员待遇就比我们好了很多，不仅有专车接送，还有专人陪同，其中包括中国的赞助企业代表，如红牛、联想等，这是因为2004年NBA将有两场季前赛分别放在北京和上海举行。

尽管那天的感觉很异样，但走在冷飕飕的大街上打车时，我脑海中想起了中国联通品牌总监在CBA联赛2003～2004赛季开幕式上受到的冷遇。那人是一个留美归国的博士，他很喜欢篮球，尤其爱看NBA。他告诉我，在NBA的酒会上，赞助商的感觉就是无所不能的上帝，你的任何愿望都有可能实现，而在我们的CBA联赛现场却让他这样的赞助商坐冷板凳，让他感觉非常不爽。听他说那些话的时候，我虽有感触但并不深刻。此刻想起来，如梦方醒，我开始琢磨我们如何才能彻底改变对待赞助商的方式。

CBA联赛一直以来是以竞赛为唯一的工作重心。那时的CBA联赛还在实行残酷的升降级制度，俱乐部的全部心思都放在比赛胜负上，放在球队、裁判和领导身上，完全无暇顾及球迷、赞助商的需求和感受，根本没把心思放在赛事产品上。这样下去，CBA联赛是永远成不了真正的职业联赛的。也就在那时，我下定决心，要从根本上改变CBA联赛的赛制，否则只能是换汤不换药。

第一次受到礼遇

因为美国是篮球世界里的老大，所以，篮管中心几乎每年都会派人跑美国一趟，有时是带队过去打热身赛，有时是受邀观摩全明星赛。而 2007 年，NBA 给了中国篮协代表团极高的礼遇。

2007. 12
美国纽约 NBA 总部
李元伟与大卫 · 斯特恩合影

那一年，姚明已是火箭当红中锋，易建联也在雄鹿落脚。而在那一年前，NBA 已经把中国市场作为其国际化路线最重要的一块阵地。与三年前截然不同，这次有专人陪同、专车接送，请客吃饭看球，面面俱到。

2007 年年底，中国篮协代表团受邀前往美国芝加哥参加国际篮联中央局会议。借此机会我去看望姚明、易建联，并与休斯敦火箭俱乐部、密尔沃基雄鹿俱乐部接触，为来年奥运会前的训练比赛作出安排。在密尔沃基，我们感受到了易建联的到来给这座城市带来的轰动效应。当地的易建联球迷会专门邀请我们去做客。那是当地的华侨组建的，其主要人员都是医生、律师，是早期赴美的成功华裔人士。他们八九家人自带饭菜、酒水，易建联和他的父母亲以及国内常驻美国的体育媒体记者，一行人聚会其乐融融。易建联那场球打得很卖力气，也很出色。很多华人到现场观战，为阿联助威，场地里还可以看到中国赞助商的广告牌。可惜那个赛季之后，易建联被交易到新泽西，当地的华人一定会很失望。

之后我们去了休斯敦，气氛更热烈，现场更热闹。火箭老板亚历山大对我们这群中国客人非常重视，专门在他自己的包厢里接待我们，并安排我们在中场边上他的专门坐席上观看了火箭对小牛的比赛。这被视为全场最好的位置，那次也是我离 NBA 比赛现场最近的一次。球员的一举一动，甚至一个撇嘴的小表情都能够看得清清楚楚。

当天，我还看见了麦蒂的包厢，在亚历山大包厢的斜对面。其他社会名流也都有自己的包厢。其实包厢里就像个社交场所，亲朋好友在里面聚会玩闹聊天，很惬意放松。而且我发现俱乐部包厢的用途，就是用来招待俱乐部的重要客人，如赞助商、朋友，以及类似我们这种跟俱乐部关系密切的协会方面的代表。

为什么赞助商对 NBA 趋之若鹜？为什么 NBA 在全世界范围内拥有如此多的粉丝？我想除

了竞技水平、理念文化层面的因素外，还在于NBA在联赛品牌经营方面的成功。NBA的成功不单单是因为球星如云，比赛精彩，他们高水平的赛事管理体系，全方位的商业开发模式，是NBA成为全世界第一大篮球联赛的重要基础。

到了纽约之后，我们受到了NBA总部的热情接待。他们为我们预订了希尔顿酒店，并派了专人专车为我们服务。NBA中国的陈永正、陈元虎专程赶到纽约接待我们，使我们感到NBA已经把中国篮协当作重要的合作伙伴看待。在位于纽约的NBA总部，我们受到大卫·斯特恩的接待，NBA的高层领导全部出席，会谈的气氛很融洽，也很热烈。会谈的主题就是围绕着斯特恩的梦想：合作举办NBA中国联赛的事宜。从2007年9月起，我与斯特恩已经数次见面谈到过这个主题。在上海NBA季前赛期间，我们就这一专题进行过两次专门会谈。我理解大卫·斯特恩的抱负和追求，也把与他合作看成一个很好的机会。尽管知道在中国举办这样的赛事困难很大，但我一直希望能够找到一种合适的方式达到共赢的目的，这对于中国篮球的发展和国际竞争力的提高将是十分有利的。

对NBA经营模式的由衷欣赏，更坚定了我向NBA学习的决心，遗憾的是留给我改造中国联赛的时间只有五年。我退休后有位NBA的朋友对我说，如果你再晚五年退休的话，可能中国职业篮球会大不一样，对此，我深信不疑。

和大卫·斯特恩打交道

如果不是重回篮管中心，我不会有机会结识NBA的掌门人大卫·斯特恩，更不可能和他有直接的交往。斯特恩对中国市场的期望值很高，要不然也不会在近几年将NBA的目光转向中国。正是因为这个原因，作为中国篮球的掌门人，我有了多次和他直接过招的机会。

因为没有私交，多是工作上的交往，我对斯特恩先生的评价只能就事论事。我在美国访问的时候，不止一次从美国朋友和普通人嘴里听到大卫·斯特恩的名字，可见美国人对斯特恩的尊重。平心而论，作为一个世界上最成功篮球联赛的掌门人，大卫·斯特恩确实让我领教不少。不光是他开拓海外市场的野心，还有他极为美国式的为人处世方式。

我第一次见大卫·斯特恩是在2004年的2月，NBA全明星周末的现场。这是一次礼节性的见面，只是握握手寒暄两句，连客套都谈不上。之所以如此草草，是因为之前有过一次很不愉快的博弈。事情出在NBA中国赛上。

2004年NBA要在中国举办两场季前赛，一场在上海，一场在北京，这是NBA欲打开中国市场的试金石，所以，NBA总部很重视，NBA中国区也是当作头等大事来办。

那时候NBA中国区总裁是马富生，虽然是个地道的美国人，但他娶了位台湾太太，中文说得很好，尤其对中国的情况非常了解，换句话说，就是很会来事儿，也知道如何钻空子。

按《体育法》，举办如此重大的涉外比赛，中国篮协作为行业主管部门不能被晾在一边，但马富生先生偏偏就这么干了。当时篮协规定，涉外篮球商业比赛的管理费是一场球10万美金，以NBA季前赛和姚明的号召力，这个价格只低不高。但马富生不想花这个钱，所以，他就采取了“迂回战术”，直接跟上海和北京市体育局签约办事，把中国篮协晾在一边。而这两个体育局仗着有市政府撑腰，就是不给篮管中心正式行文申报。总局和中心都知道这件事，也都憋了一肚子火。其实管理费倒是其次，关键是不能不走程序。如果以后大家都这么干，中国篮协如何履行对全国篮球的管理职能？这是一个重大的原则问题。

就在洛杉矶NBA全明星赛期间，NBA要举办一个关于NBA中国赛的新闻发布会。斯特恩非常重视这个新闻发布会。鉴于我的身份，自然在受邀之列。他们的意图很明显，如果我出席这个新闻发布会，就意味着体育主管部门的承认。而实际上我们连这个季前赛进展到什么程度都不知道，这个新闻发布会我怎么可能去参加呢？结果，我们一行人到了洛杉矶之后，NBA亚洲区总裁邓文光和马富生相继来邀请我，希望我能给这个面子，被我拒绝了。下午要开发布会了，中午他们还来找我，希望我能够出席。这两人在中国待的时间长，非常清楚如果中国篮协无人出面，至少中国季前赛的正当性会受到影响。尽管我是应他们的邀请来到洛杉矶的，但我还是不能答应出席。一般情况下我是不会采取这种行动的，但这事关原则。

而我不出席这次新闻发布会事先也报经体育总局领导批准。相信这其中的缘由，NBA总部并不知情。最后，我没去发布会现场，大卫·斯特恩先生感到没有面子，心里自然不会舒服。在这种情况下，我们俩的初次见面肯定有点尴尬的成分。

不过，我的坚持是有充分道理的。NBA会炒作、会宣传、会推广是出了名的，那两场季前赛在上海、北京两地大获成功，票价极高，仅北京一地就号称挣了近1000万元。而中国篮协为了协调方方面面的关系，花了20多万元去购买门票。他们的热卖和我们的冷遇形成了鲜明的对照。后来NBA在中国推广季前赛期间举办的所有活动，我一概推掉，原因很简单，面子得互相给，人格要相互尊重。中美两国体育管理体制存在差异，美国人应该清楚他们这种做法是不妥当的。

实践证明，强硬的态度反倒能给自己争回权益。在那次我没有出席新闻发布会后，NBA总部反倒开始留意中国篮协了，并陆续派几位副总裁来华拜会我们，修复关系。

在2004年NBA中国季前赛前夕，大卫·斯特恩专程从上海赶到北京，希望能够和国家体育总局局长袁伟民见上一面。那天会面尽管没有谈到什么实质性的内容，但面儿上的气氛还不错。有个非常明显的迹象是，斯特恩开始意识到中国篮协的重要性。那天，我陪着袁伟民一直把斯特恩送到总局外面，就在斯特恩已经坐到车里准备离去时，他突然意识到什么，赶紧下车再次跑到我面前跟我握手，并让翻译专门告诉我，希望能够跟中国篮协很好地合作。言下之意，就是希望修补因为季前赛申报期间的不愉快导致的裂痕。因为考虑到他跟我说话时间太长，袁伟民在一旁站等不妥，我就说了几句希望以后咱们好好合作的话。

正所谓不打不相识，尽管相识的方式不太愉快，但至少我们彼此都留下了较为深刻的印象，特别是在强势的大卫·斯特恩的眼里，中国篮协不可小觑。

斯特恩盯上了中国市场

在亲眼见识了NBA中国季前赛在上海、北京的反响，在亲眼目睹了中国球迷的狂热后，NBA总部加快了开发中国市场的速度。

2000年悉尼奥运会期间，大卫·斯特恩专门通过徐济成牵线拜会过袁伟民。参加会见的除了两位领导，还有前篮管中心主任，以及徐济成本人。会见时，斯特恩向袁伟民表态，可以在四个方面帮助中国篮球，包括提高联赛运营推广能力，给国家队提供技术支持，帮助中国篮球培训教练员，及在青少年方面加强合作。袁局长听后很高兴，并给予了充分肯定，只是可惜我的前任当时并未作出任何反应。这次会面也就成了纯粹客套的会面，此后几年双方均无实质性的动作。

从徐济成那里得知这个信息后，我曾在2003年12月专门请邓文光和马富生吃饭，席间重提斯特恩当年有意对中国篮协提供的四项帮助。两人在席间也表达了要举办青少年训练营、教练员培训班的想法，只是对我提出的设计联赛、推广联赛的动议，并无任何反应。那时，NBA的国际化重点放在欧洲，他们还没有意识到中国市场的巨大潜力。

2004年NBA中国季前赛后形势急转直下。2005年底，NBA总部决定要在中国采取些实质性行动，其中最大的动作就是和瑞士盈方竞争中国男篮的推广权。对于NBA来说，他们习惯的是拿牌子换市场，让他们掏钱出来比登天还难，但那次他们是下了狠心的。几轮谈判下来，他们开出了三年1 000万美元的价格，出乎我们的意料。我真心希望能得到NBA的帮助，他们是这方面的行家。但考虑到联赛和男篮推广分成两家将会对整体篮球市场形成冲击，对长远发展造成影响，加上盈方开出了极具诱惑性的条件——在原有的基础上增加了500万美元的技术支持费，因此我们最终还是选择了与盈方合作。

尽管中国男篮与NBA的合作未能谈成，但其他的合作却陆续展开。从那次之后，NBA每年都会和中国篮协谈些合作项目，像NBA大篷车活动，科比、奥尼尔等大牌球员陆续登陆中国，连退役的乔丹、德雷克斯勒都到了中国。从那时开始，中国篮协和NBA的交往越来越多，大卫·斯特恩甚至选派NBA业务总裁、他的得力干将海蒂·尤伯罗斯负责中国的业务。

斯特恩是个强势的人

和海蒂·尤伯罗斯的合作一直很愉快轻松，因为海蒂是个愿意倾听意见和愿意站在别人立场上考虑问题的人。她会主动了解中国的情况，也会在表达意见时表现得彬彬有礼。因为她清楚这是中国人比较习惯的为人处世之道。

但大卫·斯特恩却不一样，这个NBA的掌门人，是个很强势、思维方式极为美国化的人，经常会给人居高临下的感觉，让人心里很不舒服。

2006年世锦赛前夕在广州的会晤，就有这样一次让我感觉很不好的谈话经历。那是在8月7日中美男篮热身赛的当天，会谈的主要议题是关于2007年中美篮球交流计划，包括中国男篮参加NBA夏季联赛和NBA季前赛在上海、澳门举办等项事宜。大卫·斯特恩带着NBA高层人员全部到会，中国篮协的相关人员，我、胡加时、肖红安、徐岚也都参加了。会谈很正式，但斯特恩没谈几句，就把话题转到中国男篮当时的表现上。那时中国男篮刚刚在欧洲打完系列热身赛回来，成绩很不理想，尤其对西班牙队那场输掉了47分。尤纳斯抛出的九问，斯特恩也有所耳闻。

结果，他把话锋一转开始讥讽中国男篮和推广商盈方公司的合作上。他说："你看你们跟盈方合作，竟然输了47分，这简直太令人吃惊了。"翻译听完斯特恩的话后，只翻译了这几句出来，下来后告诉我们说后面的话实在不好意思翻，很不好听。

可以想象，当时的斯特恩虽然希望和中国篮协合作，但他的行为举止还是在不经意间表现出傲慢和盛气凌人。当时我很感意外，有点反应不过来。我确实动了甩手就走的冲动，但还是保持了克制。

其实，斯特恩一味贬低盈方，还是因为之前与盈方公司争夺中国男篮推广权受挫后产生的情绪。虽然盈方在技术支持上跟 NBA 有差距，但它是一个比较容易合作的伙伴。别看斯特恩说起中国男篮未来的成绩打算总是前景美好的样子，说什么 2008 年奥运会男篮决赛会是中美争冠，中国能拿到银牌，但却从不愿意在合同上有任何体现，这显然不是我们能够接受的。

不仅我们能够感受到斯特恩的倨傲，国际篮联、欧洲篮联亦有这样的感觉。一说起 NBA，说起斯特恩，普遍的评价就是强势和傲慢，而且做起事来特别烦琐，程序极其复杂。就像后来 8 月 7 日在广州举行的中美男篮对抗赛，作为具体承办方的盈方公司不得不作出很多让步，而且凡事都得经 NBA 批准，连做贵宾胸卡这种事都得经他们同意。NBA 根本没有把盈方和中国篮协放在眼里。

这也是为什么后来和 NBA 的合作很难深入的原因之一。

“麦当劳和上海菜”

按说 NBA 中国和中国篮协的交往最多。当时的总裁马富生倒是时常到篮管中心拜会，但经常谈的都是虚的，很少谈正经事儿，我猜他是为了做给 NBA 总部看的。

如果仅是喜欢玩虚的，倒也无所谓，这不是什么大问题，但这个马富生办事老是不按常理出牌，弄得双方的关系很难和谐。2007 年 7 月，NBA 中国和摩托罗拉公司联合搞了个全国青少年二对二篮球赛，在 20 多个城市都有赛场，比赛规模很大。这样的篮球比赛不跟中国篮协打招呼行吗？但马富生对我们连提都没提过，后来我们是在媒体上看到新闻发布会的相关内容时，才得知有这么个比赛。

看到这件事情，我很生气，本来双方已经在探索合作的方式和途径了，在这个时候又来这么一出，算怎么回事？我认为要严肃对待，给他们画一条线。我们在了解情况后，一方面向总局汇报，另一方面正式给 NBA 中国发了个律师函，要求他们就这个二对二的比赛向中国篮协作出说明。律师函发出后，连 NBA 总部都受到了震动，主管中国区的副总裁海蒂专门打电话来解释此事，NBA 中国迫于总部的压力专程来中国篮协道歉。马富生几次试探中国篮协的底线后，终于激怒了我们。后来 NBA 中国总裁易人，可能也与此有关吧。

2007 年 9 月，NBA 中国赛上海站比赛前夕，NBA 中国正式改组，成立了合资公司，引入战略投资者，吸收了 2.5 亿美元的风险投资，来自微软中国的陈永正正式就任 NBA 中国总裁。但这个消息我不再是通过媒体知道的，而是由海蒂在 NBA 总部宣布之前通过电话正式通报给我的。这也透露出一个信息，NBA 总部希望改善和中国篮协的关系，加强彼此之间的合作。

但改善归改善，想让 NBA，尤其是大卫·斯特恩太把中国篮协当回事儿，依然困难重重，这是思维习惯和办事风格问题，改起来不易。

NBA 中国在中国的势头越来越猛。有一次在中国篮协毫不知情的情况下，斯特恩在接受美国媒体采访时公开说看好中国市场，要在中国搞个 NBA 中国联赛。中国媒体对此很敏感，看到外电报道后纷纷致电给我，问我有什么看法。对此事，我事先一无所知。后来海蒂来到中国，我就毫不客气地指出，“你们哪能这么办事，居然连个招呼都不打，就对外公开说要在中国办 NBA 中国联赛。这就好比咱俩虽然是好朋友，但我连招呼都不打就宣布要到你家里办 party，你能乐意吗？”海蒂解释说，斯特恩是个思维跳跃的人，想到哪儿就说到哪儿，有些事其实还没提上议事日程，就是说说而已。

但我知道事情并不像海蒂说的那样轻描淡写。NBA 是个非营利机构，但 NBA 中国是从 NBA 剥离出来按公司化运作的机构。斯特恩本人持有股份，还有李嘉诚基金、联想集团等五家战略合作伙伴。既然圈了钱，有人投资，就肯定是要做事的，他们不可能满足于每年在中国搞两场 NBA 季前赛。所以，他们既想在中国搞联赛，又希望能够运作篮球场馆，这些都是绕不过去、必须面对的现实问题。

面对 NBA 明火执仗的态势，我们该怎么办？中国篮协需要表明态度。于是我们决定利用 NBA 季前赛搞一个论坛，请国际篮联、欧洲篮球联盟，还有 NBA 的人参加，大家共商大计，表明中国篮协对外国资本进入中国市场的态度，也希望有国际篮球界的声音。这个想法得到了盈方公司的大力支持，论坛的题目定为“中国篮球发展高峰论坛”。论坛开得很成功，国内外篮球界的高层人士、著名体育企业的代表都应邀与会，NBA 高层除斯特恩外都出席了会议，NBA 的二把手亚当·席尔瓦和海蒂·尤伯罗斯发表了演讲。这与三年前的第一届论坛形成鲜明对照。2004 年北京，NBA 首次举办季前赛期间，中国篮协也举办了一个“国际篮球产业论坛”，当时给 NBA 高层发出邀请后，一直没有得到确切的答复。直到论坛举办当天下午，马福生才陪同 NBA 国际副总裁麦世安匆匆赶到，即席做了个发言。两相对比，说明 NBA 对中国篮球市场的态度发生了根本的转变。

斯特恩在季前赛期间，专门就 NBA 中国联赛一事的可行性与中国篮协进行了洽商。17 日那天，王钧副局长代表刘鹏局长专程赶到上海，和斯特恩面谈。斯特恩充分展示了他雄辩的才能，积极推销他的 NBA 中国联赛构想，希望得到国家体育总局和中国篮协的响应，我们持合作的态度，斯特恩很满意。但谈判总是意向好谈，具体谈到操作又是另一回事了。在中国办联赛，中国篮协肯定要保证主导地位，大家一定是一种合作双赢的关系。那次会谈谈得很好，斯特恩很兴奋也很辛苦，他的日程安排得特别满，已满 66 岁的他尽管精力充沛，但也感觉顶不住了，以致于随后的新闻发布会他上主席台时差点被绊倒。

结果就有记者开玩笑地问他，差点摔跤是不是因为和中国篮协谈判谈得太艰苦了，斯特恩则假装着一脸苦笑，说了些幽默的话。不过，随后一位江苏电视台的女记者抛给我的问题却直指要害，她的问题一针见血，无法回避。她问：“李主任，NBA 大举进入中国会不会让你觉得有很大压力？你会不会担心 NBA 进来了，CBA 就没人看了？”

这个问题提出来后，陈永正面露不快。但对我来说，既然问了，我就得回答：“我是有压力的，但我的压力不只是来自 NBA 进入中国这一个方面，还有中国男女篮能不能打好 2008 年奥运会，还有面对其他运动项目竞争的压力，可以说压力无处不在，而我的工作就是应对挑战和解决问题的。”因为围绕压力问题说了一大堆，竟把第二个问题给忘了。就在主持人准备宣布发布会结束时，我突然想起了那个敏感的话题还没有回答，就请主持人等一下。我说我要回答第二个问题：“对 NBA 的进入我们始终抱着开放的态度，本着平等互利、合作共赢的原则办事，希望这样有助于提高中国篮球水平的提高。至于你说的 NBA 进入后，CBA 没人看的问题，我并不担心。麦当劳进来了，上海菜不是照样卖得很火吗？”我当时说这句话的本意就是想表达一个思想：NBA 固然有它的优势，但 CBA 是本土的联赛，是中国球迷身边的联赛，有个归属感的问题，这不是外来的比赛可以轻易取代的。这是我们所拥有的优势，关键是我们自己要搞好。具体讲，NBA 在中国偶尔搞几场比赛还可以，如果长年搞恐怕就未必吸引人了。实际上，近几年 NBA 季前赛已经和刚开始进入时无法相提并论了，很大程度上是因为没有了中国球员，中国观众开始感到审美疲劳了。

不过，那次新闻发布会后，斯特恩专门对我说，他很欣赏我关于“麦当劳和上海菜”的回答，说我是一个能处理大事的人。但我心里清楚，NBA 中国联赛和 CBA 联赛很难像“麦当劳和上海菜”一样在中国和平共处。

斯特恩的无奈

大卫·斯特恩对我、对中国篮协的态度开始有了较大的改变，我想这跟陈永正就任 NBA 中国总裁有一定关系。陈永正不像其前任，一来他是中国人，二来他以前在摩托罗拉和微软工作过，对中国的国情非常清楚，也愿意按中国人的习惯行事，而且比较容易打交道、交流起来没那么多枝节。

陈永正给斯特恩传递了很多信息，包括应该重视中国篮协，重视和中国体育主管部门的关系等。NBA 中国改组后，陈永正专门成立了一个政府公关部，由他以前在摩托罗拉工作时的挚友陈元虎任经理。陈元虎是个文人，或者说是一个儒商，在中国政界和商界是很有根底的人，他到来之后，NBA 中国和中国篮协间的交流就开始比较顺畅了。

斯特恩意愿强烈，但他毕竟是典型的美国人思维和办事方式，尽管也曾试图做些改变和让步，但这些改变显然不足以保证双方展开实质性的合作。NBA 中国报给总部的方案，斯特恩无法接受，而总部提出来的计划，中国篮协也很难接受。而且斯特恩本人是律师出身，对法律条款抠得非常细，很多条条框框是我们根本不可能接受的。

所以，谈判就一直僵在那儿，总也无法深入下去。直到发生了两件事情，可能多少让斯特恩意识到想在中国办 NBA 联赛实在是件很困难的事情。

一件是2008 年10 月 NBA 季前赛期间，斯特恩很想拜会国务院主管体育工作的领导。之前他通过朋友和首长办公室取得了联系，并征得了同意。但同意归同意，程序是必须要走的，就是要通过体育总局上报。毕竟公开会面不是随便想见就能见的，而他们则对此一无所知，又不愿意告知陈永正、陈元虎，听取他们的意见。

当时预定的是 15 日下午见面。结果，13 日陈元虎就急匆匆地找我，希望中国篮协能够马上向国家体育总局报文。而事先我们对此事根本没有听说过。尽管当时和 NBA 并没有实质性的合作项目，但考虑到斯特恩的心情，我还是同意由篮管中心出面向体育总局申报，并由总局向国务院办公厅报告。但这毕竟不是在美国办事，不是像美国见个议员，向参议院打个招呼可能就行了。

由于 NBA 中国的公关能力，竟然在短短两天之内办了个差不多，但最后在 NBA 与中国篮球的合作方面确实没有什么实质性项目，不能满足首长接见的基本要求，最终会面取消。陈元虎牢骚满腹，斯特恩也对中国国情有了更深的了解。

另一件事是他们在运作2008 年 NBA 季前赛北京站的比赛时，没有通过 NBA 中国按正常程序向北京市政府申报，而是自己运作，结果和北京市公安局发生了矛盾。公安局出于安保的考虑，要求场馆内的票不能全部卖完。NBA 本来还希望在比赛结束后，搞一个球迷进入场地和球星互动的活动，但公安部门坚决不同意。在现场观战的斯特恩非常失望，比赛结束后，就匆匆奔机场飞回美国了。

应该说通过这两件事，至少让斯特恩对中国人的办事方式有了更深入的了解。所谓入乡随俗，想用纯粹美国人的方式在中国办事，是不可能顺畅的。

NBA 中国联赛搁浅

NBA 中国联赛最终会搁浅，其实是在我意料之中的。在我熟悉了 NBA 的操作模式后，我就意识到这个联赛至少在我任期内是不可能实现的。原因就是双方没有一个能够达成共识的切入点，没有这个点，一切都将是纸上谈兵。

2008 年4 月，NBA 总部花了100 万美金聘请美国著名的体育策划营销公司——麦卡锡公司策划出一个关于NBA 中国联赛的方案。肯掏这么大一笔钱做个方案，可想而知 NBA 以及斯特恩对中国联赛的期望值有多高。NBA 的设想就是在中国建立一个由他们实际掌控的、完全按照 NBA 的比赛形式和规则组建和运营的联赛，必要时这个联赛可以面向亚洲其他国家招募运动员或者组建俱乐部，最终形成一个面向中国市场的职业联赛。方案经过 NBA 中国修改后，和中国篮协的谈判亦进入到实质性阶段。

5 月里的一天，把全部精力投入到中国队备战奥运会中的我，还是应邀和篮管中心副主任刘晓农、开发部主任肖红安和综合部副主任付小红一起来和 NBA 中国的代表们正式会谈。那天的会谈是在东方君悦酒店举行的，NBA 中国方面的高层全部参加了会谈。首先是由 NBA 中国负责资本运营的副总裁方淦介绍方案。听了一会儿，我就知道这完全是按照美国人的思维方式弄出来的，自说自话，根本没有考虑中国的情况，也没考虑会给中国篮球带来什么影响。

当时，陈永正告诉我，大卫·斯特恩已经作出了很大让步，第一，联赛可以不冠 NBA 的名字；第二，NBA 可以不要求控股，NBA 中国和中国篮协各占 50% 的股份。方案设计的基本内容就是要搞个类似于超级联赛的篮球联赛，一共 8 支队伍，现有的 CBA 俱乐部可以优先进入，但每个球队要拿出 5 000 万美金的加盟费。也就是，一共拿出 4 亿美金来做一个超级联赛。中国篮协可以收取管理费，NBA 中国收取运营费用。

我一看这方案就觉得不现实。这个方案反映了典型的美国式思维，一厢情愿，不具备可操作性，而且对 CBA 联赛冲击很大。试想，在现有基础上再推出一个超级联赛，那么现有的 CBA 联赛怎么办？NBL 联赛怎么办？现有的联赛合作伙伴又怎么办？而且让一家俱乐部拿出 5 000万美金加盟，就是三四亿元人民币来参加一个联赛，根本不现实，现有的 CBA 俱乐部恐怕没有一家出得起这笔钱。即便有人愿意出这笔钱，真要搞起来，也会令中国篮球现有格局发生很大改变，这对中国篮球未来发展是好是坏实难预料，风险很大。

我看这个方案不具备操作的可行性。更何况 2008 年奥运会近在眼前，我不可能在这之前把心思放在筹备超级联赛上。至于奥运会后我的任期将至，就是说即便要做，也不是我任上的事了。

当时我就提出一个问题：如果要办一个新的联赛，中国篮协完全有能力自己做，为什么要与 NBA 合作呢？我的意思是 NBA 在这个合作中能够给中国篮球带来些什么，能够提供些什么使这个新联赛不同凡响，从这里能够看出他们的决心和诚意。如果他们提供的仅仅是 NBA 的牌子，那对篮球俱乐部投资人不会有太大的吸引力，也不足以促成这个合作。我提出这个问题不是有意为难陈永正，而是需要一个合理的解释，这是要向体育总局和篮球界人士详细回答的问题。陈永正闻言后有点尴尬，因为在他们的方案中对NBA的投入和对CBA的影响根本没有更多的考虑。在一个谈判中，如果不能设身处地替对方着想，也就不太容易达成共识，这是商业谈判的一般常识。这也说明这个方案完全是在纸上谈兵。我知道这件事完全是由纽约的NBA总部控制的，不是陈永正他们能做主的。我跟NBA中国的人开玩笑说，干脆你们拿50万美金给中国篮协，我们一定能拿出比这个更好、更可行的方案来。

这次会谈受挫后，NBA中国开始把精力放到在各地兴建篮球场馆上，当然套路还是一样，用NBA的品牌，与美国著名的场馆运营公司AEG合作，由各地政府和企业出资，建大型篮球比赛场馆。

对于NBA在中国开发市场的愿望，我一直不排斥。只要是有利于中国篮球事业的发展，我都可以坐下来谈，但问题是，双方一直没有找到一个好的合作方式。如果没有很好的模式盲目上马，这对事业的影响可想而知，这种风险谁也不会去冒的。

NBA为什么在中国无法植根?

NBA无疑是世界上最先进、商业化程度最高、最具娱乐和观赏性的篮球联赛，也是中国篮协一直在学习、研究的对象。但NBA诞生在美国，而不是欧洲，或者亚洲国家，是有其社会、文化和商业背景的。这也是为什么中国篮协虽然向往，却无法将其复制到中国篮球联赛中来的原因。

NBA的成功不仅源自其独特的市场和社会文化环境，也与它管理层的雄心、眼光、魄力和能力有关，具体讲就是和大卫·斯特恩的个性特征和风格有直接关系。这就是典型的美国式思维方式、行为方式，巨大的成功带来的自信和自负，彬彬有礼背后表现出来的优越感，老子天下第一的颐指气使和赤裸裸的利益诉求，使他们很难与其他篮球组织平等相处，这也是造成合作无法深入的一个主要原因。当然，不可否认的是在这些现象背后还有国情的不同和各自利益的考量。

有一位学者说："事实上，没有一种游戏不是严肃的，真正决定游戏的，不是玩家、游戏者，而是游戏规则。游戏规则根植于其诞生的文化土壤，有其独立的文化和思想诉说。"①NBA与CBA合作的背后自然也存在这个因素。

从我个人来说，我一贯认为NBA对中国篮球的普及是有积极贡献的，而且它也是具有强大资源和优势的，中国的篮球市场足够大，有合作双赢的空间，因此我不把NBA视为一种威胁，而是看成一个机会，如果能够找到共赢的契合点，迅速发展壮大中国篮球，我是愿意释放善意、精诚合作的。因为中国篮球不仅要面对NBA，还要面对欧美篮球，中国足球、乒乓球、网球等项目的竞争。

但现实的情况是，NBA太强大，强大到他们根本不可能不强势，不占据主导地位，甚至在一些原则问题上屡屡超越我们所能承受的极限，这就使得合作无法进行，难以为继。

指望NBA放低身段迎合中国篮协，这也是没有可能的，这方面的原因不仅在NBA，我们

---

① 陈洁．"两种棋盘的较量"．《博览群书》2010年第2期

目前也不具备主导合作的能力和实力。正因为如此，最终令 NBA 无法在中国植根，对此，我亦感到非常遗憾，却也无奈。

我在任期内一直有与 NBA 合作的愿望。虽然前期相处不甚愉快，但后来经过接触、磨合，关系大为改善。NBA 中国吸收了这么多投资人的钱，他们是要做事、要获利的，否则跟投资人无法交代。比如他们在青少年篮球培养方面的想法，像做青少年训练营、办篮球学校、和安利公司合作举办 NBA 少年赛等，都和我们分歧不大，甚至意见相同。像 NBA 少年赛尽管是和教育部下属的中学生体育协会合作，我依然愿意乐观其成。毕竟中国篮球在青少年培养上还非常薄弱，如果他们愿意花力气培养中国的青少年球员，我没有理由不赞成。即便他们把培养青少年当作生意来做，并非纯粹的“慈善”行为，我们都能够认可。

但问题是培养青少年球员是长期的生意，短期无法见效，而且投入大，收益周期很长，达不到投资人的投资规模和预期。所以，这也是他们为什么那么想在中国搞 NBA 中国联赛的原因。

NBA 开拓海外市场的模式，前期主要集中在推广 NBA 这一品牌上。之前在日本办过几届季前赛，在欧洲也搞了很多届，而且不仅办季前赛，甚至还派队和欧洲强队打对抗赛。但欧洲市场和中国市场有很大不同，欧洲市场基本是在欧盟框架内一个个小国结成的联盟，而且对 NBA 的限制很多，不像中国是一个统一的大市场，这也是 NBA 总部后来非常看好中国市场的原因之一。

可以说，经过 20 年的培育，NBA 在中国已经拥有了大量“粉丝”，特别在青少年中备受推崇。在很多校园里，像 NBA 那样打球已经成为一种时尚。我记得有一次在西藏做公益活动，发现街头有一群准备去打球的孩子，全是清一色的 NBA 球员装扮，大裤衩、大背心，有的还戴着头箍、护肘和护腕。这么大群“全副武装”的 NBA 小球迷一起乘坐公共汽车去打球，真可谓是一道亮丽的风景。我们一行人也拿着相机一通猛拍。

拉萨街头都是这样的风景，可想而知 NBA 在中国的普及程度。但普及归普及，喜爱归喜爱，还不能够转化为现实的利益。而想在中国办联赛，就等于要打破中国篮球的现有格局，这个动作不是大，是太大，难度不是高，是太高。

我理解，从大卫·斯特恩的角度讲，他必须这么做。NBA 在中国吸引了超过 20 家以上的赞助商，我想之所以能够吸引如此多的商家，除了 NBA 自身品牌的吸引力，优厚的回报预期也很重要。但它能给赞助商什么回报呢？一家公司出 200 万美金赞助费，只被允许在中国作为合作伙伴使用 NBA 的 logo，这个回报显然不足以留住这些赞助商。后来有些赞助商退出了，我想可能和回报太少有关系。当然，NBA 也会尽量考虑赞助商的回报，像他们与国际篮联合作连着在中国搞了三届亚洲“篮球无疆界”活动，就是把亚洲各国优秀青少年集中到中国，他们派教练、球星搞个短期集训。其中有一年他们非要把活动放在内蒙古搞，我们还很奇怪，后来才明白那年蒙牛是新进入的赞助商，他们试图用这种形式给蒙牛回报。

后来他们把主要精力放到场馆建设上。先是从奥运会比赛场馆五棵松体育馆开始，然后下很大工夫在中国各大城市推广游说，建立类似于 NBA 那样的场馆。当然 NBA 是不会自己出钱盖场馆的，他们是希望当地政府和当地企业投资，而 NBA 和美国场馆运营公司 AEG 最终想控制这些场馆的运营权。但拿到运营权之后必须要有内容支撑才行。原来 NBA 答应合作运作五棵松体育馆时曾承诺一年搞上百场活动，并把此作为进入的条件，但问题是能搞什么活动呢？

NBA季前赛或者常规赛每年只能搞一次，毕竟两国之间的距离太远了。况且，光是NBA季前赛已经不足以吸引观众了，搞训练营也好，请些球星搞活动也好，都不足以支撑这些场馆的使用。

对于他们鼓动地方政府和企业修建场馆，我是持支持态度的。因为CBA联赛发展至今已经面临场馆掣肘之难题，如果CBA联赛想得到进一步发展，靠现有场馆条件显然是达不到要求的。之前我们也曾有过这样的设想，就是由中国篮协负责引进战略投资者，把CBA联赛整体上市，有了资金后可以指导联赛在全国的整体布局，再通过当地政府的政策支持和当地企业投资来解决比赛场馆现代化问题。只不过因为奥运会加在中国篮协肩上的压力太大，加上我的任期将至，不可能再去推动这么一件工程庞大的事情。

如果NBA中国能做成这件大事情，那对中国篮球绝对是一件好事。毕竟现代化的场馆是由当地政府和企业投资，盖在中国的土地上，这对中国篮球事业的发展肯定是件功德无量的好事。但是NBA中国想要通过运营这些场馆以达到盈利的目的，我个人觉得难度很大，至少短期内难以见到成效。

也就是说，NBA要想在中国市场实现突破，还得从办联赛着手。这就涉及到两个国家、两个协会、两家不同背景的组织，要达成共识很困难，必须要有观念、模式的创新才行。

尽管我与斯特恩、海蒂和陈永正的个人关系良好，也有合作愿望，但由于找不到契合点，因此达不成实质性合作，也是十分遗憾的事情。

我们要学习借鉴NBA的什么？

NBA与中国篮协无法产生化学反应，无法进一步深入合作，这和很多客观因素方面存在众多差异有关，并非主观上的不情愿。更何况从我上任以来，我一直对NBA的内涵、模式极为关注，这样的联赛当然是值得我们继续关注和学习的。

我一直认为中国到目前为止还没有真正意义上的职业联赛，包括CBA联赛、中超联赛都只是学了皮毛而已。中国要想培育出真正的职业联赛，NBA肯定还是我们要学习研究和探讨的最佳范本。

我们一直在学NBA，我们的联赛也发生了变化，但为什么根本的东西我们学不来，也学不像呢？我觉得这里面有几个要害问题。

一是怎么看待现代篮球，二是怎么发展职业篮球。解决不了这两个问题，我们就不可能在中国搞出真正的职业篮球。

在跟朋友聊天时，我经常说我其实是在为未来中国职业篮球的发展做些基础准备工作。为什么这么讲？因为现在的中国还不具备发展真正职业体育的环境和气候。

目前中国的体育体制是以竞技体育举国体制为核心的，它决定了篮球就只能是竞技篮球，它的价值取向很单一，就是为国争光。所以，不管是奥运会、亚运会，还是全运会，从政府、媒体到球迷，都把成绩看得很重，认为取得好成绩是篮球工作者工作业绩的唯一体现。

但现代篮球的内涵显然不只是竞技篮球，还包含娱乐篮球、财富篮球和文化篮球的属性。这个观点从我2004年去NBA访问后，就认清了，也是我对现代篮球的初步认识。在2005年中国篮协工作会议上，我曾专门讲到过这个问题。现代篮球发展到今时今日，竞技篮球已经无法涵盖篮球的全部内涵。

遗憾的是，我们体育界还没有学会从更高的层面看待篮球、看待竞技体育。现在我们很多人，不管站在何种立场，仍然在一味地要成绩，这和20世纪50年代、70年代的想法又有什么区别呢？

为什么现代篮球发展至今观赏性、技巧性提高如此之快，并风靡全球？实际上就是因为竞技篮球经过初期阶段的发展后，已经逐步演化为职业篮球这一高级形态，这和竞技体育逐步转化为职业体育是一个道理。而职业体育也好，职业篮球也罢，其价值取向只有一个，那就是市场，一切都要以市场为导向。把职业联赛视作一个产品，着力打造这个产品以吸引球迷的眼球。随着越来越多的人愿意看，喜欢上这个产品，就会有更多的企业或个人以投资或赞助的方式进入到这个领域里来，联赛自然就拥有更强的实力，促使职业比赛这个产品更具吸引力，形成一个良性循环。所谓体育产业应该以运动项目的产业为主体，而不是运动装备、运动器械这些东西，如果各项目的职业联赛都红红火火地搞起来了，那么中国体育产业也就发展起来了。

“凤铝事件”后我也一直在思考。职业篮球的价值取向是市场，竞技篮球的价值取向是竞赛成绩。显然，竞赛成绩和市场之间并不是完全对立的。一般来说，一个球队的成绩好，市场就会好。但问题在于，如果把球队的市场完全建立在竞赛成绩之上，成绩不好的球队怎么办？职业体育必须建立在高额的投入和产出的基础上，没有市场的球队是难以为继的。因此，职业体育的市场不能单纯依靠比赛成绩。一个赛事产品要好，首先是赛事要精彩，需要实力均衡的球队之间的精彩比赛，让人看着激动。如果没有精彩的比赛过程，什么广告效益、什么衍生产品都是没有出路的，赛事依然是职业篮球的核心。球队需要成绩，但更需要有忠实的球迷和被球迷喜爱的球星。CBA联赛的扩编如果仅以竞赛成绩为导向，那就肯定不会发展成为真正的职业篮球联赛。

所以，要打造好联赛这个产品，必须走品牌建设之路，要善待媒体、善待球迷、善待赞助商。

还有就是球员自身必须提高职业意识和职业精神。尤纳斯就曾说过中国球员管不好自己，欧洲球员就可以做到自律。为什么国家队一集训就要搞准军事化管理，因为稍一放松，就有队员跑出去喝酒了，训练起来自然无精打采。这些球员还不能充分认识到这是他们的职业，他们要珍惜自己的职业。职业球员的黄金岁月也就那么10多年，耽误了就再也没有了。像搞全明星赛、做公益活动、回报赞助商的活动，我们的球员有时表现得被动、冷漠，不职业。有一次我带国家女篮到美国去打热身赛，在旧金山机场有人组织了不少留学生前来欢迎，他们手持鲜花十分热情，而我们的球员却表现得无所谓。她们根本没想到那些留学生为什么这么做，人家心里会怎么想。好像这一切都是应该的，连照个相、签个名都很勉强。有一次在成都，北体大校长杨桦受邀去看女篮比赛，在电梯里正好碰上四五个女篮队员，我给队员做了介绍，但这帮队员却因为不熟悉而很冷淡，使得杨桦的感觉非常不好。在美国篮坛，不管多大牌的球员只要到了正式场合，都会显得彬彬有礼、落落大方。我想这与我们的培养体制有很大关系，这确实是值得我们这些体育管理者、教育者深思的。

另外，如果有人问我作为中国篮球的掌门人，最羡慕大卫·斯特恩的什么，那我倒是可以不假思索地说上几点。

其一，NBA所具有的独立市场经济地位、稳定的企业法人治理结构和灵活的自我完善机制，使其在面对危机和挑战时，拥有可以从容应对的实力和制度基础。

其二，高水平的专业化运作能力。职业化的本质是专业化。NBA 集 60 年之经验，建立了联赛运营和管理的专业机构，拥有和培养出一大批熟悉职业篮球运营的专门人才，不仅在联盟层面可以随时引进必要的各类人才，而且可以根据需要创新和增减机构。NBA 按照现代企业制度来组建和规范俱乐部，使联赛沿着一个特定的方向稳步前进。

其三，稳定的赛制和赢利模式。稳定的赛制是成功的职业联赛的特征，是联赛运营和盈利的基础。每个赛季打多少场比赛，用什么样的比赛形式，什么时候开始，总冠军如何产生等，都有一定之规，而且延续多年，不轻易改变。他们经过多年的经营，形成了一个联盟和俱乐部层面的赢利模式，包括全国电视转播权的出售、政府的公共资助、广告与赞助收入，授权产品特许经营、新成员加盟等，俱乐部层面的球赛门票、地方电视转播权的出售、场馆冠名权、广告、球队赞助等内容，花样翻新、不一而足、收益巨大。NBA 球队的平均收入由 1998 ~ 1999 赛季的 4 210 万美元提升到 2007 ~ 2008 赛季的 1. 27 亿美元，增长了 3 倍。再加上数十年间建立起的强大的 NBA 品牌，令人羡慕。

其四，NBA 是名副其实的国际球星云集的舞台。NBA 具有强大的吸引力，这源于美国人开放的观念和丰厚的薪金收入，登陆 NBA 即相当于跻身篮球的最高殿堂，意味着荣誉和知名度的跃升。2009 ~ 2010 赛季，共有来自 36 个国家 83 名国际球员在 NBA 效力，成为拥有全球最好球员的联赛。NBA 在外籍球员引进及使用方面没有什么限制，也不存在“土的”、“洋的”，“本土的”、“外来的”此类争议，构成一个真正的国际球星舞台。我认为现在 CBA 联赛中一个队两个外援是远远不够的，我们不能无视中国国情，但无视世界潮流，一味以中国国情为借口，未来是没有希望的。

其五，很好地体现了“以人为本，以球员为本”的理念。正是基于市场的需要，球星成为 NBA 的主人，而球迷则是 NBA 的上帝。在 NBA 联盟及俱乐部处处都可以感受到球员的地位很高，俱乐部为球员做的事情，无微不至；对球迷、媒体和赞助商的服务，很人性化。

从上面谈到的所有一切说明，我们虽然在很多方面学了 NBA 的形式，但却没有学来人家的实质。归结起来主要是对体育的理念、认识理解存在偏差。

怎么发展职业篮球？就是要坚持市场化的方向，走深化改革的路子，中国篮球的整体水平才能提高，而不是拿过程中出现的局部问题来否定大方向。中国体育的市场化道路走得快吗？我不这么看。事实上恰恰是远远滞后于中国经济社会的发展，不是太快，而是太慢了。一提市场就害怕，就想着回到原来的老路上，这样能有出路吗？要进一步解放思想，这才是问题的关键。

当然，任何改革都不可能一步到位，还需要其他方面能够配套，这就需要时间，但前提是不动摇、不折腾，按照篮球规律和市场规律办事，才能有更好的发展。

第十八章
良师益友：与 FIBA 的交往

国际篮联与国际友人

在加强与 NBA 交往的同时，我即开始着手加强与国际篮联的联系，我深知，这是中国篮球走向世界的两个至关重要的渠道，缺一不可。

国际篮联的全称是国际篮球联合会（英文简称 FIBA），成立于 1932 年，目前拥有 213 个会员国，是全球最大的单项体育组织之一。中国与国际篮联有着很深的历史渊源，早在 1936 年就成为国际篮联的正式成员。新中国成立后，由于众所周知的原因，双方曾一度中断了往来，1974 年，国际篮联恢复了中国的合法地位，从此中国篮球就一直活跃在国际篮坛的舞台上。

2005. 7. 2
马来西亚科伦坡
李元伟与国际篮联终身名誉秘书长
斯坦科维奇先生 80 大寿时的合影

用历史的眼光看，世界体育是以欧洲为中心的。现代奥林匹克运动起源于欧洲，许多运动项目的大本营都在欧洲。欧洲不仅具有悠久的体育传统，而且有深厚的大球情结，不仅足球、篮球开展得风风火火，其他像排球、手球等也有深厚的底蕴。

尽管篮球发源于美国，最高水平的球员在美国，最好的职业联赛也在美国，但欧洲却是全球篮球最兴旺的地方，不仅强队的数量多，职业联赛发展快，而且走的是一条不同于 NBA 的发展道路。欧洲牢牢掌握着国际篮球的话语权，从国际篮联诞生那天起，其总部就一直盘桓在欧洲，也就是说，国际篮球的权力中心在欧洲。因此，与国际篮联建立良好的关系应该是中国篮球国际化的前提。

中国篮协与国际篮联的良好关系，得益于两位重要人物。一位是前国际篮联主席程万琦先生，一位身居香港的爱国人士。程万琦先生是中国篮协的老朋友，对中国篮球有很深的感情。他为人豪爽、热情仗义、精力充沛，有很强的社会活动能力。程先生曾担任亚篮联会长 20 多年，一直在不遗余力地推动亚洲篮球运动的发展，也为中国篮球走向世界提供了有力的帮助。在恢复中国在亚篮联的合法地位、重返国际赛场的斗争中，程先生作出了很大的贡献。他一生热爱篮球，为篮球奔走呼号，受到人们的尊重，在他的影响下，他的一家都与篮球结下了不解之缘，他的女儿程民蕙现在作为亚洲的代表担任国际篮联中央局委员。在我出任中国篮协领导人的时候，正好是程先生担任国际篮联主席期间，因此他责无旁贷地充当起中国篮球与外部世界联系的桥梁和管道，帮助我们斡旋解决了很多棘手的难题。

另一位是现任国际篮联秘书长帕特里克·鲍曼。鲍曼先生生于 1967 年，瑞士人，他精通五国语言，律师出身，毕业于瑞士洛桑大学，获得法律学位，在法国里昂大学主修体育管理，还获得美国芝加哥商学院工商管理硕士学位。他于 1994 年就职于国际篮联，1995 年担任国际篮联副秘书长，2003 年 1 月正式接替斯坦科维奇担任国际篮联秘书长一职，当时年仅 36 岁，是国际篮联历史上最年轻的秘书长。鲍曼思维敏捷、口齿伶俐、善于协调、朝气勃勃，比起他的前任视野更宽、联系更广、更为进取。正是在他的任内，国际篮联开始把目光更多地投向了中国。

发展与国际篮联的关系是一件顺理成章的事情。自从北京 2001 年成功申办奥运会开始，国际篮联日益重视加强与中国篮协的关系，作出了一系列努力。从国际篮联的角度讲，它确实不能无视一个拥有 13 亿人口，且篮球爱好者如此众多的新兴大国。同时，NBA 对中国篮球市场的大举进入，也提高了中国篮球的影响和地位。而对于中国篮球来讲，不与国际篮联建立密切联系，就无法真正融入国际篮球大家庭，这样不仅在国际竞争中将处于不利地位，而且中国的篮球市场和中国篮球的独立地位也会受到日益严峻的挑战。

国际篮联官员的希望

雅典奥运会结束后，国际篮联开始把注意力转向北京，开始准备四年后的奥运会篮球比赛。他们频繁往来于北京和日内瓦之间，密切了与中国篮协的关系，对中国篮球的发展给予了更多关注。

一次在吉隆坡召开的亚篮联执委会上，鲍曼对我说：中国应该在亚洲篮球联合会中发挥更加重要的领导作用。中国是一个大国，又拥有亚洲最好的球队，你们在亚篮联要有主导权，不能听任一些小国来左右亚洲篮球的命运。对他的话我深表赞同，但实现起来却不似想象的那么

2006. 8. 27 **东京国际篮联代表大会，左起国际篮球技术部主任考特莱巴、国际篮联秘书长鲍曼、李元伟**

容易。

鲍曼曾经说过：中国篮球训练的理念、文化与国际篮球有很大的距离，你们要注意汲取国际上好的经验和方法。在谈到对中国青年队的看法时，他说："你们一定要重视对青年队的培养，相对于国家队而言，青年队更需要高水平的教练。青年队的水平上不去，国家队成绩就没有基础。你可以看到，凡是在世界青年锦标赛上取得好成绩的球队，在后一两届的奥运会或世锦赛上一定会名列前茅。"从他的讲话中可以看出他对中国篮球发自内心的关心。

国际篮联技术部主任考特莱巴，是一个长期在国际篮联工作的捷克人，一位资深的专业技术方面的专家，与我们的交往更为频繁。他不仅在审批国际裁判员方面给我们提供了很多便利，而且对在中国举办的重要国际赛事也给予了很多的帮助。他在评价中国聘请外教一事时对我说："中国篮球已经有 100 多年的历史，但一直在一个传统的系统中存在和运行，没有什么大的变化，也没有让世界产生过惊奇。现在开始寻求变化了，这个变化可能好，也可能不好，但变化毕竟是一件好事。"他又说："我知道中国有长期集训的制度，关起门来训练，闭门造车，这种做法可能更适合像游泳、体操、跳水那样的项目，因为这类项目是磨炼、完善自己的技术。而篮球则是和对手作战，因此需要经常与强手交流才能提高自己。"

他又说："2008 年奥运会在北京举行，我们与其他单项组织一样，不仅需要在竞赛组织、裁判培养等方面与中国篮协合作，而且更重要的是我们希望提高中国队的水平，希望届时中国队能够站在领奖台上，只有这样才能够吸引更多观众来到现场观看比赛，使奥运会的篮球比赛更加成功。"类似这样的意思，国际篮联主席鲍勃、秘书长鲍曼在不同场合也多次表达。他们说，如果中国篮协有需要国际篮联帮助的事情，尽管开口，国际篮联将尽最大努力来帮助中国篮球。

他们的承诺不仅停留在口头上，更有实际行动。记得雅典奥运会结束后，国际篮联就专门派了一个专家组来北京，讨论如何帮助中国队提高水平的问题。

此外，鲍曼在推动瑞士盈方公司与中国篮协的合作上也发挥了积极的作用。鲍曼与盈方的总裁小布拉特熟识，他明确表态支持盈方公司和中国篮协展开长期合作，并承诺为这种合作的成功提供国际篮联的资源，这在与 NBA 争夺中国男篮推广权的过程中起到了关键性的作用，事后他也积极地兑现了自己的诺言。

“国际篮球中国年”

为完成 2008 年北京奥运会任务，我们坚定不移地贯彻了“请进来、走出去”的方针，扩大与国际篮球的接触和交流。所谓走出去，就是增加国家男女篮与欧美强队交手的机会，而请进来就是尽可能承办更多的国际篮联的正式比赛，为队伍备战创造条件。这几年国家男女篮与欧美强队交手的场次每年都达 40 场左右，为此我们还曾主动放弃了 2007 年亚锦赛争取蝉联冠军的目标。这种主动出击的做法不仅争取到了更多的机会，而且也给国际篮球界留下了深刻的印象。

2008 年 4 月的北京，艳阳高照，春光明媚。一系列国际篮联的重要活动在北京拉开了帷幕。4 月 19 日到 26 日，“好运北京”国际女篮邀请赛开幕，这是对奥运篮球比赛馆和赛事组织运转能力的重要测试，北京奥组委和国际篮联对此高度重视；4 月 24 日到 26 日，国际篮联中央局会议在北京召开，这是第一次在中国举办国际篮联重要会议；4 月 25 日，北京奥运会篮球比赛分组抽签活动举办，这对参加决赛的队伍至关重要。这一系列“联合行动”自然引起国内外篮球界的高度关注。

决定申办这次国际篮联中央局会议，是我们进一步融入国际篮球大家庭的重要尝试。以前，我们从没有类似的打算，但随着参与国际篮球界的活动越来越多，我们意识到，作为一个篮球大国应该积极参与到国际篮球事务中去，为国际篮球的发展作出我们的贡献。此外，也考虑到于再清副局长第一次担任国际篮联中央局委员职务，我们有义务为他今后的工作做一些铺垫。基于这种想法，我在 2007 年参加国际篮联的一次会议中，向鲍曼提出了这个请求，鲍曼喜出望外，估计他正在为安排明年的活动伤脑筋，所以双方一拍即合。

这次在北京召开的国际篮联中央局会议决定了篮球规则四项重大的修改，是近几十年来改变最大的一次。这次修改借鉴了不少 NBA 规则的规定，例如将三分球线由原来的 6.25 米增加为 6.75 米；将限制区改成像 NBA 式的长方形，面积相对缩小；像 NBA 赛场一样，以篮筐为圆心划定半径约 1.2 米的进攻有利区，在此区域内只有阻挡犯规而无带球撞人的判罚，为的是增加比赛的防守难度和进攻流畅性，提高比赛的激烈程度，促使比赛的观赏性进一步增加。这次修改也使国际篮球与 NBA 进一步靠近，对世界篮球运动发展必将产生深远的影响，因此注定要载入国际篮球发展史册。

4 月 26 日“好运北京”国际女篮邀请赛决赛，中国女篮力克美国队，勇夺冠军，这是国家女篮历史上第一次在国际比赛中战胜美国女篮。在场的国际篮联官员和中央局委员见证了这一突破。尽管这不是一个货真价实的世界冠军，但对于成长中的中国女篮，无疑是里程碑式的事件。

4 月份的活动告一段落，7 月 17 至 20 日的斯坦科维奇杯赛在杭州举办，7 月底 8 月初的男女篮钻石杯赛又在江苏南京和浙江海宁打响，紧接着就是奥运会篮球比赛的正式开打。如此频繁的篮球活动集中在中国，难怪欧洲篮联主席风趣地把2008年称为“国际篮球中国年”。

鲍曼的“不情之请”

北京奥运会结束后，鲍曼、鲍勃来到北京观看残奥会轮椅篮球赛，其间受到北京奥组委主席、市委书记刘淇的接见。那天，北京奥组委外事部来电话通知我陪同参加，正好我有事在身，就让胡加时去了。加时回来告诉我说，鲍曼在接见即将结束时，向刘淇同志提出一个请求，希望能延长我的任期。我听后感到既意外又好笑。且不说老外压根儿不懂中国的干部管理制度，他的良苦用心根本不起作用，而且如此贸然地提到这件事还有干涉中国内部事务之嫌。我心想这可不是一件好事，不知情的人还会以为是我鼓动他去游说的，幸亏我没到场，否则将多么尴尬！

谁知半个月后，轮到刘鹏局长宴请这两位时，鲍曼又提起这个话茬儿，这次偏偏我就在场，感觉很不自然。只听到鲍曼对刘鹏局长说：“过去，中国篮球是在一个封闭的环境里运行的，在李先生领导的这几年中开放了，与国际篮球的接触更多了，变化和进步是明显的。”然后直言不讳地说，希望能保持中国篮协领导的稳定性，延长我的任期。事后，我不得不专门向于再清同志做了解释，他表示理解。没想到事后鲍曼还很执著地对我说，以后有机会还要再提，天真得让人哭笑不得。

即便如此，在临近退休之际，能够得到国际篮联主席和秘书长的肯定还是一件令人愉快的事情。

坚定不移地走向世界

中国改革开放30年的历史，给予我们的最大启示，就是要赶上世界发展潮流，就必须打开大门，与国际接轨。这是放之四海而皆准的真理，经济是这样，文化是这样，体育更应该是这样。

邓小平同志“世界公民思想”的一个重要内容，就是要以世界眼光审视自身，追赶世界发展潮流。早在30年前，小平同志就反复强调：现在的世界是开放的世界，任何一个国家要想脱离世界，关起门来搞建设都不可能。中国要是不改革开放，不改善人民生活水平，就是死路一条。同时，他强调中国要以更加积极的姿态融入世界，“在国际问题上无所作为不可能，还是要有所作为。”这个思想成为我国对外开放的重要指导方针。

在中国篮协工作的这几年中，我深刻地认识到，加强国际间交流，尽快融入到世界篮球发展潮流中去，是中国篮球做大做强的必由之路。为此，必须具有国际意识、眼光和追求，努力提高中国篮球的国际地位，提高中国篮协在国际篮球界的话语权和影响力，这是由篮球大国走向篮球强国的必然要求。

2006年9月，世界男篮锦标赛期间，我代表中国篮协参加了在东京举行的国际篮联代表大会。这是我第一次参加这样层次的会议，坐在大会的现场，我有一种感觉，那就是篮球的竞争和较量不单表现在运动场上，而且也表现在国际篮联的各种活动中。在这些重要的活动中，篮

2007. 3. 2 西班牙巴塞罗那，欧洲篮球联盟总裁乔迪·博特姆、李元伟

球发达国家和地区的势力和影响力无处不在，体现在国际篮球事务的一切重要方面，包括国际篮联中央局委员的名额分配、确定重要赛事的举办地以及修改篮球规则等方面，我们都可以感受到欧洲、美洲以及大洋洲篮球的影响。这与它们篮球的历史、水平、普及程度、对世界篮球的贡献有关。与它们相比，中国篮协在其中的影响和作用实在是太微弱了，这不仅表现在国际篮球的范畴中，也表现在亚篮联的区域内。长期以来，我们在亚篮联也是充当配角的，其影响和作用甚至不如阿拉伯和东南亚的一些小国家，确实与我国的大国地位很不相称。

当时，这种影响力对于我来讲，最直接的感受是在裁判方面。就在代表大会期间，世界男篮锦标赛 1/8 淘汰赛开始，在中国男篮与希腊男篮的比赛中，裁判在一开场就吹了刘炜 3 次犯规，一下子就打乱了中国队的节奏和部署，使我国运动员受到了很大干扰，尤纳斯为此暴跳如雷，我想他很清楚到底发生了什么。我坐在看台上看着这个景象，心里在想，不知裁判的哨音里有没有希腊篮协主席（他同时也是欧洲篮联主席）的影响，我的感觉是欧洲裁判在用哨声巧妙地表现这种影响的存在。这可能也是国际政治在篮球上的反映吧，它提醒我们要重视球场之外的因素，因为这是中国篮球崛起的重要条件。

这种状况的存在已经有很多年了，这是由于历史的、现实的各种因素造成的。直接的原因是受到我们的国际化意识、体育的体制和英语水平的制约。如果说在若干年前，我们着眼于韬光养晦，专注于国内事务，抓紧时间发展自己是必要的话，那么到了国家综合国力增强，国际地位不断提高的今天，仍然听任这种状况继续下去，显然就不合时宜了。我们应该在国际事务中有所作为，发挥一个大国应有的作用。

要改变这种状况，不可能一蹴而就，需要一个过程。首先要从领导层面树立主动走出去的意识，要制订明确的计划和措施，从现在开始注重在国际篮球事务中发挥中国篮协的积极作用。

其次要物色培养合适的人选进入国际篮联组织中去，同时，在合适的时机争取亚篮联秘书长的职务。一个现代国际体育组织官员应该是一个社会活动家和职业体育工作者，他们大多受聘于某一体育组织，为其工作，不少人终身服务于这一机构，成为“世界公民”。而我国则是把单项体育协会领导人作为一级官员，有诸多限制，像出国访问需要层层审批，有任职年限要求；即便担任国际体育组织官员，也是由国家选派，这与国际职业体育官员有着本质的区别。我国运动协会的性质决定了我们不可能做国际篮联、亚篮联的专职官员，也不可能形成广泛深厚的人脉关系，这也不利于领导作用的发挥。显然，这样的体制不利于我们在国际体育组织内发挥积极的作用。因此，选派符合条件的年轻人以个人身份参与国际体育组织的工作，培养新一代国际体育组织领导人，这是完全必要的，应该树立一个长期的目标，从现在做起。

最后，必须提高中国篮球从业人员的英语水平。在国际交往中，外语能力实在是太重要了，哈里斯曾经一再强调：“由不得你喜欢不喜欢，英文就是篮球的国际语言。”由于受到英语能力的限制，包括我在内的前几任中国篮协领导人在对外交流中，都无法与人深入沟通，这就大大削弱了中国篮协的领导能力和影响力。对于教练员、裁判员等专业技术人士来讲，也是这样。在奥运会、世锦赛上，我不止一次看到中国裁判吹得很好，但由于不懂英语，无法深入交流就只能作壁上观，是非常令人遗憾的。马赫曾经告诉我：“一个俄罗斯人说，中国教练不可能有更大的提高，因为不懂英语，他们融不进国际教练员、裁判员这个圈子，语言是他们的障碍。”这确实是阻碍中国教练员、裁判员提高的重要原因。我想，一切有志于篮球事业的年轻教练员、裁判员和篮协官员一定要学好英语，争取进入国际专业人员的圈子，才能发挥出自己的聪明才智。

尽管这几年，我国的对外开放有了明显的进步，但从更高的层次讲，我们距离篮球强国的目标还有非常大的距离，我们必须进一步开放，坚持“走出去、请进来”的方针，努力解决阻碍我们进一步国际化的障碍，这样，走向世界才不会成为一句空话。

第四篇

篮球人的故事

篮球的发展离不开人。篮球文化的真谛，就在于造福于人。

第十九章

拯救大兵：王郅治归来

在我担任篮管中心主任期间，结识了许多运动员，还与其中一些人结成莫逆之交、忘年之交。他们大多是“80后”、“90后”的新人，他们的成长印证了中国改革开放的成功，他们对祖国的热忱深深地感动了我。限于本书的篇幅，我只能择其一两个有代表性的人物写写他们的掠影。在这些运动员中，最具有戏剧性也是影响力最大的事情，莫过于大郅回归了。

美国有部很著名的电影叫做《拯救大兵瑞恩》，如今回想起整个王治郅事件的始末，从他出走、拒归、除名、沟通、回国、道歉、归队，整个过程的曲折跌宕，不亚于这部好莱坞大片。令人欣慰的是，这部大片的结局是众望所归的大团圆。

如何去尽量理解和尊重一个人的价值，这是整个大郅事件给我的最大启发，在这其中我也感受到了媒体、球迷以至整个社会给予的欢迎、宽容、谅解的态度，没有这个良好的大环境以及开放的心态，是不会有这个美好结局的。让我们从头说起。

NBA亚洲第一人

我第一次与王治郅的近距离接触，是在1999年的一天下午，那会儿我担任篮管中心的副主任，大郅则已经是小有名气的后起之秀。那时他和父亲一起到中心来办事，在运动管理部我和他见过一面，聊了几句，虽然时间不长，但是感觉这个大个头很单纯、很温和，就是性格有点内向，并不擅长和外人打交道，之后的事情也证明我对他的第一印象是对的，围绕大郅发生的一切，其实都和他的个性有关。

接下来是这个年轻人声名鹊起的日子，1999～2000赛季，王治郅成为CBA联赛中最耀眼的明星，他平均每场贡献27分和10个篮板，带领八一队在常规赛22轮比赛中取得21胜1负的成绩，并由此获得个人职业生涯第一个常规赛MVP。继而八一队又以3:0的优势战胜拥有姚明的上海大鲨鱼队实现三连冠，夺得了球队历史上的第五座奖杯，王治郅也如愿以偿地获得了总决赛MVP。

2000年2月，大郅被评选为1999年度亚洲最佳中锋；2000年悉尼奥运会，他成长为中国队独当一面的中锋，与姚明、巴特尔组成的“中国移动长城”在世界篮坛名噪一时。2000～2001赛季，是CBA决战史上难以复制的辉煌。这个赛季姚明已经成长起来，决赛中他带领上海大鲨鱼队卷土重来，并发挥出了相当的战斗力，用一场胜利打破了八一队前五个赛季总决赛一场不败的金身。但在王治郅出色的发挥面前，上海大鲨鱼队最终无力回天，八一队获得了第六个 CBA 联赛总冠军。

姚明在他的自传中这样写道："王治郅，从一开始的时候，就是我的目标。我总是在追赶他，而且我知道要想赶上他，我得加快脚步。"

大郅的能力也开始获得世界的认可，1996 年亚特兰大奥运会上第一次被 NBA 球探发现。随后，小牛队的助教小尼尔森数次来华探寻，因为他的父亲——小牛队主帅老尼尔森对王治郅很感兴趣。但鉴于王治郅的军人身份，即使被选中，也没人知道他能不能去 NBA 打球。

1999 年，当时任职于耐克公司的夏松开始操作王治郅的选秀，但一切只能偷偷进行，全过程极为保密。他先说服尼尔森父子在选秀第二轮选王治郅（王治郅在 1999 年已经年满 22 岁，在选秀前不需要发表任何声明）。选秀大会那天，中国男篮正在长春卡伦湖集训，身在纽约的夏松拨通了王治郅的电话。王治郅从电话里听到了 NBA 副总裁格拉尼克宣布"第二轮第 36 顺位，小牛选中王治郅"的消息。

被 NBA 选上了，跟八一队一说，总政领导莫名其妙，"美国联赛干吗选我们的人？"1999 年，NBA 在中国球迷中已经有了很大影响，但很多官员还不是很了解。中国篮协知道消息后，意思是看总政的，只要总政同意篮协就没意见。

2001 年 3 月 29 日，中国篮协与 NBA 达拉斯小牛队正式签约，让王治郅转到小牛队门下。在记者会中，小尼尔森让王治郅穿上小牛队 16 号球衣，王治郅终于正式成为 NBA 球员，开始了他的 NBA 生涯，也成为亚洲登陆 NBA 的第一人。

这件事所引发的轰动可想而知，在这个世界上，有很多个第一，但王治郅这个第一是真正具有历史分量的，是中国篮球运动员迈出的历史性一步，是很多人奋斗终生却没有办法获得的荣誉，就像姚明所描述的那样，"我得承认，第一次听说王治郅被选中时我很嫉妒。"

就这样，一个广阔的世界摆在王治郅的面前，他启程了，但前途的曲折和艰辛，也是这个当时风华正茂的青年完全没有想到的，也是包括中国篮协、八一队以及球迷在内，都没有做好思想准备的。

大郅选择了不归

初次登上世界篮球顶级联赛的舞台，王治郅所要承受的一切，外人很难理解其中滋味，而性格内向的王治郅，这些年来也很少对外界提及那段日子。

环境的变化、竞争的激烈、比赛的残酷，这些都在考验着这个年轻人的神经。第一次参加小牛队训练课的时候，在横冲直撞的 NBA 球员面前，王治郅显得很放不开，训练结束后他腼腆地告诉前来采访的记者："这里的速度更快，我想我得在防守上加把劲儿。"

小牛队的主教练老尼尔森倒是很给这个新人面子，他当时的态度是："王治郅作为新秀，最重要的是学习 NBA 的技术，球队不会给他太大压力。如果能够正常成长，他在一两年内就能成为出色的球员。"2001 年 4 月 6 日，王治郅成为中国球员中参加 NBA 常规赛的第一人，在当天代表小牛和老鹰队的比赛中，王治郅出场 8 分钟拿下 6 分 3 个篮板。

看上去这是个不错的开始，但接下来 NBA 向这个初出茅庐的青年展示出了"狰狞"的面目。由于王治郅模糊的位置定位和相对薄弱的防守，让他在NBA很难再进一步。2001年他加盟小牛队之初，常规赛只剩下5场比赛，还没等他适应下来，赛季就结束了；第二个赛季他虽然三分球命中率高达41%，但防守和篮板一直是他的弱项；而小牛队的两位中锋诺维茨基和拉弗伦茨也有投三分球的能力。

随着时间的推移，这个中国男孩给达拉斯所带来的新鲜感一点一点消失了，他坐在板凳上的时间越来越长。“他并没有超过我所预期的”，主教练尼尔森在谈到王治郅时很客气地发表了这样的看法。

从中国篮球的宠儿到NBA球场上的板凳客，王治郅所经受的心理落差可想而知。我想他坐在板凳上无奈地向场内张望的时候，这个年轻人肯定不止一次地下定决心：这个赛场一定要有我的一席之地。对于一个骄傲的、不服输的青年来说，这是很单纯的一种想法，而这种想法，也是他后来作出令人震惊的选择的原因。

2002年5月13日，达拉斯小牛队以总比分1:4不敌国王无缘西区决赛，这意味着赛季结束。王治郅应该履行他之前的承诺，回国参加国家队备战世锦赛的集训以及热身赛，但他选择参加夏季联赛，希望能通过这样的历练，让自己更能适应NBA的节奏。

6月6日，《达拉斯晨报》女记者朱迪·弗拉德的一篇文章，让事情迅速陷入了复杂的境地。这位女记者在其报道中称王治郅留美的目的是想“叛逃并对抗政府”。

6月7日，王治郅通过媒体回击《达拉斯晨报》的不实报道：我在美国训练并想参加NBA的夏季联赛，达拉斯那名女记者不知从哪里得来的消息，而且故意把问题政治化，不知她的目的何在？我在达拉斯打了两个赛季，与小牛队的队员、官员和记者都保持着良好的关系，我对达拉斯球迷也有很深的感情，希望这家报纸停止不实的报道。

但无论怎样解释，大郅拒绝回国效力已经成为事实，最开始的时候，中国篮协试图通过各种途径来说服他，也尽量不让事情扩大化；但后来发现效果甚微，到这个月月底，中国篮协不得不利用一次媒体公开日的机会，对外界说明事情的过程。国家队领队匡鲁彬说：“小牛队的季后赛还没有结束时，国家队就向王治郅发出书面通知，让他迅速回国参加国家队的集训。但王治郅一直没有执行，国家队去过几次电报和电话催促都没用，王治郅与小牛队的合同到期后自己去了洛杉矶进行训练。每个星期王治郅都向国家队打电话汇报一下情况，但并没有留下电话号码和通讯地址，搞得篮协和国家队都非常被动。”

接下来事情的发展可以从这张紧凑的时间表上看出端倪——

7月17日，中国国家男篮领队匡鲁彬、八一男篮主教练阿的江赶往美国规劝王治郅回国。

7月20日，阿的江见到大郅，但匡鲁彬未能见到。据说匡鲁彬到了美国后给王治郅打电话，王治郅很冷漠地说：“你现在是篮协的人了，我不会跟你谈的。”当时匡鲁彬听到这话就掉了眼泪，因为王治郅14岁进八一队时的第一任教练是匡鲁彬，他怎么也没想到自己带过的队员能这么对待自己。

7月下旬，中国篮协写给王治郅的信中表示，只要王治郅尽快回国训练，代表国家队参加国际大赛，篮协和八一队就不会对他做任何处罚；王治郅仍可以和NBA的任何球队签约，到NBA打球。

8月13日，篮协公布国家队名单，大郅被列为“候补”队员。

8月21日，篮管中心公布给大郅的信件并接受媒体专访，认为王治郅在回避问题。

8月22日，中美热身赛前，大郅凌晨驱车五个小时赶往奥克兰，同国家队会合。不过由于他此前拒绝归队的态度，大郅与中国队合练的愿望未获批准，他当晚赶回洛杉矶。

8月26日，中国篮协公布《王治郅至今未归的事实真相》，就一些“内幕”作出了解释。

中国篮协在文中透露，王治郅出于个人的某些因素考虑，始终滞美，逾期不归，拒绝参加国家队的集训和比赛，并连续犯下了错误，最终导致双方产生一些矛盾。篮协“仁至义尽地做了大量工作”；但鉴于王治郅的错误选择，他最终未能代表中国参加本届世锦赛。篮协最后给出了归队的“条件”：我们的大门依然向王治郅敞开着，即使王治郅错过了这次参加世锦赛的机会，只要他回心转意，愿意回国训练，愿意参加亚运会，愿意与国家队签约，仍不影响他去NBA打球。

9月13日，国家队备战亚运会，匡鲁彬留美继续劝说大郅。

10月9日，篮协在《关于将王治郅开除出国家男篮的决定》中称：鉴于王治郅缺乏基本的职业道德和爱国精神，已失去了作为国家队队员的资格，经研究，决定将王治郅开除出中国国家男子篮球队。

这样的结果，是谁都没有预料到的，中国篮协和八一队不得不耗费大量精力来处理这个史无前例的难题，来自社会各界的反响更是可想而知。媒体和球迷的看法分为两类，一类是感叹偶像的坍塌，认为他这样的做法是自私自利，是自毁前程，更有愤怒者干脆用“叛徒”来称呼他；一类则表示理解，认为王治郅在第一个赛季后，回国参加了申奥、东亚运动会、亚洲篮球锦标赛、世界大学生运动会，可是自己却放弃了对他来说最关键的夏季训练营、夏季联赛和新赛季的最初比赛，由于没有参加过全队的赛季前合练和战术演练，所以上场时间根本得不到保证。

因为违反了当初的三方承诺，小牛队在中国篮协作出开除王治郅的决定之后，也迅速作出了反应。小牛队老板库班在接受采访时表示，“在王治郅违背与中国篮协的承诺的同时，他同样也违背了我们。我们在之前已经向中国篮协作出了道歉，并且表达了我们在王治郅滞美这一事情上的无能为力。”不管是与球队的关系，还是在球队的作用，新赛季的小牛都很难为王治郅找到位置，“对于他，我们也许连10分钟的上场时间也无法保证。”

之后王治郅得到了洛杉矶快船队提供的一份合同，他于2003年3月20日在快船和掘金的比赛中拿下了职业生涯最高的21分，而且全场12投9中。他的单场最高篮板数是在2003年1月23日快船队对阵爵士比赛中创造的7个。

2002年11月25日，NBA赛场上还上演了一场中国长城的德比战。这次德比战的主角是姚明和王治郅，本场比赛也是两人在NBA赛场上的第一次对决，最终火箭队在客场89:90输给了快船。那是姚明的新秀赛季，他已经慢慢在球队里站稳脚跟，开始得到稳定的上场时间和出手机会；而当时王治郅还处于风波之中，比赛结束后姚明没法多说，只留下一句：“今天我和大郅都不是主角。”

大郅一直没能在NBA成为主角，2003年11月邓利维成了快船队的新教练，大郅没能进入新教练的法眼，被裁出了球队名单。

2003年12月1日大郅再次以自由球员身份和热火签约，但是和奥尼尔当队友，他能有多少出场机会呢？在新华社驻美记者梁希仪所写的《我在美国看篮球》一书中，曾经这样描述大郅在热火队的经历——这是他登陆NBA 5个赛季后坐“冷板凳”时间最长、均场得分最少、篮板最少、最压抑的职业生涯。常规赛一个队打 82 场比赛，但大郅在热火的两个赛季一共才上了 20 场，平均每场得 2.2 分，不到 1 个篮板。即使上场，当时的主教练大范甘迪（前火箭主帅小范甘迪的哥哥）也只给他平均 4.6 分钟的时间。在这么短的时间内，而且大多是垃圾时间，大郅能有何作为？

球队中的一个小角色，大郅后来在 NBA 的境遇只能用这个身份来限定。尽管住着望海的别墅，拿着不菲的年薪，可这样“混迹”赛场的日子，显然和他当时的梦想相距太远了。而随着年龄的增长，他也不可能不后悔当初年少冲动所作出的决定。

回避不了的王治郅问题

大郅不归事件发生的时候，我还在体科所工作，当时通过媒体的报道，也了解到事情的一些来龙去脉。我的感觉是大郅是个老实孩子，但做的这个决定很欠考虑，过于草率了。

2003 年我重回篮管中心工作，第一次和刘玉民谈话的时候，她就跟我提到了大郅的问题，认为大郅是中国篮球不能回避也必须解决的一个问题。接下来的调研过程中，有不少业内外的同志都向我提出建议，希望我能着手解决此事。

这其实也是我密切关注的一个事件，于是我调来档案并找相关的同志详细询问事情发生的前因后果，并上网浏览了媒体、球迷的种种看法和意见。经过一段时间的了解，我得出几点初步看法。

第一，这件事情发生的主因是大郅为追求在 NBA 的发展，采取了错误的方式。但客观地讲，当时有关人员对此问题处的方式方法上也有可以商榷的地方。第二，这件事表面看上去并不复杂，但其背后涉及到一些深层次的价值判断和认同问题，例如如何看待“祖国培养”，如何处理国家、集体和个人的利益，如何看待纪律和自由，这些都是围绕大郅事件所引发的争论，也是很难回答的问题。第三，它所涉及的不仅是体育界的问题，而且还有部队的特殊背景。第四，舆论的压力不能不考虑，凡是有关王治郅的消息，大家都很关注，往往一有风吹草动，就会被媒体炒作一番；媒体、球迷对这件事的看法存在着严重分歧，有些看法相当激烈。

所以触及这件事情本身是存在很大风险的，解决不好会带来不小的负面效应。尽管如此，我还是想试一试，这是由我的性格和做事风格决定的。在巨大的争论声中，我也尽量客观地去看待问题，我不希望中国篮球的这块伤疤一直存在下去，也不希望中国篮球曾经的骄傲在别人的板凳上生存。于是我将此事当作必须攻克的“堡垒”列入工作日程，2003 年 6 月我回到篮管中心，7 月就开始着手处理此事。

前三次的努力和第一次公开表态

首先是怎么和王治郅取得联系的问题。当时能和大郅保持联系的人不是很多，而《篮球先锋报》的主编苏群是其中之一。于是我先找到苏群，向他了解大郅的近况并托他传递口信，表明我的态度和愿望。

听了我的想法后，苏群十分兴奋，因为在此之前他已经进行过多次尝试，想帮助大郅找到回家的路；但由于当时各种主客观因素，他的努力没有取得明显成效。现在知道了我的态度，他积极付诸行动，并和我保持着密切联系。鉴于这件事情的敏感程度，我要求他严格保密，只做不写，他也答应了。

大约两三周后，事情有了进展。8月我率队在韩国大邱参加世界大学生运动会，一天我和时任国际篮联主席的程万琦先生外出，途中接到大郅从美国打来的电话，他表达了愿意承认错误、希望回国的愿望，这是他第一次和我直接通话。当时我十分高兴，对他进行了一番鼓励。程先生在旁边听闻此事，也答应帮助他、尽力促成他回国。

之后，大郅又分别给陈招娣（总政直工部副部长）、钱利民（时任八一队副大队长、八一男篮领队）和张斌（八一男篮助理教练）打了电话，可以看出他当时回国的决心很大，但也显示了他单纯幼稚的一面。这集中表现在他提出的两个回归的先决条件："把公务护照换成私人护照"和"亚锦赛后立即返回美国"。从这以后，这两个条件就成为他反复犹豫、迟迟下不了决心的焦点问题。

从表面看王治郅提出的只是一本私人护照问题，但实际上他是对自己回国以后的遭遇心里没底，他甚至通过各种渠道了解八一队会对他采取什么样的处罚措施，以及自己今后能否来去自由。

但他提出的条件从一开始就注定是一个无解的问题。第一，他人还没有回来，谈不到部队对他的处理问题；第二，国内办理私人护照的程序规定，必须本人在国内亲自去办，不能通过委托的方式办理。因此，这两个问题在他人不回来前是不可能得到明确答案的。

这就使事情陷入一个两难的境地，大郅本身的性格就优柔寡断，他反复考虑的是回来后可能不仅要接受严厉的处罚，而且也将失去再次赴美打球的机会。而从组织的角度看，他违背了承诺，违反了纪律，首先他要主动承认错误，用实际行动改正错误，取得大家的谅解，而不能讨价还价列出先决条件，这是不能接受的，也说明他根本没有诚意。2003年9月底，亚洲男篮锦标赛要在哈尔滨举行。这次比赛也是雅典奥运会的资格赛，获得冠军即可取得雅典奥运会的参赛资格。我当时的想法是，如果大郅能赶在亚锦赛前回来，对于夺取亚锦赛冠军多了一分把握，更重要的是能为来年的奥运会增添力量。但在僵持之中，我的愿望落空了，第一次尝试无果而终，没有王治郅的中国男篮顺利完成了任务，拿到了亚锦赛冠军，获得了雅典奥运会的参赛资格。

哈尔滨亚锦赛期间，中国篮协召开了全国篮球训练工作会议。在会上到底讲不讲王治郅的问题，到底应该怎么讲，我思前想后考虑了很多。按说要争取他回来不公开讲为好，但我考虑到面对全国各地的教练员、主管训练工作的各省市体育局领导同志，作为新上任的中国篮协主要负责人对这个问题是不能回避的。对这样引起广泛关注的事情没有一个态度，可能会引起一些不必要的揣测和议论，加上当前民营俱乐部越来越多，在如何对待和处理局部与全局、个人与集体利益的问题上，是要有一个能代表社会主流意见的说法的。

此外，我考虑到大郅的性格特点，光靠动之以情是不够的，还得施加一定的压力，我不是求着你回来，国家队也不是离了谁就玩不转了。以国家利益为重，我的态度不能含糊和暧昧。

2003年9月30日，我第一次就王治郅事件公开表态，开门见山。我说中国篮协和八一队已经做到仁至义尽，为了让他认识到我们的诚意，我们一度为他保留了亚锦赛的名额。因为王治郅毕竟是自己培养的人，国家和人民需要他，他也一度致电八一队和我表示想回国。但他提出了不当的前提条件，表现得患得患失。

我也明确了一个原则，那就是不能脱离开中国的国情来谈王治郅的事件，然后我就五个方面问题，讲明了自己的看法。这五个问题是：怎样看待国家的培养；如何看待和处理国家利益和个人利益问题；爱国主义是否过时的问题；运动员应该树立什么样的社会形象；关于承诺和诚信问题。这些都是当时人们争论最多、分歧最大的有代表性的问题。我坦率地谈了自己的看法，并对王治郅的滞留不归提出了公开的批评。也想为今后类似事件的处理，提供一些原则。最后我也是通过这次会议发出了一个忠告：王治郅在归国这件事情上渐行渐远，至于今后他能否回国为国效力这完全取决于他自己。

当时我也担心我这番措辞严厉的讲话会不会把大郅吓着了，会让他更加犹豫或者彻底打退堂鼓。但在原则问题上的确是不能让步的，我想大郅如果有心，我的心意他也一定会明白的。

在我表态之后，事情就搁置在那儿了。大郅也确实仍处在犹豫之中。2004 年 2 月访美期间，徐济成曾经打通了大郅的电话，跟他嘘寒问暖了一番，也是想趁机再做做工作。打电话过程中大徐说李主任就在我身边，你要不要和他说说话。结果大郅没有接这个话茬，就没有和我讲话，大徐也只能作罢。

2004 年 4 月，我和尤纳斯在烟台观看全运会预赛，在我抵达烟台的当天中午，和烟台市体育局的领导一起吃饭时，突然电话响了，是大郅从美国打来的电话。接到他的电话，我很高兴，说明他没有受到那番讲话的影响，也确实有回家的渴望。在电话中，大郅又一次表达了想回国代表祖国参加雅典奥运会的想法，但附加的条件还是要求办好那本该死的私人护照。

我们只能与八一队再次联系，同样的情况，同样的意见，同样的无果而终。

大郅亚锦赛没回来，奥运会也没回来，每次动静还都闹得挺大，这么一来，负面效应又出来了。每次他表态要回来，我们要跟总局汇报，八一队那边要跟总政汇报，但汇报了又没有实质性进展。据了解，那段时间，总政领导多次把八一体工大队领导叫去问："你说说看，他到底什么时候回来?"因为没有确切的消息，搞得大家都很被动。而球迷在一次次失望之后，也把大郅比喻成喊"狼来了"的那个孩子，他的人品自然遭到质疑，他的形象受损跟这种反复有很大关系。

不过还是不能放弃，时间进入了 2005 年，大家继续着让大郅回国的努力，这一年的 4 月底 5 月初，由于一个特别的机缘，事情有了新的转机。中国女篮在这期间前往美国西雅图和萨克拉门托打比赛，我和匡鲁彬一起随队出征，其间新华社驻美记者梁希仪前来采访这次比赛。

梁希仪是从业多年的资深篮球记者，他是我的校友，比我高一届，来自内蒙古，也是一个性情中人，非常热心。他多年来给予中国篮球很多关注，对大郅的事情也十分上心。利用在美国工作的机会，他与大郅有过接触，不止一次地劝说他回来。这次梁希仪充当了中间人，把匡鲁彬在美国的联系方式给了大郅。大郅后来给匡鲁彬打电话时，我已经提前回国了，匡鲁彬接到电话后跟我进行了汇报。

大郅在电话中的态度很诚恳，他告诉匡鲁彬，自己是八一和国家培养出来的，而且为国效力、为国争光是他从小就一直向往的事；父母亲都在国内，哪能不想回国呢？但他同时也表示自己对"回去后能不能再出来到 NBA 打球，还是有些担忧"。

匡鲁彬耐心地跟他讲明了篮协的态度，希望他能早日回来，也希望他能多一些主动，多与国内沟通和交流，包括有什么想法，甚至有什么困难，都可以交流、谈心，应该相信组织。

听到这个消息，我就嘱咐匡鲁彬，一定要抓住这次机会，尤其是争取要到大郅的电话号码，尽力保持这条热线的畅通。在此之前，我们与大郅的几次通话，都是他打给我们，但我们却没有办法打给他。如果我们有什么事情告诉大郅，只能通过中间人转告，这无疑降低了我们的主动权和时效性。

电话号码拿到了，从那时起，每隔一段时间，匡鲁彬就和大郅通一次电话，询问他的近况，聊聊家常，保持着联系，这对于他的思想转变十分重要。随后八一队那边也和大郅取得了联系，双方的沟通比较愉快。看得出大郅真的是在努力下定决心，接下来他先后给篮管中心和八一队用传真发来了检查，这次主动行为算是迈出了实质性的一步。

眼看真的有希望了，我们特别为他制订出一个回归计划，命名为“507 计划”，希望大郅能够在 2005 年的 7 月，也就是在第十届全运会召开之前回国。计划分为“准备期、执行期和公开期”三个阶段，具体落实了对于大郅事件的处理原则和措施，由篮协聘请的专业公关公司老总张庆执笔起草。

但没有想到事情最终还是有了变化，大郅甚至都预订好了 7 月 1 日回国的机票，但临行之前又改变了主意。从 2003 年开始，每一次他都是这样犹豫着，一次一次与机会擦肩而过。所以后来面对媒体的追问，我只能尽量地淡化：大郅回国，不到他真正落地的那一刻，不算新闻。他要真想回来就应该拿出实际行动，总是通过媒体放话表达意愿，只会让他回国一事变得像白开水一样索然无味。

美国之行

尽管在媒体面前我若无其事，但王治郅的事情一天不解决，我一天也放不下心里的这块石头。

2005 年 10 月底，第十届全运会结束，新赛季 CBA 联赛还未开始，我分析判断了一下篮球发展的形势，感觉总体良好，但还有两件事悬而未决。一件是大郅的回归，另一件是奥神俱乐部问题。这两件事在球迷和媒体中影响很大且富有争议，解决不好，不利于营造和谐的发展环境和氛围，会影响我们前进的步伐。我的想法得到篮管中心领导班子的赞同，于是下决心要尽快解决。

当时大郅在美国的处境也已变得更为艰难，与热火队解约之后，他再次进入 NBA 球队的希望渺茫，基本处于无球可打的境地。据他在电话中讲，自己聘请了私人教练，还在和一些 NBA 的边缘球员一起训练以等待机会。据我分析，鉴于他在三支 NBA 球队的经历，他获得机会的可能性不大，这种情况对促成他下决心回国倒不失为一个良机。

于是，我首先去总局向刘鹏、李志坚同志做了汇报，得到了他们的支持。刘鹏局长指示总局办公厅与总政办公厅取得联系，通报我们的想法，而后又给总政主要领导同志写了信。这封信是篮管中心起草的，具体内容如下：

总政治部宣传部：

八一男篮队员王治郅自 2001 年赴美国参加 NBA 后，一直滞留未归，篮球中心和八一体工队曾多次与他联系，做了大量仁至义尽的工作，希望他能够回来。2002 年，篮球中心和八一体工队领导亲赴美国，希望与王治郅见面并劝说其回国，但他却避而不见。2003

年和2004年，我们向其表达了希望他回来参加亚锦赛和奥运会的愿望，王治郅虽然口头上表示过想回来，代表国家队参加世界比赛，并与篮球中心及八一体工队领导有过电话沟通，但由于他当时仍有机会在NBA打球，因此一直未有实际行动。王治郅不听从国家和部队的召唤，长期滞留国外的行为，其性质是严重的，社会影响是恶劣的。

但王治郅毕竟是个年轻人，而且鉴于他特殊的身份和留美不归所产生的社会影响，我们在处理他回国的问题上应持慎重、积极的态度，体现“惩前毖后，治病救人”的方针。今年，王治郅本人多次表示非常想回国，希望能有改正错误、为祖国效力的机会。今年5月篮管中心国管部主任匡鲁彬随国家女篮在美国比赛期间，王治郅就主动通过电话联系到他，表达了上述愿望；匡鲁彬回国后，王治郅也与他一直保持着电话联系。篮球中心也在一直劝说他打消顾虑，以实际行动改正错误，尽快回国。7月，王治郅的书面检查也已转到八一体工队。可以看出，王治郅现在的态度较为积极。我们分析，他现在在美国的境况不佳，出现了解决此问题的契机。

2008年北京奥运会举世瞩目，篮球作为集体项目，能否在奥运会上有好的表现、取得好的成绩，更是世人关注的。王治郅作为篮球运动员，是经部队多年培养出来的人才，如果此事处理适当，他能够认识错误、改正错误，回国代表国家队参加奥运会，不仅将增强国家队的整体实力，而且在政治上也有积极意义。

因此，我们希望能够与部队一起对此事做一个妥善的处理。篮管中心计划利用2006年2月美国NBA全明星赛的机会到美国找王治郅，做进一步的努力，希望再给他一次机会。

同时希望总政治部对此事能够有一原则性意见，以便篮管中心进行下一步工作。

这封信是2005年11月18日发出去的，此后，我们与总政文体局和八一队保持着密切联系。

在此期间，匡鲁彬、白喜林经常去看望大郅的父母亲，给他们安慰和一些实际的帮助。大郅迟迟不归，其实最受煎熬的是家里的两位老人。王治郅的母亲任焕贞说，经常一两个月才和大郅通一次电话，每次通话时，电话那头总是传来小孙子唧唧喳喳的声音。王治郅的儿子快两岁了，老两口却至今未见上孙子一面，每次听到孙子的声音，他们心里都不好受。更痛苦的是他们这几年在八一家属大院甚至抬不起头来。论贡献，老两口和王治郅都曾为中国篮球出力不少，到头来却落得这等田地，岂不痛心！他们一再表示希望儿子能早日归来。

有了这样的一些铺垫，我们开始拟订计划，利用观摩NBA全明星赛的机会，到美国去与大郅直接接触，进行面对面的沟通。之所以要采取这种方式，主要是觉得以前的接触，尽管与大郅建立了联系，达成了初步信任，但他的顾虑并没有真正消除，看来仅经过电话沟通不可能把话说透，也没办法彻底打消他的顾虑，必须采取果断的措施才有可能奏效。

赴美工作小组的成员也经过仔细斟酌，我担任组长，成员中有陈招娣、匡鲁彬、徐岚（篮管中心综合部主任）。陈招娣是著名的老女排队员，曾担任总政文体局局长多年，刚刚升任直工部副部长，她很有亲和力，在部队运动队中享有很高的威信。她一直对大郅很关心，大郅也很信任她，最初想回国的时候第一个电话就是打给她的，向她询问私人护照的事情。如果陈招娣和我们同去，部队领导的身份便于开展工作，能有效地消除大郅的顾虑，容易取得他的信任，便于做大郅的工作；匡鲁彬是大郅的恩师，从大郅出道时起，匡鲁彬就是八一队教练、国青队领队、教练，此后又多次担任过国家队领队和国家队管理部主任职务，也是为数不多的能够取得大郅信任的人选之一。

计划拟订得虽然周密，但我们迟迟没能得到总政那边的回应，对于我们邀请陈招娣同行的请求也没有答复。再三联系征询均没有结果，我意识到不能按照原先的计划执行了。部队没有表态，给此行增添了不确定性，使我们心里也没底了。要知道，大郅问题的解决最终要由部队决定，因为他是部队的人，我们充其量只能做一些外围的联系说服工作，这一点我们清楚，大郅也同样清楚。如果我们就这样去了，怎么跟大郅说？对他的疑虑和要求，我们无法答复，更谈不上给什么承诺，那么，我们去还是不去？这给了我们很大的困扰。

仔细想了一下，我觉得部队方面的反应也是可以理解的。从 2003 年开始，事情的多次反复确实带来消极的影响，一来二去真的就像狼来了的故事一样，没有人当真了。考虑到这种背景，我判断部队的基本态度没有变，只不过在事情没有眉目之前，领导同志不便表态罢了。这也使我意识到，大郅已经失去了太多的机会，如果他再没有切实的行动，这件事很可能就以最坏的结果收场，有关利益各方都将蒙受损失。

争取了这么久，很多人做了大量工作，球迷们都在盼着不要竹篮打水一场空，我们怎么能允许最坏的事情发生呢？最终我还是决定去做最后的努力，结果就我们篮协三个人如期出发前往美国，对外讲是应美方邀请，观摩 NBA 全明星周末活动和参观美国篮球名人堂，实际上主要是解决大郅回归的问题，另外探访在美参加 ABA 联赛的奥神俱乐部，修复与奥神俱乐部的关系。

在后来媒体的报道中，把我们这次的赴美之行称作“终极拯救”；对于大郅来说，那也确实是最后的机会。

与大郅拉家常

2006 年 2 月 15 日，我们乘坐国航 CA983 航班飞往洛杉矶。原计划由大郅来接机，安排下榻的酒店，后来考虑到保密的问题，还是委托旅行社接待。为了便于工作，我们把下榻的酒店安排在距离大郅家不远的地方。

在我们到达酒店一小时后，大郅来了。我仔细打量着这个多年不见的年轻人，发现他比以前瘦了，精神状态虽然看上去不错，但有些拘谨和不安，可见他的思想压力不轻。所以一开始我们没有进入正题，就是说风景谈天气之类无关紧要的话。当晚大郅先尽地主之谊，请我们到洛杉矶的一家著名牛排店吃了晚饭。饭后，我们在下榻酒店的大厅进行了第一次谈话。

怎么和大郅谈话，之前我思考了很久。我分析他的心理，对我们的到来一定抱有期盼，又夹杂着顾虑、担忧，加之他对国内情况不了解，并不排除身边有一些人施加的不利影响，心里肯定像“十五个吊桶打水，七上八下”。鉴于我与他不是很熟，彼此的印象主要是通过其他人的介绍获得的，因此必须在第一时间取得相互间的信任。

基于这些考虑，在谈话开始后，我刻意淡化主任的身份，尽量以一个老师、长辈的面貌出现，就像我在北体大工作时与学生谈话那样，采用亲切坦诚的态度，少讲大道理和空话。我选择从轻松的话题开始，向他介绍了国内篮球开展的情况和北京为办好奥运会作出的努力，以及北京城市面貌发生的巨大变化。大郅曾是2001年北京申奥代表团成员，出席过莫斯科国际奥委会全会，亲眼目睹了北京申奥成功的场面。他当时和杨澜他们一起欢呼雀跃的场面成为北京申奥成功的经典时刻，出现在无数报纸杂志上。

北京，奥运，家乡，未来，谈起这些，大郅果然很感兴趣并很急切地想了解北京为奥运会所做的准备。我也尽量把我了解的情况一一描述给他听，看着大郅兴致盎然的样子，我感到话题选对了。在闲谈式的气氛当中，他逐渐放松下来，我们两个人之间的陌生感也消除了很多，之后就自然地切入到回归的正题上来。

由于对大郅的性格特点和顾虑的问题已经有了比较清晰透彻的了解，因此我们的谈话围绕着这么几点进行。第一，设身处地地帮他分析他在美国的处境，以及再次进入NBA的可能性，指出他只有回国才有前途，他的价值是在中国而非美国；第二，他所提出的办理私人护照的条件是不现实的，为解答大郅的疑问，我还专门打电话向北京市公安局外管处的朋友询问关于办理私人护照的规定；第三，指出大郅在这件事情处理上的错误，并对事发当时的情况、造成双方破裂的原因和误解做了解释，也对他的动机愿望表示了一定程度的理解；第四，帮助他分析回国后可能面临的局面和可能遭受的纪律处分，应该怎样面对和处理；第五，指出这是他的最后一次机会，面对种种不确定性，他必须下决心回国，如果失去这个机会，今后若干年内他不会再有体面回国的机会了，要能“豁”得出去；第六，明确表示我们不可能也没权力给出承诺，因为这个权力不在篮协，只是答应中国篮协会全力以赴地帮助他处理后续问题，会负责到底。

在谈话中，我发现大郅对他不到两岁的儿子非常在意，在言谈话语中时时透露着对他的喜爱。可以看出，在美国枯燥单调的生活、在NBA征途的种种坎坷中，儿子是他心灵的最大慰藉。于是我针对这一点，提出了一个展望和设想。我说你现在有一些积蓄，太太的生意也很成功，相信你们现在在美国生活没有问题；但人的一生不能没有追求，如果不打球了，你还能够做什么？以什么为生？大郅回答说，除了篮球他没有别的专长。我问他：做教练？办篮球学校？这恐怕在美国没有什么优势，你的价值和市场在中国。我想即便是你不工作，你太太也能养得起你；但将来你的儿子长大了，看到是妈妈在支撑着全家，他会怎么想？你在他心目中将是一个什么地位？这次你不下决心，失去这个机会，未来可能就会发生我说的情况，你应该认真思考一下。听到我的这番话，大郅陷入了沉思当中。我想我的这个“大胆”假设，对他的心灵一定会有一番强力冲击，任何一个男人都希望成为家庭的支柱、儿子的楷模，更何况是大郅这样一个有理想有能力的男人。

第一次谈话大概持续了一个半小时，我感觉谈话的效果不错，气氛融洽，我能感到他的心情越来越好；而从我们这里他也得到很多信息，够他思考一阵儿的了。

第二天白天大郅训练，晚上我们回请他吃饭，在吃饭时大家继续前一天的话题。他又了解了一些关于部队的情况，谈到他的顾虑和回国以后可能会面临的问题。为了解他的真实想法和思考的结果，饭后我安排匡鲁彬再和他个别交谈。匡鲁彬回来后，我们三个人碰了个头，分析了一下情况，大家认为情况是乐观的，大郅开始真正下决心了。

第三天在离开洛杉矶前夕，双方再度会面，大郅表达了发自内心的谢意，并表示要认真思考一段时间。我们表示理解，并给他提了三点要求：一是继续保持热线联系；二是不对外界传递任何信息，尤其是媒体；三是尽快下决心，因为时间不多了，如果下决心回来，还有许多准备工作要做。大郅痛快地答应了。同时我也给他介绍了篮协拟订的秘密运作他回国的计划。

这就是我在洛杉矶与大郅谈话的全过程，没有像媒体渲染的那样复杂而富有戏剧性，既没有温情脉脉，也没有剑拔弩张；既没有说教，也没有丧失原则。我相信起决定作用的是我们真诚的态度，和从一开始就没有把他当外人看待，设身处地为他着想，是这些打动了他。

风声走漏

在处理大郅的问题上，我们秉承的一个原则就是要保密和低调，因为这件事情有着非同一般的复杂敏感程度，既要尊重和兼顾有关各方的权限和意见，又必须降低公众的预期，留下回旋的余地。但就在我们抵达洛杉矶的当天，国内有媒体公开披露了我们此行的目的和计划，这又一次触动了媒体的神经，又一轮对大郅回归的报道开始了。

由于从正规渠道得不到消息，开始有个别媒体臆测编造了一些假消息，诸如谈判未果，未达成一致，谈判濒临破裂等。这样以讹传讹下去只能对公众产生误导，使我们不得不公开面对。我与国内的中心领导通了气，决定分别在美国和北京正式发布消息。在洛杉矶飞往休斯敦的飞机上，我构思起草了对媒体公开发表的谈话要点，并通过渠道联系落实采访的记者。为保证谈话的准确性，我们最后选择了两家报社的记者，一位是《人民日报》驻美记者李学江；一位是《新民晚报》记者阎小娴，她是采访姚明和 NBA 的资深记者，曾在新华社工作过。2 月 18 日晚，谈话是在我们下榻的休斯敦酒店大厅里进行的。我开诚布公地介绍了我访美的行程目的及和王治郅见面的过程，然后谈了几点意见和看法。

2006 年 2 月 20 日的《人民日报》全文刊登了李学江发表的长篇报道，题目是“中国篮协盼王治郅归来”。引述部分如下：

> 国家体育总局篮管中心主任李元伟访美期间，2 月 15 日起连续三天与王治郅会面，每次都作了两三个小时的长谈，18 日李元伟接受了本报记者专访。
>
> “我来美国有四个目的。首先是要与王治郅见面，解决悬而未决的问题。
>
> 国内关于王治郅的报道与实际情况有不少出入。我想在此澄清一下，希望媒体能多做客观报道，有利于事情发展。
>
> 同王治郅的见面不是一种正式会谈，也不是一个谈判。王治郅的问题的解决，我认为首先要消除一些误会，打消他的一些顾虑，敦促其下决心尽快回国。需要通过这次谈心对历史遗留的问题作一个了断。
>
> 从王治郅的态度看，他态度也是诚恳的、积极的和坦率的。我们并没预设什么前提条件，也没有预定什么时限。我们的目的只有一个，那就是希望他早下决心，抓住机会，付诸行动，毅然回国。
>
> 判断王治郅问题是不是得到解决，关键是要看他能不能回国。媒体应少安毋躁，不要炒作。
>
> 中国篮协迄今为止，没有从任何一个出国打球的运动员的收入中拿过一分钱。”
>
> （本报休斯敦 2 月 18 日电）

这篇文章基本涵盖了我想对外发布和澄清的一些问题，其中的文字可能显得过于书面化了一些，但在对外表态时是需要这样一种措辞的，只有这样才能严谨地表明我们的态度，能为大多数人所接受。实际和大郅谈话时则完全是另外一种气氛，是非正式的和家长里短式的。

大郅真的要回来了

2月23日晚，纽约下榻酒店房间里。在这次访美的最后一天，我接到了大郅打来的电话，大郅表示已经下决心回国，怎么做一切听从中心安排。听到电话那头他坚决的口气和诚恳的态度，我十分高兴，当即对他的决定表示真心的欢迎。这次通话我们开始涉及到了他归来的一些细节问题，除了跟他重申严格保密的要求外，我与他商定回国的日期就定在当年4月10日前后，具体事宜由匡鲁彬与他联系作出安排。为什么选择4月10日前后，我们也是有所考虑的。这是因为：第一，为备战世锦赛，国家男篮集训时间定在5月初，大郅回来后相关问题的处理，至少需要20天左右；第二，这个时间正好是CBA联赛总决赛开赛的前一天，媒体的目光都会聚集到总决赛上，便于实现低调宽松的要求。当然前一个考虑尚在我们可控的范围内，而低调的想法后来则完全没办法实现，大郅归来所造成的轰动是完全没办法控制的。

从美国回来后，我们也收到了总政办公厅的回函，表示认同体育总局意见，最终的处理将“根据其本人的认识态度和实际行动作出相应的处理”。读了这封信函后，我从内心大大地松了一口气。此前尽管通过努力，使大郅的回归又一次出现了转机，但部队的态度始终是决定性的，这一直是我心中的一个结，不知道下一步会怎样发展。现在有了部队的态度，这件事成功的把握性就更大了。

下一步要进入实质性操作阶段，必须和总政文体局、八一队密切合作，策划并落实大郅回归的各项准备工作。我们立即与八一体工队联系，通报了我们在美国与大郅沟通的情况，并商定成立一个工作组。这个工作组中心方面由我、胡加时、匡鲁彬参加，部队方面由宋晶（总政文体局局长）、朱家志（八一体工大队大队长）、钱利民（时任八一队副大队长）组成。双方确定了下一步工作的内容和程序，确认了保密低调原则，对内对外尽可能封锁消息；保持经常性沟通，随时通报事态进展情况；研究从接机、检查到最终处理的一系列事宜和相应的时间安排；分别向总局领导、军委领导汇报，征得高层领导的批准和支持。在这期间，匡鲁彬和大郅每隔一两天就用电话联系一次，为保密起见不用办公室的电话，通过手机联络，大郅回来后匡鲁彬告诉我，仅此期间他就花了上万元的电话费，而我当时也没有想到应该给他话费补贴，这高昂的电话费就成了匡鲁彬为大郅回归作出的特殊贡献了。

围绕着大郅的回国，有几个技术问题摆在我们面前。第一个是大郅的公务护照已经过期，没有护照他是不能合法回国的，必须补办。于是我们通过体育总局外联司给外交部报文，为大郅申请补办私人护照，得到总局和外交部的大力支持，同时又直接联系外交部驻洛杉矶领事馆，请求他们配合。由于大郅的事情多次见诸报端，美国媒体也有所报道，因此驻洛杉矶领事馆的同志们都知道这件事。领事馆的文化参赞及文化处的同志们都很配合，热情接待大郅，特事特办，简化手续。不仅使他顺利地拿到了护照，又没有引起关注，走漏风声。在办理护照的过程中，领馆同志们的关心问候和热情鼓励，也使大郅在尚未归国之前就感受到了来自祖国的关怀和温暖。

第二个问题是怎样能够使大郅顺利回来，避免节外生枝、功亏一篑。匡鲁彬显然也想到了这个问题，有一天他专门来找我，建议派人去洛杉矶把大郅接回来，我一听就感到这是个好主意。考虑到大郅登机前的心理肯定是十分复杂的：前途未卜，忐忑不安，心中没底，而他的性格又不是当机立断很放得开的那种；另外他还有不少具体事项有待处理，有人协助会更好一些。更重要的是篮协派人到美国去接，会显示出一级组织负责任的姿态，增强他的信心。于是我当下就拍板做了决定：就派匡鲁彬去，他时任国家队管理部主任，以看望正在旧金山治疗伤病的李楠、隋菲菲名义赴美，然后转道洛杉矶与大郅接头。

关于如何接机的问题，我们也颇费了一番脑筋。首先，要避免出现在公众场合。通过贵宾通道迅速离开机场，这个倒是不困难，由中心联系落实。其次，由谁去机场接机的问题。按照我的意见，大郅回来一定要有够分量的人物前去接机，以给他信心。我曾想亲自去机场迎接，但部队的同志不同意，认为规格太高了，去一位中层干部就可以了；而八一队方面，大队领导不出面，派一名青年队助理教练去。我认为这样不妥，双方在这一点上产生分歧。我坚持篮管中心方面至少派一位副主任去，我说："部队方面有自身的考虑，我们可以理解，但中心方面不能这么做。我们应当考虑一下大郅的感受，他下决心回来并不容易，落地后一看，来的人都不认识，他会怎么想？这关系到中国篮协的态度和诚信，请你们理解！"我知道，部队的意见不是他们几个人可以做主的，我也管不了那么多了，当时就把远在澳大利亚的篮管中心副主任胡加时叫回来，委托他代表篮管中心前去机场迎接大郅的归来。

按照计划，匡鲁彬于4月4日出发，我们在国内为他和大郅预订了10日的返程机票，考虑到他们需要比较清静的环境，破例为他们订了公务舱。值得一提的是10日那天在他们登机后，很快被乘务员认出来了，然后被机长请到头等舱就座，这种特殊的礼遇也让大郅归国途中忐忑的心情多了一份抚慰。

匡鲁彬抵达美国后，我们保持了密切的联系，几乎每天都要通几个电话，就像策划编导了一出大剧的导演，等着主角登场的感觉一样，我的神经进入了高度紧张状态。

和我一起紧张的还有全国的无数媒体。从3月底开始，有关大郅回归的报道逐渐多了起来，可能是出于职业的敏感，很多记者都判断出这一次不是"狼来了"，是真的有点眉目了。所以各方记者都瞪大了眼睛，利用各种渠道寻找消息、探听内幕。在这期间我无论出席什么样的公开活动，都有记者追问大郅的事情，我只能顾左右而言他，从不正面回答，被追问得紧了，我就反复重复一句话：大郅落地才是新闻！中心的同志们也大多不知道事情的来龙去脉，只有我们四五个人了解内情。不过我们也从未公开否认大郅回归的消息。

而大郅在美国也口风很紧，没有透露任何消息。一些媒体的驻外人员从他那里打不开缺口，就找到大郅的朋友，也打听到一些信息，随着时间的推移，多家媒体猜测到大郅回归的日期迫近了，尤其是匡鲁彬在旧金山现身的消息被披露，有报纸随即报道出"王治郅4月9日上午到北京"的消息。这个猜测还靠点谱，但问题就出在北京与洛杉矶有16个小时的时差，洛杉矶的9日正好是北京的10日凌晨。

为了不错过这堪称历史性的一刻，从4月8日晚开始，就有记者在首都国际机场蹲守，9日凌晨有30多名记者前往机场，其中还有来自南京、广州的记者，蹲守一夜却扑了个空，他们的心情可想而知。有一位来自南京的记者给我发了一条短信，内容很煽情，有点"苦肉计"的意思，短信的大概内容我现在还记得：李主任，我们都是二三十岁的年轻人，为了报道王治郅回国的事情已经在机场待了两天两夜了，我们又冷又累又饿，快顶不下去了，请您告诉我们确切的消息吧。语气中充满了无奈和无助，我看了之后也真是怜惜这些年轻人，当时也很冲动地想干脆告诉他们算了，但我一个人是无权透露大郅的确切行程的。最后我只能给他回了一条短信，让他回宾馆好好休息。

4月9日一整天我的电话就没有断过，都是记者询问大郅归国的事情，我继续守口如瓶，就是“无可奉告”。匡鲁彬几乎是每隔一两个小时就给我来一个电话，报告他们的行程，之前一直都算“平安无事”，但他们的行踪还是没有逃过媒体的眼睛，两人在洛杉矶机场被中央电视台驻美国记者逮个正着。面对央视的镜头，就要踏上回家之路的大郅没有躲避，而是面带微笑大大方方地接受了采访，他第一次就自己四年来一直拒绝回国向全国人民作出了正式道歉：“当初留在美国因为自己太年轻，考虑事情不成熟，作出了一些错误的决定，在此向全国人民道歉，希望今后能通过实际行动加以改进。感谢总政，感谢八一队和中国篮协给了我一个机会，我将刻苦训练，在球场上表现自己。大家球场上见！”

另外，大郅还表达了希望参加2008年奥运会的强烈愿望：“2008年北京奥运会是每个中国人的梦想，都希望能在本土代表中国参加奥运会，我也是其中的一员，希望能贡献自己的一份力量。”

这条采访在当晚6时中央电视台第五频道的体育新闻中播出，大郅回国的具体时间完全曝光了。这天晚上，我应沃天体育的老总郭杰先生的邀请，到他在龙潭湖公园的“中华名人茶苑”，与他们商谈有关CBO公开赛的相关事情。就在那个新闻播出之后，我的电话一直处于来电状态，根本没有办法和大家好好谈事情。于是，在他们的帮助下，我生平第一次将手机转到了秘书台。在难得的安静之后，闻着茶香，我终于有时间长长舒出一口气，绷紧的神经也稍微放松了一下。大郅终于要回家了，现在要等待的就是飞机着陆，我要做的是协调安排新闻发布会和机场迎接的事项。

4月10日清晨，在首都机场守候的记者人数达到创纪录的上百人。大郅落地后在胡加时的陪同下，通过机场贵宾通道迅速离开了，整个过程仅有中央电视台记者捕捉到一些画面。我心里的一块大石头落了地，终于能够腾出精力面对媒体的热情了。为安抚记者，我们利用晚上例行的篮协媒体沙龙介绍了一些情况，那天的媒体沙龙盛况空前，有记者把它形容成了“记者超市”。

在会上我向记者们发出一个“恳求”，在这段时间里，希望大家多给王治郅点时间、空间，尽量少蹲守和尾随，免得让他感到不自在。毕竟他四年没回来了，给他一个宽松的环境，跟家人团聚一下，看看祖国的变化。既然回来了，我想他也会坦然面对大家。大郅这次回归，是他迈出的改正错误、解决问题实质性的一步，是一件非常好的事情。但不是王治郅一回来就万事大吉了，还有不少后续工作要做。

针对我们为什么自始至终坚持保密，为什么把事情搞得如此神秘，许多记者有不解、有怨言。“开诚布公总比遮遮掩掩好”，这是《中国青年报》的评论中颇有代表性的一句话，也代表了很多人的看法。当时面对媒体，我首先说辛苦接着说抱歉，没有告诉大家王治郅回来的准确时间，不是为难媒体，也不是故弄玄虚，是确实有我们的考虑和苦衷。第一，大郅的事情涉及面广，牵涉到八一队、总政、部队战士；国家队、篮协、体育总局、球迷、媒体。大家对这件事的看法有很大的分歧，我们讲的话要面对各方面人士，要取得大多数人的赞同，否则这件事就不可能获得圆满的结局。第二，大郅是违反了纪律、犯了错误的人，如果他回来受到英雄凯旋般的欢迎，部队的战士们会怎么想？国家男篮的队友们会怎么想？所以我们不能高调操作。第三，大郅前几次表态要回来又没有成行，由于媒体的报道，已经给部队相关同志造成了很大的被动，为避免节外生枝，途中生变，我们必须等事情落实了，将所有情况安排好，才能对外宣布。何况当时我对大郅能否如期回来，也不是有百分之百的把握，不能排除事情有变化的可能。我们总是要从最坏处准备，往最好处努力。

常言道，不到火候不揭锅。描述历史和创造历史是完全不同的两件事情，所以我认为当时采取的处理方式是正确的和符合实际的。

游子回家

4 月 10 日那一天，记者们没有在机场逮到大郅，但是在位于北京先农坛的大郅父母家门口，游子回家的重头戏照样被记者捕捉到了。

《体坛周报》记者高珊珊的妈妈罗学莲曾是 20 世纪 70 年代中国女篮的队长，和大郅妈妈任焕贞是非常要好的队友。利用这个特殊的关系，她在这个特殊时刻第一个走进大郅父母家。高珊珊也用女记者细腻的笔触，描写了老两口在等待儿子回家时紧张、兴奋又激动的心情：

"王治郅的母亲任焕贞得知儿子即将回到北京的消息，禁不住泪流满面；父亲王维君的心情更是复杂得难以言表。'我们是今天才知道他要回来的，都没来得及准备。别说这屋子什么的没收拾吧，就连脑子都还没反应过来呢。四年了，都四年没见过儿子了，光听声儿了。这回连媳妇、孙子都有了！'任焕贞一边手忙脚乱地收拾，一边念叨着。"

4 月 9 日，大郅登机的消息一经确认，王维君不但要应酬上门的记者，家里的电话更是响了数十遍也不敢接。"不接了、不接了，都是问这事儿的。反正大郅在飞机上，不会来电话的。"为了让儿子进屋能够吃上一口热乎饭，王维君夫妇决定不去机场接儿子，而是早起准备早餐。"孩子四年没回家了，也不知在外面吃的、住的怎么样，反正再好也不如家里好。我给他熬点小米粥，估计好久没喝过了。"

而在 10 日的早晨，大郅父母不仅要接待高珊珊这样的"关系户"，他们也不得不在不到 60 平方米的小屋里面，面对扛着"长枪短炮"操着各地口音的记者。有聪明的记者料定机场会有贵宾通道这一招，干脆对第一落点采取了放弃，老早就候在了大郅父母的家门口。后来我翻看媒体的报道，很感慨记者用独特的角度记录下了经典的时刻，有一张照片的拍摄者显然早就钻进了大郅父母的家里，他拍摄的是大郅从门外毛腰走进家门的一瞬间。大郅脸上的笑容和眼睛里的兴奋，将一个游子回家的心情暴露无遗。另外一张照片，则是大郅坐在家里原本属于他的那张小床上，背靠在墙上伸直了长腿，和他爸爸面对面聊天的样子，姿态是一副"终于回家了"的放松。

看着这样的报道，我的心里也暖暖的。我相信在那一天，很多人都是用温暖宽容的心情来迎接他的归来，包括媒体在内都是一种如释重负的感觉。在大郅回家的第二天，有媒体用这样一句话来作总结：历时四年的"拯救大兵王治郅行动"，终于画上了圆满的句号。

在大郅回来的第二天，我请他全家吃饭，按照我们与部队商定的时间安排，让他先休息了一段时间。我们安排他去北京奥运会比赛场馆建设工地参观，并到烟台探亲访友，其间大郅受到来自各方的关怀，人们没有忘记他，使他深受感动和教育。

大郅归队这才是句号

大郅虽然回来了，媒体和球迷也给予了他足够的宽容，但他接下来的态度，依旧成为众人关注的焦点。在大郅与家人团聚的时候，媒体确实没有去打扰这难得的天伦之乐，但是对于他接下来是不是要接受处罚、他如何面对公众，有过这样那样的猜测。八一队的领导和篮协这边儿，也不断接到来自媒体的问询，在这一点上大家对外的观点是一致的，就是要给予年轻人一个改正错误的机会。

2006 年 4 月 30 日，王治郅在中国篮协正式向球迷和媒体道歉，并当场宣读了道歉信。这封道歉信没有什么幕后策划，完全是大郅在回国 20 天后有感而发。初稿出来之后大郅请他信任的前辈帮忙修改润色，我看过之后第一感觉是情真意切，他的诚恳也赢得了媒体和球迷的认可。

在道歉信的开头，大郅大声诚恳地说出了对不起和请原谅：

> “亲爱的球迷朋友们，你们好！在经历了 1600 多个日日夜夜的分离后，我终于回到了朝思暮想、生我养我的祖国。回来的这些天，所见所闻令我心潮起伏、感慨万千，不论是八一队还是中国篮协领导，不论是媒体还是球迷朋友，都给了我足够的宽容和耐心深入的教育帮助，鼓励我继续为国家和军队效力，在事业上有新的发展。虽然在接受记者采访时，我已经多次为自己所犯的错误诚恳地表示了道歉，但这还不足以表达我内心的愧疚，也很难通过短短的访谈说清我内心的感受，今天我再次跟大家说一声：对不起，我错了，请你们原谅我，给我一次重新开始的机会！”

而在道歉信的结尾，他用这样的话语表达了决心：

> “今年我只有 28 岁，前面的路还很长，过去的经历和现在的一切，都是我人生最宝贵的财富，我会珍惜各级领导和广大球迷的真诚教育和帮助，为国家、军队篮球事业作出自己的贡献。最后，我想对大家说，一个曾经的莽撞少年已经变成了一个有责任感的父亲，大郅回来了，大郅不会令你们失望，看我的实际行动吧！”

在这次公开道歉之后，没有人再去关注大郅会受到怎样的处罚，而都把视线转移到他在赛场内的表现上，“大郅事件”这才算真正画上了句号。随后大郅入选了新一届的中国男篮国家集训队以及 2008 年奥运备战 30 人大名单，他也重新回到了八一队的行列中，穿上熟悉的军装，参加军训，到天安门广场听国歌看升旗，他说自己重新找回了热血沸腾的感觉。

大郅也没有让喜欢他的球迷失望，在国家队中，球迷终于看到他和姚明并肩作战的身影，中国男篮的内线让外人眼馋；在 CBA 联赛中，他为球市注入了活力。2007 年 3 月 28 日，距离 2006 ~2007 赛季总决赛第五场比赛结束还有 15.3 秒，王治郅站在了罚球线上，两罚两中，他高举双手，庆祝自己回归后的第一个联赛总冠军即将到手，无数球迷和他一起分享了那天晚上的荣光，大郅笑得像个孩子。在大家的眼中，八一队能在大郅的带领下夺冠，这是真正的王者归来。

解放军的胸怀

2006年5月11日，是大郅回国后整整一个月的日子。这天下午，解放军总政治部领导在北京西直门总政招待所接见并宴请八一男篮全体同志，总政治部主任李继耐上将以及其他在京的总部首长悉数出席，显示了很高的规格。

在此之前，总政办公厅专门向体育总局发函邀请刘鹏局长、办公厅主任刘元福和我出席。当时刘鹏、刘元福同志正好在外地出差，因此委托我作为他们的代表去参加。那天参加会见的还有宁波市政府代表、宁波富邦集团老总们。在座谈会上，总政领导表扬和肯定了八一男篮在2005~2006赛季CBA联赛过程中的优异表现，对他们进行了鼓励和鞭策。宁波市领导、富邦集团代表和我都分别发表了简短的讲话。

宴会时，总政领导同志在祝酒时专门提到王治郅回归的事情，他说："在处理王治郅回国的问题上，中国篮协表现出很高的政治水平和政策水平，从大局到细节上都把握得很好，给部队以很大的帮助。"我很惊喜也感到很意外，没有想到部队领导能够如此高地评价中国篮协在这件事情上发挥的作用，听后深受鼓舞。

回顾大郅回归及后续问题的处理过程，部队自始至终起到了决定性的作用。这个事件的圆满解决不仅显示了人民解放军政治思想工作的巨大威力，也反映了部队首长官兵以人为本、爱才惜才的博大胸怀。自从王治郅逾期不归的事件发生后，部队各级领导高度重视，总政文体局和八一队进行了不懈的努力，他们和中国篮协密切配合，通过各种渠道，做好王治郅及其家人的工作，规劝大郅尽快回国，倾注了很大的心血。正如宋晶同志所说的那样："无论哪一级领导，还是部队基层的官兵和广大球迷，都对大郅所犯错误给予了最大、最多的宽容。从事情发生的那天起，无论在什么时候、在什么情况下，各级组织都没有放弃对大郅的教育和帮助；耐心细致，体贴入微，不厌其烦，不急不躁，即使在面临极少部分不明真相的群众和个别不负责任的媒体恶意炒作带来很大压力的时候，也不曾有过动摇和放松，始终坚持把事情向好的方向推动。"在与他们的配合过程中我深切地感受到这一点，并对两件小事的感受尤为深刻。

第一件事就是关于大郅回来之后的安排。我们曾经设想把大郅接到一个封闭的招待所内，在不受外界干扰的情况下，专心致志地检讨错误，接受教育，以求得各方的谅解。而部队的同志们则想得更为周全。宋晶、朱家志说："大郅已经四年没有回国了，应该给他时间和宽松的环境，让他和父母团聚，尽孝心，有时间到处去看看，这样有利于做好他的思想转化工作。"我感觉他们的意见更恰当、更人性化，更有利于问题的解决。事实证明这样做的效果更好。

第二件事就是部队各级领导的关怀和细致周密的教育帮助方案。大郅回来后，总政文体局和八一体工大队遵照首长的指示，本着注重教育拯救的原则，拟订了积极稳妥的教育帮助方案。在宽松的环境中，让大郅在陪伴父母、回母校、参观奥运场馆、到外地会见朋友的过程中，感受到祖国的温暖、组织的信任和关爱，受到心灵的感召、启迪和震动，在内心深处进行思想转化。然后通过一系列谈话和会议，通过各种形式由浅入深、由表入里地批评帮助，让大郅真正认识错误，接受教育，整个过程丝丝入扣，既润物无声，又鞭辟入里，收到了极好的效果。

在大家都在关注部队的态度，心里忐忑不安的时候，总政宣传部的领导公开表态说："既然他回来了，并且承认了错误、承担了责任，我们和篮协当然也是希望把事情往好的方向推动。我相信我们中国这么大一个国家，应该有足够的胸怀原谅一个犯了错的孩子。”这才使媒体和相关人员的心情平静下来。对于大家所关心的最终处理问题，朱家志大队长说：“我认为最后的处理结果并不重要，最重要的是这一过程中对大郅的帮助和教育。我们对王治郅的帮助、教育是主要目的，是要让他明白‘做好人，打好球’的道理，这才是最重要的。做好人是指什么？是指要做一个爱国爱民的堂堂中国人。”

部队的同志们是这样说的，也是这样做的。这个事件成为新时期人民军队贯彻中央以人为本、构建和谐社会的一个范例，充分展示了解放军与时俱进的精神风貌和宽广胸怀，从一个侧面反映了我们时代的特色。从这一点来讲，大郅是十分幸运的。

大郅回归的意义

到后来我在各种场合见到过大郅，他不再是我当初见到的那个青涩青年，也不再是滞留美国期间的忐忑青年，更不是那个为到底回不回国而犹豫的青年，他就是国家队的普通一兵，是CBA赛场上的成熟球员，是队中的老大哥，是仍然在为中国篮球事业奋斗的战士。

2008年7月26日，北京奥运村。尽管中国体育代表团团部已经批准国家男女篮在奥运会期间不进驻奥运村，但要求中国男篮全体成员出席奥运村的开村仪式。那天我们去得比较早，吃过早饭之后，我和男篮运动员、教练员在村里四处溜达，享受大战来临之前难得的悠闲，也在奥运村的标志墙周围照相留念。大郅走到我身边拉着我的胳膊说：“李主任，我们一起照张相吧？”我说好哇。合影完毕，他一脸真诚地说：“感谢李主任给我创造了回国打球的机会，也圆了我的北京奥运之梦！今天能站在这里，我心里真是挺激动的！”

北京鸟巢
2008.8.24
李元伟与王治郅合影

我清晰地记住了那天的场景，在夏日早晨的阳光中，在彩旗飘飘的奥运村里，看着大郅诚恳的表情，看着他穿着中国代表团西装高大挺拔的样子，我真的很开心。

我后来回忆了一下从决定争取大郅回归以及到后来他圆满归来的整个过程，应该承认，这个决定最初的动机是备战奥运会的需要。作为一个中心主任，奥运会成绩的压力是巨大的。如果能够促成大郅回归，将会有效提升国家男篮的实力。随着事情的进展，我又有了新的认识，即应该如何看待运动员的个人追求，是把他看成一个有权利追求自己梦想的年轻人，还是将其简单地作为追逐运动成绩的工具？这涉及对人的理解和尊重，最终落脚到以人为本的理念上，体现对运动员的人文关怀，而这一点正是被我们体育界忽视的。想来，运作大郅回归的过程，也是我对人与体育认识深化的过程。

当时媒体关于此事发表的评论中，有这样一篇我觉得和我思考的结果是一致的：

"'王治郅事件'被解决的根本意义，不仅仅在于一个优秀篮球运动员的回归，而在于中国体育在运作机制上、在官员管理理念上都有了巨大进步，有意识地逐渐适应当今体育领域的新发展。

'王治郅事件'的解决花了四年半的时间，时间看起来有些长，但也有它的必然性。在四年前，王治郅作为迈向国际的中国运动员的'先驱'，他提出了当时中国体坛从未出现过的'难题'，不仅仅王治郅当时不知道该用什么方式解决，更糟糕的是中国体育界面对从未有过的新问题，也是进退失据、不知所措，在处理方式上双方都显得有些过于简单甚至是粗暴。王治郅的错误在于他把'个人私利'抬得太高，这个错误使得他付出了四年半的时间去纠正。但是在整个事件过程中，解决问题的主导权掌握在（也只能掌握在）体育主管部门的手中，他们没有能够采用灵活、有效的方式去解决问题，致使问题一再被扩大化，一直悬而未决。

四年的时间，中国体育界逐渐学会了如何应对、解决出现的新问题。形势也逼迫他们必须掌握这种能力，这个事件的解决标志着中国体育的一大进步。这个进步不在于中国男篮能在北京奥运会上前进几个名次，从王治郅已经一年多没在 NBA 打球的经历和易建联等同等位置球员的突飞猛进来看，王治郅可能根本不能给中国男篮带来多少帮助，但是这并不能掩盖'王治郅回归'所带来的意义——中国体育已经开始有能力、有意识解决这类问题，并在这方面开始与世界体育接轨了。"

而在《人民日报》的评论中，给予此事高度的评价，"沟通与宽容，解决的不仅是王治郅回国的问题，而是中国体育面向 2008、面向开放社会所应展现的气度"。

我很高兴，我和大郅都没有错过 2008，都没有错过我们人生中的重要时刻。

第二十章

时代小巨人：魅力姚明

我执掌篮管中心的这几年，恰好也是姚明职业生涯走向巅峰的年代。这个身高 2.26 米的大个子，聪明、机智、勤勉、积极，责任心强，而且天赋异禀，他身上既有东方人稳重豁达、重情重义的内敛美德，又有欧美人幽默风趣、敢于表现的外向性格，这样的篮球天才是不可能不成功的。可以说，姚明不仅是篮坛的小巨人，也是时代的小巨人，他在篮球领域的成功，早已超出体育的范畴，成为国家和时代的象征，以至于美国《外交政策》月刊都这样评价他："东方和西方即中国与全世界的融合，很可能会成为 21 世纪的决定性碰撞。也许没有哪个人比姚明更能代表这种大融合。作为我们这个时代的两股巨大力量，中国的迅速崛起和跨国资本主义的扩张彻底改变了这个 25 岁明星的命运。他真的可以被视为全球化之子。"

姚明为什么会成为时代的标杆？为什么其影响力能够超越篮球圈，延伸至整个社会？我想除了一个东方人能够成为 NBA 名列前茅的中锋所带来的震撼效应外，他的人格魅力，他在场外的种种表现，使他能够得到社会各界的肯定和认同。他的巨大已产生出罕见的社会注意力和影响力。

在我和姚明相处的并不太长的时间里，已能清晰地感受到这一点。对他，我是由衷地欣赏。

奥运旗手的荣誉

2004 年，在进入雅典奥运村之前，我得到一个好消息，代表团决定，中国体育代表团的旗手确定为姚明，我心中的一块石头落了地。按照以往的惯例，中国参加历届大型综合性运动会的旗手都由男篮运动员担任，这可能是由于篮球项目在中国的普及程度，以及男篮小伙子们身材高大、体态匀称，气质好，能够反映中国运动员的精神面貌的缘故吧。姚明一直向往着担任代表团的旗手，他曾亲口对我讲过这个埋藏在他心底的愿望。对于我来讲，自然也希望他能够得到这个荣誉。此时的姚明无论从运动成绩，还是从国际影响力、综合素质等方面，都具备了担任旗手的条件，如果他有机会担任旗手，对他本人也是一个巨大的激励。于是，我向中国体育代表团推荐了姚明，并几次到代表团团部去争取这个机会。当时有几个备选人员，没有最后确定，这也算代表团的一个机密，不到最后一刻不对外公布。姚明显然在这些候选人中具有一定的优势，唯一的一点是，有人担心他的身高太高了，会不会与其他人的身高反差太大，显得效果不好。总之，直到队伍出发都没有得到确切的消息。

听到这个消息，我非常高兴，但不能对外讲，这必须在适当的时候由代表团统一对外公布。那时队伍还在立陶宛进行最后的集训，我还是忍不住通过电话把这个好消息告诉了率领男篮集训的胡加时，我想他会悄悄地告诉姚明的。果然，姚明得知这个消息后十分兴奋，他事后说："举着五星红旗，走在中国代表团所有人的前面，想想就让人激动。"而四年前，当他第一次参加奥运会时，当时中国代表团的旗手是刘玉栋。"那时候，我还没觉得当旗手到底有多光荣。可真的和代表团一起入场时，那种自豪感便油然而生，全身就跟过电似的。但往前一看，大栋举着五星红旗走在代表团所有人的前面，雄赳赳气昂昂的，心里真开始羡慕起来。可说实话，当时也就是羡慕，也想过要是自己能当一回旗手多好啊，就是没想过四年后这个人会是我。"这下，终于美梦成真了，姚明的心里已经开始琢磨起到时候该怎么走，该用什么样的速度和步伐，旗该怎么拿……"旗杆沉不沉我不怕，怎么着这么多年的力量也不是白练的。我是在想，旗杆不沉或者比较短，通过主席台时我就把它单手高举起来——这样咱中国就最高啦。"（据《南方都市报》窦俊、高志明文）

8月13日晚，雅典奥运会开幕式那天，男篮全体出席，女篮因第二天有比赛遗憾地放弃了，我随女篮留在奥运村看电视转播。当中国体育代表团出场的时候，只见姚明高大的身躯，高举着鲜艳的五星红旗走在队伍的前列。他的表情开始略显拘谨，而后坚定自信地迈开大步前进，显示出良好的精神面貌；整个代表团神采奕奕、轻松淡定，预示着美好的前景。姚明的身高与整个代表团没有丝毫不协调，相反更显示了中国人高大挺拔的形象，引起全场观众的赞叹，也在奥运村中国运动员驻地引起了阵阵欢呼声，并且持续了很长的时间。

身高2.26米的姚明不但是有史以来中国代表团最高的旗手，也是当年各国代表团中最高的旗手。美国《外交政策》杂志这样描述："当由几百人组成的中国代表团自豪地走进雅典奥运会体育场时，中华人民共和国的五星红旗比其他任何国家的国旗都飘扬得更高。这并非偶然，因为被选中当旗手的不是别人，正是比其他所有运动员都要高的姚明。"（美国《外交政策》2005年9－10月号）有中国记者以"雅典奥运会盛大开幕，姚明引领亮相"为题进行了报道。这是一份巨大的荣誉！

有意思的是，就是在这届奥运会的闭幕式上，姚明和叶莉携手漫步在主体育场，公开了自己的恋情，也引起了不少的关注。这一头一尾，既反映了姚明作为中国运动员的地位和影响，也显示了他的性格气质中独具人性的光彩部分。

2008年北京奥运会开幕式上，姚明再次成为中国体育代表团的旗手。他一手执旗，一手牵着汶川地震的小英雄林浩进入场内，引来鸟巢近10万观众的阵阵掌声。身高反差巨大的两位英雄，也给电视观众留下了难以磨灭的印象。

姚明骨子里的统治力

姚明很风趣、很随和，没有大牌明星的架子；但如果因此认为姚明是个温和的球员，可就大错特错了，至少在篮球场上，姚明是个统治力极强的人，而且特别善于用自己的影响力去激励身边的人。

2004年雅典奥运会前，姚明对外立下的“如果中国男篮打不进八强，我就半年不刮胡子”的誓言。我是通过媒体知道的，开始只是当句玩笑话，但心里还是有些担心。中国男篮分组形势不好，组内对手一个比一个强，进八强可不是说说就能进的。如果进不了，姚明真要兑现誓言的话，半年不刮胡子，那怎么训练？怎么比赛？怎么生活？想象着这幅画面，我不由得替他担心。

在奥运村餐厅里，有次见到姚明，发现他果然开始蓄须了。我明知故问，问他为什么不刮胡子，姚明很老实地回答：“如果球队不取得好成绩，我就不刮胡子。”我明白了，这个大个子是当真的。

其实，我作为领队心里很不踏实。他的队友虽然拿这事儿时不时开个玩笑，但他们心里也是当真的。我明显感觉到，一些队友说笑归说笑，但话里话外透着尊重。人家姚明敢立这样的誓言，说明他想用这样的方法激励自己，也激励队友。

后来有惊无险地拿下塞黑进入八强后，不光姚明高兴，队友激动，我也是长出了一口气。至少全队上下齐心协力打了场好球，算是给姚明一个交代吧。

2008.8.8 北京奥运会开幕式，姚明、抗震英雄少年林浩。拍摄：姜晓文

我觉得他这样说、这样做和他在NBA打球有很大关系。姚明是那种适应环境能力特别强、特别善于学习和吸收的人。在竞技场上，强调张扬个性，尤其在NBA的赛场上，你必须要有侵略性，否则，你只能是个低调的“菜鸟”，难有出头之日。姚明曾经说过一句话：“我一到NBA就意识到身后有一群狼在追着，你能怎么办？只能拼命往前跑。”他能够在NBA立足，成为亚洲篮球史上在NBA最成功的球星，成为NBA数一数二的优秀中锋，难道仅仅是凭着身高体壮的先天优势吗？显然不是，他的努力，他的奋斗，他的学习精神，都是他能够一路走来大步前行的根基。他在雅典奥运会比赛期间第一次发火后，就有人质疑说这不像姚明了，怎么能这么张扬呢？但我当时就意识到这恰恰是他的一种转变，让我们看到了一个球队核心人物的霸气、统治力和侵略性，这正是血性不足的中国男篮所需要的。

当然姚明的蜕变也经历了痛苦的过程，而最终他凭着自己的执著和毅力愣是闯过了这一关，这是所有中国运动员必须过的一个关口。姚明用他的实际行动给中国运动员作出了表率。

与到美国打球前确实不同，姚明外在的形象也改变许多，他不再内向含蓄，该外露的时候会毫无顾忌地表现出来；该他出头的时候，他绝对不会退缩。这是我理解的一个核心球员有担当的表现。2006 年日本世锦赛期间，王仕鹏投中逆转的三分球，姚明第一个冲上去和他拥抱，并在新闻发布会上说要花钱买王仕鹏的衣服，他知道这种话对一个球队的凝聚力绝对有帮助。场上他会利用任何机会发挥自己的领袖作用，以激励自己的队友，包括为抢一个地板球倒地滑行很远撞到广告板上，包括奥运会打美国这样的强队时开场就果敢地投个三分球，令士气大振，包括用“我们找到了绿洲”这样的话来肯定王治郅在场上对自己的帮助，肯定王仕鹏的神奇三分。

有媒体评价说2008 年北京奥运会期间，中国男篮是史上最团结的一支男篮，队员间配合默契，队伍凝聚力强，除了教练组的功劳，姚明同样居功至伟。他曾不止一次出面组织队员开会，不邀请中方教练组人员参加，就是全体队员讨论问题，像内线外线该如何结合，不能说姚明一来，外线就不攻了，那团队作用就发挥不出来，大家开会讨论达成统一，到了场上自然就能拧成一股绳。他还会代表球员给我和胡加时提些意见和建议，都很中肯，很有效果。有一次他就跟我提意见，说外教不喜欢领导在赛前动员时插话，他有他的节奏和程序，如果有什么话，可以提前在准备会上说，或者在赛后说，否则可能会影响到球员的情绪。我听后觉得很有道理。这话换别的球员肯定不敢跟我直说，但姚明觉得有必要，他就会直来直去。包括他自己发火了或者场上表现不对头了，他也会很快反省，并在队内会上自我检讨，这种不藏着掖着、有话痛快说的做法，其实是一支健康有活力的队伍特别需要的。

但姚明的内心依然保留了很多中国文化中的传统美德，像集体主义精神强、忠诚、谦虚等。这也是为什么但凡跟姚明接触过的人，在跟我评价姚明时几乎都会用到“懂事，没有架子”这几个字。要知道大牌球星可不是人人做得到这一点的。

为何要对姚明特殊照顾

姚明的脚趾绝对可以称作世界上最受人关注的脚趾，姚明的脚也绝对是最受国人关注的脚。之所以受关注，是因为它们太脆弱，太容易受伤，而且一伤往往就是大伤，要动手术，要歇上好几个月。2006 年是世锦赛年，2008 年是奥运会年，姚明恰恰在这两个关键年度里两度受大伤，而且都动了手术。都是拖到最后的时刻才复出，状态得不到保证，否则国家男篮的成绩可能会更好一些。

姚明对中国男篮的意义，完全不需要用语言表达，大家都能明白。所以，可以想象他的受伤会牵动多少人的心。但每每到这个时候，只要大夫说他能如期参加比赛，他就会尽全力来调整自己的状态，他的自觉性和付出程度从来不会让我们担心，这是为什么呢？

原因其实很简单，是因为姚明这个人的敬业精神、职业态度，绝对不用别人操心。他对代表国家队参加国际大赛的渴望胜过其他人。在 2008 年初那次受伤后，姚明在休斯敦的新闻发布会上，用深沉的语调说出那番话：“如果我这次无法代表国家参加奥运会，将是我一生最大的遗憾！”这番话深深地打动了我，要知道，大家都在关注姚明受伤后的态度，有什么比这番话更能体现他对祖国的一片赤子之心呢？有了这个态度就足够了。而更为可贵的是他讲完话之后的实际行动。所以，只要大夫说能练了，他马上就会到田径场跑长跑。记得北京奥运会前那么热的天，他照样坚持，会抓紧一切时间恢复状态，希望自己能跟上队伍的要求。而且几乎每次有他参加的大赛，他都是中国男篮中表现最好最卖力的一个。

姚明是公众人物，很多事情都要花时间。2006 年 9 月，他跟国家队磨合打了 7 场比赛，还要训练，参加社会活动，几乎是马不停蹄，连轴转，但姚明一句怨言也没有，且总是以训练比赛为重。

2007 年 9 月底，姚明随中国男篮赴江苏昆山打中欧对抗赛。飞机在上海机场一落地，就传来消息，上海市委要求姚明留下来参加特奥会开幕式的彩排。姚明是特奥会形象大使，他本人又是上海人，他当然希望能够替上海市做点事情。但胡加时之前不知道此事，坚决不同意姚明留下，两人在机场争执起来。后来，两人找了个房间谈，胡加时说，之前打澳大利亚队的比赛实战性不强，接下来中欧对抗赛的几个对手实力很强，热身价值比较高，而且队伍需要跟他磨合，所以，希望他能够随队前往昆山。我理解，胡加时更多的担心是姚明离队后对队伍的影响，毕竟姚明是球队的领袖。姚明最终同意了胡加时的要求，但他本人夹在中间处境非常难受，不过，他仍然以整个球队的利益为重。他在比赛结束后迅速赶到上海参加了那场彩排。

有人说姚明在中国男篮中总是会受到特殊照顾，其实对这样一位自律性如此之强的职业球员，难道我还需要利用篮管中心的权力采取什么强制性手段吗？所以，我们会将心比心，主动替姚明考虑，考虑他在 NBA 的前途，考虑到他游走在国家队和 NBA 两端的艰难处境，维护他在火箭队中的发展。所以，2006 年 2 月，我就跟姚明说，今年年底的亚运会你可以不回来，你就安心地打 NBA 吧。

姚明访台引发的旋风

姚明访台原本在 2006 年就要安排，当时台湾地区通过几条渠道表达希望姚明访台的信息。中国台北篮协理事长王人达来京访问的时候专门向我提出请姚明访台一事；连战的儿子曾向总局领导提出这样的请求；台北巨蛋体育场落成前，时任台北市市长的马英九也通过渠道表达了邀请的意向，希望姚明届时捧场。因为姚明的受伤以及世锦赛等缘故一直未能实现。

2007 年，台湾岛内斗争日趋白热化，对姚明访台的期望愈发高涨，国台办就把姚明访台作为两岸民间交流的一项重要活动列入年度计划，希望我们能够促成，姚明本人也爽快地答应了。为此海峡两岸篮协都做了细致的准备，但就在姚明访台前夕，却发生了两件意想不到的事情。

8 月 23 日，台湾媒体突然发出消息，说台湾“行政院”两次否决姚明入台。王人达赶紧打电话给中国篮协，告知他们正在做工作，希望我们这边继续做好赴台准备。7 天之后，“行政院”终于核准姚明入台，但加上了不少附加条件，包括不许召开新闻发布会，不许参与慈善活动等。这件事最多算是给姚明赴台增加了些波折，而随后发生的事情险些让姚明访台无法成行。

海峡杯邀请赛是两岸篮协为促进交流而设立的一项友谊比赛，双方各选两支队伍打一个单循环赛。2005 年在福州举行了首届比赛。2007 年，双方商定把这个邀请赛放在台北打，与姚明访台一起作为两岸交流活动。在时间安排上，海峡杯赛在前，姚明访台在后，形成一个有影响力的系列活动。

我们这次选派的是江苏南钢队和山东黄金队两支队伍，台北篮协派出的是台湾啤酒队和达欣工程队。其实，访台前，总局台办有专人给两支队伍的领队讲了政策和要求，就是希望"友谊第一，比赛第二"，不要惹出什么乱子。

但没想到江苏南钢俱乐部并不是抱着交流第一的心态去比赛的，他们想的是既然是代表CBA去的，就一定要打出CBA的水平，不仅要胜，还要胜得精彩。他们对客场作战困难的准备不足。

比赛第一天，山东黄金队就与台湾啤酒队险些发生冲突，那场比赛山东被吹了很多犯规，这也为后面事件的发生埋下隐患。

轮到江苏南钢和台湾啤酒比赛了，唐正东凭借身体优势在内线横行，对方球员外线打得不错，比分交替上升，到第四节时双方动作越来越大，裁判的判罚有偏向主队的倾向。就在离比赛结束还有两分半钟时，台湾啤酒球员吴岱豪在一次掩护中双肘动作过大，孟达被撞后，跳起用右肘往对方脸上挥去，正好打在吴岱豪的鼻子上，鲜血立即流出。孟达当即被驱逐出场，吴岱豪拿着椅子欲找孟达报复，幸亏被队友拉住，冲突没有升级。赛后，台湾啤酒队主教练阎家骅异常气愤，声称可能会退出海峡杯比赛。台媒更是连篇累牍地进行报道，电视台将剪辑后的画面循环播放，一时间"孟达打人"事件在台湾岛内闹得沸沸扬扬。

此事恰好发生在姚明即将访台的前两天。9月3日深夜，我接到王人达的电话，他跟我讲了孟达打人的经过，但那时我们俩都还没有意识到事态的严重性。而肇事的南钢队领队在电话里更是轻描淡写，压根没当个大事件来看待。

4日一天平安无事，大家匆忙做着赴台准备，但在5日，我又接到王人达的电话。这次他充满焦虑地说，由于此事被台湾媒体过度渲染，岛内气氛很不友好，此时姚明访台时机不好，很难保证安全，建议我们取消行程。他忧心如焚，甚至连这样的话都喊出来了："如果姚明出点事情，我不就成了中华民族的罪人？我怎么跟父老乡亲交代啊?!"

放下电话，我脑子里也是一团乱麻，明天就要出发，今天告诉我安全保证不了，怎么办？去还是不去？想来想去还是决定请示总局相关部门。此后，总局、国台办以及篮管中心反复权衡，直到5日晚上终于下定决心，还是去！我和王人达通了电话，表明了我们的态度，那就是姚明访台和海峡杯邀请赛发生冲突是两件事情，并没有必然联系，我们反对有人把单纯的体育事件炒作成政治事件，所以，还是希望如期访台。同时，希望王人达能够按照既定计划安排姚明访台事宜，在安全方面考虑得更周密一些，这才算最后敲定。

按照计划，我们将于6日在澳门和姚明会合，再一同赴台。虽然行程不变，但变数增加了，于是，我和随行的宫鲁鸣、徐岚、严晓明，以及总局台办的人开会商议，设想可能突发的种种情况，以及应对之策，最关键的是要确保安全，同时要力争化解矛盾，挽回影响，圆满完成任务。

见到姚明，告诉了他眼下的形势。他做了很多功课，像台媒可能会问的题外之话，该如何回答。姚明是个国家意识很强的人，尽管这些事对一个职业运动员来说是额外负担，但他依然准备得非常认真。

但我们显然多虑了。9月7日下午，飞机一落地，我立马能感受到台湾球迷和媒体的热情。

热情的球迷守候在台北桃园机场，只为见偶像一面。大批媒体更是争先恐后希望能够近距离拍到姚明抵台的画面。结果由于现场球迷太多，以致不少媒体无法近身拍照。

短短三天的行程被安排得满满的，有篮球友谊赛，有和新竹园区小朋友的互动，还有慈善公益活动。那次在一个公益捐助活动中，一共筹到数十万台币的善款，用来援助原住民儿童的教育工作。其实王人达的这些安排都违反了台湾当局的规定，包括新闻发布会等，事后台北篮协还受到台"行政院"的处罚。但台媒对姚明相当友好，充满善意，没有人提到孟达打人事件，也没有人问类似火炬传递这样敏感的问题。而姚明的幽默、亲和力、公益心，更是引得台媒好评如潮。

"在内地，120 厘米以下的学童坐公交车免费，我的免费时间比别人短了一年，这是我身高太高所带来的最大不便。"

"我的生日愿望是什么？不能说，因为说出来就不灵了。"

"中国民族的个性太谦虚，往往不敢表达自己的看法，造成与队友间的了解不够。勇于表达，才能让队友了解你，缩短团队默契的磨合期。"

"麦克格雷迪是队友，不是对手，在 NBA，我最怕的是总教练。"

在那次约 40 分钟的访谈时间里，姚明把幽默发挥得淋漓尽致，现场不时发出笑声，之前设想的种种紧张尴尬，压根儿没有出现。

从落地到离开，姚明的此次访台可以用完美来形容，岛内民众对这位大个子的热情更是超乎想象。每天有五六辆转播车跟着，到哪里都是密密麻麻的人群，就连台北市长郝龙斌的公子也专门托父亲帮他弄张姚明的签名。姚明的敬业给我留下了深刻印象。真是签字签到手酸，活动上要签，回到酒店还要签上几百张，从未听到他有一句抱怨。他来之前最大的愿望是去士林夜市逛逛，因为 2000 年他随上海东方男篮赴台访问时，那里曾给他留下美好印象，他就这点小小的愿望，因为球迷太多最终未能满足。

直到离开台北那一刻，姚明始终笑容满面，而他的风度和风采从此留在了不少台湾民众的心里，相信他肯定会因此行在台湾留下不少"姚蜜"。

回来后，国台办发言人还专门发表讲话给予姚明访台高度评价，我想这也算是对姚明综合素质的一次肯定吧。

从球员到老板的转变

姚明最近的一次转变是在新赛季 CBA 联赛开幕之前，这次他完成的是从运动员到俱乐部老板身份的转变。

姚明将入主上海大鲨鱼俱乐部的事情，我在几个月前就已经听说了。这次是上海市政府希望姚明接手这个每况愈下的俱乐部，重组球队，挽救上海篮球。当时我的第一反应是上海市领导做了一个明智的决定，只有姚明接手才有可能从根本上解决上海男篮的问题。后来不知道为什么这个转手竟拖到 12 月，最后姚明是以托管的形式进驻俱乐部的。

上海大鲨鱼俱乐部的问题由来已久，是一个老大难问题，一直让我们十分头痛。自从 2005 年开始实行准入制以来，连续几年上海大鲨鱼俱乐部就是达不到标准。对其他俱乐部不是问题的问题，到了上海这里就成为老大难问题。一张 2 000 万元注册资本的银行信用担保就是交不出来，扯皮搪塞拖延就是解决不了，让 CBA 办公室很头痛。不是上海人没有钱，而是在于俱乐部的体制和产权关系没有理顺。长期以来，上海大鲨鱼俱乐部由三家股东构成：上海文广传媒集团、上海市体育局和上海机场。文广集团是大股东，主要经费由他们出。但队伍的人事关系、工资关系和吃、住、训练一直都在上海运动技术学院，因此上海体育局实际控制着队伍的训练和比赛。上海机场是象征性的，股份最少，基本不起作用。这样，实际拿钱的管不了事，对队伍的事情说了不算，因此没有积极性，牢骚满腹。上海体育局拿不出球队的运转经费，但牢牢控制着球队的人事、训练、比赛。文广集团是经市领导发话后进入的，根本就不情愿。这样一来二去，就形成了一个扯皮的机制，每年都是在对付，球队建设没人过问，俱乐部推广也没积极性，以至于成绩持续下滑，球场冷冷清清，票价降到两元钱一张依然无人问津，不仅严重打击了投资人的信心，也拖累了 CBA 大局。后期由辽宁西洋集团顶替文广集团接手俱乐部，搞了两个赛季，由于同样的原因，不得不黯然退出。我曾就上海的球市问题专程去协调过文广集团和上海市体育局的关系，也对上海市领导反映过这个问题，但都未能奏效。尽管上海对于 CBA 联赛而言是一个举足轻重的城市，但面对这种情况，我还是试图下狠心要让它出局。我认为，非此不能引起上海市政府的重视，彻底解决上海俱乐部的产权问题。但这个想法由于奥运会临近的缘故拖了下来。

现在终于看到解决问题的希望了。姚明接手上海大鲨鱼俱乐部不仅对上海篮球有益，对 CBA 也是一个重大的利好消息，2009～2010 赛季上海队的出色表现充分证明了这一点。

上海

2009.12.19

成为老板的姚明在为自己球队加油

图片源自：全体育图片社

可以预见，上海大鲨鱼可能成为继广东宏远之后的又一个充满活力的俱乐部，而且这个俱乐部会更少一些家族色彩，更多一些职业俱乐部的特色。这是因为姚明具有别人不具备的优势，这就是独一无二的姚明的影响力和国际资源。姚明的 NBA 经历，能够使他更具有职业篮球的眼光，知道怎样打造一个规范的职业俱乐部。姚明目前拥有的国际资源，除了有火箭俱乐部的资源可以借用，还有其他 NBA 俱乐部的资源可以选择。而从人力上讲，他有现成的“姚之队”可以依赖；从财力上讲，姚明的进入一定能够吸引企业的投资兴趣。而最重要的一点是，姚明的号召力会对全国的孩子家长产生无法抵御的“诱惑”。我预计，未来家长牵着孩子的手到“大鲨鱼”来试训的盛况会在上海出现，类似于目前宏远俱乐部的情况。如果真是这样的话，上海男篮的未来还用担心后继无人吗？

而对于CBA来讲，需要一个规范的俱乐部作为联盟的“样本”，促进俱乐部层面的职业化建设。搞好一个职业俱乐部需要具备三个要素：球队、市场、职业经理人。球队是俱乐部的主体，没有一个强大的球队和具有超强实力的球星，是无法在激烈的竞争中站稳脚跟的，这个球队必须保证一定的胜率，还要有梯次合理的后备人才梯队，这才是建造百年俱乐部的首要条件；市场是俱乐部生存的基础，是组建球队的保证，职业体育的特点是高投入、高产出，不具备雄厚的资金实力，你不可能吸引高水平的球星，也不能搞好品牌推广、建设与服务，这都是职业俱乐部必须做好的事情；而职业经理人和他所率领的专业化管理团队是关键的要素，因为球队和市场是要靠他们来运作的。没有高素质的职业经理人，一切都无从谈起，哪怕你有再多的钱、再雄厚的实力也无济于事。而我们的CBA俱乐部恰恰是在这一点上存在很大的问题。我们看到的俱乐部经理不少是老板的秘书、管家，甚至是司机出身，对老板很忠诚，但对如何运作职业俱乐部一窍不通，这大大阻碍了篮球俱乐部的成长。这就是我为什么寄希望于姚明入主的上海俱乐部能够率先成为规范职业俱乐部“样本”的原因，这对于CBA联赛的职业化进程实在太重要了。

而从联赛整体来讲，也需要有人来引入国际职业篮球资源，灌输职业篮球理念，统一投资人的意愿和诉求，协调俱乐部与篮协的关系。姚明无疑是合适的人选，如果他从NBA退役以后，假以时日，他应该可以担当起这方面的责任，这对未来CBA职业联赛的发展也很重要。

另外值得称道的是，姚明在这次购买俱乐部的过程中，在对李秋平、刘炜的关系处理上表现出了高度的职业智慧，我赞成他的做法。事实上，这也是我曾经担心的地方。不夸张地说，如何处理这个昔日的“情分”，在中国传统的人情世故中是有难度的；但对这个问题的处理将决定上海俱乐部的未来，也是从朋友到老板身份转变的“分水岭”。好在姚明处理得果断、得体，我相信他在内心也有过挣扎。首先是刘炜的问题，姚明只是延续了商场的通常做法，由职业经理人去谈，老板不插手，一句“生意是生意，朋友归朋友”就择清了老板和雇员的关系，杜绝了球队里的特殊角色，要撕破这个脸皮是很不容易的。

而对李秋平问题的处理难度更大，也更容易招致非议。用我的眼光看，姚明的这一决定是正确的，上海俱乐部唯有与过去彻底决裂才有可能迎来新生。李秋平是CBA联赛中的一位资深教练，有头脑、有智慧、有人缘，且不说有恩于姚明。但他在上海队待的时间太长了，痕迹太深了，换一下绝对有必要。重塑上海男篮绝对需要一个性格教练，就像尤纳斯之于中国男篮一样，看来霍华德适合目前的上海队，当然这仅从性格的角度讲。李秋平想不通是暂时的，他最终是会理解的，而且他作为一个人才在上海，或者在CBA一定有他的用武之地。

杨澜在采访姚明后这样写道：“为了能更好地重建这支球队，姚明不得不让自己的恩师李秋平下课，而在跟挚友刘炜商谈合同的时候也是‘姚之队’出面，并非像中国固有的国情那样两人在饭桌上解决。”

我不知道，做这些决定时姚明是怎么想的，但无疑他做了正确的事情，而这意味着他完成了由运动员到老板的成功转变。

叶莉不只是姚明背后的女人

姚明对叶莉是一往情深。听说，姚明追求叶莉时，女篮只要到国外比赛，姚明就会通过翻译徐岚要叶莉的电话号码，给叶莉打电话，陪她聊天，还会经常大包小包地给叶莉买好吃的东西。在悉尼奥运会时为了博得叶莉的欢心，姚明在收集纪念章方面下足了工夫。

2003 年打完亚锦赛，姚明即将返回休斯敦之前，我把姚明和叶莉请到体育馆路的一家茶馆里喝茶告别，也想听听姚明对队伍建设的看法。当时，我对姚明说，叶莉可是女篮的顶梁柱，最重要的队员之一，我用开玩笑的口气说："姚明，我告诉你，你可不能欺负叶莉。"姚明听完就笑了起来，说道："李主任，都是她欺负我。"

虽然只是句玩笑话，但我知道姚明这话不假，他对叶莉是由衷的喜欢和欣赏，叶莉的话也往往能够对他产生很大影响。正如姚明婚前曾说过的一段话，他说："有一件非常美妙的事情，我不用去猜测叶莉跟我在一起是否是因为我的名气或因为我有很多钱。我们早在 16 岁的时候就互相了解——尽管那时候她总是说'不'。到目前为止，叶莉是我唯一约会过的女人……"

在 2004 年雅典奥运会闭幕式上，两人首次公开恋情，他们手拉着手走在人群中的画面通过电视镜头传遍千家万户，很多人都跟我说："瞧，多幸福般配的一对儿！"

参加他们的婚宴是在 2007 年 8 月 9 日的晚上，三天前他们已经在上海举行过婚礼，这个宴会是专为两人在中国男女篮的教练、队友和篮管中心的相关人员准备的。那天他们在北京东方君悦大酒店 2 号厅设宴，宴会厅的婚宴现场布置得很漂亮，前来参加的男女篮队员们也都打扮得靓丽入时。

2007. 8. 9 北京东方君悦大酒店，左起马赫、胡加时、王渡、叶莉、姚明、李元伟、刘玉民、尤纳斯

其实之前篮协送什么礼物一直是让负责采购的徐岚和张雄头疼的事情。他们开始说送戴梦得的礼品吧，有个翡翠白菜挺棒的，最后达成一致的是个红色景泰蓝的九龙瓶，很喜庆，也很庄重。男女篮送的礼物就更有意思了，之前两家没有商量，结果最后买的全是北京奥运会特许商品——如意，男篮买的是金如意，女篮买的是银如意，真是无巧不成书。

婚礼上我讲了段话：你们因为篮球而相识相恋，希望你们能够回报篮球。我还开玩笑说：

“如果叶莉能够归队，马赫教练会无比高兴，但如果叶莉不能回归的话，我相信姚明会为奥运会更多地付出！”

那天是我看到姚明最兴奋，也是最放纵自己的一天。白酒、红酒、啤酒，姚明来者不拒，喝了不少。那天也是我看到姚明特别柔情的一次。叶莉因为时常要和队友们照相，基本上没有时间吃东西，姚明就不时端着可口的饭菜送到叶莉面前，可谓呵护备至。

但如果公众因此认为叶莉只是个柔弱的小女人，认为她是那种找了个好男人就知足的女人，可就真是小看叶莉了。叶莉很低调，退役后她确实甘心藏在姚明身后做个贤内助，但未能参加北京奥运会的遗憾却始终伴随着她，还有中国女篮的前主教练马赫。

在马赫眼里，叶莉绝对是中国女篮阵中最具领袖气质的球员。

第一次来北京准备和中国篮协洽谈执教事宜时，马赫带来了厚厚的一个本子——中国女篮每位球员在雅典奥运会上的数据统计。结果，在这份数据统计中，叶莉排名中国女篮的第一位。用马赫的话说，叶莉是那种作风硬朗，绝对能委以重任的球员，是世界级的球员，是个天生当队长的球员。特别是她在训练比赛中的那股子硬劲儿，是马赫特别喜欢的。而且她很全面，突破、篮下转身、拉出来投三分，样样都行。

马赫在雅典奥运会时就一直关注中国女篮的比赛。在和日本队的那场比赛中，马赫说五个人里有三个人的心已经散了，不想打了，这个时候叶莉出现了。他后来跟我说：“你知道什么叫领袖吗？叶莉这样的就是，她一上去就拼命争抢，把其他人的积极性全带动起来了，所以，那场球你们才能化险为夷。”

2005 年叶莉因为身体原因离开国家队后，马赫一度非常郁闷，刚开始还经常打听，问叶莉能不能回来，后来听说实在是不能再进行大运动量训练后，才算作罢。就这样，叶莉还是经常出现在马赫的嘴里，一提起叶莉，他的口气马上变得不同。特别是北京奥运会打完后，他就跟我说：“如果叶莉在队里，菲菲脚没伤的话，我们打俄罗斯肯定有戏，打进前三拿到奖牌绝对是有可能的。”

在接受记者采访时，马赫曾这样评价叶莉：“我问你，如果澳大利亚队没有劳伦·杰克逊，没有佩尼·泰勒，如果美国队没有蒂娜·汤普森，如果俄罗斯队没有斯捷帕诺娃，这意味着什么？这可了不得。我们少了一个最好的篮板球手，最好的防守队员，少了一个领袖式的人物。”

我相信马赫的话，叶莉对中国女篮的重要性，我想公众并不十分了解。

1998 年女篮在柳州冬训，我那时是分管运动队的中心副主任，在那儿一待就是两个月。叶莉当时还在国青队，剪个短发，像个男孩子一样，身体素质特别好，立定跳远的成绩经常让体能教练吓一跳。不仅如此，她吃苦耐劳的精神更是让人直竖大拇指。后来到国家队后，有次折返跑训练时突然晕过去了，结果醒来后二话不说爬起来接着再跑，把当时的主教练宫鲁鸣都感动了。后来有次叶莉内侧副韧带撕裂，在上海华山医院接的，但没接好，没接好就意味着稍一动就会疼。就那样，叶莉依然坚持训练，直到后来发现不对劲儿，由姚明出面把她接到美国找大夫重做了手术才算彻底治愈。

一般人都对上海女孩有着娇生惯养的印象，但叶莉身上绝对看不到这一点。她做起事来井井有条，而且处处带头。马赫来之后，叶莉身为队长，处理队员之间的关系很有办法，关键是自己特别自律，队友都很服她。有一次一个新入队的球员在训练中叫苦，叶莉就说：“你就知足吧，知道我们以前怎么练的吗？”她话一出口，那个队友马上就老老实实地接着练了。这就是威信，一支队伍里特别需要这样的领袖。

可惜2005年叶莉实在疼得受不了了，到医院一检查，是类风湿。那半年的治疗时间里，每天要打两针，而且药不能停，一停就要犯。我们开始还心存希望，看看能不能彻底治愈。但最终大夫的诊断是：如果继续大运动量训练将对未来的健康有极大的损害，只能让叶莉跟中国女篮说再见了。

此事也一直是叶莉心中的痛，她非常希望能够坚持到北京奥运会，但残酷的现实让她的梦想彻底破灭。后来每次提到此事，她都非常惋惜，此后只要有中国女篮的重要比赛，她都会去现场助威。

别看姚明是中国体坛的首富，但叶莉的身上可没有一丁点儿阔太太的毛病。她非常节俭，在队里的时候，别人的手机都挺时髦的，她用的总是挺过时的那种，而且手机坏了修了几次都不舍得换。她很少打车，出行基本都是坐地铁。有一次叶莉回上海为了看东方女篮的一场比赛，下了地铁后走了15分钟的路，就是没舍得打车。

叶莉很少用奢侈品，穿衣打扮很朴素，是典型的具有传统女性美德的那种女孩。不了解情况的人可能会认为是叶莉高攀了姚明，其实，知道内情的人都清楚，叶莉和姚明绝对是特别默契的一对儿。

我衷心祝福这对为中国篮球事业付出青春、汗水和心血的篮球伴侣一生快乐幸福！

第二十一章

“老江湖”：硬汉尤纳斯

在竞技运动领域，教练员是一个高风险职业，他们的前途和命运总是伴随着球队成绩上下起伏，像坐过山车一样，充满不安定感、不安全感，因此不能用常人的眼光去看待教练员。

在尤纳斯第二次来中国之前，小尼尔森曾经很郑重地给我说过这么一段话：“优秀教练员是很挑剔的，往往也都是很孤独的。他不接受失败，需要有人鼓励。他周围的人要能够信任他，像父亲兄弟一样关心他、支持他，他就会做得很好，并以胜利作为回报。”

尤纳斯就是这种个性鲜明、情感丰富的人，很难用一段话清楚地描述出他的个性。我与他相处了四年多，我对他个性的印象就是：率真、狡黠、严厉、急躁，有时近乎于粗暴；他喜欢钓鱼，网球、乒乓球打得不错；对不了解的人有防范心理，对不喜欢的人挑剔，出难题，给人难堪，但对他喜欢的人非常坦诚；走南闯北，社会阅历丰富，是个“老江湖”。我称尤纳斯为“老江湖”，没有丝毫贬低他的意思，而是想指出他不同凡响的个性和丰富的阅历，这是他和马赫的明显不同之处。

很少有人知道，尤纳斯居然是立陶宛国立大学数学专业的毕业生，因此他对数字十分敏感，而且有异乎寻常的爱好。

老尤在工作中能够全身心投入，一丝不苟，爱钻研、爱琢磨，对队员要求更是严格，想偷懒的队员，他是绝对不会放过的。

也正是爱较劲儿的个性，使得他在为人处世中变脸极快，阴晴不定，得罪了不少人，也曾经数次卷入争议的漩涡。

但这些并不能抹杀他留给中国篮球的宝贵财富，在他和中国男篮相处的四年多时间里，令很多中国篮球人获益匪浅。

尤纳斯尽是“麻烦”事儿

与人生的大部分时间都待在澳大利亚的马赫不同，尤纳斯是走南闯北的人。俄罗斯、希腊、美国，以及他的祖国立陶宛，都留下过他的足迹。

所以，他的性格中有狡黠的一面，有耿直的时候，会我行我素，也会看人办事，但更多的是率性而为。老尤是那种如果信任你，就能和你相处很好，如果看不上眼，就能把你气疯的那种人。而且，他防备心理强，疑心很重，弄得中心很多人刚跟他接触时，都被折腾得十分别扭，包括中心副主任、一直负责男篮工作的胡加时，也包括男篮领队白喜林。

白喜林刚调到男篮当领队的时候，老尤对他就有戒心，给他来了个下马威。他对白喜林说："打完北京奥运会，我就回国了。不管奥运会取得什么样的成绩，我都是要走的，但你不一样，你走不了。所以，在这个过程中咱们合作得好不好对你很关键，你要考虑好了。"听完这话，白喜林就找我诉苦，说要不是为了奥运会，我凭什么忍他呀？

老尤刚来的时候，对工资发放的事十分在意，每到合同约定的工资发放日，他都会上网去查看工资是否如数到账了。如果没有，他会立即反映，并且态度不好。比如约定是每月25日要把工资打到他的账号上，但有时正好赶上周末，中心财务就得等到周一再打，会晚上一两天。这对我们来讲不是什么事儿，可到老尤那儿可是大事，他是不管周末不周末的，只要一到日子，马上查账，一看没有，马上就找领队质问说："怎么回事？为什么工资没有到账？"你给他解释周末或者工作日等，他根本不听，好像我们故意赖他的钱似的，给我的印象是他在国外曾经遇到过赖账的事情。当然，他这么做是他的正当权利，我们无话可讲，只能尽快转账，履行合约，这也可以督促我们按合同办事，改变拖拉的坏习惯。后来他了解到中国篮协的性质和实力以后，在这个问题上就从容了很多。

还有中心专门给他配了辆车，队里有事偶尔也会用一下，一共两把车钥匙，他手上一把，领队保管一把。他不高兴时就不愿意让人开这辆车。有次打完斯坦科维奇杯回京，他非说有人动了他的车，油少了，还连续说上几遍，弄得人不胜其烦。

我听说，尤纳斯在训练局自己占了一个车位，如果别人停了，他就把自己的车停在那辆车后边，堵住去路，然后去干自己的事情。别人要走了，车倒不出来，保安去找他，他才慢慢悠悠地下来，把车挪开。久而久之，人们都知道，这个车位是老尤的专用车位，也就没人来占了。

中心给老尤配的公寓是那种上下两层的，平时公寓有专门的保洁人员负责打扫。有时他非说卫生做得不好，后勤保障不力，一会儿说玻璃脏了，一会儿又说桌子不干净，有次还说手表没了。弄到最后，白喜林只好去找一家专业家政服务公司给他清洗干净，他才罢休。

有时他的话挺多，有些不搭界的事，他都能联系到一起去。就说给运动员上保险的事情。老尤的意思是中国篮协应该给队员上个保险，以解决队员的后顾之忧。这个提议很好，我们一直也想上，但保险公司一般都不愿意接，一来篮协缴不了多少保费，二来如果队员伤了，理赔起来可得一大笔钱，很不划算。结果，只要训练中有运动员表现不好，他就会说，你看他们都不好好练了吧，就是有后顾之忧啊，弄得我们哭笑不得。

他防备心重是事实，没事爱找点茬儿也是真的，但那是在他还没有和你建立信任的前提下，一旦信任感有了，老尤并不难相处。

男篮的队医杜文亮就深有体会。杜文亮爱钓鱼，老尤也爱钓鱼，到了休息日，杜文亮就经常联系个鱼塘拉着老尤过去，老尤每次都玩得很开心，跟杜文亮也能有说有笑。

其实老尤在希腊奥林匹亚科斯俱乐部工作时，享受着很好的生活待遇。俱乐部给他租的是面向海边的豪华别墅，给他配的车是大奔驰，工资收入也明显高于我们，因此他能够放弃这一切来到中国执教，有点挑剔也是可以理解的。

跟中心的人相处久了之后，像胡加时、白喜林，后来也都和他成了朋友。此前曾经说过奥运会后再不想看见老尤的白喜林，有次还对我说，其实挺想老尤的，很希望老尤再来中国玩的。日久见人心，相处的时间久了，大家的感情就建立起来了，老尤意识到了中国篮协是讲诚信的，特别是和他执教的希腊篮球俱乐部的环境相比，我们这里显然是更热情、更有安全感的。他说，你们这儿打客场扔几个矿泉水瓶子算不了什么，在希腊打客场时，门都不敢出，还得防黑枪呢。

而且老尤可不是守财奴，他在薪水到账日期上的较劲儿，其实就是一种缺乏安全感的表现。其实，他蛮大方的。像后来和中方教练组合作顺心以后，他就经常邀请中方教练吃饭，我们有时不好意思，就说还是我们来吧，他还不干，非坚持要掏钱，说就是要表达一下心意。

另外，他对工作绝对不含糊，这也是我接触到的这两位外教的共同特点，绝对不把个人情绪带到工作中去，个性再怎么强，对工作的敬业和钻研都是放在第一位的。

暴躁的尤纳斯

尤纳斯性格外露，言语直白，尤其对国家队的这些球员，只要一有不满意，他就在训练场边大喊大叫。而且很不留情面，想到啥说啥，根本不会考虑听者的承受能力。

为此，老尤几乎和男篮国家队里所有队员都发生过或大或小的冲突，除姚明以外。他在训练中看到谁达不到标准，就马上暂停，接着就是一顿训斥，有些年轻队员都被他骂得找不着北了。不仅年轻队员他不留情面，对于那些在联赛中的大牌球员，他照样毫不留情，对刘炜、王仕鹏、杜锋，包括王治郅，都经常训斥。

但时间长了之后，队员也都渐渐适应了，而且知道他有时骂人就是作秀，怕队员偷懒，给点威慑力，并非故意针对哪个队员。

像杜锋原来和尤纳斯闹过好多次，尤其在2005年亚锦赛时两人的矛盾到达了顶峰，似乎无法和平共处了，为此胡加时还专门出来调解过。老尤说，这我改不了，把我请来，就是让队员适应我的风格，而不是我去适应队员。而杜锋呢，也慢慢地理解了老尤的苦心。事后杜锋说：“他一直在努力改变我们的坏习惯，要知道，四年前我们是怎样的，不重视防守，篮板球拼抢不主动，体力下降带来高失误。这些问题，都是尤纳斯不停地跟我们强调的，我们也在努力改正。”

我后来跟他聊了几次后，也能够体会到他为什么对中国篮球挑剔这么多。像从国家队回到俱乐部一段时间后再重回国家队，队员的状态往往就要差上很多，之前教的很多东西又都忘了，老尤肯定着急上火。他对我说：“在中国，你要帮助运动员提高，才能达到目标；而在欧洲你只要找一个好老板，肯花钱，买到好球员就行了。还有欧美球员自律性强，能管住自己；中国球员经常管不住自己。”

他对中国联赛提出过很多看法和建议，特别是关于中国球员要不要出去打球，他认为欧洲即便第二层次的联赛，其锻炼价值都很大，对中国球员都会有帮助。他也曾经尝试着联系过，但因为欧洲那边吸收中国球员过去打球的愿望并不强，一直未能成行，老尤到最后也只能作罢。但他提出来的这些建议，对中国篮球确实有借鉴价值。

关于老尤张嘴就说的事情，我们没少跟他谈过心。我说，你动不动就说这个指责那个，说多了，媒体和球迷会认为你是在为失利找借口，给自己找台阶下，影响你的威信。而且中国篮球界很多弊端不是一天两天就能改变的，你提出的很多问题我们也一直在努力改变，但你如果总是拿这说事儿，会打击中国篮球人的积极性。老尤还是那样，嘴上很硬，但他是个聪明人，发现老跟媒体起冲突也不对，后来他在适当的时候学会了闭嘴。自控能力有所增强，对于暴脾气的老尤，也算是种进步吧。

对于这一点，我们也很注意保护他，帮助他化解矛盾。有一次，我就老尤爱炮轰一事接受记者采访时这样说："我们不能要求尤纳斯做一个好好先生。如果他闭嘴了，坐在球队席上一言不发，那就不是尤纳斯了，你们也就不适应了。现在的队员在俱乐部养成了老大作风，说不得，碰不得，我们不惯他们这些毛病，有了问题就要说出来，这也是为他们好，我们的球员应该知道这一点。"

事实证明，几年相处下来，我们的队员确实知道了这一点，这一点也确实让他们受益匪浅。

他给男篮带来了侵略性

老尤不是搞教育出身，他讲的东西理论性不强，但实用性极强。所以，他对那些云山雾罩的东西听都懒得听，也特别不理解，觉得那些虚的东西没用。

他的训练方法和中方教练的不太一样，他是坚持练三天休息一天，不管双休日、节假日的。上午练一次，主要是个人技术和力量，下午练战术配合，中午要给队员足够多的休息恢复时间。

但他要求的休息恢复时间，队员却未必能各个遵守，稍微自制力差点的，有时会偷着跑出去会客喝酒。老尤是老江湖，油得很，哪个队员昨晚上偷跑出去，他一眼就能看出来，他就会指出来，然后很不客气地说："别不承认了，你现在还有酒味呢。"弄得队员本来想抵赖，也没了底气。

有一次，他跟我聊天的时候说在立陶宛和希腊执教时，也碰到过这种队员。"有的喝了酒的还会故意在训练中表现一下，上来就扣一个篮给你看。我一看他们来这个，就知道他喝酒了，就直接戳穿，还会告诉他们，这点事情，我年轻时也干过，别以为蒙得了我。"

总之，这人见多识广，眼睛贼，咱们队员想骗过他那双眼睛，确实不容易。

不过，别看老尤对不自律的队员很反感，但他在场上却要求队员侵略性要强，要横起来，别怕这怕那，要敢于正面冲突。那次著名的斯坦科维奇杯赛上的打架事件，老尤就是站在队员那边的。他的理论是，如果在家门口打架都打不赢，到了国际赛场上就更得吃亏了。所以，他在指挥国际比赛时，经常会表现得特别激动，甚至跟裁判理论找个茬儿，其实他那是故意刺激队员，让队员狠起来，同时也是给裁判一些压力。

老尤用人特别大胆，尤其对年轻队员，他没有中方教练那些条条框框，他不拘一格地挑选年轻球员，一旦看到好的马上调进国家队考察。

在陈江华的使用上，不管是媒体、球迷，还是圈里人，一直有争议。但老尤说他看上的就是陈江华的突破和速度。后卫一直是中国男篮的软肋，而中国队员特别怕紧逼，一紧逼就丢球，但陈江华一旦突破起来很难防守，这点正是老尤需要的。但毕竟年轻缺乏经验，陈江华一直未能达到老尤期待的高度，但这并不影响这名年轻队员的成长。

至于为什么带陈江华参加世锦赛，我曾经和尤纳斯有过一次谈话。老尤讲：“从2008年考虑，既然我们没有好的后卫，为什么不抓紧时间培养年轻人呢？我理解从中国人的文化来讲，要论资排辈。这在日常生活中可以，但在运动中不行。对于有贡献的老队员在他竞技水平下降后我们可以为他举行一个隆重的退役仪式，感谢他为球队作出的贡献，但不能因为要照顾而把他留在队里。因为球队是要成绩的，要成绩就必须为年轻人提供机会，加速培养年轻人，否则我们不可能完成预定目标。”这反映出他是负责任的，并且是很有远见的。

“银狐”哈里斯在评价尤纳斯时，曾经说过：“尤纳斯能够使中国篮球受益10年。”

那时候还没太理解这话的意思，现在看来确实如此。像易建联、王仕鹏、孙悦、陈江华、李晓旭、刘晓宇、丁锦辉、张凯这些年轻队员，都是被尤纳斯开发出来的。特别是像陈江华这样的队员，换成中方教练，肯定不敢用。

他大胆起用年轻人的结果，就是增加了队内的竞争，队员们在场上敢拼敢抢敢打敢冲了。特别是在北京奥运会上，不管是面对实力高过我们的欧美强手，还是势均力敌的对手，中国男篮的小伙子们完全不示弱，打出了血性，打出了侵略性，而这也是尤纳斯留给中国男篮的宝贵财富。

尤纳斯不像马赫，你可能很难跟他成为朋友，也很难用“好人”二字来形容他。但老尤绝对是位优秀教练，他的技战术水平，他对篮球的理解，他的临场指挥能力，他的用人，他对球员的严格要求，无一不是中国篮球特别需要的。所以，他留给中国篮球的东西，如果能够认真总结的话，将会让我们受益很久。

尤纳斯的多面性

要理解尤纳斯还真不是那么容易，我经常读到记者或者网友发表的评论，大多是从直爽暴躁的方面形容他。例如有人说，尤纳斯骨子里有着刚直不阿的气质，他不会为了迎合某个人、某种关系而妥协折中。有人说，尤纳斯的固执带来的未必是100%正确的结果，但至少积极效应多于负面效应。但这也给他带来了不少烦恼，甚至引发“下课”危机。他最初以不懂中文为由，不理会外界的评论，但后来也让朋友给他翻译一些中文媒体的内容。他知道变通之道，他会慢慢去适应。他从曾经的口若悬河，到后来的一言不发，就是最大的变化。

杨毅说，和尤纳斯关系好的一些记者，都明白这个老头儿的个性。场上他很严肃，咆哮得像头狮子；场下他不难相处，带点儿幽默，带点儿狡黠。事实上，对媒体而言，他是个非常理想的采访对象；对球员而言，他是个可以让他们学到真本事的教练；对球迷而言，他是个让中国队发生极大量变接近质变的外籍教练。

还有一位网友说：“尤纳斯的风格，简单粗暴，不加修饰。他不会憋半天来一句‘尽在不言中’，他不喜欢就不喜欢，不高兴就不高兴，想骂谁就骂谁。”“‘恺撒’不是随便叫的。到底是我们应该适应外教的风格，还是外教应该反过来入乡随俗呢？每个人有每个人的看法，就我个人而言，我觉得只要言之有理，我们应该有肚量去接受别人的批评。”这些都比较真实生动地反映出尤纳斯性格的一个方面。

人们往往看到老尤暴跳如雷的一面，以为他就是一个炮筒子，胸无城府，简单透明的一个人。如果这样看，那你就错了，说明你还没有真正了解他的为人。尤纳斯还有鲜为人知的另一面。

在跟随男篮外出比赛的时候，我注意到老尤有十分安静的一面。每当在重要的比赛前，他能在很长时间里，一个人在房间里坐着，或者静静地踱步，一声不吭。而体现这一特征最明显的是在比赛前的15分钟，在更衣室里做完最后的动员后，他能一个人静静地坐在更衣室的凳子上，一动不动，对周围发生的一切视若无物，任凭人们走来走去。此时和他讲话，他也会礼貌地回应，但可以明显看出他心不在焉，人们熟悉情况后，也就不去打扰他了。我猜他是在考虑比赛中可能出现的情况，思索应对的策略，在他宁静的外表下面是激烈的斗争、较量，以及冷静的思考和选择。我多次注意到这一现象，我认为，这种情况反映了他的内涵和性格的另一面。静若处子，动如脱兔，绝不是一介赳赳武夫所能涵盖了的。

在尤纳斯即将离开的时候，他对每一个队员都讲了一句话，登在《篮球先锋报》上，我读后十分感动。通篇讲话言简意赅，充满了哲理，表现出对弟子们的一片深情和期盼，有提醒，有规劝，有批评。这不像人们印象中的尤纳斯，一个简单而粗暴的教练员。

例如他对王磊讲："你应该搞清楚，你想从篮球中得到什么。"

对陈江华："多想一想下一节比赛，你应该了解，在最高水平的比赛中，许多球员都有和你一样的速度。"

对王治郅："你很有天赋，但训练和天赋同样重要。"

对王仕鹏："篮球不只是投篮。"

对张庆鹏："和王仕鹏一样，当你上了球场，并不是你一个人在打球。"

对刘炜："多听听教练的，教练的话也很有用。"

对孙悦："训练再刻苦一些，天赋并不意味着一切。"

总之，这是一个正直的人、勤奋的人、一个性格丰富的人，更是一个成功的职业教练，他在中国留下了深刻的痕迹，也成为中国篮球的好朋友。他对中国篮球作出的贡献，人们是不会轻易忘记的。

第二十二章

传奇教练：绅士马赫

因为马赫在自己的运动员生涯中乏善可陈，因此，他出任中国女篮主教练后，这一点一直被攻击他的人作为“软肋”。然而，随便翻翻马赫的简历就可明白一个道理：不是优秀的运动员，未必不能成为优秀的教练员。这个能把澳大利亚女篮带到世界亚军，能把由业余球员组成的新西兰队带进雅典奥运会八强的澳大利亚人，最终用四强的成绩证明了自己在中国的成功。

与尤纳斯相比，马赫更像一个绅士，他戴着一副金丝边眼镜，看上去像个大学教授，彬彬有礼，但性格固执，不容易听进不同意见。事实上，他确实在篮球方面形成了一套非常厚实的理论基础，并有一套完整的执教体系。马赫是个教练员，也是个教育家、心理学家，因此，在他的带领下，中国女篮终于开启了一扇崭新的大门。

马赫是个球痴

马赫是个挺单纯的人，相当内敛，往往羞于提出个人要求，这和尤纳斯形成鲜明的对照。当初和中国篮协谈合同时，他基本上没有提出过什么特殊要求。就连举家搬来北京的托运行李费，一万多元钱，他都不好意思直说，还是曲线了一下，托人来问中国篮协能不能报销。

他来到北京后，也没要求过配车，而是自己买了部电动自行车，每天从公寓骑到训练馆。在他的带动下，他的助手埃尔和米歇尔也一人买了辆山地车代步，不论刮风下雨天天如此。

马赫的薪水在外教当中不算高的，月薪一万美元，后期也就涨到了一万一千美元。由于老婆、孩子都跟着他在北京生活，马赫的生活相当节俭。他平时就放一百元人民币在身上，有时甚至连一分钱都不带。

生活简单，那是因为马赫实在腾不出太多精力用在其他事情上，只要一碰上篮球的事儿，马赫立刻就表现出了其球痴的一面。

翻译谢海田曾经跟我说过一件事，说有次在辽宁盘锦有场WCBA的比赛，是沈阳部队主场打八一。马赫一听就来劲了，说这场球一定要看。当地负责接待马赫的是女篮助理教练王芳，她先生开着车到沈阳来接的。简单吃过饭后，马赫就问有多远的路程，然后就赶紧上路了。路上一聊天一说话，盘锦出口就给过了，只能开到前面再折回来接着走。加上路又不熟，耽搁之下，本来一个小时的车程走了三个多小时。

到了盘锦体育馆，一下车，马赫就说要去厕所，看那样子是憋了很久，快不行了。海田就问路上干吗不说？马赫说，我怕迟到耽误看球。后来，看完那场比赛，海田问马赫憋了一路的尿为看场球值吗，马赫回答道，如果明天要让我憋三个小时再来看这场比赛，我还来。其实，据我所知，马赫的肾并不好，憋这么长时间就为了看场球，足见他的球痴程度。

还有一次是2006年在多哈亚运会上发生的事。中国队当时和伊朗队住在一栋楼里，分住三层和二层。伊斯兰人对白人并不友好，马赫也清楚。马赫经常一个人走路的时候脑子里就在琢磨技战术，那天也是走着走着就少上了一层楼，然后到了二楼对应的房间推门就进去了，一看是几名伊朗队员，马赫事后说，自己真是吓出了一身冷汗。

马赫不仅看球上瘾，整理剪辑录像这么枯燥的工作，他也能做得津津有味。2006年带女篮打巴西世锦赛的时候，中国女篮连输了几场球，他感觉压力很大，为了准备好下面的比赛，他就连夜剪辑录像，一场比赛往往要看上三五遍才能剪出像样的东西，就这样一直工作到凌晨。他睡不了几个小时，又要开始新的比赛，要开队会，要琢磨什么能说什么不能说，还要考虑说多了好不好，会不会适得其反。那些日子，我觉得自己压力都过大，脑子转得够累了，而马赫比我还要辛苦，还要操劳。但他却一句抱怨的话都没有，在他身上，我算是真正明白了“兴趣是最好的老师”这句话。

因为有兴趣，他拼命研究篮球发展，对世界篮球发展趋势如数家珍；因为有兴趣，他对对手的情况了如指掌，这是很多中方教练根本做不到的事情；因为有兴趣，他会放弃无数休息时间，用在调教中国女篮这支队伍上。

全力以赴，竭尽所能。一个球痴带着一支女篮走向巅峰的故事，其实就这么简单。

马赫的忠诚度

在2006年世锦赛兵败巴西后，马赫曾经对我说过，自己是个非常忠诚的人，对于受聘之国家绝对会不负重托。其实，这话不用他说，从他决定踏上中国之旅时，我就意识到此人是个可信赖的人。

要知道一个外国教练肯把全家整个儿搬迁过来，这个决心本来就不好下，再加上他还有两个正在求学阶段的孩子。马赫的儿子叫杰克，10多岁，是个有些自闭的孩子。女儿小些，活泼可爱。为了让马赫安心工作，他的妻子带着两个孩子陪马赫一起在中国待了三年多。两个孩子在北京的国际教育学校就读，虽然是英语授课，但和他们在澳大利亚的环境还是有很大的不同。

为此，马赫曾经专门跟我诉苦，特别是儿子的自闭症一度让他很头疼。但他只是把这些当成家务事，除了偶尔发发牢骚，从未影响过他的工作。

马赫爱喝红酒，只要说请他喝点红酒，他几乎基本无法抗拒。但2008年打完“好运北京”邀请赛，中国女篮拿了冠军后，我邀请他一起去喝点红酒庆祝一下，马赫二话没说就拒绝了，他说：“对不起，李先生，我现在还得去分析一下比赛录像，明天要给队员总结，没时间去。”

其实那段时间一直到北京奥运会打完，马赫几乎天天晚上两三点睡觉，第二天早晨七八点钟就起来出现在餐厅，喝杯咖啡提提神就又开始工作了。他还曾跟我说要专门为中国篮球教练员写一本关于防守的书，直到他走，我也一直没来得及问他完成没有。

除去每年回澳大利亚探亲一个月，马赫在中国的事情就是马不停蹄地奔波于联赛中观看比赛、考察队员，剩下的时间全部用在研讨业务、琢磨录像、分析情报资料上了。

马赫在中国几年间，一直有个愿望，去看看西安的秦始皇兵马俑，但直到他离开中国，都未能抽出时间去看看。此事也就成了马赫留在中国的一大憾事。

这四年，球员活得有尊严

马赫刚开始的时候和队员相处得并不愉快，甚至一度隔阂颇深。马赫也有急躁的一面，有时急起来甚至会暴粗口。但马赫之所以能够在离开中国之前得到女篮队员的一致拥戴，除了给队员们带来实实在在的进步外，还有很重要的一点，就是他让队员们活得非常有尊严。这和中方教练喜欢挤兑讽刺挖苦，打击队员的自信心不同，也和中方教练喜欢把首发、替补当成奖惩的执教方式不一样。

刚到女篮执教时，他就给每位队员写了一封信，详细阐述了自己的“建队七原则”。而这七条原则也成了日后三年多时间里，中国女篮建队的唯一标准。一段时间之后，他就会让所有队员据此七条做自我评价，教练组会给每个队员打分，还会挨个恳谈。在每次集训结束后，他会给每个队员写信。譬如，亲爱的卞兰，你在今年有了哪些进步，如果在哪些方面加以改进的话，你会成为什么样的人。类似这样的信，一人一份，队员看了肯定会有触动。

马赫很注重激励。他自己是个很有激情的教练，训练、比赛过程中有时动作会很夸张，他跟我说之所以如此，是为了用自己的激情带动队员，他认为中国姑娘太含蓄，需要有些敢于较劲儿的精神。

他在激励方面很有功底，不是那种简单的鼓动，而是到位的演讲。在“好运北京”邀请赛前，他是这样鼓励队员的，他说：“我们不可能成为乔丹，乔丹只有一个，但他也只是达到了自己的最好水平。所以，我们要做的就是控制自己，做到最好的自己。我知道大赛前你们都会紧张，如果不紧张，你们可能无法完全发挥出来。记住，只要做到最好的自己就可以了，不要去想结果如何。”

随后，他会提出具体的要求，譬如这场球篮板球不能输，那场球要保持投篮命中率；给每个队员也都会提出具体的要求，让每个人都很清楚我这场比赛的目标是什么。

他曾经和陈楠、卞兰等主力队员发生矛盾，这是因为他觉得这些队员将来能够成为世界级的球员，她们既然有潜力，就要想办法挖掘出来。对立也罢，冲突也罢，只是过程，重要的是帮助她们成长。队员对他的当面顶撞，他表现得很有修养，从不往心里去，更不会用其他方法来秋后算账。

正是这样的心态，决定了马赫从来是对事不对人，包括队员间的矛盾、队员和助理教练间的不快，他都是这样解决的。

在“好运北京”邀请赛之前，一次在五棵松篮球馆的训练中，陈楠和宋晓云就发生了冲突。陈楠有时会在训练中不使全力，以致谁跟她分在一组经常就会输掉教学比赛。输了是要受罚的，折返跑啥的，挺累人。那段时间老输，宋晓云就急了，和几个队友发信号打几号战术啥的，就是不告诉陈楠。结果，陈楠急了，就骂起来，还哭鼻子。

马赫一看，亲自处理。一方面跟我说，没啥大不了的，发生冲突说明队员有追求有个性，只是方法上有问题。另一方面他赶紧私下找陈楠谈，找宋晓云谈，思想工作做得很到位，弄得队员都挺服气。

在2005年赴俄罗斯打世界女篮俱乐部联赛期间，一次训练中，宋晓云和教练发生了冲突。这位教练是负责训练后卫的，对宋晓云提出公开批评。宋晓云不服气，当众顶撞，让教练下不来台。这位教练就坚持要惩治她，提出不让她打首发。但马赫闻言坚决不同意，他的意思是错归错，但不能因为她一个人受惩罚而影响到整支队伍的发挥。说如此重要的比赛带她来就是锻炼她的，如果不用她，岂不是很多努力都白费了。这就是马赫的原则之一，对队员的使用只看训练，只从比赛本身出发，绝不把负面情绪带到训练、比赛中去。

马赫不仅很会照顾队员情绪，还很幽默，经常和队员开玩笑，队员也从最开始的不接受到最后的完全接受。相处久了以后，马赫经常在外出比赛的大巴、飞机上，以变魔术、打小赌的形式和队员拉近距离。他还专门学了几句中文，像太贵了，没有钱，其实就是为了对付队员的。因为训练结束后，经常会打个小赌啥的，队员就会搜他口袋里有没有钱，他就用中文说“没有钱”。有时确实没有，有时也能搜到一百元的大钞一张，那队员就拿去买零食了，马赫只好假装无奈地摇摇头。

在他离开中国前的一次总结会上，卞兰、陈楠、苗立杰这些此前曾跟他起过激烈冲突的队员，都给予马赫极高的评价。

正所谓一分耕耘，一分收获吧。马赫从相处三年多的队员那里得到了他应得的评价，而这些队员也在马赫这里品尝到了那种从未有过的平等、相互尊重的师生关系。

他的妻子罗宾

马赫和他妻子罗宾的相爱是很有戏剧性的。当时，他们在同一家俱乐部内工作，马赫是助理教练，罗宾是球队中的主力，也是澳大利亚女篮国家队队长。为了节约租金，队员和教练会在俱乐部附近合租房子，马赫的室友就是罗宾。罗宾在生活上整洁讲究，马赫却不修边幅，但两人合租没多久就成为了情侣，并举行了婚礼。与罗宾结成伴侣有偶然的因素，但却对马赫的一生产生很大的影响。

出生在澳大利亚乡村的罗宾有着非常质朴的本性，同时还有种坚忍不拔的性格，这也使得她最终能够成为澳大利亚女篮史上最优秀、最令人尊敬的球员。就是在她退役多年后，现在澳大利亚女篮最知名的球星劳伦·杰克逊，有什么难题还会找罗宾聊。正是因为性格上的坚忍，她一直对中国女篮姑娘们要求很严。

有次教练组一起吃饭，我们就聊到了中国女篮的5号卞兰身上。王芳说，卞兰刚进队里时和马赫不合，你们别介意，其实她就是身体不舒服，没啥恶意。没想到马赫还没出声，罗宾就反驳道：“恕我直言，你不能这样护着一个队员，卞兰身体不好就可以不训练使小性子吗？我认为职业运动员最需要的就是自己的顽强，特别是在场上。你看我，快40岁才退役。一个运动员快到40岁的时候，体力真的是不行了，肯定会有年轻队员技术体能强过你，那这个时候你怎么和她对抗？难道遇到这样的对手我就主动认输吗？当然不能，我的做法就是越打不过就越要贴上去，还要龇牙咧嘴动作夸张，还会大喊大叫，争取在气势上吓住她。所以，你不要认为这只是个技战术训练，其实也是意志训练。”

我想罗宾在生活上照顾马赫只是一方面，她对篮球的理解，以及良好的亲情关系，对马赫的执教生涯帮助很大。而且为了马赫的事业，罗宾放弃了悉尼篮协总经理的职位，在异国他乡当了快四年的家庭主妇，相夫教子操持家务，从未有过任何抱怨，仅就这点，她对马赫的影响就超乎想象。

所以，在马赫的字典里，家庭永远是排在首位的；对自己的妻子，马赫更是言听计从。最重要的是，罗宾对中国感情很深，当初正是她的极力支持，马赫才最终下定决心了结了与新西兰篮协的合约来到中国。

就这点而言，罗宾对中国篮球同样是位重要人物。

马赫的中国文化情结

跟有些外教不同，马赫对中国文化的痴迷程度简直到了连我都感到很惊奇的地步。

马赫对中国人没有一些欧美人士那种根深蒂固的排斥。虽然，他不理解为什么有些中国人要在公共场所大声喧哗，也不理解为什么有些中国人那么喜欢赌博，但他对中国、对中国人没有丝毫反感，相反，他对中国充满了好奇。他和很多他的同乡一样，认为2008年北京奥运会是绝无仅有的一届奥运会，和他以往参加过的很多届奥运会都不同。

马赫会经常感叹于中国的地大物博，对中国的历史文化饶有兴致。有一次国家体育总局组织运动队去历史博物馆参观“纪念长征胜利七十周年展”，一般外教都不会参加，但马赫自己要求参加，而且是兴致盎然地去了，甚至把男篮体能教练艾尔也拖去了。进了博物馆，马赫就一路走走停停，几乎每处必看，还向翻译问这问那，问得很细。马赫没啥数字观念，但长征走了多少路，多少人参加，这些我都说不上来的东西，马赫却如数家珍。而且他对我说，中国人长征中表现出的那种吃苦耐劳、坚忍不拔的精神，跟中国人在竞技体育中的表现如出一辙。

尽管工作重心在篮球上，但马赫内心一直对军事、政治方面的事情很有兴趣，甚至心存崇拜。这几年，国家篮球队的军训一般都在空军指挥学院进行，女篮荣誉领队就是该院的副院长刘晓连少将，那是驾驶破损飞机成功迫降的空军英雄。2006年军训结束时，学院组织女篮全体人员聚餐。学院院长、政委，加上几个部长，包括刘晓连少将在内，一共来了6位少将。马赫一看就晕了，跟盖当说：“将军在那儿呢！”然后快步走上前握手，还用中国话说：“久仰久仰！”后来马赫告诉我，澳大利亚一共就6个少将，他那天一下子就见了6个少将，感觉很不真实，兴奋过了头。

见到少将后，马赫专门请教了刘晓连一个问题，他说：“当时您驾驶飞机迫降的时候在想什么？”刘晓连笑着说：“能想什么，我就想不能让身边这几个战友因为我的失误把命给弄没了。”马赫听后，一脸的佩服。

2008年备战奥运会时期，武警部队的独臂英雄丁晓兵来队里做过报告，后来队里弄出一份事迹介绍放在训练馆里。马赫训练完后就凑上去，非让翻译给他讲讲，结果，听完丁晓兵的事迹，马赫立马就被震住了，连称“太厉害了，太厉害了”。

在北京奥运火炬传递期间，听闻有人干扰传递活动，他就很恼火。说这些人太愚蠢了，“我是个体育人，我觉得那些人的想法太自私了。在悉尼奥运会传递火炬时，我和罗宾都是火炬手，就在家门口传递的，当时朋友家人都在旁边欢呼，那种感觉太棒了。但因为这些人的自私举动，以及自己的偏见，会影响多少人对火炬传递的美好回忆呀。”说这话时，我能看出马赫发自内心的真诚，也让我深感欣慰。

当然，马赫对中国的兴趣显然不只军事政治方面，中国人过春节放炮仗的热闹劲儿就把他给震撼了一下。那次他是随翻译谢海田回姥姥家过年的。谢海田开始邀请马赫全家去天津过春节，马赫还不好意思去，琢磨了一个小时，他给海田打电话说，还是跟你们一起去吧。

到了海田姥姥家，罗宾就开始学着包饺子；马赫跟着海田练习打麻将，连两个孩子都看得很认真。马赫学麻将最大的困难是万字牌不认识，还有东南西北中发白，但学下来之后，马赫还真记住了。后来还专门去天津古文化街买了副玉质麻将，回京等火车时一家四口还打了两圈。

吃饺子、打麻将，按马赫的说法这些是他从小就憧憬的。那时总看唐人街的中国人春节过得很热闹，让他心生羡慕。但放炮仗可是在天津才见识到的。快到夜里12点的时候，海田跟马赫说，一会儿下楼我跟你说话，你肯定就听不见了。马赫摇头不信，两人还打了个小赌。结果，晚上11点半之后，马赫的儿子扛了箱鞭炮出来，他女儿挽着妈妈，刚下楼，炮仗就开始响了，那阵势把马赫完全看傻了，张着嘴就呆在那儿了，他儿子也是一样。就这样，至少过了5分钟才反应过来。

后来在跟他的外国朋友谈起中国人过春节放炮仗的事情时，马赫的开场白总是这样：“你绝对想不到……”

魔术、红酒和肥牛

除了家庭和篮球，马赫在中国还有三大爱好：魔术、红酒和肥牛。

马赫说，年轻时学魔术实际上是为了吸引女孩子。西方男孩追求姑娘，一个是有项体育特长，另一个就是要有小手腕。马赫就选择了小手腕——魔术。

马赫拿扑克变魔术是一绝，挺能唬人，队员、教练、工作人员，还有我都被他唬得一愣一愣的。在天津古文化街闲逛，他把街边一个摆摊变魔术的都给蒙了。那人变的是藏钢镚儿，他一边看一边说这是最简单，也是最难弄的一套东西。看到高兴处，马赫也上去变了变，但没玩过人家。于是，他就把扑克拿出来，几下一弄，就把那人给弄蒙了。

对魔术，马赫是真上心，他的扑克牌全是在美国定制的，硬且滑，他练得左右手食指都磨出了厚厚的茧子。他还加入了魔术俱乐部，电脑里有专门的相关软件，在飞机上闲来无事时会拿出来研究。队伍训练结束后，他也会拿出扑克当作调剂跟队员小赌一下，经常逗得大家哈哈大笑着离开。

除了魔术，马赫喝红酒的功力也不浅，喝几瓶都没事儿，但他只喝红酒，对白酒，哪怕是后来奥运会庆功宴上的茅台，他都不沾。之所以不沾是有原因的。在马赫刚来北京的时候，领队白喜林曾经专门在一个周末带他到北四环的一家肥牛店吃饭。席间，就有人开始忽悠他，说到了中国一定要喝白酒，要了解中国，就得入乡随俗，说什么喝白酒是考验意志品质、考验战斗力的。

出于好奇，也架不住这么多人一起劝，马赫就喝上了白酒。巧的是，隔壁屋里正好是几位影视演员在吃饭，一听说这边来的是中国女篮主教练，就过来挨个儿敬酒，人家一敬酒就会说“祝中国女篮在奥运会上取得好成绩”，马赫一听就高兴了，人家干杯，他也干杯，一不留神就喝高了。结果下了车，还没进房间，就在路边吐了，从那以后，马赫一看到白酒就害怕，再也没有喝过一口。

马赫不仅好喝，还对中国美食极有兴致，像烤鸭呀、涮羊肉呀，都挺爱吃的，但对肥牛情有独钟，肥牛几乎成了他眼中的人间第一美味。到了肥牛店，弄点海鲜调料，再加点辣椒，马赫就吃开了，经常能在谈笑间吃掉很多。

对于马赫，我始终心存敬意，不仅因为他的执教水平高，因为他对中国女篮的成功改造，还因为他出色地完成了奥运会打进四强的任务，更因为他的人品、敬业精神、事业心、责任心，以及对中国深深的情谊。

所有这些，恰恰是一个优秀的职业教练应该具备的素质，而这又是中国篮球走向成功的前提。

第二十三章

千姿百态：女篮众生相

女篮姑娘的蜕变

讲起篮球人的故事，不能不提到国家女篮的姑娘们。这是一群十分优秀的运动员，也是一个历尽艰辛、奋勇拼搏终获成功的集体。我与女篮接触的时间最长，介入队伍的程度最深，对她们在奋斗过程中的喜怒哀乐也感受更深。对她们的际遇，我感同身受。

2008 年北京奥运会之前，我随国家女篮一起经历了 6 次国际大赛。第一次是 2003 年 8 月的第二十二届世界大学生运动会，那次中国女篮捧起了冠军的奖杯；第二次是 2004 年 1 月在日本仙台举行的第二十届亚洲女篮锦标赛；第三次是 2004 年雅典奥运会；第四次是秦皇岛第二十一届亚洲女篮锦标赛；第五次是 2006 年 9 月在巴西圣保罗举行的第十五届世界女篮锦标赛；第六次则是 2006 年底的多哈亚运会。如果要算上前期在篮管中心分管训练工作时，曾率领女篮参加了 1998 年在德国举行的第十三届世界女篮锦标赛的话，应该是 7 次大赛。这样，自从回到篮管中心之后，我带队参加了国家女篮所有的国际大赛，因此有机会见证女篮姑娘们的成长，见证这支队伍的成熟、变化和提高。

之所以跟国家女篮接触的时间多一些，主要是因为总局领导要求项目中心“一把手”深入到运动队里去，确保在北京奥运会上取得好成绩。而历史上女篮在国际大赛中的成绩比男篮要好，面临的挑战不像男篮那样艰巨，总局交给的任务也重些。所以，我就和胡加时做了分工，我负责国家男女篮的全面工作并侧重抓女篮，他侧重抓男篮。

说实话，虽然未能拿到奖牌，但中国女篮能够获得北京奥运会第四名可以说是相当不容易。要知道同样是这批人，在两年前的世锦赛上她们仅仅获得了第十二名，平了历史最差成绩；但两年后的她们却可以去冲击奥运会奖牌，这样的结果超出了预期，事后想想有点像奇迹。

正因为有这样的背景，有媒体才会评论道，在北京奥运会上中国女篮的姑娘们取得了能够得到的最好成绩，攀上了可能攀上的最高峰。这支队伍首发阵容的平均身高仅 1.82 米，队内没有绝对身高，也没有大牌球星，完全是靠拼搏打出来的成绩。与 1984 年和 1992 年奥运会夺牌的那两支队伍相比，这支队伍里既没有像郑海霞那样的绝对身高，缺少像宋晓波、李昕、丛学娣这样的世界级球员，也没有李冬梅、展淑萍、彭萍、柳青这样一批成熟的国手。全队 12 个人里参加过雅典奥运会的仅 6 人而已，但正是这样一支并不被外界看好的队伍，却写就了一段传奇。

苗立杰和隋菲菲应该是这届中国女篮里最具代表性的人物。她俩从 1997 年首次入选国家队，到 2008 年北京奥运会时，一直都在这支队伍里效力。我记得很清楚，她们第一次进入国家队时，恰逢篮管中心成立，那时我正好在柳州目睹了国家队的首次集训，当时两人突出的表现至今还留在我的记忆里。

在国家队的这 10 多年里，她们和这支队伍一起经历过磨难，享受过荣誉，见证了中国女篮的发展和篮球运动员境遇的改善，也记录下了自己职业生涯里最值得大书特书的那段岁月。她们在国家队里一共经历了三任主教练：马跃南、宫鲁鸣和马赫。可以这么说，在马跃南带队时，她们被宠着的时候比较多；在宫鲁鸣时期，她们挨骂挨得最多，当然是面上的；而在马赫时期，这两人得到了真正意义上的改造，自身素质和综合能力有了长足的进步，获得了一份宝贵的属于篮球，也属于人生的财富。尤其在苗立杰身上体现得更加明显。

可以说，苗立杰、隋菲菲的成长史就是这一届女篮奋斗史的缩影。她们经历过亚锦赛第四的阴暗时期，也获得过奥运会第四这样的最好成绩。特别是与那些“不幸”的运动员相比，她们最终是幸运的。与她们同时期曾经涌现出的叶莉、胡晓桃、任蕾、王玲、陈鹭芸等一批优秀运动员，因为伤病原因不得不陆续离开国家队，而自始至终走到 2008 年最后的“97 一代”就剩下苗苗和菲菲两个人。

因为资格老，因为能力强，按说苗苗和菲菲理所当然应该是球队的领袖。但事实上因为性格、气质或伤病等原因，这两人在很长一段时期内一直未能成为中国女篮的领袖，而缺少领袖，也是主教练们长期以来最头疼的事情。

在运动队中，对领袖的要求不是锦上添花，而是要雪中送炭，是有担当、敢负责的人。简单地说，就是精神气质和身体技术方面都很强的人，能在关键时刻表现出高人一筹的能力，能够力挽狂澜，登高一呼，扭转败局的人。运动队中的领袖不是自封的，也不是教练说了算的，而是要得到队员的公认。女篮中间最具备这个条件的是叶莉，但最后这个责任由苗苗和陈楠担负起来。而让大家欣慰的是，她们做得相当不错。

在这届女篮崛起的过程中，陈楠是一个关键人物，她的成长、成熟和真正挑起内线的重任，使这届中国女篮真正具备了冲击世界强队的能力和本钱。当然还要包括宋晓云、卞兰、陈晓丽等人的付出和贡献，她们共同书写了这一段不平凡的历史。而上面提到的三位主教练在长达 11 年的奋斗历程中，在不同的时期，也付出了大量的心血和劳动，作出了自己力所能及的贡献。

苗立杰终成球队领袖

1.78 米的身高，技术全面，突破犀利，加上身体素质非常出色，苗立杰时常能作出男子化的动作，也有股男孩子的冲劲儿。

苗苗的比赛经验丰富，平常也挺懂事儿，生活中有个老大姐的样子，为人处世成熟老练，能够忍辱负重，当然也没少受委屈。

在成长过程中，苗立杰一度受困于一个弱点，那就是精神意志不够坚强，关键时刻经常消失，这也曾是她先前无法担负起领袖责任的主要原因。釜山亚运会时表现得最明显，出彩的时候有她，落后的时候却没了影子。教练组一直把这一点作为她必须解决的问题，重点帮助过她。

可以这么说，苗立杰到后来，当队伍真的把责任压到她肩上时，她也能做得相当好。苗苗和陈楠一样，都是在这样一个特殊时期扮演了球队领袖角色的运动员。

马赫曾这样评价过她："苗立杰具有不凡的前途，但在强防守的情况下易受干扰，有时容易分神，场上呼应和领袖气质没有很好地体现，处于逆境时对队友的激励不够。"在这一点上，我们可没少下工夫。终于她在北京奥运会赛场上，给人们展现出和平时完全不同的精神面貌，她在逆境时敢于承担责任，以身作则，激励队友，表现出一个领袖所需要的所有优良品质。

而苗立杰的懂事儿和成熟还表现在这样一件事情上。在2006年世界女篮锦标赛上，由于女篮的意外失利，我出面向全国球迷公开道歉，而后在队内总结会上，我对女篮全体队员讲："一个中心主任站出来道歉是件很大的事情。到需要主任出来道歉时，往往就是出现了一个全局性事件，这就是对外教的质疑。你们一定要对这次失利有个清醒的认识，要铭记在心，吸取教训，最后要用实际行动证明自己！"我看得出苗立杰听进去了，从以后的训练中也可以明显看出她的变化。在北京奥运会上战胜捷克队以后，苗立杰第一个留下了热泪，主动与队友拥抱，她深知这其中的艰难，由雅典的第九名、圣保罗的第十二名到北京的第四名，一个多么艰难的历程。赛后在接受采访时，苗立杰面对北京电视台记者的镜头讲："在这个时刻，我们不能忘记一个人，为这个团队倾注了无数心血的人，他就是李主任！"这句话深深地打动了我，对我也是一个很大的激励。

苗立杰的运动生涯写下了辉煌的成就——2006年世锦赛，她个人总得分位列所有参赛选手的第三位，而到2008年北京奥运会，她一跃成为得分王，场均17.9分，跻身于世界级选手的行列。

正是在马赫时期，我看到了一个可以胜任小前锋、后卫，甚至核心后卫的全能型球员，看到了一个坚强、不放弃、韧劲十足的球队领袖，和一个成熟的老大姐。

隋菲菲的转型

隋菲菲聪明好学，意志坚强，体态匀称，面孔姣好，一直是球迷和媒体追逐的"宠儿"，因此也有点清高，这是我对菲菲最直观的印象。在队里她好像没有多少朋友，刚开始时卞兰总跟在她屁股后面跑来跑去，后来菲菲受伤了，卞兰成熟了，并一度取代了她的首发位置。直到马赫改打一大四小阵容时，菲菲才重新回到了首发阵容中。

隋菲菲的身体素质出众，技术全面，速度灵活性好，责任心强，在关键时刻有股狠劲儿，敢于挺身而出承担责任，这也是她能够在釜山亚运会决赛中脱颖而出的原因。她在队里出道早，资历老，经验多，担任过队长，也是球队核心人物之一，但严重的跟腱撕裂，险些葬送她的运动生涯。

2005年她和苗苗一起赴WNBA打球，但很快就因为伤病原因不得不休战。2006年菲菲去美国做了手术，加上术后康复，有很长一段时间不能随队训练。

也正是因为受困于伤病，经常中断训练，她实际上是在备战北京奥运会的最后时期才真正融入到队伍里。这也是造成她在马赫手下进步不如其他队员大的一个原因。在北京奥运会上一般人可能会认为她得分不多，作用不大，但实际上她在队伍里扮演的是一个十分重要的角色——穿针引线、内引外联、拉空内线、突破分球——为她人创造机会的人，是一个令对手头痛的人物，是女篮进入前四的功臣之一。

坎坷的运动经历，并未影响菲菲攀上自己事业的巅峰。她在2002年釜山亚运会上一战成名，同年当选为“全国十佳运动员”。2005年担任《中国青年报》形象代言人。2009年退役后的第二天，就成为八一女篮的主教练，完成了中国篮球历史上最快的转型。这对她来讲，是一个巨大的挑战，同时又是一次宝贵的经历。

而说起菲菲就不能不提一直站在她背后默默支持她扶植她成长的秦晓雯。秦晓雯毕业于北京体育大学，曾经在国家体委外联司工作过，后到美国读MBA，拿了一个工商管理硕士证书，成为美国公司的高级主管。秦晓雯是在中国篮协正式注册的篮球经纪人，其实她对经纪人的事情并不是那么热心，她之所以成为经纪人，完全是为了帮助菲菲实现她去WNBA打球的梦想，这是她们俩的一段缘分。

秦晓雯是体育营销界里一个鲜为人知的人物，但她确实有着非常大的能量和能力。尽管她不是专门干体育营销这行的，但她小试身手后就做到了很多人做不到的事情。就拿菲菲赴美国打球一事来说，当时大郅的事情还没有解决，部队的性质让人们一开始并不看好此事的结果。但秦晓雯愣是促成了此事。可以说，秦晓雯是菲菲运动生涯中至关重要的人物，不仅运作她去WNBA打球，帮助她成为阿迪达斯的品牌代言人，而且对她思想上的成熟均起到了重要作用。

我对秦晓雯的印象是：执著，仗义，有激情，不达目的誓不罢休，善于联络沟通，是个解决难题的好手，也是个具有领袖气质的商界好手。

自从秦晓雯涉足篮球事务以来，也给了我们很大的帮助，干了不少份外的事情，例如为菲菲、李楠、杜锋甚至龚松林赴美治疗伤病出了不少力气，为女篮聘请体能教练立下汗马功劳，帮我们解决了不少棘手的问题。为感谢她多年的付出，我们邀请她全程观看了北京奥运会篮球比赛，因此，她也与我们一起见证了中国女篮实现目标的那一个重要时刻。

陈楠是个幸运的女孩

陈楠是一个幸运的女孩。她有很高的运动天赋，1.97米的身高，能跑能跳，快速敏捷，灵活全面，技术扎实，这在中国同等身高的运动员中是不多见的。陈楠的性格朴实，悟性比较好，是教练员们都很喜欢的那种类型的运动员。她的弱点是少了一点自信和霸气，不喜欢对抗，有时会找借口原谅自己。在比赛中有时需要有人激怒她，她才能焕发斗志，表现出霸气和统治力。

吃饭挑食也是陈楠的一个弱点，为了让她饮食均衡，老得有人看着她吃才行。另外，睡眠不好，腰部有伤，这也在一定程度上影响她的发挥。

发挥不稳定是陈楠的一大问题，打好了她绝对是世界一流的中锋，而打不好呢，她就不攻了，飘在外边。陈楠的成长一帆风顺，没有经历过大的挫折和煎熬，她完全可以成为一个世界顶级运动员，但因为性格及腰伤，目前还未能达到这样的高度。

陈楠对中国女篮的贡献是巨大的，不夸张地说，中国女篮正是有了陈楠才具备了崛起的条件，如果没有她，中国女篮不可能完成蜕变，完成北京奥运会任务。她在近几年也经历了彷徨、斗争和转变，对此，马赫的评价很公允，他说："我们幸运地拥有了一个用成功证明自己的球员。"

陈楠的朴实也表现在她对教练的感情上。前女篮主帅对她有知遇之恩，因此她知恩图报。接触到马赫以后，尽管有过抵制和冲突，但她接受了事实，因而也接受了马赫。她说："马赫是个独特的教练，也是个优秀的教练。我的条件好，在以前教练那儿特别顺，批评少表扬多，但马赫不允许我犯一丁点儿错误。我一开始接受不了他的方式，很不适应，产生了激烈的冲突，我花了大半年时间才适应了马赫的要求，后来打比赛时果然尝到了甜头，慢慢也就信服了。后来感觉他对我的帮助很大，所以，我学会了坚持，心理承受能力也随之提高了，最终从排斥到愉快接受马赫的指导。"这说明陈楠是个懂事的、重感情的孩子。

陈楠是一个有天赋的篮球运动员，她远没有达到她能够达到的那个高度，我希望她有朝一日能够实现她心目中的那个目标。

卞兰本应成为女篮新核心

卞兰的性格像个男孩子，单纯，直爽，倔强，胆子大，天不怕地不怕的。她有股不服输的劲头，敢于挑战任何强手，几句话不合就敢动手；是个直筒子，对不认可的人不怎么服管，也敢顶撞上级。这在运动队里，既能扮演"关键先生"的角色，又是一个令人头痛的"刺头儿"。卞兰的身体素质不是特别突出，但在女篮队伍里由于具备了这样典型的竞技性格特征，因而成为稍加雕琢就能成大器的运动员。这样的队员可遇而不可求，全看教练员驾驭控制的能力和技巧了。

2006年世锦赛打完后我找她谈话时，她就是一副满不在乎的样子。我说你觉得自己打得咋样，本意是她的能力没有充分发挥，需要进一步努力，她马上就说我认为我打得挺好的，并直截了当地说出一堆理由来。

在2004年亚锦赛时，卞兰刚进队，还是个边缘人物，当时她和沈阳部队的陆璐竞争一个正式参赛名额。结果竞争一开始，卞兰就占了上风，她不仅好胜心很强，还公开向陆璐发起挑战，放话说"我一定要争到这个位置"，最终，她果然争到了这个位置。

不仅争位置时如此，她还敢于挑战队内权威。2004年她还只是个"跑龙套"的队员，而时隔一年，到2005年集训时就向苗立杰发起了挑战。有一次她们俩在场上身体动作大，对抗激烈，甚至吵了起来，火药味很足的样子。

到了比赛场上，卞兰一旦有了机会可是敢打敢拼。2004年在澳大利亚打四国邀请赛，在中国女篮对阵韩国队时，她第一次获得首发上场机会就有不俗表现。而在"好运北京"邀请赛的决赛中，在最后时刻就是她的出色发挥帮助中国女篮击败了美国队。

但这样的角色也曾经令马赫感到头痛，她也差一点就被马赫送回江苏队。那是在2005年亚锦赛前的集训时，卞兰对马赫的要求十分抵触，不仅不服管，而且还对着干。在训练中有时打情绪球，无谓犯规，训练懒散，投入不足，大大咧咧。马赫批评她时还顶嘴，当时马赫已经下决心让她回家了，后来在征求白喜林、匡鲁彬的意见时，通过他们的工作，马赫才把她留下来以观后效，否则2008年奥运会可能就没她的机会了。

看看外教在不同时期对卞兰的评价就知道她让大家操了多少心。

2008. 8. 21

卞兰在与澳大利亚队的比赛中

摄影：姜晓文

马赫在开始时这样说："卞兰是被个宠坏了的孩子，她打球时过于依赖自己的才华，不注重基本功，但就个人而言，她对比赛的感觉很好。"

后来，马赫说："卞兰的态度有了180度的转变，不偷懒了，愿意去做自己应该做的事情了。以前不想防守时就去扑球从而躲避防守，进攻时除非她拿到球了，否则她不去积极移动参与进攻。"

体能教练埃尔到队后在一次评估中对卞兰说的话很有代表性："在我18年的体能教练生涯中，还没有出现过一个队员敢把我晾在一边的情况。以你这个脾气，在美国的许多队中早就被开除不止一次了。你有潜力，能够成为领袖，关键要改变态度。"

而中方教练组成员在卞兰身上也下足了工夫，从多方面去帮助她，终于使她走上了正确的轨道，最大限度地挖掘出她的潜力，使她在北京奥运会上大放异彩，成为中国女篮的又一个希望。

奥运会结束后，马赫在接受《篮球先锋报》记者采访时对他的评价显然大不相同了："她具备相当的领袖能力。她的意志力相当顽强，从不惧怕比赛，没人能吓倒她。我一开始认为，她在年轻的时候被宠坏了，集训开始后，我公开批评她，让她感到很震惊。所以，过去我认为她承受不了批评，开头非常不好，可是现在她变了，变成了了不起的球员。我认为她具备防守智慧，而且还有更大的空间可以挖掘。现在她缺乏的是稳定性，但将来绝对能成为一个领袖。"

对卞兰，我由衷地感到可惜。她正值当打之年，本应成为中国女篮新的领军人物，但却在北京奥运会后淡出了国家队，实在令人惋惜。这里固然有肠胃病的困扰，但真正起决定性作用的还是她本人对事业的追求，是人生观、价值观左右了她最后的决定。希望她有朝一日能够重新回到队伍中来。

应该提到的还有宋晓云、陈晓丽、张晓妮、任蕾、张伟、张愉、张凡等，她们都是中国女篮这个坚强团结、充满朝气集体中的一员，在中国女篮奋斗史上留下了光彩炫目的一页。

女篮姑娘们心目中的英雄妈妈

最后，我要谈到中国女篮队伍中的一个特殊的人物，她就是女篮姑娘心目中的好妈妈——空军英雄刘晓连。说起刘晓连，她不仅是空军指挥学院副院长，少将军衔，全国妇联副主席，而且是一个名副其实的空军英雄。她在一次驾机执行任务时，与一架战斗机相撞，飞机严重受损，一般情况下飞行员都会选择跳伞逃生，但她愣是驾机迫降成功，显示了她沉着冷静、大无畏的英雄气概，获得部队的嘉奖，荣获一等功和空军英雄称号。

从2005年开始，中国男女篮每年的军训都安排在空军指挥学院进行，受到了学院上上下下的欢迎和优待。学院不仅精心安排军训的课程，除了队列操练、纪律作风培养、内务卫生要求外，更重要的是针对运动队的实际，安排许多心理、意志、英雄主义教育课程，使运动员受益匪浅。刘晓连每次都会亲自讲课，讲她成长的经历和遇到危险时的思想活动，她的事迹令国家队的姑娘小伙子们倾倒。队员们都发自内心地敬佩这位女将军。而她作为全国妇联领导对于女篮姑娘们的成长也很关心，因此我们就萌发了聘请她为中国女篮荣誉领队的念头。这个主意获得了部队领导的支持，也赢得了姑娘们的热烈掌声。

担任了这个荣誉职务后，刘晓连将军经常从领队那里了解女篮的训练比赛情况，还抽空到训练局看望女孩们，时不时地邀请全队去吃顿饭。在她的带动下，空军指挥学院的院领导都成了女篮姑娘们的舅舅叔叔，给予了亲切的关怀和无微不至的照顾。在这个过程中，刘晓连将军还随中国女篮参加过两次比赛，一次是2007年在洛阳举办的四国赛，另一次是“好运北京”国际邀请赛。在这两次比赛中她都和队员们吃住在一起，训练、比赛时在场边给队员们加油打气，擦汗递毛巾递水，让队员们非常感动。有些队员思想上有些疙瘩，不愿意跟教练、领队说的话和事，都愿意找刘晓连倾诉，也都能从她那里得到鼓励和启发。可以说，她帮我们做了很多思想政治工作，尽了许多分外的责任和义务。

看到刘晓连将军和空军指挥学院干部战士对国家队运动员的爱护和支持，我一再对运动员们讲，我们有何德何能受到如此的重视和关怀？如果我们不能竭尽全力做好自己的事情，将如何面对关爱我们的父老乡亲？正是有了社会各界的关怀，国家男女篮才能在2008年奥运会上有如此好的表现，他们是我们精神力量的不竭源泉！也是中国篮球事业永远的朋友。

第五篇

“篮球即生活”
——关于篮球文化

篮球文化是篮球运动的“魂”，培育和发展篮球文化是关系到篮球运动能否实现可持续发展的重大战略问题。我们必须下决心构筑中国篮球的文化高地，实现中国篮球由运动层面向文化层面的跃升。

——摘自 2005 年“全国篮球工作会议”主报告

第二十四章

篮球文化：我的主张

第一运动之争

世界在发展，篮球也在发展，没有发展变化的眼光，就无法跟上时代前进的步伐。在形成中国篮球文化的同时，我还主张篮球文化上的融合，因为这是人类最好的财富。

在我大力推广 CBA 联赛的过程中，发生了一个有趣的小插曲。虽然此事只持续了很短的时间，但产生了很大的影响，因为它毕竟引发了篮球和足球到底谁是“中国第一运动”的一场口水战。

2005 年 5 月，财富论坛在北京举行。这是一个面对世界 500 强企业的 CEO、政府高层、学者、国内外媒体的一个高级论坛，在世界范围内具有广泛的影响力。我有幸应邀参加体育圆桌会议并发表演讲，宣传推介中国篮球联赛，是一个十分难得的机会，这也得益于近年来 CBA 联赛改革取得的成效。

4 月 25 日，总局宣传司给我打电话，通知我去参加财富论坛体育圆桌会议，主题是《中国国内的体育联赛：走向何方?》。我那时对财富论坛毫无概念，对圆桌会议的形式和流程完全不了解，以为就是一个座谈会，大家随便说说就行。何况当时搞 CBA 联赛改革，有一些现成的东西可以讲，所以也没有太当一回事儿，接到通知后没有做任何准备。4 月 30 日左右我就率国家女篮去美国访问比赛了。

等到 5 月 10 日回国后突然接到通知，让我 5 月 14 日（星期六）到国务院新闻办公室开会，说是国务院新闻办主任赵启正要对参与论坛的嘉宾提些要求，这很出乎我的意料。

因为文化、体育是首次列入财富论坛的议题，国务院新闻办很重视，专门开了个预备会。我去了之后一看，出席的有马国力、洪晃、王健林、邓亚萍、张朝阳等十几位文化体育界知名人士。会上，赵启正主任专门发表了一个讲话，他在介绍了财富论坛的背景以及在中国举办的意义后，希望大家好好准备，发言以国际观点、本土内容为主，既要表达思想，又要留有余地，以真实的中国影响世界，发言一定要有水平。

我了解到马国力是我们这个专题的主持人，这个会结束后，我先和他进行了一番沟通。他告诉我一共有三个嘉宾，分别是我、邓亚萍和郁知非（时任上海 F1 的总经理），每个人都要围绕一个主旨发言，以即席讲话的形式进行。

了解了论坛的意义和流程后，我感受到了压力，也感觉到这是一次宣传推介篮球难得的好机会。回去之后，我马上召集了几个人，开始研究到底应该讲些什么，关键是怎么利用这个宝贵的机会把篮球这张牌打出去。当时距离开会只有两天时间了，我很懊悔，没有及早了解情况动手准备，险些错失良机。

一番讨论之后，鲍明晓有了一个大胆的提议，他说你应该旗帜鲜明地提出篮球是“中国第一运动”，这个话题比较有挑战性，容易引起媒体的关注，吸引大众眼球。

我平时的处世风格习惯于低调，本能地觉得这种做法不妥。尽管我从内心里始终认为，在中国，篮球就是第一运动，但在一个公开的场合，说出这个话题太敏感了，也容易招惹是非，尤其当时以我的身份来抛出这样的话题，明摆着是挑战足球，因为当时在大家的心目中，显然足球的地位和影响比篮球大得多。即使在我的讲话中通篇没有提到足球的事情，但明眼人都知道你的矛头是指向谁。对于足球，我历来抱着敬重和学习的态度，足球是集体球类项目职业化改革的先行者，我始终把足球作为赶超的“对象”，但这只能是在暗地里叫板，不能公开挑战。公开议论兄弟项目的事情是不合适的，也是“官场”中的大忌。尤其当时的足球出了不少事情，此时这么讲，有乘人之危、落井下石的嫌疑，肯定会引起业内人士的反感。

没想到大家对这个提议都很兴奋，徐济成、严晓明、张庆等人都反复强调说这个机会难得，你一定要讲这个，这么重要的场合，你不宣传篮球你宣传什么？既然选上了你，你就应该挑起话题，推介篮球。

听着大家的议论，思前想后，我渐渐开始说服自己。在这样一个世界级的场合，面对那么多国内外大财团、大企业和大媒体，如果不去主动吸引他们的关注那是傻瓜。当时篮球界士气也不是特别高，我也有必要给大家打打气。所以，尽管估计到有人可能会说我这个那个，我还是决定冒冒险，反正在中国屁股应该指挥脑袋，既然我坐在这个位置上，该讲时就得讲，况且篮球本身也是有优势的。

决定了之后就开始准备，大家商量怎么讲，讲什么，并专门准备了一个2 000多字的发言稿，简要阐述了篮球在中国发展的优势和我们对CBA联赛发展的构想。在基本成稿后，当时负责CBA联赛品牌推广工作的张庆灵机一动，提出用足球的442阵型来诠释篮球的发展理念，所谓“2”就是指“国际视野、中国道路”的二元思维；一个“4”指的是竞技篮球、娱乐篮球、财富篮球和文化篮球“四位一体”的新篮球观；另一个“4”指的是发展职业联赛的四个模式：即由中国篮协领导、各个俱乐部参与民主决策的新型管理模式，以南北分区、增加场次、鼓励对抗为特点的新型竞赛模式，以集约化、专业化为特点的商业开发模式，以和谐篮球为目标的篮球文化建设模式。我当时觉得这个点子很新颖，便于记忆，又容易使人印象深刻，所以也没深想就采纳了。事后，有一位敏感的记者觉察到其中的蹊跷，在一篇报道中写到，李元伟巧妙地用足球术语揶揄了足球，引起我的注意，我问张庆在出这个主意时有没有这个意思，他承认了。

2005年5月16日上午10时50分，北京国际俱乐部。我在财富论坛上做了《篮球的发展，企业的机遇》的发言，当时发言的形式不是正式讲话，而是在嘉宾位置做即席发言。我凭着记忆，按准备好的材料有条不紊地历数了篮球的优势。在讲话中我开宗明义地提出了富有争议的观点：“众所周知，职业体育市场的形成有赖于庞大而稳定的体育消费需求；在中国，随着国民经济的飞速发展和人们对体育的热切关注与投入，体育消费需求正呈现出前所未有的增长势头。在众多逐步走向市场化的体育项目当中，篮球正在成为中国这个世界人口第一大国的第一运动。”

随后我阐述了篮球的社会影响力：“首先，中国国家篮球队虽然在雅典奥运会上没有获得奖牌，但据专业机构调查显示，有中国队参加的篮球比赛是中国广大群众最为关注的单项赛事之一，这一排名甚至超过了某些传统意义上的金牌之队。而成长于CBA联赛的篮球明星姚明，不但是目前中国对美最大的‘单宗出口贸易’，而且其影响力已经跨越了体育和国界的范畴，成为一种社会的共同财富和精神层面的象征；在美国华裔精英组织百人会的调查中，他超越了政界、娱乐界华裔名人赵小兰、李小龙等人，成为美国华裔心目中的榜样。”

随之，列举了CBA联赛相关数据：“在2004~2005CBA联赛中，仅现场观众就超过了123万人，是上个赛季的两倍；CCTV5的收视报告显示，CBA总决赛决胜场的中央电视台收视率为2.3%，其中第四节收视率达2.8%。尤其令人兴奋的是，在中国最为重要的三个区域市场——北京、上海和广州都超过了上述平均收视率，并刷新了CBA总决赛的收视纪录，其中广州为5.1%；北京为4.3%；上海为3.1%。而本赛季的忠实观众，也就是完整收看整场比赛的观众人次达到2.24亿，是上赛季的6倍，接近美国的人口总数。”而马国力不失时机地补充道：“每一个百分点意味着1 000万人。”有效地加深了听众的印象。

第三组数据说明了中国篮球具有的雄厚群众基础和广泛影响力：“谈到‘金字塔’的塔基，这里也有一组数据跟大家分享：调查显示，在中国高达3.89亿18岁以下的青少年中，篮球是他们最喜欢的运动项目。据国家体育总局今年的调查，在中国仅标准室外篮球场就有43万块，占全国标准室外体育场地的60%。全国的大、中、小学的校园和城市的大多数新建住宅小区都有篮球场地。在这些球场上每天都有赛事发生，比如2005年肯德基全国青少年三对三篮球赛就将在全国262个城市展开，参赛队达13 200支，参赛人数超过6.5万人。在中国，目前有‘中国大学生篮球联赛’和‘大学生超级联赛’两个定位于大学生的赛事，其中，上赛季中国大学生篮球联赛（CUBA）共有700多所高校参赛。”

在发言的最后，我说：“如果说我还能有什么建议给在座商业界人士的话，我想说的是，如果你正在为如何营销自己的品牌而踌躇的话，那么不妨先停下来，走到距离你最近的篮球场边上去，也许孩子们兴奋的投篮能够给你带来某些灵感！”

我感觉，这样的材料和表述确实达到了预期的目的。

果然和之前所预料的那样，这个“篮球第一”的观点立即在会上引来了辩论，接下来发言的邓亚萍和郁知非也分别表达出了他们所认为的“第一运动”——乒乓球和F1赛车。

当时我没想到出席这个论坛的不仅仅是财团、企业和媒体，而且还有体育总局各项目中心的主任也都悉数到场，在我作这个发言的时候，当时刚刚就任足球运动管理中心主任的谢亚龙就坐在下面。后来自然演绎出很多说法，成为总局机关茶余饭后调侃的笑料，当然也有比较严肃的评论，譬如说大家都是兄弟运动项目，你现在日子好过了，就趾高气扬地说足球，这样说不太厚道，甚至在总局上层也引起了一些议论。

在这件事之后，有人善意地提醒我，以后别说足球的事情了，足球中心的人对我很反感。但到后来也就是CBA2006~2007赛季开始后，盈方中国的老总告诉我，现在就连足球内部的人士都开始认可CBA联赛的影响力已经逐渐超过了足球，不知是否属实。

现在回想起来，我觉得自己当时的做法还是明智的，首先，我不是为了个人利益，而是希望靠这样一种争锋的姿态来扩大篮球的影响；其次，我深信，如果我错失了这个千载难逢的讲坛，事后一定会后悔莫及，另外我相信如果没有这个话题热场的话，当时的论坛也不会那么热闹。

但我没想到的是，这个话题竟然成了这几年经久不衰的热门话题，几乎每年到一定的时候就有媒体把它抛出来炒作一通。最近的一次发生在 2007 年 11 月初，当时休斯敦火箭队对密尔沃基雄鹿队的比赛，被媒体称为姚明、易建联的“中国德比”之战，吸引了成千上万球迷的关注，据说有 2 亿多人观看了电视转播，于是由《重庆晚报》发起了新一轮的第一运动之争。该报的记者分别采访了足协、篮协等一系列相关人士，搞了不少话题和噱头，很是热闹了一阵。我不知道这种做法对于篮球足球的发展是好还是坏，这是一个见仁见智的问题。在我看来，谁是第一运动并不重要，也不是可以自己标榜的。即便要争出个高低，最终还将取决于项目的综合实力和文化，包括项目的基础、运动成绩、市场化程度，以及项目发展的理念、目标、道路等有形无形的东西，从这个角度讲，篮球足球都“任重而道远”。就竞争而言，有一个强大的对手，有一个赶超目标是十分有利的。我们都身处一个竞争环境里，大家比着做才能有效克服自满消极懈怠情绪，促进事业的发展。只不过我这么讲了以后可能给足球中心的同志们带来一些困扰，但细想一下也无伤大雅。我也曾有过短暂的不安，但这与抓住论坛的机会，成功推销篮球相比，显得不那么重要了，即使招来一些非议，又有什么关系呢？相信其他中心主任有机会时，也会这么推介自己的项目的。

后来，篮球的发展也引来了不少足球记者的关注和热议，时不时地也可以读到毕熙东、白岩松、颜强、李承鹏、马德兴等人的文章，尽管他们是在两个项目的对比中发泄着对足球现状的不满和失望，但也不乏精彩评论和真知灼见，给了我们很大的帮助。

财富论坛的最终成果是由美国《财富》杂志授权，中国日报社编辑出版了一部专辑《财富·中国》，里面在刊登体育圆桌会议主旨发言的内容时将标题改为“社会化与市场化：中国职业联赛的出路”，这和我对篮球联赛发展的看法不谋而合。

篮球与文化

在我五年半的任期中，有一件事不能不提，那就是倡导和推动了中国篮球文化建设。这是一项首次由运动项目管理中心明确提出并着力推进的工作，引起不少人的关注。《中国体育报》曾三次以一个整版的篇幅深入报道了这件事情，总的评价是积极正面的。

我记得第一次公开提到篮球文化建设的话题是 2005 年 4 月 26 日在北京宽沟召开的 CBA 联赛俱乐部高层峰会上。在谈到新旧联赛的区别时，我明确指出，“要把篮球文化建设作为具有中国特色的职业体育管理制度的重要内容。”随之 5 月 16 日在北京召开的财富论坛上，我在发言中把篮球文化建设作为 CBA 联赛职业化改革的四大模块之一；紧接着 5 月 27 日在宁波召开的全国篮球工作会议的主报告中，对中国篮球文化建设问题做了比较系统的阐述，正式提出“坚持以人为本，构建篮球文化，为篮球事业‘塑魂’”。

为什么会在这一时期如此密集地提出这个问题，是有其特殊的社会背景的。一方面，2005 年初，CBA 联赛有了一个比较好的开端，联赛开始获得更多的好评和关注；国家男女篮的队伍建设和训练在尤纳斯、马赫的带领下也在有条不紊地展开，篮球改革的势头良好。另一方面，我们也面临着两大挑战，一是完成2008年北京奥运会任务的压力，国家男女篮必须在参赛成绩和精神面貌上取得新的突破，这是党和政府的期待，也是全国人民的希望，我们不能讨价还价，只能全力争胜；二是我们要应对以NBA为代表的国际资本进入带来的挑战，这涉及到对中国篮球市场资源的争夺。

面对这样的形势，我考虑最多的一件事就是如何从整体上进一步推进改革，使篮球能够在众多运动项目中脱颖而出。鲍明晓多次提议要抓篮球文化建设，他认为，要提高篮球的核心竞争力必须抓文化建设，增强篮球的"软实力"，非此不能有效地提升篮球的层次和境界，而这一点正为大多数运动项目所忽视。

众所周知，体育与文化有着天然的联系，它从诞生那天起就与文化结下了不解之缘，原本就属于大文化的范畴。长期以来，在体育界，尤其是在从事运动项目管理的大多数人心中，运动和文化是完全不沾边的两件事，运动是运动，文化是文化。运动是实打实的，看得见，摸得着；而文化则比较虚，搞文化建设缺少抓手，不容易看到实效，而且需要一个长期积淀的过程，人们往往不屑于花力气去做这么一件费力不讨好的事情。说实话，在刚开始提出这个话题时我也是不甚了了，但后来随着篮球文化建设工作的逐步开展，我越来越深切地认识到，大力提倡和推进项目文化建设不是可有可无的事情，而是确立项目发展战略，增强发展动力，提升篮球运动的层次、品位和境界，实现篮球事业可持续发展的大课题、大文章。

一个运动项目，如果没有深厚的文化积累，没有独特项目文化的传承、引领和推动，是不可能成为一个适应现代社会发展的、具有广阔市场前景的事业。在主持中国篮协领导工作的这几年中，尤其是在推进CBA联赛的改革实践中，我逐渐领悟到文化建设对于篮球发展的重大价值和深远影响。提高篮球运动竞技水平，增强篮球经济实力，丰富篮球的文化内涵是篮球整体发展的三个重要支柱，缺一不可。如何抓住2008年北京奥运会的历史机遇，加快自身发展，需要有一个战略思考和规划，必须创新发展的观念和思路。因此，从文化建设角度切入，对前几年的改革探索进行比较系统的总结，对篮球发展的现实问题作出回答，对未来篮球的发展做一些理论和实际准备，是十分必要的。

此外，我们也考虑到，目前中国篮球正处于一个赶超阶段，不仅有学习借鉴兄弟项目成功经验的需要，也有探索创新的责任和义务。因此在改革内容步骤的设计上，我们应该与其他项目有所区隔，体现自己的个性，形成后发优势。

篮球文化重在建设，它是做出来的，不是说出来的。

为此，我们注重从两个方面着手落实这项工作：一方面我们把篮球文化摆在为事业"塑魂"的高度，来统筹其他业务工作的开展；另一方面，注意寻找具体的抓手，来推进这项工作。在这个过程中，我们注意发挥体育界、企业和高校的力量，做了几件具有实质意义的事情，使文化建设有了具体的成果。

颁布《中国篮球文化建设纲要》

在2005年5月正式启动篮球文化建设工作后，中国篮协即委托国家体育科研所体育社会科学研究中心起草《中国篮球文化建设纲要》，作为指导此项工作开展的行动纲领。经过一年多的辛勤劳动，他们于2006年下半年拿出了《纲要》初稿，然后我们组织召开了若干次体育社会科学界及篮球界的学者专家、企业家、体育营销专家的专题研讨会，听取各方面的意见，历经数次修改，最终由篮管中心训练科研部主任张雄汇编成稿。由于这是中国第一部运动项目文化建设的文件，没有任何可参照的对象和范本，国外也没有类似的东西，因此在起草过程中遇到很多困难。这些困难除了大家对篮球文化理解上的差异外，更重要的是体现在理念上的碰撞。

为了使这部《纲要》在政治上站得住脚，在定稿前，我专门将《纲要》修改稿送给体育总局原党组书记李志坚同志审阅，希望借助他的政治经验和文化修养，帮我们定向把关。志坚同志对这件事十分重视，不仅仔细通读了《纲要》文本，而且还亲笔写了回信，对我们抓篮球文化建设工作给予高度评价和支持，并且提出了一个重要的建议。他的信全文如下：

元伟同志：

写给我的信及《中国篮球文化建设纲要》都收到了，谢谢！

你们已经启动并努力推进中国篮球文化建设，这是一项有多重意义的事，务必不懈地坚持做，积累经年，必有大效。

对中国篮球文化一定要有生动鲜活的概括，类似于《士兵突击》中许三多的“不抛弃、不放弃”。《纲要》第6页写的12个字还是嫌长了，生猛鲜活不够。篮球文化建设是一个系统工程，当然要扎扎实实，而没有写在旗帜上的“记得住，传得开”的引领语，可能会事倍功半。

仅供参考。

李志坚　2008年3月29日

李志坚同志的意见十分重要，于是课题组的同志们又开始寻找恰当的引领语。关于这个过程，鲍明晓在接受《中国体育报》记者的采访中做了详细的介绍：“在《纲要》形成初稿后，有关部门领导建议，应有一个口号式、响亮的东西，这样才有利于把这个大纲宣传推广出去。为此，课题组开始研究既能朗朗上口，又能把篮球文化内容涵盖的口号，最终我们从20多个引领语中选择了‘篮球即生活’这一句。实际上，这一口号是受美国实用主义哲学家杜威的启发。杜威有一句名言：‘教育即生活，学校即社会。’杜威的实用主义哲学开辟了美国的教育改革，它的核心理念就是把教育和生活相结合。他探索的思路和我们的理念很相近，所以我们选择了‘篮球即生活，球场即社会’的口号。”

我们认为，中国人的生活是比较静态的，所以我们想通过篮球文化建设，通过篮球活动来活化、优化中国人的生活，提高人们的生活品位和质量。而且篮球的确是广大青少年普遍热爱的项目，它的确对一个社会的建设、家庭的建设都有积极作用。我们在文本里写了“篮球是亲情、是友情、是缘分、是活力、是魅力。让我们与篮球相伴，让生活精彩”。

2008年6月13日，在天津少年宫举办的“中国篮球博物馆主题日”活动上，中国篮球协会正式颁布了《中国篮球文化建设纲要》，标志着这项工作取得了实质性进展。在报道这次活动的新华社新闻通稿中写道：“《纲要》的颁布实施，将成为各级篮球工作者的行动指南。中国篮协希望借此《纲要》的推出，在新的历史发展阶段，将篮球文化的建设提到新的历史高度，为推进中国篮球事业的进一步发展提供理论依据。”

我认为，这个《纲要》紧密结合国际国内体育发展的实际，总结了近几年篮球改革发展的成功经验，用新的视角对现代篮球进行了诠释，表现出一种积极向上的精神状态和追求，完成了一件具有开创意义的工作。这个《纲要》不仅填补了一项运动项目文化建设的空白，而且回答了一系列关于篮球改革发展的重大问题，具有里程碑意义。

在2008年6月26日的《中国体育报》报道《纲要》颁布的文章上，李志坚同志还专门写了一句话给我们："要靠月积年累，重要的是开了头。"给我们以很大的鼓励。

推出中国篮球博物馆（网络版）

筹建中国篮球博物馆是几代篮球人的夙愿，也是篮球历史文化的重要载体。从我开始主持中国篮协工作时起，就有筹建中国篮球博物馆的强烈愿望。

从2005年起我们开始酝酿筹备建馆事宜，做了一些前期工作，包括与美国篮球名人堂、美国篮球学院建立合作关系，成立了一个筹备小组，制订了《中国篮球博物馆》筹建方案，物色合适馆址，寻找企业投资等，到2006年中期有了一定的进展。后来由于成立"中国"字头的博物馆，不仅要报经国家体育总局的批准，而且还要经过国家发改委、文化部等若干个部门审批，报批手续繁杂，过程漫长，再加之馆址不确定，经费不能一次到位等问题，把这件事情拖了下来，几经尝试，都不顺利，使我们感觉到这不是一件轻而易举可以做成的事情。再往后，随着北京奥运会的临近，再花精力抓这件事显然不符合体育总局全力抓奥运备战的精神，也会给一些心怀叵测的人留下攻击的口实，因此这件事情就搁置下来，筹备工作在相当长的一段时间内陷入进退维谷的境地。

就在这个时候，沃天集团开始进入。沃天集团的董事长名叫郭杰，为人开朗热情，富有眼光，是一个热爱篮球运动的企业家，他曾是红牛集团的创始人和股东，担任过华彬国际集团的总裁，是国内企业第一个赞助NBA的人，还曾拥有一支欧洲F1车队。我与他认识的时候，他正在华彬酒店任职。在郭总的支持下，中国篮协在华彬酒店搞过几次有影响的活动。后来郭总离开华彬，组建了"沃天投资控股集团"，率领一批年轻而富有朝气的年轻人，开始了在体育营销咨询领域的创业活动。当郭杰得知我们要筹建中国篮球博物馆的消息后，以极大的热情参与进来。当他了解到建立实体性博物馆的种种困难后，建议先从网络博物馆做起，徐图大计。经过论证，我们认为，网络博物馆的启动，不仅可以起到宣传造势的作用，有利于调动民间的积极性，而且可以采取行动，收集抢救历史文物资料，先期组建一个整合此类资源的虚拟平台，也能为将来的中国篮球博物馆实体的发展提供资料库、数据库支持。这是一个切合实际的中肯建议，有助于摆脱目前的困境，使这件有意义的事情先行起步。沃天集团原本就拥有一个叫做"TBBA"的篮球门户网站，正好可以用来做这件事，因此双方一拍即合，达成了合作意向，确定了建设方案、组织结构、人员配备等重要事项，网络博物馆的推出进入"快速通道"。

2007年9月24日，中国篮协举行新闻发布会，正式宣告"中国篮球博物馆"（网络版）上线建设工程启动，随后与沃天集团配合开展了一系列活动。如提出"一起建设、一起分享"的行动口号，举办了"CBM盛世收藏全球征集"活动，向社会各界征集关于中国篮球有价值的历史文献、实物等；在北京、上海、天津、武汉等地举行了篮球博物馆主题日活动，吸引很多有识之士加入博物馆建设；参与一些地方篮协的老球员、老同志聚会；发布"媒体合作计

2007.9.24 北京，沃天老总郭杰与李元伟为媒体联盟授旗

划”和“学术机构合作计划”等。经过两年的运作，这项工作发展势头良好，有力推动了中国篮球文化的建设。

CBO 的诞生

说起来，举办《中国业余篮球俱乐部公开赛》的创意，是在一次偶然的聚会中产生的。我记得，那是在2004年底的一天，我参加了《北极星计划》调研组的会议，会议结束后已经很晚了，于是大家就在位于玉蜓桥边的中国棋院旁边的一家小饭馆吃晚饭。席间，谈起如何推动群众性篮球活动开展时，徐济成兴奋起来，他脱口说出一句话：“我们为什么不能搞一个公开赛？不分行业、职业、单位大家都能参与，那会多么热闹！”大家一听都很赞成，七嘴八舌做了不少补充，一个创意就这么产生了。大徐讲，名称就用英文的“OPEN”，简称“CBO”（China Basketball Open），名字也很响亮。这个创意来得正是时候，因为《北极星计划》在思考推动篮球整体发展的蓝图中有进一步整合社会资源、促进群众性篮球活动开展的考虑，而基层篮球活动也有这方面的需要，具备可操作性。因此，第二天一上班，我就找来中心社会发展部主任许闽峰，布置他研究跟进这一项目。许闽峰十分了解群众性篮球活动开展的情况，认为这是一个很有前途的项目，因而积极投入其中，在他的主导和推动下，一年后这项赛事出台了。

谈到CBO，就要提到原巴斯格伯体育有限公司董事长尹光环。尹光环在篮球界是一个很有影响力的人物，至今仍是北京市篮球协会的主席。应该说尹总是一个很有远见的人，也是一个把发展篮球作为自己责任和追求的人。他担任过北京市西城区体委主任，后辞职下海创办了一个名叫巴斯格伯的公司，一直在体育圈子里打拼。从篮管中心成立起，老尹的公司就成为中国篮协长期忠诚的合作伙伴，帮助我们做了大量烦琐细致的工作。在确定 CBO 合作伙伴时，我们采取公开招聘的方式，与巴斯格伯公司签订了长期合作协议。老尹取得 CBO 的推广权后，积极行动起来，先是与贺龙基金会合作，给赛事冠名“贺龙杯”，后几经波折，又与郭杰的公司联手，三家公司精诚合作，共同为这项赛事的创办、推广付出了大量心血。

2005 年 12 月 24 日，在北京八中举办的开幕式。就受到社会各界的热情欢迎，迅速开展起来。2007 年，全国已有 25 个省（区、市）的 165 个地市先后展开，共有 3 000 多支球队打了近 4 万场比赛，数万名篮球爱好者直接参与了比赛，观众人数达百万人次。这项赛事把无数业余篮球爱好者组织起来，开展各种各样的活动，不仅丰富了人民群众的业余文化生活，沟通改善了人际关系，而且为基层厂矿农村的经济活动提供了舞台，因而获得了广泛的响应。每年的总决赛，各地踊跃承办，显示了篮球的群众基础和这项赛事的生命力。

在 CBO 运行的过程中，沃天集团居然请到现代奥林匹克的重量级人物、前国际奥委会主席萨马兰奇担任中国业余篮球公开赛组委会的名誉顾问，成为一大亮点，令人刮目相看，很是引起了一番轰动。

从这几年推广 CBO 的总体情况看，由于这期间正是培育市场的初创时期，这三家公司总体上是付出的多，得到的少，常年在无利或微利的情况下坚持，而其志不移，把 CBO 搞得有声有色，令人钦佩。

创办篮球文化论坛

对于中国篮球文化建设的话题，在体育高校的学者教授中反响强烈，评价正面。在诸多高校中，苏州大学体育学院院长王家宏教授的行动最为快捷和敏锐，他主动与《体育文化导刊》合作，提出承办《中国篮球文化论坛》的申请，得到中国篮协的批准和大力支持。

2005 年和 2007 年底，由中国篮球协会、国家体育总局体育文化发展中心和苏州大学体育学院共同举办了两届“中国篮球文化论坛”，得到上百所高校和社会各界的热烈响应，每次都有 100 多位专家学者与会，提交论文上百篇，参加大会交流，并编辑成册，产生了较大的社会影响。在此基础上，苏州大学体育学院申请成立了第一个“中国篮球文化研究中心”，这个举动使篮球文化的研究有了专门的基地，具有了实质意义。

篮球的人本思想

> “以人为本，追求国际视野、本土洞察、中国实践、中国创造的发展道路，追求篮球让生活更美好的发展理念，担当成就卓越公民、创造精彩生活的社会责任，体认和实践现代篮球运动的多元功能与核心价值，努力构建竞技篮球、娱乐篮球、财富篮球和文化篮球为一体的和谐篮球工作体系，搭建篮球文化建设平台，营造篮球文化氛围，凝练篮球文化精品，造就篮球文化大师，全面提升中国篮球的形象、品位和文化底蕴，力争使篮球运动在参与人数、从业人员和参与者素质、竞技水平、市场业绩、文化传承、项目亲和力等方面成为综合实力最强的中国乃至亚洲第一团队运动。”
>
> ——《中国篮球文化建设纲要》

这是我们对未来篮球提出的一个全面均衡发展的目标，体现了《科学发展观》的基本要求。

在离开中国篮球的领导岗位以后，我时常问自己这样一个问题：我们搞了一辈子体育工作、篮球工作，到底为的是什么？换句话说，篮球工作所服务的对象是谁？我们所从事的篮球工作的终极目标是什么？这是一个十分浅显而极易被忽略的问题，然而却是最根本的问题。

对于这个问题有两种不同的回答，反映了两种不同的篮球价值观。一种是搞篮球就是要提高运动技术水平，争取优异运动成绩，在国际大赛上为国争光，一切工作以国家队运动成绩为核心，这是当前体育界的主流观点，也是“举国体制”的核心要求；而另一种则认为，运动成绩只是篮球工作的一个方面，尽管它十分重要，但不能替代篮球运动的多元功能和价值，特别是对于今天的篮球而言，我们从事篮球工作的最终目的是为了造福于人，使热爱篮球的人受益，这符合以人为本的根本宗旨。这是两种不同的篮球观，在不同篮球观的指导下所采取的行动和结果是截然不同的，这也是目前关于发展篮球争论的根源所在，即在新旧篮球观上的根本分歧所致。

篮球作为一个奥林匹克项目，其竞技属性无疑是极其重要的，运动成绩的好坏将决定这个项目的影响和地位，包括群众基础和市场潜力，但竞技属性不是唯一的，不能替代其他功能的发挥。在中国，深受亿万群众关注和喜爱的篮球，早已成为与国家的经济、社会和文化发生密切联系的一个体育项目，而在世界上，职业篮球的发展更凸显和诠释了现代篮球的生命力和影响力。因此有学者说，现代篮球的发展早已超越了竞技属性，成为一个“集政治影响力、经济生产力、社会亲和力、文化传播力为一体的新型文化载体。”而从造福于人的角度讲，更应注重人民群众的需求，这里不仅包括对国家队成绩的期盼，而更多的是给群众提供精彩激烈的高水平联赛和现代化的球馆、方便舒适的篮球健身场所、组织促进人际和谐交往的业余篮球活动，以及大力开展学校篮球活动，更为老百姓所欢迎，更能体现造福于人的宗旨。

从这一点出发，在论述篮球文化建设时，我们用了这么一段话：“着眼于人的全面发展和社会的和谐进步是发展篮球运动的根本目的。在篮球工作中树立科学发展观必须把基点放在以人为本上，把关心人、尊重人、解放人、发展人作为篮球发展的目的。这是篮球发展的价值基础和动力源泉。只有真正实现好、维护好和发展好包括运动员、教练员、裁判员以及球迷在内的最广大篮球参与者最根本的利益，篮球发展的主体才不会缺失，动力才不会衰竭，篮球事业的可持续发展才会有根本的保证。反之，如果篮球工作不是真正基于以人为本，篮球就会异化为逐利的工具、拜金的圣坛，成为漠视人、束缚人、扭曲人、摧残人的手段，从而走到它本原价值的反面，失去在现代社会中存在的理由和发展的动力。因此，这一时期的篮球发展必须体现以人为本的发展理念，构建与社会主义和谐社会相适应的篮球文化。”

我认为，这才是篮球文化的真谛。

中西方篮球文化的交融

篮球既然是来自西方的一个舶来品，其本身必定浸透了西方文化的精髓，在中国发展篮球一定会遇到两种不同文化的交融。

2003 年 8 月第 22 届世界大学生运动会在韩国大丘举行，我率国家女篮和国家男篮二队参加。在篮球小组赛中，中国男篮与土耳其队有一场遭遇战，关系到双方的出线机会。比赛一开打，对方运动员作出的几个动作就具有挑衅意味，火药味很浓，把我们的小伙子们打急了。我们的球员开始时明显不适应这种对抗，显得太斯文，一遇到对手凶猛强悍的打法就束手无策、急躁，技术动作变形，无所适从。于是就以牙还牙，动作也大了起来，结果全场比赛裁判员判了我队34次侵人犯规，一次故意犯规；而对方仅25次犯规。比赛结束后，土耳其队输了，他们比较平和地前来向我队致意，而我们的队员却还未从当时的火气中恢复过来，表情僵硬、动作勉强，显得不是那么大度。这种情形引起我的注意。

事后，我就想土耳其队要么就是故意采取犯规战术，让你不适应，以便从中渔利，要么人家对于现代篮球就是这样理解的，欧洲的篮球就是这么打的。如果是后者，我们就要好好反思我们对现代篮球对抗性的理解了。联系到这几年国家青年男篮在世界青年锦标赛上的接连失利，很多情况就是不适应对方压迫式的紧逼防守，该赢的球赢不下来，最终名落孙山，球迷、媒体和领导都很不满意。

联系到我国队员在NBA的遭遇，也能看出这方面的问题。比如，姚明在刚刚进入休斯敦火箭队的时期，我们经常可以听到休斯敦火箭队主教练范甘迪对姚明的评价。他常说："姚需要成为一个汉子！比赛中，他给人的感觉是侵略性和压迫性还不够，就是说，他还不能像奥尼尔和尤因那样统治一场比赛。我希望他能狠点、狠点、再狠点！"

无独有偶，快船队教练邓利维对王治郅的评价也相近，他讲："我也对王治郅抱有一定的希望，但也许中国的篮球风格不是很强调力量吧，他在场上还不够硬朗、还不够狠，仍需要进一步提高。"

姚明对此的回答是："我承认，我承认自己还不够狠。我想，这跟环境有关。以我这种条件，在中国就像生活在暖棚一样，到这里后，一切都改变了。""我感觉自己在训练和比赛中已经很努力了，真的非常努力了，可他们还是对我不满意，觉得我在精神上没能达到他们的要求，这个跟文化有关——又说到文化了！"

而易建联在伤后的恢复训练中，教练员也在不停地向他喊道："易，往那边去，侵略性强点，再强点！"教练员所强调的往往就是运动员身上最薄弱的地方，而这在中国运动员身上表现得如此一致，看来不是偶然的。

姚明、王治郅、易建联都是称雄国内篮坛的佼佼者，拿NBA这面镜子一照就看出我国运动员的差距了。那么，问题究竟出在哪里呢？确实与我们的文化有关，与我们对现代篮球对抗性的认识有关。中国传统文化有许多优秀的东西值得继承发扬，但就竞技体育来说却缺少了核心的东西：斗志、凶悍与硬朗的作风。

中国历来占统治地位的儒家文化倡导的是：礼让、谦恭，中庸；温、良、恭、俭、让；还有"枪打出头鸟"；"木秀于林，风必摧之"等消极的东西。中国文化的基本特征是强调包容、博大，这对于谦和做人当然是好的，但反映在竞技文化上就缺少了火气和霸气，骨子里缺乏自信，显得过于斯文和软弱，最终形成了中华民族性格上的弱点，这在集体对抗性项目上尤为突出。这就是为什么我们顶尖的运动员到NBA以后，都不能适应那里的对抗氛围和要求的原因之一。我们对竞技运动实质的认识与国际大赛的要求相差很远，导致我们国内的训练、比赛质量不高，产生很多无效劳动或叫低效劳动。教练员不能很好地掌握这一点，运动员的成长就受损失。联系到尤纳斯的训练观点，也说明我们对于现代篮球的认识需要进一步深化，这对于我们提高训练水平和质量，适应国际大赛的要求至关重要。

此外，我们的运动员往往掌握不好求胜的欲望及年轻人的火气、霸气的度，一强调火气就容易导致打架，如第二十一届亚锦赛中国男篮与黎巴嫩的斗殴、首届斯坦科维奇杯赛上的打架事件。那么，什么是竞技文化的实质和核心呢？我想借用毛泽东同志在90多年前说的一句话“文明其精神，野蛮其体魄”，可以比较贴切地理解竞技文化的两重性。

鉴于现代篮球凸显了西方文化的精神和气质，应该吸纳、补充，使其转化为中国运动员的精气神儿。为此，我们在《纲要》中专门加了这么一段话：“作为源于美国，盛于欧美的项目文化，这一文化凸显欧美文化独特的精神气质，突出表现为对激情、个性、凶悍、霸气、团队协作的推崇与追求。这些精神特质对于锻造基于中华和合文化基础之上的中国篮球文化都是必要和有益的补充。”

当然要从根本上解决这个问题，不仅需要清晰地认清我们的差距，更重要的是必须让我们的运动员在这样的环境和氛围中去锻炼适应，要融入国际潮流中去与欧美球队多交手，才能最终解决。

职业化是“双刃剑”

职业化是一把“双刃剑”，市场在解决集体球类项目生存发展问题的同时，也给我们带来许多意想不到的干扰和困惑。随着市场化进程的深入，与职业化相关的负面影响也逐渐显现出来。尤其是在改革的初期，长期在资金短缺和贫困中度日的运动员、教练员、裁判员及其他从业人员，一旦面对巨大的利益诱惑，便茫然不知所措，一时间诸如拜金主义、金钱至上、物欲横流、假赌黑等丑恶现象都出现了，这在早期的足球身上表现得最为明显。像运动员有了钱，如同暴发户一样张扬，酒后寻衅闹事，打架斗殴，恶性伤人事件时有耳闻，而对集体缺乏责任感，不讲文明，个人主义，低级趣味等，更成为普遍的现象，这对我们传统的运动项目管理带来极大的挑战。这从反面告诉我们，在推行职业化的过程中，如果没有先进文化的引领，听任负面丑恶的东西横行，联赛一定会失去社会的关注和支持，是无法生存下去的。

这些问题在篮球中也有一定程度的表现，例如：在改革过程中出现的思想观念滞后、认识难以统一的问题；在国家队备战过程中，运动员的主动性、创造性薄弱，在比赛中竞技精神不足的表现，以及待人接物方面的冷漠现象等；在联赛中出现的一系列负面的、消极的东西，诸如球场秩序混乱、球员暴力、裁判员执法争议、俱乐部不规范运作、球迷的过激行为、不文明举动等；在推行“服务球迷、服务媒体、服务赞助商”过程中出现的执行不力的情况，令人不能满意。

所有这些在一定程度上都反映出文化的缺失，因此要呼唤理性，呼唤文化，要寻找一种精神价值层面的东西与之抗衡，用先进文化塑造人、引导人、改造人。

因此，我们认识到要提倡和强化文化建设，同时对负面的东西进行控制和引导，用心构建和守护中国篮球人的精神家园，对于振兴新时期的篮球运动，是十分重要和必要的。

少年强则中国篮球强

篮球的未来取决于青少年篮球人才的培养。而篮球文化的传承和延续也必须把基点放到下一代人身上，这是毫无疑问的。

这些年来，由于篮球发展的总体态势良好，在人才培养方面已经形成了一个有望的局面，因此我对未来持乐观态度。讲到这方面的事情，我必须谈谈CUBA中国大学生篮球联赛和肯德基全国青少年三人篮球赛作出的巨大贡献。

CUBA

CUBA是中国大学生篮球联赛的简称，它诞生于1998年，到今天已经成为中国篮球的第二大赛事，在中国篮球历史上留下了璀璨的一页。说起CUBA的发展要提到两个人。一个是龚培山老先生，一个是恒华体育的张宁飞。提起龚先生，篮球界的人都很熟悉，他是人民大学教授，一个资深的篮球国际裁判员，一生为篮球事业奉献，很受人们的尊重。龚先生在篮球裁判界为人广为称道的是他刚正不阿、疾恶如仇的性格，眼睛里揉不得沙子。在我看来，他一生的最大功绩就是创建了全国大学生篮球联赛。而张宁飞是一个成功的企业家，毕业于浙江大学，曾当过浙江大学校篮球队队长，对篮球有着割舍不下的感情。在他从商有了一定积蓄后就开始把目光转向校园篮球，与龚老先生携手开创了CUBA。张宁飞既是联赛的资金提供者，也是方向大局的掌控者，后来他竟然把生意丢开，一心一意地搞CUBA，可见篮球在他心目中的地位。张宁飞把商场上积累的经验，用在了CUBA的赛事经营上。因此，CUBA从一开始就拒绝商业冠名，注重赛事自身品牌建设，尤其注意发挥大学的文化优势，把大学生篮球文化的氛围搞得非常浓厚，成为中国篮球文化建设的先行者。龚培山和张宁飞开创的CUBA，对促进中国篮球事业的发展可谓居功至伟。

CUBA不仅规模大，而且影响力也日渐扩大，每年有来自全国34个省、市、自治区的700多所高校，1 000多支大学生篮球队参加角逐，参赛运动员、教练员和裁判员超过10 000人。这项赛事汇集了中国大学生中最优秀的球队、最杰出的球员，赛事成为校园文化的展示平台，拥有最忠实的球迷、最热情的观众。不仅参与者众多，而且在青年学生中成为时尚的活动，很有吸引力。每年的分区赛和八强赛都有中央电视台直播，场面火爆，气氛热烈。

CUBA自创建之初就提出了以“发展高校篮球、培养篮球人才”为宗旨，把育人放在首位。它的最大历史功绩就在于它吸引了成千上万的青少年爱篮球、打篮球，有效地扩大了篮球人口，推动了群众性篮球活动的开展。大学生篮球联赛对青少年的吸引是远非其他赛事可以比拟的，这也是中国国情下的一个独特现象。大学是孩子上进成功的一个标志，家长们对于孩子上大学抱有极大的热情和期望，这使他们不惜成本要达到这一目的。在CUBA带动下的高校面向篮球特长生的优惠招生政策，促使热爱篮球的青少年数量迅速增长。CUBA的“打篮球是我的梦想，上大学是我的梦想，CUBA是我圆梦的地方”、“我要打篮球，我更要上大学”等口号深入人心，还带动了高中、初中和小学篮球联赛的开展。应该承认，我之所以有底气喊出“篮球是第一运动”这样的话，是因为大学生篮球活动的兴旺给我增添了不小的勇气。

目前，已有10多名在CUBA中涌现出来的优秀大学生运动员加入了CBA联赛，为联赛注入了新鲜血液，在可以预见的未来，还会有更多大学生运动员进入职业篮球行列，同时又有几十位专业教练员进入大学执教，使我们看到了美国NCAA的雏形。我认为，CUBA成功的最大意义在于，符合教育规律和体育规律的篮球后备人才培养体系正在成形，我们一定会看到它成长壮大的那一天。

2006.10.13 上海工程大学，《CUBA 十年庆典活动》，张宁飞、李元伟、龚培山合影

全国青少年三人篮球赛

另一个值得一提的青少年篮球赛事，是中国篮协与肯德基中国公司合作举办的全国青少年三人篮球冠军挑战赛。

这项赛事是从 2004 年开始举办的，已经延续了 6 年，在短短的 6 年中这项赛事的发展出乎我的意料，获得了极大的成功。在 2004 年刚开始举办时，就有全国 172 个城市参加，有 9 000多支队伍，共有 48 000 余名参赛选手，这已经是一个很了不起的成绩了。而到了 2009 年，这项比赛已经覆盖到全国 438 个城市，26 380 支参赛队伍，154 000 余名参赛队员，发展的速度十分惊人，这件事的成功使我对中国篮球的前途充满信心。肯德基公司为办好这项赛事倾注了很大的心血，他们用肯德基位于各地的分公司和店铺网络，组织这项遍布全国大中小城市的赛事，发挥了独特的优势，这也是别的企业无法与他们相比的。

肯德基青少年三人篮球赛给我留下深刻印象的有两件事。一件是肯德基大中华区总裁苏敬轼先生对这项赛事非常重视，几乎每年的总决赛他都要亲自出席。苏总是台湾人，身材高大、匀称，也是个篮球爱好者，据说年轻时篮球也打得很好。他下面有一批女将，各个充满活力，有股不达目的誓不罢休的劲头，一看就是受过外企培训的干将，给人印象深刻。每当苏总决定参加总决赛的颁奖活动时，他的手下就强烈要求我能出席，为此不惜三番五次上门邀请或者打电话确认，大有我不答应就不得安宁的架势，于是我也只能尽量满足他们的要求，连续出席了好几年的颁奖活动。每次来总决赛现场观看比赛的大多是肯德基公司的员工，他们年轻而富有朝气，组织能力强，把现场搞得气氛热烈而又井然有序。

另一件事就是在 2004 年举行的首届全国青少年三人篮球赛总冠军由长春 11 中荣耀队获

得。我去参加并给这些孩子颁了奖，在冠军队的成员里就有刘晓宇，当年他15岁，现在已经成为广东宏远队的当家后卫，国家集训队队员。

青少年篮球活动的开展对于推动群众性篮球活动具有重要作用，一个孩子的背后就是一个社会群体，孩子的兴趣和前途无不牵扯着父亲母亲、爷爷奶奶、外公外婆、亲朋好友的心，从这一点讲，肯德基大中华区为中国篮球的发展作出了独特的贡献，也成为一个合作双赢的范例。

这两个例子充分证明，依靠社会力量促进篮球青少年人才培养问题的解决，是十分重要的，也是可以期待的。

目前，篮球后备力量培养存在一定的问题，这是事实，问题表现在两个方面，一是传统的人才培养体系萎缩，另一个是基层篮球教练员匮乏，水平比较低，不能给青少年很好的指导。但要说问题已经到了“非常危险”的地步，我看倒不至于，因为体育系统的人才培养体系还在发挥作用，而社会篮球人才培养体系已经显现雏形。据统计，2003年在篮管中心注册的青年男篮共有22支、青年女篮16支；而到2008年，男子青年队达到33支队伍、女子青年队16支，男子青年队数量增加了50%，原因是注册俱乐部数量增加了。女子青年队数量没有增加，原因也很简单，女篮的社会化、市场化程度低。我没有发现男篮的后备人才出现多大的问题，一批批年轻新秀脱颖而出，这也是事实。至于体育系统的后备人才培养体系出现危机，指的是传统的三级训练网遭到了削弱，这种情况不仅篮球有，足球、排球等项目都有，不是一个运动项目独有的事情，这就说明这个问题不是偶然的，而是带有一定的必然性。依我看，传统的专业体制和人才培养体系的萎缩是必然的，是不以人的意志为转移的。因为中国社会发生了深刻的变化，要想恢复过去计划经济体制的培养后备力量的做法是不可能的。而从更大的范围看篮球的人才培养，不仅没有萎缩，而且还明显壮大了，我们必须把视野打开，看看自己周围的情况。近些年来，社会篮球活动搞得轰轰烈烈，篮球的CUBA、大超、初高中联赛、青少年三对三、各种形式的训练营和私人篮球学校，形成了很好的人才培养输送链条，这是十分可喜的现象。这揭示了篮球青少年培养的未来方向和途径。如果我们能够做到美国NCAA那样的规模和水平，我们还用为后备人才培养伤脑筋吗？

真正解决青少年后备力量培养问题，必须依靠社会化途径。为此，必须着力营造集体球类项目发展的良好环境，吸引青少年的参与尤其重要，参与人数多了，优秀人才就会源源不断地涌现。因此我们必须坚持两条腿走路的方针，重视拓展篮球青少年培养的社会化途径，才能适应形势发展的需要，最终解决后备人才培养问题。

中国篮球未来发展之我见

尽管前面讲了很多，但在本章的最后，我还想从宏观的角度再强调一下关于中国篮球发展的道路问题，因为这是事关篮球发展的前途和命运问题，不能有丝毫犹豫含糊或者倒退。

进入新世纪，面对变化了的国际国内形势，寻找一条正确的发展道路，是中国篮球最重要的选择。

回顾中国篮球的发展历史，可以看出篮球在中国有着深厚的群众基础和发展机缘，它既做过计划经济的“宠儿”，也当过奥运战略的“弃儿”。在由计划经济向市场经济转轨的过程中，几经波折，开始走上职业化道路，这从根本上改变了篮球的面貌。

篮球的项目特点、投入产出、市场环境、竞技水平、青少年培养以及项目管理运营特点决定了它必须走市场化道路，才能快速健康可持续发展。国际篮球发展的经验和中国体育的发展历史也充分证明了这一点。

国际体育发展实践证明，高度发展的职业体育可以为国家培养输送更多、更高水平的优秀球员，可以吸引更多青少年参与运动，可以给广大球迷带来娱乐享受的同时，创造出自身市场价值，并带动配套产业的发展。职业体育的发展兼顾和体现了竞技体育、群众体育和体育产业发展的客观需求，是体育与国家经济社会产生良性互动的重要形式和载体。换句话说，凡是职业体育开展好的项目，它的群众基础、竞技水平、产业形态和项目文化必然是好的，这些都充分体现在欧洲足球五大联赛和美国 NBA 的身上。

在中国，职业体育开始于20 世纪 90 年代初，其背景是国家“奥运战略”的贯彻，把集体球类项目推向了市场。当时的情况是：奥运战略的实施，加之全运战略、省运战略的呼应，各级体育行政主管部门着力发展“小、灵、准、水、女子”项目，把投入大、产出小的集体球类项目压缩、精简，甚至撤销。这个战略的实施使足、篮、排球受到了极大的冲击，原本搞得轰轰烈烈的三大球日益萎缩，门庭冷落。后来在国际体育咨询营销机构的帮助下，足球、篮球开始面向市场改革“自救”，获得了市场的认同，从而走出了一条新路。对于集体球类项目而言，职业化既是一个无奈的选择，又是一次新生的实验。15 年职业化改革的实践证明，这是一条适合集体球类项目生存发展的道路。

中国职业体育尽管已经迈出了一步，但由于观念体制环境的制约，还没有获得相应的法律地位，始终没能堂而皇之地进入国家体育序列，不能摆脱计划行政的干预和限制，真正按照职业体育的规律办事，因此在十五六年间发展缓慢、举步维艰、充满争议。

目前我国开展的职业或半职业联赛的运动项目有：足球、篮球、排球、乒乓球、网球、羽毛球、台球、高尔夫、围棋等。这些联赛基本上都是依靠企业赞助，没有职业体育的管理机构，没有相应的法律法规，没有建立起规范的职业俱乐部，缺乏赢利的手段和模式，缺乏鲜明的项目文化等，与国外职业体育存在着巨大的差距。

造成中国职业体育发展举步维艰的因素很多，其中最核心的问题有两个。一个是认识上的偏差和误区。目前有相当一部分人对职业体育的本质、功能和作用没有正确的认识，抱着计划经济时代管办体育的经验不放，对市场心怀恐惧，担心大权旁落，局面失控，因此对职业联赛持否定态度，在某种程度上放弃了对职业体育的领导。另一个敏感的问题是职业体育联盟的建立，这是不能回避的一个问题。在市场经济条件下搞职业体育，最终会导致职业体育的管理组织出现，这应该是很自然的事情，但与我国现行的体育管理体制有重大的出入，涉及到《体育法》的修订和体育管理体制的改革。

职业体育联盟与单项运动协会的价值取向是不同的。单项运动协会要承担国家任务，要负责从草根活动到国家队的全方位责任，而职业联盟关注的是市场反应和利益最大化问题。职业体育不仅仅是体育，而且也是经济活动，或者说是体育与经济的结合，是“一种独特的生意”，因此不能单纯从体育的角度来看待职业体育，而更多地要按照“产业化、市场化、企业化”的逻辑对它进行体制、机制设计和管理。实践证明，职业联赛有其自身的规律，它在协会的襁褓中是无法长大的。但两者也有共同的追求，例如，职业联赛是国家队的基础，联赛搞好了，国家队的水平就会提高。又比如，两者都要按照项目运动规律办事，重视运动技术水平的提高、项目的形象塑造、品牌建设和青少年培养，因此能够找到一条合作共赢的道路。这也类似于我国经济领域改革中遇到的问题，国际与国内、部门与行业、国企与民企的矛盾和利益冲突。这方面问题可以借鉴经济领域改革的经验，根据中国国情，依靠组织制度创新来解决。关键的问题是要按照市场规律和运动项目规律来发展职业体育。

在中国推进职业体育的发展是一项十分艰巨的任务，涉及到项目特点、体制机制、政策管理等诸多因素，必须有所选择，循序渐进、有条不紊地进行。既不可急躁冒进、一蹴而就，更不能举棋不定、错失时机。

2008 年北京奥运会结束以后，胡锦涛总书记提出："由体育大国向体育强国迈进"的目标，成为中国体育界新的历史使命。实现体育强国目标，必须解决集体球类项目的发展问题，为此，要有新的发展思路和战略。从篮球的角度讲，我认为：

中国篮球必须进一步打开大门，融入到国际篮球发展潮流之中。现在我们面临的问题不是崇洋媚外、迷失自我，而是开放的广度、深度还远远不够的问题；

CBA 联赛必须坚持市场化方向，走职业化道路，只有坚定不移地发展职业篮球，才能最终解决制约中国篮球发展的根本问题。篮球发展的瓶颈在于职业化改革的不彻底，我们应该有勇气面对市场，面对变革；

提高篮球运动技术水平必须坚持国际化路线，与国际接轨，学习借鉴世界强队的先进经验。首先要承认差距，虚心学习，然后讲保持自我，奋力赶超；

解决青少年后备人才培养问题必须依靠社会化途径，这是最终解决未来人才培养的根本办法。

而所有这一切都要靠培育和营造有利于运动项目发展的内外环境，如果篮球也成为人人调侃或羞于提起的运动项目，那一切都将无从谈起。

道路是曲折的，前途是光明的，中国篮球的未来一定是美好的。

对此，我深信不移。

后 记

在改完最后一个标点符号后，我揉揉发涩的眼睛，关上电脑，一种如释重负的感觉淌遍全身。我总算尽自己所能为这段历史留下一个记录，希望能对未来有所裨益。回想这一年来的撰写修改过程，十分辛苦，中间充满了矛盾冲突，犹豫彷徨，喜悦悲伤，有思辨、斟酌、权衡，也有心灵拷问，这意外地使我一年来的退休生活过得十分充实。

我退休之后，有记者打算采访我，他们感兴趣的问题是：您作为体制内人士，怎么会有如此多的不同寻常的做法？换句话说，就是我做了许多不合体制的事情，这引起我的好奇。体制内的人应该怎么做？为什么我自认为符合趋势规律的事情，会被认为是不合体制要求的事情？还有一种说法，叫做体制内生存，体制外发展，这应该如何理解？体制内外的不同点在哪里？我没有找到答案。所谓体制内，如果就是指金牌至上，实行部门所有，视职业体育和市场为洪水猛兽的话，我宁可选择走尊重规律、符合趋势的发展道路。

最近，读到一篇文章称："自晚清以来，每一个历史时期，那些摸着石头过河的体制内精英，承受了太多的苛责，摸不到石头、摸错了石头、乃至不慎溺水身亡的，统统成为妖魔化和嘲弄的对象，而那些站在干河沿上瞧热闹、等待着时机以便取而代之的人，看人挑担不吃力，当然永远正确了。体制内的改革者，其所承受的机会成本、风险成本远大于体制外的人士，其最终发挥的作用也远超过体制外人士。"① 读后，终于有了一种释然的感觉。

在中心工作的时候，有几个年轻同志戏称我是"革命的浪漫主义者"，想来是指我具有理想主义色彩和情怀，与现实有点距离；在面对阻力，奋力抗争的过程中一位熟知内情的同志说我是"现代版的堂吉柯德"，可能是指我在不自量力地与"风车"搏斗；还曾有一位项目中心主任告诉我，有一些人认为我是"持不同政见者"，原因是我在竭力推动职业篮球的发展。我听后都置之一笑。我相信只有遵循事物发展规律，勇于承担，敢于尝试者，才能改变历史，创造历史。

如果说，这五年，篮球事业获得了一定的发展，取得了一定的成绩的话，我想这首先是时代使然，没有国家改革开放的大势和北京奥运会的历史机遇，我将一事无成。在这五年的工作中我既没有掺杂私心，也没有浪费时间，是在全力以赴地做事情，而且不是我一个人在孤军奋斗。感谢篮管中心的同志们，可以说，书中提及的每一件事情，都有你们的参与和辛勤劳动，没有你们的帮助，我们不可能做这么多的事情。之所以在这本书里很少提及各位，是因为我的谨慎，不想给大家增添不必要的麻烦。尽管可能是杞人忧天，但还是慎重一些为好。

最后要感谢曹竞、卢元镇、于静和我的顾问团队、文脉堂、磨铁图书和出版社的诸位朋友，以及为本书提供照片的姜晓文、全体育图片社。我愿把这本书献给曾与我并肩作战的同志们、朋友们！

---

① （澳）雪珥《国运1909》陕西师范大学出版社2010年2月出版

附录：

马赫写给我的信

我第一次与李元伟先生会面是在雅典奥运会上。那次见面很不正式：我们仅仅在新西兰和中国的那场比赛结束后匆匆握了一下手，甚至连话都没有说。当时整个新西兰队都在忙于欢庆胜利，场面有些混乱，但我却记住了这个走过场地来与我握手的中国人——也许这是命运的安排吧。

在那次奥运会上，我分析了所有的参赛队伍，也研究了中国女篮的所有比赛。我发现中国女篮是一支有无限潜能的队伍，我甚至还情不自禁地对我的妻子罗宾说我想当这支球队的教练。当然，这只是一个梦想而已——那时我是无论如何不敢奢望能真正作为中国国家女篮总教练带队出战北京奥运会的。

雅典奥运会结束几个月后的一天，我正在和我的体能教练共进晚餐，电话响了，是徐岚。她问我是否已经同意继续担任新西兰队的主教练，我说是的。她又追问："你是否已经签了合同？"我回答还没有，于是徐岚说："太好了！看来是命中注定啊，汤姆，你是否愿意来中国和我们谈一谈？"我得承认当时我非常兴奋，稍后当我将这一消息告诉罗宾时，她说我一定会做得很出色，因为她相信我是最适合这支队伍的人选。

没过多久，我便和罗宾来到了北京，中国篮协的领导接见了我们。会面时，我发现李元伟先生竟是如此谦逊随和，没有一点儿"大牌"做派——尽管他的确是一位"大牌"。通过接触，我明白他已经作了一个非常勇敢的决定：凭借对国际篮球的深刻了解，他意识到中国篮球在技战术方面已与世界先进水平有了差距，他已下定决心起用外籍教练来改变这一现状。这样的决定一定会遇到很多人的不理解和来自方方面面的巨大阻力。因此在我看来，李元伟先生能将他这一决定自始至终坚持下来，其勇气和解决问题的高超艺术固然令人钦佩，更重要的原因则是他理想的无私——他所追求的绝不是一条成就个人荣誉的捷径，而是中国篮球的真正强盛。

当然，一路走来我们遇到过很多困难。比如队员们需要花很大力气来重新适应新的执教方法，再比如我们的伤病过多等问题。经过两年的训练磨合，在 2006 年我们参加了巴西女篮世界锦标赛，参赛前我们都知道中国女篮尚未达到最理想的状态。雪上加霜的是，抽签的结果是俄罗斯和美国两个强队和我们同组。尽管这样，我们依然努力备战，期待奇迹的出现，但比赛结果是客观的：2006 年的中国女篮在世界上的位置是第 9 到第 12 名。毫无疑问，那次第 12 名的成绩没能令中国篮球界的大多数同人感到满意，但我却并没有感受到太大的压力——首先，我依然坚信中国女篮将会在 2008 年奥运会上发挥出最好的水平；其次，（后来我才知道）是李元伟先生在面对各方面对我的质疑的时候，依然信任我，并给予了我最大程度上的支持与保护。

幸运的是，那届世锦赛成了我们宝贵的学习对手和剖析自我的教材，在当年年底的多哈亚运会上，中国女篮取得了金牌。从那一刻起我们走出了低潮，逐渐在奥运会前羽翼丰满，并最终在奥运会上杀进了半决赛。那一刻是中国女篮多年拼搏实至名归的巅峰（我依然认为如果我们在奥运会上拥有叶莉，我们一定可以取得更好的成绩）。

在北京奥运会的那段日子里，每场比赛之后，当我再次在场地边握住李元伟先生的手的时候，我的心中都充满自豪。因为我知道他承担了失去一切的风险，将所有的信任都给予了我，而我们用成绩证明了他的选择是正确的。

在中国生活的这四年，对我们一家四口人来说都是无比美妙的时光，中国独特的生活方式（尤其是中国的美食）令我们无限留恋。这一切，我和我的家人都归功于尊敬的李元伟先生，一位德高望重的智者，一位当之无愧的领袖。

前中国国家女子篮球队总教练

T. Mal

汤姆·马赫

2010 年 3 月 8 日于堪培拉